Biblioteca Terenci Moix
Novela

Terenci Moix
Garras de astracán

🌐 Planeta

© Terenci Moix, 1991
© Editorial Planeta, S. A., 2001
    Còrsega, 273-279. 08008 Barcelona (España)

Diseño de la cubierta: Opalworks
Ilustración de la cubierta: © SuperStock
Fotografía del autor: © Rosa Muñoz
Primera edición en esta presentación en Colección Booket: julio de 2001

Depósito legal: B. 23.225-2001
ISBN: 84-08-03975-X
Impreso en: Litografía Rosés, S. A.
Encuadernado por: Litografía Rosés, S. A.
Printed in Spain - Impreso en España

Terenci Moix nació en Barcelona, aunque gusta decir que en Alejandría.

Obra publicada
Novelas
Olas sobre una roca desierta (1969),
Premio Josep Pla; *El día que murió Marilyn* (1970),
Premio de la Crítica Catalana; *Mundo Macho* (1971);
La increada conciencia de la raza (1972),
Premio Prudenci Bertrana; *Nuestro virgen
de los mártires* (1983); *Amami Alfredo!* (1984);
No digas que fue un sueño (1986), Premio Planeta;
El sueño de Alejandría (1988); *Garras de astracán*
(1991); *La herida de la Esfinge* (1991); *El sexo
de los ángeles* (1992), Premio Ramon Llull,
Premio de la Crítica Lletra d'Or; *Venus Bonaparte*
(1994); *Mujercísimas* (1995); *El amargo don
de la belleza* (1996), Premio Fernando Lara;
Chulas y famosas (1999).

Narración breve
La torre de los vicios capitales (1968), Premio Víctor
Català.

Ensayo
Mis inmortales del cine. Hollywood, años 30,
Mis inmortales del cine. Hollywood, años 40.
Mis inmortales del cine. Hollywood, años 50.

Libros de viajes
Crónicas italianas (1971), *Terenci del Nilo* (1983),
Tres viajes románticos (1987).

Memorias
El cine de los sábados. El Peso de la Paja / 1,
El beso de Peter Pan. El Peso de la Paja / 2,
Extraño en el Paraíso. El Peso de la Paja / 3.

Agradecimiento:
a Amadeu Fabregat, por el título.

Dedicatoria:
A Inés González,
sin cuya ayuda no existiría este libro.

A todas las mujeres que han llenado mi vida
con ejemplos de magnificencia y generosidad.

Y también a las del cine, las de la novela, las del
teatro, las de la copla, las del gran melodrama
italiano. Las grandes de la ficción.

Era la mejor de las épocas, era la peor de las épocas; era la edad de la sabiduría, era la edad de la locura; era la época de creer, era la época de la incredulidad; era la estación de la luz, era la estación de las tinieblas; era la primavera de la esperanza, era el invierno de la desesperanza. Lo teníamos todo ante nosotros y no teníamos nada...

CHARLES DICKENS, *A tale of two cities*

ADVERTENCIA AL LECTOR

Todos los personajes que aparecen en esta novela son fruto de la imaginación del autor, así como sus nombres, apellidos, situación social y relaciones de amistad o parentesco. Esta afirmación también es válida para todas las firmas o entidades comerciales que se citan en el marco específico de la ficción y que entran en relación directa con la historia de los referidos personajes. El autor no se responsabiliza de cualquier parecido con personajes, nombres o entidades existentes en la vida real. Como suele decirse, sería una coincidencia en modo alguno deseada y, en última instancia, perjudicial para el resultado del libro, que se pretende como obra de creación autónoma.

Sólo el país y su historia existen.

T. M.

Primero

DAMAS EN EL AIRE

—DESDE QUE SOY TORTILLERA veo la vida de otro modo...

Así hablaba la señorona a la madre de la folklórica, en aquella primera clase del vuelo Nueva York-Madrid.

—Mujeres somos y en polvo nos hemos de convertir —contestó doña Maleni, con un suspiro.

—Será usted, señora. Yo en el polvo ni pienso. Hablábamos de mi vida. No diré que la veo mejor que antes pues se me ofenderían las amigas que no han tenido valor para dar el paso y además se pondrían en un potosí de caras las criadas filipinas; de lo más engreídas se pondrían al saber que a una dama de gusto le va mejor con ellas que con los machos, señora.

Doña Maleni miraba embelesada a aquella dama altísima, esbelta hasta la escualidez y rubia como una walkiria, que vestía de luto riguroso y, acaso para mantenerlo en su totalidad, ni siquiera se había quitado la pamela al subir al avión.

—Pues no parece usted nada tortillera —dijo doña Maleni.

—Porque usted es burra, señora. Usted se piensa que ser tortillera es vestirse de bandolero de Sierra Morena y dejarse el mostacho a lo Burt Reynolds. Pero su mente, negada para la literatura, no puede concebir que se pueda ser tortillera al modo sublimado, por un decir. De espíritu, de libros, de ideales platónicos y de bellas pupilas recitando poesías en lo alto de un acantilado sobre el Egeo. ¿Estamos o no estamos?

—¡Diga que sí! —exclamó el sobrino de doña Maleni, un mocito de altivo porte, tez bruna y ondulada cabellera que leía las revistas femeninas de la semana. Y, dejándolas de lado, añadió—: Diga que hasta los hombres deberíamos ser tortilleros.

Como su tía, el churumbel formaba parte del séquito de Reyes del Río, la legendaria Virgen de Cobre que regresaba de una gira triunfal por los países de habla hispana. Pero mientras el resto de la numerosa tribu viajaba en clase turista, el trío principal ocupaba lugares de privilegio y obtenía atenciones de excepción en la primera clase del vuelo Nueva York-Madrid, aquel día de la Purísima Concepción de María.

La dama enlutada, que obedecía al digno nombre de Miranda Boronat, era una catalana decididamente cambiada por un trasplante a Madrid que duraba varios años. De hecho, los únicos residuos de catalanidad que conservaba eran un disco de sardanas, por si se ponían de moda en los tablaos de la capital, como las sevillanas, y algunas propiedades repartidas por tierras gerundenses, propiedades que no tenía prisa en malvender porque era señora de posibles, y mucho más desde que su marido le espetó: «Pide el dinero que quieras, pero dame el divorcio de una vez porque estoy hasta los huevos de aguantarte, tía cabrona.»

—A mí me dice esto un hombre y le rompo una tinaja en la cabeza —exclamó la madre de la folklórica.

—En casa no tenemos tinajas, sino jarrones de porcelana.

—Entonces no, que tienen un empeño.

—Y dos, señora, y dos. Pero ¿a qué preocuparse? He salido ganando yo. Primero, porque mi marido me inspiraba un asco espantoso. Segundo, porque me ha dejado forrada, si bien es cierto que antes me llenó de reproches de muy bajo estilo.

—¿Y qué le reprocharía el tal canalla?

—Que le vomitase a la cara cuando me penetraba.

—A mí un hombre me reprocha que le vomito a la cara y veo claramente que nunca me ha querido.

Miranda Boronat agradeció la complicidad de aquella rústica. La hacía sentirse genuina, por decir algo. Por su parte, la madre de la folklórica sentíase una miaja importante. No tenía en cuenta su propio poderío. Una mujer del pueblo siempre acabará quedándose con todas las voluntades. Son tan directas ellas, tan frescachonas, tan de mezclar una perdida beatitud primigenia con la escatología de los orígenes, lo cual equivale a decir el cocido con la basura, el refranero con el plástico, la divinidad con las telenovelas sudamericanas. Pasan de lo sublime a lo ridículo, dando esperanzas de que todavía existe la posibilidad de recobrar los paraísos naturales y la nobleza del pueblo llano.

Pero la madre de la folklórica había servido a Miranda Boronat para propósitos menos elevados.

Cuando horas antes llegaba al Kennedy Airport descubrió que la primera clase de aquel vuelo estaba ocupada en su mayor parte por señoras de Madrid a quienes contaba entre sus conocidos. Y aunque no le molestaba coincidir con su amiga de infancia, Imperia Raventós, asesora de imagen de la folklórica, jamás habría sospechado que una fatal coincidencia —rebajas navideñas en las tiendas de Manhattan— la situaría en medio de otras mujeres íntimas entre ellas y de ella misma. Fue entonces cuando pidió que la sentaran con la familia Del Río, a cuyos componentes había conocido días antes y de la manera más absurda.

—Todo lo que hace Miranda es absurdo —comentó una señora—. Muy propio de ella sentarse con la escoria.

Contestó otra en voz bien alta, que se la oyera.

—¡Ya ves tú! Ahora le da por el folklore. Querrá sacar tajada de la coplera.

—¡Mujer, si hace dos meses estaba liada con un pez gordo del Noventa y dos!

—Y antes con uno del gobierno socialista. Pero ahora va de sáfica. Será moda en algún lugar.

Miranda Boronat las observaba colocando su espejito a guisa de retrovisor. Pasó de aquellas dos a las otras pasajeras. Labios que se movían aceleradamente y en sordina. Palabras incisivas pero cautas. Significaba que todas eran espías. A excepción de Imperia Raventós, que permanecía completamente aislada, ajena a todo espionaje, imperturbable como siempre.

Decidió imitarla Miranda prestando exclusivamente atención a sus propias divagaciones, dirigidas a aquella madre regordeta y aparatosa. De hecho, doña Maleni parecía una sacristía ambulante. Llevaba encima el mayor cargamento de bisutería religiosa que jamás exhibiese una creyente. Todos los santos y santas de su devoción distribuidos sobre una pechuga abundante, resaltada todavía más por un vestido estampado que hería a las miradas con atroz violencia de colores. Y de sus orejas colgaban dos arracadas enormes que reproducían a las patronas de Sevilla: santa Justa colgando de un lóbulo y santa Rufina del otro.

—Tampoco diré que estoy peor que antes, porque si lo digo se envanecería mi ex marido y no he de darle yo esa alegría, máxime cuando la separación me ha quitado un peso de encima, nunca mejor dicho con aquellos ochenta kilos sobre el cuerpo cada vez que se sentía marchoso y luego el taladrarme con aquel pene ganchudo, que era una rasgadura continua, ¿comprende usted? No sé cómo puede soportarle esa chiquilla de la *jet* que ha cargado con él, aunque a los diecinueve años una mujer es inconsciente y todavía espera de los hombres lo que una de mi edad ya sabe de sobra que no pueden dar. —Permaneció pensativa unos segundos. Al cabo, añadió—: De todos modos, debería aceptar que estoy mejor y, si quieren, que se pongan por las nubes las criadas de mis amigas, porque al fin y al cabo no me acuesto con ninguna. De hecho no me he acostado jamás con mujeres, aunque mi psicoanalista insiste en que debería hacerlo para ver si encuentro complacencia en lo de juntar vaginas. Pero yo soy tortillera vocacional, que es una cosa muy bonita porque es desinteresada, ¿sabe usted? En cuanto a mis amigas, ¿qué me importa su opinión? Nunca fui esclava del qué dirán, mucho menos he de serlo de esas resentidas. ¡Si usted supiera! Unas malcasadas, las otras separadas, las que quedan, abandonadas, pero casi todas sustituidas por otras mucho más jóvenes. Y ahí se quedan ellas, más solas que la una, con sus propiedades, sus cuentas bancarias y su Visa-oro.

—Pobrecitas. Que les dé conformidad el Sin Pecado.

—Veo que usted me comprende, doña Maleni. Veo que no me condena.

Contestó la madre de la folklórica:

—A mí me importa un bledo lo que haga usted con su coño, mientras no le meta mano a mi niña, que es más pura que la nieve de la sierra y así ha de seguir para los restos. Y a todo esto, ¿dónde está mi niña?

—Se fue al lavabo.

—Pues hará ya media hora. Me da un no sé qué esa tardanza. He visto antes a un azafato que la miraba con mucho deseo y mucha provocación. Me ronda un mal presentimiento. Me ronda que me la desvirgarán a nueve mil metros de altura.

Intervino el sobrinísimo, llamado Eliseo por más señas y doña María de Padilla para más Inri.

—Ande ya, tía, que son muy estrechos esos retretes aéreos y no está mi prima para fornicaciones después de tantas galas seguidas en las Américas.

—¡Ni incómodos ni narices! Ni en lecho de plumas se entrega mi niña a un esaborío y no sólo porque viene ella reventada de tanto cantar *Capote de grana y oro*, sino porque depositó su virginidad ante el Gran Poder y de su continencia depende el honor de la copla, que es como decir el honor de España y satélites varios y variopintos.

—Claro —exclamó Miranda Boronat, ajustándose la pamela—. Por esto llaman a su niña la Virgen de Cobre.

—Por eso, sí. Y porque es la copla mucha copla para que a estas alturas del Quinto Centenario de la cosa esa de Colón no tuviera una pregonera que llevarse su gloria por tierras de los indios y playas de Miami, donde tenemos casa, para que se entere.

—No es de mi agrado Miami. ¡Qué quiere que le diga! Demasiados cubanos y un exceso de negros.

—¡Nos ha salido racista la marquesona!

—No soy nada racista, pero los negros me dan asco.

—Pues bien negra va usted de ropa y pamelón. ¿Luto por algún pariente?

—Por Greta Garbo. Vengo de su funeral.

—¡Anda! ¿Tan amigas eran?

—Para nada. No la vi en mi vida. Lo que ocurre es que yo soy muy de entierros y funerales. Estaba el domingo pasado en Madrid y me habían suspendido un partido de *paddle* en casa de una amiga y todas las demás estaban en la nieve y en este trance me encontraba yo, aburridísima, cuando de repente leí que la Liga de Lesbianas Tirolesas le montaba un funeral a la Divina. Así que llamé corriendo a mi modisto y le pedí un luto urgente. Y aunque era domingo me encontró esta pamela, que siempre hace entierro, y este *tailleur* que sin ser nada del otro mundo lleva unos drapeados deliciosos. Entonces llamé a una amiga que está en protocolo del aeropuerto y dije: «Mona, consígueme una *first class* que tengo que estar en Nueva York para el funeral de la Garbo.» Ella me dijo que me conseguía el pasaje si yo le conseguía un autógrafo de la difunta, mire usted si es burra. Pero después de coordinar tantos esfuerzos llego a Nueva York, me voy al domicilio funerario y me encuentro con una tirolesa antipatiquísima que me arrea con la puerta en las narices, como diciendo ¿quién le da vela en este show? Y yo le dije que llegaba expresamente de Madrid para hacer bulto y me suelta ella que el evento era muy privado y no dejaban pasar a ninguna tortillera que no fuese tirolesa. En vano invoqué mis apellidos, que siempre me abrieron todas las puertas. ¡Aquella cancerbera me puso de patitas en la *very* calle! Así que, en cuanto llegue a Madrid, llamará mi mayordomo a la embajada del Tirol y les comunicará que no se atrevan a enviarme otra invitación para un baile de los suyos. Porque vas a darles realce, te pones tus mejores joyas, estrenas un Valentino, que luego no puedes volverte a poner porque ya te lo han visto, y todo para que al final llegue una súbdita de ellos y te trate como si fueses una vulgar marujona. *Plus jamais, plus jamais*, que quiere decir «nunca más», como habrá usted entendido.

—Ni jota, porque es franchute y esta lengua ya no se lleva en el marketing de la copla —suspiró la madre de la folklórica. Y observando a Miranda con renovada simpatía, añadió—: ¡Qué pena me dio usted, cuando la descubrimos llorando en el ascensor de aquel hotelucho asqueroso!

—Del Waldorf, señora, del Waldorf. No me negará que es de mucho empaque.

—Pero ¿qué dice? ¡Si no tiene nada de nada! Mucho boato, mucha presentación, pero a la hora del condumio, menudas bazofias. Cuando vio mi niña tantas salsas gritó: «Ay madre, que me viene un repelús.» Así que mi sobrino Eliseo se fue a un colmado de la avenida no sé cuantos, que reciben manduca española, y regresó cargado de latas de sardinas en escabeche, chorizo de cantimpalo, jamón serrano, berberechos en su salsa y hasta una fabada asturiana. Como somos de ley, decidimos compartirlo con los de la compañía, y así vinieron todos de sus respectivos hoteles —inferiores al nuestro, claro, que ellos no son estrellas como la niña—; así fueron llegando, digo, con su nostalgia de la patria a cuestas, aportando guitarras, zambombas, panderetas y castañuelas de madera de granado, que son las que tienen mejor voz, por si no lo sabe usted, que es catalana y los catalanes gastan muy poca juerga, igual que los vascos, que parece que siempre llevan el santo sudario tapándoles la cara, joder. Pues lo dicho, que acampamos todos en el suelo de la suite de la nena y allí sacó Currito el salchichón y mezcló la Juani los garbanzos mientras el tío Cirilo untaba de aceite el pan que habíamos podido encontrar en la Chinatown, que recibe su nombre de ese sitio donde cohabitan los chinos y las chinas como si nada.

—Nunca había visto yo a treinta y ocho personas llenando de aceite la moqueta de ese hotel, que conozco de memoria pues tengo el buen hábito de residir en él siempre que voy a Nueva York para compras.

—Así está usted tan desnutrida, de tanto comer potingues extranjeros. Le dije yo a mi niña: «A esta pobre marquesona la han dado crucifixión de amores. Tiene la palidez de la cera en las mejillas y lágrimas negras en los ojos.»

—De la azotea venía. Acababa de comprar el vídeo de *Ninotchka* y lo arrojé contra el asfalto de Nueva York, para que supiera la Garbo, en su sepulcro, que de una catalana no se burla una sueca.

—Es ese orgullo que nos hierve a todas en los centros. Ese amor a la patria y sus autonomías, amor que brota en los lugares más lejanos y en las más emergentes situaciones.

—Eso pensé al verles a todos ustedes bebiendo y cantando, como si el Rocío se hubiese trasladado a Manhattan. Y el bocadillo de chorizo que me dieron me salvó el día. ¡Ay, sabores de España! Nunca los sintiera así en el Waldorf.

—Me cayó usted bien desde el primer momento; y mire que, a mí, las señoronas me revientan todas; a excepción de la duquesa de Alba, porque se la nota muy campechana.

—Ya ve que yo también lo soy.

—Cierto. Y eso que me asustó un poco cuando dijo: «Preséntame a su hija, porque esos labios de grana y esos ojazos brujos son para adorarlos.» Mi sobrino Eliseo, que de eso entiende porque es sarasa, me dijo: «Cuidado con la niña, tía, que esta señora es de la cofradía del bollo.»

—No es menos cierto que yo hablaba en metáfora.

—Esto me dio un respiro. Temía que después de tanto protegerla de los hombres me la desviaran las mujeres, que son muy empecinadas, según me han dicho, cuando se prenden entre ellas.

—Esté tranquila. Ya ve que la respeto porque soy tortillera vocacional y no voy a mayores.

—Así no tendremos pleito. Que una mujer puede ser lo que quiera y aun así ir con la cabeza bien alta, mientras no meta el parrús donde no debe ni ultraje el de las demás, que siempre es santo.

—Nada más cierto. Y quién me diría que iba a encontrarme con tantas pesadas en un mismo viaje.

Seguidamente se recostó en su butaca, desviando los ojos hacia la ventanilla, un poco aburrida de una conversación que ella misma había provocado para escapar al asedio de sus amigas.

No era la única que se mostraba incómoda ante tal coincidencia.

CRISTINITA CALVO tenía demasiado reciente un *lifting* facial de cierta envergadura. Enormes gafas negras ocultaban los tremendos hematomas en los ojos, pero el resto de la cara aparecía rechoncho y lleno de morados, como si le hubieran dado de puñetazos. Pero no los que solía propinarle a Petrita de

Marco su hijo el drogata cuando venía a sacarle los duros tres días por semana. Puñetazos quirúrgicos eran, de los que se pagan en dólares, y muchos. Porque Cristinita Calvo pertenecía a la casta de operadas que sostienen la supremacía de la cirugía facial hecha en el extranjero, no sólo por la superioridad técnica sino por la garantía de anonimato. Se lo pudo permitir ella en otras dos ocasiones anteriores: algunos cortes de bisturí en Estados Unidos, tres semanas de reposo literalmente escondida en un remoto rincón del Pirineo aragonés y, al cabo, empezar la temporada social con un aspecto que podía atribuirse a los benéficos efectos de la naturaleza. Nada más fácil entonces y bien difícil en aquella *first class* que se había convertido en una sucursal de su peluquero. «Cualquiera de esas fariseas puede contarlo a las revistas y cobrar una buena cantidad. ¡Menudas son! La venden a una por cuatro monedas.» Entretuvo el viaje calculando cuál de ellas tenía contactos: «La delatora está entre nosotros, como en las novelas de crímenes en la biblioteca. ¡Qué inmoralidad!»

¿La adivinaban las demás? Tampoco tanto. Un tercer *lifting* no es una novedad, si acaso un chiste. Y ninguna de las mujeres de aquel avión se encontraba muy chistosa. En especial Renata Monforte, demasiado ocupada en demostrar que no conocía en absoluto al caballero de sienes plateadas y notorio aspecto alemán —una piel rojiza a lo tomate— que ocupaba el asiento contiguo, con los auriculares puestos para hacer creer que le interesaban mucho las travesuras al piano de Erik Satie. (Lo último susceptible de interesar a un grosero teutón importador de salchichas.)

Tantos esfuerzos les costaba a Renata y al alemán demostrar que no se conocían en absoluto que resultó fácil relacionarlos. Un exceso de ignorancia mutua suele ser la estratagema propia de los liados. Sólo a un amante furtivo niega una pasajera una sonrisa cortés cuando le ofrece fuego. Sólo a un amante furtivo no se le comenta el estado del tiempo o la imprevista agitación provocada por un bache. A fuerza de ser furtivos, este tipo de amores se convierten en el anuncio andante de la infidelidad hacia otro.

Pero continuaba disimulando porque una dama necesita hacerse valer, de lo contrario podía acabar como Romy Peláez, que tenía que pagar a sus *boy-friends* —eufemismo encantador— mientras las demás los obtenían gratis. Claro que todas callaban una verdad fundamental: los tipos que se pagaba Romy Peláez eran increíbles monumentos de la naturaleza, mientras las demás tenían que conformarse con lo que corría.

Romy Peláez no deseaba caballeros de fina estampa, grandes de España o banqueros de moda. Éstos valían para sacarla a cenar, acompañarla a algún desfile de modelos y a la fiesta del Rey, por san Juan. Pero a la hora de la verdad, Romy Peláez marcaba unos teléfonos que conocía de memoria y solicitaba las prestaciones de Tony, Mike o Pepín, titanes urbanos que acudían a su domicilio con sus estaturas considerables, músculos rotundos y la maquinita de la Visa bajo el brazo, para mayor comodidad de los clientes. Decía Romy a este respecto: «Si algún día Hacienda investiga mis tarjetas de crédito, verá que todo se me ha ido en pieles y no precisamente de visón.»

Las demás la consideraban el colmo del descaro. Ella vivía en la gloria.

Su radio de acción no se limitaba al hispánico solar, cuyas agencias de chicos de alquiler conocía al dedillo. Poseía, además, un cuaderno que contenía los números de las principales agencias de tres continentes. Dominaba el mercado como no sabía dominar su clítoris, que siempre pedía más cuanto más satisfecho estaba.

Diremos en su descargo que no era en absoluto avara de sus contactos. No le incomodaba proporcionar direcciones a sus amigas más necesitadas e incluso a algún caballero que, en España, presumía de hijos universitarios y en el extranjero sabía colocarse de espaldas debajo del chulo convenido. En alguna ocasión Romy llegó a asesorar y hasta a proveer a cierta autoridad eclesiástica, amigo de la familia. No era caso que su eminencia recibiese en terreno propio —por lo tanto sacro— a aquellos a quienes llamaba sus «angelitos descarriados», de modo que ella le prestó voluntariamente su espléndida villa malagueña. Tan agradecido quedó el santo varón que obsequió a Romy con una indulgencia plenaria, como si hubiese realizado el Camino de Santiago y la visita a las Siete Basílicas, todo a la vez.

La generosidad de Romy Peláez era en todo proverbial y muy elogiada por aquellos a quienes ayudaba. Que no le pidiesen prestado ni un duro, porque en el dinero era tacaña, pero su agenda estaba abierta a todos los necesitados de la carne.

A sus treinta y cinco años vivía la pizpireta Romy en un universo erótico dominado por la seguridad de la carne y el compromiso de la libertad absoluta. Seguridad porque sabía que, pagando, nunca iba a fallarle un pedido, especialmente en Nueva York y Los Ángeles. «Como lo organizan los yanquis no lo organiza nadie. Te mandan al hotel un catálogo muy bien editado con todos los chicos de que disponen y sus distintas especialidades. No tienes más que elegir. Sé de alguna muy avara que pide el catálogo sólo para masturbarse y ahorrarse el pedido. Pero ésas son las más tontas, porque para acabar así no hace falta salir de Puerta de Hierro, digo yo.»

En cuanto a la libertad, la ejercía mediante el rechazo absoluto de cualquier atadura. Por ejemplo, sabía que el amor sólo trae disgustos y no se engañaba pensando que el sexo mantenido con la misma persona era una excepción. Un sexo repetido implica una dependencia, y esto era algo a lo que Romy temía como a un nublado. Había visto demasiadas víctimas de la rutina para convertirse ella en otra parecida.

No era muy distinta la actitud de Imperia Raventós, a quien Romy solía suministrar direcciones de los países más remotos. Pero en el préstamo terminaba la coincidencia, porque si para Romy Peláez los hombres eran un simple sustituto del kleenex, algo para usar y tirarlo al poco, Imperia ni siquiera los recogía, nadie sabe si por convencimiento o por falta de horas. En el universo de Imperia, universo hecho de intereses meramente profesionales, de actividad continua dirigida al éxito de su empresa y a la imposición de su propio prestigio profesional, el sexo tenía la misma importancia que un billete de avión, la suite de un hotel o la reserva en un restaurante de lujo adonde acompañar a algún cliente extranjero. Su secretaria, sintomáticamente llamada Merche Pili, se encargaba de que todos aquellos detalles funcionasen a la perfección. El pasaje a punto, el hotel impecable, el restaurante perfecto y el machito cumplidor, puntual y limpito. A cualquier hora y en cualquier lugar del mundo. Así ocurría con el sexo.

—¡Admirables mujercitas que os bastáis a vosotras mismas! —exclamaba admirativamente el imprescindible intelectual homosexual que acostumbra escuchar las confesiones de este tipo de mujeres.

—Eso. Admirables —murmuraba Imperia con sequedad que los profanos pudieran confundir con algún enigma impenetrable. Y, asintiendo con desinterés total a las pretensiones de su confidente, jugaba con un cigarrillo que nunca encendería para no perjudicar su imagen de cara a los clientes americanos.

Era lo último que podía permitirse una ejecutiva cuya especialidad consistía precisamente en cuidar la imagen de los demás.

Al hablar de Imperia regresamos al pensamiento ensimismado de Miranda Boronat, quien la observaba desde su asiento, asombrada de que, físicamente, se pareciese tanto a Nuria Espert cuando esta actriz consiguió realizar el viejo sueño de parecerse sólo a sí misma. Pero al mismo tiempo, admiraba Miranda en su amiga que acertase a permanecer tan aislada de las demás mujeres, también por encima de ellas, distante y altiva, casi yerta por el frío interior que las malas lenguas le atribuían.

IMPERIA RAVENTÓS. La impertérrita. La del nombre imposible por lo mayestático, difícil de creer por lo rotundo. Un seudónimo jamás se hubiera atrevido a tanto. Ni siquiera un mote. Para llamarse de aquel modo tenía que ser verdad.

A Imperia no le puso el nombre un cura, que no pasó ella por el trance del bautismo. Se lo dio un padre filoclásico, panteísta y si no ateo total, pues esto es mucho, sí agnóstico a medias.

Era un notario barcelonés, que entre pleito y pleito tomó por querida a la cultura. Le dedicó todos sus ocios y tuvo la suerte de que la esposa oficial, una catalana de las tierras bajas, no sólo le tolerase el adulterio, hasta llegó a compartirlo. Igual que el notario, fue ella una dama de muchas lecturas y en vez de llenar sus ocios con el soso ceremonial propio de las de su clase, se convirtió en cuidadosa archivera de los papeles de su marido. No los propios de su oficio, que había ya pasantes, secretarias y mancebos para hacerlo en la notaría, sino los de las múltiples aficiones intelectuales que el hombre iba recogiendo, ya de los libros, ya de una nutrida correspondencia con varios y muy variados talentos de su época. Tanto de la propia Barcelona, inmersa en la efervescencia cosmopolita de los años veinte, como de un Madrid encantadoramente provinciano, llegaban al buzón de los Raventós cartas que polemizaban sobre los más variados asuntos culturales, filosóficos y científicos. Y mientras la esposa legal continuaba archivando cartas y artículos, la querida se imponía en el hogar con nuevos caprichos. El definitivo fue el de la musa subalterna Talía, quien cierta noche se presentó en sueños al padre de Imperia y le sopló al oído que lo suyo era el teatro. Al parecer, don Fabián se despertó y se puso a escribir su primera comedia más o menos sofisticada.

Siempre contará la cultura con esos admirables francotiradores que, al tiempo que la consumen, la van construyendo en un anonimato encantador, tanto o más creíble que el de los grandes profesionales. Esos inspirados de Ateneo, esas ratitas de bibliotecas perdidas, sacrifican la alegría de la vida en nombre de una creación que jamás verá la luz. Poetas ocasionales, dramaturgos improvisados, novelistas de domingo por la tarde, cuyas obras desaparecieron con un traslado de piso, con una renovación del decorado, con una nueva generación que decide arrojar a las hogueras todo cuanto no lleve el sello de lo último.

Nunca sabremos cuántos pliegos de la obra dramática del señor Raventós pasaron a mejor vida, ni siquiera si tuvieron una vida medianamente pasable. ¿Cuáles fueron sus temas, cuál su estilo, en qué idioma estaban escritos? Sólo quedó el vago recuerdo de sus influencias, que solía comentar en las tertulias de sobremesa. Quedó el culto a lo rural indígena en las obras de Guimerà, la elegante cursilería de Benavente como reto de modernidad y, a través de sus obras de tesis, el eco de las grandilocuencias de D'Annunzio.

Gracias a la ligereza benaventina, las pompas dannunzianas y el wagnerianismo agresivo que le asaltaba en las noches del Liceo, el señor Raventós recogió, sin saberlo, la herencia del superhombre de Nietzsche. ¿Sería tan consciente de ello cuando, después de despreciar el apogeo de las masas en la cultura del siglo, se acogió a la llegada del Generalísimo, el Führer y el Duce como respuestas europeas al superhombre tanto tiempo anunciado a guisa de Mesías? En cualquier caso se hizo fascista. Y si autores admirados como D'Annunzio o Pirandello glorificaron su adscripción al movimiento, él se contentó tomando los modelos de segunda mano. Admiró profundamente que el superhombre anunciado pudiese tener una respuesta en el sexo contrario y don Jacinto Benavente se lo dio mascado y digerido en la fantasía de *La noche del sábado*, donde el modelo de mujer suprema se llama Imperia y parece destinada a reinar sobre los sueños del mundo. ¿No es precisamente un pintor quien se la inventa, edificándola a la imagen de su propio, grandilocuente sueño de gloria?

LA EXPLICACIÓN DEL POMPOSO nombre de Imperia Raventós resultaría así de sencilla a condición de que alguien se acordase hoy de quién fue Benavente. Sólo Miranda Boronat se consideró documentada para afirmar que era el nombre de un cine. Y Toño Martín la contradijo, aduciendo que era una confitería.

Aseguraban de Imperia que tenía moral de tigresa, coraje de leona y cautela de esfinge, pero algunas viperinas añadían que se limitaba a ser fría como un témpano. Y al observarla ahora, en su asiento de ventanilla, Miranda Boronat amplió aquella última acusación, decidiendo que Imperia batía su propio récord al permanecer indiferente a todo durante un viaje de siete horas.

¿Qué podía ocuparla con tanta atención, apartándola de los cuchicheos de las señoronas y el jaleo indiscriminado que provocaba el ir y venir de la tribu de la folklórica?

En modo alguno podían ser tan interesantes las revistas de economía cuyas páginas parecía devorar Imperia desde la salida de Nueva York. Convenía a las esperanzas de Miranda el suponer que aquella lectura —aburridísima— sólo era un fingimiento planeado para escapar a la atención de los demás. Pero no. Imperia Raventós era perfectamente capaz de estar leyendo. De hecho, era una de esas personas que suelen leer. Por increíble que pareciera, no compraba los libros según el color de las encuadernaciones. Incluso tenía muchos en edición económica. ¡Y en pleno salón!

—Será un esnobismo —dijo en cierta ocasión Mariantonia Sanatorio, la que había vuelto a poner de moda el *gin-fizz* aunque sólo por unos días.

Alguien dijo que para hablar siete idiomas algo tendría que haber leído Imperia. Cuanto menos lo de los verbos. Llegó a decirse que si el *Quijote*. Al punto saltó en su defensa Miranda Boronat. No sirvió de nada. Un cortejador frustrado por cierto desaire de Imperia Raventós (un polvo y basta) aseguró haber descubierto en su mesita de noche un ejemplar del *Corán* y un tratado sobre política en el Oriente Medio. Todos temieron que se hubiera hecho musulmana (al fin y al cabo, cristiana no era). La sospecha quedó descartada cuando se supo que acababan de encargarle una campaña de promoción de cosméticos destinados a los países del golfo Pérsico. Hubo quien lo consideró una tontería: «¿Pues no llevan velo las sarracenas?» «Mujer, las cejas se les ven. Siempre necesitarán un depilatorio», aclaró Miranda, conciliadora.

Al saberse que Imperia leía cosas de moros, se dio por descontado que ya lo había leído todo sobre los cristianos.

Tamaña heroicidad, junto a otras del mismo estilo, hacía plausible que Imperia Raventós estuviese efectivamente interesada en lo que decían las rígidas revistas de economía y no en los apasionantes cotilleos que se intercambiaban las amigas de la *first class*. Y entre todas ellas sólo Miranda la compadecía porque, en fin de cuentas, sólo ella disponía de ciertos datos sobre su vida privada.

—¡Insensata! —se dijo—. ¡Con todo lo que tiene por pensar! ¡Con lo que debería decidir!

Como si lo hubiese adivinado, Imperia la miró fijamente. Llegó a sonreír, justo es reconocerlo. Y por un momento, Miranda sintióse cómplice y, por cómplice, enternecida. ¿Fue su conciencia de aprendiz de lesbiana, su instinto maternal jamás realizado o acaso algún residuo de su amistad en los lejanos tiempos de la escuela lo que la impulsó a echarse hacia adelante, presintiendo que su amiga la necesitaba? En cualquier caso, se abrió como si avanzase hacia una verbena del sentimiento.

Chasco total. Imperia devolvió la mirada a las revistas de negociantes y, como máximo, lanzó un suspiro a causa de alguna caída súbita en cualquier bolsa de Occidente.

—¡Qué cerrada es! —murmuró Miranda por lo bajo—. ¡Cosa más terca y más redicha!

—¿Mande? —saltó la madre de la folklórica.

—No iba por usted, señora. ¿Se piensa que he de pasarme el viaje dándole conversación? *A propos*, ¿sale o no sale del lavabo esa hija suya?

—La niña es que se estará cambiando los paños, de otro modo no se entiende tanta parsimonia.

Fue entonces cuando Imperia volvió a mirar a las dos mujeres. Fue un impacto certero, de los que asustan. Tenía aquella mirada la celeridad del águila y la penetración atribuida al gavilán. Dejaba bien claro que el asunto era de vital importancia y que estaba dispuesta a entremeterse.

«Después de todo la virginidad de esa folklórica es su *business*», decidió al punto Miranda Boronat, ya demasiado escéptica para imaginar que la atención de Imperia pudiese esconder un átomo de sentimiento.

—Espero que la niña no esté cometiendo alguna torpeza —dijo la Raventós, con su habitual sequedad.

Tronó entonces la madraza:

—Atienda usted, Mari Listi: es mi niña mucha niña mía para que se arriesgue a verse pregonada por un desliz en el aire.

—En aire, tierra o mar recuerde el trato. Al menor tropiezo dejo de llevarle la imagen.

—¡Ni que fuese usted un costalero! Pues sepa que en lo de imágenes a la única que reconozco yo es a mi vecina la Encarni, que viste y adorna a las vírgenes y cristos de mi parroquia para que luzcan como soles en llegando la Semana Santa. O séase, que mire si sabré yo de imágenes como para que venga usted ahora a añadir espinas a mis espinas... —En esta frase suspiró y se fue quedando mansa. Temblequeante, añadió—: Y, es que a decir verdad, ya empieza a angustiarme tanto retraso. Que o bien le ha dado una embolia o me la está magreando el azafato aquel de mis temores.

Imperia recurrió al sentido práctico más elemental. Al parvulario de la lógica andante, por un decir. Y, acariciando el hombro del sobrino de doña Maleni, dijo:

—Eliseo, ¿por qué no me hace el favor de ir en busca de su prima? Así sabremos de una vez qué ha podido ocurrirle.

Eliseo se resistió con un mohín de capricho y un vuelo de melena.

—¡No voy porque, al pasar, se mete conmigo el personal!

—No te hubieras peinado de Lola Flores, mariconazo. ¡Anda ya! Corre a buscar a tu prima, que tiene razón la Mari Listi. Igual se ha quedado encerrada —y dirigiéndose a Imperia, añadió—: Los artistas, ya se sabe: viven en un mundo tan aparte, tan en las nubes, que se les escapa todo lo práctico. ¿Se imagina a don José María Pemán, que en paz descanse, arreglando un grifo?

Imperia la cortó bruscamente:

—Importa sobremanera que la tenga siempre muy controlada.

—¡Y dale! Más le preocupa el virgo de mi niña que la honra de su propia madre.

—Como podrá usted comprender, la virginidad en sí misma me trae sin cuidado. Pero es un valor añadido que, a causa del éxito, se ha ido convirtiendo en plusvalía. No pierda usted de vista este detalle.

—Ni perderé yo el detalle ni mi hija sus reservas espirituales, que así la quieren sus forofos, pura e intocada. Y así ha conseguido llevarse de calle al difícil público yanqui.

Lo que doña Maleni llamaba el público yanqui era en realidad una impresionante caterva de latinos que se congregaban en viejos teatros de sus barrios marginales para aplaudir a los cantantes que les llegaban de sus propios países o de la llamada Madre Patria. Un circuito inmenso pero encerrado en sí mismo, al que ningún americano *Wasp* había descendido jamás.

Aquél era el público que tanto quería a Reyes del Río y al que ella debía todo lo que era. Supervivientes de culturas ancestrales absorbidos por el *melting-pot*, sin integrarse jamás a una cultura, a unas formas de vida que los rechazaban continuamente. Puertorriqueños, cubanos, salvadoreños, mexicanos, todos reunidos en torno a ídolos parecidos, todos escuchando ansiosos unos mensajes que rechazaban la modernidad para restituir ecos ancestrales, resonancias paganas y una desesperada nostalgia por los orígenes.

Identidad lingüística, idolatría, identificación sentimental, todo valía en aquella mescolanza de rostros vulgares, ojos exhaustos que de repente se abrían con una religiosidad desesperada, como si la música, por vulgar que fuese, se hubiera vuelto de repente milagrera.

Cabría la brujería, la magia, la fe en último extremo. ¿O acaso no declaró Reyes del Río en cierta ocasión que conservaba intacta su virginidad para agradecer aquella voz prodigiosa que le había concedido la Virgen Santa? No dijo cuál, pero había donde elegir: la Blanca Paloma, la del Coro, la del Pilar, la de Covadonga y la de Montserrat. La flecha se clavó en lo más profundo del alma primitiva. En Colombia, un pastor aseguró que se le había aparecido Reyes del Río con los pies descalzos encima de un zarzal ardiendo cuyas ramas no se consumían. En México, un pintor *naïf* representó al indiecito Juan Diego adorando al mítico huevo que, en lugar de guardar en su interior a la Guadalupana, tenía a Reyes del Río vestida de chaparrita. Y el alucinado mostraba en su mandil los últimos discos de la folklórica sustituyendo a las rosas del milagro.

Al pensar en aquel público, la Raventós no podía reprimir una sonrisa de tristeza. Los feos rostros de la miseria emergían entre el griterío, formando un ejército de formas dantescas y a la vez disciplinadas. Obedecían a ciegas cualquier promoción y adoraban a gritos cualquier voz. Y, a cambio, correspondían con una devoción, una sumisión que volvían a ser su propio retrato, tan alucinante como el eco de sus vítores surgiendo de fauces desdentadas con un sospechoso olor a cebolla cruda y a vino barato.

Y allí estaba ella, promoviendo la ceremonia, controlando el éxito desde su ciencia eminentemente moderna. Allí estaba con sus masters brillantemente aprobados, su técnica de implacable precisión, su conocimiento de los rankings más complejos de los mercados mundiales. Y sólo para proyectar sobre un público analfabeto el más antiguo de los inventos reaccionarios. La virginidad de una folklórica de treinta años.

Sin embargo, pertenecía Imperia a una generación de mujeres que habían luchado ferozmente contra la virginidad, y a una familia que le había inculcado todas las ventajas de la cultura, incluso como valor social. Cultura y progresismo marcaron los años de su juventud y, así armada, así acorazada, se integró a la marcha de los años sesenta mezclando la combatividad con el placer. En ambos casos, la virginidad fue un tabú contra el cual luchar con igual ahínco que contra la dictadura. Eran formas parecidas de la represión total.

Vivía rodeada de inquietantes sincretismos. En plena era de la modernidad como valor y como moda, se percataba de que ella ya había probado la vanguardia veinte años atrás, para abandonarla cuando comprendió que no daba un duro. La sociedad que siguió a los años sesenta era convencional, quería pocas sorpresas y, desde luego, ningún sobresalto. Moderno sí, peligroso nunca. Su generación de antiguos combatientes había dejado la revolución por el esmoquin, la lucha activa por la política convertida en pelea de intereses u oficio de lacayos. Lejos de deprimirse, Imperia sonrió con suficiencia ante las contradicciones de su generación; pero, a la postre, fueron tantas y tan a diario que dejó de sonreírles y aun de llorarlas. Simplemente las archivó como había archivado a su ciudad natal y su vida privada. Al fin y al cabo, la mujer que pasados los cuarenta no ha comprendido que la revolución empieza por una misma, esa mujer se va directamente a la mierda.

Consiguió no vivir del pasado y, en el momento de elegir un oficio definitivo, buscó el que menos pudiera relacionarla con sus ideas de juventud. Y nada más difícil de asociar con una vieja mística revolucionaria que la promoción de un refresco con sabor a caucho o unos cosméticos que dejaban la piel hecha trizas. No cabía aquí el remordimiento. Existen leyes tácitas pensadas para calmarlos. Al fin y al cabo, se nos ha inculcado que, entre todas las opciones del siglo, nuestras masas prefieren la mediocridad y, entre cualquier alimento, siempre la bazofia.

Pese a tan eficaces axiomas tomados a guisa de consolación podía presentarse, inoportuno, el remordimiento (*I wasn't a maoist for nothing*, le dijo cierto día a Minifac Steiman).

Cuando el remordimiento llegaba, ella se acogía a los consejos de su director, un castizo a quien llamaban el Boss, como sucede en estos tiempos. (Otros, más americanizados, le llamaban Eme Ele. Que significa, llanamente, Manolo López.)

21

—Un buen asesor de imagen no puede tener remordimientos —solía decirle—. Debe partir siempre de una base: estamos inmersos en la mediocridad, trabajamos para borregos y todo cuanto se aparte de esta premisa está inevitablemente destinado al fracaso.

—No es como para cogerle cariño a este oficio —decía ella, sin sentir siquiera desaliento.

—Humanízalo. Toma a los destinatarios de tus campañas como si fuesen hijos a los que estás educando.

Por culpa de consejos semejantes los divanes de los psicoanalistas están llenos de cuarentones que años atrás se creyeron honestos.

De los mensajes mediocres que su trabajo la obligaba a impartir, ella había conseguido alguna ventaja. Las obligaciones de la Firma la obligaban a los viajes continuos y, por ello, a la continuidad del exotismo. Ciertas marcas de pésima calidad, productos fallidos que se desechaban en cualquier mercado occidental tenían campo abonado en los mercados de Oriente. La bazofia invadía la autenticidad. Las preciosas especias, los tules y cachemires, las exquisitas formas del arte popular, las primeras materias celosamente cuidadas desde los tiempos más antiguos, quedaban desterradas en beneficio del plástico, las telas sintéticas, la vulgar zarzaparrilla de los yanquis y las tiránicas hamburguesas, vencedoras de todas las batallas.

A los orientales, Imperia les hizo entrar la bazofia por los ojos. Cierto que otros la habían vendido antes, pero ella y sus colegas de imagen impusieron los iconos, creando en aquellas multitudes una innoble mecánica del deseo. La Firma la llenó de laureles y a partir de entonces empezó a ganar verdaderas fortunas, pero estaba muy lejos de sentirse orgullosa. Sentía desprecio por aquellos que caían en la trampa. Seguía desde niña una máxima pasada de moda: es de pésimo gusto enorgullecerse de una victoria sobre un ejército mediocre. Se defendía despreciando a las multitudes que no sabían oponer resistencia a sus astucias.

Pero no era consolador. O, cuando menos, no completamente. De hecho, contribuía a que los demás celebrasen hoy las vulgaridades que en otro tiempo ella despreciaba. Decidió, entonces, dejar en manos de otros compañeros la promoción de la porquería. Cambió los objetos inanimados por los seres humanos. Se equivocó al buscarlos en el mundillo de la alta política. Entre presentar de manera atractiva un detergente o hacer que pareciesen mínimamente presentables los candidatos a una campaña electoral no había demasiada diferencia.

Seguía con interés las campañas políticas promocionadas por sus colegas. Conseguir que un candidato vulgar y hasta antipático, cuando no grosero, apareciese sonriente, luminoso, casi humano era una odisea que podía significar un triunfo profesional para quien la organizaba. Todo un desafío para cualquier buen embustero de la imagen.

Por lo que sabemos de Imperia se entenderá que no deseara incorporar a su maestría presente la práctica adquirida en sus horas de lucha política. Sería como volver sobre el pasado y abofetear a aquella joven ilusionada, empeñada en tantas batallas en pro de la libertad.

Además, la campaña de un político no terminaba el día de las elecciones. Debía mantenerse una vez instalado en el poder, o en cualquiera de sus múltiples estrados. Convenía hacerle aparecer constantemente en la prensa, mostrando como material de interés público facetas de su vida privada que, meses antes, ni siquiera habrían interesado a sus vecinos de rellano. Diputados haciendo *footing*, presidentes autonómicos escalando montañas, ministros mostrando sus hogares de dudoso gusto, tiernamente abrazados a unas esposas con cara de muñeca repollo y sustituyendo el delantal de cocina por un Armani que les venía ancho por todas partes.

Imperia encontró menos humillante traicionar sus propios gustos cuidándose de una folklórica. Y, en cuanto pusiese los pies en Madrid, de otro encargo que la gira americana de Reyes del Río le había obligado a aplazar.

Un hombre singular, que se anunciaba aburrido por su oficio mientras se anunciaba deliciosamente apetecible por su atractivo físico. Un enigma en cualquier caso.

OCURRIÓ DÍAS ANTES de su partida para Nueva York. La recibió Eme Ele, con su acostumbrada actitud paternalista y su prepotencia a prueba de desengaños. Era el promotor de la eterna sonrisa. Todo en él emanaba energía, empuje y una vitalidad supersónica, que acababa fatigando a quienes se veían obligados a soportarla y, además, celebrarla. Era, por otro lado, un muestrario viviente de las mejores marcas del *atrezzo* masculino. Respondía a una máxima primordial: «Donde no hay alma hay una marca. Donde no hay marcas, ¿qué pinta el alma?»

Para no desentonar del catálogo en que se había convertido, sacó la botella de Chivas en honor de Imperia.

La vio deprimida. Supo que volvía a tener problemas de conciencia con su trabajo. Intentó desviarlos recurriendo a algún tema banal.

—¿Qué pasa? ¿Tienes algún problema de amoríos?

Imperia le miró, despreciativa. La suposición equivalía a no conocer las perfectas asimilaciones de su soledad incluso en las relaciones sentimentales. O especialmente en ellas.

—Acabo de revisar la promoción de Reyes del Río. Después de hablar con su agente y los representantes de la casa discográfica, llego a la conclusión de que nunca había conocido a tantos idiotas como en mis últimos trabajos.

—No creas que has batido el récord. Conocerás a muchos más.

—Cierto, Eme Ele. Un idiota más que hoy y otro menos que mañana. Es ley de la industria. Ya los están fabricando en masa y para todos los puestos de la vida pública.

—Te tengo preparado uno de mucha consideración.

Le pasó un dossier que ella leyó en diagonal, sin prestarle mayor interés que a una nueva marca de neveras. No cambiaba el asunto que en aquella ocasión se tratase de un ser humano... o algo parecido: un ejecutivo vulgar y corriente provisto, eso sí, de un currículum brillantísimo. Pero tampoco este tipo de hazañas constituía una novedad. En los últimos años se había alcanzado la perfección del prototipo. Un ejecutivo joven, de treinta años bien llevados, como se espera en el gremio. Un triunfador nato, según los informes de tres escuelas de ciencias empresariales. Un aprendiz perfectamente futurible en el tiburoneo de las altas finanzas.

De pronto, Imperia lanzó un silbido de admiración acompañado por un par de tacos no menos admirativos.

Acababa de pasar a las fotografías. Eran de tamaño prensa y reproducían a un atlético joven carente de toda sofisticación pero con las suficientes prendas para acaparar cualquier portada de revistas destinadas a la celebración de la belleza masculina. También parecía sacado de un tebeo para lectorcillas románticas. Piel tostada, rizos negros, nariz perfectamente recta, como una escuadra que prolongase la exacta rectitud de la frente, ojos penetrantes y, para rematar tan armonioso conjunto, un pronunciado hoyuelo en la barbilla y unos labios carnosos, entreabiertos en una mueca de indecisión. Parecía indicar que no estaba acostumbrado a que le fotografiasen. O simplemente, que no le gustaba.

—No me dirás que voy a llevarle la imagen a este buen mozo.

—Vas a creársela.

A cada foto, Imperia iba recibiendo nuevos impactos visuales. El joven vestido con traje de franela gris. El mismo joven con americana de paño inglés todavía más gris. Y, después de otros trajes del mismo color, el joven vestido de baturro y en trance de entonar una jota junto a otros mozos de parecido porte.

—¿A qué viene este despliegue de esplendores regionales? —preguntó Imperia, admirada por el cambio.

—Una borrachera en las fiestas del Pilar, supongo. Como puedes ver, es un genuino.

—¡No me fastidies! El año pasado me encargaste una folklórica y ahora un jotero.

—No has leído bien estos informes. En confidencia: ¿crees que puede llamarse jotero a este coleccionista de títulos?

Estaban, en efecto, todos los galardones de una vida consagrada al triunfo profesional. Había llegado tan alto entre los directivos de una gran empresa de construcciones que su próximo paso era el liderazgo absoluto y, además, con el apoyo de los socios mayoritarios.

—En el trabajo es una fiera —dijo Eme Ele—. Fuera del trabajo, un palurdo. Y esto es grave, porque la empresa ha decidido representar en él todos los valores de la juventud. Ya conoces la fórmula: el ímpetu, la agresividad, la elegancia, todo cuanto otorgue al dinero un aspecto de modernidad... —Alargó a Imperia un nuevo dossier con preguntas contestadas a mano por el propio interesado—. Éste es otro *rapport* secreto. Las cosas que le gustan.

—Las fallas de Valencia, el Monasterio de Piedra, la fabada asturiana, las canciones de Julio Iglesias, el fútbol y jugar... ¿a qué?

—Al frontón.

—¡No me lo puedo creer! —exclamó Imperia, riendo—. En cualquier caso, tiene los gustos necesarios para ser feliz. ¿Por qué cambiarle?

—Para colocarle a la altura de los que manejan el dinero en este país. Pocos de los que conocemos buscan la felicidad, que yo sepa, pero sí fomentan una buena imagen al margen de la que ya tienen en su trabajo. Atesoran obras de arte, asisten a conciertos, hablan con el Rey y dejan en buen lugar a las empresas que representan. Por el momento, Álvaro Pérez es impresentable.

—Igual que el apellido. ¿Cuál es el segundo? —Examinó los datos. Dio con lo que buscaba—: Montalbán. Lo prefiero.

—¿Pérez Montalbán?

—Álvaro Montalbán.

—Horrible. Suena a novelita rosa.

—No vives al día, niño. Estamos asistiendo a la resurrección de la novela rosa en las finanzas, en la política y hasta en la cultura. Los líos que han llenado nuestras conversaciones en los últimos años mezclan el dinero y el amor con la misma desvergüenza que la peor serie televisiva.

Volvió a mirar las fotografías. Habían pasado diez minutos y Álvaro Montalbán continuaba siendo lo más guapo que había visto en su vida.

—En cuanto le vista de jugador de polo será otra cosa.

—No es exactamente esto. Hemos visto a muchos señoritos vestidos de polo. No nos vale un deportista, tampoco un aventurero. Tiene que inspirar confianza a los empresarios.

—¿A quién debe contentar, a la derecha o a la izquierda?

—Si pudiera ser a todos, mejor.

—Pues ponle gafas. Tienen la ventaja de inspirar respeto a la derecha y a la izquierda. —Tomó un rotulador y diseñó rápidamente distintos modelos de gafas sobre el rostro del candidato—. Definitivamente, le sientan mejor las gafas gruesas. Hasta parece un profesor.

—No es mala idea. Los últimos rankings llegados de América indican que vende mucho la cultura. Por esto te he elegido a ti. Piensa que Álvaro Pérez cree que Picasso es el nombre de una *boîte*.

—¿Tú qué quieres, un ejecutivo o un bibliotecario?

—Una sugerencia de ambas cosas. Un *petit rien* de intelectual y un *presque tout* de buitre de las finanzas. Entiéndeme, no se trata de que este gallardo joven se pase horas enteras estudiando un cuadro. Basta con que conozca el nombre del autor. De todos modos, los otros tampoco saben mucho más que esto.

—Es decir: un popurrí. —El otro asintió a medias. Ella captó su indecisión—: Si no comprendo mal, no quieres inclinarte por una imagen definitiva. ¿Por qué razón?

—Una imagen definitiva es peligrosa en los tiempos que corremos. ¿Quién sabe lo que puede inspirar respeto dentro de cinco meses? Hay que dejar la puerta abierta al tipo intelectual, al deportivo, al beato, al frívolo, al monárquico, al republicano...

—Son demasiadas puertas para que la casa quede bien

guardada. De momento, urge enseñarle buenos modales. Vuelven a llevarse los cortesanos. Conozco algunos aristócratas que han montado academias de este estilo, básicamente para que los altos cargos socialistas aprendan a manejar el cuchillo y a elegir el vino apropiado. Si esto vale para un sociata, también valdrá para nuestro jotero.

Y volvió a mirar las fotografías, para asombrarse todavía más.

—Ve pensando en ello. En cuanto vuelvas de América deberás ponerte manos a la obra. No será difícil concertar un almuerzo. De hecho, don Matías de Echagüe, presidente del grupo, lo ha solicitado con urgencia. La reconversión de Álvaro Pérez tiene que completarse antes de un año.

Imperia recogió el desafío sin inmutarse.

—Al parecer es muy testarudo —advirtió Eme Ele, pero al encontrarse con la mirada cínica de Imperia comprendió que su reparo era insuficiente. Añadió—: No está demasiado convencido de que una mujer pueda enseñarle algo que no sepa.

Imperia se incorporó de golpe, apretando las fotografías del apuesto palurdo. Sus manos se habían convertido en garras sobre la belleza.

—Convertí a tu folklórica en una réplica viviente de la Macarena. Dentro de un año verás a este zagalón hecho un Brummell.

Y salió dando un portazo, como suelen hacer en las películas las mujeres dinámicas. Pero antes aplastó el cigarrillo en una escupidera, para que nadie supiese que había fumado.

CLARO QUE EL ADONIS tenía defectos. Su palurdez no era un espejismo. Era cejijunto, iba mal afeitado, el pelo parecía de galán antiguo y al sonreír se notaba la falta de un par de dientes. Pese a tantos reproches, Imperia decidió probar su efecto sobre algunas hembras de la oficina.

Llegó oportunamente Inmaculada Ortuño, la redactora de frases publicitarias. Pretendía que Imperia le diese su opinión sobre el *story-board* de una campaña de dentífricos para fumadores empedernidos («tope cancerosos», decía ella).

Pero Imperia se le anticipó, poniéndole delante las fotos de Álvaro Pérez.

—¡Qué hombretón! —exclamó Inmaculada—. Yo creí que ya no los fabricaban así.

—Ya ves que los fabrican. Pero yo le encuentro basto. Compáralo con los banqueros de moda. ¿No crees que pierde?

—Pienso que gana. Sugiere un polvo salvaje. Mejor dicho: mil y una noches de polvos salvajes.

No servía como prototipo. No interesaba que sus colegas viesen en él a un competidor de cama. Bastante tendría con los enemigos que se crearía en los negocios. Le convenía reservar sus fuerzas para debatirse como un tigre en un mundo de tigres. Sería penoso malgastarle en peleas ridículas con maridos celosos.

Devolvió a Maribel su *story-board* y decidió asesorarse por alguna hembra de mentalidad menos lanzada. Fue entonces cuando se presentó la secretaria Merche Pili, con su cárdigan demasiado floreado y sus cabellos inundados de laca. En otro tiempo hubiera sido la doble perfecta de Doris Day. Hoy, se quedaba en concursante de espacios televisivos.

Al igual que la otra, sucumbió de inmediato a los robustos encantos de Álvaro Pérez.

—¿Qué le sugiere? —preguntó Imperia.

—Un actor de televisión.

—¿Y en esta otra foto?

—Otro actor de televisión.

—¿Y con gafas?

—Un presentador del telediario.

—Pero ¿es que usted sólo ve la televisión?

—No es eso. Es que sólo en televisión salen hombres que la hagan soñar a una.

—¿Y los del cine?

—No, los del cine no. Primero, porque voy poco; después, porque tienes que ir a buscarlos. Pero los de televisión te llegan a casa. Estás cenando y, ¡zas!, los ves que están sentados a tu lado mientras te tomas el cocido.

—Debe de ser un hecho comprobado que el hombre ideal tiene que compartir el cocido para hacer feliz a una mujer.

—Quien dice compartir el cocido también dice cogerla a una de la mano y llevársela a Miami.

—¿Por qué Miami?

—Por el lujo tropical y las palmeras brotando entre las mesas del restaurante. Y las velas en las mesitas.

Imperia, que conocía la horterez suprema de Miami, esbozó una mueca de asco. Examinó de nuevo las fotos de Álvaro Montalbán. Decididamente no convenía relacionarle con los cocidos, los esmóquines blancos ni los daiquiris en restaurantes de plástico. No convenía convertirle en simple objeto de deseo de las secretarias menopáusicas.

—¿Y si en lugar de Miami la llevase a Zaragoza?

—Pues me conformaría. Un guaperas de este porte, que la lleve a una donde él quiera. Y una, a obedecer como las perras.

Ésta era una posible clave. No decidir previamente a qué lugar tenía que acompañar Álvaro Montalbán a las señoras, sino llevarlas a su propio terreno.

—Y que acudan como perras —decidió Imperia, con desprecio—. ¡Con lo dignas que son algunas perritas!

A MEDIDA QUE EL AVIÓN se acercaba a Madrid, seguía pensando en Álvaro Montalbán, como ya le llamaba. En fin de cuentas, los pensamientos correspondían a una orden de Eme Ele y ella no tenía el menor inconveniente en obedecer a ciegas, aunque no tanto que no siguiese considerando los defectos físicos del joven baturro. No lo serían para un futbolista, pero sí para el cabeza visible de una firma que pretendía imponer la imagen de la elegancia suma. Repetía así Imperia sus reproches de días antes: cejijunto, dientes feos, afeitado mediocre y una nariz llena de barrillos. Era impensable que un macho tan macho se hubiese sometido jamás a una limpieza de cutis.

¿Podía conseguir con él lo que consiguió con la folklórica?

Cuando se la confiaron, era el penoso resultado de un quiero y no puedo propio del éxito que llega demasiado rápido. Consiguió el milagro a partir de un golpe de fuerza. Decidió entrar a saco en las opciones estéticas de Reyes del Río. Desterró al peluquero y al modisto que a fuerza de encontrarla «divina» la estaban convirtiendo en una representación de la horterez de ambos. Sabía que nada hay más nocivo para la personalidad de una mujer que el mariquita que la pone en un altar disfrazándola con la personalidad que él hubiera deseado para sí. No hay sentido crítico capaz de defender a la mujer de estos ultrajes al buen gusto basados en la adoración desmadrada. Todos los potingues son pocos para esos rostros que se pretende divinizar llenándolos de garabatos. Todos los postizos son insuficientes para esas cabelleras que, de repente, se van levantando en gigantescos crepados a cuya cumbre sólo le falta una giralda. Y, además, con tantas joyas que estas hembras parecen el camarín de la Virgen.

Con la ayuda de excelentes estilistas, Imperia consiguió que el mundo descubriese una Reyes del Río con la cara lavada, el pelo lacio y sin otras joyas que las que permitían relacionarla con un cierto sentido de la religiosidad, imprescindible para la personalidad que se había impuesto en sus orígenes. Nunca tuvo claro si Reyes creía en los enternecedores dislates que sus coplas pregonaban; pero, en cualquier caso, se cuidó de hacerle entender que sus heroínas eran una cosa y la mujer moderna otra muy distinta.

Ante aquellas lecciones, la folklórica se limitaba a sonreír de manera más bien sosa. Sólo un favor no había conseguido Imperia: que sus labios se abrieran de vez en cuando para emitir dos frases seguidas.

Era todo tan misterioso en ella como aquel encierro en el lavabo de un vuelo Nueva York-Madrid, entre una madre y un primísimo convertidos en hagiógrafos de su gloria y su fortuna.

ACABABA DE REGRESAR ELISEO, nervioso como un flan y con los brazos como aspas de molino.

Preguntaron todas sobre la niña encerrada en el lavabo.

—Que no se atreve a salir, tía —musitaba Eliseo—. Que tiene miedo de encontrarse cara a cara con doña Imperiala.

—Pero ¿qué ha hecho esta hija mía?

—Eso. ¿Qué ha hecho esa histérica? —preguntó Imperia.

—Se ha encontrado una ladilla en la entrepierna.

Después de tanto disimular, lo dijo tan alto que hasta Miranda Boronat se escandalizó. Y en voz todavía más alta que la de Eliseo exclamó:

—¡Qué guarrada! Se la habrá pegado un macho.

—¿Mi hija con un macho? Lo más macho que ha conocido en este viaje es usted.

—Se pesca en el coito —insistió Miranda—. Sin coito, no hay ladillas. ¡Eso, eso! Su hija se ha jugado la virginidad por un coito aéreo.

—¡Ni más coito ni más nada! —gritó doña Maleni—. Hasta cagando se puede pescar una ladilla. Sin ir más lejos, en aquel hotelucho de muertos de hambre tenían el water muy guarro.

Imperia Raventós quedó meditabunda durante unos instantes. Mientras todos esperaban su reacción, no sin temor, ella abrió su agenda y anotó algo que permaneció en secreto. Al cabo, dijo con su sequedad habitual:

—Esta circunstancia coloca las cosas bajo una luz completamente distinta. El desenfreno de su hija puede repercutir muy desfavorablemente en su imagen mítica. Es grave, muy grave. Y por serlo, hablaremos de ello en otra ocasión. —Y en tono todavía más severo, añadió—: Eliseo, dígale a su prima que salga sin temor.

—Y a ser posible sin la ladilla —comentó por lo bajo Miranda Boronat.

Eliseo se fue, mariposón, considerando entre risitas si no era de lo más chungo que a su prima la hubiesen desvirgado el día de la Purísima.

CUANDO UNA VOZ FEMENINA con pretensiones de simpatía anunció que el avión se acercaba a su destino, empezó la cola en los lavabos. Ni la propia Venus Afrodita resistiría el trajín de vuelos tan largos, vuelos que incluyen horas de vigilia y, en el mejor de los casos, un mal dormir. Aseguran los expertos que ninguna mujer bien nacida debería dejarse ver antes del mediodía, pero, en tales condiciones, ni siquiera al día siguiente. E igual podrían decir los caballeros. Porque empezando por el alemán rostro-atomatado y acabando por el último de los gafudos ejecutivos que llenaban el vuelo, todos parecían zombies sudorosos, decrépitos y con barbas incipientes que les daban un aspecto de suciedad poco acorde con su elevada posición.

Era el momento esperado para desenfundar las maquinillas eléctricas y pasarse una mano de agua por la cara, como los gatos.

Para las señoras, el paso por el lavabo no se limitaba a un simple retoque. Era todo un proceso de reconstrucción. Entraban en estado de derribo; salían frescas como rosas de pitiminí a las que un jardinero diestro hubiese dado varias capas de abrillantador. Nunca mejor dicho. Ni siquiera el astuto retoque de los polvos servía para disimular tantos brillos en la nariz, tan relucientes destellos en las mejillas...

Casi todas iban teñidas según los distintos grados del rubio. Abundaban las melenitas tipo paje. Alguna se permitía unas pocas canas, hábilmente resaltadas para demostrar que la edad no tiene importancia, coquetería ésta que no es sino un subterfugio desesperado de quienes piensan en la edad demasiadas horas al día.

Había joyas pero no excesivas, por lo del gusto; tampoco llamativas, por los amigos de lo ajeno. Ni la más ostentosa ignora en estos tiempos que el mejor estuche es la caja fuerte. En cualquier caso, ciertos brochecitos, un anillo de nada o acaso una fruslería en forma de pendiente derrotaban a la prudencia para imponer ligeramente la presunción.

En aquel orden de austeridades, la bisutería santera de la madre de la folklórica parecía un Vaticano ambulante y un Lourdes del fasto gratuito.

Aunque admiró secretamente a aquellas damas que solían aparecer a menudo en los ecos de sociedad, no aprobaba que fuesen de tan poco lucimiento, excepción hecha de los visones, *foulards* y bolsos, de muy distintas y valiosas marcas. Para ella, el señorío y el lujo iban juntos y ambos guardaban alguna relación con el poder.

De hecho, pocas veces se ven tantas maletas Louis Vuitton en un solo vuelo ni tantos echarpes Loewe colocados en bandolera. También abundaban los paquetes de las mejores tiendas de Manhattan, regalos envueltos en papeles de llamativos colores, que anunciaban la proximidad de las Navidades. Aunque todas iban cargadísimas, se apresuraban a asegurar que las compras no eran para ellas, pues tenían de todo. Chucherías para quedar bien con las amistades. Compromisos de los maridos, que delegaban en su buen gusto. Detallitos, en fin. (Pero el alemán de Renata le había regalado unos garbanzos de Tiffany's que no soltaría ella ni para salvar la vida de su madre. «El valor sentimental», diría más adelante, para quitarle importancia. Y sus amigas pensaron: «Y un huevo, rica. ¡Lo que le has sacado a este palomino!»)

En medio de tantas elegancias, doña Maleni todavía contemplaba otro suplicio inmediato:

—¡Y ahora la prensa, pa'joderse! Procura ser simpática con ellos, niña, que luego te llaman borde.

Reyes del Río seguía sin contestar a ningún comentario. Mantenía erguido el soberbio mentón, cerrados a cal y canto los labios inexpresivos, inmóviles las sutiles cejas mientras los ojos, verdes y tremendos, miraban hacia algún lugar, sin retenerlo. Continuaba pareciendo que nada de lo que ocurría iba con ella. Por tal razón, Imperia no albergaba temor alguno respecto a su comportamiento en la rueda de prensa. Prefería que apareciera muda como una muerta antes que vivaz y dicharachera como solían aparecer las folklóricas canónicas. La mudez podía evitar más de un disgusto.

Al saber que el aeropuerto estaría lleno de periodistas, Cristinita Calvo se apresuró a esconder su *lifting* detrás de un echarpe de lana. Sólo se veían dos enormes gafas de sol, aparcadas entre el echarpe y el sombrerito.

—No tienes nada que temer —dijo Miranda—. Tú no eres artista.

—Desde que a cuatro despendoladas les dio por divorciarse a bombo y platillo, las señoras corremos los mismos riesgos que cualquier farandulera.

Y era cierto que en los últimos tiempos la prensa había cambiado de ídolos. Más que la llegada de cualquier estrella importante de Hollywood importaba pescar a alguna marquesona en un renuncio. Más que la foto de un premio Nobel vendía la estampa desamparada de una esposa de banquero que volase al Brasil para comprar su juventud a precio de oro.

Instintivamente, Cristinita se palpó las cicatrices.

—Se me nota mucho, ¿verdad?

—Casi nada —intervino Imperia—. En cuanto se te quiten esos pocos hematomas vas a quedar regia.

Y Miranda, indiscreta:

—Que se te quiten pronto, porque ahora mismo pareces un *Ecce Homo*.

Imperia le propinó un puntapié sin el menor disimulo. No se le escapaban los apuros de la operada, antes bien la capacitaban para adivinar que escondían alguna verdad más profunda que la coquetería.

No es que Imperia cayese en la torpeza de burlarse de la cirugía estética. ¿Qué mujer sensata puede decir que no se someterá al bisturí cuando el espejo empiece a protestar más de la cuenta? Tenía claro Imperia que el siglo había puesto en sus manos una arma adecuada para prolongar la juventud o, cuando menos, un agradable recuerdo de la misma. Lo que la diferenciaba de Cristinita y otras ilustres operadas era su actitud decididamente profesional. Era consciente de vivir en una época en que el valor juventud seguía siendo primordial a la hora del triunfo. Sabía que una cierta prestancia física ya era tan importante como la habilidad profesional y, en muchos casos, incluso más. La que se quedase atrás en aquella carrera la tenía perdida de antemano.

Lo que Imperia no podía aprobar en Cristinita era la angustia que guiaba tantos apuros, la necesidad de esconder una evidencia natural o, cuanto menos, elegida por libre albedrío.

Su empeño de pasar por Madrid sólo el tiempo justo de cambiar de equipaje y trasladarse inmediatamente a algún ignoto caserío del norte delataba un ataque de cobardía que la rebajaba, convirtiéndola en una pobre neurótica cuando ya había demostrado ser una pobre desesperada.

Imperia la sabía capaz de someterse a cualquier carnicería para retener a un hombre. Y el suyo era lo bastante banal para considerar el atractivo de una mujer en términos de juventud, nunca de otros alicientes. Pero ¿cómo iba a retenerle ella con aquel miedo atroz a mostrarse tal como era? Sabía Imperia que el amor termina cuando la pareja ya no nos acepta al desnudo. El rechazo de las evidencias es la verdadera tumba de los quereres. Y un *lifting* más o un *lifting* menos sólo sirve para que, en sociedad, comenten las más benévolas: «Con lo guapa que vuelve a estar, la pobre, ¿cómo ha podido plantarla él por esa chiquilla?»

Las avispadas chiquillas de veinte años eran el tormento de todas aquellas damas que pretendían desesperadamente aparentar dos décadas menos.

El tormento de Imperia era muy otro. Se limitaba a la inmediata rueda de prensa en la sala *Vips* y, todavía antes, en las despedidas con las señoras que la casualidad había colocado en su mismo vuelo. Durante siete horas había permanecido distante, pero en la larga espera de la recogida de equipajes aprovechó para hacer encanto con todas ellas. No es que le interesaran en lo más mínimo, pero constituían el público potencial de cualquier acto que pudiese organizar en el futuro. Nombres que podían dar lustre e interesar a la prensa. Convenía quedar bien, elogiar un abrigo, celebrar un maquillaje, prometer repetidamente una llamada telefónica para almorzar cualquier día. Todas y cuantas pequeñas astucias garantizaban que en cualquier presentación —libro, disco o perfume— Imperia y su Firma pudieran contar con aquellos nombres cimeros de la vida social.

—Si no tienes quien te espere te llevo en mi coche —susurró Miranda—. Aprovecharé para hacerte una confesión agónica.

Pero tenían que esperar a la rueda de prensa de Reyes del Río y Miranda encontró en ello una buena oportunidad para aparecer en los papeles como la única española que asistió al funeral de Garbo rodeada de la flor y nata del tortillerismo tirolés.

Por si acaso, se colocó entre la folklórica y su madre, ofreciendo a los fotógrafos una sonrisa kilométrica bajo su pamelón de riguroso luto.

Estaban a punto de saltarse la aduana con la relativa tranquilidad del nada que declarar cuando un agente demasiado celoso de su oficio mandó abrir una maleta elegida a capricho y por simple rutina.

Para la comprensión de esta pequeña odisea es de vital importancia destacar que el agente era joven, alto, moreno de verde luna y con unos labios encendidos como la madurez del palosanto.

Sus rudas, poderosas manos, dignas de aceitunero altivo, abrieron la maleta condenada y se introdujeron, indiscretas, en una especie de bazar ambulante formado por camisas de llamativos colores, pantalones sandungueros, variopintos calzoncillos y chales y pañuelos de ensoñación; todo ello junto a discos de boleros sudamericanos, una chaqueta de cuero y algún que otro vídeo pornográfico que reproducía a algunos muchachotes yanquis en el acto que valió a los sodomitas la reprobación de Jehová.

De pronto, la formidable mano del agente tropezó con un objeto inesperado y, al decir de todos, escandaloso. Una especie de porra que tenía la rara facultad de terminar en algo que se parecía sospechosamente a unos testículos.

Era un falo de goma, tan bien imitado que destacaban las venillas y hasta unos pelitos de plástico.

—¿De quién es esta maleta? —exclamó el agente, un tanto comprometido su natural rubor—. ¿Quién de ustedes hace tráfico de obscenidades?

Todas las señoras enrojecieron de vergüenza. Era evidente que el falo no podía pertenecer a ninguna de ellas. No salía de una maleta Louis Vuitton.

Entonces se oyó un grito de agonía, exhalado por la madre de la folklórica.

—¡Otro capricho del culo de mi sobrino! ¡Me vas a matar a disgustos! ¡En el penal de Ocaña nos hemos de ver por culpa de tus mariconadas!

—¡Que no tía, que no! —protestaba Eliseo—. Que esto no paga aduanas.

—¡Paga vergüenza! —aullaba doña Maleni—. Que siempre te lo digo que estas cosas hay que esconderlas mejor. —Y dirigiéndose al perplejo policía, añadió—: No se lo tenga usted en cuenta, que no es para venderlo.

—Es de uso personal —dijo Eliseo, con orgullo—. Vamos, que no tiene propósitos comerciales.

Seguía el cumplidor de la ley manoseando el tremebundo falo ante el horror de las señoronas y el silencio definitivo de

Reyes del Río. Hasta que, cercano al capullo de la cosa, se descubrió una inscripción que sugería un mensaje cifrado.

—¿Y esas letras? —preguntó el agente, sin abandonar su compostura—. ¿Qué dice este letrero?

—Es la firma de Jimmy Stryker, cuyo falo es el que sostienen las gallardas manos de usted. Como verá, es un artístico objeto de goma hecho a imitación exacta del gigantesco cipote que exhibe en las películas ese joven dios del pornovideo. Por el autógrafo lo he comprado, no piense usted otra cosa.

Para desesperación de los que hacían cola, el agente continuaba sopesando el mítico material. Y tuvo Eliseo la impresión de que no le desagradaba en absoluto.

—Tendrá usted que acompañarme para rellenar unos formularios —dijo en tono tan marcial que dijérase un coronel. Y después de delegar en otro compañero el examen de los equipajes, se llevó a Eliseo a un despacho donde permanecieron durante más de veinte minutos. Es de suponer que discutían sobre el falo hecho a reproducción exacta del que exhibe, para el siglo, Jimmy Stryker.

Un prodigio de la artesanía americana de este siglo.

VEINTE MINUTOS EXACTOS fue el tiempo que pasó doña Maleni padeciendo por la ausencia de su sobrino y maldiciéndole por su costumbre de coleccionar falos extranjeros. Ni siquiera se preocupó de vigilar a su niña, que ya se encontraba rodeada de fotógrafos, debidamente escoltada por Imperia y, entre atisbos, la enlutada Miranda, empeñada en salir en alguna foto. Por su parte, Cristinita Calvo huyó como una exhalación, intentando localizar a la amiga que había pasado a recogerla.

La descubrió apoyada en una barra de hierro y a punto de doblarla, tal era su peso. Pero también era la única que no se burlaría de su operación, porque ella misma era motivo de chanza en muchas ocasiones. Pesaba ciento doce kilos y los exhibía con tal orgullo que incluso pasaban por credencial. Era Susanita Concorde, decoradora de oficio y obesa por vocación.

Mujer tan falta de prejuicios debió de encontrar extravagante que su amiga apareciese completamente tapada por el chal, las gafas oscuras y el sombrero.

—¡Rápido! —exclamaba Cristinita—. ¡Llévame al coche antes de que me descubran los de las revistas!

—¿Cómo no han de descubrirte si parece que vayas vestida de esquimal?

La obesa Concorde cogió las tres maletas de su sufriente amiga como quien levanta dos hojas livianas. Y corrieron ambas hacia un coche que ya las estaba esperando en la mismísima puerta de salida. Como insinuó Susanita, varias personas se volvieron a su paso, pero no porque ella estuviera gorda sino por el extraño embozo de la otra.

En la sala de los *Vips* Reyes del Río se limitaba a mantener su actitud hermética contestando a las preguntas de la prensa con un escueto «Osú» o un muy breve «Digo». No es que las preguntas mereciesen un mayor despliegue de inteligencia. Eran las de rutina. Si conservaba la virginidad como quince días antes. Si tenía rivalidad con la Pantoja y la Jurado. Si poner casa en Miami significaba que se alejaba para siempre de la Madre Patria. Y, claro, si tenía novio americano, como se rumoreaba.

Ante esta pregunta estuvo más expresiva:

—El día que tenga amores, ustedes vosotros seréis los primeros en enteraros. Que nunca ha sido Reyes del Río artista de secretos con la prensa, a la que debe todo lo que es y cuanto sea.

La escuchaba, embelesada, doña Maleni.

—¡Qué lista es mi niña! ¡Qué pico de oro! Y a todo esto, la loca de Eliseo detenido por tráfico de falos.

—No se preocupe que no es delictivo —decretó Miranda—. Los aduaneros saben que cada uno se lo monta como puede.

Fue entonces, a punto de acabarse la rueda de prensa, cuando apareció Eliseo, esgrimiendo el falo de Jim Stryker en la actitud de un rey de bastos. Lucía en su rostro aceituno una expresión radiante como un sol.

Acudió corriendo doña Maleni, bolso en ristre.

—¡Hijo! ¿Qué te han hecho? ¿Te han torturado?

—Todo lo contrario —murmuraba él—. Mano de plata, tía. Mano de plata.

Y tenía los ojos entornados de modo tal que diríase sonámbulo. O que en el corto espacio de tiempo que duró el encierro había visitado el séptimo cielo y otros dos que hubiese encima.

EL CHÓFER DE MIRANDA cargó las maletas y, al poco, se encontraban ya en la autopista, camino de la ciudad. Guardaba el hombre tal compostura que Imperia quedó un poco intimidada. Recordó que era una compostura falsa. Martín había estado muchos años al servicio de los padres de Miranda y era como el oráculo permanentemente instalado en su vida y en su casa. Pero su longevidad laboral le llevaba a comportarse con un rigor victoriano, como en los buenos, excelentes tiempos del señorío. Cuando los señores lo eran de verdad y los criados tendían a recordárselo siendo, ellos mismos, muy señores. Tanto respeto mutuo, tanta conciencia de la finura recíproca convertían a Martín en un caso único, como lo era también su veteranía. Y todo ello le otorgaba el grado necesario para ejercer una autoridad total sobre los otros criados. Dos jóvenes. Dos guapísimos.

Sobre este punto, comentó Miranda:

—Fíjate qué cosa más tonta. Tres criados ahora que me dan asco los hombres.

—Mujer, no tienes por qué acostarte con ellos.

—Con uno ya lo hice. La verdad es que me dio gusto, porque entonces no tenía infierno interior.

—¿Qué dices que tienes?

—Infierno interior.

—Pero si tú no has tenido una sola preocupación en toda tu vida.

—Preocupación no, pero infierno interior sí tengo, y mucho. Y no sabes tú lo bien que me va. Antes, yo vivía en la inopia pensando que era feliz. Pero un buen día, Tere Machín me recomendó a su psicoanalista, una argentina absolutamente *fabulous* que se llama Beba Botticelli, un tesoro. Sólo ella ha sabido comprenderme. Nada más entrar yo en su consultorio se llevó las manos a la cabeza y gritó: «Piba, lo que vos llevás dentro, lo que vos llevás dentro.» Se asomó a mis abismos y me sacó el infierno afuera. No digo que esté mejor que antes, pero convivo con mi propio horror, que es cosa *sine qua non* de toda mujer lúcida.

—¿Y en qué consiste esta lucidez?

—Que me he hecho tortillera vocacional.

—Pues ya era hora de que sintieses vocación por algo. —Y en voz queda, añadió—: De todas maneras, no hables tan alto. Puede oírte el chófer.

A voz en grito exclamó la otra:

—Él sabe. Yo no oculto nada al servicio. ¿Verdad, Martín? Cuéntele a doña Imperia, cuéntele.

Sin volver la cabeza, proclamó Martín:

—En casa todos nos congratulamos de que la señora se haya hecho tortillera.

Comprendió Imperia que ciertos casos es preferible apostillarlos con un simple encogerse de hombros. Y aun así, todavía añadió:

—Tortillera es despectivo, por si no te habías enterado.

—Despectivo no es, porque me lo aplico a mí misma y yo tengo demasiada autoestima para insultarme. De modo que si digo tortillera es que está divinamente dicho.

—Lesbiana sería más respetuoso.

—Induciría a equívoco. Sé de muy buena tinta que viene de una poetisa o dramaturga o algo así que vivía en la isla de Lesbos, de donde el nombre de lesbiana. Pero resulta que, en la misma isla, los habitantes masculinos se llaman lesbianos. Y está muy claro que lo que era la poetisa no podía serlo también un picapedrero. Entonces, si para definirme digo que soy lesbiana no quiere decir nada, porque también puede serlo cualquier otro habitante de aquella isla. Es como decir soy alicantino o alicantina que significa ser de Alicante y nada más, ¿comprendes?

—Miranda, a veces consigues marearme.

—¡Ay, ojalá te marearas tanto que te desmayases! Así te haría yo el boca a boca y podría realizarme en mi ser más íntimo con esta pasión ardiente que me devora desde la infancia, sin que yo lo supiera.

Y se abalanzó sobre Imperia con tal fuerza que casi le dio con la pamela en un ojo.

—¿Con qué me amenazas?

—Con nada porque soy discreta, cauta y resignada. Pero si fuese arrogante, lanzada y cutre, debería forzarte, porque mi infierno interior eres tú, como en los boleros.

—¿Desde qué momento de nuestra demasiado larga amistad, si puede saberse?

—Desde la más remota infancia. Desde que jugábamos al *hula-hoop* en el Turó Park en aquella Barcelona ida con el viento.

—No me acuerdo.

—Claro. Porque lo has enterrado en lo más profundo de ti misma para no obligarte a reconocer tu parte en el fracaso de mi matrimonio.

Intervino entonces el chófer sin dejar de mirar a la autopista:

—La señora perdone, pero creo recordar que el fracaso de su matrimonio se debe al zipote del señor, que era muy ganchudo.

—Gracias por recordármelo, Martín, está usted en todo, pero aquí la señora también es culpable. Beba Botticelli me abrió los ojos. ¿Recuerdas la tirria que les tenía a las monjas? Pues creía odiarlas, pero, en el fondo, no las odiaba sino que estaba proyectando hacia ellas todo el odio que sentía por ti. Según Beba Botticelli, que es muy *fabulous* y muy argentina, yo te deseaba y no podía conseguirte. Pero te apreciaba tanto, eras tan hermana, y ¿qué digo hermana?, ¡hermanísima!, que me faltaba el valor para arremeter contra ti y entonces hice una transferencia a las monjas.

—En cualquier caso ellas se lo merecen mucho más que yo, que vengo aguantándote insensateces de este estilo desde que teníamos catorce años.

—Los tenías tú, si acaso. Yo siempre he sido mucho más joven.

—Dos meses, todo lo más.

—¡Qué valor el tuyo! ¡Por lo menos diez años!

Estaban ya cerca del apartamento de Imperia y continuaba la otra discutiendo la cuestión de las edades. Pero al percatarse de que el trayecto estaba a punto de finalizar, se apresuró a cambiar de tema:

—Año más año menos, todavía estoy apetecible. Así que bien podrías hincarme el diente, como si fuese una manzanita.

—Miranda, te estás ganando un guantazo. Y no por lesbiana, sino por cursi.

—No se me escapa que siempre has sido muy partidaria del sexo opuesto, pero prométeme que, si algún día cambiases de tercio, yo sería la primera candidata.

—¿Estrenarme con las mujeres a mi edad? Sería cómico. Bastantes disgustos me han dado los hombres.

—Porque siempre eliges mal. ¡Hay que ver lo que era el memo de tu marido! Por cierto, ya que hablamos de ese infame: ¿has tomado alguna decisión respecto a tu hijo?

Pero habían llegado al punto de destino e Imperia sólo tuvo tiempo de decir:

—Sí. Vendrá a vivir conmigo.

Miranda se llevó las manos a la pamela, exhalando un gritito de sorpresa, si no de escándalo.

—¡Y no me habías dicho nada! ¡Cómo eres de secreta, impenetrable y tuya! Es que no hay modo de hacerte hablar. Es que eres una tumba.

Genial intuición por parte de alguien que llevaba siete horas sin cerrar la boca.

—La madre que te parió —exclamó Imperia, riendo.

Y lo dijo por tres veces mientras cerraba la puerta de golpe, como queriendo dar en las narices de la otra.

DUEÑA DE SU DESTINO

AL ENTRAR EN EL APARTAMENTO respiró con el inconfundible alivio de la propiedad; con el consuelo de sentirse cobijada en lo estrictamente privado. El microuniverso que contenía todas sus aficiones libremente desarrolladas. Pero siempre, siempre, sin recuerdos que incomodasen.

En un dúplex orientado hacia las zonas más modernas de la Castellana, había conseguido resumir todas las tendencias a la modernidad que la habían apasionado a lo largo de la década. No había un mueble, un cuadro, un objeto que la antecediese. Nada capaz de recordarle una existencia previa. Ni siquiera los colores. Todo gris, todo metálico, todo aséptico. Los colores exactos de la impersonalidad urbana transformados aquí y allá por algún objeto *art-déco*, que evocaba la presencia de una mujer de gusto.

Todo impersonal, pero con firmas de prestigio. Todo aséptico, pero de marca. Todo diseño, pero ultimísimo.

Lo único anacrónico era la asistenta, una mujer ajamonada, muy de barrio, que andaba dando tumbos entre un mobiliario cuya estética no aprobaba ni sabía respetar. Demasiadas sillas parecidas a taburetes de taberna. Demasiadas lámparas con forma de nave espacial. Y sobre el parquet pintado de blanco, alfombras con signos estrafalarios, que le evocaban extrañas encarnaciones del demonio. Pero, a pesar de su desagrado, Presentación mantenía un orden pulquérrimo, que, según ella, daba al apartamento el resplandor de un cofrecillo de acero inoxidable.

Empezó con la bienvenida ritual y un tanto servil:

—¿Verdad que está limpio? ¿No nota cuánto orden?

Imperia estuvo a punto de contestarle: «¿Pues no cobras

para esto, esclava?» Se contuvo. Dedicó a Presentación los elogios que ella esperaba y que no podían ser más innecesarios porque si alguien en el mundo podía erigirse en la exacta culminación del orden, ésta era precisamente Imperia Raventós.

Dejó a la asistenta con su cháchara y dio paso a las llamadas registradas en el contestador. Los mensajes habituales. Citas amistosas, confirmar cenas, una entrevista para Reyes del Río y, por fin, una voz femenina que pronunciaba el nombre esperado: Álvaro Montalbán.

No sabría decir por qué en los últimos días aguardó con tanta ansiedad la confirmación de aquel nombre que ella misma había creado partiendo de otro tan vulgar. Tenía cierta curiosidad por saber cómo era aquel guapo joven una vez que se quitara el traje de baturro, pero esto no justificaba su ansiedad por el encuentro. Había tenido machos tanto o más hermosos previo pago acordado. Llegaron, le dieron placer, se fueron y ella quedó en la cama, leyendo tranquilamente, sin pensar en más. ¿Por qué entonces la inquietaba el encuentro con Álvaro Montalbán, guaperas ocasional y sin porvenir en su vida?

Acaso se equivocaba. Si no en su vida, Álvaro Montalbán se anunciaba rutilante en su carrera. Después de tantos años promocionando productos, otro ser humano entraba en su catálogo. Y éste no podía ser más heterodoxo. Ofrecía al público un ejecutivo y una folklórica. Desafío de eclecticismo apto para apasionar a cualquier profesional que se estime. Las cuevas del Sacromonte y Wall Street. Más variación, imposible. Pero, en su fuero interno, pensó: «En algo coinciden los opuestos. Una burra ella y un asno él. Pondré un establo.»

La voz que llegaba por el contestador —una voz tan impersonal como un robot— le informaba de que Álvaro Montalbán tenía mucha urgencia en almorzar con ella. Las grandes maniobras estaban a punto de empezar.

De momento era urgente una sesión de *jacuzzi*. Ya estaba Presentación graduando la temperatura oportuna y esparciendo las sales adecuadas. Sólo estuvo inapropiada cuando gritó:

—¡Lástima de orden! Esta casa será un corral cuando llegue el señorito. Todo lleno de calcetines, camisetas y calzoncillos sucios. ¡No sabe usted lo que son los chicos de hoy en día! Los hay que hasta llevan mugre en la plantilla de las bambas y de esos zapatos que son como ortopédicos, como de Frankenstein. ¡No se los quitan ni para dormir, los muy guarros!

Fue entonces cuando Imperia volvió a pensar en su hijo. Algo a lo que no estaba acostumbrada. ¿De dónde llegaba aquella criatura, después de tantos años? ¿Qué podía ser para ella ahora, después de haber sido tan poca cosa?

Era alguien o simplemente algo que provenía de una enorme frustración y ésta, a su vez, clausuraba con tintes negros los mejores sueños de los años sesenta.

En el índice de tópicos que corresponden a cualquier jovencita avanzada de aquella época no podía faltar el matrimonio con un machito progresista; así pues, no faltó. Tenía que ser un líder universitario y eso fue. Era apuesto y desgarbado —en aquellos años, condición indispensable de la apostura—, pero también ella iba por la vida vestida de miliciana pasada por Carnaby Street, de modo que la pareja pareció perfecta para engrosar manifestaciones antifranquistas y ofrecer en su pisito de la parte alta de Barcelona reuniones clandestinas los días laborables y copas a lo más florido de la intelectualidad marxistoide los fines de semana. Corrieron de día bajo las porras de la policía y, por las noches, soñaron entre los primeros porros, al son de los últimos estertores de la canción francesa y la necesaria adormidera que proporciona el buen jazz a altas horas de la madrugada.

Cuando todos se habían ido, ella se desplomaba en la cama junto a Oriol —todos los progres catalanes aspiraban a llamarse Oriol— y entonces el porro rendía sus mejores servicios. Los que permitían al cuerpo navegar alejado del cerebro, funcionar por sí mismo, dando respuestas inesperadas sin permitirse la menor pregunta. Cuando ésta se formulaba, era de lo más incómoda. Concernía a los destinos de su generación, pero también en esto se escondía Imperia muchas evidencias. Cuestionarse acerca de tanta gente equivalía a esquivar las cuestiones primordiales sobre ella misma. Hasta que un día la pregunta personal irrumpió con una brutalidad difícil de domar: «¿Quién es este tipo que me está abrazando?» Era lógico que la respuesta se resistiera a salir. Aquel tipo era el suyo, el que se había presentado como apoyo y empuje de sus mejores aspiraciones. Y su eficacia sólo duró lo que los años sesenta. Su pene dejó de tener vigor no bien murió el franquismo. Y cierto día ella se despertó junto a Oriol y descubrió que, fuera de la universidad y sin las insignias del partido, era un pobre pelele que seguía mirándola como todos los hombres habían mirado a la mujer a lo largo de la historia. Un ser extraño, lejano, enteléquico. Alguien que no funcionaba lejos de la idealización.

Supo Imperia que ya no era su compañero, sino el principal agente de su fracaso.

¿Sólo hacía veintitrés años de aquel amago de felicidad o *ya* eran tantos? En algún lugar de la ciudad y la vida que ella dejó atrás estaría Oriol, el joven furioso de ayer reconvertido en otro santón de la doctrina que menos cabía pronosticarle en los tiempos de la revuelta. Ni siquiera director literario de alguna editorial guerrillera, refugio de tantos compañeros de ayer; ni siquiera miembro de una empresa viodeográfica o realizador televisivo en alguna cadena autonómica, reducto último de tantos rebeldes que en los años sesenta pretendían convertirse en grandes directores de cine.Nada tan artístico, aun en el desengaño. Nada que requiriese un mínimo grado de imaginación. Oriol se quedó en alto cargo de una empresa de automóviles. Además, feliz marido de una cursi cuyo único mérito reconocido era ganar semanalmente el concurso de sevillanas a la catalana en las discotecas para nuevos ricos de las partes igualmente neorricas de la ciudad.

En cualquier caso, el pelele Oriol era el padre de su hijo, si bien este hijo tampoco fue una presencia activa en la vida de Imperia. Sabía del drama que el niño acababa de armar en el hogar paterno, pero ignoraba todos los pormenores que le llevaron a armarlo. De hecho, lo ignoraba todo sobre él. Claro que sabía su nombre: se lo puso ella en recuerdo de alguien. Era Raúl. Y no sabía muchas cosas más. Hablaban por teléfono de vez en cuando, se veían en la masía de la costa una vez cada tres o cuatro años y, por Navidad, ella dejaba encargado a su secretaria que le enviase los juguetes más caros de la mejor tienda de Madrid. Hasta que el hijo le envió una postal muy rara, que decía: «No me mandes más juguetes, que ya soy mayor.»

La postal era rara por lo vetusta. Una foto amarillenta de una vieja cantante de ópera, Amelita Galli-Curci, disfrazada de Leonora. No esperamos tales antiguallas en los gustos de la nueva generación, pero Imperia disponía de un detalle revelador. Cuando preguntó a Raúl qué deseaba en lugar de los juguetes de costumbre, él pidió un abono para la temporada del Liceo. Supo así Imperia que le había salido un hijo operero. Lo confirmó él mismo mandándole, en sucesivas ocasiones, postales de Toti dal Monte, Grace Bumbry, Renata Tebaldi y la Callas. En el dorso de esta última postal escribió: «Es mi novia.»

Ni el muermo de su padre ni la analfabeta que tenía el mal gusto de compartir su lecho podían haber auspiciado aquel noviazgo. Presintió Imperia la influencia de los abuelos, aquel señor Raventós que un día tomó por querida a la cultura y aquella esposa que solía tocar al piano ensueños de Liszt mientras repiqueteaba sobre las aceras del Ensanche una lluvia nostálgica, como los ritmos culturales que ya nunca podrían volver. Los ritmos que aquel hijo casi desconocido venía a recordarle ahora, desde una distancia que ya consideraba imposible salvar.

Porque Imperia seguía lejos de sentir algo que se pareciese al amor maternal.

Cuando decidió romper con todo para recobrar su vida lejos de Barcelona, vio claramente que aquel hijo sólo era el resultado de cuantas frustraciones quería dejar atrás. Apenas tenía dos años cuando lo depositó en manos de su padre, el de los automóviles, y hacía ya catorce desde que ella se vino a Madrid. Suelen recordarnos los suplementos dominicales que por aquellas fechas empezaba el posfranquismo, pero Imperia las situaba como el primer eslabón de su nueva cadena. Eran la verdadera fecha de su nacimiento. Y si el hijo la aterrorizaba porque tenía dieciséis años, ella se consolaba porque acababa de cumplir catorce en Madrid.

Barreras a todo cuanto ocurrió antes de aquel renacer. Barreras a la memoria. Nunca fue niña, nunca amó, nunca fue madre. No recordaba ninguna película, ninguna melodía, ningún evento anterior a 1975. Se resistía a cultivar el mito de la nostalgia, al que tan proclives eran sus compañeros de generación, empecinados en recordar películas, canciones o libros de sus años jóvenes. Renunciaba a evocar continuamente aquel aprendizaje que la ayudó a ser ella misma pero que ya había concluido cuando ella empezó a serlo. Y su realización sólo existía en presente absoluto.

Y aquel presente se concretaba en su apartamento, donde todo era tan nuevo que parecía un anticipo de modernidades por inventar. Entre ellas se durmió plácidamente, agradeciendo la oportunidad del *jet-lag*, mientras se preguntaba cómo era su hijo y cómo llegaría a ser Álvaro Montalbán.

AL DÍA SIGUIENTE se despertó dinámica y optimista; así pues, se puso una blusa de seda salmón y un Chanel gris perla. Nada como los modelos de mademoiselle para indicar a una mujer activa que el mundo le pertenece. Realzó su sensación de dominio con algunos colgajos dorados que se enrolló rápidamente por las muñecas. Remató el efecto con unas gotas de esencia que sabían tentar sin llegar a enloquecer.

Después, al enfrentarse al tráfico enloquecedor de la ciudad, llegó a justificarlo imbuyéndose en el papel de guerrera, indispensable para empezar el día.

Condujo su Jaguar negro sin la menor esperanza de velocidad. Atrapada entre innúmeras carrocerías, ensordecida por un infamante concierto de bocinas, desfiló a paso de procesión durante casi una hora. Pero estaba dispuesta a no dejarse arruinar la mañana por un ataque de nervios, de modo que puso la radio, esperando como siempre aprender algo.

No soportaba el tono dinámico, optimista a prueba de bomba, de los locutores matutinos. Aquellos mensajeros de la esperanza inundaban el despertar con parlamentos sin sentido, apoyados en una cantinela de *boy-scout* pasado por la vitalidad de los *showmen* americanos. Incluso el acento parecía imitación: era un castellano que se apoderaba del ritmo anglosajón, colocando puntos, comas, admirativos e interrogantes en los lugares más inoportunos. Y todo para convencer a los madrileños de que el combate cotidiano era un deporte en el que lo importante era participar y no vencer.

Dispuesta a no quedar vencida en las opciones del gusto, Imperia cerró la radio y puso en la casete algo de Bessie Smith. Era triste, pero no era falso.

En el gigantesco parking del rascacielos donde la Firma tenía instalada sus oficinas, sintióse inmersa en un tubo de hierro que no tenía principio ni fin. En el ascensor, creyó encontrarse en un viaje espacial. Ya en la oficina, descubrió que más allá de las paredes de cristal podía alcanzarse la ciudad, con sólo tenderle la mano. Pero era sin duda un espejismo.

Al entrar en su despacho se encontró con la desagradable sorpresa de todos los años. Merche Pili había impuesto su sello particular en forma de decoración navideña. Arbolito de plástico, nieve falsa en los rebordes de los cristales, lazos rojos en las puertas y muérdago brotando de una imitación de Giacometti.

Entró Merche Pili, vestida de cuatro colores y otras tantas combinaciones de los mismos. El pelo, en bucle, recordaba como siempre a Doris Day, pero ahora con aportaciones de cierta cursi británica apodada Lady Di.

Imperia estuvo seca al decir:

—Cualquier año de éstos le preguntaré de dónde saca que el muérdago va a tono con el diseño milanés.

—La culpa es suya. Cambie lo milanés. Tanto metal deprime. Por la televisión anuncian unos despachos de caoba que tienen unos brillos preciosos. Y fáciles de limpiar. También dan un anuncio interpretado por una secretaria muy distinguida que echa un líquido, frota un segundo nada más y deja las caobas como un espejo. Y dice la sugerente voz del locutor: «Su polvo será oro.»

Fue entonces cuando entró el meritorio con un exquisito paquete envuelto en papel de seda y acompañado por un sobrecito tamaño tarjetón.

El paquete contenía una porcelana Lladró que representaba a una bailarina con tutú incluido.

—¡Qué preciosidad! —exclamó Merche Pili—. ¡Qué cosa tan divina! ¿Quién la mandará?

Imperia no tuvo necesidad de mirar la tarjeta para decidirlo.

—Álvaro Montalbán.

—¡Qué lista es usted! ¿Intuición femenina?

—No. Mal gusto masculino. Como el detalle de escribir la tarjeta a máquina.

La leyó: «Un anticipo de nuestro feliz encuentro.»

Estalló en una risotada de ínclita superioridad.

—Se necesita ser optimista para pensar que puede emocionarme una Margot Fonteyn pasada por la huerta valenciana. Este joven no sabe con quién tiene que vérselas. —Y ante el arrebato místico que parecía sacudir a la otra, añadió—: Dejémonos de bailarinas. ¿Se ha sabido algo de mi hijo?

Merche Pili era el cordón natural que la ligaba con el niño operero, la que recibía todas sus confidencias cuando ella no estaba en Madrid o, simplemente, cuando no podía ponerse al teléfono por hallarse en alguna reunión.

—Ha llamado cada día. Nos hemos hecho muy amigos. Se conoce que tiene muchas ganas de palique, el pobrecito.

—Se habrá pasado horas enteras hablando de televisión.

—Todo lo contrario. ¡Si no la ve! Dice que sólo graba películas antiguas y óperas. Qué niño más raro, ¿verdad?

—Sorprendente. Tendrá de sobra con su madrastra. Es como disponer de doce canales privados.

—Pregunta el niño si puede traerse su cadena de música, sus discos y algunos libros.

—Que se traiga lo que quiera, pero que diga de una vez cuándo piensa llegar... De todos modos, si vuelve a llamar me pondré yo.

Merche Pili exhaló un suspiro de alivio.

—Será maravilloso. Seguro que él lo está esperando.

Imperia presentía un trémolo de emoción que se apresuró a cortar por lo sano.

—No se me ponga sentimental. Sabe que no lo soporto.

Y a fin de evitar cualquier brote de sentimentalismo, abrió una carpeta donde guardaba el ranking de los programas de radio y televisión. Empezó a señalar los que gozaban de mayor audiencia, o los que mejor podían encajar con la nueva campaña de Reyes del Río. Decidió lo que ya sabía de antemano: la folklórica debía abrir su corazón durante una entrevista en directo con Rosa Marconi, la número uno en la credibilidad del público en horas punta, la de la sinceridad insobornable, servidora de la verdad, esclava de lo auténtico, respetada por los reaccionarios y a la vez musa de la progresía.

Imperia marcó una fecha en el calendario. Noche de la Epifanía. Era la onomástica de la folklórica. Sus sorprendentes declaraciones serían el mejor regalo de Reyes para todos los españoles.

Se encontraba Imperia preparando el informe de la gira americana, cuando entró Inmaculada con uno de sus *storyboards* eternamente retardados a base de retoques cada vez más dinámicos. Pero en aquella ocasión no parecía acudir en busca de consejo, ni siquiera de opiniones. Tenía la mirada tierna y el acento melifluo que caracterizan a las confidentes de afectos.

—¿También tú vienes sentimental? —saltó Imperia, a la defensiva.

La otra, que conocía sus prevenciones, cambió al instante de tono.

—En absoluto. Vengo violenta por todas las cosas que sé y no puedo contar.

Señal de que se moría por contarlas. Pero Imperia siguió con su proyecto, tan poco le importaban los asuntos de los demás. Mal sistema. Su indiferencia sólo sirvió para azuzar la indiscreción de la cotilla.

—El más elemental sentido de la amistad me impide contarlo.

—Anda, suéltalo ya y así podré continuar con mi trabajo.

—Sabrás sin duda que la estancia de Lidia en América se ha prolongado... indefinidamente.

Lidia era una de las mejores especialistas en campañas políticas. Se la consideraba tan seria, tan responsable, que se descartaba la posibilidad de que pudiese prolongar cualquier estancia en cualquier lugar o cambiarlo por otro sin un plan previsto.

—¿Está enferma? —preguntó Imperia, cuyo sentido del deber le impedía imaginar cualquier otra razón.

—Hay un hombre.

—Siempre hubo alguno.

—Ninguno así. Los demás eran juego. Éste es vicio.

—¿Va de droga?

—De pene.

—Todos lo tienen.

—Éste es ciclópeo. *King-size*. Algo repugnante. La lleva dominadita, pobre Lidia.

—Ella sabrá lo que le conviene.

—Las hay que se envician con lo más bajo. Él, para que lo sepas, es del hampa.

—Ella siempre fue muy peliculera.

—No lo adornes. No se trata de un gangster engominado ni de un trompetista de Harlem. Nada tan chic. Vende tabaco por las esquinas. Y además es... es...

—En resumen: ¿qué es?

—Tercer mundo. Lo más arrastrado. Un cubano. Pero no cubano blanco, ni siquiera moreno turbio. ¡Dios! No me atrevo a decírtelo...

—¿No será negro?

—¿Cómo lo supiste?

—Por eliminación de colores. Sólo quedaba el amarillo y no concuerda con Lidia. Dicen que los chinos la tienen mínima.

—La nueva generación no. Lolón Ribera se benefició a uno de Hong-Kong que la tenía del porte de un pepino.

—Luego lo que no podías ocultar es que Lidia se lo monta con un negro.

—¿No lo encuentras simplemente escandaloso?

—Lo del negro ni pizca. Lo del pene kilométrico menos. Sólo me escandaliza que Lidia sea capaz de perder un puesto óptimo y que nos deje a las demás con el trabajo a medio hacer.

—Aún hay más. Te lo acabo de contar mientras almorzamos. Invito yo.

—No puedo. Me ha citado Eme Ele. Tenemos lo de la folklórica y, además, el asunto del joven tiburón de las finanzas. Tengo que empezar ya mismo.

Inmaculada abandonó el tono del cotilleo para adoptar la calidez de las confesiones íntimas. Pasó de sufrir por Lidia, la de los negros, a padecer por Imperia, puesta en blanco.

¡Singular transición de colores efectuada en pocos segundos!

—Perdona si soy indiscreta. ¿No piensas tomarte unas vacaciones?

—No las necesito. ¿Por qué?

—Si llega tu hijo tendrás que dedicarle un tiempo.

—No creo que necesite mucho. Ya tiene dieciséis años. Puede cuidar de sí mismo. —Ante el estupor de la otra se apresuró a añadir—: En mi casa no va a faltarle nada.

—Apuesto a que va a faltarle algo.

Severa, Imperia le apuntó con la pluma, diseño Cardin.

—Sé lo que vas a decirme y no voy a darte la oportunidad. Atiende: desde niña he detestado el melodrama. Me hace sentir ridícula.

Inmaculada intentó ser prudente al decir:

—¿Es melodrama que un chico de dieciséis años cuente ya con un intento de suicidio?

—En este punto no hay nada que temer. He hablado con su psiquiatra y me ha tranquilizado. Parece el resultado lógico de pasarse tantos años viendo los mofletes de su padre.

Inmaculada se ajustó suavemente el sello Cartier de sus gafas casi aéreas

—¿Por qué eres tan severa cuando intuyes la presencia de algún afecto?

—¿Doy esa impresión? —murmuró Imperia mientras se componía la solapa de su Chanel. Se encogió luego de hombros, para ajustárselos—. Tendrán razón los demás. Será que soy fría.

Decidió no seguir dando cuartel a la meticona. Tenía el fácil pretexto de una sobrecarga de trabajo. Recordó una máxima de la novelista Minifac Steiman: «Sólo cuando una mujer está *overworked* puede permitirse cualquier grosería. Porque sólo entonces han comprendido los demás que se encuentra cara a cara con la importancia.»

Pero Imperia no quiso dejar en el aire una supuesta censura sobre lo que la otra acababa de contarle con tintes de escándalo.

—Volviendo a lo de Lidia. Tú no ignoras que yo recurro a los chicos de alquiler cuando me conviene.

—Tú y otras. ¿Por qué me lo recuerdas?

—Porque vale la pena ser una la que elige. Seguramente Lidia ha pensado esto mismo. Ha visto un pene y se lo ha comprado. ¿Por qué no iba a hacerlo? Para esto hemos luchado las mujeres durante tantos años. Para aumentar nuestro poder adquisitivo.

51

Cerró de golpe su carpeta de piel de cocodrilo y se dispuso a llorar como esas bestias si convenía impresionar a su jefe, el rey de todas las marcas.

LA BESÓ EME ELE. Que es como decir que la besó Manolo López, en castizo.

—Hola, Boss —dijo ella. Y le acarició la corbata de seda más que natural.

—Valentino —dijo él, fardón.

—Aprobado —contestó ella, indiferente. Sacó entonces su pitillera.

—¿Tyffany's?

—Saint-Laurent, niño.

—*Toujours à la française!* Entonces es que estás mejor de ánimo.

—¿Tú qué sabes? Podría habérmela comprado para calmarme la depresión. Muchas lo hacen.

—Sólo las marujas.

—Te sorprendería la parte marujil que lleva en su interior una mujer deprimida. Y, todo hay que decirlo, la parte de mujer consumista que lleva un hombre cuando se deprime.

Sacó Eme Ele su imprescindible Chivas.

—Brindaremos por las marujas y los deprimidos. No sabes el dinero que te han dado a ganar con esta gira.

—Esta gira ha entrañado algún peligro que todavía no sé cómo definir. Para que lo sepas: tu folklórica ha vuelto con ladillas. Según su madre las ha pescado en el Waldorf.

—¿Ladillas de cinco estrellas?

—Será de menos. Sospecho de su guitarrista.

Se hizo un silencio aterrador. Lo rompió Eme Ele, después de un trago.

—¿Quieres decir que nos la han desvirgado? Entonces, perderá sus facultades.

—¿Quién?

—Reyes del Río. ¿No dicen las revistas que debe su voz a una promesa que hizo a la Virgen?

Fue aquí cuando Imperia se echó a reír violentamente, sin reparar en jerarquías.

—No seas ridículo. Lo último que puede ocurrirle a un técnico de la imagen es creerse las que él mismo ha inventado.

¡Eme Ele, el hombre marca por excelencia, reaccionando como un indiecito colombiano!

—Es cierto. Es que uno acaba por creerse estas cosas. Porque, si bien se mira, la leyenda que le hemos creado a Reyes del Río es más atractiva que la realidad de la mayoría de mujeres que conozco.

—Permíteme una pregunta: ¿Reyes del Río te excita?

—Mucho.

—¿Sabes que es completamente burra?

—Es tentadora.

—¿Por burra?

—Por hembra. Es total. Un tipo que ya casi no existe. ¿Qué ofrecen las mujeres de hoy en día? De todo menos sorpresas. Dais lo que los hombres ya tenemos. En cambio, las macizas de este temple...

—¿Por casualidad de niño te masturbabas pensando en Isabel la Católica?

—Estás haciendo trampa. No es lo mismo.

—Cierto. Doña Isabel era un trueno. Ésta es simplemente una petarda.

—Petarda o no, me la follaría debajo de un olivo.

Fue entonces cuando Imperia levantó su vaso en un honesto brindis por la prosperidad de la inteligencia masculina.

LAS REACCIONES DE EME ELE, Manolo López en el siglo, no eran nuevas para Imperia. He aquí un hombre casado con una mujer hermosa, elegante y dotada de una inteligencia superior; un hombre que, sin embargo, soñaba con emular la zafiedad erótica de los rústicos con una especie femenina que Imperia había aprendido a detestar. El cuadro clínico era aburrido por lo tópico. Adela, la mujer diez, se veía desterrada de las fantasías de su marido en beneficio de la más retrógrada de las opciones sexuales.

Romper la virginidad de una retrasada mental.

La opción era mucho más que un rechazo de la progresión histórica. Era animalismo puro. Zoofilia, según la consideración que a Imperia le merecían las mujeres como Reyes del Río.

¡Y Eme Ele venía a contárselo a ella, que la había inventado!

Fue entonces cuando detuvo todos sus razonamientos ante

la evidencia que ella no había calculado de antemano: ¡su invento podía resultar incluso erótico! Era un acierto que la sorprendía.

Un año antes la había sorprendido el simple hecho de relacionarse con el mundo de la folklórica. No era sólo que la posibilidad la disgustase: le daba asco, total y llanamente. Pero la otra opción que antes le había ofrecido Eme Ele le repugnaba todavía más: convertir en atractiva la imagen de unos políticos a quienes distaba mucho de respetar. Servir a intereses que iban más allá de los suyos, al tiempo que traicionaban a los que tuvo en el pasado.

—No es mi estilo. Propónme inmoralidades si quieres, pero que no comprometan tanto.

—Algo habrá en el *show business* —dijo el jefe.

Sacó entonces una carpeta llena de artistas que necesitaban una promoción urgente.

Pasar de la explotación de productos inanimados a la manipulación abierta del ser humano no fue en un principio el paso consolador que Imperia había esperado. La lista de posibilidades se le antojaba material de derribo. No el talento sino el impacto. No la calidad sino su apariencia deformada. El reino del adocenamiento. Cantantes imberbes, que no disponían de una voz mínimamente aceptable, veíanse lanzados a la fama canora para durar lo que un verano. Jovencitas sin ningún valor musical se convertían en divas absolutas por el conjuro de unas tetas retozonas. Grupos de jóvenes chillones machacaban una nota única multiplicada con la ayuda de la técnica y que, al final, se ahogaba en océanos de aullidos que sólo se importaban a sí mismos.

—No tengo el menor interés en consagrar mis esfuerzos a la mística de las tribus urbanas. Entre el champán y las litronas debe de haber un término medio.

Y en aquel punto sintió un ligero estremecimiento porque el tiempo había corrido lo suficiente para desplazarla. Sintió por un momento el temor de haber perdido para siempre el tren de la modernidad y temía que aquella pérdida la privase del contacto con el mundo real, contacto imprescindible en el ejercicio de su profesión.

Decidió que no estaba perdiendo ningún tren. Sentíase profundamente fascinada por la modernidad, siempre que fuera la de la inteligencia. Estaba a favor de su época, apasionada por sus logros mejores, pero no toleraría que la época le tomase el pelo convirtiéndola en una idiota como los demás.

En el fondo, lamentaba que todavía le quedase algún escrúpulo. ¿A qué público podría llegar, si estaba rechazando a todos los públicos posibles?

A fuerza de rechazos, se encontró manejando el producto más inesperado para una mujer de sus características.

—¡Una folklórica! —exclamó al oír la oferta de Eme Ele—. Entre todas las cosas del mundo, ¿qué te hace suponer que yo haya tenido algún contacto con este cutrerío?

—Sin duda habrás oído aquellas viejas canciones de la Piquer o Juanita Reina.

—En labios de las criadas. En casa, eso era considerado basto.

—Los catalanes es que sois la hostia.

—Como los franceses, los italianos y los alemanes. Tampoco ésos prestaban demasiada atención a tus cantables folletineros. Pero no se trata de juzgar mi pasado. Por eliminación, me toca una folklórica. ¿Quieres que la trate como a una sopa concentrada, un refresco con burbujas o un detergente?

—Ella es un producto muy agradecido. Básicamente, para la prensa del corazón. Lo que diga, haga, lleve o deje de llevar arrasa. Además, explota algo que puede divertirte. La virginidad.

A Imperia le dio tal risa que casi escupió el vino, aunque era excelente.

—¿Y adónde vamos con eso? ¿A quién puede interesarle una virgen?

—No a los rockeros ni a los coleccionistas de música clásica, seguramente, pero sí al público de la copla. Y aun no tanto el español cuanto el latinoamericano. Para serte claro: estamos hablando de públicos subdesarrollados. Reyes del Río se mueve en los auditorios de la irracionalidad pura.

Imperia examinó los folletos de promoción preparados por la casa discográfica. Parecían el sueño de un nuevo rico: colores rutilantes realzando un producto que dijérase el catálogo esencial del lujo postizo. En cuanto a Reyes del Río, no carecía de belleza y cierto carácter indómito. Para ser exactos: podía ser bellísima, inquietante, majestuosa; pero todas estas posibilidades habían sido disimuladas, como se ha dicho, por el trabajo abominable de peluqueros, modistas y joyeros. Entre todos, la habían sobrecargado tanto que diríase una modernización de la Dama de Elche. Claro que modernización no era la palabra adecuada. Empeñados en alejarla del tópico de la folklórica que privase en los años cincuenta, modistas, peluqueros y joyeros la habían incorporado a una estética más propia de una rechoncha burguesa americana.

—A lo que parece tiene ya una imagen muy precisa. La hortera mayor del reino. ¿Para qué se me necesita a mí?

—Porque está fallando. Es muy amada, pero los dos últimos discos han tenido la mitad de venta que los anteriores. Esto preocupa a sus representantes y a la casa discográfica.

Imperia empezó estudiando a fondo el contenido de los discos que no habían funcionado como se esperaba. Boleros de segunda categoría, canción sentimental de mesita de noche y alguna incursión en las baladas de desamores. Sentimentalismo, no pasión. Calidez, no fuego. Y una absoluta falta de genio por parte de músicos, libretistas y la propia artista. Rutina para engrosar las urgencias del *hit parade*. Algo que podía cantar cualquiera sin distinguirse, sin caracterizarse. Un material pasajero que no podía aspirar a dejar huella en la memoria de nadie.

Pasó a las primeras grabaciones de Reyes del Río, las que la habían hecho famosa en sus principios. Copla andaluza y algunas incursiones en el flamenco. No le sorprendió comprobar que, en su propio terreno, Reyes del Río era muy buena. Y en aquel arte que le permitía dar plena prueba de su excelencia, Imperia empezó a sentirse cómoda como asesora de imagen.

Anotó cuidadosamente: «Traiciona sus orígenes. Empezó explotando sentimientos ancestrales. Ha decidido modernizarse sin ser en absoluto moderna. Tierra de nadie. Amorfismo total.»

Sabía que el éxito basado en el sentimentalismo no tolera traiciones. Cuando el público ama, es tan celoso de este amor como de la figura que lo inspira. Alguien había convertido a Reyes del Río en un símbolo completamente distinto del que el público deseaba. El planteamiento de la casa discográfica era un error, sólo explicable a partir de la necesidad de ofrecer cada temporada una novedad distinta. Pero ciertos componentes de la imagen pública son intocables. ¿A quién se le ocurriría conciliar a la Macarena con Sinatra? Sólo a los ejecutivos que aspiran al éxito demasiado rápido; los sin medida, los aptos para quemar a la Macarena y a Sinatra en una misma hoguera encendida siempre por los decretos de la rabiosa actualidad, esa alcahueta de todos los disparates del gusto.

A pesar de su indiferencia hacia la copla, no ignoraba Imperia el apogeo que conoció durante los años cincuenta. En las paupérrimas publicaciones en blanco y negro de su adolescencia había visto a aquellas mujeres llenitas de carne y ataviadas siempre de algo que parecía la exasperación de lo andaluz. Poblaban las películas que los cines ofrecían como complemento de programa, subproductos tildados de «españolada» y que el público de las capitales solía ver iniciada ya la proyección. Siempre le parecieron pregoneras de lo reaccionario, antiguallas que la estética franquista hizo suyas. Más recientemente, después de acercarse al cancionero, reconoció que había sido un poco injusta en sus enfoques, cuando la hostilidad hacia la dictadura le hizo abominar de todo cuanto de algún modo estuvo relacionado con ella. No tenía por qué ser así la reconversión de Reyes del Río. Incluso podía presentarla como la Folklórica del Socialismo. ¿Acaso algunos escritores de prestigio no habían reivindicado a la copla, ya por sus valores poéticos, ya como fuente de la memoria colectiva? Podía sacarse perfectamente a Reyes del Río de las referencias del pasado inmediato y venderla como una representante de la España eterna a través de sus esencias recuperadas. No otra cosa estaban haciendo los ayuntamientos y las distintas autonomías. En cuanto a la ideología era cierto que ya no se llevaba tener alguna, pero tampoco molestaría que Reyes del Río revelase cierto apasionado interés hacia los de su clase y los de su pueblo. Podía montarse una buena historia en torno a una infancia patética, desarrollada entre obreros cuyas fatigas la ayudaron a comprender desde muy niña la injusticia social a que el mundo de los descamisados había sido sometido. Si además conseguía que Rafael Alberti dibujase la portada del próximo disco y Antonio Gala escribiese unas palabras de presentación, la novedad estaría servida y el prestigio asegurado.

Tampoco era necesario recurrir a la peineta, la bata de cola y el clavel reventón entre los labios. Se imponía encontrar algo todavía más primitivo. Si el público ansiaba una virgen, convendría remontarse a las raíces mismas de la religión. Virgen tendrían, pero románica.

Antes de acostarse concibió un plan de ataque. No era honesto, pero a fin de justificarse decidió que por lo menos resultaba inofensivo. Todo su cuerpo se enervó con aquella sacudida haciéndole creer que se hallaba ante un invento de primera categoría. Y una vez más la conciencia del trabajo bien hecho triunfó sobre cualquier consideración ética.

A los pocos días se presentó ante Eme Ele

—He mandado realizar una encuesta entre las clases populares. Mercados, salas de espera de la Seguridad Social, restaurantes de carretera, ese tipo de sitios. Las marujas ponen en duda la famosa virginidad de tu producto. Si no se demuestra de una manera gráfica, el invento no llega al verano.

—Entonces...

—Que algún periodista le eche una calumnia. Que ponga en duda su virginidad. Esto la obligará a demostrarla de manera contundente. Tendrá que someterse a una revisión médica y ésta irá acompañada por un certificado que enviaremos a toda la prensa.

—¡Esto es portada! —exclamó Eme Ele, visualizando ya la operación.

—Y no una sola. Llevaríamos tres semanas copándolas todas. La primera, por la calumnia. La segunda, Reyes del Río negando. La tercera, su madre repartiendo mandobles a diestro y siniestro.

—La cuarta el certificado del médico. ¡Cuántas portadas para un solo virgo!

Vendida como información ultrasecreta al perverso especialista en cotilleos Cesáreo Pinchón, la calumnia ocupó más portadas de lo previsible y más espacios radiofónicos de lo que hacía deseable la seguridad de los promotores. Porque a las pocas horas de anunciarse la noticia de que Reyes del Río pudiera no ser virgen, invadió el despacho de Imperia una violenta delegación formada por los defensores del orgullo de la copla. Irrumpían en pie de guerra una prima monja de Reyes del Río, dos tías carnales, la vecina farmacéutica y una gitana echadora de cartas. Y, como capitana, doña Maleni.

La madraza proclamaba su fe a voz en grito, apartando de un empujón a la secretaria que en vano intentaba detenerla.

—Doña Mari Listi, doña Mari Listi. Ese cabrón de la revista pone en tela de juicio la virginidad de la niña. ¿Qué dirán en el pueblo?

Apostillaron las del séquito:

—Eso. ¿Qué dirán en el pueblo?

—Tengo absoluta fe en lo que escribe Cesáreo Pinchón —contestó Imperia sin el menor arrepentimiento por mentir con tanto descaro. Y más embustera aún, añadió—: Igual que yo la tienen los lectores. La credibilidad del señor Pinchón va a misa.

Doña Maleni se dejó caer en una butaca, con tal ímpetu en la caída que la acompañó un sonoro campanilleo de pulseras.

—Yo sé muy bien de dónde viene esa calumnia. ¡Es despecho! Sepa que este escribano se quería tirar a mi sobrino Eliseo y como él es igual de entero que la niña y en su culo sólo entra quien él quiere, pues ahora se venga aquel canalla arrojando cieno sobre la honra de mi hija, que es donde más duele.

Añadieron las del séquito:

—Eso. Donde más duele.

—Mucho ha de doler para que se traiga usted el coro —comentó Imperia, molesta por ver sus dominios tan invadidos.

—Por si las moscas las traigo. Porque aquí las comadres son duchas en lo de hacer brujerías y si usted lo decide le mandan un mal de ojo al Cesáreo ese que puede coger hasta un cáncer de próstata, por un decir, o esa plaga americana que les da a los maricones.

Por un instante, Imperia se vio asomada a unos abismos tan tenebrosos, que le dieron risa. No era de las que mezclan las brujerías con el marketing, de manera que decidió obrar por medios racionales. Empezó ofreciendo café a sus visitantes.

—Azúcar no, que me produce colitis —dijo la Maleni—. Y bastante tengo con lo que llevo encima. ¡Que mi niña tenga que verse pregonada por un vil! ¡Eso es que no tiene nombre ni apellido!

Comprendió Imperia que debía obrar por lo directo.

—Sea sincera —dijo con fingida dulzura—. ¿Tanto importa la virginidad de su hija?

—Mujer, ahora que ha estado anunciada sí.

—Es decir, se percata de que es un valor comercial. Dígalo sin ambages.

—A lo que usted llama «bagajes» yo le llamo tapujos. Y prescindiendo de ellos le diré que la virginidad de la nena nos da de comer a tres familias.

Ante la curiosidad de Imperia, añadió:

—La nena es que es muy generosa. Unos dineros para el tío Cirilo, que está en el paro. Otros dineros para la Jacinta, que va a poner una tienda de *robes et manteaux*. También están los abuelos, que necesitan casa. Y el niño de la Reme, que quiere estudiar fútbol para ser un hombrecito de provecho...

Así hasta treinta y siete damnificados. Y a cada uno que citaba doña Maleni, sus acompañantes iban declamando: «Bendita sea la niña.»

—En resumen —dijo Imperia—, que su niña es una santa.

Y decidió para sus adentros que, por ser la niña tan santa, daría más trabajo del que había insinuado el Boss. Tanto como para que ella se saltase las barreras de la vida pública y entrara a saco en la privada, trabajando a partir de ella.

En los meses que siguieron, Imperia hizo por su protegida mucho más de lo que sus prerrogativas permitían. Si la apartaban de los artículos inanimados y ponían a su cargo una alma humana no sería para establecer con ella un trato parecido. Tenía aquella actitud una ventaja capaz de tranquilizar su conciencia: en el supuesto de que engañara a medio mundo con un producto artístico ínfimo, se justificaba mejorando a una persona, ayudándola a convertirse en algo verdaderamente importante, más allá de sus éxitos pasajeros.

No fue difícil convencer a Reyes de que sus familiares la estaban explotando. Vio Imperia que ponía el dedo en una llaga que justificaba, además, las suyas propias. Aquella explotación la exacerbaba, despertando su antigua combatividad de feminista. Formuló a su pupila la pregunta típica: ¿vivirían tantos parásitos a su costa, de haber sido ella el primo Eliseo? O en otras palabras: de haber sido ella un hombre, ¿se atrevería alguien a explotarla de aquel modo? Reyes recapacitó un momento y acabó por aceptar una evidencia brutal: entre sus familiares y algunos parientes más lejanos se habían comido la mitad de sus ganancias y esto se debía a que era una débil mujer y por lo tanto estaba en inferioridad de condiciones delante de la sociedad. En un rasgo de suprema inteligencia gritó: «Pues, ¡ea!, se acabó lo que se daba.» Imperia sintióse orgullosa, y en cierta manera histórica. No todo estaba perdido en aquella sociedad tan deshumanizada. La frase le salió bordada pero la verdad era un poco más cruel que su apariencia. Además de virgen, la niña era la del puño.

Fue más difícil conseguir que regresara al repertorio clásico. Hubo problemas en las primeras discusiones pero al poco acabó imponiéndose el genio del artista, que veía grandes posibilidades de lucimiento en los cantables que hicieran la gloria de Juanita Reina, Marifé de Triana y doña Concha.

—¡Y «doña» seré yo en el futuro, de tanto cantar *Madrina*! —proclamó Reyes del Río, ya convencida—. ¡Osú! ¡Cómo se pondrá mi público de mariquitas al verme salir al escenario con miriñaque!

Llegó luego el combate con los innumerables miembros que suelen tener voz y voto en la carrera de una folklórica. Nunca creyera Imperia que fuesen tantos. Estaba su representante para galas de verano y su representante para actuaciones de invierno. Después, su agente para Latinoamérica, su apoderado para asuntos de televisión y, finalmente, tres individuos de la casa discográfica: un productor, un arreglista e incluso el diseñador gráfico encargado de la portada de los discos.

Todos revelaron una ínfima preparación intelectual que convertía cualquier debate racionalizado en una causa perdida de antemano. Resultaba sorprendente que pudiesen salir tantas insensateces, tantos kilos de horterada de labios de aquellos caballeros ataviados de ejecutivos ultramodernos y ultrarrefinados (menos el diseñador, que iba de artista).

Cuando ya llevaban tres horas de gritos y amenazas, la folklórica se levantó del asiento que hasta entonces ocupaba en silencio absoluto. No necesitó hacer un solo gesto. Bastó la insólita contundencia de su voz.

—Aquí se va a hacer mi ley o salgo yo a la calle, me acuesto con el primero que encuentre y se les ha acabado a todos el muermo, so tíos guarros.

Hubo un pasmo general. Hasta doña Maleni calló de repente, contra su costumbre y voluntad. Pero la rebelión de la folklórica dio resultado. Su próximo recital ya no se llamaría «México lindo y bonito» sino «Nostalgias de la Giralda». Y el representante para galas de invierno aventuró que con un buen lanzamiento y ofreciendo la recaudación para una obra benéfica acaso pudieran conseguir la asistencia de la reina o, en su defecto, las infantas.

No aspiraba a tanto Imperia Raventós. Se contentaba con lo conseguido y muy especialmente con una pequeña victoria a la que aparentemente nadie daba importancia: Reyes del Río acababa de hacer oír su voz fuera del escenario. Y a fe que demostró una autoridad fuera de lo común, si bien Imperia no se hacía demasiadas ilusiones sobre su alcance. Pensó: «Que sea enérgica no quiere decir que sea inteligente. Corre mucha burra con un genio de mil demonios y mucha marimandona sin nada en la mollera.»

Pero en el fondo le agradeció que la honrase con toda su confianza. Y estuvo a punto de emocionarse cuando le oyó decir:

—¿Sabe lo que más me gusta de todo? ¡Que me haga decir que soy socialista de toda la vida!

—Esto dice mucho en favor de tus inquietudes, querida.

—De inquietudes nada, mi alma. Es que estoy hasta la peineta de ir repitiendo lo de las folklóricas de antes: que si los artistas sólo nos debemos a nuestro público, que nanay de meternos en política y que si patatín que si patatán.

Así era de sorprendente aquella criatura. Como si la burra de Balam acabase de pronunciar un discurso en el Senado.

Derrotada la oposición de los representantes —«mandarines» solía llamarlos ella—, Imperia decidió entrar a saco en las opciones estéticas de Reyes del Río, con los resultados que el lector conoce. Eran precisamente aquellos resultados los que hacían exclamar meses después a Manolo López, también llamado Eme Ele, también llamado el Boss:

—Me excita tanto esta flamenca, que me la follaba debajo de un olivo.

IMPERIA DECIDIÓ hacer oídos sordos a aquella aseveración de primitivismo. Después de todo sabía perfectamente que la idiotez de una hembra de bandera es el mejor afrodisíaco para hombres que se consideran a sí mismos abanderados de la superioridad.

—Te será difícil encontrar un olivo en todo Madrid. Y además a ésta no te la trabajas porque es parte de mi negocio, que es también el tuyo.

—Cierto —dijo él, reaccionando. Y volvió a ser el petimetre que intentaba impresionar sacando un pañuelito de seda natural con la firma de Versace. Añadió en tono cómplice—: Además, que no tengo yo ganas de líos con Adela.

Aquí volvió Imperia a sonreír y con más ganas, porque si en alguna ocasión sintióse ella cómplice de alguien era precisamente de la aludida Adela. Y sabía que la opinión que ésta tenía de su marido estaba muy por los suelos últimamente. Tanto que había desistido de criticarle en el convencimiento de que ya nada tenía remedio. Por esto decían algunos que Adela le sustituía dedicándose a la crítica de arte.

—En fin, que vamos al asunto —decidió Eme Ele—. Que conviene pensar en el virgo de la folklórica.

—Nada más fácil —dijo Imperia—. Montamos lo de la otra vez.

—¿Que Cesáreo Pinchón repita la calumnia?

—Descartado. No se puede volver al lugar del crimen. El cotilleo de revistas ya nos sirvió hace un año. Ahora picaremos más alto.

—¿La televisión?

—Rosa Marconi.

—La que pica alto es ella. Después de entrevistar a Mitterrand no se rebajará hasta una folklórica.

—Tonterías. A Reyes del Río se la vendo yo como valor nacional. Y si no lo entiende así, le recordaré unos cuantos favores que me debe.

—Viendo los métodos que utilizas, me consuela contarme entre tus amigos —bromeó Eme Ele.

—No creas que esto te preserva completamente. Al fin y al cabo, Rosa Marconi es una de mis amigas más queridas.

Apuró de un trago su culito de whisky. Descolgó el teléfono y pidió que la pusieran con la madre de la folklórica. Cuando la tuvo al habla, no le dio la menor oportunidad de soltar su habitual verborrea.

—Es necesario que su hija vuelva a pasar por el tocólogo. Lo de la ladilla me ha puesto sobre ascuas.

Desatendiendo los gritos que llegaban del otro lado del teléfono, colgó de golpe, cerrando después la carpeta que contenía el informe de la gira de Reyes del Río.

Antes de salir, se volvió hacia Eme Ele.

—Mientras tú retrocedes hasta las cavernas soñando con el virgo de la flamenca, yo empezaré a refinar a este palurdo.

Y abrió entonces el dossier de Álvaro Montalbán.

Sabía que su proceso de refinamiento pasaba por Miranda Boronat.

EL HOGAR DE MIRANDA era un precioso chalet del período de la arquitectura racionalista, lo cual lo convertía en una valiosa propiedad, tanto por sus valores estéticos como por su extensión. Contrariamente a lo que decían los mal informados, no formaba parte del paquete que le diese su marido para quitársela de encima. Era herencia de su padre, quien amasó una considerable riqueza introduciendo en el mercado castellano algunos productos resultantes del genio catalán, desde el salchichón de Vich a la butifarra de Palautordera. Este origen tan poco sofisticado se nobilizó con otros negocios, menos honrados pero más rentables. El dinero que pudiera parecer basto al proceder de los embutidos quedó irreprochable cuando ya nadie supo de dónde venía. Los espesos velos de la economía franquista cubrieron cuidadosamente las apariencias y así le fueron proporcionando al viejo Boronat la riqueza que su hija se cuidaba de aumentar, así a lo tonto, invirtiendo saludablemente y protegida a su vez por los velos ambiguos de la democracia.

Movíase Miranda entre un suntuoso mobiliario de anticuariato para marquesonas y una pinacoteca llena de cuadros cubistas de los que solía presumir ante sus amistades con las siguientes palabras:

—No se entienden, pero valen un Eldorado.

Protegían su intimidad tres sirvientes de extraordinaria eficacia. Román era, a sus veintiocho año, un guapo mozo; Sergio era, a sus treinta, un macho sublime. Ambos habían alegrado los inviernos de alguna amiga de la dueña. El tercer criado era el ya conocido Martín, que hacía de chófer, mayordomo y ama de llaves. Maduro y de mediana apostura, no alegró la soledad de ninguna marquesona porque no se lo hubiera permitido su novio, un carnicero del barrio de la Latina que le prometió quereres en 1953 durante una verbena en Las Vistillas.

En ese entorno Miranda Boronat combatía el aburrimiento organizando partidas de tenis en la pista cubierta, *parties* en la piscina, campeonatos de bridge en el salón morado o simplemente cotilleos salvajes en la biblioteca. Recibía con notable asiduidad a todo aquel que, según sus palabras, «tiene nombre y apellido». Y aun cuando faltasen ambos requisitos, siempre había un lugar en sus salones para el primero que tuviera «situación».

Cuando Imperia llegó al chalet había en la puerta dos coches ocupados por cinco guardaespaldas. Señal de que Miranda estaba jugando al tenis con algunas de sus amigas relacionadas con las alturas.

Abrió la puerta Martín, con la solemnidad de siempre y, en los ojos, la ansiedad del chivatazo.

—¿Hay moros en la costa, Martín?

—Un Guadalete, doña Imperia. Un Guadalete.

—¿Qué tenemos hoy, gobierno o banca?

—Opus.

—Miranda está en todo. Nunca se sabe si pueden volver.

Apareció la dueña de la casa, vestida de tenis. A fuerza de adelgazamientos había conseguido parecer anémica. A fuerza de entierros tenía la palidez de los cadáveres. Pero había leído en algún *Vogue* que volvían las pálidas y se encontraba divina.

Cayó en brazos de Imperia con la languidez propia de una modistilla tuberculosa, pero de repente exhaló un gritito de horror, miró hacia el jardín y susurró a guisa de secreto:

—Se ha presentado esa pesada de Melita. No se te ocurra decirle que me he enganchado a las mujeres porque ella es muy de misa y no lo entendería.

—No pienso verla. Sólo he venido a pedirte un favor.

—Pide por esos labios de zorra. Ya sabes que no puedo negarte nada porque eres mi infierno personal e intransferible.

Se la llevó al saloncito forrado de verde que alegraban, de manera impropia, cuatro aguafuertes abstractos y del color que suele presentar la caca de gallina triste.

Imperia expuso la situación. Necesitaba introducir en sociedad a un hombre demasiado guapo para ser cierto, demasiado rico para permanecer escondido y, además, increíblemente nuevo en los ambientes de costumbre.

Sólo este último detalle consiguió excitar el interés de Miranda Boronat.

—¿Novedad absoluta? Qué bien, porque siempre somos los mismos. Menos acostarme con él, porque vomitaría, haré lo que tú quieras.

—Llévale a los sitios de moda y observa su comportamiento.

—Estupendo. Tendré de qué presumir. Además te agradezco que me lo presentes porque así me das motivos de celos y esto pone una nueva razón en mi vida porque el dolor purifica y toda purifación es la hostia marinera. ¿Comprendes, chata?

Imperia la vio alejarse hacia el jardín, contoneándose con la energía que se atribuye a los *cowboys* del Far-West. Y pensó que cuando conociera a Beba Botticelli le preguntaría de qué secretos poderes disponía una argentina para convencer a una mujercita rubia, delicada y casi evanescente de que era una réplica de John Wayne y no de Gracia Patricia de Mónaco, como solía pretender Miranda antes de su psicoanálisis.

Se disponía a regresar a su coche cuando Martín le salió al paso para comunicarle una emergencia poco grata.

—Doña Imperia, uno del séquito de la señora del Opus solicita hablar con usted.

La mirada del criado contenía un sobreentendido. No se le escapaba que cualquier relación entre un guardaespaldas y una dama de lujo escapa a toda necesidad profesional para introducirse en el ámbito de los enigmas más claros que el agua.

—¡Roberto! —exclamó Imperia, al hallarse frente al macho en un rincón de la parte trasera del jardín. Y fingiendo mayor sorpresa a medida que él se iba acercando, añadió—: ¡Qué momento tan inoportuno has escogido!

Era altísimo, fortachón, musculoso y de mirada violenta. Un Hércules del asfalto, pensó Imperia la primera vez que lo vio, custodiando a la esposa de un banquero. Y cuando lo tuvo desnudo en la cama, consagrado a los saltos más espectaculares y golpeándose un pecho extremadamente hirsuto, descubrió en sí misma que no le desagradaba en absoluto la ley de la selva.

Tal vez para evocar aquella circunstancia el llamado Roberto adoptó una expresión de dominador nato, cual correspondía a su oficio en el mundo. Pero sólo fue una apariencia, ya que a los pocos minutos se desmontaba, sumiéndose en algo parecido a la desesperación.

Y al hablar, gimoteaba.

—¡Ingrata, más que ingrata! ¡Que tenga que encontrarte así, tan de casual! ¡Que lo nuestro no merezca ni un encuentro a solas!

Ella se sintió un tanto ridícula.

—Contrólate —exclamó—. Tú estás de servicio y yo en casa de una amiga.

—Esto te salva de una buena paliza. ¡Porque soy yo muy hombre para que se burle de mí una pantera!

Ella le dirigió una mirada jocosa. ¿De qué estaba presumiendo si le asomaban lágrimas a los ojos?

—Reserva tus fuerzas por si a la tonta de Melita le toca hoy algún atentado. Yo tengo mis asuntos.

—Tu asunto era yo, me dijiste. ¡Y mira si fui honesto que lo tomé como un juramento que no necesita ser jurado!

Tenía un tono lastimero pero, lejos de enternecer, divertía. Como si a un orangután le diese por llorar con una poesía de Bécquer.

—Te llamo y no te pones al teléfono. Dejo mensajes en el contestador y no me los contestas. Te envío el rosario de mi madre y me lo devuelves.

Ella le miró con la curiosidad propia de un último análisis.

—No sé si soy la primera que se acuesta con el guardaespaldas de una amiga. Pero, caramba, nunca pensé que a cambio de tres noches de placer tendría que soportar tantos latazos.

—¡Placer! —gimoteó él—. ¿Sólo placer te he dado, mala hembra?

—En los tiempos que vivimos ya es mucho.

—¿Es que hay otro hombre? ¡Mira que lo mato!

Ella no contestaba.

—¡Imperia, Imperia, que me estás viendo de cuerpo presente!

Estaba a punto de caer de rodillas, tanto vacilaba. Y ella aprovechó sus vacilaciones para zafarse de su abrazo.

—No quiero complicaciones —dijo poniéndose los guantes—. Tengo demasiado trabajo para permitírmelas. Así que adiós.

—¡Y pensar que por ti he faltado a mi mujer, que es una santa!

Ella no contestó. La santidad de las esposas engañadas era algo que le daba mucha risa.

—¡Y mis hijos! ¡Les he faltado por ti! ¡Les he faltado, pobres angelitos!

Imperia tampoco contestó. Era posible que los angelitos se estuvieran pinchando en alguna discoteca.

—¡En ti no hay nada de mujer! —acabó gritando él, mientras golpeaba el suelo con las manos.

Aquí sí contestó Imperia:

—Completamente de acuerdo. En mí no hay nada de mujer en la medida que no hay en ti nada de hombre.

Lo dejó llorando como una Níobe, pese a que era tan alto, tan ancho de espaldas, tan peludo. Y pensó Imperia que algo habría cambiado en el país cuando los supermachos se comportaban como las cupletistas.

SE ARRIESGÓ A ALMORZAR en los inhóspitos antros de unos estudios de televisión. Le convenía cambiar impresiones con Rosa Marconi y ésta tenía grabación hasta bien avanzada la tarde. Debido a la proximidad de las fiestas navideñas, dejaba enlatadas dos semanas de su famoso programa «El público quiere saber».

En cuanto a la semana de Epifanía, sabía que sólo Imperia era capaz de ayudarla. Y así lo reconoció, de manera exuberante, gritándole desde el otro lado del plató.

—¡Mi ángel de la guarda viene a salvarme! No esperaba menos de ti. ¡Qué amiga, Señor, qué amiga!

Y se besuquearon mucho, como si se apreciasen de veras.

Imperia se congratuló por un primer éxito personal. Había conseguido hacer creer a Rosa Marconi que necesitaba a Reyes del Río, cuando era ésta quien necesitaba urgentemente el programa de Rosa Marconi.

Y no sólo el programa. Desde su columna en la prensa semanal Rosa Marconi también podía mandar. La simultaneidad de colaboraciones le daba dos prerrogativas sobre dos públicos distintos, lo cual la convertía en reina de dos medios de difusión de los que suelen llamarse soberanos. A través de su columna creaba opinión entre sectores exigentes, ganando una credibilidad muy distinguida. Después, al acercarse a la radio y la televisión invadía el corazón de las clases populares garantizándoles que entregarse a ella era de buen tono, porque éste ya le había sido otorgado previamente, desde el prestigio de la prensa escrita.

No era Marconi de las que dejan teclas sin tocar. Se había especializado en el periodismo político, donde podía presumir de audacia, independencia y agresividad; más adelante, la televisión le proporcionó la plataforma para que cualquiera de sus opiniones se convirtiese en una bomba de alcance nacional. Tenía pues en su poder al lector de calidad y al televidente barato.

La anunciaban con el eslogan: «Sólo Rosa va más allá de Marconi.» Era una publicidad tan idiota como cualquier otra, si bien es cierto que ella siempre iba más allá de sí misma proponiendo en todo momento lo que los demás no esperaban.

Dejando aparte su grado de independencia, nadie podía negar a la Marconi que era la más enterada de todas las intrigas que se cocían en la olla política de la capital. Y en una época en que las ideas habían sido sustituidas por el dinero en todas sus variantes era lógico que el conocimiento exhaustivo de cuanto se decía en los mentideros de la economía constituyese su última y más apasionada especialidad.

Por toda su trayectoria, se entenderá que Rosa Marconi no tuviese miedo de nadie. Es decir, sólo de aquellos a quienes consideraba lo bastante inteligentes para adivinar su juego desde un principio.

Siendo Imperia una de esas personas, continuó dispensándole todo tipo de elogios y arrumacos no desprovistos de sinceridad. Por lo menos, no se odiaban. Todas las mujeres que empezaron siendo honestas para acabar vendidas a sus propios intereses —a veces tan terribles como los ajenos— acaban sintiendo entre ellas el profundo afecto de los cómplices.

Empezaron enseñándose las cartas abiertamente, sin doble juego.

—Pídeme lo que quieras a cambio de Reyes del Río —dijo la Marconi.

—Un programa entero para un joven tiburón de las finanzas.

—Mira que es mucho riesgo, por ser él un desconocido.

—Mira que será un éxito seguro, por ser tú su descubridora.

Como aquel día las dos hacían la dieta de los polvitos con sabor a fresa se salvaron de morir envenenadas por los cocineros de la televisión. Pero nada las salvó de tomar unos donuts de plástico y el café con leche más asqueroso que Imperia había tomado fuera de los Estados Unidos. Todo un récord.

Mientras combinaban aquella bazofia con los batidos milagreros, Rosa Marconi examinaba las fotos de Álvaro Montalbán.

—Es extraño que yo no le conozca —murmuró un tanto ofendida porque algo hubiera escapado a su red de espionaje.

—Le han tenido escondido hasta ahora.

—¿Oiré hablar de él en el futuro?

—Y mucho. Pretenden colocarle en primer plano.

Rosa Marconi podía no conocer al personaje, pero disponía de toda la documentación acerca de su entorno.

—¿Sabes qué es lo que hay detrás de este grupo?

—No sé. Entre chapuzas y chanchullos, supongo.

—Chapuzas ninguna. Se lo han sabido montar con garbo. Una obra maestra de imposición en la escena económica. Ahora bien, chanchullos todos. Si lo que se cuenta es cierto, el origen de la fortuna actual está en una serie de expropiaciones que empiezan por ser ilegales y luego, misteriosamente, aparecen legalizadas.

—Todo esto no debería preocuparme. Mi trabajo consiste en hacer presentable a este joven.

—Hacer presentable la ilegalidad, quieres decir.

—Depende. ¿Está probada?

—No seas ingenua. Sabes perfectamente que es imposible sin riesgo de algunos que están en el poder. Pero se sabe en cualquier caso.

—Si es así no puedo permitirme remordimientos de conciencia. Se puede ganar mucho dinero y ahora tengo un hijo que mantener.

Rosa Marconi le guiñó el ojo.

—¿Cuando dices hijo es eufemismo de amante joven?

—¿Necesité yo de eufemismos alguna vez?

—No. Pero tampoco has necesitado un hijo, que yo sepa.

—No es que lo necesite. Es que ya lo tenía.

—No me extraña. Las catalanas tenéis de todo.

—Al trato, niña, que se hace tarde. ¿Me cuidarás a Álvaro Montalbán?

—Al trato: ¿tendré para mi programa a Reyes del Río contando a su público todo lo que no contó hasta ahora?

—La tendrás para la noche de Reyes, como corresponde.

Y te juro que contará cosas tan estremecedoras que el país entero se echará a llorar a lágrima viva.

—Por si acaso escríbele tú todas las respuestas, que la folklórica es muy burra.

—Claro, guapa. Y lo de Álvaro Montalbán también te lo escribiré yo, por si te dejas algo.

—Desde luego, no hemos nacido ayer.

Y se dieron un frote de mejillas a guisa de besuqueo.

SE DEDICÓ LA NOCHE A SÍ MISMA. Sesión de *jacuzzi*, un poco de pollo frío, y algunas páginas de la última novela publicada en Nueva York por alguna mariquita judeoamericana.

No tardó en abandonar la lectura. La mariquita judeoamericana escribía como otras diez mariquitas judeoamericanas que habían escrito sobre los mismos problemas la pasada temporada.

En casos así, siempre queda la televisión, ese Lourdes de los solitarios. Tomó Imperia el mando a distancia y empezó a localizar canales. Tres concursos, dos seriales sobre los problemas domésticos de la clase media americana y dos dramas sobre policías de Los Ángeles que perseguían a unos puertorriqueños que al parecer le daban a la droga. Se preguntó por qué aquel Lourdes no cambiaba el rollo de vez en cuando. Contestóse que, por su propia esencia, no podía hacerlo. Así de sencillo.

El antaño milagroso invento había cambiado el entretenimiento por la imposibilidad de entretener sin insultarla.

Recordó lo que dijera Eme Ele cuando ella decidió que no estaba su oficio como para cogerle cariño.

—Tómate a los destinatarios de tus campañas como si fuesen hijos.

—Yo nunca criaría a mi hijo como a un mediocre —dijo ella.

Lo recordaba ahora con ironía. Ni como a un mediocre ni como a nada. Simplemente, no lo había criado. Tal vez era una defensa contra la posibilidad de que resultase un trasto. No saberlo le ahorraba el remordimiento de contribuir a engrosar la raza de los mediocres. Si las televisiones del mundo necesitaban concursantes, no iba a ser ella quien se los proporcionaría.

Solía decir su abuela que el mal de los padres lo pagan

los hijos. Se refería a su separación de Oriol, claro está. ¡Pobre niño Raúl, condenado a crecer sin un padre y una madre unidos por vínculos respetables! Púber indefenso, maltratado por una madrastra sin escrúpulos y deformado por un padre sin entrañas. De todos modos, la abuela era un tanto folletinera. La madrastra sería pija y tarada mental, pero en modo alguno perversa. Y Oriol podía ser un fracasado, pero era bien capaz de ayudar a una cieguecita a cruzar la calle. Y estaba Imperia a punto de pensar que, por lógica, el niño Raúl era más hijo de aquella estúpida pareja que de ella misma.

No le preocupaban pues las consecuencias derivadas del hecho de que fuese su hijo una pobre víctima del divorcio. Peor golpe sería que resultase un mediocre, viciado por los mensajes que ella misma promocionaba. En esto sí tendría motivos para acusarla de mala madre, convirtiéndose en portavoz de todos los niños del mundo.

Cuando disponía de algún rato libre se dedicaba a curiosear las televisiones extranjeras que llegaban a través del satélite. Consideraba este invento primordial para asumir que la idiotez es la misma en todos los lugares del mundo. Media hora saltando canales le bastaban para comprobar hacia dónde se encaminaba el futuro.

Los programas infantiles demostraban que la siguiente generación estaría formada por deficientes mentales. Los programas para adolescentes demostraban que una ola de contaminados ya estaba entrando en la vida. Ciertamente, no llegaban desnudos. Se les proporcionaba un equipaje destinado a convencerlos de que eran los reyes del mundo. Estaba formado por colores chirriantes, comidas de plástico, musiquillas mediocres y un vocabulario para usar y tirar de un día al otro.

Reconociendo aquella fatalidad, Imperia iba más lejos que su Boss, asumía que el siglo ha conseguido una horrible victoria: no sólo convertir a lo mediocre en un bien colectivo, sino elevarlo a la categoría de material educativo prioritario a todos los demás.

Sólo conseguía sentirse segura en el refugio que formaban sus objetos amados y sus aficiones predilectas. No bien salía de aquel su mundo íntimo, la realidad la golpeaba con la evidencia de un mundo vacío de ideales. Y si para una persona sensible el mundo exterior siempre tiene que ser agresivo, la confirmación de que el vacío del mundo invadía su casa a través de la televisión la llenaba de furia.

Agotados sus recursos, puso el último disco de Reyes del

Río. Una ola de sentimientos elementales empezó a invadirla. No la instruían, pero a lo menos no la insultaban:

> *He tenido que matarte*
> *porque no tuve, serrano,*
> *valor para aborrecerte.*

Recordó entonces que no había probado uno de los últimos teléfonos que solía proporcionarle Romy Peláez. Marcó un número y sonó una voz masculina solicitando las apetencias del cliente. Las de Imperia no solían variar. Un machito de treinta años y una musculatura opresora le parecieron buenas cartas de garantía para una noche simplemente grata. Nada destinado a permanecer en el recuerdo.

Siempre tenía champaña en el frigorífico. Cualquier chulo de lujo no aceptaría otra cosa. De hacerlo, la decepcionaría profundamente. Sería un chulo de baratillo. Lo último que podría tolerar una vagina sofisticada.

Se puso una *négligé* de raso y un soplo de Chanel en el cuello. Al deshacerse el pelo, se descubrió un tanto salvaje. No mentían quienes aseguraban que se parecía a la Espert. Puesta a mitificar, decidió parecerse también a Anouk Aimée. Preguntó al espejo: «Dime, trasto mágico, ¿qué papel me correspondería interpretar en el cine?» El espejo la encontró ideal para hacer la Justine de Durrell. Ella se lo agradeció como solía.

Mientras organizaba las luces como si de un montaje teatral se tratara, sonó el teléfono. Estuvo a punto de ignorarlo, temiendo que no fuese una de las típicas llamadas de Miranda Boronat, con sus dos horas llenas de chismes incoherentes. Decidió correr el riesgo y descolgó el auricular.

Era su hijo.

Entre lo poco que sabía de él, sabía que detestaba hablar por teléfono. No era, pues, un niño empalagoso, aunque sí inoportuno. Sin saberlo, elegía los peores momentos. En aquella ocasión, no estaba Merche Pili para recoger sus confidencias. Lógico por demás. ¿Qué pintaría ella en una noche tan prometedora de deseo? ¿Palanganera? Imperia lo consideró impensable. Como lo era despachar a su hijo exponiéndole la situación real. «Cuelga, niño, que tu santa madre está esperando a un chulo.» Pocos hijos son tan liberales para hacerse cargo de semejante emergencia.

El niño Raúl anunciaba la decisión temida: quería adelantar su llegada para compartir con mamaíta las sagradas fiestas de Navidad. Estrechamiento de vínculos familiares o algo parecido, dijo.

¡La madre que lo parió!, pensó Imperia sin darse cuenta de que tiraba piedras sobre su propio tejado. Pero le tocó fingir la singular alegría de la maternidad debidamente acreditada.

—¿Haces árbol o belén? —preguntó de sopetón el niño.

—Ni una cosa ni la otra. ¿Por qué?

—Porque a mí me gustan las dos. ¿Puedo traer mis figuritas?

—Las habrá en Madrid, digo yo.

—Las mías son más antiguas. Así que las traigo. Otra cosa: ¿puedo traerme a Imogene?

Pensó ella rápidamente: «¡Joder! Me va a meter una novia en casa!»

—Raúl, hijo. No creo que tenga sitio para otra persona.

—Imogene no es una persona, mamá.

El tratamiento sonaba a Imperia tan raro que no se lo creía.

—¿Quién demonios es Imogene, niño?

—Es mi serpiente, mamá.

—Me vas a llenar la casa de calcetines, calzoncillos y camisetas sucias... ¡y encima pretendes traerme un ofidio!

Se avergonzó de repetir los conceptos de la vil Presentación, pero ya estaba hecho.

—Mamá, yo no llevo calzoncillos, sino eslips. Nunca los dejo sucios. En cuanto a las camisetas, uso desodorante de yerbas naturales. Y por lo que se refiere a Imogene, es una serpiente muy limpia.

—¿Qué marca es?

—Querrás decir ¿qué especie?

—Lo que sea. No quisiera morir envenenada.

—Es una pitón, que no tiene veneno. ¿Qué pasa, mamá? ¿No dices nada?

—Estoy ocupada tocando madera desde hace rato.

Mentía. ¿Dónde encontrar un pedazo de madera en aquella decoración de diseño metalizado?

—¿Te dolería mucho separarte de ella?

—Muchísimo. Dormimos juntos desde hace tres años.

—Pues ésta es la primera lección que vas a recibir de la vida: tendrás que renunciar a tu pareja. Porque yo puedo tolerarte muchas cosas, pero una pitón en mi piso no entra. Por muy limpia que sea. Si hay algo en el mundo que me da asco, son las serpientes. Y además, tienen mal fario.

Discutieron un rato, pero al final comprendió el niño Raúl que no todas las personas tienen que compartir el placer de encontrarse con una pitón en el sofá, mucho menos utilizarla a guisa de edredón.

Aparte del convencimiento, Raúl necesitaba con urgencia la ternura. Pero no sabremos si Imperia estaba dispuesta a dársela, si percibía siquiera aquella necesidad, porque en aquel instante sonó el timbre anunciando que el sexo llegaba dispuesto a desplazar a cualquier otro sentimiento.

—Tengo que colgar —dijo, apresuradamente—. Están llamando a la puerta.

—¿A estas horas, mamá?

—Será una vecina que siempre viene a pedir azúcar.

Se avergonzó por recurrir de nuevo al repertorio de Presentación.

—¿Azúcar a estas horas, mamá?

—Querrá hacer un flan.

—¿Un flan de madrugada, mamá?

—¡Joder, niño! ¿Es que hay horas prefijadas para hacer flanes?

—No lo sé. Nunca he hecho ninguno. Ahora vamos a lo que me importa: ¿puedo o no puedo llevar a Imogene?

—Definitivamente no.

Y colgó con gran alivio de su paciencia.

Se dio un último retoque en el pelo antes de abrir la puerta. Recordó a la dama de los antiguos billetes de cien: un chavo sobre la frente otorga cierta prestancia.

Disminuyó en pretensiones al descubrir que la verdadera prestancia la llevaba consigo el chulo. La reconoció al instante. Lo había tenido en otra ocasión. Tenía sonrisa de machito dominador pero Imperia sabía que, por dinero, aceptaba rebajarse hasta la esclavitud.

Traía bajo el brazo la maquinita de la Visa y en un bolsillo el certificado de Sanidad. Un muchacho ordenado. Garantizaba que no tenía peligro de contagios, pero Imperia recordaba que podía contagiar entusiasmo y ardor. Un buen ejemplar. Y tan negro el pelo que hería a la mirada. Un gitanazo. Reyes del Río hubiera podido cantarle:

> *Moreno de sierra y mares*
> *luna y sangre entre los labios*
> *era mi vida y mi suerte*
> *sobre un potro jerezano.*

En homenaje a las esencias de la copla, Imperia se abrió de piernas y permitió que la lengua del gitano trabajase a su gusto y devoción, dejándole el clítoris limpio como los chorros del oro.

AL DÍA SIGUIENTE, antes de reunirse con Álvaro Montalbán pasó por el salón de belleza con el objeto de reforzar su autoestima. Ningún tratamiento espectacular. Mascarilla reafirmante para las mejillas y un poco de láser en el cuello y las comisuras de los labios. Sintióse un poco más tersa, lo cual equivalía a sentirse completamente tranquilizada. Sabía que en su oficio una arruga de más sólo es disculpable cuando puede atribuirse a la coquetería. Cuando una mujer puede fingir que valora cada una de sus arrugas por la experiencia acumulada.

—También dijo Adolfo Domínguez que las arrugas son bellas.

—Serán las de su abuela. Porque una mujer que vaya con la arruga puesta tiene todos los números para que la retiren *ipso facto.*

De manera que pensó Imperia: las muertas al hoyo y las vivas al bollo. Y arrugas fuera, que el mundo es de las lisas, las del cutis aterciopelado, las adictas al láser y las decididas.

Así de regia, se dirigió sin más preámbulos al almuerzo con su patán soñado.

Encontró el restaurante en su punto de máxima efervescencia. La hora exacta del almuerzo. Mejor dicho del negocio como pretexto del almuerzo. Estaban convenientemente representados todos los oficios que son emblema de la nueva prosperidad española. La banca, la industria, la prensa, la publicidad, la política, y algún jefe de ministerio experto en banquetes diarios a cuenta del dinero público.

Era la corte del blazer, la americana a cuadros, el cheviot, la franela y el paño inglés. Mucha camisa a rayas con cuello y puños blancos. Cantidad de zapatos italianos. En cuanto a peinados, la distinción decretaba dos modelos recientes: pelo corto, a lo sargentillo americano de los años cincuenta y pelo engominado y hacia atrás, como los señoritos andaluces de toda la vida o los macarras de los años veinte. Y si algún pez gordo demostraba su autoridad luciendo canas, éstas tenían el brillo del marfil y la coquetería de un leve desorden.

Alguna mujer pero ninguna esposa. Compañeras de trabajo. Eran inconfundibles en su dinamismo, en su forzado saber estar. Para acceder a aquel universo masculino habían tenido que adoptar un aire parecido al de sus compañeros, los hombres, procurando al mismo tiempo mantener su feminidad. No estaban allí para despertar adoración, como harían sus antepasadas. Estaban para hacerse respetar y en este intento comprendió Imperia que no las tenían todas consigo.

Ni siquiera ella había superado aquella necesidad de mostrarse más papista que todos los papas, demostrando a los hombres a cada instante que podía superarlos en habilidades que no se le presuponían.

Tomaba su dry Martini, en la barra, consagrando parte de sus fuerzas a la ardua labor de quedar bien con los conocidos. Enviaba alguna sonrisa hacia las mesas, saludaba a cualquier colega que se dirigía a ellas. Flotaba en el aire una sensación de sólida confianza. El aire olía a dinero. El capital fluía con las nubes del humo que despedían los cigarros.

En una mesa se informaba de que media hora antes mil millones habían pasado de una cuenta a otra. El dinero llevaba patines en aquellos días. Una llamada secreta, un gesto a escondidas, una cena a niveles tan altos que producían vértigo, un pacto entre fuerzas subterráneas, todo valía para desencadenar vertiginosos desplazamientos del dinero. Se aconsejaban inversiones en arte. Alguien preguntó si Francia vendería un Delacroix para tenerlo en la sala de espera de cualquier banco importante. Pero Francia era muy suya. No vendía patrimonio ni a tiros. Daba igual. Si el dinero español continuaba creciendo, llegaría un día en que la sonrisa de la Gioconda presidiría un consejo de administración. «Y se morirá de risa, la muy cabrona», pensó Imperia sin ganas de reírse.

No todo era dinero en las conversaciones, pero consistían en cosas que sólo el dinero puede alcanzar. En muchas mesas se hablaba de comida. Era de buen tono. Quién sabía de buena tinta la mejor tasca del Norte para el marisco. Quién el mejor mesón castellano para el lechón. Se preferían los restaurantes campestres o de provincias. Era la ocasión para espetar a los demás que lo habían descubierto durante una cacería.

La comida, los caldos más o menos excelentes, las nieves de Gstaad, el yate imprescindible para el verano, todo aparecía invocado como mensajeros del dinero que fluía y fluía sin cesar.

Apareció entonces Álvaro Montalbán, el esperado.

Andares marciales. Actitud envarada. Vestía de gris, como en las fotos, y, además, de gris dudoso. Corbata demasiado grande, parecía un pendón. Nudo en exceso pequeño para aquella temporada. Dibujos que intentaban parecer flores y se quedaban en huevos fritos. El típico señorito que se lo compra todo caro y hace que parezca barato. Y para completar cualquier forma de abaratamiento, una aguja de corbata con el escudo del Real Madrid.

Y a pesar de todo, qué guapo era el maldito.

Se presentó como buenamente supo, que ya era mucho. Un apretón de manos y una sonrisa que, si bien torpe, resultaba encantadora. No así sus modales.

Imperia empezó por observar algunas irregularidades: no le retiraba la silla, tomaba asiento antes que ella, encendía un cigarrillo sin solicitar su permiso. Y pidió un pacharán como aperitivo.

Se le notaba nervioso. Un cigarrillo tras otro y, como prolegómeno de una conversación que se pretendía sofisticada, el típico comentario banal:

—De modo que es usted la famosa Imperia.

—Imperia, sí. Famosa, en absoluto.

—Me han dicho que es usted de muy buena familia.

—Burguesía ilustrada. Lo que en Cataluña llaman *lletraferits*. Un buen pasar, muchos libros y abono en el Liceo.

—¿Un colegio francés?

—No. Un teatro de ópera.

Y a pesar de todo era guapo.

—Pues mi familia es de primera. De lo mejorcito de Aragón. Mucho ganado vacuno. Y con lo de la constructora, un dineral.

—Me alegro por las vacas.

—¿Por qué las vacas?

—Con tantos caudales no les faltará el pienso. Digo.

Él parecía indeciso ante el menú. Más que indeciso, nervioso. Se le notaba la voluntad de producir un efecto notable. Pero era como si estuviese leyendo en chino.

Imperia se aventuró a intervenir:

—Si lo desea puedo recomendarle alguna exquisitez de la casa.

Él lanzó un bufido de arrogancia.

—En Aragón tenemos fama de comer muy bien, por si no se había enterado... ¿Qué come usted?

—Unos palmitos rellenos de salmón. Para segundo, un Chateubriand.

—Yo tomaré una buena ensalada y un filete a la plancha.

—Le felicito —dijo Imperia—. Ha dejado usted muy alto el pabellón aragonés.

Cuando llegó el momento de los vinos, Álvaro decidió demostrar sus conocimientos en el percal.

No sorprendió a Imperia que sacase del bolsillo una lista de vinos publicada en un reputado semanario para catecúmenos del yuppismo. Fingió gran esfuerzo de decisión a la hora de decidir. Después de lanzar algunas tosecillas de autosuficiencia, proclamó:

—Monopol de mil novecientos cuarenta y nueve. Dicen que fue una cosecha... excelente.

Y cerró la lista con un gesto de superioridad social que el *maître* se guardó de compartir. Por el contrario, le miraba atónito, sin atreverse a contestar. Fue Imperia quien le sacó del apuro.

—No existe —dijo.

—¡No me fastidie, señora! —exclamó Álvaro Montalbán, agitando la lista—. ¿Que el Monopol no existe?

—El Monopol sí. La cosecha del cuarenta y nueve es imposible. Es demasiado antigua.

—El vino, señora, cuanto más antiguo mejor. Por si no se había enterado.

—Nunca los blancos —insistió ella.

Álvaro volvió a consultar su lista.

—Claro. Era la del ochenta y nueve —dijo, con presunción.

—El señor sabe —murmuró el *maître* a su pesar—. El señor entiende.

—En todo caso el Monopol sigue siendo un blanco —apuntó Imperia, incisiva.

—¡Eso ya lo sé! —exclamó Álvaro Montalbán, decididamente nervioso—. ¡Esto, por lo menos, lo sé!

—¿También sabe que los dos hemos pedido carne?

—¿Y eso qué importa?

—En Nueva York tal vez nada, porque están tomando el blanco con la carne. Pero a esta mesa no han llegado tales modernidades.

El *maître* le dedicó una sonrisa de inconfundible superioridad. Se notaba que Álvaro Montalbán todavía no era conocido. Las mismas planchas las cometen otros ejecutivos y son perdonadas y hasta aplaudidas. «Qué original es el señor», exclaman los siervos ante las horteradas de banqueros reconocidos. Y, ya en la cocina, dicen a los demás: «Será idiota, ese piojo resucitado.»

«Ningún problema —pensó Imperia—. Conseguiremos que cuanto más idiota sea, más inteligente les parezca.»

Álvaro Montalbán continuaba eligiendo vinos, todos equivocados. Al final, cerró la carta de golpe y exclamó:

—Una cerveza. ¡Supongo que existe porque me tomo cinco cada noche!

Ella le imaginó en la soledad de su apartamento. Tendido en el sofá, en mangas de camisa, las piernas abiertas sobre un puff, descalzo y mordiendo regaliz. Sólo iluminaban la estancia las luces espectrales de un televisor último modelo. Muchas latas de cerveza esparcidas por el suelo, ejemplares del *Financial Times* abiertos por doquier. La soledad del ejecutivo de fondo, en resumen.

¡Y qué guapo estaría descalzo y con calcetines de seda!

—Es normal que le guste la cerveza —dijo ella, por decir algo.

Tosieron. Álvaro Montalbán empezó a jugar con la insignia del Real Madrid. Ella continuaba mirándole fijamente. A él no se le escapaban sus intenciones. Era obvio que seguía la estrategia del interrogatorio policial. Decidió proporcionarle todos los datos a la vez.

—También me gustan mucho los Sanfermines.

—Ya que lo dice, no me extraña. Pero ¿a qué viene?

—Me olvidé de ponerlo en el cuestionario que me pidió usted.

—Yo no le pedí nada. Yo estaba en Nueva York.

—¿Negocios?

—Compras. Renovación de vestuario.

—No me dirá que va a comprar ropa a Nueva York.

—A veces. Otras a París o Roma. ¿Y usted?

—Yo al Corte Inglés. Tienen mis medidas, ¿sabe? Llama mi secretaria y me mandan el traje que necesito.

Con aquella cara de escultura romana y aquella sonrisa de borreguito indefenso era muy fácil de promocionar.

—¿Viste usted siempre de gris?

—Algunas veces de marengo.

—¿Y cuando va de esport?

—Los polos esos del cocodrilito. Le diré un secreto: en las calles de Estambul los venden mucho más baratos. Te dan tres por el precio de uno.

—Pero son falsos.

—Bueno. ¿Y a quién le importa eso?

—Tal vez no le importe a nadie, pero lo comentan todos. Usted no puede llevar nada que no sea de primera calidad. Y esto se ve en las marcas.

—¿Las lleva usted?

—Todas —dijo ella—. Pero la gracia está en que usted no lo note.

—Y la ropa interior ¿qué?

Ella tosió apresuradamente.

—¿Qué pasa con la ropa interior?

—En eso sí notaría la marca. La ropa interior distingue mucho a la mujer que la lleva. La de las furcias es vulgar. La de una señora es fina al tacto y a la boca.

—Comprenderá usted que ésta no es mi especialidad.

Transcurrieron así los entremeses. No hubo contratiempo ante una simple ensalada que Álvaro Montalbán devoró con el sentido práctico de un deportista.

«Saludable sí es —pensó ella—. La comida adecuada para un cuerpo de hierro. Muchos quisieran. Pero habrá que sofisticar esos *hors-d'oeuvre* en un futuro.»

Llegó el segundo plato y Álvaro Montalbán se arrojó sobre él como un general bárbaro a la conquista de un reino. Pero una vez más volvía a incomodarle la sonrisa fija de su compañera.

—¿Por qué me mira usted así?

—¿Puedo decírselo?

—Claro.

—Yo nunca agarraría el cuchillo como si fuese a asesinar a mi compañero de mesa. Sus manos no deberían ser una garra feroz. ¿Me comprende?

—Si no lo hago así no corto el filete.

—Trátelo con más cariño. Verá como el filete se deja cortar.

La suavidad con que Álvaro Montalbán intentó manejar el cuchillo provocó una pequeña catástrofe. La punta resbaló sobre la carne, ésta sobre la salsa y el conjunto sobre los pantalones grises del galán. Y mientras un camarero acudía en su auxilio con un bote de polvos de talco, Imperia se echó a reír de muy buena gana.

—Decididamente, el filete no le quiere a usted.

Álvaro Montalbán le dirigió una mirada asesina.

—Señora, a lo largo de toda mi vida he comido filetes como me ha salido de los cojones. Para decirlo claro: los filetes se han encoñado tanto de mí que se dejan cortar como una mujer caliente. ¿Entendidos?

Ella detuvo su risa. Se limitó a sorber un poco de vino.

—No me parece el lenguaje más adecuado para un vástago de tan notable familia como la que usted presume.

—Tampoco su actitud me parece la más propia de una mujer, si me lo permite.

«Tenía que salir el tópico», se dijo Imperia con el sarcasmo que produce el adivinar por anticipado los lados más ineptos de la inteligencia ajena. Pero decidió que si el tópico había salido a la luz convenía hacerle frente antes de que prosperase en una futura relación profesional.

—Es probable que yo no sea el tipo de mujer que ha conocido hasta ahora.

—No se ponga vanidosa. No es única. ¿O acaso supone que el mundo de los negocios lo llevan campesinas?

—*Touché*. Comprendo que estará usted rodeado de brillantes ejecutivas, perfectas secretarias, alguna arquitecto...

—Exactamente. Mujeres tanto o más eficaces que usted, si me lo permite.

—Y no tolera que le discutan.

—¿No iba a tolerarlo? En el trabajo, el que tiene razón gana. Como comprenderá no voy a sacrificar el éxito de una empresa por una cuestión de orgullo. Incluso soy muy... tolerante.

Ella seguía mirándole fijamente.

—Pero le molesta que le enseñen.

—Molestarme no, pero lo considero innecesario. Además, ¿qué podrían enseñarme? Tengo los mismos grados y la misma práctica que cualquiera de ellas. —En pleno ataque de modestia se detuvo. Pareció recapacitar. Sacó pecho y, exhalando una especie de bufido, exclamó—: Creo que estamos perdiendo un tiempo precioso en una conversación sin sentido...

—Efectivamente, le molesta que le enseñen.

—¿De qué me está acusando ahora, si puede saberse?

—De macho.

—Esto se lo puedo demostrar a usted y a cien como usted en una sola noche.

—Sólo falta que diga: «Bájate las bragas, cerda.» En fin, era inevitable que esta conversación se terminase con una machada de cuartel.

Callaron hasta los postres. Cuando éstos llegaron —una *mousse* de color bastardo— el caballero había perdido definitivamente los nervios. Aunque desistía de hablar para evitar que todas sus palabras fuesen analizadas, sentía vigilado cada uno de sus gestos, sentía acorralada su mudez. De modo que al final estalló:

—Tengo la impresión de que usted me desprecia, como si fuese yo una especie de salvaje.

—Es una impresión errónea. Un salvaje declarado siempre es preferible a un civilizado que está por civilizar.

—Está sacando las uñas.

—Usted ha sacado las suyas. Y son muy bastas. Las mías, por lo menos, llevan la mejor laca de París.

Él se levantó, indignado. Con un gesto no menos furioso, se abrochó los dos botones de la americana. Alargó la mano hacia sus barras de regaliz. Estaba por pronunciar una despedida feroz, pero algo le detuvo. Quedó con la boca a medio abrir mirando fijamente a Imperia, que continuaba sorbiendo *mousse* a pequeñas cantidades y sin apenas abrir la boca. Y le miraba a él con ironía:

—Tampoco pretendo que coma usted así. Esto es una cursilada.

Álvaro Montalbán pasó de la furia a una decisión que parecía muy meditada. Cuando volvió a tomar asiento, no tenía el aspecto del niño maleducado, sino el del negociante dispuesto a cerrar un trato. Por primera vez durante todo el almuerzo, se le vio como si estuviese tratando una transacción comercial de gran envergadura.

—Bien, dígame de una vez cómo vamos a enfocar este asunto.

—Antes permítame que le aplauda. La intuición que le ha impulsado a quedarse no se compra con dinero. Ha entendido que era lo que más le convenía y no ha vacilado, pese a que detesta la idea de ser enseñado por una mujer.

—Conveniencia por conveniencia, esto también tiene arreglo. Puedo pensar que es usted mi madre.

Imperia acusó el golpe. Él se ruborizó, comprendiendo su torpeza.

—No quise decir lo que usted supone.

—Ya está dicho en cualquier caso. Pero añadiré para su tranquilidad que soy una madre atípica. A mi propio hijo hace dos años que no le veo.

—No me había contado que tiene un hijo.

—¿Por qué iba a hacerlo? El cliente es usted, no yo. Es su vida la que interesa.

—Mi vida se reduce al trabajo.

—¿Tanto le importa?

—Lo que más.

—¿Y cuando no trabaja?

—No me cae esa breva —insistió él.

—Por las noches no trabajará...

—Algunas sí.

—Pues las que no.

—Me quedo en casa viendo fútbol o voy de copas con los amigos. ¿Por qué me lo pregunta? ¿Es que vamos a salir juntos?

—Yo tengo una cita esta noche. Pero le he buscado a alguien para que le acompañe. Se trata de Miranda Boronat. Conoce a todo aquel que cuenta, como suele decirse en estos casos. Y se sabe todos los lugares donde se sirve la mejor copa. Es interesante que usted se deje ver.

—¿Por qué tengo que dejarme ver precisamente el día en que retransmiten un partido de liga?

—Porque sus socios desean que empiece su aprendizaje sin tardanza. A lo que parece, no le queda nada por aprender del fútbol o pasatiempos similares.

Álvaro detectó cierto desdén en aquellas palabras. Y estaba a punto de ponerse gallito, pero escarmentado por la experiencia previa se contentó con preguntar:

—Dígame francamente por qué *no acabo* de gustarle...

Imperia no tuvo tiempo de contestar. Desde la escalinata que conducía a la entrada les llegó un gritito sonoro que delataba la llegada fatal de Miranda Boronat.

Sin duda podía pasar inadvertida de proponérselo, pero esto era precisamente lo que nunca se propuso. Conocía a demasiados importantes para que en varias meses no se levantase algún caballero. Y aunque iba de luto, éste destacaba de manera tan poderosa contra la tapicería roja de las paredes que la convertía en espectáculo. Máxime cuando, además, lucía un robusto gorro de cosaco y un soberbio manguito de visón. Todo ello negro, además de annakareninesco.

Al llegar a su destino, ofreció la mejilla a Imperia y dedicó la conversación, altisonante, a quien quisiera oírla.

—Vengo del entierro de la suegra de Amparito. Ha sido de ensueño. Han vestido a la muerta con un traje de noche de Balenciaga, para recordarle sus tiempos. ¡Figúrate! Escote bañera para irse al otro mundo.

En su permanente ejercicio de aspavientos, acertó a dar con la mano de Álvaro Montalbán, quien la estrechó adoptando una actitud llena de pretensiones de dignidad. Imperia observó que era la pose estirada y ceremoniosa de un conquistador de provincias.

—Qué pena conocer a una mujer tan bella en un día de luto.

—¿Por el negro lo dice? No es luto, que es moda. ¿Cómo iba a ponerme luto por aquella víbora? Siempre me criticaba. En cierta ocasión me llamó algo tan absolutamente desagradable... ¿Cómo me llamó, Imperia?

—Casquivana.

—Eso. Casquivana. ¡Menuda cerda, la difunta!

Siguió con un exhaustivo catálogo de trapos sucios, de marcado cariz necrofílico, e Imperia aprovechó la oportunidad para levantarse de manera decidida.

—Querida, una vez conocido tu compañero de cena, me voy a mis cosas.

—¿Nos dejas solos para que liguemos? —exclamó Miranda a grito pelado.

Álvaro creyó morir de vergüenza al ver que varios comensales volvían la cabeza ante aquellas palabras.

—Os dejo para que empecéis a conoceros —dijo Imperia.

Álvaro la vio alejarse, seguida por las cortesías del *maître* y sonriendo o saludando con la mano a personajes que se levantaban a su paso. «Debe de estar muy introducida —pensó él, admirado. Pero al instante añadió—: Por muy introducida que esté ¡vaya coñazo me ha caído!»

Sin embargo, la ausencia de Imperia le hizo sentirse desamparado. Cierto que el encuentro había sido tormentoso, pero en plena pelea sentía por lo menos la presencia de alguien que se le parecía. Habían hablado un mismo lenguaje, que era el del combate, cualquiera que éste fuese; el de la acción en cualquiera de sus múltiples frentes. Había sido un toma y daca que, pese a todo, formaba parte de un trabajo.

Frente a él quedaba un tipo de mujer que le era completamente ajeno y por lo tanto desconcertante. Y en el mundo de seguridades en que se movía Álvaro Montalbán, desconcertante quería decir peligroso.

Por suerte era habladora. ¿O acaso por desgracia?

Empezaba con un coqueteo muy violento, por lo aparatoso.

—Como Imperia se lo habrá contado todo sobre mí, prefiero que hablemos de usted. La verdad es que es guapísimo. Más de lo que ella decía.

Era una muñeca de sociedad, una rubia de salón cuyo código le distanciaba desde el primer momento. Él optó por ponerse a la defensiva, conquistándola.

—También me había dicho que era usted bonita, pero no esperaba tanto.

—Siempre lo he sido. De niña, ya era monísima. Y de adolescente, me parecía a las chicas de los anuncios de camomila para aclarar el pelo. Volviendo a usted, conozco yo unas cuantas que se lo llevarían a la cama en menos que canta un gallo. A Romy Peláez, sin ir más lejos, podría sacarle un dineral.

—¿Y eso?

—Bueno, ella siempre va con chulos pagados.

—Yo tengo un buen sueldo, como sabrá. Por cierto, tampoco me ha dicho Imperia si está usted casada.

—Lo estuve.

—¿Es viuda?

—No señor. Soy tortillera.

—¡Hostia!

ÁLVARO MONTALBÁN hizo gala de una puntualidad británica. Las saetas del reloj acariciaban la hora en punto cuando acudió a la puerta de Miranda sin que ella estuviera preparada. Fue el respetuoso Martín quien se encargó de introducir al visitante en la sala principal, adornada por un decorador de extremada sensibilidad, si bien tan ecléctica que diríase una caricatura de lo sensible. Mobiliario Luis XIV y pinturas de género mezclados con pajareras del Brasil, sofás de tapicerías color cardenal y lámparas modernistas mezcladas a su vez con un par de consolas Imperio y, al fondo, un jarrón de porcelana china de la altura del propio Álvaro. Sobre mesitas y sillones, revistas extranjeras que alguna mano exquisita abandonó con estudiada negligencia. Portadas de llamativos colores que prometían las más suntuosas variantes del arte de la decoración.

Con gran solicitud, nunca vasallismo, el pulcro Martín ayudó al recién llegado a quitarse un espléndido abrigo de cachemir color azul marino. Pero el criado, siempre atento a la menor inconveniencia, descubrió con horror que el galán de su señora lucía una horrible pajarita verde sobre una camisa de cuadros rojos y, además, con bolsillo superior.

Hizo acopio de todos los disimulos al comentar:

—El señor perdone. ¿Suele el señor llevar camisa de cuadros con traje oscuro? Más aún: ¿suele ponerse pajarita con camisa de bolsillo?

—No sé si suelo. No me fijo. ¿Por qué?

—A la señora no le va a gustar —murmuró Martín, mientras se alejaba—. No puede gustarle de ningún modo.

Le dejó al cuidado del criado Sergio, que sirvió pacharán contra todas las previsiones. Y cuando Martín compareció de nuevo viose bien claro que acababa de dar el chivatazo a las alturas.

—La señora desea que le preste una camisa blanca y sin bolsillo, pero no creo que deba. El señor es demasiado corpulento para la humilde talla que yo podría prestarle.

—Por suerte. Aunque fuera más enclenque yo no me cambiaba la camisa en casa ajena. El sudor de cada cual es el sudor de cada cual.

El pulcro Martín le lanzó una mirada de desprecio:

—El sudor será el del señor, porque en mis camisas no ha quedado nunca ni una gota ni un olorcillo.

—Aun así. La pulcritud de cada quisque es la pulcritud de cada quisque.

—Creo que podremos remediarlo con una de mis corbatas. No es ideal, pero mejor que la pajarita verde sí lucirá.

—Lucirá lo que luzca, pero tampoco me cambio la pajarita. Usted comprenderá que ciertas situaciones no las aguanta un hijosdalgo.

—El señor disculpará, pero a más hijosdalgos ha servido este *body* de cuantos puedan pasar por la oficina del señor en todos los días del señor y de la madre que parió al señor.

Se encontraban fámulo y señor en plena discusión cuando apareció Miranda Boronat vestida con un traje tobillero de encaje blanco. Tan ceñido era, que diríase cola de sirena. Y de este mismo monstruo pareció su voz cuando exclamó:

—Usted no puede ir a una velada formal vestido de hortera. Imperia me mata si se lo permito.

—¿Voy a dejarme vestir por un criado?

Martín le dirigió una nueva mirada de superioridad.

—Sabrá el señor que para esto hemos servido siempre los criados. Para vestir a los señores.

Intervino Miranda, en mujer de mundo:

—Martín, para que lo sepa, solía vestir a papá. Y asimismo le puso la mortaja a *maman*.

—La señora quedó muy lucida.

—Cierto, Martín. Quedó hecha un figurín. La difunta más elegante que han visto estos ojos míos... ¡y mire si habrán visto difuntitas!

Mientras se dejaba poner la corbata a regañadientes, Álvaro Montalbán se abrió la americana, ofreciendo a Miranda un torso considerable que, en lo agitado de su respiración, hinchaba unos pectorales de igual magnificencia. Ella sintió un ligero estremecimiento que supo justificarse al instante: «En efecto, es tan corpulento que hubiera reventado la camisa del pobre Martín con solo intentar abrochársela. ¡Qué asco! Tanta fuerza le debe dejar a una hecha migas. Y seguro que penetrará como un toro. ¡Asco, asco, asco! Este tipo de sementales deberían ser castrados.»

—Así son ellos —le diría Beba Botticelli durante una provechosa sesión de psicoanálisis—. Cuando no le desgarran a una las entrañas con su pene esclavizador, la aplastan con su corpulencia de orangután.

Pero Miranda decidió considerar la insultante presencia del macho como un sacrificio en favor de su amiga predilecta. Y, provista con la resignada actitud de una mártir cristiana, arrastró a Álvaro Montalbán hasta la puerta mientras Martín acababa de colocarle el abrigo.

Comentó después a los otros criados:

—Con el abrigo y la bufanda parecía un señor. Ahora bien, ¿es un señor?... Definitivamente, no es un señor.

Decidieron que conduciría ella su propio coche. Se les suponía ya en una fiesta que se celebraba lejos de la ciudad y nadie conocía las direcciones mejor que Miranda. O esto dijo ella, con tal convicción que era imposible contradecirla. Así pues, Álvaro despidió a su chófer y se instaló junto a la gentil conductora que, envuelta en pieles, arrancó apretando el acelerador a tope. Él sintióse intimidado. Al poco, creía alucinar. Cerró los ojos en varias ocasiones, presintiendo un encontronazo con varias esquinas seguidas. Era de esperar que desconfiase de las mujeres que conducen, y aunque muchas le habrían reprendido por aquel prejuicio, Miranda le daba la razón. Un vuelo nocturno por las calles de Madrid no inspira demasiada seguridad a cualquier copiloto mínimamente juicioso.

Con tales premisas, Álvaro permaneció en mudez absoluta, vigilando el contador de velocidad. No se conformaba Miranda con su responsabilidad en la carrera. Antes que aburrirse en el silencio, prefería desahogarse en cualquier conversación que no le importara en absoluto.

—Usted cuando no trabaja ¿a qué se dedica?

—Yo trabajo siempre.

—Esto es imposible. Sólo los pobres trabajan siempre. Y aun los pobres que tienen trabajo. Los que están en el paro no dan golpe.

—Evidentemente, no estoy en el paro.

—Esto se ve a primera vista. Sé positivamente que los que están en el paro no llevan abrigos de cachemir. Llevan otras cosas, pero abrigos de cachemir no.

—Si bien se mira, muchos que trabajan tampoco llevan abrigo de cachemir.

—Es horrible, pero es así. Lo sé de buena tinta. El otro día, tomando chocolate en Embassy con mi amiga Mirufla, me contó que pocos días antes tuvo que tomar el metro por no sé qué extraña circunstancia. Parece ser que tomar el metro es una experiencia de lo más dramática, algo que no paran de contar los amigos que lo han probado.

—Es cierto. Yo me vi obligado a tomarlo en cierta ocasión. Fue como una bajada a los infiernos.

—¿Y vio usted algún abrigo de cachemir? Porque el asombro de Mirufla se debía a que no vio uno solo en cinco paradas. Se quedó desolada. Es evidente que el buen gusto se está perdiendo.

—Yo estas cosas las constato en nuestros empleados.

—Será que les pagan ustedes fatal.

—Les pagamos lo que marca la ley, señora. A veces incluso más, para que rindan. Y encima el sindicato se queja. ¡La madre que los parió!

De repente, emitió un grito de horror. En un falso giro del volante, el coche se disparó hacia el arcén, como si fuese en busca de los árboles plantados a lo largo de la autopista. Cerró los ojos con la misma celeridad del grito.

Cuando los abrió, Miranda había enderezado el volante con una precisión incomprensible. Y se reía con ganas, mirándole a él y no a la autopista.

—¡Qué miedica es usted para tener un aspecto tan bestia!

—A doscientos kilómetros por hora me considero con derecho a tener miedo.

—¿A usted le da miedo el avión?

—En absoluto.

—Pues va a mayor velocidad y además por las nubes. Así que tranquilícese o le tendré en mal concepto.

Él estaba a punto de responderle con uno de sus bufidos característicos. Ella cambiaba de conversación con singular desparpajo.

—Un joven rico y apuesto como usted tendrá sin duda muchas novias.

—¿Novias?

—Ligues.

—Los normales.

—¿Con alguien que yo conozca?

—No creo. No son de su ambiente.

—Pues más interesante. ¿Y de qué ambiente son?

—Chicas de la noche.

—Putas, vamos.

—No, no. Señoritas que uno conoce en las barras de los bares.

—Usted perdone, pero esto son putas.

«Un semental —pensó ella—. ¡Voy a vomitar si continúa mirándome! Mañana llamaré a unas cuantas contándoles la especie. Alguna habrá que le tiente un ser tan libidinoso.»

—¡Los hombres me dan un asco!

—¿A qué viene esto?

—A guisa de advertencia. Por si se atreviera usted a propasarse.

—Ni siquiera me ha pasado por la cabeza.

—Claro, como está tan acostumbrado a ir con esas mujerzuelas repugnantes y sucias, ni siquiera se le ocurre que las señoras decentes podamos tener ciertos atractivos.

—Yo no quería decir eso. Si no me propaso, es porque dijo usted que era lesbiana y ahora añade que los hombres le dan asco.

—Una cosa no tiene nada que ver con la otra. Los hombres me dan asco por unas razones y me he hecho tortillera por otra. ¿Me entiende usted? Veo que no. Verá usted: yo iba mucho con hombres, con auténticos bellezones, no crea, pero después, cuando me penetraban, me venían siempre ganas de vomitar. A mi marido, sin ir más lejos, le vomité varias veces a la cara, pero mientras me quería decía: «Probemos otra vez, a ver si no vomitas.» Más veces probábamos, más le vomitaba. Entonces se me hizo muy claro que los hombres me daban mucho asco.

—Y entonces se hizo lesbiana.

—No. Antes me hice budista.

—¿Budista de los de Buda?

—Naturalmente. No será budista de las Clarisas. Me dijo mi pitoniso que yo era una reencarnación de un monje tibetano, fíjese usted qué monería.

—Yo, perdone, pero no la sigo.

—Pues resulta bien sencillo. Como monje tibetano era lógico que me repeliese el contacto de los hombres, porque para que no fuese así tendría que haber sido sodomita, oficio vedado a los hombres santos.

—¿Y no tienen vedado acostarse con mujeres?

—Claro. Por esto no practico. Porque si me acostase con una mujer tendría remordimientos como monje tibetano que se ha vuelto putero. De modo que soy tortillera vocacional y vivo tan tranquila.

—Y no le da, no sé, un poco de pena ese negarse al sexo, ese renunciar a la chispa de la vida.

—Yo, vamos, pena ni una. Las dejo todas para mis amigas, que se lo pasan fatal por no seguir mi ejemplo. No puede usted imaginarse, todas con hombres que las engañan o ellas engañando a sus hombres y arrastrándose como perras porque el amante es más joven que ellas y las desprecian. ¡Un calvario, hijo, un calvario! Por cierto, ¿falta mucho para Majadahonda?

—Hace rato que lo hemos pasado. ¿Por qué?

—Porque es allí adonde vamos. ¿No se lo había dicho?

—Ni siquiera me ha dicho adónde me lleva.

—¡Uy, qué despistada! Vamos a casa de mi psicoanalista. Es *fabulous*. Es tan argentina que habla castellano con acento francés... Por cierto, ¿cree usted que para ir a Majadahonda tengo que dar vuelta atrás?

—Parece lo más lógico, puesto que atrás quedó.

—Tomaré un atajo y en cosa de nada llegamos.

—Yo que usted prescindiría de atajos. Yo iría por lo seguro.

—No se preocupe. Conozco a la perfección caminos, senderos y acueductos. Solíamos venir con papá de cacería, en tiempos de Franco, caudillo que fue de todo esto... Bueno, en tiempos de Franco y ahora mismo, que lo de las cacerías ha vuelto a ponerse de moda y quien no las frecuenta no es nadie, por apellidos que tenga. Porque dígame usted, ¿de qué te sirve un apellido si no suena los veranos en Mallorca, que tiene allá casa puesta la familia real, y los inviernos en Gstaad, que está toda Europa?

—Yo puedo desenvolverme bien en una cacería.

—¿Y qué piezas cobra usted?

—Mayormente conejos.

—Esto no vale. Los conejos para los sociatas, que son unos *parvenus*. Para ser un señor en toda la regla tiene usted que cazar ciervos tan gordos como el padre de Bambi.

Álvaro Montalbán empezaba a dar muestras de impaciencia. Recordaba el verso de la ardilla: «Tantas vueltas y revueltas / ¿son de alguna utilidad?»

—Miranda...

—Diga, hermoso.

—¿No sería mejor que continuase dándome pormenores de la fiesta de esta noche?

—Esto si llegamos, porque se está haciendo tardísimo. Pero llegaremos, por supuesto. Yo no puedo faltar de ninguna manera. Beba Botticelli la ha preparado para recibir a una poetisa azteca, Sinfonía MacGregor, cuya relación, según Imperia, le conviene a usted. Pero al mismo tiempo, Beba Botticelli está empeñada en que yo conozca a la tal Sinfonía MacGregor porque dice que me convendría mucho como amante porque Beba Botticelli sostiene que mi verdadero ser está pidiendo que me realice urgentemente con una hembra de envergadura.

—O sea que usted está luchando entre su pitoniso y su psicoanalista.

—Exactamente. Menos mal que no tengo director espiritual, porque un tercero a decidir sobre mi infierno interior ya sería la monda.

—Hace usted bien. Yo tuve un director espiritual y me castró.

—¡Dios santo! Le anestesiaría, por lo menos.

—Hablo en sentido figurado, señora.

—Pues es usted muy extravagante. Porque yo siempre había oído decir que a un hombre le castran cortándosela. Lo que le hizo la infame Dalila a aquel pobre Sansón.

—Le cortó la cabellera, que no es lo mismo.

—¡Que se cree usted esto! Beba Botticelli, que es muy leída y muy argentina y por ambas razones sabe tantísimo de Freud y de tangos, me dijo que la explicación psicoanalítica de la fábula consiste en que Dalila, al cortarle la melena a aquel macho, le estaba cortando el pene. Sólo que la Biblia lo cuenta del otro modo por la censura de la época.

—Para mí que en la época de la Biblia no había censura.

—¡Anda que no! Pues buenos eran los fariseos. Fíjese en lo que le hicieron a Jesucristo, que decía verdades como puños. Se lo censuraron todo.

—Yo, de niño, quería imitar a Jesucristo. Hasta pedí a los Reyes un taller de carpintería.

—Esto es muy bonito. ¿Llegó a curar a algún leproso?

—No había ninguno a mano. Pero practiqué con mi primo, que era sinusítico.

—Curar a un sinusítico tiene que ser de lo más *exciting*. ¿Lo consiguió usted?

—Después de que lo operaran, sí.

—Esto no vale. Jesucristo curaba sin pasar por clínica alguna.

—Eran otros tiempos —suspiró Álvaro Montalbán.

—Es cierto. Como de creer más en las cosas, como de tener más fe en las habilidades del Altísimo. Hoy en día las multitudes sólo creen en la Seguridad Social.

—No me hable usted de eso. ¡Lo que hemos tenido que pagar este año!

—Esto le honra a usted. Significa que se preocupa por la salud de sus empleados... Por cierto, esas murallas que se ven al fondo ¿de dónde son?

—Son las murallas de Ávila.

—¡Anda! ¡Pues es verdad que nos hemos pasado mucho de Majadahonda!

IMPERIA TENÍA UN «VERNISSAGE», lo cual equivale a no tener nada. Era una visita de cortesía a una obra que no le importaba en absoluto y que de todos modos acabaría sin conocer. ¿Lo consiguió alguien alguna vez, en plena turbamulta de selectos invitados complacientes entre sí y nunca hacia los cuadros exhibidos?

Fue precisamente Adela, la esposa del Boss, quien se lo hizo notar abiertamente:

—Estoy hasta el moño de que los visones no me dejen ver los cuadros.

—Se sabe de siempre —dijo Imperia—. Vuelve mañana, toma tranquilamente tus notas y escribe tu artículo con igual tranquilidad.

—No hace falta. Me voy de una mala uva que no te quiero contar. Esto es basura. Todas las imitaciones del genio me producen una sensación de asfixia. Antes, la única salida se llamaba originalidad. ¿Dónde está ahora, si acaso sigue existiendo?

Imperia recapacitó a toda velocidad. Adela era de común bastante piadosa en sus críticas. Tanto que algunos insidiosos habían llegado a insinuar si su piedad no estaba comprada. Imperia sabía de cierto que no lo estuvo nunca, pero no pondría las manos en el fuego para asegurarlo. De hecho, ya no pondría las manos en el fuego ni siquiera por ella misma.

—Por oficio ves todas las exposiciones. Que yo sepa, abunda la mediocridad. O sea que tu mala uva no la provoca la crisis del arte.

—Sea lo que sea estás deseando que te lo cuente.

—Yo no. Eres tú quien desea contármelo.

—Seguramente. Pero no ahora. Nos ha caído el gordo.

Se acercaba en efecto Susanita Concorde con cinco canapés en cada mano.

Siempre se preguntó Imperia cómo se podía adquirir aquella perfecta redondez de sandía sin exhibir el menor complejo, sin denotar siquiera un asomo de frustración. Por el contrario, avanzaba la decoradora con tal ímpetu, mostrando su obesidad con tanto orgullo, que diríase dispuesta a conquistar el mundo del mismo modo que conquistaba a sus clientes. Pues era proverbial que a todos encantaba su buen gusto y lo bien arreglados que dejaba los ambientes. Sobre todo las cocinas y sus despensas.

—¡Hija, siempre estás comiendo! —le espetó Adela—. Un día reventarás de puro hinchada.

—Para mantener la línea lo hago —dijo la otra, sin dejar de masticar—. No quiero acabar hecha un esqueleto como todas ésas. ¡Qué pena me dan! Parecen tuberculosillas.

La gordísima que se enorgullece de su obesidad tiene garantías de ser feliz aún debajo de un bombardeo. E Imperia, que lo sabía, se congratuló de que alguna dama no necesitase de sus consejos. Le pareció la excusa adecuada para dedicarse a la práctica de su oficio, una de cuyas ramas le exigía relacionarse en sociedad y ser presentada a los miembros que todavía no conociera (muy pocos, en realidad).

Se puso la sonrisa de lujo y empezó a pulular entre los nombres que más pudieran interesarle. Organizaba el *vernissage* una amiga, princesa de algo o de algún lugar. No era la primera aristócrata que se dedicaba a las relaciones públicas. Por el contrario, varias descendientes de muy ilustres linajes prestaban su glorioso apellido a la promoción de perfumes, tiendas de ropa, joyerías y hasta vinos.

¿De dónde era su alteza? ¿Cuáles eran sus títulos en realidad? Ni falta hacía saberlo. Los árboles genealógicos suelen producir cierta grima cuando se los contempla sacados de su bosque privado y necesariamente inaccesible. Si los salones del trono acaban convertidos en un parking público, pueden resultar un coñazo mortal.

En su vagar de visón en visón, Imperia tropezó con otra amiga que llevaba las relaciones públicas de una casa de modas. La imaginó feliz, contenta y conforme, tanto sonreía a su alteza, tanto la besuqueaba. Pero al volverse la del Gotha hacia otro grupo de invitados, exclamó Verónica Monleón:

—Cada vez hay más intrusismo en este oficio. Acabaremos viendo a la gran duquesa Anastasia anunciando sostenes.

—¿La gran duquesa Anastasia no murió sin tocar un duro de la herencia del zar? —preguntó una marquesona.

—¡Qué iba a tocar! —dijo cierto duque—. No era alteza real ni era nada.

—Era Ingrid Bergman —dijo una mariquita que ya andaba borracha. Y añadió, entre grititos—: ¡Cuánta insidia veo aquí! Total porque una alteza se hace mujer-anuncio.

—Porque es intrusismo —insistía la Monleón—. ¿Acaso nos ponemos las plebeyas a hacer de Sissi? Pues cada una a lo suyo, joder.

La profesión de relaciones públicas se estaba poniendo difícil a causa de la competencia. Era una especie que se reproducía como los conejos. Hubo un tiempo en que se juzgaba el oficio ideal para una mujer preparada, pero después llegaron las usurpadoras. Entre niñas de casa bien, rockeras y princesitas amenazaban con reventar el mercado. ¿Cuántas reputaciones no se habían creado en una sola noche por el simple mérito de un apellido, una elegancia en el vestir o la abundancia de nombres importantes en una agenda? Relaciones públicas de salas de arte. Relaciones públicas de salas de fiestas. Relaciones públicas de restaurantes sofisticados. ¿Qué oficio, tienda o negociete no tenía su animadora en aquella sociedad del gran dinero?

Unas eran sacerdotisas del arte mayor, otras reinas de las noches alegres, otras selectas acomodadoras de los restaurantes más selectivos. Ya nadie les preguntaba su procedencia. Esposas decepcionadas unas, jóvenes de vida alegre otras, concienzudas ejecutivas las demás, se graduaban todas en el oficio de las promociones gracias a ciertas dotes para soportar la estupidez ajena y una notable habilidad para el esbozo de sonrisas ficticias.

¿Era intrusismo, como insistía la vindicativa Monleón? La escritora Minifac Steiman no lo consideraba así. Elaboraba ella su propia teoría. Encerrada durante años en una red asfixiante, elevada en un podio romántico que la hacía inaccesible o rebajada a la altura simple de una esclava enana, la mujer decidió un día echarse a la calle. El mundo de lo nuevo estaba esperando con curiosidad la irrupción de esta ola de guerrilleras. Cada una se agarró a lo que pudo y muchas descubrieron con horror que no habían sido preparadas para nada o las prepararon para una vida que no contaba con las exigencias de los tiempos nuevos. La que nació para ser princesa descubrió que ya no existían tronos vacantes en el mundo. La que nació para quedarse en la cocina descubría con el mismo espanto que la vida había inventado cocinas más rápidas que ella. Cuando todas se lanzaron a vivir su vida tuvieron que improvisar sobre la marcha. Y sobre ella aprenderán a vivirla. En este aspecto, todas las trincheras resultaron lícitas.

Pero Adela de Eme Ele contradecía todas aquellas teorías mientras se abrochaba el abrigo, dispuesta a salir de la olla de visones.

—No es cierto lo que dice tu Minifac Steiman. Todavía queda una profesión para la que ninguna mujer ha sido preparada.

—¿La de oficial de la Legión Extranjera?

—La de compartir su vida con un cretino.

—Pues mira que las hay a montones que lo hacen.

—No nos preparan. Nos engañan, que no es lo mismo.

Imperia no precisó preguntar qué herida le dolía a Adela. Le bastó con recordar las apreciacones de su jefe sobre el encanto sobrenatural de la folklórica burra.

—De esto querías hablar, por lo que veo.

La otra afirmó con la cabeza. Imperia añadió:

—Hoy he estado con tu Eme Ele.

—¿Sigue igual de imbécil?

—Tú sabrás, que lo ves cada día en casa.

—En casa lo veo cada día más imbécil.

—Yo esperaba que allí lo fuese menos.

—Pues ya tienes tú misma la respuesta.

—Desoladora. Te lo digo yo, que soy su esclava.

—Te lo reafirmo yo, que soy su esposa.

—En tu matrimonio, esclava y esposa nunca fueron lo mismo.

—Esclava de un marido, no; de una situación, sí. ¿Sabes lo que quiere decir esto? Un trato cordial, una libertad por ambas partes, ninguno de los dos ha cambiado en apariencia. Y, sin embargo, la situación se va imponiendo. Es como si funcionase ella sola, al margen de las personas. Ellas siguen igual, pero la situación te aplasta.

—Pero ¿quién la ha provocado?

—Te lo estoy diciendo. Ella sola. Y el pobre cretino siente remordimientos porque cree que la culpa es suya.

—¿Remordimientos por sus mujeres?

—Porque cree que esto me afecta. Que es el origen de todos los males. Pero seamos serios. Si lo demás funcionara, esas pelanduscas me importarían un bledo.

—O si funcionara te importarían mucho más de lo que te importan en realidad.

—Es cierto. Hubo un tiempo en que fue así. Recuerdo que llegué a sufrir. Señal de que todavía quedaba algo. En cualquier caso, no tengo nostalgia de nada. Y ni siquiera me apetece precipitar la situación.

—¿No quieres romper?

—Con todas mis fuerzas. Pero no seré yo quien dé los primeros pasos. El papel de víctima es más agradecido que el de verdugo. Que decida él y así acarreará con los remordimientos. Yo no puedo permitirme estos lujos.

Caminaron juntas hasta el aparcamiento. La conversación había dado sus últimos frutos, pero Imperia no ignoraba que podía repetirse en cualquier otro lugar y con cualquier otra persona. Existen mujeres cuya fama de inteligentes las destina a convertirse en receptáculo de los problemas de los demás, aunque éstos parezcan negados a la inteligencia. Y por otro lado nada indica que aquellas mujeres, tan notables, tengan vocación de consultorio radiofónico.

Volvía a percatarse de la serie de sincretismos en que se hallaba sumida, incluso en el vago terreno de los sentimientos. Todo desastre parecía mezcla y síntesis de mil desastres vividos de antemano, toda gloria se desintegraba en otros cataclismos previos.

Cuando ya cada una se disponía a coger su propio coche, Adela de Ele Eme cogió del brazo a Imperia y cambió los papeles mirándola con cierta compasión:

—Te estoy contando tu propia historia, ¿verdad?

Es lo que suele decirse al final de toda confidencia, pero aun cuando todas las historias son iguales ningún remedio es el mismo.

—¡No me fastidies! —gruñó Imperia—. ¿Por qué todas las fracasadas os obstináis en recordarme que yo fui la primera?

La otra vio que estaba completamente cerrada al recuerdo. Que se obstinaba en seguir actuando como una recién nacida.

Tres pisos de túneles oscuros y agobiantes le dieron la sensación de que estaba siendo una recién finada. Sabía que iba en busca de la ciudad, pero ésta no aparecía. Sólo aquellos sótanos opresivos, donde dormían multitud de automóviles, cual cadáveres de una civilización que se hubiera ido al traste mientras ella hablaba de sentimientos con su amiga. Obsesivos toboganes que la elevaban entre sombras, que la acercaban a una salida posible pero imposibilitada. Alcanzándola, sólo llegaría a un túnel todavía más gigantesco, que era la ciudad en su hora cumbre.

Pronto se vio inmersa en aquella monstruosidad donde parecían resucitar los automóviles aparcados en los sótanos. Al resucitar, se vengaban. Eran como una cárcel acorazada, que la oprimía desde todos los lados. Una prisión animada por ruidos mecánicos que, lejos de aturdir completamente, excitaban los nervios, caldeaban las pulsaciones, hacían vibrar las cuerdas vocales poniéndolas a punto para proferir un aullido. El de los lobos, el de los histéricos, el de los desesperados de la vida.

Imperia templó todos sus registros, pero no utilizó ninguno. Puso música clásica. El tráfico de Madrid era un disparate al que había acabado por acostumbrarse, pero no sin pagar las consecuencias. En aquella espera eterna, de semáforo en semáforo, reaparecía la asfixia de sentir que todos los sentimientos nacían copiados. Igual que aquellos cuadros que tanto habían molestado a Adela de Eme Ele.

Y de pronto, desde el fondo del asfixiante cúmulo de imitaciones, surgía la sonrisa bovina de Álvaro Montalbán y sonaba la voz de Reyes del Río.

¿Por qué razón había en ellos, simples clientes, algo que les hacía originales entre toda la gente que conocía? ¿Qué podía haber en su mediocridad capaz de distinguirles de la mediocridad general?

Reyes del Río estaría ensayando alguno de sus cantables sobre la gitanilla engañada que se vengó de su seductor cosiéndole a puñaladas. Todo su horterismo se vería redimido por el estallido de las pasiones en su estado más elemental, en su repugnante primitivismo. En cuanto a Álvaro Montalbán se encontraría aprendiendo mundología de la mano de una loca. No estaba Imperia convencida de que hubiese sido una buena decisión. Por las mismas razones que le había dejado en poder de Miranda pudo acompañarla a ella al *vernissage*. Se hubiera codeado con gente parecida y aprendido lecciones idénticas. Pero sería un error introducirle, después, en sus experiencias más personales, hacerle partícipe de la intimidad que uno sólo llega a conocer junto a los verdaderos compinches.

Porque la siguiente cita de Imperia era la cena íntima, con

fidencial con un amigo muy amado: su intelectual adicto y su homosexual preferido. Era una cena que mantenían semanalmente desde hacía varios años, un encuentro edificado en el ejercicio de la conversación culta y el libre fluir de los secretitos.

No era un intercambio desconocido para algunas mujeres de las que solemos llamar superiores, mujeres como Imperia que encuentran en el homosexual su mejor aliado y a menudo su enfermero. ¿No iba a ser así? La mujer poderosa y el homosexual inteligente han comprendido al unísono la escasa consistencia del sexo absoluto llamado hombre. Ambos han mirado al fondo del abismo de la lucha eterna sólo para comprender que han perdido la batalla de antemano. Se alían entonces para contarse las bajas en el combate y descubren para su horror que la guerra no se acaba nunca.

Además, las cenas con Alejandro servían para que Imperia mantuviese más o menos intactas sus conexiones con el mundo intelectual y sus laberintos a veces divertidos y a menudo exasperantes. Aunque ejercía como profesor de filosofía, Alejandro colaboraba en distintas publicaciones y se permitía frivolizar su oficio opinando sobre temas de actualidad en algún suplemento de arte y en los debates televisivos. Saltaba de Aristóteles a los culebrones sudamericanos y de Spinoza a las crisis de los equipos de fútbol con una agilidad que algunos consideraban el colmo del eclecticismo y otros el no va más de la frivolidad.

Así las cosas, Imperia tuvo que cuestionarse definitivamente la presencia de Álvaro Montalbán en aquel encuentro de exquisitos. Pero mientras aparcaba no podía borrar del recuerdo su aparente bestialidad, la amenaza de su primitivismo. Se resistió a imaginar de nuevo qué estaría haciendo. Esto la convertiría en una esclava de su recuerdo. Sólo una enamorada podía permitírselo. También una impactada. Ella no era lo uno, pero acaso había caído en lo otro.

¿En qué residía aquel impacto producido por alguien a quien consideraba un memo? Preguntas de este tipo conmocionan la lógica de las libidos más juiciosas.

ENCONTRÓ A ALEJANDRO en el bar del restaurante hindú. Al parecer iba por el tercer whisky. Tal exceso en un hombre que apenas bebía hizo temer a Imperia que aquella noche le correspondería pagar el precio que suelen fijarse a sí mismos los confidentes incondicionales. Toda mujer de calibre conoce este precio: verse obligada a escuchar las penas de amores de esas almas siempre errantes, de esos espíritus dispersos a quienes los dardos de un nimio amorcillo influyen más que toda la ciencia acumulada a lo largo de una ya larga vida.

Sabía Imperia que ningún problema de índole profesional o económico dejaría a Alejandro en trance tan desesperado que no pudiera levantarse con mayor fuerza, con mucho más ímpetu del que se había derrumbado. Sabía que tampoco iba a ultrajarla con el tema de la desilusión política, tan en boga entre las pretéritas estrellas del izquierdismo, desilusión que, por otro lado, no sería en absoluto anormal. Ambos pertenecían a la misma generación, compartían un idéntico currículum intelectual e ideológico, semejante destino en lo histórico, parecida desilusión ante las patrañas del presente.

Tenían un pacto establecido: no se hablaría del pasado. Nada de nostalgias. Nada de reproches por lo que pudo haber sido y no fue. Ningún suceso, mucho menos ilusiones, anteriores a 1975.

Jamás incumplirían aquel pacto, por la cuenta de dolor que les traía. Pero otra promesa quedaba siempre incumplida: evitar el tema de los adolescentes que solían crucificar al enamoradizo profesor, presentándose ante él con las armas que más podían seducirle: la creatividad, el cerebro, el discurso brillante y la necesidad de un maestro.

Aquella víctima propiciatoria de los espejismos del amor efébico, empezaba la noche con la letanía de costumbre.

—Bebo para olvidar.

—¿A quién esta vez?

—A un serafín. Me había jurado amor eterno.

—Igual que todos. ¿Qué edad tenía éste?

—Dieciocho años. Pero aparentaba quince, que es lo hermoso.

—¿Poeta, dramaturgo o novelista?

—Poeta. Un Rimbaud en potencia. Mejor aún: un Shelley con algo de Hölderlin.

—Cada vez que ceno con un homosexual de tu quinta me asombro de los Rimbauds, Shelleys y Hölderlins que pululan por los bares de Madrid. Con semejante cosecha la poesía española debería ser la mejor del mundo.

¿Era posible que aquel gran amor, como otros de Alejandro, pudiera florecer y marchitarse en sólo quince días? ¿No cenaron, la víspera de su partida a Nueva York, con el amante eterno, un prometedor dramaturgo realista de dieciséis años? ¿Y no habían almorzado durante el verano con otro inolvidable efebo que consiguió realizar una prodigiosa traducción de Valéry sin saber una palabra de francés?

Al parecer el último los sobrepasaba a todos en excelencia.

—Era el genio encerrado en el continente de un ángel. Era un ángel vulnerado por los ramalazos del genio. Le he escrito unos sonetos. Te los pasaré.

—Pásamelos pero no los publiques. Después te arrepentirías.

—Tienes razón. Después los encontraría cursis.

—Eres irremediablemente cursi cuando te encuentras con esos niños. ¿Por qué no haces como yo? ¿Te los pagas y, después, los sueltas?

—No puedo. Soy demasiado sensible. Un culo mercenario no es lo mismo que un culo que se entrega por amor.

Imperia se permitió un cigarrillo. Estaba claro que el tema la aburría.

Alejandro y sus efebos geniales. Niñatos con aspecto etéreo, que paseaban su ficticio *spleen* por los lugares de moda, observando el mundo por encima del hombro, perdonándole a duras penas que fuese tan vulgar. Efebos no exactamente bellos, en muchos casos. Lindos, modernillos, provistos de la teatralidad con que la juventud poética puede vencer sus mejores batallas sobre la experiencia empírica, que cree saberlo todo. Ya no la naturalidad, sino la ficción de la naturalidad. Placer espiritual de muchos, consuelo sentimental de nadie. Angelitos de la vanidad que no se atreve a decir su nombre, de la pedantería que se autoproclama inteligencia. Mancebos de la frase altisonante, maestros del silogismo nocturno, de la retórica soltada en el momento oportuno, con la misma intención que las lánguidas damiselas del pasado dejaban caer su pañuelito ante el paso de un apuesto oficial de lanceros. Pero eran muy otros los pretendientes de aquellos seductorcillos de labia prematura: era un público formado por escritores un poco vanguardistas, *metteurs en scène* en olor de triunfo, polemistas de cafetín y articulistas de publicaciones minoritarias, tanto que casi no estaban publicadas. Era una curiosa fauna de culturalistas ávidos de ejercer de pigmaliones, acaso de padres no realizados que buscaban en las suaves nalgas de aquellos artistas imberbes un recuerdo de otra juventud, de otras ansias combativas.

Imperia los mezclaba a todos a partir de la frecuencia con que irrumpían en la vida de su amigo. Y esta vida conseguía distanciarla cuando Alejandro se dejaba invadir por un exceso de sensibilidad. Pensaba ella entonces: «Eres idiota. Te ha sido concedida el arma de la razón pura y la sustituyes con el juguete del irracionalismo absoluto.»

Fue precisamente un poco de razón lo que intentó inculcarle:

—Sin duda no deberías trasladar a la cama tu cátedra de la universidad.

Él soltó una risa acaso amarga.

—Ni la cama al aula, supongo. ¿Qué debo hacer, entonces? Se jode muy mal en el puto suelo.

—Ante la expectativa de una cena borrascosa, una mujer prudente tiende a informarse de qué va el drama, así que házmelo saber de una vez. ¿Qué buscas?

Él la miró, sorprendido.

—Está claro que busco el amor. ¿O no se me nota, leche?

—Un amor que te lleva a perder suena a mal negocio.

—¡Ya salió la ejecutiva! Mi amor no es un economato. ¿Por quién me has tomado? Un amor que se entrega de este modo merece más respeto. Es el amor a la manera griega.

Ahora, la retórica. La búsqueda del discípulo ideal. El intercambio de ideas junto al temblor del primer beso. El supremo milagro de la creación artística precediendo el primer encuentro de los cuerpos. El esperma que se sublima por la elevada mediación del espíritu.

Imperia se obligó a reír para cortar de una vez.

—¿Estamos en lo de Dafnis y Cloe?

—En lo de Sócrates y el joven Fedro.

—¡Pobre muchacho! El viejo le arreó un tostonazo de mucho cuidado.

—¡Calla, hereje! Fue él quien animó al maestro. Fedrillo salió a su paso para recibir sus lecciones. ¡Divinos discípulos! Solían obrar así, en aquella tierra bañada por la luz del intelecto. Ahora se mueven en locales oscuros, bajo músicas atronadoras, que no permiten el diálogo. Y si ni siquiera el diálogo permiten, ¿cómo van a propiciar el beso de las almas?

Imperia aplastó el cigarrillo en un cenicero que tenía un Taj-Mahal por motivo.

—Más que una cena necesitas una ducha de agua fría. ¿Quieres que anule la mesa?

—No anules nada, porque nada cambiará por lo que anules.

—Pero me evitará un florilegio de disparates helenizantes.

—Te lo diré de otra manera. Somos mujeres acorraladas

por la menopausia. Somos mujeres que tienen prisa. ¿Y han de llegarme, menopausia y prisa, sin haber conocido las mieles de la vida?

Era inevitable. Llegaba el tratamiento en femenino, algo que molestaba profundamente a Imperia porque sabía que, al aplicárselo a sí mismo, Alejandro lo utilizaba como despectivo. Y obrando de este modo, denigraba a la mujer al mismo tiempo.

—He venido a cenar con el amigo. Por las locas no pierdo ni un minuto.

—Protesto. Yo no soy una loca. Nunca he sido una loca. Todo lo más soy una pobre borracha. Igual que Susan Hayward en *Mañana lloraré*. Alcohólica anónima. Esto a lo sumo.

No sería una loca, pero de repente hablaba como tal. Entonces se preguntó Imperia si una sexualidad distinta tiene que acarrear necesariamente un trastoque de personalidad. Si el hecho de acostarse con un hombre tiene que convertir a otro hombre en el depositario de todos los defectos del sexo opuesto.

Habría algún tornillo suelto, en aquellos trasvases. Tornillo difícil de localizar en un individuo como Alejandro, serio, profundo, de muy aparente virilidad o así considerado cuando no bebía ni le daba por el mariconeo más banal.

No carecía de atractivo. Incluso podía tener mucho. Alto y robusto, aunque un poco cargado de espaldas. Velludo, pero sin llegar al bestialismo. El pelo un tanto desorganizado —coquetería, sin duda—, pero espoleado por algunos copos blancos, muy relucientes según les daba la luz. Bigote a lo macho mexicano, como muchos homosexuales que han decidido rehuir la caricatura en que el tópico los ha encerrado. Insistía él en esta voluntad con atuendos de pana, ante y piel propios de un leñador canadiense que hubiese pasado antes por una portada del *Saturday Evening Post*. Era un guaperas que olía a años cincuenta. Un profesor de Campus yanqui que imitase a Rock Hudson. Le gustaban las camisas a cuadros y las corbatas escocesas. Según cómo, también podía parecer un cacique de comedia rural que en sus ratos de ocio leyera a Balmes.

Si el tornillo suelto no estaba en el físico ni en la preparación intelectual, si tampoco podía estarlo en el hecho de que se acostase con muchachos, ¿por qué un hombre como Alejandro podía parecerle ahora un pobre fantoche, una penosa caricatura de la mujer?

—Cuando te sale la maricona eres ridículo y cuando te

sale el amor griego eres cursi. Déjate ya de números penosos y vámonos.

Él la sujetó por la muñeca antes de que consiguiera apearse del taburete.

—Asumo lo de la mariconada, pero rechazo lo de la cursilería. La tristeza sólo es cursi cuando se le echa literatura...

—¿Y lo dices tú, que le echas volúmenes enteros?

—Antes la precede el reconocimiento del vacío. ¿Has sentido alguna vez este sentimiento basado en la falta total de sentimiento? ¿No has sentido esta impotencia, esta ansiedad, este ahogo?...

—Hace ya muchos años. Ni siquiera me acuerdo.

—... cuando estás en poder del desamor, el mayor monstruo del mundo.

—Ahora, la escena del consultorio sentimental. Perdona, pero es más de lo que deseo soportar.

—Dirás que no puedes.

—Digo que no lo deseo. Así de sencillo.

Una vez más se habían invertido los papeles. Necesitaba cenar con Alejandro para hacerle partícipe de sus problemas y se encontraba a sí misma escuchando confidencias que en el fondo le repugnaba oír.

¡Luego era repugnancia! La inversión del sexo producía en su ser interno el mismo efecto que produciría en una honesta beata de provincias. Pero no podía ser repugnancia. Le urgía negarlo en su fuero interno. Nunca fue puritana en ningún aspecto de la vida. Sólo sentía horror a cualquier situación que pudiera desembocar en lo melodramático. Podía aceptar la tragedia, asumir el drama, pero no había aprendido a respetar el melodrama.

Y Alejandro estaba tan melodramático como los prototipos que se empeñaba en imitar cuando se afeminaba.

—Todo esto quiere decir que estoy muy necesitado...

Ella le miró con cierta curiosidad. Descubría en su amigo del alma al bicho raro y acaso al conejillo de indias. Él que había experimentado infiernos que ella nunca soñó visitar.

De reconocerlo habría retrocedido con horror ante lo que estaba sintiendo: la presencia de la anormalidad. ¿Un enfermo acaso? Toda su conciencia de mujer moderna se violentaba ante esta idea del mismo modo que, segundos antes, retrocedía ante la posibilidad de la repugnancia. Su educación la preparaba para rechazar aquel sentimiento, pero era posible que alguna pervivencia tan elemental como las canciones de Reyes del Río la impulsase a sentir, de manera irremediable, la misma hostilidad que cualquier macho analfabeto.

Se hallaba ante la negación de la literatura, un acto de desnudez total, y ella lo confundía con la mariconada.

—¿Y toda tu felicidad depende de que cualquiera de tus niños te recuerde a Proust en la cama?

—Ahora la ridícula eres tú. Si no sabes ver lo que hay detrás de esta búsqueda tampoco entenderás que, inmerso en ella, la vida se me va escapando... o se ha escapado ya.

Notando acaso que la impudicia con que abría su alma resultaba altamente incómoda para la otra, él realizó una pirueta repentina, regresando a la frivolidad.

—Tranquila, mi amor. Peores tragos pasó Scarlet O'Hara y siempre salió triunfante.

Pero no la tranquilizó. A nadie puede tranquilizar la banalización de los sentimientos ni la humillación de una persona inteligente. Y, preocupado por ridiculizarse a sí mismo, Alejandro no comprendía que estaba muy por encima de los prototipos a que gustaba parangonarse.

En este punto, se acercó un camarero y el rostro del profesor se iluminó, como si todo lo anterior hubiera sido una ficción. El recién llegado aportaba un poco de luz. Era joven, de raza hindú y mantenía una sonrisa convencional que el profesor tomó por condescendencia.

Se limitó a anunciar que la mesa estaba preparada.

—No ha dicho nada más —murmuró Alejandro por lo bajo—. Este rajá es un cabroncito. Ignora las necesidades más elementales de una española ardiente.

Así entraron en el comedor, Alejandro esforzándose por aparecer sereno e Imperia pensando que la soledad convertida en espectáculo puede ser ridícula.

En realidad era una déspota de los sentimientos, novedad que el lector prevenido hará bien en anotar.

TERCERO

CABALLEROS EN LA NOCHE

CUANDO IMPERIA empezó a contarle que había almorzado con
Álvaro Montalbán, Alejandro se echó a reír. Pero ya sin amar-
guras incómodas. El yogur, abundantemente mezclado con
el pollo al tandoori, habría obrado algún efecto benéfico. Si
no, ¿de qué?

—¡Serás culebrona! —le espetó el filósofo—. Yo te expon-
go penas de amores y tú te vengas afrentándome con un guaperas.

—No te serviría. Tiene treinta años.

—Mujer, para una emergencia... Lo que los bomberos para
el fuego. Lo apagan, se largan y muchas gracias por los servicios prestados.

—Ni para eso sirve. Es... vulgar.

—¿Tan vulgar?

—Zafio, ordinario, ignorante y supongo que hasta brutal.

—¿Me dirás que los chicos que alquilas son el príncipe
de Gales?

—Es distinto. En estos casos mando yo. Dispongo de mi
placer. Igual que un bolso. Lo aprovecho y, cuando me canso,
se lo regalo a la asistenta. Así de sencillo.

Ella pretendía continuar el relato de su almuerzo con el
bello ejecutivo. Alejandro seguía empeñado en acorralarla con
una maniobra poco grata: remitirla a su propio terreno, haciéndole ver que no todos los ángeles caídos tienen que llevar
las mismas alas para parecerse en la misma búsqueda.

Imperia fue desgranando un rosario de calamidades, todas
atribuibles exclusivamente a Álvaro Montalbán. Hablaba con
desprecio de sus defectos físicos —peinado anticuado, dientes separados, cutis sucio— y Alejandro se divertía pregun-

tando una y otra vez si los chulos de lujo eran portadores de tantas perfecciones. Imperia viose obligada a reconocer que nunca se lo planteó. En fin de cuentas, lo menos representativo de un chulo es su cutis.

—En cuanto a Álvaro Montalbán, no hay defecto que no pueda arreglar una excelente esteticista, un buen peluquero y un dentista competente —acabó diciendo ella, con firmeza.

—De todos modos, manténme informado. Me interesa saber cómo reacciona un supermacho aragonés cuando le sometan a una limpieza de cutis, o le depilen esos cepillos que tiene por cejas.

Y rompió en una nueva risotada que ofendió a Imperia.

Para afirmar sus posiciones continuó detallando la peculiar psicología de su cliente. Y cuando hubo terminado quedó convertido Álvaro Montalbán en el representante más activo de la burrología andante.

—Y aquí entro yo —acabó, decidida—. Le consigo todos los premios empresariales que le permitan destacar en las revistas de economía. A continuación, le hago aparecer junto a los personajes más importantes de este país...

—No dudo que puedes conseguirlo. Tampoco será tan difícil, dada la escasa categoría de muchos personajes importantes. Pero antes de incorporarle a todo esto ¿qué?

—Le acercaré a la cultura.

—Si no entiendo mal, le ilustrarás.

—Es la parte apasionante del asunto. Forjaré a un ser nuevo. En un año, no lo conocerán ni en su pueblo.

—¿Y me criticas a mí?

—¡Qué tendrá que ver!

—Que lo mismo intento hacer yo con mis chicos. Ni más ni menos que crear seres nuevos. Por lo mismo apasionantes. Es decir, tentadores.

—Es muy distinto. Tú te enamoras. Yo no podría sentirme atraída por ese hombre ni en el más loco de los sueños.

—Por ese hombre no. Por el que tú crearás a partir de éste, podrías.

—No, porque conocería su origen.

—Sí, porque su origen le haría crecerse ante tus ojos. Exactamente lo mismo que yo, guapa. Cuando el niño está educado miras atrás y le recuerdas como fue: un pobre inútil a quien él mismo ha asesinado con tu ayuda. Entonces estás vencido. Porque celebras su hazaña y al mismo tiempo te celebras a ti mismo. Estás definitivamente perdido.

—Ya que me acorralas, acepto que podría sentirme atraída por él cuando sea otro.

—Atraída no. Enamorada. Apasionada. Loquita de atar por tu creación.

—Si así fuese no dudes que ganaría yo. Siempre gano.

—Que te crees tú eso. En la vida real, mucho más cruda que el teatro, Pigmalión siempre pierde. Galatea se crece y quiere caminar por sí misma. Es como un ciego al que ayudaras a cruzar la calle. Está esperando tu brazo, pero si recobrara la vista no esperaría ni a que cambie el semáforo.

—Lo que estás insinuando es monstruoso.

—Completamente. Quiero decir que lo deseable es que los ciegos no recobren la vista. Cuando lo hacen, el que los ayudaba está perdido. Claro que no será tu caso...

—Te digo que no. Le doy la pátina cultural, le suelto y cobro mi parte en el negocio.

—¿Y cuándo empieza la doma del gorila?

—Ya ha empezado. Sin él saberlo, Miranda se lo ha llevado de cabeza a la boca del lobo. Él cree que iba a una fiesta frívola. ¡Pobre cándido! En realidad se trata de un recital poético. Cierta psicoanalista argentina recibía a una poetisa mexicana. Sinfonía MacGregor, creo que se llama. ¿La conoces?

—¿Que si conozco a Sinfonía MacGregor? ¡Con decir que es lo más parecido a un macho que ha dado México desde Pedro Armendáriz! Voy a contarte un par de anécdotas...

El encantador camarero hindú no se lo permitió. Le señalaba, cuenta en mano, que ellos eran los últimos que quedaban en el restaurante.

—Hoy pago yo porque has accedido a escucharme —dijo ella.

—Total, no hemos cambiado de tema. En vez de hablar de mis adolescentes hemos hablado del tuyo. Dime sólo si te lo follarás antes o después de que haya leído a Proust.

Ella ni siquiera le contestó. Su mirada seguía el camino de la tarjeta de crédito y por un momento confundió su misión. Pensó que se estaba comprando una noche junto al principito hindú y no a los manjares de su reino.

Un reino tan sugerente en delicias que Alejandro lo soñaba todavía cuando, desde el interior del coche, miraba sin el menor interés las manipulaciones de Imperia para salir de los atolladeros en que les introducía constantemente la locura del viernes noche.

Calles frecuentadas como en pleno día, barahúnda de bocinas entremezcladas con gritos y canciones de jóvenes exaltados, colas frenéticas en las discotecas, pandillas bebiendo a la entrada de bares llenos a reventar, coches que serpenteaban entre la aglomeración de otros coches, luces que se disparaban contra otras luces, vapores espesos que se mezclaban con la neblina para condensar por fin una capa sólida, aplastadora, que acababa por convertirse en un manto definitivo, que ahogaba todos los mantos de la noche.

Esa noche que, pretendiendo ser de todo el mundo, ya nadie sabe a quién pertenece.

—Un largo fin de semana por delante —murmuró Imperia, complacida ante las expectativas de un descanso absoluto. Y al punto se percató de que su amigo no pensaba lo mismo.

Ante él se abrían dos jornadas muy aptas para dolerle. Esos días en que el ocio de los demás se convierte en una soga que va estrangulando los vacíos del solitario.

Acaso para retrasar en lo posible aquella condena del fin de semana en soledad, Alejandro pidió a Imperia que le dejase en una dirección que no era la suya. Ella sonrió con suspicacia, porque no ignoraba cuáles podían ser las aspiraciones de su amigo a aquella hora de la madrugada. Pero guardó un respetuoso silencio, que él supo agradecer.

Se limitó a añadir:

—Me ha quedado una cosa por decirte y si no la digo reviento.

—Pues reviéntate, si vas a hablarme del señor Montalbán.

Evidentemente, él no pensaba reventar.

—¿Tú no tienes un hijo?

—No sé si es exactamente un hijo pero, en efecto, lo parí yo. De esto sí me acuerdo.

—Entonces, ¿por qué no te ocupas de educarle a él, que buena falta ha de hacerle?

Notó que le había molestado aquella interferencia en sus deberes maternos.

—¿Y tú por qué no te cuidas de tus asuntos?

—A eso iba, mujer. A cuidarme de mis asuntos.

Se apeó ante un local de discreta apariencia. Sólo destacaba un portero con aspecto de guardaespaldas y una marquesina donde podía leerse: EXTRAVAGANCE.

Imperia tuvo un pronto de conmiseración, si no piedad, hacia los extravíos de su mejor amigo. Después de todo, un hombre de singular valía intelectual que no podía pasar una noche sin frecuentar los bares gay, era digno de lástima a sus ojos. Alguien que se estaba desperdiciando.

Pero el local cuyas puertas acababa de cruzar Alejandro no era en modo alguno un bar gay.

Era una sauna gay.

Sauna, baños, termas, balneario, ¿qué importa la denominación? Era el picadero preferido de las almas errantes que buscaban un refugio en las postrimerías de la noche madrileña.

Alejandro tomó su ticket, acompañado de unos números para la rifa de dos viajes al carnaval de Sitges, allá en la lejana costa. Pero no le importaba que pudiera tocarle o no. Buscaba amor, no disfraces. Buscaba una piel cálida, no frías lentejuelas. Y en los meses que faltaban para febrero, ¿quién sabe lo que llegaría a buscar?

Un formidable mozarrón del vestuario le dio las toallas, así como el número y las llaves de su ropero. Alejandro se desnudó completamente. Al verse en el espejo quedó complacido. Se conserva en el museo de Delfos el busto de un filósofo que se le parece un poco, pero en pánfilo. Algo que él no deseaba en absoluto. Lo perfecto, a veces, hasta aburre.

Decidido a probar la imperfección del espíritu, inició la búsqueda de un cuerpo aceptable, ya que el ideal lo guardaba en lo más profundo de sí mismo. Como el poeta de Calcis, podía cantar: «¡Oh, vosotros, efebos que brilláis en la hermosura, no neguéis vuestra belleza a los hombres honorables, pues en la ciudad, junto a las virtudes varoniles, siempre florece vuestra juventud, graciosa y dulce.»

Una escalera descendía hasta la planta baja, donde se hallaban las instalaciones deportivas: dos piscinas y un gimnasio. Las piscinas para el morreo, el achuchón y el previo acuerdo que culminaría en las habitaciones de la planta superior, las de las camas. En cuanto al gimnasio, nadie lo utilizaba y con razón, pues a la loca que no ha arreglado su cuerpo durante el día poco tiempo le quedará a las tres de la madrugada.

Antes de llegar a las saunas, se desarrollaba un turbio ovillo de largos pasadizos sumidos en una penumbra rojiza, un amasijo de tinieblas en cuyo seno los cuerpos se insinuaban sin mostrarse del todo. Cuando aceptaban darse a la luz, para ofrecerse abiertamente a otros, aparecía el esplendor de la carne y también su decadencia absoluta. No había término medio. Apuestos jovenzuelos mezclábanse con caballeros demasiado maduros, cuando no decididamente provectos. La promiscuidad del desnudo no siempre favorecía el erotismo. Por cada cuerpo deseable, aparecían peludos esqueletos o informes masas de adiposidades arrugadas, cuerpos que, arrimados en las paredes, diríanse reses colgadas de los garfios de una carnicería.

Alejandro avanzaba entre aquellas masas con la certeza de un extrañamiento total. Se había anudado la toalla a la cintura, a guisa de faldón, con el capricho desesperado de sentirse alejandrino. Un filósofo que se dirigiera a las termas en busca de discípulos.

«Oh, efebo, te busco pero tú no me oyes, ignoras que con tu carro dorado pasas sobre mi corazón...»

Cerró los ojos. El mundo clásico estaba a su alcance. Los cuerpos eran tan bellos, su canon tan perfecto, que le aproximaban a la idea de la divinidad. Reproponían continuamente el triunfo del ideal. El escenario se correspondía completamente con el ensueño. De mármol blanco eran las termas, de porfirio negro las enormes columnas, perforadas con rosetones de oro puro las inmensas cúpulas que permitían filtrarse a los rayos de Helios, siempre triunfador, en su carro alífero sobre el prístino cielo del Egeo...

Al abrir los ojos vio que no pisaba sobre mármol, que era una alfombra de goma negruzca y las paredes estaban forradas con una derivación sumamente basta del esparto. El sol nunca llegó a aquel subterráneo y en lugar de biblioteca u obligada sala de triclinios había un minicine donde se proyectaban películas pornográficas. Todo el mundo estaba desnudo, como en el resto del local. Entraban y salían los que llegaban de las duchas o las piscinas. Algunos tomaban asiento, otros se limitaban a observar la mercancía y, en caso de desacuerdo, salían con la búsqueda a otra parte. Varios cuerpos que permanecían en los asientos, reaccionaban ante las imágenes de la pantalla con alguna erección destinada a servir de propaganda. No faltaba quien optaba por aprovecharla, a falta de algo mejor. Había quién se masturbaba, quién permitía que se lo hiciera otro, quién optaba por la tocata a varias manos. Los más audaces, inclinaban la cabeza hacia el pene del vecino, y la inclinación terminaba en una felación. Las realizaban preferentemente caballeros carrozas, que ya no podían aspirar a recibir otros favores de los jovencitos. Éstos los dejaban actuar sin mirarlos siquiera, se excitaban mirando la pantalla donde triunfaban los hermosos, inalcanzables modelos, jóvenes dioses del más moderno de todos los afrodisíacos: la imagen enlatada. Adorables rostros de yanqui estúpido superpuestos a cuerpos perfectos. Actualizaciones de Adonis, pero muy alejadas de los himnos que continuaban atormentando el alma de Alejandro: «Oh, tú, que deslumbras al mundo, con tus rubias guedejas..., tú divino efebo que luces como Apolo Citereo...»

Siguió Alejandro hasta la sauna propiamente dicha: sobre los bancos de madera yacían dos cuerpos que diríase quedaron pegados a causa del sudor. Se retorcían, ávidos, dichosos, entre un conglomerado de vapores asfixiantes. Decidió no molestar, aunque sabía que en más de una ocasión era bien recibido un tercero y hasta un cuarto. No era su estilo de adscripción. Luego de rechazar, avanzó a lo largo de nuevos pasadizos oscuros, poblados por otros cuerpos de escaso atractivo, cuando no francamente repugnantes. Jugaban sus últimas bazas los desesperados de la madrugada.

La luz se hizo cuando alcanzó las zonas de las piscinas. Había algunos besándose en una enorme *jacuzzi* de agua caliente, pero los más paseaban en actitud exhibicionista o se limitaban a cotillear en las mesas distribuidas alrededor de una barra de bar destinada a servir café y bocadillos para los trasnochadores. El encuentro se desarrollaba en fase de comadreo. La tertulia después del sexo o, simplemente, el punto de reunión de quienes habiendo renunciado al sexo sólo aspiraban a la tertulia. Y aun alguno de éstos, sexagenario acaso, se complacía mostrando a los amigos un par de soberbios adolescentes que le reían las gracias o se limitaban a servirle. «Y que revienten las envidiosas», solían gritar, omitiendo el precio que tal desplante les costaría.

Pese a las opiniones que de él pudiera tener su amiga Imperia, Alejandro maldecía el loquerío. Abominaba del exhibicionismo propio de puta vieja, que le hacía sentirse alejado de aquel mundo tanto como del heterosexual. Era uno de esos homosexuales que no pertenecen a ningún lugar, no representan a nadie, se sienten ajenos a todo cuanto no sea su propio sueño. El de Alejandro seguía siendo el resultado de una actitud eminentemente clásica y, por ello, perdida. Tenía bien presente la mitología del hombre maduro a quien reverencian los más bellos adolescentes de la polis. Sentíase a punto para que un dulce efebo, tenido entre los más inteligentes de su curso, le tomase por maestro y al mismo tiempo le suplicara su amor absoluto, llevado hasta los límites de la muerte.

Miró a su alrededor y todo cuanto supo ver era la vulgaridad de la noche urbana, degradando todas las cosas bellas en que creía.

Recordaba el efecto que los ojos de un efebo provocaban en los artistas griegos. La poesía de aquellos siglos venturosos estaba llena de elogios a aquellas miradas tiernas, que

111

encadenaban para siempre el alma del artista. Pero ya nadie miraba a los ojos en la noche del sábado. Las miradas buscaban pollas mientras los labios se entreabrían o se cerraban completamente, según el acierto o la precariedad de las medidas.

Él mismo sintióse observado. La mirada llegaba desde la barra del bar y fue seguida por una sonrisa de insolencia. La ostentaba un morenito bastante agradable. Veinte años a lo sumo. Ya no el efebo ideal, pero todavía un chorbito pasable. Tenía ojazos negros y morros de beduino.

Alejandro le abordó con una pregunta que consideraba el paradigma de la originalidad:

—¿Estudias o trabajas, niño?

—La chupo, tío.

—¿Y qué más?

—Cobro.

No era la respuesta ideal para un alma educada en el neoplatonismo.

Habría algún efebo más suave, uno que llevara en la sangre el inefable don de la poesía. Ya no pedía que fuese traductor de Rilke. Por lo menos que lo hubiera leído. Y, a fuerza de bajar listones, decidió: «¡Por lo menos que sepa que no se trata de un grupo de rock!»

La búsqueda resultó extenuante y, además, baldía. Tanta esterilidad le distanció definitivamente de lo sublime. La excitación decretaba sus propias urgencias. La excitación mandaba por sí misma, distanciada de la voluntad. Retrocedió sobre sus pasos hasta encontrarse de nuevo con el morenito de los morros. Le dijo que podía alquilar uno de los dormitorios del primer piso, si le acompañaba. El otro anunció su precio. Él se conformó. Subieron a un cuartucho provisto de cama de matrimonio y tenues luces rojas. Un paraíso para dos, dijo el mancebo. Acto seguido, se la chupó. Alejandro devolvió el cumplido con dos billetes de cinco mil. Era un precio razonable, pero compraba bien poca cosa.

Desde luego, ningún sueño.

MIRANDA BORONAT descubrió a lo lejos las urbanizaciones de Majadahonda. Aparecieron algunos remedos de chaletito suizo entremezclados con bloques de apartamentos, que casi empezaban a ahogarlos. Pero había numerosos jardines artificiales destinados al goce comunitario, por lo cual la dama entendió al instante que si bien no era una zona que ofreciera la seguridad del lujo asiático tampoco soportaba abiertamente el ultraje de la pobreza africana.

Por lo menos tuvo como cierto que era distinto de Ávila. No había murallas.

Aparcaron por fin ante un bloque parecido a otros diez. Pero Álvaro Montalbán respiró por saberse en algún lugar concreto.

Algo le intranquilizaba.

—¿Su psicoanalista también es lesbiana?

—No diga tonterías. Ella no puede ser lo que son sus pacientes. Por eso se fue de Argentina.

—¿Por qué?

—Porque allí todos son argentinos como ella. De verdad, a veces parece usted tonto.

El argentinismo de Beba Botticelli apareció, deslumbrante, no bien ella abrió la puerta y se excusó rápidamente porque la mucama filipina se había tomado la noche libre.

Pero todo el mundo sabe que sólo tiene una asistenta por las mañanas.

Miranda contó rápidamente sus peripecias por tantos y tan intrincados senderos castellanos. Beba Botticelli la aplaudió sin reservas.

—Pues habrá sido grato. Ávila, de noche, es tan *exciting* como Manhattan visto desde Brooklyn. Pero decime, piba, ¿quién es ese bacán tan lindo?

—Es el de Imperia. Te hablé de él.

—¿Un gigoló?

—Para nada. Un cliente.

—¿Le pagás vos, che?

—Cliente de *business*, mujer.

—Macanudo, así no hay equívocos. Porque alguna invitada de esta noche podría insinuarse, ¿viste?

Álvaro Montalbán se alarmó. Beba Botticelli intentó suavizar el alcance de su indiscreción.

—Reuní a algunas de mis pacientes más dilectas. Son cabecitas alocadas, tiros al aire, pero todas de gran tren. Muy amorosas, ¿viste?, pero también ansiosas. Van encendidas.

—Pues ¿qué las pone así? —preguntó Álvaro.

—La dolencia de Eros, mi lindo.

Y Álvaro pensó que tendrían urticaria.

—No creo que nadie se interese por él —exclamó Miranda, en voz bien alta—. Es desastroso. ¡Si será paleto que se me presenta con camisa a cuadros! Mírala bien: ¡es de risa!

Para Beba Botticelli la camisa pasó completamente inadvertida ante el impacto del abrigo. No hay argentina que se resista a uno de cachemir y la Beba, al tomar el de Álvaro para colgarlo, decidió al instante que los burros, con ropa cara, son Einsteins.

Además de argentina, Beba Botticelli era profundamente filoamericana. Su continente natal aparecía representado por multitud de recuerdos acaparados en distintos viajes. De las paredes colgaban ponchos, sarapes, pinturas de los indios huicholes; sobre arcas y cofres lacados en rojo se amontonaban espejuelos peruanos, idolillos mixtecas, un bandoneón arrabalero, árboles de la vida y milagritos de las fiestas de Guadalupe. En el suelo, a guisa de alfombra, dos cueros de vaca.

—Provienen de la estancia de mis viejos, en mi Córdoba natal y tan querida.

Mentía. Era porteña. Y, además, de conventillo.

También Europa tenía su lugar entre tanto exotismo. Una columna salomónica pintada de plata, algunos libros franceses, originariamente de bolsillo pero ahora encuadernados en piel, varias litografías inglesas compradas como postales en un *quai* de París, y un póster de la *Flora* de Tiziano enmarcado en una cornucopia dorada a la que se añadió pátina artificial. Como suele suceder, el marco era mucho más valioso que la reproducción.

En lugar destacado, sobre una mesita de metacrilato blanco, una fotografía del doctor Freud y otra de Borges tomando el té con Victoria Ocampo.

No faltaba nada. Ni siquiera Beba Botticelli.

Estatura media, cutis pálido como los polvos de arroz, pelo teñido de rubio castaño con un mechón blanco. Y, por atuendo, una túnica con bordados bolivianos y gran cantidad de collares de madera atribuidos a ya no se sabía qué remota civilización precortesiana.

Se excusó por la ausencia de su marido, el escritor venezolano Nelson Alfonso de Winter, muy conocido en las tertulias televisivas de medianoche y en cierta mesa del Gijón. Por sus constantes y bien documentadas disertaciones sobre la influencia de los ovnis en las catedrales góticas y las secretas relaciones entre el Santo Grial y el observatorio astronómico de Chichén Itzá. Por lo visto pasaba el fin de semana en Galicia, investigando para un ensayo sobre las posibles influencias de Prisciliano en la obra de Woody Allen.

—¡Pobrecita yo! Siempre esperando que él termine su esforzado opúsculo. Pero hoy me alegro de que esté ausente, porque así vamos a ser muchachas solas... excepto usted.

Y Álvaro notó que, a pesar de su abrigo de cachemir, no era bien recibido. Máxime cuando oyó que Beba decía a su acompañante:

—Che, Miranda, oí: si esta noche no te decidís a lesbianizarte, tu libido se resentirá durante muchos años y tendrás una vida de lo más paria. Escuchá no más el llamado del sexo.

—¡Eso de la libido me da un asco! Yo encuentro que, sin libido, una se divertirá más. ¿No podrían extirpármela?

Dejaron atrás un corto pasillo atiborrado de diplomas enmarcados que garantizaban los conocimientos de Beba Botticelli en lo psíquico y otros cuadros con recortes de periódico que demostraban la consideración de que gozaba Nelson Alfonso de Winter en el ejercicio de la crítica literaria y en artículos del tipo: «¿Era fray Junípero Serra un extraterrestre?» Cuando por fin llegaron al salón, Álvaro lo confundió con el invernadero, tan atiborrado estaba de plantas tropicales, muebles de bambú, calaveras de papel maché y loros de madera colgando del techo.

—Como podés ver, mi nidito es una bombonera.

—Más bien una caja de cerillas —comentó Álvaro, con una risita traviesa—. ¡Más diminuto no puede ser!

Nadie rió sus gracias. Por el contrario, Miranda pensó: «Tiene los dientes separados. ¡Qué feo es! No me extraña que *todas* las mujeres inteligentes del mundo prefieran acostarse entre ellas.»

Pero ninguna de las asistentes al festejo parecía ser de su opinión. Al descubrir la formidable apariencia del recién llegado, casi se les cayeron los vasos de las manos.

—Fíjate en el tipo que se trae Mirandilla —exclamó una de las invitadas—. ¡Está que ofende!

Y al volverse todas para observar sin el menor recato, dejaron al descubierto a la dama cuya tremenda mole estaban rodeando. Una especie de pirámide azteca que emitía truenos rituales en forma de voz más o menos humana.

—¿Horita me llegan, cuates? Pos me estaba haciendo bilis de puritito esperar.

Era la poetisa inmortal. El donativo del genio mesoamericano a la caduca Europa.

—Permisito —murmuró Beba Botticelli, con extremo tacto—. No te enojés, Sinfonieta. Total, se perdieron.

—El pinche enojo no es mi onda, requetechula. Me echaba una platicada con esas ninfas, pa ver si las connoto. Pos tú ni me las presentaste, y eso que son de los más *very nice*.

Hablaba como Pancho Villa, pero vestía igual que Margarita Gautier en el segundo acto, cuando pretende curarse la tisis en la campiña. Un vestido de muselina, que ocupaba la anchura de un miriñaque, estampado además con ramilletes de flores y lacitos rosa. Una pelambrera negra, como de esparto, caía sobre sus espaldas desnudas. Anudada al cuello, una pamela de gasa, también floreada. Guantes blancos hasta el codo, por supuesto. Y todo ello destacaba poderosamente sobre su piel negruzca, de india rematada.

Por las palabras que Beba Botticelli susurraba a Miranda, era evidente su fascinación por la invitada.

—Es regia. Es la encarnación del alma azteca, ¿viste? Por un perfil se parece a María Félix; por el otro, a Dolorcitas del Río.

—¿Y por qué va vestida de muñeca de porcelana? —preguntó Álvaro.

¡Ay, delicadezas del alma poética, que el macho nunca estará en grado de entender!

Beba Botticelli quiso insultarle. Rectificó a tiempo.

—Luce moarés con estampado de flores para repartir la primavera por los hogares del mundo, aletargados por la gelidez de las ánimas y la incomprensión de los espíritus.

—Chamaquitas, presten atención a mi hermana americana, que me hará los prolegómenos con pastoril acento.

—Yo no oso presentarla, *darling*, no oso.

—¡Ose de una vez, leche!

—Pues oso. Atiendan, muchachada. Recién inundé mi departamento, vulgo *flat*, con los silvánicos óbolos que *Natura* ofrece a las almas sibaritas. En este prosaico refugio de lo diario cotidiano recibimos hoy a la más eximia trovera que dio mi continente en muchos años de buscarse la identidad entre lirios y espinas. Ella es como una camelia que nació al socaire de mil exilios interiores, en constante peregrinaje por innúmeras latitudes, en incesante trasiego por increíbles *feelings* del alma sublimada por el éxtasis poético. Y todo en su porte es tan bucólico que sólo las flores se le igualan y sólo la música se le parangona...

—Pos a las muchas gracias, mi chula. Atencioncita, niñas. Soy la afamada Sinfonía MacGregor, de padre porteño y madre mexicana. Llevo en la sangre glóbulos de Alfonsina Storni y de la indiecita Malinche. Soy samaritana de la Fuente

Castalia, vocera del Parnaso, *speaker* de las Musas... Mesmo que la Adriana Lecouvreur, heroína de la aplaudida ópera así intitulada, bien pudiera cantar:

Io son l'umile ancella del genio creator...

»¡Mujeres, hembras, comadres requetebonitas! Tan inspirada avanzo hacia este encuentro con la Madre Patria, tan enervada, tan pletórica de *sweetness*, que me siento fascinadora, espectacular, incluso egregia. Mas no se me rajen, no, pos soy mero humilde y, del reino de Flora, no aprendí las lecciones de las altivas orquídeas, antes bien el maestrazgo de la tímida amapola, que germina donde le permite *Natura* y, por tímida, no estorba al libre decurso de los astros.

Beba Botticelli no salía de su éxtasis. Parecía fumada.

—¡Oh, toda vos sos poesía, toda vos sos polen de las musas! Con tu sola presencia, se llenó el *foyer* de hexámetros.

—¿Hexámetros, dijo? ¡Ándele ya! Soy mero poco para utilizar esta metro que los clásicos hicieron inimitable. Yo soy puritita modestia. No más alcanzo a torpes tropos, sencillos pareados y alguna anacreóntica de palenque. Todo, toditito en mí es humilde.

—Especialmente la humildad —rugió Álvaro—. ¡Tendrá valor!

Sinfonía MacGregor volvió hacia él unos ojos furiosos.

—¿Qué dijo ese atravesado?

—Ni caso, Sinfonieta. O es boludo o chupó más de la cuenta.

—¡Pos ni chicle! Como decimos en Jalisco: «Todos los hombres se tapan con el mismo sarape.» Y mejor no digo más, pa' no correrle.

Al descubrir a Miranda, el corpachón de la MacGregor se abalanzó sobre su escote.

—¡Ira de Dios! Esa potranca está resuave. Como que a poco es la ingenua tortillerita que tanto espacio ocupó en nuestras pláticas, mi Beba. Como que será por azar esa almita extraviada cuyo nombre la asemeja a la dulce hijita de Próspero.

—No la entiendo ni pum —dijo Miranda.

Intervino, en traductora, Beba Botticelli:

—Porque vos precisás aclaración. La mentada Miranda es la hija del mago Próspero, un anciano que mora en una isla de la cual no salió jamás la dulce mina. Todo ello acontece en el *chef d'oeuvre* de Guillermito Shakespeare *La tempestad*, ¿viste?

Así informada, Miranda hizo una reverencia de las de ir a palacio:

—Miranda me llaman, sí. Para servir a Dios y a ustedes.

—*Alouette, gentille alouette!* ¿Son tus mejillas las que despiden ese arrollador perfume de *after shave*, rechula?

—El *after shave* es del caballero, que es muy machote.

—Pos que se cuide, que a cada capillita le llega su fiesta. ¿Machotes a mí? ¡Ándele ya! Acá la única ley que arrasa es la de la hembra.... Pos ora presénteme a las otras chamaquitas.

—Son ávidas oyentes de su ópera omnia, *darlingcita*. La amorosa Perla de Pougy y la ejemplar Cordelia Blanco.

—¡Pos que Perla tan requetebonita! Oiga, cuerpo, la veo muy ofrecedora.

—No para usted, muñeca. Los machos me van con lo que les cuelga, nunca con la raja.

—Lo tomo esport y cambio de onda. A ver, a ver esa Cordelia. ¡Pos si se llama como la hijita bondadosa del King Lear! Me está saliendo una cachupinada muy shakesperiana. *Nice, very nice.* Béseme, niña.

—*Enchanté*, guapa —dijo Cordelia, besando a la vate con tal dulzura que la hizo temblar.

De repente, se abrió paso entre las otras una dama que era el espectro de la decrepitud.

—Y puesto que en Shakespeare estamos, ¿quién es ese monstruote? ¿Calibán u Otelo?

Se trataba de una dama de aspecto aristocrático y piel arrugada en tantos y tan diminutos pliegues que diríase un cargamento de pasas mezclado con otro de dátiles.

—La marquesa de San Cucufate. Dama de gran caché, querida mía.

Inclinóse la aristócrata con hondo penar de su hernia.

—*Madame la poétesse...*

—¡Qué chocha resultó la marquesota! —exclamó Sinfonía—. No me dirá que, con estos achaques, también va ansiosa de amores...

—No, mi dulce, que ya sólo chochea de achaques sociales. Ella esperaba que con la restauración de la Monarquía restaurarían también la corte. Ya se veía llevando el pañuelo de la reina sobre almohadón de raso. ¡Qué chasco el suyo! No la invitan a palacio, ni para una horchata, ¿viste? Ahora está aterrorizada porque en sus sueños más secretos se ve a sí misma entonando la Internacional con el puño en alto.

Sinfonía MacGregor observó a todos los invitados con mirada de abierto desengaño.

—*Let's face it*, Botticelli: el material humano es ciertamente pobre.

—¡Ay, sagaz Sinfonieta! ¡Mayor mérito para vos si conseguís depositar en semejante yermo unos gérmenes de alta poesía!

Tomaron todas asiento. Sólo quedó en pie Álvaro Montalbán, que se apoyaba en el respaldo de Miranda mientras se esforzaba en esquivar un pie de Perla de Pougy y otro de Cordelia Blanco. Cada una le rascaba un calcetín, pero ninguna le miraba. Mientras los pies pedían guerra, los oídos parecían absortos en las expectativas poéticas que fluctuaban por la sala.

A mayor distancia, Sinfonía MacGregor se erguía como una peña abrupta, tantos y tan agudos eran los michelines que amenazaban con reventar su delicado corpiño. Erigida en monumento nacional por decisión propia, sacó de un enorme bolso de punto unos pliegues de papel escritos en caligrafías gotizantes.

—Empezaré con mi toma de conciencia. La afirmación de mi exuberante feminidad contra la insultante grosería del macho universal. Empiezo no más. Pero las alerto: ándense toditas con tiento de no rajarme, pos aunque luzca mero seria puedo ser de lo más parrandera.

Miró directamente a Álvaro, como si le dedicara todos sus reproches.

—Poema de rechazo. Se intitula: «Oda a un amor que no merecía mi amor.» Y reza así:

> *Te vi llegar por la dehesa*
> *y vomité al ver cómo llegabas.*

—¡Igual que yo! —exclamó Miranda—. Yo también vomito mucho.

—Qué asco —dijo Álvaro—. ¡Qué zafiedad!

—¡Caballero, no critique más mi obra, que ora sí me ofendo! Meta el orden, Botticelli.

—Perdonale, che. Es un malevo, capricho de la piba; un sonso incapaz de comprender cuán grande es transmitir, en una estrofa, todo el ultraje que puede inspirar un romance finiquitado... Proseguí, proseguí.

—Terminé, mi prieta. Pronunciaré ahora un épodo parejo:

Te recordé
y eras
puro escupitajo.

—¡Sublime! —gritaba Beba Botticelli—. ¡Amoroso! ¡Seráfico!

—A lo que hace esa mujer con sus amantes le llamo yo vicio —comentó Álvaro.

—¡Hombres calzonudos! O se calla o le parto la madre. ¡Ay, Bebota, yo no puedo continuar sometida a una agresión machista!

—Disimulá, dulce Sinfonieta. Ustedes, silencio y al loro. No vamos a interrumpir un recital tan fardón con detalles de existencias miserables, digo yo.

—Depende, mi hija. Las vidotas mediocres y anodinas no carecen completamente de interés. Fíjese en el doctor Fleming, en madame Curie, en Napoleón Bonaparte...

—Perdone, madame, pero si éstas son existencias anodinas, ¿qué es para usted una existencia importante?

—Pos la mía.

—Menos mal que es modesta.

—Las desgracias de Eros me obligaron a serlo, comadre.

Beba Botticelli pretendió escandalizarse.

—¡Callate, callate! Me consta que nunca te faltaron *flirts*.

—*Nothing de nothing!* Hojas arrastradas por el tornado de mi emancipación. Nunca fui adicta a la mitología de la Bella y la Bestia. ¡Mi pecho de mármol aplastado por el pelo de un bosquimano!... —Se llevó las manos a la frente, le cayeron los papeles, tuvo que agarrarse a una silla, ante el horror de las demás—. ¡Con un coraje de éstos me voy al otro mundo...!

—¡Dios mío! ¡Le da un vahído!

—Cuando me enfrento a la idea de cualquier ocasionado aplastando la ínclita delicadeza de las hijas de Venus... me viene el soponcio...

Beba Botticelli acudió, solícita.

—¿Querés unas sales, querés un Eau du Carmen?

—Un carajillo, *if possible*.

Álvaro Montalbán intentó ser gracioso una vez más.

—Un carajillo a estas horas no lo aguantaría yo, que soy hombre.

—¡Verdad de Dios! ¡Como que quiere fastidiarme este malnacido! Poco a poco creerá que soy una rajada... ¡Ya no juegue con mi honra, caballero, que me lo cargo a golpes de papaya!

120

Considerando el volumen físico de la mexicana era de temer que su papaya produciría efectos devastadores. Sintiendo así amenazada su *party*, Beba Botticelli suplicó la ayuda de Miranda.

—Mejor te lo llevás, Mirandilla, antes de que ella le arree con la concha.

Levantóse la aludida a regañadientes y arrastró al bromista hacia el vestíbulo, tratándole de gamberro, golfo y sinvergüenza. Pero el último vilipendio que oyeron las demás fue, simplemente, drogadicto.

Ya respiraba más tranquila la eficaz vocera de las artes.

—¿Lo ven? Pasó por mi vida como un soplo... Todos los hombrotes pasaron sin dejarme siquiera inspiración para hacer una endecha tipo sor Juana... Últimamente me mortifican de tal modo las agresiones machistas que no puedo evitar una lágrima...

Del bolso de punto, abultado a causa de innumerables pertenencias, sacó la poetisa un recipiente que habría adquirido en algún puesto de souvenirs, junto al Coliseo de la ciudad de Roma.

—*Voici* mi lacrimario. *Fashion* Roma neroniana. Es para guardar las históricas lágrimas que me provoca la humana especie desde las lejanas edades en que Tlaloc dejó de regar los campos de maíz. También conservo las que derramé por motivos culturales. Reparen en ésta. Fue cuando murió Cortázar.

¡Sublime Julio! ¡Qué desafío para una argentina ilustrada!

—Tanto se conmueve mi alma porteña a la sola invocación de aquella almita egregia que depositaré una lágrima mía en su lagrimario...

—¡No! ¡Guarra, más que guarra! Las lágrimas ajenas son portadoras de enfermedades. ¡Cabrona! ¿Quiere que me vea en un Cotolengo por su culpa?

—Qué quisquillosa es la vata —comentó la marquesa de San Cucufate.

—Yo me apuntaré la idea de la botellita para mi marido —dijo Cordelia Blanco. Y, ante el interés de Sinfonía, añadió—: Es que en mi casa quien llora es él.

—Y así debe ser. ¡Chula admirable! Persevere en su empeño de restituir a los machos las lágrimas que durante siglos nos adjudicaron a nosotras. Y, si con esto no basta, hágale entender que, en la cama, usted es gallito peleón.

La marquesa de San Cucufate, incisiva:

—Es que la prudente Cordelia no tiene cama; tiene la calle Velázquez entre las sábanas.

Se excusó la pregonada:

—Eso era antes. Ahora vivo con un hombre que si me encuentra con alguien en la cama me plantea alternativas de lo más dramáticas.

Siempre maternal, la poetisa:

—Si es macho de ley, les meterá a usted y al otro un plomazo en las tripas. Si todavía es más macho, se matará él de puro corrido que ha de quedar al verse coronado.

—Pues naranjas de la China. Se coloca entre los dos y que el otro se lo folle o bien nos toma fotografías y se masturba, después, mirándolas.

—¡Mirá que sos guaranga! —exclamó Beba Botticelli, dolida—. Esto son conversaciones de quilombo. Sentémonos de una vez y escuchemos la segunda parte del recitado. Andá, amorosa, obsequianos con aquella otra etapa de tu obra en que vos, desengañada de los hombres, descubrís tu verdadera naturaleza. —Volviéndose hacia las otras, explicó—: Sinfonía tiene toda una parcela de su obra poética consagrada a la exaltación de las pibas de distintas nacionalidades, culturas y centros regionales... Decime si tenés alguna de aquel florilegio. ¡Decímelo, decímelo!

—Téngola, téngola. Ahí va ésta no más.... un verso arrítmico que dediqué al pudor, la nobleza y la dulzura de las doncellotas del Celeste Imperio.

> Chinita de China
> no chupes cochina
> chinchillas chorreas
> en las tus chinelas
> y el chino de China
> chochea si chupa
> tus chocolatinas
> que chulos hechizan
> por ser tú chinita
> cochina de China.

Volvieron a aplaudir todas. Y Miranda, ansiosa de exhibir sus conocimientos, preguntó:

—¿Lo de «un tigre, dos tigres, tres tigres comían trigo en un trigal» también lo escribió usted?

—¡Never de never! Yo soy popular, no populachera. Cuando canto las gracias y encantos de las chamacas del vasto mundo, cual un salmo a la unidad de las delicias, opto por Grecia, nunca por Vallecas... ¿Grecia dije? ¡Palabra mágica, islas de ensueño esparcidas por un mar idílico! ¿Saben qué hice cuando llegué a la isla de Lesbos? ¿Lo saben?

—Prefiero no saberlo... —se apresuró a decir la marquesa de San Cucufate.

—¡No juegue con el equívoco, viejola! Yo soy pura, purita como la pureza. No más llegué a la isla donde habitase aquella sensible Safo y su dulce discípula, la Corina, pos me eché a llorar. ¡Sí! La memoria poética me puede, pues soy poetisa. Y soy mujer. Así, pues, hermana de las demás mujeres y cuñada de las hermanas de las mujeres... Empujada por tan noble parentesco, de universal alcance, escribí aquel poema que alguien calificó de inmortal y digno de que mi nombre ingrese en el Larousse, no más.

—¿Quién era ese alguien?

—¿Pos a usted qué le importa? Mejor quede como un secreto entre él, yo y el mister Larousse.

Antes de que la poetisa iniciase sus celebradas invocaciones sáficas, el cuerpo de Perla de Pougy se deslizó sinuosamente por detrás de la concurrencia y salió del salón sin ser observada.

ÁLVARO MONTALBÁN masticaba regaliz en el vestíbulo, sin el menor interés por regresar al rincón de las musas. Hacía rato que odiaba a aquellas señoritas. De hecho estaba odiando a todas las señoritas del mundo que a aquellas horas no estuviesen en su cama, soñando con los angelitos.

Fue como si alguien hubiera interpretado sus quimeras, porque de repente oyó decir a sus espaldas:

—¡Angelito! ¡Angelote! ¡Angelazo!

La voz era demasiado cálida como para no reclamar su atención. Y, al volverse, descubrió a Perla de Pougy apoyada en el quicio de la puerta y con un cigarrillo colgando en los labios, tipo hada de Montmartre.

—¿No tiene usted calor? —dijo la dama—. Yo es que ardo. A estas horas de la noche, si un buen macho supiera responderme, le explicaba las verdades de la vida.

—Mire usted, bastantes tonterías llevo escuchadas en las últimas horas. ¡Y encima me dicen que es para educarme!

—Permítame que me presente. Soy la ninfómana del

grupo. Me llamo Perla, que viene de Perle, pero me gusta que los hombres me llamen marrana, que viene de cachonda.

—Disculpe, pero no la entiendo.

—Ya veo que no es chulo; pues, de serlo, le tendría catalogado Romy Peláez, que nos provee a todas. Usted debe de ser el galán de Mirandilla.

—Ya no sé lo que soy, señora.

—Yo se lo diré. Un Apolo. ¡Canalla! Le daba un beso mordedor que le solucionaba la noche.

—Lo dudo. Hace horas que terminó el partido de liga y yo aquí, haciendo el primo. Además, el sueño que tendré por la mañana no me lo soluciona nadie. Y a mediodía me toca partido de squash, para colmo.

Fue entonces cuando la bacante acercó sus uñas a la pierna del macho.

—El colmo es lo que estoy tocando yo en estos instantes, malnacido.

—Señora, ¿le importaría meterse las manos donde le quepan?

—Caben en su bragueta, ladrón.

—Pues quítelas, so pena de engancharse con la cremallera.

—Su indiferencia es ofensiva, pero hay ofensas que dan marcha, ¿me entiende?

—¡Me está usted abriendo la cremallera!

—Déjeme acariciar su masculinidad, tan favorecida por la naturaleza.

—¡No me toque el miembro, que me da cosquillas!

—Se lo estoy alegrando. ¡Oh, Dios, qué volumen, qué solidez, cuánto empaque!

—Lástima que no estemos en Santiago de Compostela.

—¿Y eso por qué?

—Porque le arreaba un golpe de botafumeiro que se le iban de golpe las calenturas.

Más la rechazaba Álvaro, más se crecía ella en sus furias. Más empujones le enviaba, más achuchones estaba dispuesta a devolver. Y a mayor resistencia de los labios del galán al roce de los suyos, mayor velocidad tomaban las afiladas manos, introducidas de lleno en los abismos que se abren más allá de todas las braguetas.

Estaba Perla a punto de arrastrar a su conquista al cuarto de baño cuando irrumpió en el pasillo una Cordelia Blanco que fingía jugar, indiferente, con un exquisito foulard de Armani.

—*Heavens!* —gritó—. ¡No tienes tú vergüenza, zorra impura!

La enfrentó la otra, cabeza en alto y con el orgullo propio de una declaración de principios:

—Ni la tengo ni falta que me hace. Cuando una es ninfómana lo es con todas las consecuencias. ¡Y a quien le pique, que se rasque!

—¿Respondona me sales? Pues anda que no soy yo buena para chivarme a la doctora.

Perla de Pougy abrió desmesuradamente los ojos, como si se encontrara delante de la monstruosidad.

—¡No lo hagas, que es mi cárcel mental! Me obligará a escribir doscientas veces: «Soy una Mesalina, soy una Mesalina, soy una Mesalina.»

—¡Más veces deberías escribirlo, hasta que te consumiese esa llama del averno que te arde entre piernas! Vete de una vez con la poesía, que este pobre joven no es carne para tus fauces.

Salió Perla por un foro ficticio, repitiendo una y otra vez que era una Mesalina, en lo cual coincidió Álvaro Montalbán. Y, en el apuro que le daba abrochar la obertura de la discordia, sólo acertó a preguntar a Cordelia, con tímido acento:

—¿Usted también es ninfómana?

—Me gusta mucho hacer el amor, pero ninfómana, lo que se dice ninfómana, no soy.

—Menos mal que llegó usted, porque su amiga me estaba...

Cordelia acercó su foulard a la bragueta, cuyo contenido seguía en porte de obelisco.

—¡Cuán negligente es la muy gorrina! ¿Pues no dejó el trabajo a medio hacer?... No se moleste, yo le abrocharé... Oiga, la cremallera no se cierra... Claro que tiene usted muy dura la gracia de Dios.... ¡Santo cielo! ¡Qué miembro tan formidable! ¡Cuánta magnificencia!

—Porque soy maño, señora.

—Alguien debería rematar la obra, de lo contrario se iría usted con eso muy hinchado y hace hortera.

—Déjelo. Ya se pasará solo.

—Sería un desperdicio. Además, los favores, completos.

—¿Usted también es de las que pagan?

—¿Pagar yo con este palmito que Dios me ha dado y estas manos que son las de san José Artesano?

Cordelia envolvió el miembro de la víctima con la seda de su foulard.

—¡Señora, me está usted magreando como la otra!

—No se queje. ¿Cuándo le habían masturbado antes con un foulard de Armani?

—Acaricia usted de una manera irresistible. ¡Pare un momento! Más lento. Ahora. ¡Ahora!

—¿Le cuadra el ritmo, pimpollo?

—Tiene usted mucho *swing*... Tanto que yo... ¡Hostia que voy, que voy, que voy!...

—Pues venga de una vez, so Casanova, que mis manos harán de palangana.

Cumplió su promesa.

NINGUNA SE SORPRENDIÓ al ver entrar a Cordelia Blanco con el rostro desencajado. Por el contrario, bondadosas todas y poco amantes del chismorreo, lo atribuyeron a alguna incomodidad derivada de la menstruación. Mas Perla de Pougy, desencajada por el fracaso de su asalto a Fort Montalbán, descubrió que la recién llegada se estaba limpiando las manos con su foulard. Por eso, meses después, en Marbella, Perla hizo circular el rumor de que Cordelia Blanco se había vuelto pajillera. Cuando su marido lo supo, se limitó a exclamar: «Será con los demás, que a mí, ni rozármela con la uñita.» Y, por la cuenta que le traía, permitió que su noble esposa continuara buscando a su manera los compañeros de placer que él podía retratar a gusto. Pues ya dijimos que también él era pajillero, aunque autónomo.

Pero todo esto no se sabría hasta mayo. Mientras tanto, en aquellos días casi navideños, Perla de Pougy tuvo que soportar la afrenta dirigida por Cordelia al sustituirla, dejándola así en el paro, como quien dice. Y además, no se atrevía a interrumpir un recital que había alcanzado su más alta cima cuando Sinfonía MacGregor, erguida como una torre y con los brazos dibujando formas sinuosas en el aire, cantó, más que recitó, su apasionado canto sáfico:

> En las selvas del Perú
> encontré una putumaya
> suspiré ante su papaya
> y ella me dijo: Tabú.
>
> Yo le dije: Marianela
> lo que guardas entre piernas
> es la flor de la canela
> y el pelo del marabú.

De repente, Beba Botticelli agarró un poncho que hacía de funda de una silla de bambú y empezó a gritar:

—¡Cuán sudamericana es! ¡Cuán sudamericana suena! ¡Aires y sones de mi continente! ¡Aires, airiños míos! No sólo de las pampas queridas, no sólo de Mexico lindo... El entero continente vibra con esos versos... ¡Sos la Elizabeth Barret de los Andes y la Vittoria Colonna de Tegucigalpa...! ¡Viva el Yucatán! ¡Viva Cartagena de Indias! ¡Viva Zapata! ¡Loas a Evita!

Las otras no salían de su asombro:

—Pero ¿qué dice esa tía?

—Sujetadla, que se exalta...

Bailaba y bailaba la exaltada, ahora zapateados, después tangos, quizá una milonga. Y seguía gritando:

—Cascadas de Venezuela, cantos y trinos del Paraná, alma llanera, fina estampa, María Bonita, soplos andinos, penas de gaucho....

Pensando que la argentina marcaba la pauta para un sarao, levantáronse todas al unísono y empezaron a efectuar movimientos de samba, mientras cantaban:

> Mama eu quero
> mama eu quero
> mama eu quero, mama
> a chupeta, a chupeta...

Sólo faltó aquel exceso brasileiro para que el humor de Sinfonía MacGregor se desbordase completamente:

—¡Ya esténse quietas, exóticas! Mejor nos serenamos, ¿no? Se ve que no me computaron. A las buenas soy un pan de azúcar; a las malas, les parto la madre. Así me gusta. Quietecitas todas. Y ahora a escuchar una anacreóntica dedicada a las doncellotas de Holanda.

> Holandesa primorosa
> paseas entre el follaje
> y guardas entre tus quesos
> un ramo de tulipanes.
> De Holanda mensajerita
> molinos, viento y paisaje
> déjame gustar tu queso
> paseando entre el follaje.

Al paladear las últimas palabras, la MacGregor miraba fijamente a Miranda al tiempo que sus manos negruzcas buscaban las de ella, de marfil *Vogue*.

—¿Por qué me mira tanto? —musitaba Miranda—. ¿Por qué me acaricia?

Beba Botticelli le decía al oído:

—Es la ambigua sombrita del deseo, che.

—No es ambigua, no, que va muy directa.

—¿Y vos no sentís que te bulle la sangre, safito mía?

—Para nada. Más bien me vuelven aquellos enormes deseos de vomitar.

—¿Qué dice esta requetebonita? —gritó la mexicana—. ¡Con lo que me gustaría hacerla mi consentida! Le compraría un tapado de armiño todo forrado en lamé. Pero, antes de hacer el gasto, ¿está segura de que pica?

—Yo pienso que tiende al bollo, pero noto que me está fallando...

—Pos como decimos en Jalisco: «Desde lejos se conoce al pájaro que es calandria.» No más déjemela a mí, que la espabilo.

—Por tu bien sería —murmuraba Beba al oído de Miranda—. Por tu libido desquiciada. Haceme caso, flor de cabaret.

—Ande no más, Mirandota, tómese un cubita libre o si gusta un roncito, que es parejo para el entone.

—Al revés. A mí, el alcohol me desentona —decía Miranda, retrocediendo hacia la puerta—. Más aún: si tomo una gotita de nada, me desmayaré y tendrán que recogerme.

—Pos mejor, ojitos de pippermint. Que así la pesco a la brava y hacemos mercado.

Fue entonces cuando la marquesa de San Cucufate se levantó, aburrida. Todas las demás la imitaron de buen grado.

—Ya que usted lo dice, aprovecho para ausentarme. Mañana tengo que ir al super a comprar para el fin de semana.

Sinfonía MacGregor contempló, horrorizada, cómo se desvanecía el último sueño de Sissi.

—Pero ¿qué dice esta abuela? ¿Cuándo se vio a una marquesa hacer los menesteres de una esclava?

Se engalló entonces la noble dama:

—Cuando una es marquesa lo es para todo. Para el super y para fregar el excusado, si así conviene a la causa republicana.

—Y eso sin perder nunca el tono —exclamó Cordelia, poniéndose los guantes—. Manos nobles hacen el mismo trabajo que manos villanas y no por eso se envilecen. Y si no, que lo diga este señor...

—A mí no me complique —tartamudeó Álvaro—. Yo vine a hacer cultura. El asunto manual compete a otras.

Intentó quedar como un caballero ayudando a Miranda a colocarse el abrigo. Y al descubrir en la damita aquella rápida disposición de ahuecar el ala, exclamó doliente la MacGregor:

—¿Pos se la lleva usted, renegado? ¡Lo supe desde el principio! ¡Ay, Beba mía, ellos siempre ganan! ¡Ellos siempre se las llevan!

Se produjo un revuelo de abrigos de piel que íbanse colocando las invitadas mientras intercambiaban besos con la anfitriona. Y no bien las hubo despedido a todas, Beba fue a excusarse ante su poetisa:

—Será que la mina es más pavota de lo que pensé.

—Pena. Me encendí por el parecido que tiene con la Ofelia Capuleto.

—¿Y esa tipa quién es, che?

—Una *star* mexicana de los años cincuenta.

—Yo más bien le encuentro un parecido con Mecha Ortiz, ¿viste?

—En los ojos es Mirta Legrand, en la boca Olinda Bozán, en la naricita Ninón Sevilla, en las cejas Toña la Negra y en los andares... pos Cantinflas.

—¿Le gusta el cine de aquellos años?

—Me la pone dura, mi vieja. Pienso comprarme unos filmes de los estudios Churubusco con lo que llevo ganado esta noche.

—¿Es que antes de venir aquí hizo algún trabajo?

—No, requetechula. Trabajé acá. ¿O no se vio que se me desanudaba el hígado dándole al reciterio?

—Pensé que era la carga de la inspiración.

—La inspiración no me da de comer, pichona. Precisamente llevé *ready* la factura. Le hago un precio porque es hermana de continente. Entre el recitado y la presencia física le sale por *fifty dollars*.

El asombro convirtió el rostro de la argentinita en un cuadro de Munch.

—¿Qué oigo? ¿Me estás pidiendo guita? Vos hablás en broma.

Fue como una lluvia de cenizas sobre el sentir poético de la Beba. ¿Pues no pensó siempre que la cultura es la sal del espíritu y las alas del desinterés? ¿No le dijo alguien que García Márquez regalaba todos sus derechos de autor para los niños desvalidos del tercer mundo y Borges los suyos para un monumento a Bach en las Pampas?

¡Tan elevadas quimeras rotas ahora por las amenazas de una india avariciosa!

—Patiné no más —gimió la Beba—. ¡Ay, noche ingrata! Por favor, que no se entere mi marido... Pobre Nelson Alfonso. ¡Me juzgará una derrochadora!

—No me armes tango, buscona, que te acogoncho.

—¿Me aceptará un talón? Nunca tengo *cash* en el departamento.

—¿Un talón? Ya ni me friegas, so pinche. La vera verdad es que talones son disgustos. Yo estoy en la onda de la *credit card*.

—Para la *credit card* se necesita la maquinita, che.

—A buenas me pescan desprevenida. ¿Quiere maquinita? ¡Pues tome maquinita!

Y de lo profundo de su bolso de ganchillo peruano extrajo una máquina gastada por el uso y un talonario de lo más mugriento.

Todavía entre sollozos, la Beba observaba como la ínclita poetisa efectuaba las operaciones que se presuponen a un dependiente de comercio y nunca a las hijas de las musas. ¿Cómo podía herirla con una escena tan vulgar una vata que se proclamaba heredera de Alfonsina? ¿Quién podía asociar su floreado vestido de moaré, su linda pamela, sus guantes blancos, con aquel vulgar comercio del talento?

No hubo tiempo para una respuesta. La propia Sinfonía debió de notar que su vestido quedaba en falso, pues se lo quitó con un par de manotazos, y todavía no había salido el moaré por encima de la cabeza cuando Beba pudo descubrir su verdadero atuendo. ¡Un mono color butano con el águila mexicana en el peto!

Ya en la puerta, la vio subir a un desvencijado Land Rover con los gestos y andares propios de un capataz de alguna mina de diamantes, allá en las inhóspitas tierras sudafricanas. Sólo le faltaba el revólver.

Regresó la Beba al interior de su nidito, con el alma partida pero en modo alguno derrotada. Nunca pierde la ilusión poética una psiquiatra argentina casada con escritor venezolano.

Suspiró, resignada. Ante ella se extendía el panorama desolador de una posfiesta. Botellas vacías, vasos sucios, ceniceros rebosantes de colillas. Suspiró ante las ruinas. ¡Y no disponer de un lavaplatos automático, como las potentadas!

Hija de un país que se había hecho a sí mismo, en el cruce de muchas contradicciones, en el contubernio de muchas razas, decidió enfrentar la cruda realidad pensando que, al fin y al cabo, también las marquesas de la Madre Patria friegan el suelo, si conviene.

Así entró en la madrugada. Ante el fregadero, lavando vasos y tazas, mientras susurraba con un eco de nostalgia:

> *Bailando allá en París*
> *en una de esas* boîtes
> *de gran lujo y gran champán...*

Siguió soñando con magnates y bacanas al son de una orquestina de suave jazz. Y apuntó para el futuro recordar a sus amigos porteños que no se puede ir por las noches madrileñas sin la tarjeta de crédito a tirón de mano.

NO TENÍA ÁLVARO MONTALBÁN coraje de héroe ni alma de sufridor. Recordando las velocidades en que gustaba embalarse Miranda, decidió ser él quien conduciría en el regreso a Madrid. De haberse negado la dama, le habría obsequiado con un soberbio tortazo. Tan furioso estaba.

—La verdad es que ha pasado usted inadvertido. Imperia tendrá que arreglarle mucho si quiere que produzca algún efecto.

—Muy inadvertido, sí. Obedecía órdenes. Calladito y a escuchar. Se trataba de cultivarme, según creo. Y salgo cultivadísimo. Tardaré años en escuchar un tango. ¡Y que nadie me hable de rancheras!

—Qué poco poético es usted. Por cierto, ¿qué hizo tanto rato a solas con la imprudente Cordelia?

—Nada. Me contaba su vida.

—Pues es bien asquerosa. Sexo y sólo sexo... —De repente, se agarró al brazo de Álvaro, con tanta fuerza que el volante le dio la vuelta entera—. ¡Ya lo entiendo! ¡Usted y Cordelia han estado haciendo porquerías a escondidas, como las criadas y los reclutas!

—¿Pues no dijo usted que soy incapaz de producir el menor efecto?

Notó ella que se había puesto coqueto. Volvía a sus ojos aquel brillo de conquistador que tanto asco le producía.

Ella estaba decidida a hundirle.

—En cualquier caso, no tiene mérito. Hay mujeres que se rebajan a lo que sea con tal de satisfacer sus ansias bestiales.

—No sería conmigo. Dentro de seis horas tengo que estar bien despierto para mi partido de squash.

—Sálteselo. ¿Total qué?

—Un ejecutivo responsable tiene que estar en forma, como en la guerra. La salud del cuerpo es indispensable para la perfecta salud de los negocios.

—Qué enigmáticos pueden ser los hombres cuando se ponen enigmáticos —sentenció ella.

Después de aquel tremendo esfuerzo mental decidió continuar desentrañando los enigmas más recónditos de Álvaro Montalbán.

—Antes dijo usted que sale mucho con rameras...

—Dije señoritas de la noche. Y sólo de vez en cuando.

—Y se pegan el uno a la otra como el toro y la vaca, el conejo y la coneja, el cerdo y la cerda... ¿Qué ocurre? ¿Le da vergüenza hablar de su vida sexual?

—Lo que más. Es una de esas cosas que sólo pertenecen a uno mismo.

—En cambio, a mí me encanta hablar de la vida sexual de los amigos. Así me ahorro yo tener alguna. Cuando imagino lo que les hará usted a esas pobres chicas de la noche me viene un asco que le vomitaría encima. Pero no lo haré porque estoy segura de que le gustaría.

—¿Qué se lo hace suponer?

—Usted es carne de burdel. De esos que se ponen debajo de una hembra para que les orine en la boca.

—¿Podríamos cambiar de tema?

—Lo dice para no darme la razón.

—Lo digo por cambiar de tema.

—Seguramente se lo ocultaría a su director espiritual.

—¿Qué cosa?

—Que le gusta ponerse debajo de las rameras para entregarse a condumios de tipo escatológico. Seguro que es pecado mortal, y eso que yo no soy nada beata. De entierros, sí; de misas por ir a misa, no. Y aunque su director espiritual le dijera que necesita una mujer pulcra y limpia para arrancarle del vicio, yo no me prestaría.

—A mí nadie tiene que arrancarme del vicio, señora.

—¿Lo ve? Se complace en él, como un cerdo en una piara. Se revuelve en la inmundicia, sin aspirar a la redención. No podemos comunicarnos porque yo aspiro a lo contrario. A una dulce damisela que me aparte de las tentaciones inspiradas por un salvaje como usted. Aunque es probable que yo no le sirviera porque a buen seguro le deben gustar las menores. Esto es lo peor, porque entre adultos todo puede ser excusable, pero con una menor es un crimen. A los ocho años una mujer no sabe los peligros que corre. ¿O acaso le gustan las de siete y vestiditas de primera comunión? ¡Dios mío! Debería estar penado con la silla eléctrica.

—Usted no creerá lo que está diciendo...

—Por supuesto que sí. Beba Botticelli le diría a usted que todas esas tendencias espantosas las reprime en nombre del trabajo. O del squash, que también puede ser una alcahueta de la lujuria...

Siguió hablando durante todo el trayecto, pero a Álvaro sólo le preocupaba que, en uno de sus arranques, le agarrara del brazo, obligándole a una falsa maniobra.

Por fin se vio ante la puerta de su casa, en una zona de lujosos apartamentos en la avenida de América.

—Otro día la invitaré a subir —dijo, como cumplido de emergencia—. Ya sabe: tengo squash.

—Aunque no lo tuviera, a mí no me pesca. Una tortillera honesta no sube sola al piso de un repugnante proxeneta como usted.

Y le cerró la puerta de golpe y casi de porrazo.

Pero no quedaba tranquila. Debía informar a Imperia con todo lujo de detalles. Su mejor amiga no se merecía un informe a medias. Esperaría hasta cerciorarse de que Álvaro entraba en su casa; averiguaría, además, si se quedaba en ella. Le intuía capaz de volver a salir, con otra expresión, con una personalidad más perversa de la que le había permitido conocer. Cosas parecidas se dijeron en otro tiempo de Jack el Destripador y el doctor Petiot.

Álvaro entró en el portal y encendió las luces de la escalera. Era probable que estuviese tomando el ascensor. Pero también podría ser que, en lugar de tomarlo, le dejase que subiese solo, para engañarla, mientras él permanecía agazapado entre las sombras, hasta estar seguro de que el coche se había perdido de vista.

Como sea que, en cierta ocasión, Miranda había leído diez páginas de una novela policíaca, sabía lo que a un sabueso le corresponde hacer en casos parecidos. Aparcó el coche al otro lado de la manzana y se apeó, colocándose en algún rincón de las sombras, donde pudiese observar sin ser vista.

Sorprendentemente, Álvaro Montalbán obró como ella temía.

—¡Sale! —pensó Miranda Holmes—. ¡Es la hora ideal para sus infamias!

La calle estaba desierta, el campo abierto, la noche era oscura, la iluminación deficiente (algo que anotar en la cuenta negra del ayuntamiento). Amparado en la inmunidad que dan las sombras, Álvaro Montalbán se cercioró de que nadie le seguía y, ya convencido, avanzó con decisión hasta un local situado muy cerca de su casa. Unos fluorescentes rojos anunciaban el nombre: TETIS.

—¡Un top-less! —exclamó Miranda—. El lugar donde las pelanduscas se muestran con las domingas al aire libre. ¡Dios de Israel! No es imposible que nos mandes otro diluvio...

Mientras ella decidía si el nuevo chaparrón sería de agua o de fuego, Álvaro Montalbán arregló su asunto en el interior del establecimiento. De hecho, éste había cerrado sus puertas al público una hora antes. Pero él era más que público. Era don Álvaro.

Ketty la Bumbum le estaba esperando, completamente vestida y devorando un bocata que ya no sabía si era resopón o desayuno. Se quejó, por supuesto, pero no demasiado. Después de todo, Álvaro Montalbán era su cliente preferido. Y hasta Chochín de Kiev, el transexual ruso del establecimiento, aseguraba que la Ketty estaba enamorada de él, como daba a entender lo mucho que le esperaba hasta horas altísimas y el descuento que le hacía. Pero esto pertenece a la clase de secretos que una empleada de top-less guarda en lo más profundo del alma y no los da al pregonero.

Miranda los vio salir, cogidos del brazo y discutiendo. La toplessera enseñaba continuamente el reloj al hombre, signo inequívoco de que le acusaba de una larga espera. Evidentemente, se conocían.

Ya en su casa, Miranda llamó a Imperia Raventós y dejó un mensaje en el contestador.

—Informe de tu espía preferida sobre el Montalbán de marras. Siento decepcionarte, pero de éste no vas a hacer nada bueno. No le interesa la cultura argentina, que es la más cosmopolita del mundo. Además, vive obsesionado por las putas de la peor estofa. ¡Qué asco me da, Imperia, qué asco me da!

Una vez cumplida su misión, Miranda se dedicó a emprender su trabajo de cada noche. Unas treinta y cinco llamadas que le permitían sentirse acompañada durante un par de horas y dormirse serenamente, escuchando el sonido de voces amigas.

Mientras se preparaba su somnífero preferido, reparó en un detalle desolador. Estaban dando las cinco y media de la madrugada. ¿A quién podía llamar a aquellas horas? ¿Estaría Melita dispuesta a escuchar sus divagaciones sobre poesía latinoamericana? En cuanto a Moniquilla, Lupe o Rosana, ¿no preferirían continuar durmiendo a contarle con todo detalle en qué tienda del Faubourg Saint-Honoré debía miles de francos Nisita Albadón?

Se encontraba, de repente, sola.

¿Qué hace una mujer inteligente cuando le asalta el fantasma de la soledad? Las hay que leen, otras se ponen música, alguna decide ver un vídeo. Pero Miranda Boronat no leía, no escuchaba música, no le interesaban para nada las películas. Sólo vivía para la vida social. Y en la íntima soledad de la madrugada, la vida social queda aplastada bajo el sueño de los justos.

Mientras se desnudaba, sentía en su interior un vértigo frenético, una especie de angustia que la obligaba a gritar. Quedaba, por supuesto, la solución de incomodar a Imperia. Ella sabría perdonar lo avanzado de la hora. Pero la maldita había dejado el contestador puesto y, además, tenía la pésima costumbre de no escuchar los mensajes durante todo el fin de semana. ¿Cómo podía alguien huir de la realidad de aquel modo? ¿Cómo vivir sin una voz cotilla que le llenase el sábado de chismes y los domingos con consejos para un buen *shopping* en Roma, París o Nueva York?

Era precisamente lo que le faltaba a Miranda en aquel momento de la madrugada, cuando ya sólo le quedaba una única amiga y una única solución. La amiga era la botella. La solución su contenido.

Sabía que no es bueno beber a solas. Sabía que crea adicción. Pero a aquellas horas de la madrugada, cuando todas las cotillas duermen, sólo una adicción feroz puede salvar de la agonía.

Corrió hacia el mueble bar y se aferró a la botella de Chinchón. Se convirtió, de repente, en flamencona de colmao. Doce tragos seguidos la dejaron en estado de beatitud total. Siguió después con otra botella; luego, otra más. Podía sonar, a lo lejos, una de las canciones preferidas de Reyes del Río.

> *Quién me compra este misterio*
> *adivina, adivinanza*
> *por quién llora*
> *por quién bebe*
> *por quién sufre, la Parrala.*

Tú, LECTOR, eres uno de los pocos privilegiados que conocen el secreto de Miranda Boronat. Inesperadamente, aparcas ahora, con singulares privilegios de *voyeur*, en la madriguera que cualquier dama del Madrid galante desearía conocer y acaso frecuentar.

Estás entrando en el pisito de soltero de Álvaro Montalbán.

La decoradora había sabido darle un toque eminentemente masculino. Es frase que pertenece a las grandes revistas del estilo y puede decir mucho o puede no decir nada en absoluto. Cualquier profesional ladino sabe de sobra que hoy influyen más las palabras que los objetos. La interiorista, que era gato viejo, vendió a Álvaro Montalbán su escenografía arropándola con términos muy literarios: tono confidencial, un gusto por la austeridad, esos rincones estrictamente personales, confort de la soledad, colores coordinados, simetría de las formas y señas de identidad. Pudo haberse ahorrado tanta verborrea recurriendo a un solo eslogan: la comodidad con lo práctico. Resultado, *that british touch* hasta en el baño, donde abundaban las *boisseries* y algún que otro objeto de anticuario. Sólo en el pequeño gimnasio se permitía el macho desviarse hacia sus gustos personales. Que eran completamente yanquis.

Álvaro Montalbán no tenía tiempo para elegir, mucho menos para aguantar la retórica de la interiorista. Le dio carta blanca y se fue a vivir al Palace mientras durasen las obras. Tres meses después se lo encontraba todo a punto, incluidos los discos —clásico y jazz— y, por supuesto, los libros. Por decisión propia y por oficio eligió los de marketing y la *Introducción a la vida espiritual del moderno ejecutivo*. También eligió la Espasa, clave del saber universal como solía recordarle su padre en numerosas ocasiones. Un ameno viajante de Planeta hizo el resto: le ofreció todas las enciclopedias que la cultura puede llenar. Música, literatura, arqueología, ópera y hasta cinematografía. La literatura clásica y contemporánea la ordenó a peso y por orden alfabético de autores. No aceptó nada que no figurase en la Espasa o en las listas de ventas. Las novelas se las sirvieron con un punto colocado en la mitad del libro. Ni siquiera hacía falta que se molestase en abrirlo. (Pero sí leyó algunas páginas de *La hoguera de las vanidades* para tener conversación con otros ejecutivos que, gracias a Tom Wolfe, también accedían por primera vez a la literatura.)

Pese a tantas magnificencias, el piso no parecía vivido. La cocina estaba nueva, los salones siempre impecables, el pavimento de madera lustroso, como recién puesto. No era que Álvaro Montalbán se distinguiera como maniático del orden y la pulcritud. Era que en aquel refugio de la masculinidad sólo entraban dos personas: la asistenta diaria y la también cotidiana toplessera Ketty.

Mintió, pues, Álvaro cuando contó a Imperia que dedicaba sus noches a salir con amigos. Mintió sencillamente porque no los tiene. ¿Carece de simpatía? Todo lo contrario. Puede ser abierto, campechano, decidido, incluso un poco gamberro cuando le da al morapio en los Sanfermines. También vimos que sabe entonar una jota durante las fiestas del Pilar, y cuando va de visita al pueblo de su madre no duda en juntarse con otros mozos para sacar el viejo atuendo de tuno y obsequiar con una serenata a la hija del alcalde, como en los tiempos de *La casa de la Troya*.

Y a pesar de tantas virtudes, no tiene amigos en Madrid. Sabe que, en su mundo, un amigo es un competidor y, ya que todo competidor es alguien a quien derrotar, no puede permitirles que lleguen a la categoría de amigos. Tiene contertulios de negocios, forasteros a quienes conviene agasajar, compañeras de trabajo que le llevan alguna vez a los cines de estreno y algún colega que le acompaña unas horas a los locales de la mejor copa. Pero de recibir en su casa, de coger a alguien para una confidencia, ni hablar. Aplica a rajatabla un conocido refrán inglés: *«A man's castle is his home.»* Malinterpretándolo, seguramente.

En esta soledad buscada, la Ketty cumplía una función cuya importancia no había llegado ella a calibrar. Era una visita previo pago, si se quiere, pero en modo alguno relacionada con el vulgar puterío. Estaba allí como celadora de la soledad.

Para ella, más que un trabajo era una trampa. Empezó a serlo a los primeros días de su frecuentación. La pobre putita cayó en el error de admirar en exceso a su cliente. Suponerle culto y civilizado a causa de tantos libros encendió su apasionamiento; tenerlo junto a ella, en cueros, le asestó un golpe fatal y definitivo. Cabe decir en su descargo que Álvaro fomentaba aquellos impactos. No carecía de cierto exhibicionismo de buen mozo. Solía desnudarse delante del espejo, efectuando una extraña parodia de poses de culturista y delatando una sorprendente coquetería. Todos los hombres la tienen, aunque distribuida en los distintos grados de su apreciación. Sólo una ingenua puede pensar que la coquetería es un pecado exclusivo de la mujer. Ocurre que la del hombre no se refiere a sus escantos, sino a su masculinidad. Mientras no hay mujer que no se traicione cuando se habla de un *lifting*, tampoco hay hombre que no pagase fortunas por una notable implantación de pene. ¿Quién de entre todos no teme tenerlo demasiado pequeño?

Ya sabemos que Álvaro Montalbán no se encontraba en aquella situación, pero sí ignorábamos que también albergaba aquel dramático temor. Además, le preocupaban detalles tan trágicos como una insinuación de barriga, cierto anuncio de posible michelín o un poco de flaccidez en los abdominales desde la semana anterior; todo pequeños tormentos que sólo desaparecían cuando la Ketty se arrodillaba ante él y empezaba a lamerle las rodillas, seguía por los muslos y, cuando llegaba a la ingle, se detenía como estaba convenido y exclamaba: «¡Qué gorda la tienes, macho!» Era entonces cuando Álvaro se dignaba acariciarle el pelo.

—Me sentaría bien un vaso de leche caliente y una píldora de valeriana —murmuraba con el suave ronroneo de un hermoso durmiente.

No era menester respuesta alguna. Día tras día, la Ketty había aprendido las necesidades de su cliente amado. Relajación total. Tenderse en la cama, boca arriba, respirando con cautela. Piernas y brazos abiertos, la mirada fija en el techo. Y cuando ella se dejaba caer a su lado, también desnuda, permitir que le acariciase suavemente, sin estridencias, como si sus dedos se limitasen a ser un talco providencial.

—¡El contacto físico es tan importante! —musitaba él.

Aquella noche, la Ketty se abrazó a su tórax con visibles muestras de descontento.

—Mucho contacto físico pero de follar, nones.

—Estoy reventado. Tú no sabes lo que cansa un recital poético. Además, a mediodía tengo squash.

—¡Y dale con tu squash! Entonces, ¿para qué sirvo yo? Me estás creando el trauma de ser poco profesional.

—Así nos hacemos compañía. Es bueno para la mente dormir con alguien al lado. Lo he leído en *Hábitos sanos para el ejecutivo sano*. Al decir del autor, la soledad nocturna crea un bloqueo que nos sale a flote en cualquier momento de la mañana. Un cuerpo junto al tuyo ayuda a reforzar tu sentimiento de seguridad...

—Un cuerpo como el tuyo la pone a una a cien.

—Esto es perfecto para mi autoestima. Si me dices que te

gusto, me ayudas como no puedes imaginarte. Nada mejor que sentirse admirado para despertar admiración.

—Tu cuerpo podría calentarse y entonces... ¡la maravilla!

—James Propery, en *El sexo y el ejecutivo*, dice que el sexo, tomado con prudencia, no es completamente pernicioso.

—Esto también lo decía mi abuela, sin ser ejecutiva: «Una vez al año no hace daño», decía.

—Espera, que lo traduzco: *«Once a year doesn't hurt.»* ¡Queda okay en inglés! De hecho, todo queda mejor en inglés. Es la lengua más utilitaria del mundo. Hasta el *Quijote* sería más utilitario en inglés. No sé cómo *no* se les ha ocurrido traducirlo. Este país nuestro es un desastre. Siempre estamos en desventaja. El celebrado técnico en marketing David Goldberg Solomon, en su ensayo *El pensamiento organizador judío a través de los siglos*, señala lo importante que es para un ejecutivo tener una parcela de orgullo nacional. Cuando piensas en el milagro israelí, comprendes que los ejecutivos judíos sean tan buenos. Tienen de qué sentirse orgullosos. En cambio nosotros, los españoles, siempre con nuestro sentimiento de inferioridad a cuestas...

—A mí me encanta España. Yo no sé cómo será para los ejecutivos; para las putas es una mina de oro.

—Porque no has escrito el *Quijote*. De hecho, ninguna mujer escribió nunca algo parecido al *Quijote*. Si lo hubieras escrito, sabrías lo desesperante que resulta que no te puedan traducir a una lengua moderna.

—Para mí que el *Quijote* está traducido al inglés, como la Corín Tellado.

—Corín Tellado todavía puede servir para los americanos que quieren aprender el español moderno; en cambio, el *Quijote*... ¿Te imaginas a un ejecutivo de Illinois que tuviera que venir a cerrar un trato con nosotros y se descolgase hablando en el idioma de Cervantes? Impensable. A veces, las cosas bonitas no sirven para nada...

Ella le agarró el pene por sorpresa.

—¿Y este péndulo tan mono no sirve para nada?

—¡Y dale! ¡Qué manía tenéis todas de tocármela! ¿No ves que podría excitarme?

—Pues eso busco, ladrón.

—Pues no lo busques, que necesito fuerzas para mi partida de squash. Además, me gusta ser yo quien tome la iniciativa. Philip Malcomlowry, en *La mujer y el perfecto ejecutivo*, asegura que el ejecutivo que se deja conducir por las mujeres acaba acostumbrándose y pierde agresividad en el supremo instante de los negocios... Tú no puedes entenderlo porque eres mujer, pero el ejecutivo que sabe imponerse entra en una especie de éxtasis que no se parece a nada.

—¡Macho! Hablas como los curas.

—Aunque te rías. Una decisión tomada en el momento oportuno produce el mismo estado de plenitud que la sagrada forma.

Desesperando de la utilidad de su pericia, la Ketty se encogió de hombros y encendió un cigarrillo.

—¿Pero qué estás haciendo? —gritó él, fuera de sí—. ¿Pretendes convertirme en fumador pasivo? Apágalo o te echo.

—Fumador no lo sé, pero pasivo ya lo eres... Anda, dime qué te apetece y a ver si nos dormimos de una vez, que mañana quiero ir a comulgar.

—Me relajaría ver una película, quedarme dormido mientras siento que me abrazas, sentirme mimado, muy mimado...

—¡Mi niño! ¡Mi beibi! ¿Qué película quiere ver mi angelito?

—Tengo *Rambo*.

—¿Otra vez?

—Mujer, la segunda parte.

—La hemos visto catorce veces.

—Porque es muy entretenida. Y además, instruye.

—Será porque enseñan las distintas marcas de aviones, si no ¿de qué?

—No, mujer. Enseñan a superar situaciones peligrosas y a ganar siempre en la vida. Y hasta es bueno para los ejercicios físicos. Si te fijas bien, Rambo mata a veinte enemigos sin fatigarse ni nada.

—¿Pero es que te fatigas, ladrón, con esos músculos?

—Pues claro que me fatigo. Piensa que ya tengo treinta años.

—Lo mejor de la vida, mamoncio.

—No para un ejecutivo. Si a los treinta y cinco no has triunfado eres hombre muerto.

—¿Ni siquiera una pajita?

—Sería fatal. Ya he tenido que soportar una mientras estaba haciendo cultura.

—¡No me dirás que te has corrido!

—No he podido evitarlo. Tampoco es tan trágico. Señal que lo necesitaba. Además, me ha masturbado una gran dama con un pañuelo de seda de Armani...

—Si quieres cojo uno de tus calcetines de marca y lo intento a mi modo. Te la envuelvo con la seda y le doy al manubrio. Tengo yo un pulso que no ha fallado nunca.

—Ni se te ocurra. El inesperado orgasmo de esta madrugada me obligará a tomar triple dosis de vitaminas durante toda la semana... Y estoy seguro que en el squash de hoy no rendiré como solía. Si quedo segundo detrás de don Ricardo Wallestrein, maldeciré el sexo para el resto de mis días.

La Ketty empezaba a dar muestras de impaciencia. Lo cual no evitó que en la pantalla del televisor apareciese Rambo haciendo el gilipollas.

—¡Qué destino el mío! Debo de ser la única toplessera de Madrid que cobra por dormir a pierna suelta.

—Tú pégate a mi cuerpo. Un poco más abajo, que puedas contemplarme como algo superior. Deja bien claro que me admiras. También es muy bueno para mi autoestima sentir que me deseas. En cuanto a la paja, se la haces a tu padre.

Quedó ella abrazada al cuerpo del macho, con las mejillas reposando sobre los magníficos abdominales, de manera que pudiese contemplarle con la debida perspectiva enfatizadora, como se miraba a las estatuas en los templos antiguos. No le disgustaba sentirse su adoratriz, pero hubiera preferido sentirse su amante. Al pensarlo, exhaló un profundo suspiro. Al fin y al cabo, pagaba bien y no cansaba. Pero el precio era múy bajo para los sentimientos que obligaba a reprimir. Derramó una lágrima amargante mientras, allá en lo alto, exhibía él su bendita placidez, coreada por la rámbica sinfonía de helicópteros, lanzallamas y metralletas.

Acabó ella acompañándole en su sueño bélico mientras sobre los tejados de la villa se posaba, por fin, el sábado.

MIRANDA BORONAT NO MINTIÓ: su amiga Imperia prescindía de los mensajes del contestador hasta la madrugada del domingo.

Seguía con parsimoniosa adicción el culto al *weekend* urbano.

Los celadores del buen tono, los paladines del estilo, saben de sobra que ya no queda chic pasarlo fuera. Las masas se han adueñado de los antaño privilegiados centros del ocio. Las agobiantes caravanas del viernes prohíben a las almas selectas la frecuentación de los alrededores. Impensable desplazarse hasta la sierra. ¡Qué pésimo gusto, un apartamento en El Escorial! En cuanto a la experiencia rural, mayor peligro. Pueblos antaño rústicos, casi abandonados, se han convertido en sucursales de la Gran Vía cuando llega el fin de semana. No hablemos ya de la nieve. ¿Quién puede ir a esquiar sin riesgo a mezclarse con ingentes multitudes de oficinistas y hasta tenderos? Los espíritus selectos quedan en posesión de la ciudad, ya que las masas medias la rechazan.

La mañana del sábado ya se presenta limpia, como si el cielo se vaciara de vapores siniestros y los detritus acumulados durante la semana hubiesen huido con las masas del éxodo. Brinda así, el sábado, sus placeres climáticos y, por climáticos, ambivalentes. El *weekend* se presta al capricho, exige regalarse con el pequeño prodigio de la luz natural, que a nadie se le ocurre observar durante la semana. Porque en el elegante encierro voluntario tan adorable resulta contemplar el pálido sol invernal posándose contra las persianas metálicas como embobarse ante una llovizna melancólica que chispea contra los cristales. La posibilidad de entregarse al sol o de quedarse al abrigo de la lluvia se convierten en dilema igualmente encantador, fuese cual fuese la opción final.

Si ya es chic quedarse el fin de semana en la ciudad, todavía lo es más pasar el sábado en casa. Una sofisticada tiende a distribuir las horas del ocio con la misma disciplina que utiliza para las de trabajo. Dedicarse a una misma el dulce asueto no significa malgastarlo. En el dulce fluctuar del no hacer nada hay muchísimas cosas que hacer, como nos recuerdan las publicaciones de alto tono. Es bueno obsequiarse con un sueño prolongado, pero no tanto que cabalgue sobre los pequeños placeres del día.

Importa sobremanera desayunar en la cama, rodeada de los periódicos, con su ya exhaustiva acumulación de suplementos envueltos en celofán. ¡Qué pereza tan sofisticada, al mirarlos sin la menor apetencia! Una se complace languideciendo. Los dedos no se aferran a las páginas, pasándolas rápidamente, ante la advertencia insistente del reloj. Por el contrario, la prensa en la cama sólo implica un ligero conceder. En una mano, la taza de café, que se acerca sin prisas a los labios despintados; en la otra mano, las páginas que van transcurriendo negligentemente, con la comodidad de reconocer que en fin de cuentas los mundos contenidos en las noticias importan poco o nada...

¡Una puede ser tan egoísta, en estos sábados concedidos al deleite!

Pero el reposo absoluto también es engañoso, sólo válido para las masas que no tienen mayor interés que amontonarse. El alma selecta siempre tiene alguna afición pendiente. Al obsequiarse a sí misma, la sofisticada del sábado no hace sino reconvertir las obligaciones en cumplimiento de pequeños placeres que quedaron retrasados. La diferencia reside en el mimo con que cada actividad es acariciada.

Es entonces cuando el cuarto de baño se convierte en el salón privilegiado de la casa. No es adecuada la ducha rápida de cada día. Ésta va bien para despertar los músculos, tensándolos para el trabajo, pero un sábado requiere el culto a la concupiscencia. A una le encanta conservarla. Es el día ideal para la gran espuma, para los aceites, las sales, las perlas y las leches que, al derretirse, van esparciendo aromas paradisíacos. *Bubbles, bubbles, bubbles!* Tiempo del baño seductor. No más de quince minutos, pues el agua seca la piel. Pero es un lujo permitir que la piel se vaya secando. ¿Acaso no existen aceites que la hidratan a continuación, al tiempo que van relajando los tejidos, emborrachando los músculos, lenta, suave, indulgentemente? No debe haber prisas en el culto a la propia belleza. El cuarto entero se deja dominar por la inacción. Mientras, la espuma asciende hasta los ojos y una siente el gusto ácido de las sales en los labios. ¡Qué benevolente escozor! El vapor puso vaho en los espejos, el vapor permitió fluctuar aromas de lavanda, de romero, de tomillo o limón. Algunas sibaritas añaden yerbas de su cosecha. Se aconseja la milenrama, se autoriza la manzanilla, incluso se prueban las hojas de zarzamora bien machacadas. Y para las cultas, recuérdese que no sólo Cleopatra tomó baños de leche. La mismísima George Sand los recomendaba.

En este día neutro, el diálogo con el espejo puede prolongarse a voluntad y, en el caso de mujeres como Imperia, a necesidad. Nunca hay que temerle al cristal de aumento. Equivaldría a esconder los defectos, y éste es el modo más seguro de darles ventaja. Un defecto no reconocido se convierte en conquistador. Va adquiriendo tantas ventajas en plena marcha que al final se instala, gobierna, nadie le destierra ya. Esos diminutos pliegues en la comisura de los labios, ¿quién los denunciará sino el espejo de aumento? ¿Y el espanto de esa flaccidez que creíamos inofensiva? En cuanto a las rojeces pueden convertirse en una pesadilla si no se las ataca a tiempo. Allí donde la naturaleza empieza a ultrajarnos, vence la sinceridad.

Tampoco el teléfono descansa del todo. ¿Cómo podría?

Hay llamadas, por supuesto, pero son indulgentes. Con el contestador conectado, una mujer hábil sabe elegir a sus interlocutores. Se prefieren los que ayudan al relax; se desechan los que pueden aportar energías negativas. Ni prisas ni apretones. Es la mañana de las confidencias, las lentas horas del cotilleo, cuando la respuesta nunca es una orden, sino una sonrisa provocada por la indiscreción que suena al otro lado del hilo. Es el día menefreguista, apto para conocer todas las cosas que durante la semana es imposible escuchar. Historietas vacuas, anécdotas inconsecuentes, algún pequeño escándalo. La que engañó al marido, la abandonada o a punto de serlo, la que no aguanta más, la que consulta si conviene resistir.

Así, el sábado de la sofisticada se toma el derecho a ser un poco marujil.

Son las horas muertas destinadas a aprender lo que otras saben sobre belleza. Siempre hay alguna amiga que probó las cremas de liposomas y accede a compartir con las íntimas la grandeza del descubrimiento. Y también está la partidaria de las ampollas de elasticina o la que advierte sobre los peligros del colágeno o la inevitable anécdota de la amiga que sufrió un desplazamiento de sus recién estrenados senos de silicona.

También están las historiadoras y las ecologistas. ¿No es divertida la mascarilla de belleza de lady Hamilton? Dicen que le ponía brandy. María Antonieta optaba por las fresas. Otras prefieren las mascarillas de cereales. En cuanto al pepino, no hay que olvidarlo. Es un astringente ideal. Mejor fabricárselo una misma. Un pepino en la licuadora da para varias sesiones. Pero conviene acordarse de poner lo sobrante en el frigorífico. Estamos entrando ya en el laboratorio de la abuelita. En casos así, la elegante tiene que ser, también, mañosa.

No son días de grandes comilonas. La tostadora, la licuadora y la cafetera revelan su utilidad máxima. Al no ser un almuerzo reglamentario, puede suceder a cualquier hora. Unas tostadas con mermelada, el café sin azúcar, la leche desnatada, el zumo de naranja y, como plato fuerte, el pomelo y un par de kiwis. Lo cierto es que la inactividad no da apetencias para más. Si acaso para disfrutar de la cocina, ese rincón de la casa que, en los días laborables, una sofisticada sólo verá *en passant*. Las cocinas españolas, antes ruines, ya están preparadas para hacer las veces de sofisticado comedor donde el solitario se siente en un castillo inexpugnable y, además, lujoso. La cocina debe tener un punto de intimidad en sí misma, pero tampoco debería desentonar con la decoración general, exponente que suele ser del carácter de la dueña. Una cocina rústica no le sienta bien a un piso de diseño y una cocina aerodinámica cantaría en un piso barroco. Se entenderá que la de Imperia pareciera el interior de una nave espacial. Tonos negros y rojos, fregaderos metálicos, ni un asomo de madera. En uno de los muros, también negros, tres litografías de Andy Warhol. No es una chulada; es que nadie verdaderamente sofisticado osaría tenerlas en el salón, ahora que ya vienen reproducidas en todos los libros.

Lo que parecía un horno era un aparato de televisión. Bien hortera es quien esperó otra cosa. El trastito ideal para hacer *zapping* a ritmo de pomelo y kiwi. Un ver y no ver ese informativo, ese reportaje geográfico, esa actuación musical que sólo puede interesarnos en la cocina.

Pasan así las horas sin sentirlas. La mañana ya es una melodía que se apagó. La tarde cabalga sin violencias, no tomando por conquista sino a título de préstamo. La siesta no se impone: se limita a llegar, dulce invasora, y embarga los sentidos sin pedir siquiera sueño. La siesta del sábado es, todo lo más, ensoñación. Un ligero estremecimiento bajo una mantita de cachemir, mientras las manos dejan caer aquel libro no demasiado importante que la prensa juzgó importantísimo. Basta con echarle un vistazo. Al fin y al cabo, una ya está de vuelta de muchos sobornos del gusto.

Luego esa película absurda que una no veía de tener que buscarle desesperadamente un tiempo en medio de un horario apretado. Esa comedia americana de los años treinta, ese romance de amoríos exóticos en la India de los cuarenta, ese musical de la década prodigiosa de la Metro. La inconsecuencia de los asuntos resulta ideal para prolongar el descanso. La peripecia sentimental, cuanto más ajena mejor, cuanto mejor vestida más admirable; la exacta, precisa equivalencia entre el amor y el lujo...

Tiempo también para ordenar el escritorio, romper los proyectos que no se llevaron a cabo, descubrir con nostalgia el tiempo que pasó desde aquel esbozo ya completado, rebelarse ante la impertinencia de una carta lejana, ponerse en presente absoluto decidiendo lo que sobró de ayer.

Por la noche, una cena en casa de amigos, jamás en un lugar público. En la noche urbana, sólo son hermosos los más jóvenes, los nacidos para apurarla sin pensar en la de noches inocuas que todavía les queda por vivir. El alma cultivada prefiere el refugio de las cenas particulares, con amigos de la propia generación, cómplices de una fortuna parecida, coetáneos que conocieron de sobra los desengaños de la noche del sábado y se agazapan entre sí, como para protegerse de las manecillas de un reloj que acarició demasiadas horas a su paso.

La conversación vaporosa, flexible, sobre esas quisicosas que una olvidó durante toda la semana. De la inconsecuencia a la seriedad, de la indiferencia a la pasión, aunque nunca excesiva. Las horas transcurren en un compás galante, donde nadie quiere comprometerse en una opinión, todavía menos en un dictamen. La noche del sábado es para mezclar conceptos, no para decidirlos. La despedida es grata porque nadie estuvo contra nadie: hay un acuerdo general sobre lo delicioso que resultó todo. Y luego el regreso. La sofisticada llegó en taxi o la recogieron, maravillas de un día sin coger el Jaguar. A la sofisticada siempre la depositan. Y el regreso a casa se produce entre esa multitud que de día permaneció escondida y ahora abarrota calles y avenidas hasta bien de madrugada. Esta mezcla entre la modernidad y la horterez, entre la locura y la imbecilidad, horroriza a quienes se guardaron de mezclarse. Es el montón, la turba, la plebe horrenda que el alma selecta aprendió a despreciar en provecho de su propia paz. La única que cuenta, en realidad.

Y el domingo se presenta más perezoso si cabe. Siempre hay alguna que llama para un campeonato de *paddle*, otra que si un tenis, pero las energías pretenden continuar su letargo. Pensemos que mañana deberán despertar a ritmo de ducha escocesa. Hoy es obligado no permitirse siquiera un bridge o una canasta. Las energías están decididas a no dejarse engañar. Apetece salir, pero sin estridencias. Tampoco las permiten los horarios. La mayoría de restaurantes permanecen cerrados. Es el día ideal para el *brunch* en un sitio conocido. La comida impersonal que, intentado servir de desayuno y almuerzo, no cumple a ninguno de los dos.

Las avenidas, vacías, permiten un avance tan raudo que el tiempo se come a sí mismo. Las avenidas se han convertido en un Le Mans. Se recupera el placer de conducir, tan imposibilitado durante la semana. El mundo pertenece, por fin, al conductor.

Para otros, el domingo se revela como una trampa a la que se viene temiendo durante la semana. Pensemos en Alejandro, el profesor de filosofía. Toda la ciencia que fue acumulando a lo largo de una vida no le basta para enfrentarse al fin de semana en soledad. Cierto que puede encontrar pretexto, todo hombre culto los tiene. Hay una nueva traducción de Catulo que espera un vistazo. Alguien habló maravillas de ese prólogo a Hegel, todavía por abrir. Muchos artículos de los suplementos culturales esperan ser recortados para que los archive la secretaria. Los catálogos llegados de Oxford exhiben su mercancía, todavía por elegir.

Pero el homosexual desocupado encuentra en todos los rituales del ocio el impacto de una carencia y el drama de una anomalía.

Despertarse a solas, con resaca, tiene difícil consuelo. No pueden darlo los periódicos, ni siquiera los suplementos plagados de vistosos colorines. Peor aún: éstos resultan más aterradores, desde que descubrieron la moda para hombres. Esos modelos jovencísimos, tan altos, tan robustos, tan rubios evocan al ángel a quien el homosexual querría tener a su lado y jamás tendrá. La carencia amenaza. ¿Para qué esos pasos, esos gestos, que nadie ha de compartir? Es absurdo descubrir en el espejo que en el rostro no hay arrugas: ¿quién sabrá apreciarlo más allá del espejo? Ya en el baño, el cuerpo se entristece porque cabría otro que no existe o nunca se encontró. Se recuerdan escenas entrevistas en la pornografía fina, cuando magníficos ejemplares de machito americano coinciden bajo la ducha, se enjabonan mutuamente con una lentitud ceremonial, resbalan sus pieles al encontrarse y, por fin, se sodomizan con la garantía de una limpieza absoluta. Para algunos homosexuales solitarios, la higiene a dos es preferible a cualquier desodorante.

Pero la soledad no perfuma. La soledad apesta. La soledad hiede como una hiena.

Un profesor puede justificar su sábado preparando las lecciones del lunes. También es posible que quede algún artículo para escribir. La necesidad favorece la concentración; pero, en el fondo, ese pobre ser no desea concentrarse más que en la imagen del Amado imposible, el que sería capaz de elevarle a la altura de los propios ángeles. No existen tales cohortes en esos domingos de agonía. La concentración se convierte entonces en una sucesión incontrolada de gestos nerviosos, cigarrillos a medio consumir, paseos por la habitación, tumbos en la cama y vuelta a levantar para nuevos paseos que llevan hasta los cristales donde la mejilla, al apoyarse, parece sangrar.

Además, ¿quién podría concentrarse cuando se está pendiente del teléfono, deseando ardientemente que llegue esa llamada no esperada y, sin embargo, tan posible en el orden de los sueños? ¿No ha de haber piedad en este mundo? ¡Una llamada por el amor de Dios! ¡La limosna de una llamada! Una jodida, asquerosa, perra llamada. A cambio de lo que sea. Ya ni siquiera se pretende la llamada del amor. Una voz

147

amiga, cualquier voz, siquiera la más pelma, la más mortífera. Cuando suena el teléfono, la mano lo busca, ansiosa. La mano se convierte en garra de desesperación que se aferra sobre el auricular. Se sabe que no va a deparar sorpresa alguna. Es la amiga inteligente que brinda una ayuda a distancia porque también conoce esas parcelas de la soledad. La que sabe de memoria el comentario banal, el consejo desesperadamente efectivo —en la tele, a tal hora, tal película, muy distraída, ponla ya—, ayudas insustanciales que sólo se agradecen en intención porque el resultado está perdido de antemano. Llamadas sin embargo esporádicas, porque el domingo dicta para muchos su propio código de abstenciones.

Suena, inevitable, el timbrazo del compañero de copas que sugiere un plan para la noche. Plan que no varía. Siempre el mismo, de domingo en domingo. Reunirse con otros homosexuales que se encuentran en la misma situación, los «solteros», en la jerga del gueto. Y opciones parecidas. Copichuelas en un bar de alterne, sólo para descubrir que es demasiado temprano para el ligue. Cenar después en alguna tasca popular porque es bueno sentirse cerca del pueblo, como en los viejos tiempos de la progresía. Y es bueno, sobre todo, cuando el pueblo tiene dieciocho años y presenta un rostro hermoso y un cuerpo espléndido, enfundado en raídos tejanos. Se busca así la complicidad del chaveta desarrapado, del incógnito, ese de quien no sabemos si puede picar o responder con una hostia soberana a las insinuaciones que el desesperado le formula, después de unos tragos de vino pésimo.

Nuestro filósofo no desea este género de pactos. Sus chavales soñados no se enfundan en tejanos convencionales, que visten chitón azul, al modo de los jóvenes discípulos del Museion. No farfullan la jerga ininteligible de los barriobajeros, antes bien se expresan en lenguaje elevado, pletórico en metáforas ideales. No se ponen gomina en el pelo puntiagudo, pues tienen rizos de oro coronados por laureles de plata obtenidos en una reñida competición poética. Y, en vez de encaramarse a una moto escandalosa, avanzan desnudos entre las filas de la Panatenaika.

Nada de esto sucede y acaso es preferible que no suceda. Hay que temer el imprudente flechazo de los jóvenes. En el mundo homosexual, la juventud no es sólo un valor; implica una tiranía. El cuarentón tiembla ante la posibilidad de que su conquista de una noche le comente que tiene las carnes fláccidas. «Pero ¿no haces gimnasia?», le espeta el chaveta, jovial, cachondo, sin notar que agrede. Y la agresión hará su efecto con más violencia de lo que ella misma cree. Al fin y al cabo nuestro homosexual no pertenece a la generación del culto al cuerpo: se ha visto obligado a adecuarse a ella, y en ese gimnasio que frecuenta se lanza al perfeccionamiento de su físico con obsesión desesperada, como si fuese su última oportunidad. No es, sin embargo, su único problema. Aun cuando puede presumir de atractivo sabe que su conversación no es la que espera la gente más joven porque las propias exigencias, la selectiva altura de sus listones, le obligan a mostrarse con sinceridad, declarando abiertamente su cultura en la espera de que el otro, el chavea, el mancebo, el doncel, le conteste en el mismo lenguaje. Así se va forjando una fama de pedante, de pelmazo que ahoga con sus discursos el ritmo de las marchosas sevillanas, compartidas por todos, celebradas por los briosos danzarines que le excluyen completamente sin pensar que él mismo ya se sentía debidamente excluido.

Así remata el domingo la conocida rueda de las carencias. Y ya definitivamente desangelado, el homosexual consciente acepta su fracaso, camina indefenso por las calles mojadas, entrando y saliendo de los mismos bares, reconociendo las mismas sevillanas, buscando miradas idénticas y todas indiferentes.

Es entonces, en esta noche del domingo, cuando el homosexual solitario se gana todo el derecho a propinar una patada contra el injusto culo de Dios.

LOS DOMINIOS DEL OCIO y la soledad reservan a veces un punto de aventura. En el plácido domingo de Imperia Raventós, la aventura se llamaba Cesáreo Pinchón.

A algunas profesionales, trabajadoras impenitentes, el domingo también les sirve para intrigar. Ésta es una práctica que requiere cierto tiempo y una paciencia de la que es imposible echar mano durante los días laborables. Para una intriga perfecta se requiere el tiempo de un *brunch* distendido en un entorno pacífico. No conviene sacar las garras; simplemente recordar al contricante que están ahí, acechando, para abrirse en el momento oportuno. No son garras; barriobajeras, antes bien elegantes. Tambien ellas requieren de un entorno especial. Lucen divinas en una noche de ópera o en recepciones de embajada. Cuando les corresponde ir de *brunch*, esas garras temibles eligen ambientes plácidos, cuya decoración propicie el disimulo. Los locales pintados de color salmón con música ambiente muy tenue y alguna *kentia* espectacular son ideales. ¿Quién imaginará que en este entorno privilegiado pudiera surgir repentinamente la maldad?

La perfecta intrigante sabe que el atuendo es esencial. Una no puede intrigar vestida de blanco —¿quién la creería?— pero tampoco de negro riguroso... pues la adivinarían por anticipado. A una intrigante que conozca el alcance de sus armas, no se le escapa que es necesario ir como a la guerra; esto es, camufladísima.

En aquella cita importaba el impacto, la apariencia, la sensación de chic y la seguridad de que la contrincante no era una *parvenue*. Para demostrarlo, Imperia Raventós decidió aparecer clásica antes que osada. No ignoraba que Cesáreo Pinchón tenía una idea muy conservadora de la elegancia femenina.

Poco maquillaje. Un fondo apenas. Polvos ligeramente oscuros en pómulos y mejillas. Más destacados los labios: carmín, casi. Los ojos, sí: un buen acento. Una raya gruesa, que los prolongase. Ese rasgo faraónico que sienta bien a las ligeramente pérfidas.

El espejo le dio su *okay*. Seguía siendo un aliado inapreciable. Pero ya no se molestó en pedirle consejo para la elección de la ropa, tan obvia era. El domingo se prestaba a un cierto descuido divinamente planeado en todos sus detalles. Aquí urge decir que algunas se equivocan. Confunden el esport urbano con un vulgar campeonato. Craso error. Se puede ir informal sin parecer una esquiadora.

El tiempo, claro y soleado, aconsejaba los colores otoñales. Sensación de equilibrio y reposo. Pantalones y blusa crema tostado. Chaqueta entallada y corta, grandes solapas, cinturón discreto pero hebilla gigante, forrada de piel de serpiente.

Para rematarlo, guantes y bolso de ante. El ante siempre queda pasable. Las hay que, por ser domingo, llevan bolsito de ópera. No debiera ser así.

Evidentemente, Imperia Raventós estaba a punto para que la celebrase Cesáreo Pinchón. Consiguiera o no los propósitos que la llevaban al *brunch*, acabaría glorificada en su crónica de la semana siguiente.

¿De dónde había salido aquel curioso personaje?

Como casi todos los madrileños modernos no era de Madrid, aunque nadie sabía a ciencia cierta de dónde podía ser.

150

Ningún pueblo de España reclamaba su paternidad. Se recuerda que apareció por los hoteles de Tánger, en los primeros años cincuenta. Como entonces ya parecía un hombre maduro, nadie pudo adivinar después su verdadera edad. Se le relacionaba con la colonia judía, pero también con algún grupo de mariquitas italianas, no necesariamente opuestas. Había empezado escribiendo chismorreos cinematográficos cuando algunas figuras pasaron por Marruecos, rodando películas. Bajó hasta Marrakech, mucho antes de la moda actual, y tuvo tratos de cordialidad con Tyrone Power y Orson Welles, que estaban rodando *La rosa negra*. Éstas fueron las primeras entrevistas que Pinchón mandó a España. De regreso a la zona internacional, se convirtió en acompañante de estrellas, o por lo menos esto contaba él —*María Felix guapísima, era muy simpática, pese a su leyenda. Tennessee Williams un poco pesado, siempre buscando chulos. Rita apenas se dejó ver, pero su entrada en el Minzah fue triunfal, una de esas entradas que ya no se hacen*—. Tantos amigos importantes resultaban sospechosos. No falta quien dice que los vio una vez y basta.

Otros le localizan en París, en los círculos próximos al cantante Luis Mariano, entonces en la cima de su gloria. Pinchón siempre dejó entender, sin atreverse a afirmarlo, que fue su jefe de prensa. Presumía de haber frecuentado los círculos de Cocteau y no se cansaba de contar el famoso baile de máscaras del Marqués de Cuevas, en el Golf Club de Ghiberta. Contaba esplendores de nunca acabar. Merle Oberon disfrazada de Titania, lady Silvia Ashley bajo los rasgos de Flora, Elsa Maxwell de Sancho Panza, María Callas de Atenea... En este punto le sale algún respondón. Se sabe con certeza que la Callas no asistió a la fiesta. Él insistía: se escondía tras una máscara trágica, de modo que ni siquiera la reconoció el propio Cuevas.

Después, sus crónicas empezaron a llegar desde Roma. Coincidieron con la invasión de artistas de Hollywood en los estudios de Cinecittà. Nombres cuyo fulgor empezaba a apagarse, viejas glorias que intentaban sobrevivir en películas de aventuras de bajo presupuesto, generalmente de espadachines o romanos. Cesáreo Pinchón acompañó las borracheras de algunos de ellos, y así fue llenando sus crónicas semanales, que le dieron cierto renombre en la prensa española de los años sesenta.

En un momento determinado descubrió que las figuras del cine dejaban de ejercer su fascinación sobre los públicos y que las revistas especializadas iban desapareciendo una tras otra. Podía escribir en las de televisión, pero tenía sus principios: no soportaba a las figuras de la pequeña pantalla. ¡Esas actrices de seriales baratos, esas rubias oxigenadas que se retrataban en el supermercado o en una peluquería de barrio! Pasar del Marqués de Cuevas a los actorzuelos de teleseries sudamericanas era más de lo que podía tolerar una mariquita elegante y nostálgica.

Así se encontró escribiendo crónica social, pero no al modo de los años cincuenta, cuando se imponía invocar la gloria de las grandes familias y glorificar su poder. Cesáreo Pinchón sabía que incluso esto había pasado. La nueva sociedad española no podía admirar sin envidiar; prefería la maledicencia al halago, el insulto a la delicadeza. Cesáreo Pinchón decidió dar una de cal y otra de arena. Se había sentado a las mejores mesas y, reconociendo su calidad, se abstenía de criticarlas. En cambio, no vacilaba en clavar sus dardos envenenados en lo que él solía llamar «reputaciones compradas». Su táctica conoció un éxito inesperado. Era el cantor de la buena sociedad y, al mismo tiempo, su flagelo. Por ambas cosas era temido, pero también respetado. Inexplicablemente, le hacían la corte damas a quienes ponía como pingos en sus crónicas. Él solía decir que no les quedaba otro remedio. Era su única posibilidad de salir en la prensa, y siempre había quien se vendería el alma para conseguirlo, aun a condición de ser tratado de hideputa. En contrapartida, otros que no deseaban salir ni en pintura también eran blanco de sus ataques. Dependía siempre de su categoría.

Imperia llegó al *brunch* antes que su compañero. Éste era impecablemente puntual, pero nunca anticipado. La hora exacta era su lema. Como faltaban cinco minutos, le esperó leyendo su último artículo sobre una fiesta en cierta embajada:

«A mis amigas les ha dado por volver a los años cincuenta. Pena que al hacerlo no abandonasen la hortez a la que están más acostumbradas. Llegaron todas vistiendo de Patou, Dior y Balmain, vestuario maravilloso, digno de figurar en un museo, pero no en un museo de momias, que es lo que parecía la embajada anoche... ¡Con lo cómodas que estaban ellas con el *prêt-à-porter*! ¿Quién convenció a Julisa Robles de que Humbert de Givenchy diseñaba sus modelos para señoras que miden metro cincuenta y cinco? ¿Pueden los desproporcionados pechos de Silvina Melis contenerse en un alambrado escote bañera de Balenciaga? En cuanto a los vestidos sirena, no los diría yo pensados para la estrafalaria condesa de Viñón, cuyo pompis ocuparía los siete mares. Está mucho más gorda que antes del verano: ¿para cuándo la tercera liposucción? Y ya que de intervenciones hablamos: reapareció Cristina Calvo, con la cara estirada a lo Nancy Reagan. Particularmente, la prefería cuando era igual que la muñeca Barbie. Alguien preguntó si había recuperado a su marido. Muchas se rieron por encima de sus alarmantes papadas. Al famoso magnate le han localizado mis espías en cierto hotelito de la costa portuguesa, poco frecuentado fuera de temporada. Le acompañaba esa linda sobrina, que es uno de los puñales que atraviesan el corazón de nuestra querida Cristinita. ¡Pobrecita! Está claro que su *lifting* es uno de los más inútiles que jamás se hicieron. Los veinte años, querida, los tiene la sobrina. Y a ti, que te vayan estirando...»

Imperia no sabía si reírse o llorar. Se limitó a aparecer cortésmente interesada cuando descubrió que se estaba acercando a la mesa Cesáreo Pinchón, sombrero en mano.

—Hola, tesoro, veo que me estás leyendo.

—Me has dejado los dedos empapados de veneno.

—Y tú a mí de Opium. Hueles divina. Y luces perfecta.

La repasó de arriba abajo. Concedió de nuevo:

—Siempre irreprochable. Sólo diría que la hebilla resulta demasiado espectacular. Tú no la necesitas. Déjalo para esas petardas...

Un camarerito vestido de color salmón, a tono con el local, se hizo cargo del sombrero de don Cesáreo al tiempo que le ayudaba a quitarse el loden de piel de camello. Presentaba la distinguida figura de costumbre: alto, ancho de espaldas y siempre erguido, como si utilizase corsé, según insinuaban algunos cotillas de la prensa enemiga. En todo caso mantenía el porte de pretendida aristocracia que se había ido forjando con gran empeño a lo largo de cuatro décadas, moviéndose entre los mejores círculos de los mejores países. Tenía además un rostro que se esforzaba en parecer clásico: discretamente calvo, la mandíbula alargada, nariz recta y boquita culo-de-gallina. Aparentaba una falsa serenidad, un falso distanciamiento y un estar por encima no menos falso. Su cinismo internacional podía ser auténtico, pero no ignoraba Imperia que también podía desmontarse con un buen desplante o un rechazo a tiempo. Para hundirle, bastaba con no invitarle a una fiesta.

Sabía que era necesario halagarle hablándole sólo de lo suyo.

—¿De verdad iban todas tan disfrazadas?

—Mucho más, mi vida. ¿Qué esperarías? Una fiebre de exhibicionismo se ha apoderado de esta ciudad. Lástima que siempre exhiben las que no debieran. El medio pelo se impone por doquier, haciéndose pasar por elegancia. Cuando el socialismo subió al poder, todos temimos que acabaríamos vistiendo como los obreros. Ha sido al revés: acabaremos vistiendo todos de frac, pero mal llevado.

Imperia frunció el entrecejo en señal de regañina, aunque no excesiva.

—Olvidas, niño, que yo me considero socialista.

—Cierto, pero también eres señora de toda la vida. Cómo puedes conciliar ambos extremos es algo que me fascina. ¿Sabes la última? Cuatro esposas de altos cargos acompañaron a sus maridos a Milán para no sé qué asunto del gobierno. Ellas se fueron de compras, con esas Visa-oro que pagamos entre todos. Pidieron lo mejor en las mejores tiendas. Como sólo entienden de batitas de boatiné, los italianos les colocaron restos de la temporada anterior, haciéndolos pasar por último grito. Así son las nuevas ricas. ¡Qué quieres! Hace tres años eran planchadoras y ahora se sienten encumbradas. Conozco a una que está pagando un dineral a Sunchina para que le enseñe a recibir. Ya sabes, Sunchina necesita dinero porque el marido se lo ha ido gastando todo a la ruleta e incluso han tenido que empeñar el palacio.

—Corrijo: ya lo tenían empeñado.

—Insisto: les quedaban las cuadras. Ya están en el Monte, por decirlo a lo chulapona. Bueno, pues Sunchina ha tenido que ponerse a enseñar modales y buena crianza. Cuando llegó a casa de la sociata, dispuesta a brindarle toda su ciencia en el arte de recibir, descubrió que sólo tenía mesa para cuatro personas y aun de metacrilato. Sunchina, que es muy suya en lo de la clase y el chic, le espetó: «Querida, hasta que no tenga por lo menos a veinticinco invitados, no cuente conmigo.» Y me comentó: «Una dama que sólo tiene a una pareja para cenar, mejor que los lleve a un MacDonald's.» Lo encuentro muy de Sunchina. Siempre será una gran señora, por más que esté empeñada hasta el cuello. Ésta es la tragedia de la vida social en esta ciudad. Los que están hechos para el señorío no tienen un duro. En cambio, derrochan millones los que llegaron anteayer.

—Siempre fue así. ¿O vas a decirme que no hubo nuevos ricos durante el franquismo?

—Seguramente, pero la diferencia es que antes no colaba. Y cuando colaba, era para siempre y contra viento y marea.

En Montecarlo, cuando su alteza era soltero, mucho antes de que llegase esa actriz plebeya, ocurrió un caso que expone hasta dónde puede llegar el verdadero señorío. Una cierta Lady Montagu, la mejor cliente de Balmain, llegó al Sporting divinamente vestida, nada insólito en ella, por otro lado. La recuerdo perfectamente: un vestido en gasa azul con reflejos grises, muy vaporoso, con drapeados y gran lazo a la altura del hombro. Sólo las mujeres con mucho mundo tienen la gracia necesaria para moverse entre tanta fantasía. Por supuesto, Lady Montagu fue el *toast of the party*... hasta que de repente se presentó cierta actriz italiana luciendo un modelo idéntico. Yo tuve alguna relación con Balmain; por lo tanto, puedo asegurar que era imposible que dos vestidos iguales hubieran salido de sus talleres. En principio, nadie se atrevió a sospechar de Lady Montagu. *Comment!* Todo el mundo conocía su rango, era una auténtica favorita. En cambio, la italiana no llegaba siquiera a la altura de Sofía: era un vulgar producto del éxito rápido que se da en estos tiempos. Pues bien, ¡resultó que el suyo era el modelo auténtico y el de Lady Montagu una vulgar imitación! Cómo esas divas del cine ganan el dinero con el coño, siempre tendrán más que las aristócratas que ya se han gastado lo que tenían sus tatarabuelas. ¡Pobre Lady Montagu! Se supo que había robado unos bocetos del taller de su modisto y se lo hizo copiar por una modista de barrio. El instante fue de gran peligro. Semejante suceso podía marcar el declive social de Lady Montagu, tan divina por otro lado. Pero fíjate en lo que es el señorío: nadie deseaba perder a una gran dama, por más que fuera una vulgar choriza. Salvó la situación el embajador alemán, quien la sacó a bailar en un gesto que fue muy aplaudido. Recuerdo perfectamente que la orquesta tocaba *Love is a many splendored thing*, tan de moda aquel año. Era inevitable que todo el mundo se sintiera fascinado. El vestido de Lady Montagu parecía el auténtico, porque ella lo era. En cambio, la diva italiana tuvo que irse a mitad de la fiesta porque todo el mundo le dio de lado. Léeme la próxima semana porque aplico esta historia al caso de las joyas de Petrita, que a todos nos tiene conmocionados desde que se supo que son falsas.

—Ella no es tan tonta como para llevar las verdaderas. Las tiene en el banco.

—Las que tiene en el banco son tan falsas como las que lleva encima. Las auténticas se las vendió a la esposa de cierta autoridad militar... Ahora bien, ¿qué nos importa esta señora? En mi crónica pasará ella por hortera y Petra quedará divina pese a lo falso de sus joyas.

—No lo escribas, no vayas a verte en un problema.

En realidad, le importaba un comino que al otro le crucificaran.

—Querida, la verdad ni teme ni ofende. Además, yo vivo de la horterez de los elegantes. Si ellos tuviesen clase como pretenden, me moriría de hambre.

Se dirigieron al bufet para elegir la más provisional de las comidas elegantes. Comida de domingo: un poco de todo y un resumen de nada.

Cuando tomaron asiento de nuevo, Imperia afrontó la situación sin mayores preámbulos:

—Querido, no he provocado este encuentro para que me adelantes tu sección de la próxima semana.

—Lo imagino. Seguro que quieres pedirme un favor.

—Tal vez ofrecértelo.

—Me extrañaría. Tú nunca ofreces un favor sin pedir otro. Sobre todo en domingo. Para que abandones tu guarida tiene que ser algo importante.

—En cambio a ti te basta con que estén abiertos los urinarios de Atocha.

—No te molestes en hacerme chantaje con este pequeño pasatiempo. Todo el mundo lo conoce. Especialmente los nombres importantes que pasan por allí a montárselo con los camioneros. Si me delatas a mí, delatas a algunos de tus amigos. Y tú no querrás que sufran sus esposas, tan refinadas, tan nobles ellas.

—Eres demasiado insidioso. ¿Cómo está el consomé?

—Agradable, sin más. ¿Y tus crudités?

—Útiles, como han de ser para una dieta. Por cierto, antes de presentarte mi proposición quisiera mostrarte unas fotos...

Sacó entonces su ya habitual muestrario de la mercancía llamada Montalbán. La reacción de Cesáreo fue la esperada, por lo habitual.

—*Parbleu! C'est donc la vraie beauté, que tu me montres!*

—¿Lo consideras promocionable?

—En la portada de una revista de desnudos agotaría la edición en media hora. Es un físico impresionante. Esto es bueno si va para actor de algún grupo de teatro moderno, para lo cual no se necesita ser actor, o incluso para presentar algún concurso televisivo, donde no se pide inteligencia.

—Es empresario. Dentro de nada, cabeza visible de un grupo muy importante.

Esbozó en líneas generales las relaciones de Álvaro Montalbán con su empresa. No eran datos que pudieran interesar a alguien como Cesáreo Pinchón. Demasiado vocabulario de economistas. Prefirió ir a otro grano.

—¿Y tú le llevas?

—Le hago, le construyo.

—En fin, una pigmalionada. Si quieres, puedo ayudarte en la elección de la ropa.

—En mucho más. Le quiero semanalmente en tu crónica.

—¡Hija, es que me pides unas cosas!

—¿Qué hay de raro? Entra de lleno en el tipo de hombre que te gusta.

—Evidentemente, tú sabes *quién* tiene mucho dinero metido en nuestra revista.

—Evidentemente, lo sé. De lo contrario, ¿de qué tantas entrevistas mostrándole como la panacea de la inteligencia, el súmmum del buen gusto y el paradigma de la sensibilidad? Nunca se dijeron tantas bellezas de un solo banquero.

—Pues ya tienes la respuesta. A nuestro mecenas no le gustará la competencia en su propio terreno.

Callaron unos instantes. Imperia jugaba con un pedazo de zanahoria. ¿Estaría meditando sobre sus ventajas para la piel? Cesáreo Pinchón la conocía lo suficiente para saber que estaba planeando un contraataque. Podía estallar de un momento a otro. Y estalló:

—¿Sabes que Carlota podría enterarse de algo que nunca ha sido publicado?

—No sé a qué te refieres. No hay maravilla que yo no le haya atribuido.

—La pobre incauta ignora quién se llevó un par de millones por las fotos de su maternidad, que ella brindó desinteresadamente a cierta revista. Tal vez le interesaría saber que las exclusivas que la maledicencia le atribuye a ella las cobra, en realidad, su mejor amigo... Su homosexual oficial, por decirlo de algún modo.

Él permanecía inmutable. Sin duda estaba a punto de estallar. Por fin, lo hizo.

—Tú no serías capaz de esto, querida. Piensa que a la prensa le gustaría saber por qué extraños medios me vi inmiscuido en la extraña historia de la virginidad de Reyes del Río. Qué simpática catalana me envió el certificado del médico y todas esas cosas.

—Por supuesto, si tú contases esta infamia yo no sabría callar respecto a las fotos prohibidas de determinada actriz.

¿Quién le chivó al fotógrafo que ella y su banquero estaban escondidos en un *auberge de charme* de Ravello? Incluso sé lo que cobró el tal chivato y qué otro personaje de las finanzas te pasó el talón. Alguien a quien le interesaba descalificar al amante de la actriz en el mundo de las finanzas. ¿No es casual que este alguien sea el que tiene más capital en vuestra revista?

Ella notó que había levantado la voz más de la cuenta. Pero él seguía con la sonrisa en su sitio.

—Sonríe, mona, que nos están mirando... Ahora, sin dejar de sonreír, agárrate fuerte: yo sé a quién le convenía que el teléfono de Pepo Fenelón estuviese algunos días intervenido y quién cena semanalmante con quienes tienen poder para intervenir ciertos teléfonos...

—¿No insinuarás...?

Él bebió un sorbito de vino. Ya con los labios secos, dijo:

—Romy Peláez me contó que cierto director de cierta empresa publicitaria se interesó por la existencia de prostíbulos infantiles en Madrid. ¿No fue en uno de esos antros donde pescaron al pobre Pepón follando con dos muchachitos a la vez?

—Querido, eres un hijo de puta.

—Yo seré el hijo, querida, pero la puta eres tú... Continúa sonriendo, que las paredes oyen... —De hecho, sonreían los dos, ofreciendo el aspecto de una pareja feliz. Pero él insistía—: ¿Cómo pudo saber Eme Ele, tan macho él, que existen en Madrid casas dedicadas a la prostitución infantil masculina? ¿Y quién podía tener interés en desprestigiar de rebote a una agencia publicitaria poderosa si no el director de otra agencia publicitaria que todavía se hizo más potente desde que Pepón cayó en desgracia?

Era el momento para levantarse en busca del segundo plato. Así avanzaron hacia el bufet, con la sonrisa puesta, como si estuvieran cotilleando sobre temas sin importancia.

—Estamos empatados —dijo Imperia—. Y me temo que podríamos seguir apostando durante una hora sin salir del empate.

Cesáreo Pinchón se estaba sirviendo una discreta ración de pollo frío.

—Es una desgracia saber demasiadas cosas de los amigos.

—No tanto. Habrás cobrado de muchos por ocultarlas.

—Incluso de ti cuando te ha convenido que las propague para ayudar a Eme Ele... ¿Te sirvo un poco de paté?

—De oca, si es posible... Alcánzame, también, la gelatina.

De regreso a la mesa, recobraron sus acentos más graves.

—Ya que entramos en este terreno, Eme Ele me ha autorizado a proponerte un trato. Ciertas firmas aceptarían poner publicidad en vuestra revista. Podríamos dejar muy explícito que lo has conseguido tú.

Él la miró desde la seguridad del éxito.

—No necesitamos tanta publicidad, después de todo. La revista va viento en popa...

—No irá tan bien cuando cada semana estáis regalando un vídeo o un compact-disc. ¿Vas a hacerme creer que un gasto tan tremendo compensa para una tirada tan corta? Ni la dependienta del videoclub más tirado de Vallecas se tragaría un anzuelo semejante.

—Nunca supuse que frecuentaras los videoclubs de Vallecas, querida. Pero en fin, aun siendo como tú dices, aunque haya pérdidas, no tenemos nada que temer. Nuestro tiburón seguirá poniendo capital mientras le interese estar en la cresta de la ola. Y le interesa estar en ella toda la vida.

—Tengo noticias frescas: el tiburón de marras se ha dado cuenta de que estáis jugando demasiado al escándalo. Os habéis metido con la Casa Real y a él le interesa estar divinamente con ella, aunque sólo sea para que le inviten a tomar el té. Sé de fuentes muy fidedignas que está en gestiones para poner su capital en un periódico de próxima publicación, cuyos miembros tienen, además, el beneplácito de la Moncloa. Porque no ignorarás que también le interesa estar a bien con la Moncloa, otro objetivo de vuestros ataques más recientes.

—¿Esto quiere decir...?

—Que os quedáis sin tiburón. Así que vais a necesitar publicidad urgentemente. Y ¿quién lleva las mejores marcas?

—Eme Ele, claro.

—Pues a Eme Ele podría no gustarle que su nuevo tiburón se quedase sin una plataforma adecuada. Es más: estoy segura de que no ha de gustarle en absoluto.

—No entiendo nada. Tu Eme Ele está siempre pegado a los socialistas, en cambio la empresa de ese Montalbán está llena de fachas...

—Como tú dices, Eme Ele está divinamente con los socialistas pero no tiene el menor interés en estar a mal con la oposición. Él sabe que no se pueden desperdiciar las dos manos para arrojar una sola piedra.

—Querida, en tiempos de Franco las cosas estaban más claras. Por lo menos sabías quién te mandaba. Hoy crees estar sirviendo a unos y resulta que son otros los que lo aprovechan.

Ella le miró fijamente a los ojos. Ni siquiera se permitía un asomo de sonrisa:

—Sírveme a mí, Cesáreo, y no tendrás que arrepentirte. Conviérteme a Álvaro Montalbán en el niño mimado de la sociedad. De la parte política, me ocupo yo.

—¿No temes que pueda parecerse demasiado a un pacto?

—Me arriesgaré. En fin de cuentas, nada de lo que sucede en este país sucede sin estar pactado, a menudo suciamente, por alguien o por algunos. ¿Íbamos a ser la excepción nosotros, los más débiles?

—Tienes razón: los obreros estamos completamente desprotegidos. Debemos pensar en nosotros. Bien, no digo yo que antes de tres semanas no aparezcan dos páginas dedicadas a Álvaro Montalbán. Huelga decir que esto irá creciendo semanalmente.

—Yo te suministraré las fotos. Tienen que ser de estudio. No me fío de tus fotógrafos. Una mala foto puede estropear el trabajo de muchos días.

Al día siguiente, le contaba a Eme Ele:

—Lo que este mentecato ignoraba es que su señorito almorzó conmigo el miércoles y me hizo algunas confidencias. Una de ellas es que va a cambiar radicalmente el contenido de la revista. Irá por la línea *light*. A Uve Eme, como a todo el mundo, le interesan más los salones que los tribunales.

—¿Y por qué no se lo pedías directamente a él, ya que sois tan amigos?

—Porque no quiero deberle ningún favor. Uve Eme tiene ambiciones y puede llegar lejos. Le veo algún día en política. En cambio, Cesáreo Pinchón no es más que una pobre maricona. Los favores, querido, siempre a los subalternos. Los que pueden pedir poco a cambio.

Y Eme Ele no pudo reprimir un arrebato de admiración hacia su empleada.

Pero antes de aquel encuentro, quedaba la tarde del domingo, siempre la más propia para transformar en encantadoras trivialidades ciertas obligaciones que, en los días laborables, se convierten en una losa colocada sobre otras muchas.

La pequeña obligación de Imperia Raventós concernía estrechamente a su hijo más que a ella misma. Había decidido habilitarle la parte superior del dúplex, una especie de altillo abuhardillado donde Raúl pudiera mantener una vida independiente, sin verse ligado a su madre o, puesto al revés, sin tener que incomodarla con su presencia, acaso excesiva.

Podía confiar la obra a algún decorador de moda, pero era partidaria, en lo posible, de dar trabajo a las mujeres que han destacado. Era lógico que el encargo recayese sobre la admirada Susanita Concorde, de gusto tan probado como sus muy gallardas adiposidades. Habían quedado citadas a la hora de la merienda, en una céntrica cafetería, cuyas exquisiteces en repostería había ponderado Susanita en más de una ocasión.

La encontró mojando un bollo en su segunda taza de chocolate. ¿Cómo interrumpir aquel éxtasis pantagruélico? Imperia decidió lo de siempre: obrar de acuerdo a sus intereses.

Nada más sentarse preguntó a bocajarro:

—¿Hablaste con mi hijo? Piensa en la urgencia del encargo. Puede llegar de un momento a otro y no sé dónde ubicarlo...

La otra intentaba contestar, pero la masa de bollos y chocolate acumulada entre los dos carrillos le impedía abrir la boca. A Imperia le asombraba que pudiera siquiera respirar.

—¡Qué mal trago! —exclamó, por fin—. ¡Hija mía, me has cogido con la miel en los labios! ¿Tu hijo dices? Hablé con él, sí. He quedado un poco desconcertada. Le propuse líneas actuales, como a ti te gustan, cierta austeridad, algún póster vanguardista, estanterías *high-tech,* todo de corte muy urbano, muy actual, ya sabes. Una leonera para la juventud que viene empujando, como se dice ahora. Pues ya ves tú, ha rechazado todas mis ideas. ¿Puedo serte sincera? El niño es un poco antiguo. Dice que, fuera de sus estudios, sólo le interesa la ópera.

Siguió mojando bollos en un tercer chocolate.

—No le encuentro nada extraño —dijo Imperia—. Mis padres empezaron a llevarme al Liceo a los nueve años. Y un poco antes, a los conciertos del Palau.

—De acuerdo, siempre se ha dicho que los catalanes sois distintos al resto de España, más europeos que nadie, vamos; pero comprenderás que no puedo convertir una buhardilla en la Scala de Milán ni un baño en las termas de Trajano... ¡Santo cielo, cómo está este chocolate! Pide uno, que te vas a chupar los dedos...

Al ver cómo se los chupaba ella, y cómo la masa negruzca le resbalaba papada abajo, Imperia se inclinó por un discreto té con limón

—Por lo que veo el niño amenaza con hacerse un estudio que se dará de bofetadas con mi estilo de vida. Pero en fin, que haga lo que quiera. De todos modos, la parte superior será toda suya.

Llegó un cuarto chocolate y, a los pocos minutos, el quinto. Lo cual no evitó que Susanita Concorde continuase su charla, ya con los carrillos a reventar.

—Por cierto, antes de venir aquí estuve con Cristinita, que todavía sigue con la agonía del *lifting*. ¡Santa mía! No sabes tú cómo la ha puesto Cesáreo Pinchón en su crónica de esta semana.

—No lo he leído —mintió Imperia, con pasmosa tranquilidad—. Pero, ¿a qué viene hablar de Cristina cuando estamos hablando de mi hijo?

—Ay, no sé, un pronto que me ha venido; un resto de la impresión, del susto, digo yo. Porque la he visto sin maquillaje y ¡no sabes tú, no sabes tú! ¿Te acuerdas cómo quedaba la cara del monstruo en *Los crímenes del museo de cera*? Pues *comme si, comme ça*.

En un tema que la aburría completamente, Imperia sólo supo decir:

—La culpa es suya por mostrarse en público antes de tiempo.

—Era la prisa por recuperar a su marido. No tuvo espera. Al parecer eso de la sobrina la hace sufrir la mar. Tan dispuesta está a plantar cara que la plantó demasiado abiertamente. Regresaba Esteban de noche y ella le salió al paso para sorprenderle. Él, cuando vio aquella cara, echó a correr gritando... «¡Vade retro, Satanás!» ¡Pobrecito, todavía le están dando tranquilizantes!

—Y yo voy a pedir un tubo si no me dices de una vez qué has pensado para mi hijo...

—Ay, sí, le teníamos bien abandonado, ¿verdad? ¡Por Dios, cómo están estos bollos! ¡Qué lujuria!... Bueno, pues para el niño he pensado algo romántico. Cortinas floreadas y cama con dosel. Algo así como «una eterna primavera en su despertar». Una mariconadita, si tú quieres, pero tampoco parece que tu hijo tenga los gustos de un descargador de muelles. También me ha pedido algún mueble de madera noble y muchas estanterías para guardar objetos de culto. Al parecer, colecciona las cosas más raras.

—No me hables. Me amenazó con traerse su serpiente.

Susanita Concorde dio un formidable salto que comprometió la estabilidad de su butaca.

—¡Por Dios, no pronuncies ese nombre! ¡Madera, madera! —La tocó, la golpeó, destrozándola casi—. ¡Qué sofoco! Tanto me has asustado que voy a pedir otro chocolate.

—Sé que no es de mi incumbencia, Susanita, pero llevas cinco tazas y ocho bollos.

—No debería extrañarte. No voy a tomar nada hasta dentro de dos horas, que tengo lechoncillo en casa de Piluca. Además, una gorda no puede comer lo mismo que una flaca. Por cierto, te estás quedando en los huesos. ¿Tanto te preocupa tu hijo?

—Me quita el hambre —mintió Imperia—. No me deja vivir.

—A mí no me deja vivir la impaciencia del lechoncillo. ¡Será de bueno! ¡Ay madre, cómo será!...

Y al llegar al sexto chocolate inició un periodo de abstinencia, comprendiendo que no era educado llegar a una cena en estado de saciedad.

LLEGÓ IMPERIA A SU CASA, con la inequívoca sensación de que el domingo no fue suyo por entero. No le gustaba cerrar sus días sin una idea positiva en el cerebro, sin un solo pensamiento que mereciera la pena conservar. Su *brunch* con Cesáreo Pinchón le había dejado un mal sabor de boca, y a fe que la culpa no era de la comida. Tampoco de un cotilleo que ya presuponía banal y que en otras circunstancias podía distraerla, divertirla incluso. ¿Dónde estaba, entonces, el pecado, si pecado hubo? Ni siquiera esto. Sólo la certeza de que había estado malgastando sus armas en una cruzada que no le interesaba en absoluto.

¿Qué pensar, sin embargo, de su capitán?

Ese dichoso Álvaro se estaba convirtiendo en un incordio. Asomaba desde cualquier lugar, haciéndole guiños de ángel demasiado viril o de atleta excesivamente aniñado. Esos dientes separados le daban, en el fondo, cierto encanto. ¡Demonios! Se encontraba sonriendo ante el hechizo, apenas posible, de unos dientes que sólo había visto en una ocasión. ¿Por qué quedaron clavados en su mente? Sería por haberlos exhibido tantas veces a los demás. Pero tampoco podía asegurar que fuese ésa la causa. Seguramente, en las fotos no se notaba aquel detalle. No se notaba en absoluto, no eran prominentes, no tendrían la importancia que ella les atribuía.

Buscó en el bolso el dossier que, pocas horas antes, exhibía para asombro de Cesáreo Pinchón. Él no se había referido para nada a la sonrisa del palurdo aquél. Y si la sonrisa le pasó inadvertida, ¿cómo iba a hacer el menor comentario sobre la separación de los dientes?

Aparecía por fin entre las otras fotografías, un Álvaro vestido de baturro y con la sonrisa de par en par, como una ventana abierta a la imperfección. ¡Malditos dientes que ponían semejante poder a disposición de un malnacido!

Tales pensamientos, y cuantos iban llegando para contradecirlos, invadieron la placidez del atardecer poniendo inquietud donde ella deseaba tranquilidad. Lo lamentó también. Terminar el domingo con los nervios desquiciados equivalía a considerarlo perdido una vez más.

Sobre el sofá, las fotografías del galán del traje gris la miraban como un desafío de la imaginación. Era precisamente el desafío que no deseaba recoger. Antes prefería una revista, cualquier tipo de libro, zapear ante el televisor, de uno a otro canal, sin reparar en ninguno. Y por primera vez en muchos domingos, todas las revistas carecían de interés, los libros caían de la mano, los canales iban transcurriendo a una velocidad que era pura alucinación. Todos los alicientes eran tan grises como los trajes de Álvaro Montalbán.

Sentía la pesadez de una soledad no elegida y, por lo tanto, en absoluto apetecible. La invadía por sorpresa, aplastándola. Y la inercia era tan fuerte que ni siquiera le apetecía liquidarla con una simple llamada a cualquier amiga.

Después de muchos paseos por el salón, se encontró en el altillo, pensando en su hijo. Durante la cena del viernes, Alejandro pretendió establecer alguna relación entre el niño y Álvaro Montalbán, pero ella resistiría en todo momento la tentación de compararlos. Tampoco a sus sentimientos hacia cada uno de ellos. Entre otras cosas, porque tales sentimientos no existían. Y si era necesario inventar uno para que eliminara de cuajo la posibilidad del otro, le convenía elegir el sentimiento maternal, construyéndolo en torno al niño Raúl. Podía resultar casi, casi saludable.

En aquel altillo sumido en la penumbra, apareció por primera vez la posibilidad de un hijo portador de valores divertidos, precisamente los únicos que Imperia nunca calculó en su ritmo de inversiones. Durante los últimos días, la esclava Presentación había limpiado el altillo de muebles desechados y enseres imposibles. Susanita Concorde, entre lechoncillo y lechoncillo, sabría convertirlo en un cuarto encantador. Y el niño Raúl podría desordenarlo todo a su antojo, según los augurios fatalistas de Presentación y los temores de la propia Imperia.

Sin embargo, convertir la maternidad en algo divertido podía implicar, también, aquel desorden. ¿Por qué desechar los ritmos de lo imprevisto? Entre libros amontonados, posters de colorido chirriante, discos a todo volumen y el consabido aluvión de calcetines, calzoncillos y camisetas, aquel mundo enclaustrado en la irreprochable monocromía del diseño podría parecerse en algo a la vida. Acaso el imprevisto pudiera guardar algún parecido con el hedonismo.

En cuanto a la vida sentimental de Imperia, sabemos que el niño Raúl no había desempeñado un gran papel en ella. Para ser exactos: ni grande ni pequeño; no había desempeñado ninguno. Recordaba el último encuentro de ambos, una tarde de verano, en la masía del Ampurdán. No le gustaba a ella reencontrar, en aquel viaje, otros momentos de su vida, encerrados en aquel espejismo que, durante algún tiempo, dio en llamar juventud.

Fue una visita rápida, efectuada entre viajes, para saludar a sus padres y de paso —pero muy de paso— encontrarse con la evidencia de que seguía teniendo un hijo.

Fue una evidencia tranquilizadora, si es que una madre de este tipo necesita sentirse tranquilizada. Para la madrastra era un hijastro adorable, para los abuelos un nieto precioso, sólo su padre le consideraba una especie de marciano, en absoluto parecido a lo que había esperado. Conociendo a Oriol, Imperia se congratuló de que así fuese. Lo que él podía esperar era el adocenamiento, la vulgaridad y la indiferencia.

Decidió Imperia que Raúl era un niño completamente feliz, una criatura de talante dulce, que sonreía a todo el mundo, durante todo el tiempo. Le recordaba de tez quemada por el sol y pelo negrísimo como el de ella, pero ensortijado como el de un pajecillo renacentista.

Ahora, en aquel altillo vacío, le situaba en el presente y le reprochaba todos los inconvenientes que sus caprichos podían aportar a una decoración que ella había decidido de antemano.

En estas meditaciones se encontraba cuando le avisaron desde la portería que estaba subiendo por el ascensor privado la famosa Reyes del Río. Una visita sorprendente a aquella hora y en aquel día.

No reconoció en principio a la folklórica. No sólo porque se ocultaba tras unas enormes gafas oscuras, sino por lo desacostumbrado de su atuendo. ¿Sería el domingo lo que la convertía en una mujer distinta?

Sorprendía su elegancia, pues empaque se sabe que lo tuvo siempre. Bajo una enorme capa que la envolvía de la cabeza a los pies, apareció un discreto conjunto de *tweed* acompañado por un pañuelo de seda negra que arropaba su rostro magnífico, otorgándole una aureola de nobleza natural. Y cada uno de sus gestos, dirigidos con insólita autoridad, parecían acompañar a aquella imagen desconocida, que diríase nacida para vestir bien. Una maniquí irreprochable surgida como por ensalmo de un despropósito inicial.

—Dos horas esperándola dentro del coche y usted sin retirarse. Déjeme entrar, por favor.

—¿Cómo te ha dejado salir sola tu madre?

—Mi madre está en el bingo con unas amigas. Déjeme entrar, rediez, que me estoy helando.

Dio un magnífico pase con la capa, rematándolo con un desplante digno de emperatriz. Imperia no se privó de admirar aquella novedad absoluta: «Si no fuera porque su público la quiere con colores tan chillones y siempre verbenera, podría sacarse de ella algún provecho. ¡Una flamenca *dandy*! No es mala idea. Sólo falta saber si vendería.»

Más se asombró al verla interesada por algunas piezas decididamente vanguardistas.

—Me gusta su casa, Imperia. Tiene estilo.

—Hazte una igual. Fortuna no te falta.

Reyes se echó a reír, con picardía.

—¿Quién iba a creer en una folklórica que vive entre muebles de diseño? ¿Se imagina que viene la prensa y encuentran a Reyes del Río sentada en una silla de Mackintosh o en un sofá de Philipse Starck? A mí tienen que verme entre muebles recargados, marqueterías doradas y cuadros de virgencitas. Ni el *high-tech* ni el minimal van con mi leyenda.

—Oye, ¿y de dónde has sacado tú esos nombres?

—Los habré leído en la peluquería. ¿Dónde si no? Ya sabe usted, tampoco se creería la prensa que Reyes del Río lee otras revistas que no sean las de princesas y marquesonas ni más libros que los de contabilidad.

—Tienes razón. Y encima sería malo para el negocio.

Reyes del Río la miró con cierto sarcasmo.

—Volvamos, pues, a la folklórica. Vengo por dos razones. La primera me urge a mí. La otra a Eliseo mi primo.

—Empieza por la tuya. Me temo que no va gustarme.

La invitó a sentarse, mientras ella se preparaba un whisky. Por primera vez en mucho tiempo la veía expresiva. Sólo que su expresividad era la de una furia que surgía, incontenible, de los ojos intensamente verdes. Al quitarse las gafas, aquellos ojazos centellearon, desafiantes y rociados de brujería.

—Vengo a comunicarle que no pienso ir al doctor que me ha buscado. Mejor dicho, que tampoco me busque otro, porque no tengo nada que enseñar.

—¿A qué debo atribuir tu negativa?

—A que se ha terminado la broma. Y nada más.

—Me parece que no eres tú quien tiene que decirlo.

—¡Mira tú, la faraona! ¿Pues a quién tienen que examinar? ¿Y quién se va a convertir en la risa de cualquiera que tenga un dedo de frente? A Reyes del Río, que es esta menda.

—Esa Reyes del Río olvida un detalle: no es más que un invento de los demás.

—Digo yo si habrá usted pensado que no tengo dignidad.

—Ni me lo pregunto. Doy por descontado que aceptaste traficar con tu virginidad. Esto lo dice todo.

—Virgen soy por el negocio. Y por eso lo seguiré siendo. Pero ni por el negocio tengo yo que rebajarme a cosas que me desacreditan. Me da igual lo que publiquen las revistas. A mí no me examina otra vez un alfaquín de ésos, porque me humilla el solo hecho de pensarlo.

—A saber qué entienden por humillación las de tu gremio.

—No sé lo que entienden las colegas. Yo, para que se entere, no soy un trasto.

Imperia estuvo a punto de preguntar: «¿Y qué eres si no, bruta más que bruta?» Se contuvo a tiempo ante el nuevo ataque de la folklórica.

—¿Usted no ha pensado en la posibilidad de que esté tratando con personas?

—Es un lujo que no puedo permitirme en mi trabajo. Y a menudo ni siquiera fuera de él.

—¿Tan superior se cree?

—La verdad es que sí. Considerando el ganado, me creo muy superior al resto, incluida tú. Supongo que por esto me buscáis todos. Porque soy superior y gasto pocos miramientos.

—La compadezco a usted. No tiene corazón.

—Queriendo huir de tu imagen caes en tu repertorio. Me agredes con frases que son puro melodrama.

—Y serán la hostia consagrada, si usted quiere, pero cuando digo y redigo que se ha acabado el cuento es que de verdad se acabó. Entre otras cosas por dignidad. ¡Ea, que no tiene usted derecho a sospechar de mí por una ridiculez que ni usted misma la cree!

—Que lo crea o no, carece de importancia. Interesa que lo crean los demás. Y además, la verificación de tu virginidad me va estupendamente para el programa de Rosa Marconi.

—Pues lo siento por esa tía, pero los secretos de mi sexo no son para ser televisados en hora punta. Que enseñe ella el suyo, que bien triste lo ha de tener.

—¿Y la ladilla?

—Cosas mías.

—Y de mucha gente. No lo olvides.

—¿De los que comen a mi costa, usted incluida? ¡Ande ya, esaboría, que hay que tener muy poco cacumen para pensar que por eso se desvirga una! Y en un última instancia, la ladilla estaría en el trasto, digo yo.

—¿En qué trasto?

—En el que me prestó Eliseo. El falo artificial, mujer. Él lo usaría primero para sus gustos y dejó al bichito allí. Pegadito estaría.

—¿Quieres decir que utilizaste el falo para...?

—Digo.

—¡Niña!

—¿Y en qué rompe sus planes un falo de goma? A mí me dio el gusto que necesitaba, y virgen sigo. Si se trata de que dure el chollo, ¿a quién le importa lo que me entre si al cabo no ha de desvirgarme?

—No se trata de esto. Es que el verte obligada a utilizar sucedáneos significa...

—¿Qué va significar, sentrañas? Que estoy muy necesitada.

Aquí se entristeció de tal modo la folklórica que Imperia perdió el control de sus emociones.

—¡Que estás muy necesitada, dices!

—Y muy padecida. Así estoy.

—¿Tanto?

—De morirme de ganas de ser por fin mujer. Que hasta ahora sólo he sido una bata de cola, un clavel y una peineta.

—Y ese falo, una cosa tan artificial, ¿te daba gusto?

—Osú. No lo sabe usted bien.

—¿Lo cogiste... después de que tu primo...?

—Él lo utilizó por detrás y yo por delante y el bichito ese saltaría de lo suyo hacia lo mío. Y ahí se quedó, como el bicho de la canción. ¿No la conoce?

La tarántula es un bicho muy malo
no se mata con piedra ni palo...

Pues mismamente la ladilla. Muy traicionera es, lo digo yo.

—Júrame que no ha habido hombre.

—Por la Reina de las Marismas se lo juro.

—¿Y mujer?

—¿Mujer pa'qué?

—Para lo mismo. Por Miranda Boronat lo digo.

—¿Esa locandis? A ésa le ponen una teta delante y se desmaya, conque mire usted lo que pudo haber. Y aunque lo hubiera. Una mujer, que se sepa, no desvirga. Y alguna compañera que lo ha probado dice que hasta da placer y todo.

—No son asuntos que me incumban.

—Ni a mí, no vaya usted a pensar. Le seré franca, a mí me funciona muy bien lo de la virginidad, pero no esperaba que usted se lo creyese. La tenía por más inteligente.

—¿Conoces a alguien de esta sociedad que crea en lo que está haciendo?

—No me venga con trampas que no le estoy hablando de esta sociedad. Le hablo de usted.

—Yo no creo en nada. Pero debo hacer que los demás se crean lo que hago. Tu virginidad, en este caso. Sigo pensando en el programa de Rosa Marconi.

—Bien poca cosa sería la Del Río si sólo pudiera ofrecer a su público el tema de la virginidad. Además, ¿no escribe usted las preguntas? Pues compóngaselas para inventar algo más inteligente.

—¿Qué te hace pensar eso?

—Cuestión de estilo, guapa. Cuando las escribe Rosa Marconi, son una bobería por más que presuma la redicha. En cambio, cuando son de usted, tienen un sentido, ¿cómo le diría yo?, de alguien que me conoce... de alguien que se ha fijado en mí...

—Oye, niña, ¿pero tú no eras burra?

—Pues claro que soy burra, malaje. Lo que no soy es tonta.

Imperia la cogió por los hombros. De repente, Reyes no fue la folklórica taruga, sino la pobre niña extraviada que pedía soluciones urgentes para un problema vital.

—No se hable más —dijo Imperia, comovida—. Bastante has hecho ya.

—¿Amigas, pues?

—A medias —bromeó Imperia—. Lo justo para brindar. ¿Jerez fino, manzanilla o vino tinto?

Reyes del Río se echó a reír.

—Esta noche no voy de coplera. Póngame lo que toma usted.

—Mira que es whisky...

—Miro, me lo tomo y santas Pascuas.

Fue Imperia hacia el bar. Mientras preparaba la bebida, recordó que había otro motivo para aquella visita. No fue necesario preguntar. La folklórica se acercó a ella y, en tono vacilante, murmuró:

—Tiene usted que prestarme un poco de parné hasta que cobre el de las Américas.

Imperia quedó pensativa unos instantes, los necesarios para terminar el whisky ofrecido. Se lo dio a Reyes. Por fin dijo, en tono severo:

—Pensé que lo de tu economía había quedado claro. No te conviene continuar manteniendo a toda la tribu familiar.

—Y ni un duro me sacan que a mí no me cuadre. Por lo mismo, no quiero recurrir a ellos cuando necesito un dinero inmediato. Es para Eliseo mi primo. Tiene que operarse.

—No sabía que estuviese enfermo.

—No lo está. Es que quiere que le pongan tetas y una vagina.

A Imperia estuvo a punto de caerle el vaso.

—Perdona, tal vez no he comprendido. ¿Qué has dicho que quiere ponerse?

—Unas tetas y una vagina.

—¿Y para qué las quiere?

—Para ser como usted, como yo, como mi madre.

—¡Quiere ser mujer!

—Osú. ¿Conoce usted un empeño más noble?

Imperia apuró el whisky de un solo trago.

—Muy noble, en efecto. Llamaré a mis amigas feministas para que le hagan un monumento.

Pero la que llamó en aquel preciso instante fue doña Maleni. Una llamada intempestiva, que sólo podía obedecer a un motivo:

—¡Ay, qué duquitas, doña Imperiala, qué duquitas más negras! ¡Que salí yo a binguear con mis comadres y al volver fui derechita a ver si la niña había hecho sus plegarias y me he encontrado con la cama vacía! ¡Que no está, doña, que no está!

—No está en su cama porque está aquí —dijo Imperia, secamente.

—¿En la cama de usted?

—En mi salón, señora.

—Pásemela, que la voy a dejar de chupa de dominé.

No se diría que Reyes del Río estuviese muy dispuesta a

tolerar reprimenda alguna. Por el contrario, contestó con tal violencia que consiguió aplacar la furia de doña Maleni, aunque no sus temores.

—¡Es que me vais a matar entre tú y tu primo! Que una me llega a las tantas y el otro no se ha dignado presentarse ni a las tantísimas.

—Mire usted, madre, que Eliseo ya es grandecito.

Siguieron con el blablablá en forma de griterío hasta que Reyes colgó el auricular, de golpe y con un bufido de furia.

Quiso Imperia parecer conciliadora:

—Entiendo que tu madre no sabe lo de las tetas y la vagina. Puedo imaginar su reacción cuando se entere.

—Tendrá que acomodarse al ritmo de los tiempos. Más le conviene. Se va a encontrar con dos mujercitas en la casa. ¡Anda que no gritará cuando le toque recoger la menstruación de Eliseo! Porque mi primito ha sido siempre tan mujer que es capaz de menstruar más que usted y yo juntas.

Y al decir esto su expresión apareció brutal, salvaje, incluso cruel. Por todo ello, bellísima.

Todavía no menstruaba Eliseo y era dudoso que llegase a menstruar jamás, a juzgar por la experiencia de sus amigas de palique. Ninguna lo consiguió desde que dejaron de ser hombres, y aunque es cierto que una de ellas llegó a asombrarlas un día al presentarse con las bragas empapadas de sangre, se supo después que era un corte que ella misma se había practicado con una hoja de afeitar, en el sitio donde pierde la entrepierna su digno nombre. Y dijo a todo esto Antoñito la Cinemascope: «No le bastó con el corte que le practicaron para hacerla hembra, que encima se va haciendo orificios sin ton ni son.» Y la llamaron desde entonces Coñito Siamés, por lo del doble.

Conoce el lector avispado a algunos de estos personajes, pues son flores de esquinas muy transitadas, nocheras de bulevares ligones, sirenas de gasolinera trasnochadora, odaliscas de night-club dado al alterne ambiguo...

Caía la madrugada sobre Madrid y, ya cumplido todo el trabajo, se reunieron para tomar un ponche en la tienda de discos antiguos que regentaban la Frufrú de Petipuán y su novio el Ben-Hur de la Corrala, así llamado porque era un cruce entre aquel velludo campeón de carreras y un chulo postinero de la época de las verbenas.

Tenía la tienda un no sé qué de museo de reliquias. Junto a los discos de bandas sonoras de películas, copla andaluza y las cupleterías que más complacen a las locas, había mil recuerdos de las divas de otro tiempo y algunas que, siendo de hoy, parecían del tiempo de La Goya. Y así discurrían las madrugadas entre postales de María Félix, castañuelas que pertenecieron a Juanita Reina, un abanico que fue de Marifé, unas alpargatas de la Meller y un plátano disecado de Josephine Baker. Todo colgando del techo, a guisa de exvoto mariano.

En tan agradable ambiente hallábase Eliseo aquella madrugada, aprendiendo ardides mujeriles gracias a la experiencia de aquellos a quienes, en el ambiente, llamaban «das operadas».

Dejaron todas de ser machos para convertirse en mujeres de bandera. Nunca fue esta expresión más adecuada. Pues no bien les pusieron lo que Dios no les dio, extirpándoles además lo que Dios tuvo a bondad concederles, pasaron a ser más mujeronas que cualquier hembra de tronío. Mezclábanse en sus corpachones distintas modas, tomadas las más de las veces del celuloide. Todas tenían un prototipo previo al cual habían adecuado el prodigio de su transformación. Quién quería parecerse a la Marlene, quién a la Rita, quiénes a la Lola y hasta a la Minnelli las más jóvencitas y modernas. Ninguna imitó a Virginia Woolf, ni a Golda Meir; sólo la más rojilla de entre todas se hacía llamar Karlota Marx, pero cuidando de parecerse a la Jurado. Que una cosa no quita la otra, y una ideología no ha de robar clientes a la hora de hacer esquinas.

Llegaba de la suya un cándido transexualillo que, después de la operación, presentaba la apariencia de la cieguita del cuento. Pese a que ningún depilatorio había conseguido eliminarle la barba dura ni los pelos que brotaban cual alambres por las piernas, iba de rubia platino su melena, rematada por delante en un flequillo a lo Claudette Colbert y recogida por detrás en coquetona cola de caballo para complacencia de los clientes que las prefieren jovencitas. Llamábanle la Chantecler porque éste era el nombre del local donde cantaba la Sara en aquella película que la presentaba tan guapísima. Y lo mismo que su ídola al final, cuando una ola le arrebata al novio rubio, lloraba nuestra maricona que, de tanto líquido, era ya una gota fría.

Quisieron consolarla todas, pues la sabían muy vulnerable. De entre todos los prototipos, ella había elegido en el repertorio de las ingenuas. Y sin llegar a la categoría de una tonta del bote, llevaba el bote colmado de tontería.

Al verla entrar, preguntó la finísima Frufrú de Petipuán:

—¿Qué te pasa, Chantecler, que llevas tanto luto en tus ojitos?

—Que tengo tragedia en casa, Petipuán. Que mi madre no me habla desde que salí de la clínica.

—Mujer, es que te fuiste llamándote Vicente y le regresaste con las tetas más hinchadas que la Loren.

—Por lo de las tetas ya transige mi madre. Es lo del chocho lo que la pone a parir. Y sufro yo de verla sufrir tanto que si fuera ahora el momento me volvía a poner lo que tenía, a pesar del asco que me daba encontrármelo colgando como un salchichón enrojecido.

Terció entonces la Dalila, así llamada por su parecido a la Hedy Lamarr:

—Pues enséñale el chocho para que vea lo mono que te ha quedado. Que no tendrá ella uno tan bonito aunque sea natural.

—¡Con el chocho de mi santa madre no te metas, que te arranco los ojos, bruja mala!

Intervino al punto la Frufrú de Petipuán, apaciguadora:

—No te soliviantes, maricona, que en esta comunidad se tiene a las madres del universo mundo en un altar, de tan respetadas y reverenciadas y del don que tienen de poner hijos en pueblos y ciudades, que es lo que una pide a Dios todas las noches, y Dios que se habrá quitado el sonotón, porque no escucha.

Temieron todas que a la Frufrú le diera por lo místico, así que se apresuró a cortar la Dalila:

—Lo que servidora aspiraba a pronunciar, si se permite, es que los chochos naturales no son iguales que los que hacen en Denver, Colorado. A las mujeres se los pone la naturaleza sin reparar en el diseño. En cambio a nosotras, como somos mujeres por voluntad y no por destino, pues nos dejan el albedrío. Y una puede decidir si lo quiere apaisado, como el que tiene la Cinemascope, o más tirando a ojo de buey o estilo Celeste Imperio, como se lo hicieron a la Sayonara.

Se destacó entre las tinieblas la Sayonara, así llamada porque de hombre tenía un lejano parecido a Marlon Brando y de mujer había salido un cruce entre Miko Taka, Machiko Kyo, Myoshi Umeki y el alcalde de Móstoles.

—Así me lo dejaron —dijo la aludida, con orgullo—. Y es una almendrita que luzco entre las piernas para gozo de los amantes de exotismos, objetos, telas y manjares del Mikado entero.

Mostró aquel prodigio de la cirugía, para estímulo de las novicias que todavía no estuvieran decididas. Y todas aplaudieron la perfección del cosido, en punto de arroz, y lo almendrado que quedaba su diseño.

Pero ni siquiera ante aquella exquisita evidencia dejaba de lloriquear la Chantecler.

—¡En mala hora me puse el mío, desgraciada de mí!

—¿No has tomado una decisión? Pues asúmela, que pareces una cantaora de saetas y para esa pena no hacía falta tanta operación ni tantos duros.

—Si no es sólo el dolor de mi madre. Si son las agonías que me dan a mí cada vez que me penetran.

—Hija, es que está recién hecho. Como un bollito que saliera del horno.

—¿Recién hecho dices? Siete meses hace que lo estrené y todavía la otra noche me la metió un cliente y del tormento que me dio tuve que gritar: «Sácala, ladrón, que se me atraganta.»

—¿Y cómo era el pollón del referido?

—Unos veinte centímetros.

—¿De largura? —preguntó, asustada, la Frufrú de Petipuán.

—De grosor, nena. De largura iba para los dos palmos.

—¡Pero qué bruta eres, Chantecler!

—¡Hija, es que a mí me gustan de ese tamaño!

—Pero ¿no ves que eso no es normal? Cinco años hace que tengo yo el mío y ha entrado lo mejorcito de esta villa y corte y no me atrevería a meterme una berenjena de tanta envergadura.

Intervino la eficaz Sayonara:

—Además, que tienes que hacer gimnasia.

—¿Para los michelines?

—Para el chochito, burra. Tienes que meterte cada día un consolador. Que te lo abra, que te lo ensanche, que le enseñe a cundir.

En este punto aumentó el torrente de lágrimas de la ingenua.

—¡Ni para un consolador tengo dinero! ¿No ves que no trabajo?

—¡Serás gandula, Chantecler! Si tienes una esquina que es un cheque en blanco. Si coges tres hoteles de cuatro estrellas, dos tablaos flamencos, tres bingos y un restaurante de caprichos libaneses.

—¡Para capricho esta suerte mía! Cliente que pesco, se me pone hecho un basilisco cuando le digo que estoy operada. Y hasta hubo uno que me arreó una paliza y me trató de maricón.

—¡Qué injustos son a veces los hombres! —suspiró la Dalila.

—Pues no se lo digas, boba. ¿Para qué han de saberlo? Tu chocho no tendrá las dimensiones del de la Cinemascope, pero es bien tuyo. Pues que entren, que paguen y *au revoir*.

—¿Cómo no les voy a decir que soy postiza, con esta barba que no la cubro con ningún maquillaje y estos pelos de las piernas, que cuando me las acaricia el cliente se hace sangre del pinchazo?

—Hija, pues también hay mujeres barbudas.

—Sí, nena, pero están en el circo y no en la Castellana.

Mientras duraba la polémica en torno a los problemas de la Chantecler, pensaba Eliseo en su futuro. Viajaba su mirar de una operada a otra, y aunque a todas las encontraba prodigio de magnificencia, chulas de habla e ingeniosas en decires, no podía esconder ciertos temores.

Fue entonces cuando se volvió hacia él la Frufrú de Petipuán, puesta en jarras.

—Y aquí, la doña María de Padilla, ¿qué tiene que aportar a la problemática? ¿Te haces el chocho de una vez o te abstienes?

—Decididita estoy —dijo Eliseo—. Pero me está dando un repeluz todo lo que cuenta la Chantecler, del daño que hace una vez que se lo han puesto.

—Es falta de previsión. Para tragarse lo que se traga ella, tenía que haberlo pedido más ancho y más profundo. Cuando está cosido, ya es más complicado.

—Tampoco quiero yo una boca de lobo, que no he de hacer la calle como vosotras.

—Si nosotras tuviésemos una Reyes del Río como prima tampoco tendríamos que ejercer la prostitución. No te creas tú que no joroba pasarse la noche bajo el frío, escotadas y minifalderas, y diciendo a cada coche que pasa:

> Por delante o por detrás
> me la das, me la das, me la das...

Coincidieron todas en lo afortunadas que son las mariconas que tienen a una folklórica de éxito por parienta. Sobre todo una como Reyes, que tenía al primísimo muy regalado a base de chaquetas, pantalones, relojes y hasta alhajillas. Pero, lejos de considerar tales ventajas, Eliseo seguía en lo suyo, que al fin resultó ser primordialmente cuestión de ahorro. ¡De la virgen del puño era, como su prima!

—¿Y a Denver, Colorado, dices tú que tengo que ir, habiendo quién lo hace en Casablanca, Morocco, que está mucho más cerca?

—Eso, que de paso ves los sitios donde se paseaban el Bogart y la Ingrid.

Saltó entonces la Dalila, que en sus tiempos de hombre había sido crítico de cine:

—¡Qué ignoranta eres, Karlota Marx! ¡Pues no sabes que la película aquélla la rodaron entera en Jolivú? Y además, que en Casablanca han hecho verdaderas carnicerías. Han inutilizado a muchas hermanas de la generación de la Coccinelle y la Bambi. Y alguna se les quedó en el quirófano, que no pudo decir ni este chocho es mío.

—Sí que hubo mucha difunta. Pero también es verdad que la que salió bien de la operación quedó divina. Y más barata.

—Pero bueno, ¿por una vez que te pones un chocho, que es para toda la vida, vas a venir tú con las rebajas? ¡Es que las hay agarradas! Y luego todas queremos ser iguales. ¡Y no puede ser, ea, que no puede ser!

—Que es como todo —dijo la Sayonara—. La que compra barato, compra dos veces. Y cambiar de chocho dos veces, ya es frivolidad.

—Pero no he de pensar sólo en las partes inferiores de este *body* —adujo Eliseo—. ¿No viene primero lo de las tetas? ¿No deberían hormonarme antes?

—Con poco que te hormonen, ya te salen a ti los Pirineos en la delantera, que materia prima no te falta.

—Pero una cosa es teta de hombre y otra muy distinta es pechuga de mujer de armas tomar. No voy a ir presumiendo de real hembra, siendo en el escote más plana que la lady Di.

—Tiene razón la novicia. No se puede empezar la casa por el tejado, ni la maricona por los tacones.

—Ya tengo la cabellera rizada y negra como la Paca Rico en *Debla la virgen gitana*, pero no quiero imaginar el ridículo que haría si ahora me pusiera aquella blusa tan divina que llevaba ella, toda abierta en el escote y con volantes, para sacar el hombro a la altura de las mejillas, que se lo he visto hacer a la Ava y a la Rita y a todas las que son dignas de imitación. Pero también veo que tenían ellas de qué presumir en la *poitrine*. O séase, que para llegar al rango de las suso-

176

dichas que me hormonen y me dejen unas buenas tetas; vamos, tetas que me bailen, y después que me hagan una buena depilación eléctrica, que no tenga que ir todo el día como vosotras con el *gillette* y el *after shave* a cuestas. En cuanto al chocho, que me lo regale mi prima para las Navidades del año que viene.

—Y si no que te lo traigan los Reyes, rica, que de eso no han traído todavía...

—Descastada... ¿iban a traer los Reyes Magos chochos postizos a los niñitos de siete años?

—Pues mira, si a mí me lo hubieran traído a esa edad, todo esto que tendría ganado. Por lo menos, no hubiera hecho la mili.

Cantaba en Cuenca su serenata el gallo del alba y sobre las avenidas de Madrid empezaba a canturrear la suya el incesante fragor de ruedas, bocinas y taladradoras que anunciaban el nacimiento del día llamado lunes. Y cuando ya estaba Jehová por bendecir todas las cosas de su Creación empezaron las operadas a disolver la concurrencia, dirigiéndose cada una a lo suyo, que era dormir hasta las nueve de la noche para afeitarse mejillas, tetas y sobacos y salir a triunfar con la llegada de la noche, cuyas reinas eran.

Así salió de la tienda de discos aquel tutiplén de mujeronas, marcando firme sobre sus botas de cuero y ondeando al viento sus melenas que parecían las lavanderas de Portugal, mal comparadas. Se bifurcaron todas al llegar a Cuchilleros y así se encontró Eliseo paseando a solas bajo el fulgor de la mañana. Fue a pie hasta la plaza Mayor y escuchó más de un requiebro de labios de albañiles que empezaban sus tareas en las múltiples obras de la zona. Aunque los requiebros eran gritos como «sarasa», «mariconazo» y algunos más de parecido corte, los traducía él a su propio idioma y así los celebraba en una suerte de delirio zarzuelero. Garboso paseaba con su mantón de manila cuyos flecos movíanse con ritmo de habanera, y, más le decían maricona los albañiles, más pensaba él que era la Mari Pepa. Porque era un modo maravilloso de recibir los albores del lunes pasearse por calles y costanillas del Madrid antiguo y oír el impacto de sus botines sobre el enladrillado mientras surgían de rejas y balcones los primeros gritos de las vecinas, el canto de las floristas, el traqueteo de carrozas y tilburís y el paso marcial de los cadetes de la reina, mientras de otras esquinas brotaba el parloteo de las planchadoras, la voz del vendedor de diarios, el manubrio con lo último del maestro Chapí y el chulapo que pregonaba la venta de agua, azucarillos y aguardiante.

¡Bendito Madrid de sabores incomparables para una marica preñada de ensoñaciones!

Vio a lo lejos una iglesia diminuta y le salió la flor de misticismo que guardaban en su corazón las damiselas de antaño. Compró un ramito de violetas secas y entró en la iglesia buscando una imagen de san Antonio, santo que inventó a su modo las agencias matrimoniales. Al no encontrarlo y al comprobar que las demás capillas eran para santos de reparto, se detuvo ante la capillita de una virgen poco agraciada. «Rediez, qué fea les ha salido esta Virgencita, pero espero que tendrá la misma influencia allá arriba que las guapísimas de Sevilla.» Y en esta confianza depositó sobre aquel altar sus violetas. Seguro que serían del gusto de la Señora. Total, ni un mal adorno tenía, la pobrecita.

«Hazme salir con bien de la operación, Virgen mía, y que me dejen un chocho como Dios manda, si no es blasfemia expresarlo así. Y en teniéndolo yo bien cosido, y en habiéndolo ensanchado como el de la Cinemascope para darle un uso correcto, consígueme un marido cabal, labrador de mucho aire, probo como un san Isidro y que se conforme con lo de no tener hijos. Pues por mucho que las ciencias adelanten, eso de quedarme preñada sí que lo tengo negro. Eso no lo consiguen siquiera en Denver, Colorado, de los USA de América.»

El corazón le dio un salto cuando vio que la Virgen le sonreía. ¡Alma noble, ese Eliseo, que tan fácilmente se emocionaba! Pero también almita previsora. Pues al instante pensó: «Y que me dejen más guapetona que a ti, porque de lo contrario me quedo toda la vida para vestir santos.»

Se santiguó con la devoción que conviene a un cristiano viejo o a una cristiana a punto de nacer.

CAPRICHO DE MUJER

No todos los lunes tenían un inicio tan trechero. El de
Imperia era más de diseño. Un despertar escueto, lineal, con
primeras decisiones extremadamente prácticas. A toda velocidad, sin ningún riesgo, con todo a punto. Ni un buen humor
ni un mal humor, ni una sonrisa ni un sesgo de pesar. Un
gris intenso. En cuanto al sentir poético, nada más lejano.
Era una profesional. Y el lunes es el día en que las profesionales renacen de sus cenizas. La perspectiva de una semana a
tope exhorta a la acción, pero no a lo imprevisto. Se requiere
tiempo para planificar. El lunes, con la semana todavía indecisa, es el día que mejor se presta al *planning*.

Mientras desayunaba lo mínimo que permite la prisa dio
por concluida la tregua del fin de semana y pasó a los mensajes recogidos en el contestador. Sonaba la voz de Miranda
Boronat, indignada:

—Informe de tu espía preferida sobre el Montalbán de marras. Siento decepcionarte, pero de éste no vas a hacer nada
bueno. No le interesa la cultura argentina, que es la más cosmopolita del mundo. Además, vive obsesionado por las putas
de la peor estofa. ¡Qué asco me da, Imperia, qué asco me da!

Imperia no quiso escuchar más. Fue una pena. De hacerlo, habría encontrado un recado urgente de Martín comunicándole que entre la llamada de Miranda en la madrugada
del sábado hasta ese lunes en que su mensaje era escuchado,
la señora había vuelto a beber. Para ser exactos: la habían
encontrado completamente borracha.

Desconociéndolo, fue la propia Imperia quien se acusó a
sí misma de beoda al pensar en aquel ser despreciable cuya
descripción acababa de hacer Miranda. «¡No le interesa la cul-

tura argentina!», gritó para sí. En realidad, no podía reprochárselo. Buscó otra excusa: «No voy a hacer nada bueno de él.» Tampoco era motivo: al fin y al cabo todavía no habían empezado. «Vive obsesionado por las putas de la peor estofa...» ¿Justificaba aquella acusación su repentino desprecio? Éste era exactamente el problema. La existencia de aquellas señoritas en la vida de Álvaro. Y, en tanto que problema, no dejaba de martillar en su cerebro mientras se dirigía al parking y se instalaba en el Jaguar, trepidando de furia. Tanto que no acertaba a dar con la marcha adecuada.

—¡Repugnante! ¿Cómo puede ser capaz de engañar de esta manera? Con esa sonrisa de borreguito asexuado no es más que un despreciable crápula.

El tráfico aparecía mucho más despreciable de cuanto pudiera ser nunca Álvaro Montalbán. El tráfico acosaba por todos los lados, impedía cualquier acción, terminaba aplastando, precipitando a los nervios hasta sus límites más frágiles. Ni siquiera los adornos navideños, que atravesaban las calles por encima de su cabeza, podían distraerla de su enojo. Podía ser el propio de recobrar la salvaje agitación de la urbe tras la apacible tregua del fin de semana, pero también el que se derivaba de sentirse engañada en puntos que, por otra parte, no tenía derecho a prefigurar.

¡Un error propio de mitómanos en una mujer que, durante toda su vida, sólo había acertado a mitificarse a sí misma!

Los supuestos apetitos de la fiera erótica representada por Álvaro Montalbán la sumían en un mar de indecisiones. A medida que se iba apaciguando, alcanzó una conclusión: no podía despreciarle como hacía Miranda, eso equivaldría a renegar de sus principios, pero le estaba aborreciendo a causa de algún principio recientemente adquirido y que todavía no era capaz de dominar.

¡Extraño, innovador principio que se llamaba simplemente Álvaro Montalbán!

Llegó a la Firma echando chispas. La secretaria Merche Pili, vestida de rosa en todas sus partes, supo que el día se presentaba tormentoso. Se lo comunicó en sordina a su ayudante, la subsecretaria Encarnación, solterona como ella y tan televisiva, si no más.

—Hoy nos tocará ir de cabeza —dijo Merche Pili—. Prepara tila en abundancia y escóndete cuando empiece a arrojar objetos. Yo ya estoy acostumbrada. Tengo mi ejemplo de resistencia en santa Genoveva de Bravante.

Imperia se entretenía dando vueltas alrededor de su mesa, signo inequívoco de que algo podía estallar de un momento a otro. Pensaba Merche Pili que la jefa no habría tenido suerte durante el domingo. Olvidaba que todos sus domingos eran afortunados. Cuanto menos, lo fueron antes de que llegasen a sus manos las fotografías de Álvaro Montalbán.

—¡Cerdo incivil! —iba rugiendo ella—. ¡Putero indigno!

—¿Mande? —preguntó la secretaria, ruborizándose.

—No iba por usted, querida. De hecho, nada de lo que hoy suceda va con usted. Espero que sabrá perdonarme cualquier agresión...

Merche Pili se limitó a desear que no fuesen agresiones de tipo físico. Acto seguido se apresuró a tomar los dictados de Imperia sobre asuntos concernientes a la folklórica. Pero Imperia no parecía atenta. Los despachó rápidamente, sin poner interés. Acto seguido, se encerró en un silencio, profundo y amenazador. Lo interrumpía de vez en cuando pronunciando el nombre de Álvaro Pérez. Comprendió Merche Pili que el fulano no le caía demasiado bien. Le había invocado como quien habla de un leviatán...

A media mañana tenía reunión de trabajo con los encargados de estilismo. Profesionales capaces de convertir una ternera leridana en una vaca sagrada de Benarés, cargada de adornos y adorada sin rechistar por miles de idólatras sin capacidad de decisión.

De eso se trataba, al fin y al cabo: de que nadie pudiera ver a Álvaro Pérez como algo ligeramente distinto de lo que iba a salir de aquel despacho aquella misma mañana.

Inmaculada llegó la primera, esta vez sin el *story-board* de los fumadores. En su lugar, llevaba los primeros diseños sobre distintos tipos que pudieran adecuarse al nuevo Álvaro Montalbán. Imperia sonrió con cierta dosis de malignidad. Reducir a un macho a la simple categoría de un retrato robot era una manera de domar su orgullo. ¡Si las conquistas de aquel palurdo pudieran ver cómo jugaban con su personalidad dos mujeres inteligentes, a buen seguro que acabarían riéndose de él en sus narices!

Como de costumbre, Inmaculada empezó inmiscuyéndose en sus asuntos sentimentales. ¡Y todavía pensaba que éstos se limitaban a la llegada de su hijo!

No era extraño: también lo suponía la propia Imperia.

—Me temo que el niño tiene las ideas muy definidas. Lo supe ayer, discutiendo la decoración de su estudio con Susanita Concorde.

Inmaculada la miró con expresión perpleja:

—¿Susanita, dices? ¿A qué hora hablaste con ella?

—A media tarde.

—Esta mañana la han internado a causa de un empacho.

—Me lo temía. Demasiado lechoncillo, sin duda.

—Peor. Después del lechoncillo, se fueron de resopón a una marisquería. Se tragó tres langostas.

Imperia no tenía demasiado tiempo para sacar lecciones sobre los castigos de la gula. Se limitó a decir:

—Esto retrasará la decoración del altillo y mi hijo está al caer... Tendré que colocarle provisionalmente en el cuarto de huéspedes.

Ordenó a Merche Pili que se interesase por el estado de salud de la más gorda entre todas sus amigas. También mandarle las rosas de rigor. Tipo enfermita, sin más.

Llegaron los estilistas. Ton era el moreno; Son el rubio. Los dos vestían igual, y también eran idénticos sus accesorios, todos propios del pijerío. Coincidían en elementos tan recientes en la coquetería masculina como el perfume picantón, el lunar en la mejilla, el clavel reventón en la solapa, el chaleco floreado, las gafas Cartier —una para cada uno— el anillo de ágata y el pañuelo estallando en el bolsillo de la americana como una coliflor estampada de damascos. Por lo demás, parecían gemelos: corta estatura, entecos en proporciones, refinados en todos sus ademanes y con enormes cabezas en forma de huevos de Pascua.

—A tus enteras órdenes, Ton y Son, mujeruca.

Depositaron sobre la mesa un montón de figurines, al tiempo que examinaban los diseños de Inmaculada. Ante alguno de los proyectos del nuevo Montalbán se pusieron a gritar, muy exaltados.

—¡Quién lo pescara! —dijo Ton.

—¡Quién lo pescó! —dijo Son.

Y canturrearon los dos al unísono:

¡Quién ha de pescarlo
bien que lo sé yo!

—¿Queréis dejar de hablar sin ton ni son? —gritó Imperia.

—Sin ton ni son no puede ser, pues éste es Son y yo soy Ton.

—Y Son y Ton has de tener si quieres vestir bien a ese cabrón.

—¡Silencio ya! ¡Acabaré como una loquera, con tanto demente a mi alrededor!

Se pusieron de repente tan serios que parecían fúnebres conserjes de la City.

—Pensemos en los trajes —dijo Ton.

—En ciudad, ni un capricho —sentenció Son—. Y en el campo los menos. Campo y esport suelen ser lo más traicionero para la elegancia masculina.

Intervino de nuevo Ton, con acentos de árbitro severo:

—Querida, debemos trabajar sobre seguro. Pasar del gris a la invención es un riesgo. Absténte de experimentos. En un hombre de negocios mandan la seguridad y la concisión de ideas.

—Sea como sea, no le quiero con traje gris —dijo Imperia.

—Cierto que no conviene. Lo gris ha dejado de vender. Hace viajante de comercio.

—Desde luego, nada de blazer para ciudad: algunos banqueros han agotado el tipo. El blazer para el yate, y aún con gorra, polo y pañuelo al cuello.

Observó Ton con desprecio algunos diseños, excesivamente informales:

—Nada que huela a yanqui moderno, por supuesto. Ni *college boy* ni *nerd*. Ni Robert Redford ni Woody Allen.

—Pues quedará fuera de moda —alegó Inmaculada.

—Mejor. La moda ultimísima es para las profesiones liberales y los horteras. Ellos pueden arriesgarse a la imaginación. Un hombre elegante ha aprendido a domesticarla.

—Un verdadero señor debe encontrar un estilo y anclarse en él.

—Entre el príncipe de Gales y Cary Grant.

Imperia permanecía pensativa. Al cabo, dijo:

—Sigo pensando que debería demostrar imaginación.

—Pónsela en el pelo. Lo veo todo echado para atrás. Esa frente magnífica tiene que estar despejada. En las fotos que se le note siempre la mandíbula. Es muy atlética.

—¿Engominado?

—¡Jamás! Hace tanguista o chulo de travestidos. El pelo bien libre. Piensa en el Gary Cooper joven. Alguna greña audaz, pero cortas y pocas. Significa signo de independencia.

—Ropa interior muy sexy —dijo Son, con los ojillos echando chispas..

—¿Y eso, según tú, no queda muy hortera?

—No debería. Por el contrario, la veo imprescindible para que él se sienta poderoso hasta en su intimidad. Es bueno que se le marque el paquete. No queda en absoluto elegante, pero le dará algo en que confiar.

—¿Camisas?

—Siempre popelín y algunas de seda. La mitad lisas. La otra mitad colores muy discretos y puños y cuello blanco. Por supuesto, nada de rayas. Las llevan sus subalternos hasta el abuso. No debe sentirse igual que ellos. Por supuesto, ni pensar en camisas de manga corta.

—¿Polos?

—Inevitablemente. Pero sólo en el campo o en esport, como los ingleses.

—¿Corbatas?

—Seda natural, siempre. No excesivamente formales. Debería dar la impresión de que se las compra en las *duty free shops* de los grandes aeropuertos internacionales. Un hombre importante puede tener un momento para compras entre avión y avión. En cambio es prácticamente imposible que disponga de un minuto para desplazarse hasta Serrano a elegir corbatas. A todo esto, prefiero el nudo Windsor. Con este cuello tan poderoso, un nudo pequeño quedaría ridículo.

Decidieron continuar en otra ocasión. Faltaban elementos imprescindibles, como los zapatos y el color y calidad de los trajes, pero el mediodía se estaba echando encima.

Antes de abandonar el despacho, preguntó Ton ante la mirada atenta de Son:

—¿Has elegido sus lecturas?

—Pienso ocuparme personalmente de ese asunto.

—Olvídalo. Hoy en día nadie tiene tiempo ni para abrir una enciclopedia. Hay algunos manuales cortos que sirven para el caso. La serie «El entendido en...» alberga todas las disciplinas. Contienen todos los tópicos de conversación necesarios para dar el pego. Para citar un estilo, dejar caer unos cuantos nombres...

—Insisto: esa cuestión me pertenece a mí.

Sonrió Son a Ton y Ton a Son.

—Una última pregunta: ¿cuál es tu color favorito?

—El rojo. Pero mis gustos no intervienen para nada.

—Sí, mujer —dijeron los dos a coro—. ¡Para encargarle los preservativos!

Les trató de groseros, imbéciles, ridículos y, como era de esperar, de machistas.

Pero Ton y Son salieron del despacho dando saltitos y silbando alegremente la marcha de *El puente sobre el río Kwai*.

YA A SOLAS, Imperia se entregó a su calvario particular, la duda que la alienaba respecto al proyecto que tenía entre manos. «Estoy trabajando para un ser que me repugna. Que le manden los retratos robot en cualquier caso. Que se mortifique, que ceda, que sufra intensamente viéndose manipulado. ¡Cómo he de reírme cuando toda su palurdez se ponga en acto de combate! ¡Seguro que me contestará entonando una jota!»

En aquel momento entró Merche Pili, visiblemente conmocionada como siempre que anunciaba llamadas del corazón:

—¡Es él, Imperia, es el niño!

—¡Un poco de respeto! Querrá decir don Álvaro Montalbán.

—No, señora, su niño de usted; el pequeño, indefenso, casi patético niño Raúl.

Y fraguó una lágrima mientras Imperia se daba en la frente con la palma de la mano. «¡Es lo que se llama una transferencia con muy mala sombra...!» Y en voz alta, a la enternecida Merche Pili:

—Hablaré con él. Quiero saber de una vez cuándo se digna llegar.

—Gracias, gracias en nombre de ese angelito. ¡Qué buena puede usted ser cuando no le da por parecerse a Alexis Carrington!

La cultura televisiva de Imperia Raventós alcanzaba hasta Joan Collins. Se sintió decepcionada por no representarla del todo a ojos de aquella cursi.

La voz del niño Raúl sonó, cantarina, al otro lado del hilo:

—Llego el día veintidós a mediodía. Tengo el billete y todo. He tomado un vuelo regular para no arriesgarme a perderlo. Si me quedo en tierra y tengo que ver otra vez el rostro de papá me pego un tiro.

Ella sintióse sincera al decir:

—Me alegro mucho. Estoy deseando verte. Será una Navidad muy divertida.

Insistió el niño en el asunto de sus figuritas de Belén.

Imperia luchó por convencerle que entre montañas de corcho, edificios y figuras necesitaba un equipaje que podía aprovechar para cosas más importantes. Después de todo, se trasladaba con la casa encima, como los caracoles.

El niño cedió en su empeño para alivio de la madre, que acababa de imaginar su magnífico mobiliario lleno de musgo, serrín y nieve de talco.

—¿Pero tendremos árbol? —insistió él—. Piensa que una Navidad sin árbol es Navidad de chabola.

Se lo prometió. Una vez colgado el auricular, dirigió la mirada a Merche Pili, que seguía en un rincón, con el pañuelo empapado.

—Perdone, Merche Pili, ¿se le ha muerto a usted alguien?

—No, por Dios. Es que estoy conmovida al pensar en ese niño...

—Sabrá usted que no llega de un hospicio. Está muy lejos de ser Oliverio Twist. Para ser exactos, llega de una casa rica, bien cuidado y alimentado por un padre, unos abuelos... y una madre.

Lo dijo con cara de asco, pero lo dijo.

—Esa madre no era su madre y usted lo sabe. Por las conversaciones que he tenido con él, ese niño está deseando que la madre que esté con él sea su madre y no una madre que no es su madre, ¿comprende usted?

—Comprendo pero no invento. La madre soy yo, pero no le he visto más de cinco veces en toda mi vida. Lógicamente, no puedo improvisar un afecto.

—Pero a usted le ocurrirá lo que a June Loris en *El pecado de una madre*. Ella se parecía un poco a usted: autosuficiente, emancipada, bella... No creía en los sentimientos hasta que conoció a su hijo... ¡aquel pobre niño rubio que también salía en *El perdón de los hijos*! ¿Recuerda que el angelito era paralítico y lo cuidaba su abuela, aquella negra tan negrísima a quien vimos hace dos temporadas en *Los padres de la culpa*?

—Siento desilusionarla. En mi familia nunca hubo ningún paralítico, por supuesto nadie tiene una gota de sangre negra y no ha habido ningún niño rubio... Quiero decirle con todo esto que nada en la llegada de Raúl predispone al melodrama...

—Y, sin embargo, esa sangre es su sangre, Imperia. Ese cuerpecillo indefenso salió del suyo... ¡Dios mío, no puedo contener las lágrimas!...

—Si consigue calmar sus emociones más primarias le haré

un encargo que sin duda le gustará... Necesito un árbol de Navidad para mi hijo... y ¿quién adorna los mejores árboles de Madrid ?

—Servidorcilla —gritó Merche Pili, casi histérica—. En lo de colgar bolas no me gana ni el mejor escaparatista.

—Serán las únicas bolas que habrá visto en su vida...

—¿A qué se refiere?

—No me haga caso. Una broma, cuando hay que explicarla, deja de tener gracia. Busque un buen árbol y que me lo lleven a casa...

Salió Merche Pili dando saltitos de alegría. Los interrumpió no bien hubo cerrado la puerta tras de sí. Una expresión de extrema gravedad apareció entonces en su rostro. Una gravedad que se parecía al despecho.

Se acercó a la mesa de la subsecretaria. Sólo entonces se atrevió a extravertir el verdadero contenido de sus emociones:

—Ese niño nos vendrá de perlas, Encarni. Con su presencia contribuirá a humanizar a esa perra sarnosa.

—Lo dudo. Ésa no se humaniza ni en el momento de la extremaunción. ¡Mala puñalada le den!

—Paciencia. A cada puerco le llega su San Martín. Y esas malas pécoras a la larga pagan. Yo te digo que este niño nos lo manda Dios. ¡Por fin podremos descansar tranquilas!

Pero la Encarni pensó si no sería más rápido y práctico ir clavando alfileres en una foto de Imperia y meterla, después, en la nevera.

EL BOSS LLEGÓ TAN TARDE que ni siquiera había solicitado verla. Pero ella quiso darle un besuqueo antes de salir para el almuerzo.

Tuvo que abrirse paso entre los montones de cajas forradas de Navidad que abarrotaban su despacho. No le fue difícil distinguir las mejores marcas procedentes de los mejores comercios. Fiel a sus principios, Eme Ele convertía la Navidad en un exuberante catálogo de lo más selectivo para los más selectos.

—Estoy con los regalos de los principales clientes... —dijo al recibir el beso de Imperia.

—Se te va un pastón, por lo que veo.

—Suelen revertir en más pastón todavía... Por cierto, he

sabido del éxito de tu Álvaro Montalbán entre las damas. Al parecer ha dejado el gallinero alborotado.

A Imperia le desagradaba profundamente que su trabajo se convirtiera en cotilleo. ¿Fue ésta la causa real de su repentina indignación?

—No sé a qué te refieres. ¿Quiénes son esas presuntas?

—Tú sabrás. Si hasta yo me he enterado, es que algo habría. Pero creo que Perla de Pougy anda enloquecida con nuestro tiburón.

—¿Quién te lo ha dicho?

Eme Ele vaciló un momento. Estaba improvisando. Por fin, acertó a decir:

—Adela, por supuesto. Me lo contó mientras tomábamos el desayuno.

—¿De dónde lo sacó ella?

—No lo sé con exactitud... —Imperia no lo notaba, pero seguía buscando respuestas de emergencia. Al fin, acertó a decir—: ¡Claro! Al parecer habló con Miranda.

Sin proponérselo, el hombre marca había vertido unas gotas de veneno. Como suyas, eran *high quality*.

Imperia le dejó con la palabra en la boca. De regreso a su despacho tuvo la tentación de arrojar algo al suelo. Recapacitó un instante: nunca fue su estilo. En su defecto, descolgó su línea directa y marcó ella misma el teléfono de Adela. No quería pasar por secretarias ni oídos de centralita. Su inquietud, su indignación eran secreto de sumario.

Adela de Eme Ele le pareció somnolienta y no del mejor humor. Ella prescindió de tantos detalles y fue directamente a la pregunta: qué le había contado exactamente Miranda sobre el éxito de Álvaro Montalbán entre algunas señoras de Madrid.

La voz de Adela sonó extrañada:

—No sé de qué me hablas. Hace un mes que no he visto a esa loca.

—Eme Ele acaba de decirme que salió de ti.

—Tampoco he visto a ese cretino en todo el fin de semana.

Repitió lo que ya le había contado tres días antes, al salir del *vernissage*. Insistía en su deseo de que Eme Ele tomase la decisión de terminar de una vez. «Que cargue él con los remordimientos», volvió a decir. Pero ante lo ya sabido, Imperia continuó con su obsesión particular:

—¿Puede ser él quien haya estado viendo a Miranda?

—A él le han visto esquiando en Baqueira. Al parecer utilizó el avión privado de ese banquero que le sirve de alcahueta. Tú sabrás si Miranda estaba allí.

Decidió averiguarlo por su cuenta. Se despidió rápidamente, después de concertar cita para un almuerzo. A continuación, marcó con pulso agitado el número de Miranda.

Salió la voz de Martín, solemne como de costumbre:

—*This is miss Boronat's home and garden and architectural digest. Who is talking?*

—Cambie el tono, Martín, que soy de la familia. ¿Puedo hablar con la señora?

—La señora duerme plácidamente, doña Imperia.

—Entonces no la despierte. Sin duda estará zombie. Llegaría muy tarde de Baqueira...

—Está usted en un craso error, doña Imperia. La señora se ha pasado todo el fin de semana durmiendo... Y si usted me lo permite, yo esperaba su llamada de usted para que me ayudara en esta embarazosa situación.

—¿Podría ser más específico, Martín?

—Fui el colmo de la especificidad en el mensaje que me permití dejarle en el contestador comunicándole mi angustia y la de esas dos mulas que tengo por ayudantes.

Se refería indudablemente a Sergio y Román, a quienes detestaba no sabemos si por demasiado guapos o por excesivamente jóvenes.

—Usted sabe que no atiendo ningún mensaje durante el fin de semana. Dígame de una vez qué ha ocurrido.

—La señora ha vuelto a beber.

—¿Qué entiende usted por beber?

—Entiendo dos botellas de chinchón y media de orujo, así por lo bajo. Hablando en plata: encontramos a la señora borracha como una cuba el sábado por la mañana. Se ha pasado dos días dormida musitando rancheras y corridos mexicanos.

—Pasaré a verla esta misma tarde. Me urge hablar con ella.

Al colgar, se permitió un cigarrillo. No estaban los nervios para formalidades. Quedó apoyada en el sillón giratorio, con las manos entrecruzadas y la mirada perdida más allá de los cristales que hacían las veces de pared. Sobre los edificios más altos de la capital aparecía una neblina gris, que envolvía la mañana en un nimbo fantástico, como imágenes que estuviera soñando, imágenes alejadas de cualquier percepción real.

Resonaban en sus oídos las alusiones a la vida galante de Álvaro Montalbán. Algo había dicho Eme Ele sobre Perla de Pougy. Algo que ligaba con el mensaje de Miranda en el contestador. Pero Perla de Pougy no era una puta, cuanto menos no una profesional. Se limitaba a ser ninfómana y, además, de buen tono. Todo el mundo excusaba sus tendencias atribuyéndolas al hecho de ser francesa. Después de todo, en el refinamiento francés el sexo se limitaba a ser una fiesta galante. Perla de Pougy era, pues, una mujer galante, si bien lo suficientemente activa para satisfacer a la vez a siete fornidos paracaidistas. ¿Qué no sería capaz de hacerle a un galán como Álvaro Pérez?

Cuando Inmaculada vino a buscarla para almorzar, llevaba consigo nuevos bocetos del futurible Montalbán. Ninguno era descabellado, pero Imperia se rio de cada una de ellas, golpeando la mesa con las cartulinas.

—¡Así me gusta! ¡Cuanto más le ridiculicemos, mejor!

—Perdona, guapa, pero ridículo estará tu padre. Si te fijas bien, este boceto presenta a tu Alvarito como un nuevo Cary Grant. Una greñita sobre la frente, como quiere Ton, el traje cruzado, como quiere Son y ese hoyuelo en la barbilla que el cliente aporta por su cuenta... ¡Y qué cuenta, niña, qué cuenta!

Imperia apartó los bocetos de un manotazo.

—¡Repulsivo, completamente repulsivo! Anda, llévame a almorzar que estoy que trino.

Inmaculada pensó para sus adentros:

«Algunas mujeres, cuando les viene la regla, harían mejor no moviéndose de casa.»

MIENTRAS CONDUCÍA HASTA LA CASA de Miranda seguía pensando que reducir a un macho a la simple categoría de un retrato robot era una manera de domar su orgullo. Sólo que no comprendía por qué le interesaba tanto humillarle, y, en última instancia, por qué seguía tan ansiosa por interrogar a Miranda.

Su amiga no sólo se había despertado: ya se encontraba reunida con sus compañeras de bridge. Al saberlo, Imperia las habría degollado a todas, pero decidió fingir que las quería para mejor sonsacarles alguna información. Como de costumbre, Martín le expuso el estado de las cosas mientras recogía su abrigo:

—Todavía no han empezado. Están discutiendo sobre las «otras».

—¿Las otras amigas?

—No, señora. Las amantes. Lo que antes llamaban la Otra.
—Y afinó la voz al canturrear:

> *Yo soy la Otra, la Otra*
> *y a nada tengo derecho...*

Imperia soltó una carcajada. Pero sólo por compromiso.

—¿Quiere usted decir que alguna invitada es amante de alguien?

—Con el permiso de la señora, parece ser que doña Rocío está ejerciendo de Otra. Esto es lo que me ha parecido entender cuando he servido el café.

—¿Y quién es él?

—Esconden el nombre cuando yo estoy delante. O quizá lo dan por descontado. En cualquier caso, *connais pas*.

Apareció en aquel instante Miranda, ataviada con una amplia túnica que marcaba un compromiso entre la convaleciente y la empedernida jugadora de bridge. Se movía con ciertas dificultades y estaba completamente pálida. Larguirucha como era y con el pelo recogido, parecía un espectro de manicomio.

Cogiendo a Imperia por el brazo, le susurró:

—Este traidor te habrá dicho que he estado bebiendo. No le creas. Me di cuenta de que nadie había regado las difembachias en muchos días y las regué por mi cuenta. Eso es todo.

—¿Con chinchón?

—No sabes lo que les gusta a las plantas de interior. ¡Son más borrachitas...!

Y soltó un par de hipos que se multiplicaron a medida que conducía a Imperia hacia la sala de juego.

Como bien indicó Martín, las amigas todavía no habían empezado la partida. Hubo tiempo para el besuqueo, el intercambio de noticias sobre la salud respectiva, el qué te pones para estar tan joven y los dónde has comprado el cinturón, el bolso, los guantes y más accesorios externos que hubiera. Preguntas inútiles porque todas compraban en las mismas exclusivas tiendas.

Se encontraban reunidas Romy Peláez, la experta en chulos, Melita O'Connor, la del Opus, Rocío Saguntín, la del PSOE; Menene Cabestros, la medio nazi, y Toby Azcalaga, la monárquica.

Realmente, sólo un té sofisticado puede conseguir ejemplos tan notables de reconciliación nacional.

Entre pasta y pasta, mantenían una apasionada conversación sobre el oficio de Otra, a cuya práctica se había consagrado recientemente la aludida Rocío.

—Estoy muy preocupada —decía—. Por razones de vestuario, no vayáis a pensar.

—Estás en lo cierto. Al fin y al cabo, una Otra no puede presentarse de cualquier modo en una fiesta donde estará la Propia.

—Yo creo que una Otra tiene que epatar —dijo Melita, sorbiendo su té.

—Una Otra tiene que conservar su pizca de misterio —dijo Romy—. Cierta discreción, un no sé qué de distanciamiento...

—Esto sin dudarlo —reconocía la interesada—. Las Otras de hoy en día son demasiado lanzadas. Se las ve llegar de lejos. Los hombres se cansan de ellas en seguida... ¿Una pastita?

Picaron todas con prudencia, pero no sin ganas.

—De todos modos, una tiene sus principios —dijo Melita—. Pienso que si él te pidiese para casarte dejarías de pertenecer a ese estado civil tan dudoso.

—¡Por Dios, no aceptaría! Yo estoy divinamente siendo la Otra.

—¿Y no sufres sabiéndole con la Propia en momentos de intimidad? —preguntó Miranda.

—¿Sufrir yo? ¿De qué, morena? Mira, la Propia tiene que aguantarle todos los malos humores, cuidar su casa, cargar con los niños, limpiarle las babas cuando está enfermo y encima soportar su aburrimiento cuando llega por las noches y sólo le apetece ver la televisión.

—O acaso leer.

—Querida, en los últimos años no he visto a un solo hombre que haya leído un libro. Sólo leemos nosotras y los mariquitas. Y los hombres, al no tener siquiera la posibilidad de entregarse a alguna distracción, se vuelven quisquillosos e insoportables. Yo, en tanto que Otra, tengo la sartén por el mango. Cuando él viene a verme está contento, me mima, me colma de regalos y después cuenta una a una las horas que faltan para volvernos a ver... En cambio, su Propia sólo cuenta las horas que faltan para dejar de verle.

—Entonces, ¿no piensas dejar a tu marido...?

—¡Anda ya! A mi marido le adoro. ¿Qué te habías creído? Yo soy una Otra muy consecuente. Hago felices a dos hombres a la vez. Todo lo contrario de las Otras de antes, que eran tan quisquillosas y se amargaban la vida y complicaban la de los demás, pidiendo un anillo con una fecha por dentro y tonterías por el estilo... Mi único problema, como os digo, es de vestuario. Porque es evidente que no puedo ir vestida del mismo modo para tratar con el legal y con el adúltero...

Romy Peláez devolvió la conversación al tema de la moda.

—Yo a una Otra de verdad la veo con sombrerito y velo.

—El velo negro es imprescindible, porque ser la Otra no significa que tenga que pregonarte todo Madrid. La Otra que se estime debe ir con la cara tapada.

—Pero lo justo. No vaya a parecer una encapuchada de Semana Santa.

—Yo la veo *tailleur*, por supuesto. Y guantes negros. Yo, a una Otra sin guantes, la encontraría pobre.

—Yo la veo con *renard argenté*. O un gran cuello corbata en astracán negro.

—Zapatos de tacón alto, casi de aguja.

—Sin el casi. Aguja afiladísima. Una Otra tiene que parecer altísima.

—Tú que eres asesora de imagen, ¿qué piensas, Imperia?

Imperia se encogió de hombros. Mientras había durado la conversación —¡tan absolutamente apasionante!— no había apartado los ojos de Miranda, en la certeza de que ella era la depositaria oficial de cuantos rumores circulaban sobre Álvaro Montalbán.

—Imperia, hija, que se vea tu ciencia —insistía Melita.

—Pienso que todavía no me habéis dicho de quién eres la Otra...

—¿Tan atrasada estás de noticias? —preguntó Rocío, con un mohín medio de coquetería, medio de incredulidad.

—¿Pues no afirmabas hace un momento que no debe pregonarse?

—Una cosa es que no se pregone y otra que no se sepa. Porque, vamos a ver: si no se sabe, ¿qué gracia tiene?

—Es cierto. Yo no conozco a ninguna Otra que no lo haya contado en secreto a sus ochenta mejores amigas.

—Además, estoy segura de que Imperia finge. Estoy segura de que lo sabe.

—Piensa, Imperia, piensa. Le conoces mucho. Casi siempre estás con él.

—Más tiempo que yo —dijo Rocío—. Casi estoy por ponerme celosa. ¡Me lo robarás, niña, me lo robarás!

«Lo dudo —pensó Imperia, malévola—. Entre tus gustos y los míos hay siglos de cultura.»

En voz alta, dijo:

—No acierto.

—Eme Ele, mujer. Tu señorito.

Ella rompió en una carcajada completamente espectacular.

—¿Os referís a Manolo López?

Rocío pareció ofenderse.

—¡Mujer, tienes una forma de decirlo! Se le llama Eme Ele para mayor refinamiento y modernidad.

—¿Eme Ele es el amante de esta choriza?

—¡Oye, guapa, sin faltar!

—Perdona, niña, será influencia del novio de Martín, pero todo lo que habláis me suena a charcutería. Y ahora dime: ¿tú estuviste esquiando en Baqueira este fin de semana?

—Camuflada, pero estuve. Ya sabes, la prensa siempre busca escándalos de este tipo. ¡Pues no sería un buen regalo para Cesáreo Pinchón!

—¿Y dices que no quieres que Eme Ele se separe de su mujer...?

—De eso nada. La galantería, los viajes y el placer para mí. La vida doméstica que la aguante la Propia.

Imperia pensó inmediatamente en Adela. En su pretensión de que Eme Ele cargase con los remordimientos de un posible abandono. Imperia lo había aprobado, considerándolo un juego extremadamente sutil, pero la otra no calculaba que el de Eme Ele transcurría al margen de cualquier sutileza. ¡Un adulterio de lo más facilón, un enredo convencional, como en las comedias finas de los años cincuenta! Y, al contemplar de nuevo a su Otra, con aquella expresión de muñeca inconsecuente, descubrió Imperia una verdad destinada a marcarla durante mucho tiempo, aunque lo reconocería mucho después.

Descubriría que la rival de una mujer inteligente no es otra mujer más inteligente, como ella siempre creyó. Las verdaderas rivales son las tontas, las estúpidas, las que sólo aspiran a dar a su hombre un sexo cómodo y una compañía placentera en cualquier estación de esquí.

Y al punto pensó en sí misma, una mujer liberada, culta, moderna, que se estaba dejando obsesionar por el fantasma de un palurdo que, además, tenía los dientes separados. Algo que jamás habría imaginado, pero que volvió a producirse contra su propia voluntad cuando, en un rasgo de violenta decisión, cogió a Miranda aparte y le espetó:

—Necesito que me aclares tu mensaje.

Miranda la contemplaba con expresión completamente ida.

—¿A qué mensaje te refieres?

—No me impacientes. El que dejaste el sábado en el contestador.

—¿El sábado no es hoy?

—Hoy es lunes.

—¿Estás borracha, Imperia? Hoy es sábado.

—¡Me estás sacando de quicio! ¡Aclárame el mensaje de una vez! ¿Qué pretendías decirme con lo de Álvaro?

Evidentemente, Miranda no se acordaba de nada. Pero Rocío, con el oído siempre alerta, gritó desde su butaca:

—¿Estáis hablando de Alvarito? ¡Lo sé todo sobre él!

Evidentemente, lo sabía todo. Las noticias pueden volar hasta Baqueira, especialmente cuando es Perla de Pougy quien tiene algún interés en propagarlas. Y un pobre imbécil como Eme Ele puede recibirlas tranquilamente, mientras desayuna en la cama con otra cotilla profesional.

Imperia se volvió hacia ella con expresión furibunda:

—¿Alvarito será por casualidad un tal don Álvaro Pérez?

—Montalbán, querida. Alvarito se llama Montalbán. Todo el mundo dice que es un solete. Cordelia Blanco no para de elogiar su simpatía, su saber estar... su «todo». Y tú ya me entiendes, que tonta no eres.

Imperia estuvo a punto de gritar. Se contuvo. Disfrazándose detrás de algo remotamente parecido a la serenidad, preguntó:

—¿Así pues, la imprudente Cordelia también conoce a ese Alvarito...? Dímelo, Miranda, porque estoy segura de que esto es cosa tuya... ¡Dime de una vez qué ocurrió!

—¿Cómo quieres que lo sepa? Mañana domingo tengo almuerzo con Cordelia. Espero que ella me lo contará todo.

—¡Mañana es martes! —gritaba Imperia, fuera de sí—. ¡Maldita seas! ¡Voy a terminar pidiéndote el teléfono de tu psiquiatra!

—¡Uy, te encantará! —dijo Miranda—. Es muy *fabulous* y muy argentina.

Imperia no la abofeteó porque habrá sin duda algún Dios en algún sitio.

A LOS POCOS DÍAS, en los círculos que cuentan, Álvaro Pérez era conocido simplemente con el nombre de Alvarito. Y las señoras, admiradas, se preciaban de su conocimiento sin que éste se hubiera producido. Signos todos de que estaba naciendo un triunfador social.

Lo que Imperia no podía sospechar siquiera era que aquel triunfo surgiese de la voluptuosidad de un pene considerable, atrapado entre los pliegues de un foulard de seda. Aunque en realidad, no necesitaba saberlo. Continuaba pensando que su cliente era lo más bajo y repugnante que jamás apareció en el mundo de los altos negocios. Un vulgar chulo disfrazado de yuppie.

AJENO A SU REPENTINA POPULARIDAD, Álvaro Pérez recibía un dossier completo sobre todas y cuantas reformas debía acometer en su persona para convertirse en Álvaro Montalbán. Fue su secretaria particular quien le entregó los papeles sin permitirse el menor comentario, aunque sí algunas miradas de ternura que viajaban del dossier a la cara del jefe y de ésta regresaban al dossier. Era evidente: a la secretaria le dolía que se lo cambiaran. Sin duda le iba perfectamente como estaba. Incluso con los dientes separados y el pelo hecho un desastre.

Sólo le molestaba su genio. Podía estallar en el momento más inesperado, martirizando a todos los empleados al único acorde de su voluntad y a veces de su capricho, si bien no era una circunstancia que se diese demasiado a menudo. De hecho, los gritos de Álvaro Pérez solían tener una razón justificada.

En aquella ocasión se la ponían en bandeja los bocetos que osaban presentarle las más desconcertantes panaceas de lo que se suponía iba a ser su imagen en el futuro.

Álvaro Montalbán con abrigo cruzado. Álvaro Montalbán con gabardina blanca. Álvaro Montalbán en sahariana y bermudas. Álvaro Montalbán con camisa de cuello redondo y camisa de cuello en punta. Álvaro Montalbán con cárdigan, polo y equipo de tenis. Álvaro Montalbán en calzoncillos...

—¡Hasta aquí podríamos llegar! —gritó—: ¡A ver si en la próxima estoy en cueros!

Ante cada nuevo boceto, el irascible mozarrón pegaba un soberbio puñetazo contra la mesa.

—¿Ése puedo ser yo? Dígamelo usted, Marisa, porque empiezo a perder la cabeza.

—Éste es más bien Balduino de Bélgica, con todos los respetos para él y muchos para usted.

—¿Y quién desea parecerse a ese señor? ¡Porque yo no

lo quiero ni por asomo, ¡oiga! ¿A quién puede pasarle siquiera por la cabeza que yo pueda ser así? Sólo a esa histérica metementodo. ¡Ésa quiere verme convertido en un pingüino! ¡Mire el paraguas, mire el trajecito a rayas y el sombrero! Y encima gafudo. ¡Con estos ojos que Dios me ha dado!

Aquí suspiró la secretaria.

—Es cierto. Son preciosos.

—Quise decir que ven muy bien.

—Eso mismo quise decir yo. Pero, de todos modos, las gafas no le sentarían mal.

—¿Usted cree?

—Algunas personas ven perfectamente pero se ponen gafas para parecer interesantes.

—Si es para parecer interesante, tal vez. Pero todo lo demás... No sé, lo veo poco propio.

—Todo lo demás no es usted para nada. Ni falta que le hace, si me permite decirlo.

—Usted es mujer, Marisa...

—¡Dios mío! ¡Se ha dado cuenta!

—...acaso por serlo puede usted aconsejarme. ¿Cree que yo necesito mucho arreglo?

—¡No, por Dios, no vayan a estropearle...!

Álvaro seguía pasando los retratos robots. Cuando terminaban los tipos físicos venían las marcas y, por fin, las direcciones de dos esteticistas, con la lista de los arreglos que precisaba la piel.

—¡Limpieza de cutis! —gritaba el afectado—. ¿Ha leído usted esto? ¿Pensará la tal Imperia que no me lavo la cara por las mañanas? ¡Y con jabón de coco, me la lavo yo desde niño!

Conmovida ante aquellos indicios de una ignorancia eminentemente masculina, Marisa se complugo contándole exactamente en qué consistía una limpieza de cutis.

Él no la consideró tolerable. Mucho menos cuando, a continuación, venía un gráfico que reproducía un rostro parecido al suyo pero con el trazado de cejas que le convenía, el arreglo de la boca y el peinado definitivo. Ante tantos cambios, lanzó él un poderoso bufido:

—De todas maneras esas cosas no son de hombre. Se lo digo yo, que lo soy. Y, además, mucho. ¡Muy hombre soy, qué coño!

No podía dudarlo la abnegada subalterna. Jamás se permitió dudar de su hombría, ni siquiera cuando soñaba con ella. Pero también consideraba que el hecho de mejorarla no dejaba de ser miel sobre hojuelas.

—Hoy en día, don Álvaro, muchos caballeros importantes confían su éxito en los prodigios de la alta cosmética...

Dio algunos nombres bien conocidos en el mundo de las finanzas. Álvaro la escuchaba, sumido en la perplejidad.

—¿Y usted cree que todos esos tíos se hacen curas de belleza igual que las mujeres?

—El Evangelio, don Álvaro. Y quedan muy presentables.

—Limpieza de cutis, depilación de cejas, colágeno en las arrugas... ¿Todo eso se hacen?

—Y más. Algunos, hasta un *lifting*.

—¿Y eso qué es?

—Se estiran la piel.

—¡Vaya marranada! —gritó. Al momento, se palpó el rostro. Estuvo dudando unos instantes. Y en la duda, preguntó—: ¿Cree usted que yo necesito estirarme la piel?

—Usted no, don Álvaro. Usted tiene la piel muy en su sitio... —Iba pasando ella los bocetos con un interés completamente fingido, porque de hecho temblaba de emoción al pensar en las inmensas posibilidades que presentaba la hombría de su jefe. Y al llegar a un dibujo concreto se detuvo, casi sin habla—: De todos modos, este retrato robot le sentaría de bien que sería un demasié.

—No está del todo mal... Iba a ser una especie de Cary Grant.

Era exactamente lo que pretendían los genios del estilismo al servicio de Imperia. El sueño dorado de Ton y Son.

Pero Marisa, en su irreprochable fidelidad, sólo supo exclamar:

—¡Qué daría Cary Grant, don Álvaro! ¡Qué daría!

El apartado de la ropa interior correspondía a las últimas tendencias: revitalizar las atléticas formas de la antigüedad adecuándolas a cuerpos perfectos. El diseñador era griego. Y se notaba.

Ya sabemos que Álvaro Pérez no tenía su cuerpo en mal concepto.

—En cambio, la ropa interior no está mal... ¿Qué le parecen esos eslips tan escuetos?

Ella ni siquiera se atrevió a mirar. El rubor calcinaba sus mejillas.

—¡Por Dios, don Álvaro! ¡Qué cosas tiene usted!

No sabía ella bien lo que tenía.

—Me darían un aspecto de campeón de lucha libre. La camiseta también me gusta: también tiene un aire atlético, como de película de romanos. Y esos calzoncillos de boxeador... ¿Ve usted? Delante de esto me callo, porque hace hombre... ¡Muy, pero que muy hombre!

Nunca sudó tanto la pobre Marisa. Sentía que le fallaba la respiración. Sentía que no estaba en sí misma.

—Perdone, don Álvaro. Había olvidado que tengo algunas llamadas. Quiero hablar con mi madre para felicitarle las Navidades.

—Pero si todavía faltan diez días...

—Después habrá saturación de líneas. Yo ya me entiendo, don Álvaro. Yo ya me entiendo.

Salió del despacho cargada con una intensa sensación de congoja. Pese a que era dinámica, pizpireta y vivaracha no pudo evitar unas lágrimas que intentó disimular tras unas gafas oscuras. Fue en vano. Había tenido tiempo de percibirlas otra secretaria todavía más pizpireta, vivaracha y dinámica que ella. Como era de esperar, se llamaba Pepita pero se hacía llamar Vanessa.

Era esa amiga consejera que siempre tendrán a mano las secretarias que carecen de autoestima.

—Ni siquiera me ha mirado —tartamudeó Marisa—. No existo para él.

Vanessa *supo* que debía intervenir:

—Querida, ¿te has preguntado alguna vez si la culpa no será tuya? ¿Te has atrevido a cuestionarte si ese cutis un poco descuidado no será la causa de tu marginación?

—Mujer, esas impurezas... esos granos... esos orificios que me dejó la viruela... unos cuantos barrillos...

—Y hasta un lodazal, querida. ¿Permites que te hable de corazón a corazón? Yo también tuve este problema. Los chicos huían de mí y en los guateques siempre era la que se quedaba poniendo los discos de Paul Anka. Hasta que una amiga, sincera como yo lo soy ahora, acudió en mi ayuda haciéndome notar las impurezas de mi piel. A partir de aquel día me cambié al jabón Pux y me convertí en la chica más popular de la escuela de secretarias.

—¡Cielos! ¿El jabón Pux no es el que usan una de cada quinientas setenta y ocho estrellas de cine?

—El mismo. No lo dudes, querida. Cámbiate a Pux. Te arrancará toda esa porquería que llevas incrustada en la piel, mismamente una costra de lepra que te hace parecer una ciudadana de la isla de Molokai. Esta costra que te presenta repulsiva a los ojos de los demás. Cámbiate a Pux, querida, y tu cutis lucirá limpio y tenue como un nuevo amanecer.

—¡Sí! ¡Prometo cambiarme a Pux!

—Sé a partir de hoy una chica Pux y de paso evitarás que te echen de la oficina por guarra.

Y cogidas de la mano, miraron hacia el cielo, canturreando:

> ¡Adelante, chica Pux!
> ¡Sólo las estrellas brillan más que tú!

ÁLVARO PÉREZ pertenecía a la clase de hombres incapaces de reprimir lo que ellos consideran sus aciertos. De no mediar alguna estrategia que aconsejase reservar la opinión con la taimada astucia del doble juego, optaba por comunicar inmediatamente su decisión, ya para elogiar generosamente, ya para atacar con implacable saña.

En las presentes circunstancias, lo que él consideraba su acierto era el rechazo absoluto de la maniobra que sus agentes de imagen le estaban preparando. Así, convencido de poseer la verdad en casi todo —exceptuando la ropa interior, que aprobaba—, pidió comunicación urgente con Imperia Raventós.

No la encontró receptiva. Todo lo contrario: estaba con las uñas a punto.

—¿Se atreve usted a decirme que el trabajo de cinco excelentes especialistas ha sido en vano?

La conversación se anunciaba por cauces de extrema violencia.

—En primer lugar, me molesta mucho que se me identifique con un robot. En segundo lugar...

Ella no le dejó terminar.

—Lo comprendo. Debí enviarle el retrato de un tahúr.

—Perdone, pero no la entiendo.

—¿O acaso preferiría el de macarra? Estaría perfecto, apoyado en un farol, junto a una prostituta.

—¡Imperia, haga el favor de tenerme más respeto!

—¡Que se lo tenga Perla de Pougy! Y si ella se lo niega, búsquelo en la llamada Cordelia Blanco.

—¿Qué tienen que ver esas señoras con lo que venimos hablando?

—Que cada uno con los de su calaña, señor Montalbán. ¡Yo, en ciertos asuntos, no deseo verme mezclada...!

Ella le colgó el teléfono. Él no supo que, además, acaba-

200

ba de arrojar un cenicero contra la pared, con el consiguiente susto de la sensible Merche Pili.

Él se levantó, airado. ¡Ese desacato a su persona no podía tolerarlo! Llamó a gritos a la fiel Marisa, quien a los pocos segundos entraba corriendo, bloc en mano.

Casi no tuvo tiempo de sentarse. Álvaro estaba en marcha.

—Comunicado para el inmediato superior de doña Imperia Raventós. ¿Cómo se llama el fulano?

—Don Eme Ele.

—¡No diga tonterías! ¡Nadie se llama Eme Ele! Se llaman González, Martínez, hasta Mendoza... ¡pero Eme Ele, nadie!

Un resorte levantó de inmediato a la veloz secretaria.

—Puedo mirar en el fichero. De hecho, voy a mirarlo en el fichero. Es decir, estoy de vuelta nada más cierre el fichero.

«¡Ojalá se ahogase entre las fichas!», se dijo Álvaro Montalbán, no sin un huracán de violencia interior. Empezó a dar vueltas por la habitación, con las manos en los bolsillos. Refunfuñaba contra Imperia, descalificando todo su trabajo según aparecía en los bocetos, pero principalmente a causa de sus reacciones durante la conversación telefónica. Lo cierto es que se sentía desconcertado ante aquellas muestras de imprevisión femenina. Estaba acostumbrado a las reacciones propias de su sexo, que en última instancia se limitaban a ser las suyas propias. Un hombre reacciona de acuerdo con una racionalidad establecida. No es difícil hallar una causa a cualquier efecto. Incluso en la más belicosa de las situaciones, el hombre ataca de frente. Desde la serenidad a la locura, todas sus reacciones se anuncian de lejos, y aunque en ocasiones sea difícil detectarlas, nunca lo es seguirlas. No era extraño que Álvaro se encontrase a sus anchas debatiéndose en un mundo de reacciones masculinas.

De improviso, con Imperia, se encontraba ante lo inesperado. Él se estaba refiriendo a su trabajo y ella se destapaba con una estrafalaria historia de putas, macarras y tahúres. ¿Qué tenía que ver una cosa con la otra? Absolutamente nada. Un puro disparate.

La lógica masculina se hubiera ceñido al tema y cualquier bifurcación, cualquier rodeo, se haría partiendo del mismo. ¡Como para que saliera aquella loca atacándole desde los cerros de Úbeda, atacándole con armas que él desconocía y a partir de temas que le eran ajenos por completo!

Sin embargo, no parecía normal. Por el contrario, resultaba extraño porque Imperia Raventós aparentaba ser cual-

quier cosa menos una histérica. La adivinaba dominante, prepotente, incluso imperiosa, como su nombre indicaba, pero
nada hacía adivinar en ella a una mujer que aceptase perderse entre fantasmas de irracionalidad.

—Calma —se decía él a sí mismo—. Calma, mañico. Que
se note que eres hombre.

Lo demostró reconociendo a su pesar que, en una muy
última instancia, los retratos robots no eran completamente
disparatados. Incluso alguno estaba francamente bien. Sin ir
más lejos, el del traje cruzado. Para otra persona, por supuesto. Tampoco podía criticar el que le presentaba preparado
para jugar al golf. Para quien le gustara este deporte, claro.
De todos modos, bien podía aprenderlo. Un hombre tan hombre como él quedaría magistral haciendo hoyos. En cuanto al
uniforme de capitán de yate, ¿por qué no? Otros iban de esta
guisa sin tener su galanura.

Entró en el cuarto de baño y se buscó en el espejo. Posiblemente no llevaba el peinado más adecuado para su rostro.
Había visto los suficientes suplementos dominicales dedica-
dos a la moda masculina para saber que un peinado más divertido podía darle un atractivo más moderno. En cuanto a
las cejas estaban extremadamente pobladas. «Esto hace torero de los de antes, —pensó—. No sé si es adecuado ir por la
vida de Currito de la Cruz...»

Cuando Marisa regresó, acalorada como siempre, le descubrió en plena maniobra de autorreconocimiento. Al volverse hacia ella, tenía la sonrisa completamente abierta. La joven
decidió que estaba simpático. No reconocía la sonrisa de la
coquetería.

—En el fichero decía Manolo López —farfulló la secretaria.

—¿Quién es Manolo López?

—Pues Eme Ele.

—Déjelo. Comprenderá que no voy a dirigir un memorán-
dum a alguien que se llama de un modo tan absurdo. Preferiría que me hiciera un mandado... Encuéntreme todos los libros donde aparezcan fotos de Cary Grant cuando era joven.

—¿De Cary Grant, dijo?

—Tampoco conviene desdeñar las de Gary Cooper. De
niño me parecía que llevaba el esmoquin con singular galanura...

—También Gary Cooper... ¿De alguien más?

—Con esos dos y los bocetos bastará. Otra cosa: averigüe
si una limpieza de cutis no hace perder la hombría...

Volvió a contemplarse en el espejo. Tan hombre y con un cutis tan limpio no tendría rival. Un verdadero *primus inter pares*. Nada menos.

AL POCO DE COLGAR, Imperia se arrepintió del estallido de sus nervios y de haber roto un cristal con el cenicero. La siempre presdipuesta Merche Pili estaba recogiendo los destrozos. Ella continuaba ensimismada en sus reproches. Álvaro Montalbán tuvo razon al encontrar extrañas sus reacciones. No era mujer de arrebatos, y sin embargo, se había comportado como la más arrebatada de las amas de casa. Una inculta, una salvaje, un cero a la izquierda en el orden de los comportamientos sociales.

Se avergonzó al sentirse fuera de su sitio. Era un desplazamiento en el que jamás hubiera incurrido de tener la mente libre. Ella, que no creía en el melodrama, acababa de incurrir en uno y además de pésimo gusto.

¿Qué le había pasado? Algo de la mujer se había entremetido en el camino de la profesional. ¿No dijo Reyes que no tenía corazón? Hasta entonces, éste era el mejor elogio que podían hacerle. Se consideraba cerebro puro, cultivó siempre esta pureza y, sin embargo, hoy el cerebro había cedido ante armas cuyo alcance jamás había probado. Y esto sabiendo que las reacciones sinuosas, inesperadas, no eran su estilo. O acaso lo había perdido por completo. Acaso éste fue vulnerado por algún elemento exterior, cuyo poder se negaba a calcular.

En el silencio que por fin reinaba en su despacho, intentó analizar sus reacciones al mínimo. Consiguió encontrar las preguntas adecuadas, pero las respuestas no fueron de su agrado. Intentó evitarlas, llegando a una conclusión definitiva; una conclusión que intentaba apuntalar desde hacía días: sentíase desquiciada porque había aceptado un asunto en el que no creía. Una vez más, las obligaciones de su oficio la llevaban a traicionarse a sí misma. Cuidar de Álvaro Pérez era tan alienador para ella como los tiempos en que se veía obligada a promocionar productos mediocres para los mercados orientales. Se encontraba definitivamente ante una impostura.

Además de no desearlo, ese objeto protagonista de su campaña se rebelaba contra ella. ¡Encima el desacato! No era algo que le apeteciera tolerar, y no lo toleraría. Era preferible abandonar aquella campaña, o, de no hacerlo, enfrentarse a sus inconvenientes con autoridad total, con la garantía de disponer de todas las armas, con el derecho a infligir todos los castigos. Dueña y señora de sus recursos. Como siempre.

Siguiendo su costumbre de acudir directamente a las alturas, pidió una cita con el presidente de la sociedad donde Álvaro Montalbán prestaba sus servicios. Tuvo que pasar por el eterno calvario de las distintas secretarias y el sometimiento a varios interrogatorios. No se irritó. Al fin y al cabo era el mismo itinerario que debía recorrer cualquiera que deseara hablar con ella.

Hubo pugnas sobre el tiempo que el presidente podía invertir en cualquier asunto no concertado con varias semanas de anticipación, pero a Imperia no la sorprendió en absoluto que aceptase recibirla a la mañana siguiente. Era obvio que todos estaban muy interesados en la educación de Álvaro Pérez.

Al día siguiente, se vistió de intrigante, sin ahorrar el menor efecto. No tenía por qué aparecer discreta. Un Chanel alegre y dinámico no serviría para el caso. Moda italiana. Blanco y negro como nota primordial. Nada de perlas: el brazalete de rubíes y el broche *art-déco*. En fin de cuentas no iba a suplicar ni a conceder. Iba en voz de mando.

La hicieron esperar entre un santo de Ribera y dos bocetos de Rubens. No sucede todos los días, ni siquiera en la vida de una ejecutiva de lujo. Pero decidió que no estaba dispuesta a impresionarse. De estarlo, se habría desmayado del todo, al descubrir en el despacho del presidente dos Picassos y un Matisse.

No ignoraba que aquella exhibición de buen gusto a toda costa correspondía a una mentalidad de nuevo rico. A los verdaderos amantes del arte no suele gustarles contemplar sus obras preferidas entre memorándums, gráficos de negocio y planos de edificios por construir. Éste es un lugar que corresponde a los calendarios.

Al entrar en el despacho percibió la enormidad del trayecto que debía recorrer hasta hallarse ante la mesa de don Matías de Echagüe. Descubrirle allá a lo lejos, debía impactar a algunos, pero serían los que ya se sentían impactados por su misma situación en el negocio. Ella no se consideraba pusilánime. Se limitó a encontrar inútil todo aquel recorrido que la llevaba hasta el poder. Cuando en el hilo musical sonó el lamento de Isolda debidamente arreglado para una orquestación de música ligera, comprendió en qué manos había caído.

Después de todo, tampoco la música sublime combina con las llamadas precipitadas, las discusiones y el dictado de comunicados a un magnetófono impersonal.

En cuanto al presidente, respondía a las características que la prensa económica se ha cuidado de promocionar en los últimos años. Tendría ya setenta años y aparecía perfectamente atildado, con sus canas recogidas en un rigor impecable. Infundía el respeto necesario, sin propasarse en la sensación de autoridad.

Y, sin embargo, sólo aquel caballero estaba por encima de Álvaro. Por un instante Imperia quiso reconocer en él a la víctima de un infame complot. Seguramente le consideraban demasiado decrépito para el cargo que estaba ocupando y estaban preparando a alguien más joven para colocarlo en su lugar. Podía tener los días contados. Aunque también pudiera ser que contase él los días de los demás. Imperia no ignoraba que en los últimos años el mundo de los negocios guardaba un cierto parecido con la Torre de Londres. Nadie sabía a quien podían decapitar al día siguiente.

Después de ofrecerle una bebida, que Imperia eligió ligera, don Matías abordó la situación sin mayores preámbulos:

—Me ha parecido comprender que tiene usted algún problema con don Álvaro.

—Se me rebela. Así de claro. Comprenderá que en estas condiciones se hace muy difícil el trabajo.

Él la miraba fijamente. La estaba examinando. Pocas veces sentíase Imperia amedrentada, pero ante aquella mirada insistente acabó por hacerlo. Sentíase nerviosa otra vez. Su decisión se desvanecía ante el silencio. Y viendo que él no lo rompía, decidió proseguir por su cuenta:

—¿Puedo ser sincera?

—Se le paga para eso.

No se andaba con sutilezas. Tenía ante sí a una contratada. No le permitía esperar más.

Esta vez Imperia no se dejó arredrar. Por el contrario, expuso claramente sus quejas sobre Álvaro: fallos de comportamiento, incultura total, cierta dejadez física, actitudes de palurdo, falta de personalidad...

Acabó por exponer sin concesiones la conclusión a que había llegado... o querido llegar.

—Me veo obligada a decirle en bien de su empresa que están ustedes promocionando a un inepto total.

Don Matías la miraba con expresión de estupor.

—Usted perdone, pero creo que no estamos hablando del mismo hombre.

—Ignoro si para acudir al trabajo se disfraza. En todo caso, es el Álvaro Pérez que yo he conocido. Por esto me tomo la libertad de advertirle.

Se produjo otra de aquellas interminables pausas. Al final, don Matías se inclinó hacia ella, con expresión mordaz:

—En confianza: ¿cree usted que una empresa como la nuestra pondría tanto poder en manos de un figurón?

—En estos tiempos, el culto a la juventud puede con todo.

—Ni siquiera así. La juventud podrá ser un valor, pero sólo si está bien preparado. Puedo asegurarle que don Álvaro Pérez supera en capacidad a todos los veteranos de nuestra empresa. Sus capacidades han sido debidamente estudiadas.

—Me permito poner en duda cualquier capacidad de ese individuo.

—Para decírselo de una manera un poco cruel: le tenemos computerizado. Ninguna de sus reacciones se nos escapa. Sabemos exactamente adónde puede llegar. Pues bien: puede llegar muy lejos. Claro está que nos interesan primordialmente sus reacciones en el terreno laboral... otros aspectos de su vida privada corren exclusivamente de su cuenta... y acaso de la de usted...

Imperia no pudo evitar un escape de indignación, aunque no supo decidir si iba más allá del simple formalismo.

—¡Hágame el favor! Mi interés en este personaje es exclusivamente profesional. De hecho, sólo le he visto en una ocasión...

—Entonces, ¿cómo puede sacar conclusiones tan precipitadas? ¿No sería más lógico que las dejase en manos de quienes conocemos a don Álvaro Pérez desde que empezó?

—Se me ha pedido...

—Se le ha pedido que adorne la fachada. El interior ya lo tenemos nosotros como queremos. Y muy bien amueblado, además.

—¿Pretende usted enseñarme mi oficio?

—No me atrevería a tanto. Le estoy recordando sus justos límites.

Volvió a sentirse avergonzada. Ya no podía estar más lejos de su lugar. Otra vez el desplazamiento provocado por una mente que no era la suya. Una mente que, al parecer, estaba perdiendo el rumbo.

Después de meditar sobre lo hablado, don Matías se incorporó, invitándola a seguirle en sus razonamientos. No ocultaba un deje de simpatía.

—Seguramente trabajaría mejor con don Álvaro Pérez si pudiera admirarle.

—Sería muy difícil. Yo pongo muy alta la cota de mi admiración.

—No la pondrá usted más alta que esta empresa. Usted se juega un cliente. Nosotros, nuestra reputación y una gran fortuna. Pero veo que no está usted convencida. —Imperia negó con la cabeza—. Bien, podríamos echar un vistazo al señor Pérez que verdaderamente nos interesa.

La invitó a seguirle hasta una salita contigua. Era una especie de mirador abierto sobre una sala de proporciones mayores y forma alargada, atravesada perpendicularmente por una enorme mesa de juntas. Moqueta y paredes, forradas de verde prado. Junto al sillón de presidencia, grandes tableros con algunos gráficos. Al fondo, una pared de cristal que permitía la visión de la ciudad en la zona de los grandes rascacielos.

Alrededor de la mesa hallábanse sentados los principales ejecutivos de la empresa. Imperia no distinguía sus rostros, aunque le parecían una constante repetición de un idéntico prototipo. Un mismo caballero de aspecto grave, delante de una misma carpeta de piel negra, con la misma botella de agua mineral y un reloj también idéntico. Un ejecutivo que se repetía hasta quince.

Imperia y el presidente tomaron asiento en su atalaya mirador. Él se adueñó de un mando a distancia, mientras tranquilizaba el posible pudor de Imperia:

—No tema que don Álvaro pueda tomarla por una vulgar espía. Desde la sala de reuniones no pueden vernos.

—¿Así domina usted la situación?

—Así y de otras diez maneras. Nunca más de diez. Cuando una situación necesita tanto arreglo, mejor abandonarla.

Álvaro Pérez ocupaba el sillón presidencial, de espaldas al paisaje urbano, marco sensacional, idóneo para aquella exhibición de poderío. ¡Qué impacto para Imperia ese imperioso Álvaro! Mantenía el cuerpo ligeramente inclinado sobre la mesa, los puños apretados, la mirada atenta, y un gesto de extremada dureza en la barbilla. Incluso diría Imperia que su simpático hoyuelo había enrojecido, pero no de furia sino de tensión concentrada. Parecía como si, de repente, hubiera efectuado un tremendo salto sobre el tiempo, colocándose en una edad madura, que no le correspondiera.

Imperia dirigió a su anfitrión una mirada de inteligencia:

—No sé si debería atreverme a decirlo, pero tengo la impresión de que usted protege al señor Pérez.

El otro tosió ligeramente. Pareció gustarle el hecho de ser adivinado. No tenía nada que ocultar.

—Conozco a don Álvaro desde que nació. Su padre fue mi mejor amigo. Pero no le protejo por esta razón. Alguien dijo que si su brazo derecho estuviese enfermo lo amputaría. Casualmente, el señor Pérez Montalbán es nuestro brazo más sano. Luego, se le protege. Hoy tiene a su cargo una misión muy delicada. Se trata de convencer a nuestros directivos de la necesidad de dejar fuera de combate a una empresa que amenaza seriamente nuestros intereses.

—¿Lo conseguirá? —preguntó ella con cierta sorna.

—No lo dude. Hasta el momento el señor Pérez Montalbán nos ha librado de quien ha convenido. Es un liquidador nato.

Apretó su mando a distancia y la música ambiental se vio sustituida por las conversaciones de la sala de juntas. Se trataba de unos prolegómenos cuyo contenido escapaba a la comprensión de Imperia y a sus intereses. En cualquier caso, la habían conducido a aquella especie de jaula enmoquetada para que conociera aspectos insólitos de su cliente. ¿A qué, entonces, perderse en otros asuntos?

Álvaro permanecía atento a los discursos de los demás y reaccionaba según su contenido. Con expresión adusta, frunciendo el entrecejo, tomando unas notas a toda prisa, para regresar a una actitud de relajamiento provisional, que le llevaba a reclinarse en el sillón giratorio, jugando con una pluma dorada —ese *must* de Cartier que suelen regalar las grandes empresas— y, aun en aquella actitud de aparente reposo, mantenía la mirada alerta, a punto para cualquier emergencia o bien espiaba de soslayo las reacciones de sus vecinos y volvía a sus notas, siempre precisas a juzgar por el tiempo que se tomaba. Pero de repente permanecía largo rato pensativo y, con gran cautela, medía el alcance de una agitación inmediata, a punto de producirse. Una agitación, convulsión acaso, que ya se estaba palpando en el ambiente.

Imperia sonrió para sus adentros por algo que guardaba poca relación con el objeto de su visita. Solía recriminarle ̄ Alejandro que en cualquier disciplina filosófica sentíase distanciada por lo inextricable de su vocabulario, arrojándola a un tipo de discurso que, a su vez, la distanciaba de la realidad. Pues ¿qué decir del lenguaje de la economía? Nada más críptico para el profano, incluso para una medio enterada como Imperia. Vocabulario hermético, derivaciones casi secretas, mensajes extremadamente particulares. Más que la voz de un gueto, parecía el lenguaje de alguna secta misteriosa, cuyos componentes, a través de aquel lenguaje, mantenían encendida la llama de alguna nueva religión, un esoterismo vetado al resto de los humanos. ¿Sería el lenguaje de los economistas la filosofía de nuestro tiempo? ¡Cambio atroz, de ser así! El último golpe sobre lo poco que quedaría del viejo humanismo, si algo quedó.

Pero el Álvaro Pérez que, sin él saberlo, le estaba presentando sus poderes absolutos iba más allá de toda concepción teórica. Pudo haberla asimilado en algún momento de su vida, pero ya estaba automatizada y sólo funcionaría, si acaso, en la guerra a que se veía continuamente empujado.

Poco a poco, su figura iba adquiriendo una aureola de dominio que estalló definitivamente con una repentina manifestación de genio. Irguiéndose con atlética decisión, empezó a gritar una serie de consignas, reproches, acaso amenazas; algo que en todo caso Imperia no pudo entender más allá de su representación vital. Y ésta era espectacular. Álvaro hacía ostentación de sus poderes, en plenitud de facultades. Y él mismo no parecía dudarlo en absoluto. Si alguien le contradecía, empezaba a gesticular como un orate, pero en sus gritos no había nada de histérico. Respondía con gestos rotundos, con voz soberbia, modulada sin estridencias y con excepcional seguridad. Una voz tan bravía como las acciones que acompañaba.

Al macho le estaban saliendo colmillos y unas garras espeluznantes, de hombre lobo. Era alguien que estaba en pleno ataque y que, en el ataque, adquiría una belleza convulsiva, capaz de arrastrarla hacia simas que no había conocido.

Se encontraba Imperia ante la erótica de la nueva fuerza. Para manifestarse en plenitud no precisaba de corazas, lanzas ni caballos blancos. No se trataba de conquistar un alcázar moro. La fogosa personalidad del recién descubierto Álvaro Pérez dominaba la situación desde una actitud en que la fuerza y la astucia se combinaban con una falta absoluta de escrúpulos. Cualquiera fuese la incógnita del vocabulario que habían utilizado sus contrincantes, el único centro capaz de acaparar todo el poder de la situación era Álvaro. Alguien más que maduro; alguien eterno, con la eternidad de la fuerza, con la perenne fascinación del poder férreamente conservado. Era sin duda aquella mezcla de poderes repulsivos lo que llevaba a Álvaro a adquirir un efecto hipnótico sobre los demás ejecutivos de la reunión. No con los ojos de la serpiente, que se abre paso con maniobras traidoras, sino con el arrojo del toro bravo, que embiste de frente, sin engañar. Éste era Álvaro Pérez a ojos de Imperia. Un toro increíblemente poderoso, tanto como para erguirse en la gigantesca peana que soportó desde siempre a los héroes de la audacia y la violencia. Definitivamente, un dominador.

De repente, aquella voz soberana dejó de oírse. El presidente había apretado su mando y la acalorada discusión era sustituida por el hilo musical.

Imperia creyó despertar de un sueño.

—¿Tienen la costumbre de establecer censura?

—Siempre en temas de alto secreto. Y no me diga que puede leer en los labios porque la echaré ahora mismo.

—Hágalo de todos modos. El tema no me interesa tanto. Por otro lado, no pienso hacerme rica vendiendo secretos a las revistas.

—No tendría tiempo. Don Álvaro la está esperando para almorzar.

Imperia se abstuvo de manifestar su sorpresa. Equivaldría a decir que nadie la había invitado, ni siquiera advertido. Implicaría el deber de informarles que no es cortés obrar de aquel modo con una mujer ocupada, que debe concertar sus citas con dos semanas de anticipación. ¿No la insultaban al suponer que su agenda estaba vacía, dispuesta a aceptar la primera invitación que se presentase?

Pero decidió que cualquier cita carecía de importancia aquel día.

El presidente le cedió el paso, invitándola a dirigirse a su despacho.

—Recuerde esto, Raventós. Usted puede crear un Álvaro Montalbán, pero el que nos interesa primordialmente es el que tenemos. Éste llegará adonde se proponga, con o sin barniz cultural... —Le besó la mano. Añadió—: Por cierto, debo decir en su elogio que no la imaginaba tan elegante. Tal vez sean éstas sus mejores armas.

A ella le encantó coquetear.

—Querido amigo: la elegancia es la censura previa de cualquier mujer inteligente.

—¿Lo cual quiere decir...?

—Que las armas verdaderas, las que cuentan, también son alto secreto...

Y siguió a la secretaria hacia el despacho de Álvaro Pérez, a quien ella continuaba llamando Álvaro Montalbán.

Cuando Álvaro regresó de su reunión presentaba una apariencia completamente distinta a la que ella acababa de conocer tras el cristal. Aparecía hecho un corderillo.

Inesperadamente, le besó la mano. Fue un beso torpe, pero no dejaba de ser gentil.

—Recibí todos sus retratos. Como su nombre indica, son ideales para robots.

Ella volvió a experimentar aquella sensación de vergüenza completamente irracional.

—No crea que no reconozco mi error al considerarle un robot. Puedo presentarle disculpas, si es su gusto.

—¿Bromea? Yo estaba a punto de hacer lo mismo.

—Curiosamente, estamos mansos. ¿Será el tiempo de una tregua?

Reyes del Río cantaría aquí, a ritmo de ranchera:

Yo no sé pedir perdón
porque nunca he perdonado.

Y los dos podrían servir de coro, porque los dos partían de un carácter parecido. Por tal razón, su encuentro presentaba las características de un ensayo general.

—Contra sus principios, Álvaro le ofreció un cigarrillo.

—Nunca en horas de servicio —dijo ella.

—Puedo arreglarlo dándole fiesta. ¿Dónde quiere que reserve mesa?

—En terreno neutral.

—Ni personajes importantes ni financieros. ¿Por qué no un sitio tremendamente vulgar, donde uno pueda pedir una tortilla de patatas?

—Precisamente. Un sitio donde ni siquiera sea necesario reservar.

—Conozco uno de lo más infame —dijo él, jocoso—. Puede caernos el techo encima; por lo demás, pasaremos inadvertidos.

Rieron con la precisión justa, sin estridencias. Él abrió la puerta para cederle el paso. Ella estuvo a punto de agradecérselo en francés. No sabía por qué.

Al pasar delante de las secretarias, Imperia dejó un rastro de perfume seductor y Álvaro el dulce fluctuar de un comentario gentil.

Fue entonces cuando Marisa se acarició sus pobres mejillas, permitiéndose un suspiro que acaso debió ahogar.

—Fíjate: se van a comer juntos. ¡Y ella es tan elegante!

—Concédete tiempo —aconsejó la llamada Vanessa—. Al fin y al cabo, ella no es una chica Pux.

—¿En qué lo notaste?

—En que va demasiado elegante. Una verdadera chica Pux no necesita arreglarse tanto. Porque el jabón Pux da una belleza natural, espontánea, un frescor a la vez deportivo y campesino.

—Cuando sea una chica Pux podré jugar mis cartas abiertamente. ¡Estoy segura de que él prefiere la belleza natural y campesina!

IMPERIA RECORDABA VARIOS RESTAURANTES donde pedir excelentes tortillas de patatas y chuletas a la casera, con privilegio del campechano cocido de los jueves. Al menú se le llamaba popular, cuando bastaría con decir necesario. El buen yantar sin prisas ni pretensiones, la ausencia de protocolo, la improvisación feraz que llegaba desde las cocinas, siempre visibles, acaso gritonas, y acababa dominando el entero comedor, donde no había lugar para la música porque la hubieran ahogado las conversaciones. Éra lo apropiado, sí. Cualquier restaurante en los barrios populares, entre los vetustos cascotes del Madrid antiguo, locales casi pegados el uno al otro, con tendencia a los nombres regionales, sonoros reclamos castellanos, algún eco vascuence, resonancias gallegas, herencia de lejanos mesones del camino trasladados a la gran ciudad pero sin perder su ramalazo de vida auténtica, antes bien, proporcionándola a destajo y a veces en abuso.

Tuvieron que bajar hasta Echegaray, donde se encuentran una serie de locales frecuentados, de noche, por los actores que trabajan en los teatros vecinos.

A veces, en temporadas de ensayos, esta invasión es igualmente temible a mediodía. Y así, pese a todas las precauciones, Imperia no pudo evitar ser reconocida por unos jóvenes que, en una mesa de la entrada, discutían sobre la problemática del actor en el teatro moderno. Un discurso que apenas había variado desde los años sesenta.

Un joven rubio, del género antiguamente calificado como progre, dejó sus garbanzos con chorizo para saludar a Imperia. Resultaba una imagen insólita para Álvaro, aquel besuqueo entre una mujer tan elegante y un joven un tanto desarrapado, cuyos atavíos buscaban la modernidad absoluta partiendo de lo barato.

Cesáreo Pinchón habría comprobado fácilmente que en el mundo del actor español la modernidad y el buen gusto coinciden en raras ocasiones, pero Álvaro Montalbán se limitó a sentirse desplazado y, por lo tanto, incómodo. Si el atuendo de un mendigo hace que éste se sienta violento entre los ricos, el atuendo de un elegante consigue el mismo efecto al hallarse entre horteras.

Álvaro Montalbán no alcanzaba a conclusiones tan exigentes. Se limitaba a suponer que una dama tan emancipada como Imperia habría contado a aquel galancillo entre alguna de sus adquisiciones para la cama.

Al ver que ella regresaba con la risa en los labios, temió que hubiera adivinado sus pensamientos. Así, mientras le retiraba la silla —¡gran novedad!— preguntó:

—¿De qué se ríe?

—De este Madrid donde un encuentro es siempre inevitable. Sólo cabe desear que no sean los más inoportunos.

—¿Lo era éste? —preguntó él, tomando asiento.

—En absoluto. Un recuerdo agradable. Pero no del género que está usted pensando. Esta gente estaba en un grupo teatral que yo llevaba al poco de instalarme en Madrid.

—No me había dicho que se dedicó al teatro.

—Administré dos compañías jóvenes y les organicé algunas giras por España. Fue agradable. Compartía sus ideas, creía en las mismas cosas. Esto ocurría en el setenta y seis, en plena fiebre del cambio.

—¿Cambiaron ellos o usted?

—Cambiamos todos, menos la estructura interna del teatro. Nunca he vivido experiencia más caótica. Un día descubrí que aquel desorden no era lo mío. Todavía estaba llena de prejuicios catalanes referentes al orden.

—Por lo que dice, entiendo que no le gusta Madrid.

—Todo lo contrario. Me vuelve loca. Es una ciudad fascinante, maravillosa. Me sería difícil encontrar otro conglomerado humano que funcione tan de acuerdo con mi propio ritmo, que es el de la acción continua. Por otro lado, no veo en qué otra ciudad podría desarrollarse este mundo nuestro, donde todo se dirime en cenas o almuerzos, donde una ya no se sabe si, cuando mastica, está firmando un contrato o decidiendo su vida.

Él la miraba fijamente. Delataba un pequeño asombro ante cada uno de sus gestos y el control que los presidía.

—También esto tiene arreglo. Se acabaron las comidas de trabajo. Podría sacarla a bailar alguna noche.

—¡Qué idea! ¿Me imagina usted en una discoteca?

—Me la imagino en cualquier lugar. Tiene usted clase. La tendría aunque trabajase en una óptica.

—¿Lo ha dicho aposta?

—Pensaría en el asunto de las gafas. He acabado por sucumbir a la idea.

—Yo pensé en ellas antes que usted...

Sacó del bolso tres pares de gafas guardadas en fundas de gran lujo. El propio Eme Ele hubiera aplaudido sin reservas lo exclusivo de las marcas.

El primer modelo era de varilla fina, con el emblema de Cartier en el arco. Álvaro Montalbán las recibió, sin decidirse a ponérselas.

—¿Qué ocurre? ¿Le da vergüenza probárselas?

Esbozó una mueca entre contrariada y revoltosa. El resultado era realmente cómico.

Ella se rió, con una cierta dosis de ternura.

—Es curioso. A veces, parece usted un niño.

—Soy bastante niño. Para rematarlo, estas gafitas me hacen parecer pijo.

—Puede evitarse. Veamos las de montura de hueso. —Él se las probó. Ella le miró, indecisa—. Ahora parece usted el primero de la clase. No nos sirve. Los empollones inspiran hostilidad.

—¿Y qué debería inspirar, según usted?

—Respeto, desde luego. Pero también simpatía. Un pelmazo que, de repente, nos sorprendiera con algún chiste divertido. Pruébese éstas. Son italianas. De Ferré.

Eran cuadradas, de concha negra, y chocaban estrepitosamente con las cejas demasiado gruesas. Pero a Imperia ya no le preocupaba aquel defecto. Su esteticista sabía hacer milagros con la cera y las pinzas.

—Definitivamente nos conviene esta apariencia.

Cuando él se las puso empezó a hacer muecas disparatadas, hinchando los carrillos, sacando la lengua y sacudiéndose las orejas.

—¿Quedo como un cateto?

Ella le seguía las gracias, rotundamente encantada.

—Ahora queda como un deficiente mental. Pero en cuanto deje de hacer el payaso, parecerá un profesor universitario.

—Lamentablemente, sólo podría enseñar latín.

—No pretenda ganar mi voluntad haciéndome creer que

sabe latín. Yo puedo engañarle con un trabalenguas en árabe. ¡Y usted creerá que lo hablo!

—Es que lo mío es cierto. Estuve ocho años haciendo de monaguillo. Aprendí un latín correcto y, además, a mezclar el vino... aunque nadie lo diría a juzgar por la plancha del otro día.

Se concedió una pausa para atender a su tortilla de patatas, como había prometido. Imperia decidió acatar las leyes de la sabiduría de la cocina popular y devoró sin miramientos una pierna de cordero. El vino, de la casa, parecía mezclado con gaseosa, pero este hecho no merecía siquiera un comentario, tan obvio era. Se limitaron a reanudar su conversación en el punto donde la habían interrumpido. En el apasionante, intrigante tema llamado Álvaro Pérez Montalbán.

—No recuerdo dónde estudió usted... Antes de la universidad del Opus, quiero decir.

—Antes, con los hermanos jesuitas.

—Ya que lo dice, las gafas le hacen parecer un perfecto ex alumno.

—Lo soy. Guardo un excelente recuerdo de mis maestros.

—¿También de los del Opus? Me pregunto qué le enseñarían.

Él la miró, un tanto perplejo.

—Ciencias empresariales. ¿Se supone que tenía que aprender algo más?

Imperia tocó madera.

—Tretas, estratagemas, artimañas. Entre jesuitas y Opus debe de ser usted una pieza de mucho cuidado.

—Por lo que cree adivinar en mí, deduzco que la que tiene en muy mal concepto a sus antiguos maestros es usted.

—Yo fui a las monjas. Unas perras. Sólo me enseñaron a despreciarme a mí misma. Prefiero no hablar.

—Eran otros tiempos... Bueno, quise decir otra generación... ¡Diantre! Veo que no puedo dejar de meter la pata con las mujeres demasiado...

Se mordió los labios sin el menor disimulo. Pero éste era un arte que Imperia conocía a la perfección, de manera que decidió ayudarle.

—¿Iba a decir demasiado mayores?

—Iba a decir demasiado distinguidas. Y para hacerme perdonar mis planchas, quiero decirle de una vez por todas que nunca me han interesado las niñas.

—Dicho así, con esas gafas, suena a hombre respetable. No creo que sea su caso.

—Se equivoca. Yo me respeto mucho.

—¿Y se quiere?

—Muchísimo.

—Según quien le oyera pensaría que es usted un engreído.

—No lo soy en absoluto. Y ahora le hablo con toda sinceridad. Contra lo que pudiera parecer, la vida no me ha regalado nada. Y lo prefiero así. En el mundo en que me muevo,
los regalos se pagan a un precio u otro. Mejor no recibirlos.

—Imagino que tampoco querrá darlos.

—No se agradecen, Imperia. Al contrario, quien los recibe
te los cobra después, como si lo hubiese pagado él. Un día u
otro te llega la puñalada, sea por recibir, sea por dar.

—¿No es terrible llegar a esta conclusión cuando sólo se
tienen treinta años?

—Por lo poco que la conozco, adivino que es la misma
conclusión a que ha llegado usted.

—Como usted trata de recordarme continuamente, le llevo
algunos años. En este caso son de ventaja. He tenido más
tiempo para desengañarme de muchas cosas.

—Acaso haya tenido yo más educación. No la que usted
esperaría, por supuesto, sino la que permite aprender las reglas del combate. Atienda: cuando hice mi primer curso en
empresariales fui muy brillante y supongo que esto tendría
algún mérito, porque nada en aquellos estudios me deslumbraba especialmente, como tampoco me entusiasmaba el
rumbo que papá pretendía dar a mi vida...

Imperia adoptó una actitud de perspicacia. Él la cazó al
vuelo, antes de que pudiera expresarse:

—No me interprete mal. Las relaciones entre mi padre y
yo eran excelentes. Me respetaba a mí y yo a él. Por lo tanto,
no tardé en comprender que lo que él deseaba para mí era lo
mejor. Decidí asumirlo. Sin necesidad de esforzarme demasiado, solucionaba los casos más difíciles; ya sabe, las situaciones comerciales que nos ponían para resolver. En otro
orden, solían organizar grupos de trabajo entre varios alumnos. Debíamos organizar empresas, inventar conflictos, solu-
cionarlos. Debo decir, sin falsa modestia, que al poco de empezar esas reuniones, yo me encontraba convertido en el organizador máximo, el líder indiscutible. No le negaré que mi
éxito me hacía muy feliz... hasta que cierto día me percaté de
una circunstancia monstruosa. Sin que nos diésemos cuenta,
en aquellas reuniones prácticas nos estaban dando ejercicios
que consistían en ir hundiendo a los demás compañeros.
Debía quedar uno sólo, triunfador a cualquier precio. Cuan-

do comprendí que estaba aniquilando uno a uno a todos mis amigos sentí una repugnancia profunda... Entonces, me rebelé... di marcha atrás....

—Esto fue hermoso.

—Fue una estupidez. Al fin y al cabo me estaban preparando para triunfador, no para misionero. Además, el hecho de retroceder yo, no evitó que ganase otro. Éste nos fue derribando a todos. Y yo, que había sido el mejor, me encontré con el trimestre perdido, me vi suspendido, y no por algún fallo en mis estudios, sino porque había salido alguien que supo ser más astuto. Aprendí bien la lección. Mi contrincante nunca volvió a ser el primero.

—Usted habrá oído decir que el éxito no da la felicidad.

—Es posible, pero nadie ha dicho que la dé el fracaso.

—¿No se da cuenta de su contrasentido? Demuestra aspiraciones elevadas y, luego, es capaz de rebajarse tanto...

Él permaneció callado unos instantes. Las gafas le daban una gravedad ante la cual una mujer como Imperia podía sucumbir sin demasiado esfuerzo. Pero ella ya no temía a la claudicación. Casi sospechó que le apetecía.

Sólo la preocupaba el riesgo de descubrir que su palurdo idealizado estaba muy lejos de ser un ingenuo.

—Soy lo que yo quiero ser. Sé lo que quiero en la vida: ni matar ni que me maten. Encuentro placer en mi trabajo y aspiro a que tenga la mayor resonancia posible. Por lo demás, soy un hombre muy sencillo. Y quisiera que usted entendiera que no aspiro a ser un genio.

—No debe preocuparse. La época de los genios terminó hace tiempo.

—Aun así. No quiero desilusionarla antes de empezar. En mi trabajo soy un verdadero as. Fuera de él, soy un mediocre.

—No diga esas cosas. Duele oírlas. Uno siempre debe exigirse el máximo.

—Entonces piensa igual que yo, pero en otro sentido. En cualquier caso, es evidente que necesito su ayuda. ¿Por qué se extraña? Ya le he dicho que sé lo que quiero. Es lógico que, por saberlo, también conozca mis limitaciones.

Ella calló unos instantes. Contemplar aquella belleza tan varonil y, de repente, gafuda, le producía una extraña sensación de melancolía, como si él fuese portador de mensajes que durante muchos años sonaron en vano y ahora se obstinaban en recordarle todo el tiempo que había perdido.

Por un instante temió que ocurriese igual con su trabajo, que una interferencia de su orgullo pudiera fomentar un equivoco irremediable: la creación de una figura postiza, incapaz de convencer. Era incluso posible que no le faltase razón al presidente. ¿Por qué disimular su vigor, por qué esconder aquella fuerza que ella había descubierto cuando espiaba los sucesos de la sala de juntas? ¿Y si lo tomase como marca de fábrica?

Concedió un descanso indefinido a sus meditaciones. De momento, se oyó a sí misma preguntar:

—¿Entre sus limitaciones se encuentra el baile de salón?

—Todo lo contrario. En lo discotequero, soy un desastre. En los bailes de salón suelen confundirme con Fred Astaire.

—Hace años que no he bailado —murmuró ella, insinuante—. Y esta noche no transmiten ningún partido de copa.

—Fije usted la hora.

—Ya está fijada, Álvaro. Yo misma buscaré el lugar. Tiene que haber alguno donde lo más movido que toquen se parezca a Glenn Miller.

Y pensó para sus adentros: «Que sea lo que Dios quiera.» ¡Estratagema singular en una dama que siempre presumió de ser atea!

Aquella noche, mientras la llevaba al baile, Álvaro Montalbán la miraba de soslayo, con gran admiración que al mismo tiempo se aplicaba a sí mismo. Igual que la Sweet Charity podía haber cantado: «Si mis amigos me pudiesen ver», pero todavía no era tan esnob para ascender hasta las marquesinas de Broadway y ni siquiera tan moderno para descender hasta sus basuras. Se limitaba a reconocer que Imperia Raventós era la mujer más elegante con la que había salido nunca y que él mismo acababa de convertirse en la más adecuada contrafigura del tan socorrido Cary Grant.

«No es mujer de discoteca —pensaba, con satisfacción—. Es dama de Ritz. Seguro que lleva ropa interior de lo más refinada. A saber si las bragas son de visón.»

Ajena a aquellos pensamientos, pero consciente de su efecto, Imperia planeaba la velada como solía planear todas sus cosas. Iba hermosa, sin aplastar. Abrigo negro, de chinchilla, y debajo un vestido de noche del mismo color, falda tubo, chaqueta ajustada y lentejuelas en la solapa, formando ondulaciones. Collar y pulseras de oro, imitación de la milenaria orfebrería cretense, con el tema de la avispa y la flor. Maquillaje discreto, destacando la raya egipcia en los ojos. Cabello suelto, con un toque de desorden ficticio. También el bolso, tipo cartera, siempre a punto por si necesitaba algún retoque.

Si había planeado cuidadosamente su aspecto bajo el lema «agradar sin acomplejar», mayor esmero puso en la elección del escenario. Se lo recomendó Miranda: «Es de lo más esnob. ¿Te acuerdas del viejo palacio de los Montemarrón? Lo han arreglado para cenas de gran caché, con velas, un zíngaro que toca *Ochichornia* y todo eso. También hay una orquesta de pingüinos para que bailen las carrozas como tú. Bailes de los de antes, de arrimarse mucho y practicar el *cheek to cheek*. Una monería, aunque un poco anticuada para las que, como yo, tenemos diez años menos.»

Prescindiendo de las siempre variables edades de Miranda, su amiga tuvo que agradecer lo acertado de la recomendación. Era el escenario ideal para los nuevos ricos, los viajeros yanquis de compromiso y los espabilados ejecutivos que se iniciaban en los esplendores del lujo, pensando que éstos tienen que parecerse inevitablemente a una tarta de nata. Pero era cierto que en un Madrid dominado por las discotecas de los jovencísimos, aquel santuario de estucos florales, marqueterías doradas y sillas Luis XV estaba haciendo mucha falta.

Por su parte, Imperia estaba radiante, no por sí misma, que ya conocía el alcance de sus afeites, sino por el reflejo que le prestaba la galanura de su pareja. Si ya era apuesto en su estado más bruto, las gafas le daban una autoridad que ella había sabido entrever por la mañana, en el campo de batalla de la sala de juntas. Y a los acordes de un Cole Porter o un Irving Berlin descafeinado parecía, efectivamente, el danzarín con alas en los pies que él mismo había anunciado.

Tenía estilo, tenía clase, tenía ritmo. Sin duda, Álvaro habría imitado a muchos de sus compañeros de oficio recurriendo a clases de urgencia en alguna academia de baile, del mismo modo que acudían a las academias de buenos modales para no hacer el ridículo en las comidas de compromiso. En el éxito social, también empezaba a imponerse la destreza en el tango, la delicadeza en el vals, la perfecta mesura en el deslizarse del fox-trot. Cualquier ejecutivo listo sabía que la elegancia volvía a ser benaventina.

Una vez más, Imperia estaba otorgando a su pareja luces excesivas. Ignoraba que su destreza en los bailes del pasado carecía de todo rigor científico: por el contrario, provenía de la práctica anual en las fiestas mayores del pueblo de su madre, donde un pasodoble debidamente marcado todavía despertaba los aplausos de la concurrencia.

De haber conocido Imperia aquel detalle, ¿no se sentiría más subyugada por lo que tenía de primitivo? El gusto humano es diestro en vaivenes y ambigüedades. Ahora que tenía ante sí a un Álvaro Montalbán convertido en un petimetre, no le disgustaba tanto recordarle vestido de baturro y hasta de pastor, si era necesario.

De vuelta a la mesa, improvisaron una charla ligera, sobre temas insustanciales. La mejor manera de irse aproximando paulatinamente, sin riesgos, sin sorpresas no deseadas.

—Una noche así merece champaña... —dijo Imperia, entre cigarrillos.

—Cava... —corrigió él.

—Por supuesto, me niego a semejante horterada. Nunca se dijo así en Barcelona. Lo tomábamos todos los domingos, incluso en las épocas de gran penuria. No puedo imaginarme a mamá, un día de Navidad, anunciando cava junto a los canelones.

—¿Cómo era su madre?

Ella se encogió de hombros al tiempo que esbozaba un mohín de disgusto.

—No me gusta recordar.

—Es lógico que no quiera hacerlo con sus amores, pero su madre... Vamos, yo no dejo de recordar a la mía. La más santa del mundo.

—Probablemente también lo fue la mía. Lo que yo le echo en cara nada tiene que ver con la santidad. Era su sometimiento. De hecho era un típico ejemplar de mujer sometida que, para colmo, cree no estarlo. Terriblemente culta, pero con una cultura que no le servía para nada. Siempre ordenando los libros de papá o tocando piezas clásicas al piano. Una manera como cualquier otra de observar la vida sin participar en ella...

El recuerdo es tan artero que regresa sin estar invitado. En este caso, regresaba una madre distinguida que deja languidecer sus huesudas manos sobre las teclas de un piano que invoca siempre notas románticas, en sus aspectos más dulcificados. Notas que, al salir a la calle, fluyen entre las vetustas fachadas pobladas por angelotes de piedra, faunas fantásticas, floras de cristales biselados, cúpulas neoclásicas, columnas dóricas, búcaros, acróteras y greguerías, que, en su agonía inmóvil, contempla el suave vaivén de las hojas en los plátanos del Ensanche. Una sensación que hablaba constantemente de la fugacidad del tiempo, parecida a la que emanaba de los estucos de aquel palacio madrileño, donde una orquestina de fantasmas tocaba *Summertime*.

Imperia venció al tiempo en su propio terreno. Sustituyó la fugacidad, por la urgencia. Ésta se hallaba resumida en el aprendizaje de Álvaro Montalbán. Y avanzaba paulatinamente hacia el terreno adonde se obstinaba en conducirle. Le hablaba de él con extrema dulzura, casi ensimismada en la idea de hacerle perfecto:

—Yo había cultivado un sueño que le concierne a usted. ¿Ha oído hablar de Scott Fitzgerald? Supongo que nunca, pero no importa. Algún día le daré a leer algo suyo. De momento, imagine a un escritor que estuvo durante años en la cresta de la ola y, de repente, se convierte en un gran olvidado, que ve acabar sus días trabajando como guionista asalariado en unos grandes estudios de Hollywood, dentro de una coacción espantosa y anuladora. En estas circunstancias, tuvo una relación sentimental con la periodista Sheilah Graham. Bueno, más que periodista era una cotilla, una precursora de Cesáreo Pinchón (¡y sé que a él le encantaría la comparación!). Como le digo, era una cotilla, pero, por lo menos, tuvo el mérito de reconocer en Scott al gran hombre que había sido y que muchos habían olvidado. Esto sucedió en los últimos años de su vida, cuando navegaba entre el alcohol y la desesperación... Cómo un hombre de su categoría pudo convivir con una periodista de tan bajo tono es algo que escapa a mi comprensión...

Álvaro la interrumpió con gesto abrupto:

—Pues es muy fácil de entender. El amor, cuando es verdadero, puede con todo. No tiene vuelta de hoja.

Ella no supo si encontrarle tierno o tonto.

—Yo creo que una relación sentimental que se basa en la superioridad de uno de los miembros de la pareja no puede funcionar. Seguramente lo comprendió el propio Scott, porque a partir de un momento determinado intentó elevar el nivel intelectual de su amante, poniéndola a su altura. Se dedicó a enseñarle historia, geografía, literatura, todo lo que ella no había tenido ocasión de aprender. Llamaban en broma a aquellas sesiones «la universidad de un solo alumno». La Graham lo contó, después, en un libro autobiográfico mucho más valioso que todos sus escritos sobre las grandes estrellas de la época.

Álvaro Montalbán quedó pensativo unos instantes. Al cabo, decidió:

—Supongo que para ella sería más fácil someterse al aprendizaje. Al fin y al cabo, era una mujer. Para el escritor habría resultado... humillante.

—No imaginé que me saldría con una de ésas. De todos modos, olvídelo. Ya le dije que era un sueño... muy difícil de aplicar en nuestro caso.

—Yo no he dicho eso. Todo lo contrario. Estoy deseando aprender. Empiece a enseñarme ahora mismo. ¿Cómo quiere que me vista para llevarla al cine mañana por la noche?

Cumplió su promesa. La llevó a un cine de la Gran Vía, si bien, como hombre que era, se adjudicó el derecho a elegir la película. Naturalmente, resultó una idiotez sobre todas las idioteces que pueden hacer varios estúpidos jovencitos americanos en una universidad de majaderos. Pero Imperia no se lo echó en cara, como cabría esperar. Después de todo, era un placer verle reír como a un niño. Sólo que el placer no evitó la venganza. Le obligó a prometer que, la próxima vez, sería ella quien elegiría la película.

Fue un buen pretexto para salir juntos la noche siguiente. Imperia eligió con gusto; reponían *El séptimo sello*, de Bergman, en una sala de arte y ensayo. No era ésta una perspectiva que pudiera resultar atrayente para Álvaro Montalbán; sin embargo, supo reconvertirla, llevándola hacia un terreno estrictamente pragmático: casi dos horas practicando el sueco es una experiencia importante para la preparación de cualquier ejecutivo que no volverá a practicar el sueco en toda su vida.

Al terminar la proyección, se desperezó.

—Era francamente metafísica —dijo, por todo comentario.

Pero Imperia acababa de recobrar el heroico espíritu de los presentadores de cine-clubs de los años sesenta.

—¿Quiere que le aclare algunos elementos del discurso?

—No hace falta. ¿Olvida que fui monaguillo?

—¿Y qué conclusión ha sacado, desde su experiencia digamos «religiosa»?

—Que al fin y al cabo, todos tenemos que morirnos un día u otro.

Era mucho más de lo que Imperia y el propio Ingmar Bergman se hubieran atrevido a esperar de un ejecutivo joven y agresivo.

Pero de aquella juventud, de aquella agresividad, sí esperaba Imperia una invitación para el día siguiente, y ésta no se hizo esperar. Así pues, la noche del miércoles se consagraron de nuevo al baile. El mismo palacio, los mismos estucos, las sillas doradas y las melodías de antaño.

Mientras bailaban un *slow*, tomado en préstamo a Sinatra, Álvaro Montalbán tuvo un arrebato de inspiración.

—Hoy va usted de verde —comentó.

Ella quiso estar a su altura.

—¿Le gusta?

—Me atrae.

—¿Acaso le recuerda el brillo de las esmeraldas?

—Me recuerda un campo de alfalfa. Nada hay más relajante.

Contagiada por metáforas tan excelsas, ella introdujo un profundo suspiro:

—¡No sé qué daría para estar ahora mismo en pleno campo, lejos del mundanal ruido!

—Campo, lo que se dice campo, no puedo ofrecérselo esta temporada. Pero mañana tengo que resolver un asunto en Toledo, ciudad que relaja muchísimo, según me han dicho.

Así pues, al día siguiente, jueves, Imperia le acompañó a Toledo. Él tenía algunos encuentros, ella aprovecharía para curiosear en algunas tiendas de antigüedades. Después, se reunió con Álvaro para almorzar. Él llevaba su guía para el ejecutivo *gourmet*, y aunque Imperia se burló de su ingenuidad acabaron encontrando, gracias al libro, el lugar donde comer la mejor caza. Por la tarde, callejearon pausadamente, siguiendo otra guía, esta vez de Imperia. Gracias a los consejos de algún vetusto erudito local, a quien ella respetaba sin conocerle, se adentraron por callejas y plazas, subiendo y bajando al único son de sus pasos y al solo antojo de su necesidad de estar juntos en medio de la belleza. Deambulaban revisando fachadas, descubriendo ventanucos, inquiriendo en rincones que se les aparecían como por ensalmo, al son de secretas campanas y ecos de gestas perdidas. De fachada en fachada, de iglesia en iglesia, brotaban los más variados caprichos de la piedra: cenefas, cresterías, bóvedas, escudos, arcos y columnas.

Imperia leía en voz alta una serie de exhaustivas descripciones que acabaron por desbordar la capacidad de atención de su voluntarioso aprendiz.

En un momento determinado, Álvaro le cerró el libro con dulzura, pero no sin burla.

—¿De verdad cree usted que algún periodista de este país va a preguntarme sobre mis conocimientos de arte mudéjar?

—No estaba pensando en los periodistas. Estaba pensando en usted. En comunicarle el placer del conocimiento.

—Prefiero que charlemos. Lo antiguo, al baúl de la abuelita. Todas las cosas útiles empiezan con los años ochenta y ocurren en los Estados Unidos.

—Es curioso. Reacciona usted ante la historia como yo con mi propia vida.

—¿No le gusta evocar su pasado?

—No tengo necesidad de hacerlo. No sé que exista, siquiera en el recuerdo.

—Ya que no desea recuerdos, desplacémonos al futuro. ¿Le apetecería regresar en helicóptero?

—Seguro —dijo ella—. Nunca hay que negarse a la extravagancia.

Pensaba Imperia que el mozo estaba poniendo a su alcance todos los elementos de una película de las de antes. Amor y lujo a partes iguales, con un diálogo muy bien ensayado y una ambientación irreprochable. La naturaleza ponía el resto, programando para ellos un cielo diáfano. Allá abajo, lucían las adustas tonalidades que la luz invernal, concisa y cortante, iba arrancando a los campos castellanos. Y cuando apareció a lo lejos la gran capital, decidió Imperia que bien pudiera ser Nueva York vista desde el aire por tres bellísimas vampiresas a la caza de un marido rico.

Llegaron con el tiempo justo para cambiarse y encontrarse de nuevo para cenar. Después, siguieron bailando. La magia íntima de Cole Porter, la sinuosa cadencia de algún bolero con sabor latino, el vigor de Irving Berlin y todo cuanto una orquestina de segunda puede imitar con cierta gracia. Algo innecesario pero no completamente impresentable. Algo que ayudaba a sentirse lejos del mundo.

Fue entonces cuando Imperia echó la cabeza hacia atrás, en el éxtasis de la melodía, bebiéndola con los labios entreabiertos. Y Álvaro Montalbán reconoció que merecían un beso.

De nuevo ante el champán, intentaron parecer casuales.

—¿Qué plan tiene usted para la Nochevieja? —preguntó ella.

—Pensaba pasarla en Zaragoza, con mi familia. Esto se debe, precisamente, a que no tengo ningún plan concreto. ¿Cuáles son los suyos?

—Reúno a algunos amigos en honor de mi hijo. ¿Querrá acompañarnos?

—¡Mientras no se le ocurra invitar a alguna poetisa...!

—Lo más parecido será una folklórica. Reyes del Río. Llevo su imagen.

—He oído hablar de ella.

—Entonces, cuento con usted...

—Podríamos anticiparnos. Mañana tengo un almuerzo en Sevilla. Después, nada. Todo un fin de semana en absoluta soledad.

—No debe pasarlo solo. Sevilla se lo reprocharía.

—Empiezo por reprochármelo yo.

—No quiero que se traumatice con tantos reproches. Si bien se mira, hace dos meses que no voy a Sevilla. Es más de lo que cualquier persona sensible podría resistir.

Como era de esperar, Álvaro Montalbán se permitió la chulada de llevarla en el avión privado de don Matías de Echagüe. Imperia decidió encontrarlo normal. Era necesario para su imagen demostrar que el lujo no la cogía de nuevas. En parte, mentía. Estaba acostumbrada a la comodidad de la alta burguesía, pero no al innecesario lujo de los ricachones. La comodidad, el desahogo, el buen tono que presidieron su infancia y adolescencia se ensanchaban ahora para albergar el despilfarro.

Podía reprochárselo a la escandalosa vocación de riqueza y al culto a la apariencia que se había adueñado de las costumbres. No lo hizo. Aquella escapada en avión privado tenía sabor a secreto. Amantes que tienen algo que esconder. Amantes que huyen de la prensa. Álvaro Montalbán le brindaba la ocasión de sentirse furtiva. ¡Ella que siempre hizo las cosas de manera tan declarada!

En el hotel, guardaron las apariencias. Claro que no era ésta la expresión adecuada. ¿Iban a guardarlas en nombre de lo que no había sucedido? La idea de tomar dos suites separadas distaba mucho de obedecer a un temor premeditado. Era lo más natural, en fin de cuentas. ¿Por qué entonces lo consideró ella un acertado signo de prudencia?

Mientras él asistía a su almuerzo, ella se dedicaría a hacer algunas llamadas. Presentaría a Álvaro a sus amigos sevillanos, todos la mejor gente, todos en la cumbre social y habituados a ocuparla desde siempre. Al punto recapacitó. Era absurdo desperdiciar las proposiciones de la ciudad en nombre de vanos protocolos. Prefirió efectuar su obligada adoración a los poderes de Sevilla. Paseó por sus calles sin fijarse una dirección precisa; se embriagó de colores, buceó en océanos de perfumes prodigiosos que no correspondían al invierno pero que acudían en tropel, como recuerdos dispersos de tantos paseos primaverales por aquellas mismas calles, bajo el idéntico signo del amor.

Una vez más supo que no era necesario llegar enamorada a Sevilla porque el amor era la ciudad misma.

Se perdió cuantas veces quiso para volverse a encontrar de repente, más perdida todavía. Buscó en algunos anticuarios ese mueble, esa cerámica, aquel posible grabado para el altillo de su hijo. Si era tan anticuado como pretendía Susanita Concorde, todo Sevilla podía ser un cofre maravilloso que se abría de par en par invitándole a llevársela entera. Y pensó que si aquel niño prosperaba en su afecto, le llevaría a conocer la Semana Santa, para que viera lo más grande del mundo.

Se detuvo ante la mejor tienda de ropa masculina. ¿Se estaba dejando dominar por el sentimiento maternal, aun antes de la ocasión de recibirlo? No tardó en desengañarse. El jersey que atrajo su mirada tenía las medidas de Álvaro Montalbán y respondía al estilo que Ton y Son le habían diseñado para las horas de ocio.

Un jersey rojo para un macho que la encendía. La coincidencia era tan sevillana, que estaba obligada a comprarlo, incluso en nombre del destino.

Comió sola, en el hotel, rodeada de falsos efectos morunos que conservaban todo el encanto de una poesía ecléctica, el valor añadido de un capricho situado más allá de cualquier tiempo. Para restituirla al suyo presente, faltaba todavía Álvaro Montalbán.

Cuando él llegó de su almuerzo, derrochaba optimismo. Su nuevo aspecto había constituido todo un éxito.

—He podido comprobar el efecto de las gafas. El presidente de la Antef me ha preguntado si tengo más dioptrías que él.

Ella le tendió la bolsa. Mientras él la abría, con afán, ella intentó buscar una excusa. Por fin dijo:

—Un acierto lleva a otro. Vi este jersey y decidí que no debería ir tan puesto. En fin de cuentas, a partir de ahora empieza el ocio.

—¡Rojo! ¿Qué voy a hacer si me pesca un toro?

—Torearlo. Usted es fuerte.

—Lo sé.

—¡Tanta fuerza para una vida tan sedentaria!

—Lo sé.

—Lamentablemente, este fin de semana no podrá hacer ejercicio.

—Sí podré. El conserje me ha buscado un gimnasio donde practicar mi squash.

—Cuanto más practique más fuerte estará...

—Lo sé.

Sabía demasiadas cosas, pensó ella. Y se enfureció, pero no contra las pretensiones del macho, antes bien contra su propia vulnerabilidad.

Regresó corriendo a la suite. Descolgó el teléfono. ¡Tantas llamadas que hacer, tantos compromisos! Dar señal de vida, unas palabras gentiles, fijar una cita, comprometer una cena urgente... ¡alguien que los acompañase para impedir lo que inevitablemente podía suceder! ¡Alguien con las suficientes cosas que contar para impedir el desastre...!

A menos que ella lo deseara.

Igual que hizo por la mañana, colgó el teléfono antes de haber decidido siquiera un número. ¿Para qué engañarse? Era absurdo recurrir a compromisos sociales cuando Sevilla entera estaba dispuesta a brindar con champán por el libre desarrollo de un capricho.

Llamaron a la puerta. Era Álvaro. Llevaba el jersey rojo sobre unas pantalones de pana gris.

—Vengo a que me dé el aprobado...

—¿Con tanta urgencia? Ni siquiera me ha dado tiempo a arreglarme. Pero está usted aprobado. Aprobadísimo, para ser exactos.

Estaba a punto de cerrarle la puerta, pero él se lo impidió con el pie.

—Imperia...

—Me dicen.

—¿Y atractiva?

—También me lo dicen. Últimamente, previo pago.

—¿Previo pago? Es ridículo que una mujer como usted tenga que pasar por eso.

—Álvaro, pese a todo prefiero pagar con dinero que no con penas.

Él se abrió paso, cerrando la puerta tras de sí.

—Somos adultos, Imperia.

—Yo bastante más que usted.

—Mejor. Ya le dije que no me atraen las niñitas.

—Entonces no querrá que me comporte como tal.

—Si le soltase el pelo, ¿qué pasaría?

—Que me habría soltado el pelo. Faltaría que me soltase yo.

—Pero usted está deseando soltarse.

—No se lo niego.

—Sin embargo, prefiere el moño.

—Será por comodidad. Cuando el pelo se suelta, corre el peligro de enredarse...

Él la tomó entre sus brazos, dulcemente, sin acercarla del todo.

—¿Teme acaso que yo resulte un poco brutote?

—Al contrario: nunca me han gustado los blandos.

—¿Tengo que hacer cola? ¿Es eso?

—Más bien creo que debería hacerla yo. No se me escapa que en ciertos salones de Madrid se empieza a hablar más de Alvarito Tenorio que de Álvaro Montalbán, directivo.

—Debería elegir mejor a sus espías. A ese Alvarito no le conozco. Y Álvaro Montalbán, para ser claros, quiere hacer el amor con usted. Y empieza a ser urgente.

—Nunca en horas de servicio. Igual que los cigarrillos.

—Tiene usted libre hasta el lunes. Fume de una vez.

Sus labios buscaron el cuello de Imperia. Se deslizaron suavemente, resbalando casi. Ella optó por deshacerse de su abrazo. Demasiado tarde. Notaba que ya no podía hacerlo sin peligro de provocar una situación violenta. ¿Se la merecía aquel pretendiente tan gentil?

—¿No tiene usted squash por la mañana?

—Tengo squash por la mañana, pero me aguantaré.

—Cumplido por cumplido: yo no voy a aguantarme, Álvaro.

Permitió que él la despeinara. La dulzura estaba dando paso a un frenesí que los dedos delataban.

—Álvaro. Un día me dijiste que sabías distinguir entre la ropa interior de una furcia y la de una señora...

—Con los ojos vendados y la única ayuda de la lengua...

—No me dijiste cuál preferías.

—La de las señoras, por supuesto. La de las furcias es más fácil de conseguir. Pero una verdadera amante debería combinar las dos cosas. En el amor y el hogar, una señora. En la cama, una golfa...

Ella tomó su cabeza, en busca de la boca. Le estaba anunciando que la golfa podía aparecer de un momento a otro.

Él le mordió la oreja, susurrante:

—Te lo pasarás bomba. Tengo un pene muy grande.

No era el tipo de alarde que ella solía agradecer. Lo encontró muy basto.

—Imagino que esto te preocupa más a ti que a mí...

—No seas ladina. Es sabido que las mujeres valoran al hombre por el tamaño de su pene.

—Serán las que no tienen otras cosas que valorar. Si sólo fuera cuestión de tamaño, una se buscaría un elefante.

228

Él tuvo una reacción violenta, que ella encontró sorprendente, pero no ilógica.

—¡Deja ya de darme lecciones! ¿Me crees un niño? En la cama, el profesor soy yo. Te la haré tragar entera. Y cuando terminemos, todavía me pedirás más.

Se quitó el jersey. Su colorido era innecesario. El rojo había ido a parar a sus mejillas. El rojo saltaba por sus ojos. El rojo era él, todo encendido.

Recordó entonces Imperia el color del deseo. Nunca precisó aprenderlo por correspondencia. Sabía que sólo dependía de su voluntad de entrega y ésta se demostró con creces cuando arrancaba de un zarpazo la camisa del macho y se arrojaba furiosa contra su tórax, con ansia de morder.

Él sabía cómo defenderse. Todo consistía en no tener el menor miramiento con la mujer convertida en contrincante. Así, la arrojó sobre la cama y empezó a desnudarla hasta descubrir un sujetador de seda rosada, hinchado por la robustez de los senos. Ella misma se arrancó la prenda, refregando con ella la boca del macho, que la mordía ávidamente, como si el selecto perfume que emanaba fuese el perfecto instigador del apetito. Abrió él sus garras, decididamente feroces, y las cerró sobre sus pechos, empujándola hacia sí hasta que la tuvo pegada. Entonces, acercó los labios a los pezones y empezó a lamérselos. A los pocos segundos los tenía aprisionados entre los dientes, los succionaba más y más rápido, hasta que acabó mordiéndolos una y otra vez.

Gemidos entremezclados. Una intensidad incomparable. Hasta que la dejó caer sobre la cama, con las piernas completamente abiertas. Cada uno hizo ostentación de sus atributos, mostrándolos al contrincante, como un trofeo destinado a recompensar su encono. Erguía él su verga, definitivamente aumentada, se la acariciaba hasta arrancar de entre los pliegues del prepucio una cabeza rotunda, color rojo pasión, una cabeza que se convertía en brújula orientada hacia el sexo completamente abierto de la hembra.

Era un acto de exhibicionismo a dos. Él se recreaba mostrando la apoteosis de su masturbación descomunal. Ella se abría enteramente para mostrarle unos pliegues de rosadas carnosidades por las que iba resbalando la uña, inquiriendo caminos, buscando rincones, desapareciendo en las simas más ignotas. Así estimulado, él se arrojó de rodillas, recorrió con la lengua todos los caminos de la masturbación femenina, hincó los dientes en sus carnes más íntimas, succionó los labios, los devoró a fuerza de mordiscos mínimos, de una minucia sabiamente administrada. Entonces la abandonó de golpe, y ella, más encendida en el rechazo, se arrojó sobre la verga enhiesta y, abriéndose en puente, la asimiló por entero, golosa y voraz, y, por fin, colmada y aun dolida. No era el momento adecuado para una plática amorosa. Él exigía a gritos que se la tragase, la insultaba por no hacerlo, la humillaba por consumir en exceso, todo ello en una perorata humillante, resumida en gritos de vergonzosa obscenidad.

Imperia estaba acostumbrada a mandar. Ahora sentíase empalada en la cima del mundo. De repente, pareció descender hasta los abismos. Con un gesto violento, el macho salió de su sexo, esperando sus súplicas. Éstas llegaron al instante. Ella deseaba más, lo pedía arrastrándose por el suelo, con la mano en alto, dirigida hacia aquel miembro que él mantenía enhiesto, dominante, esclavizador.

Él agarró su cabeza con ambas manos, la trasteó, la atrajo hasta su erección, obligándola a recibirla en pleno rostro, a soportar sus golpes. Ella intentaba desasirse, cerraba obstinadamente la boca, huyendo del embite que presentía, resistiéndose contra algo que nunca aceptó antes, algo que implicaba una sumisión. Él la preparaba, haciéndole tragar el puño entero; al retirarlo, lo sustituía rápidamente por el pene, sin darle tiempo a rechazarlo. Sintió ella un ahogo, una vergüenza, una ira que no podía expresar porque ya tenía la boca completamente llena. Sólo acertaba a pensar: «Me hundes, bestia, me hundes», y cuanto más se resistía, él la baqueteaba con más insultos, la zarandeaba como a un pelele, obligándola a acelerar el ritmo de las succiones, avanzando hacia un ritmo enloquecido que se veía obligada a mantener hasta dejarle jadeante, a punto de ahogo.

Con los dedos afilados como bisturíes, ella hundía las uñas en las carnes del macho, mientras él, poseído por la indignación y una furia todavía más intensa, ya un desgarro, acababa de ahogarla, abiertas sus poderosas piernas en arco triunfal, taladrándole la boca a velocidad cada vez mayor hasta que ella sintió el sabor resbaladizo del esperma arrojado en un escape frenético, un escape que impulsaba al macho a contraerse en posturas espasmódicas y gritos de excitación y execración.

Descorchó así su orgasmo Álvaro Montalbán, sin que ella intuyese siquiera el suyo. Y al recordar cómo había presumido él de su tamaño, decidió con amargura que para aquel viaje no hacían falta alforjas de tal magnitud.

Acababa de sentirse explotada por primera vez en su vida.

FUE ELLA QUIEN ELIGIÓ UN RESTAURANTE junto al río. La noche, aunque fría, era plácida, luminosa, con inesperados fulgores argentinos. Titilaban las siluetas de las casas sobre el agua como estancada del Guadalquivir y eran temblequeos que iban en busca del reflejo de la torre del Oro, situada a la otra orilla, con luces artificiales que, sin embargo, le prestaban tonalidades doradas, como quiere la leyenda.

Así dispuesta, de modo tan perfecto, la velada transcurrió en tono romántico, entre cariñosos apretones de mano, miradas fijas y sonrisitas ante cualquier trivialidad. Faltaban unos violines, pero ni siquiera en Sevilla se puede tener todo en un solo idilio. Ni siquiera la seguridad en la inteligencia de la pareja.

Sabía Imperia que en algún momento iba surgir la pregunta que ella nunca se atrevería a formular. Y surgió, por fin, a la hora de los licores.

—¿Te lo has pasado bien, querida? ¿Te he hecho gozar?

Ella rompió a reír frívolamente. Si no lo hacía podía resultar cruel consigo misma.

—Mejor me lo habría pasado si te hubieses ocupado un poco de mi placer. —Y aunque en sus palabras había visos de reconvención, añadió, con cariño—: La verdad es que eres un falócrata repugnante...

A él no le agradó en absoluto aquel comentario con excesivos visos de ironía.

—¿Por qué has tenido que decir esto? ¡Todo iba tan bien, todo era tan romántico...!

—¡Menudo romanticismo, el de un acto sexual a ritmo de zambomba!

—Las mujeres siempre tenéis que estropearlo todo... ¿Te gustaría que yo emitiera mi opinión sobre ti?

—La aceptaría.

—Entonces, me parece muy egoísta por tu parte que sólo pienses en tu orgasmo.

—Se suele pensar en él cuando no se ha tenido.

—Haberte acoplado a mi ritmo. Yo lo he hecho fantásticamente bien. Las mujeres siempre me han dicho que tengo un pene total. Vamos, que llena del todo...

Si Imperia contestaba a tales presunciones con la coherencia de que siempre hizo gala, la conversación podía desembocar fácilmente en la catástrofe. No deseándolo, calculó una estrategia. Se había mostrado demasiado franca y aquel mozarrón estaba necesitando una intrigante. Sacaría pues sus garras más útiles. Las de convencer sin sentirlo.

—No me hagas caso. Estaba bromeando. De hecho, me lo he pasado divinamente. Un delirio, vamos. Ha sido como descubrir el sexo.

Él respiró, aliviado. Comprendió Imperia que le hubiera frustrado excesivamente llegar hasta el fondo del debate.

Sólo necesitaba sentirse hombre. ¿Por qué privarle de aquella estúpida satisfacción?

Lástima que, además, necesitase sentirse galán de cine.

Naturalmente, no renunció a regresar al hotel en coche de caballos. Todo lo contrario. Se empeñó en dar una vuelta por el parque de María Luisa y apearse en la plaza de España, acaso para convencerse de que, además del placer del sexo, era capaz de proporcionar una velada romántica a la altura de una mujer cultivada. Continuaba la película, con todos los tópicos, incluida una luna lunera definitivamente cascabelera. Más definitivo era el frío, raro en el sur pero normal para diciembre. No lo reconoció así Álvaro, asumida ya su condición de gallardo paladín sin miedo. Lejos de su carácter el miedo a quedarse hecho un carámbano. Le salía el heroísmo a flor de piel o, mejor dicho, a flor de cachemir. Valiente, pero protegido. Mucho más que su dama, que había incurrido en el error de ponerse un vestido liviano sin pensar que a su galán le daría por explorar el Polo.

El cochero estaba ya aterido, maldecía la hora en que se le acudió aplazar el regreso a casa para pasear a aquella pareja y ganarse un sobresueldo. Pero Álvaro había oído maravillas del barrio de Santa Cruz y en ninguno de sus viajes anteriores había tenido ocasión de comprobarlas acompañado de una mujer bella y, además, sofisticada. Una mujer a la que convenía deslumbrar, antes de que pretendiera deslumbrarle ella.

Por otra parte, no era ajeno a cierta mística de las malas películas. Y en sus recuerdos de cine de pueblo aparecía Antonio Molina cantando sus penares al Cristo de los Faroles.

—El tal Cristo se encuentra en Córdoba... —se atrevió a decir Imperia.

—¿Vas a saber más que Antonio Molina? —exclamó él, un tanto fatuo—. Recuerdo perfectamente que cantaba sus penares en plena Feria de Abril. Y al final se reconciliaba con la chica delante de aquel Cristo tan sevillano.

Pensó Imperia, con pereza: «¡Tener que contarle ahora las

falacias de un rodaje cinematográfico!» Pero lo hizo para no pasar por tonta.

—En *Lawrence de Arabia*, El Cairo era esa plaza de España que acabamos de ver. Suele ser lo que se llama licencias de ambientación.

—¡Licencia de narices! —exclamó él, airado—. ¿Ahora también quieres amargarme *Lawrence de Arabia*? Aquello era Egipto y el Cristo de los Faroles está en este barrio y, si no es así, me la corto.

«¡No, por Dios! —pensó ella—. Todavía tiene que rendir más de un servicio...»

—Seguro que es ese Cristo de ahí —gritó Álvaro, señalando una escultura que apenas se destacaba entre las sombras.

—Eso es la estatua del Tenorio —dijo el cochero, entre un rechinar de dientes—. La dejaron aquí, bien visible, para testimoniar que la función pasaba en Sevilla, milord.

Volvió a comprobar Imperia que su Álvaro no era de los que saben soportar lecciones. Dejando de lado la obviedad del Tenorio, prosiguió la búsqueda del Cristo de los Faroles con tan férrea convicción que hasta el cochero se vio obligado a callarse.

Álvaro Montalbán asumió con pasmosa tranquilidad que la anhelada reliquia podía ser un crucifijo que se halla en la plaza de la Santa Cruz, frente al restaurante La Albahaca. Imperia prefirió no decepcionarle. ¿De qué serviría? Un engaño, a veces, implica un consuelo. Lamentablemente optaba por engañarse también a sí misma, decidiendo que en aquel caso estaban hablando de turismo, no de cultura. Y en esta creencia quiso continuar mientras se internaban por las callejas del barrio, desiertas a aquella hora, misteriosas bajo los juegos diversos de la luna, locuaces pese al silencio, porque el repique de sus pasos sobre las piedras retumbaba contra todos los rincones, creando una melodía que les era devuelta cual ecos que se iban reproduciendo contra los cantos de esquinas infinitas.

La dimensión romántica de Álvaro Montalbán estalló con toda su fuerza al descubrir el cartel que anunciaba la hostería donde da comienzo la acción del Tenorio. Y no era difícil suponer que habría visto varias representaciones de la obra, durante su infancia, en un teatro de Zaragoza. ¿La habría interpretado, además, en algún centro parroquial?

Adoptó la exagerada actitud de un rapsoda decimonónico para recitar, mezclándolos, algunos versos adecuados para la ocasión: «¿La hostería del Laurel? En ella estáis, caballero...»

Imperia pensó que era mejor aplaudirle, pero no pudo evitar preguntarse cuál sería su reacción si a ella se le ocurriese cantar *Dos cruces* en la plaza de Doña Elvira. ¿La consideraría ridícula? ¿Acaso cursi? No hubo tiempo para más preguntas. Él mismo solucionó la espinosa cuestión cuando, abriendo los brazos de forma desmesurada, proyectó al cielo una voz de timbre baritonal que entonaba, precisamente, la temida canción:

> *Sevilla tuvo que ser*
> *con su lunita plateada*
> *testigo de nuestro amor*
> *bajo la noche callada...*

Imperia pudo enrojecer de vergüenza; sin embargo, optó por continuar en talante comprensivo. Y como sea que Álvaro la estrechó un instante entre sus brazos, sintióse incluso recompensada. Pero supo que algo había cambiado en su vida, porque días antes le habría tratado de mastuerzo, mientras que ahora consideraba su tontería como un delicioso escape de la ternura. Y en las cursiladas nocturnas a que la sometía estaba viendo la continuación de la película cuyo guión no acababa de decidirse entre el romanticismo y la comicidad del absurdo.

Ante la Giralda iluminada, decidió tomarse una licencia por su cuenta. Al fin y al cabo, empezaba a conocer el repertorio de Reyes del Río y si había un lugar idóneo para rememorarlo era aquél y ningún otro.

Para su propio asombro se oyó cantar a toda voz:

> *Que le pongan lazo negro a la Giralda,*
> *a la Torre de la Vela y a la Alhambra de Graná...*

Él le soltó el brazo al instante, mirándola con cierta conmiseración:

—¿Qué tonterías estás diciendo? ¿Cómo le van a poner un lazo a la Giralda, con lo alta que es?

Ella continuó con su vena folklórica:

> *Capote de valentíaaa*
> *de su vergüenza torera*
> *que a su cuerpo se ceñíaaa*
> *lo mismo que una bandera...*

—¿A qué viene esto? —refunfuñó él—. ¿Te ha sentado mal la sangría?

—Viene a que estarías maravilloso completamente desnudo, yacente, con tus músculos dormidos bajo la bandera...

—¡Qué idioteces decís las mujeres! La bandera es una cosa muy seria. Es cosa de hombres.

—Pues ¿no bordó una Mariana Pineda?

—Bordarla, sí. Nadie ha dicho que un hombre borde mejor que una mujer. Ahora bien, para defenderla de los enemigos seculares de la patria, tienen que ser los hombres y, además, muy hombres. ¿No te acuerdas del Alcázar?

—¿De qué Alcázar?

—Del de Toledo, coño. ¡Es que las mujeres sois de lo que no hay! ¿De esto te ha servido ir a Toledo? ¿Es que sólo te fijabas en los escaparates?

Imperia no quiso indignarse. Después de todo, no hay película de amor y lujo que no contemple una escena de pelea entre los amantes. No suele ser excesivamente peligrosa. Al final, todo se resuelve, y chico acaba encontrando a chica para los restos.

Se resistió a quejarse del frío. No quería darle motivos para considerarla una débil mujer.

De repente, se detuvo, presa de estupor por una revelación inesperada. Acababa de irrumpir como una instantánea. Una evidencia que todas las mujeres conocían desde el principio de los tiempos y que ella nunca había comprendido o acaso se resistió a comprender.

Lo que él estaba esperando era que ella tuviese frío. Lo que estaba deseando es que se sintiese indefensa. Lo que la salvaba antes sus ojos era que allí, en el barrio de Santa Cruz, él se sintiera guía y ella turista, él sabio y ella tonta, él la estufa y ella la friolera. Si se prestaba a la ficción era para provocar la suya propia, para que le proporcionase una mentira capaz de justificarle como ente superior. ¡Y hacérselo sentir resultaba tan sencillo! Simplemente idiota, de puro fácil.

Fingió ella un temblor intenso. Fingió que le rechinaban los dientes. Tartamudeó, al decir:

—Me estoy helando. Volvamos al hotel, por favor...

Él se quitó el abrigo y se lo echó sobre los hombros. La estaba abrigando, luego era útil. Era incapaz de disimular su satisfacción:

—¡Es que las mujeres no aguantáis nada! Pero volveremos al hotel, ya que es tu antojo. No quiero que te desmayes aquí, delante de la catedral.

Así obrará siempre un caballero que se estime. Jamás acudirá a una necesidad, pero se desvivirá para satisfacer el menor capricho de una hembra. ¡Comprador ideal de violetas, bombones o joyas! ¡Ayuda y mantenimiento de las desamparadas!

Ella estuvo a punto de arrojar un clamoroso «Olé», pero prefirió reírse en su fuero interno. Al fin y al cabo, burlarse de una ley no implica en modo alguno un desacato. Se obedece y una piensa: ¡Mierda quien la inventó!

Cuando llegaron al hotel, pensó que su interpretación de mujer sufrida bien merecía una recompensa. Aferrada a la mano de su hombre, apretándola con todas sus fuerzas, susurró:

—Sé gentil. Invítame a una copa en tu suite.

—¿Siempre tienes que ser tú la que tome la iniciativa?

—No la tomo, puesto que te lo estoy pidiendo.

Cuando él recobró la certeza de su propia iniciativa, la hizo pasar a sus aposentos, aunque no al dormitorio sino al salón que lo precedía. Pensó Imperia que aquel gesto conservaba algún rasgo de señorío antiguo. Las cortesanas, en la antecámara, para pasar el examen previo. Después se sabría si eran dignas de acceder a la alcoba del dueño, al santasantórum de la masculinidad.

—Querré un whisky... —susurró, ya insinuadora.

—Mejor una menta, que la pone contenta.

Al verle reírse de su propio ingenio, le imitó por si las moscas.

—¿Lo ves como a veces acierto con las bebidas?

Ella se abrazó a su cuerpo, atrayéndolo.

—También yo acertaré esta vez. Tú no quieres una mujer, sino una perra. Pero yo te quiero a ti tal como eres. Nunca conocí a un hombre que me excitase tanto. Así pues, como perra me tendrás, para tu gusto y el mío.

Aprovechando que él tenía las manos ocupadas por un vaso y una botella, le bajó los pantalones de golpe y se arrodilló a sus pies. Inició una felación dulce, parsimoniosa, una felación que dijérase una sonata de Liszt. Se entretuvo paseando la lengua por el prepucio, abriéndolo hasta la irritación, y luego empezó a trabajarse la cabeza hasta dejarla enrojecida. Por fin, consumió el miembro entero.

Supo que todo marchaba viento en popa cuando él empezó a gemir. Supo de sí misma que, como perra, no tenía precio.

A MEDIANOCHE SE DESPERTÓ abrazada a su cuerpo. Observaba su sueño feliz, limpio de culpa, ajeno incluso a ella. Le tenía desnudo, a su merced, y ella lo protegía, propietaria celosa, castellana de aquel alcázar tan potente. Al recapacitar podía sentirse tranquila porque todo respondía a los imperativos del deseo, no a las necesidades del amor. Pero no podía reprimir una cierta emoción al reparar en que estaba compartiendo su sueño por primera vez. Que sentía los latidos de aquel corazón adentrándose, por fin, en el suyo.

No sería amor, pero imitaba sus sensaciones.

Al tiempo que se dejaba sumir en un mar de ternura, sentíase acometida por un oleaje de reproches: «Has conseguido rebajarme, lo que nunca esperé lo has conseguido, me he rebajado ante ti, más vulgar que la puta más tirada, más hambrienta que el coño más famélico, te lo mereces, niño, te lo mereces, que sea tu recompensa de estudios, te la doy por anticipado, ¿o será la mía? Más estoy aprendiendo de lo que nunca presentí, más harta quedo, más saciada, más con ganas de no pararme nunca, nunca jamás...»

Desde la profunda inconsciencia de un sueño inmaculado, él le abría sus poderosos brazos. Al estrecharla, susurraba:

—¡Qué bien trabajas, gorrina, qué bien trabajas...!

Ella no quiso calcular si estaba cayendo en un error de consecuencias irreparables. Era cierto que le excitaba el bruto aquel. Era cierto que nunca antes sintió arrebatos parecidos. Y en última instancia, era cierto que en la humillación existe un placer jamás calculado por quien se cree dueño del poderío absoluto.

Y ya que dormían tan cerca de la antigua fábrica de tabacos, donde dicen que montaba sus jaranas la encedida Carmen, era el momento más adecuado para ponerse a ritmo de la habanera:

L'amour est un oiseau rebelle
que nul ne peut apprivoiser.

CUANDO EL LUNES POR LA MAÑANA se dirigían al aeropuerto, Álvaro Montalbán completó sus conclusiones de las dos noches anteriores: aquella mujer se habría fatigado mucho ha-

237

ciendo el amor. Él tenía la culpa. Era tan poderoso que las dejaba reventadas. Y ella era una hembra frágil, como todas las demás ella necesitaba sentirse protegida, ayudada, conducida, acunada acaso...

No estaban sus músculos en vano. Si disponían del poder de acaudillar, también tendrían el don de proteger. Si su pene avasallaba, su galantería debía reparar los daños. No se puede ir por la vida con un pene tan descomunal: las dejaba inservibles. Conviene reavivarlas mediante el afecto. Una cosa va por la otra. Y es ley de varón el combinarlas.

Durante todo el viaje, actuó como el perfecto *chevalier servant*. La ayudó a subir al avión, la acomodó en su asiento, se levantó en varias ocasiones para servirle whisky; buscaba una revista, preguntaba a los pilotos si podrían salvar los baches, para evitarle cualquier sobresalto. Imperia aceptó colgarse en aquel sentimiento. Al fin y al cabo, era la primera vez en muchos años que alguien planeaba las cosas por ella. Y además alguien tan guapo, alguien tan fuerte, alguien tan absolutamente imposible de encontrar fuera de los sueños de adolescencia.

Él no le pedía abiertamente que fuese frágil, pero ella sabía que tocaba serlo. Ella no esperaba de él que fuese fuerte, pero lo era sin pedírselo siquiera a la naturaleza.

—Esta noche repetiremos...

—Lo estoy deseando —dijo ella.

No mentía. Bien al contrario. Empezaba la urgencia del reencuentro. Incluso hubiera deseado que el mundo fuese una película pornográfica de lo más vulgar, de lo más absurdo, para tener la posibilidad de tomarle allí mismo, en el avión, recibiendo los envites de su pene sobre los cielos de Andalucía.

En defecto del sexo declarado, él formuló una invitación, que Imperia se esforzó en considerar completamente normal:

—Podríamos cenar en casa. Retransmiten un partido de baloncesto que te encantará.

Como ella no quería engañarse, decidió que, al sonreír, estaba siendo hipócrita. Pero lo cierto es que sonrió, sin detenerse a pensar en lo que era.

—Estoy convencida. Nada puede apasionarme tanto como ver un partido de baloncesto por televisión. Sólo quiero prevenirte de una cosa: no sé cocinar.

¡Faltaría más!

238

EFEBO EN SOCIEDAD

AL LLEGAR A LA FIRMA encontró un recado de Alejandro. ¿Qué había ocurrido con su cena de cada viernes? Un olvido injustificable. Desde 1975, la cena se había convertido en un culto, interrumpido sólo por la obligatoriedad de algún viaje. Incluso en sus momentos de más apasionada relación con alguno de sus efebos, Alejandro había respetado el compromiso. Ella era la primera en romperlo y, peor aún, en no recordar siquiera la existencia de su compinche. Así es la felicidad o sus espejismos: un biombo que nos oculta el mundo de los solitarios, de los desesperados, de los enfermos del alma. Aquella colectividad a la que creíamos pertenecer, de manera inseparable, sólo momentos antes de que irrumpiese, rimbombante e hipócrita, la felicidad.

Intentó compensarle del plantón invitándole para su cena de Nochevieja. No iba a estar, dijo él. Se había decidido a pasar las fiestas en Málaga, con su familia. Pensaba regresar antes de Reyes. Por supuesto, no dejaría de ver el programa de Rosa Marconi para comentarle la entrevista con la folklórica.

De pronto, preguntó a bocajarro:

—¿Y el ejecutivo?

—Hemos hecho el amor.

—No parece ningún problema, mientras no te afecte.

—Todavía no.

—Llámame a Málaga, si me necesitas.

—No por el momento. Este joven sigue sin aproximarse en absoluto a mi proyecto de hombre elegible.

Olvidó decirle que se había sentido rebajada sin que la humillación le disgustara completamente. ¿O acaso no quiso decírselo?

Pero él debió de intuir algo pues, al colgar, sonrió con una mueca de conmiseración. Tampoco podía precisar si no era por sí mismo.

Llevaba dos días encerrado en casa. Los que duró uno de aquellos fines de semana a los que parecía fatalmente predestinado. Días de píldoras tranquilizantes, de malos sueños, de continuas llamadas a teléfonos que no sonarían. Ni siquiera le apetecía bajarse al ligue. La sensación de impotencia a que, después, sentíase fatalmente arrojado no haría sino aumentar la angustia que le estaba consumiendo. Con una angustia bastaba. Con la de saber que no tenía a nadie. ¿Para qué complicarla con la certeza de que ya nunca lo tendría?

Además, estaban las vacaciones. Durante el curso, la soledad del fin de semana se cerraba momentáneamente gracias al trabajo del lunes. El bullicio de la facultad, la lucha con los alumnos, el trato con los demás compañeros, la polémica inevitable sobre cualquier tema del día ocupaban intensamente unas horas, las justificaban, a condición de no exigirles demasiado. Como se limitaba a exigirles la ínfima posibilidad de sentirse un poco vivo, acababan por bastarle. Por lo menos durante cuatro días.

Las vacaciones venían a arrebatarle incluso aquel posible escape, aquel aturdimiento que le hacía sentirse en algún lugar, perteneciendo a algo. En vacaciones no era nadie. No era nada. Sólo el juguete de un fin de semana que se prolongaba hasta el absurdo, demostrando que el vacío sólo cambiaba de aspecto según el orden de los días.

Revisaba una traducción de Catulo. Alguien le había pedido un comentario crítico. Era una traducción pedantuela. Pretendía acabar con todas las anteriores a base de nuevas aportaciones filológicas. El traductor no era un ignorante en la materia; sólo que estaba negado para la poesía. Podía haber traducido con parecido estilo los libros de Vitrubio y sus dogmas arquitectónicos.

El juego no le entretenía. Llevaba mucho tiempo harto de poetas que hablaban como arquitectos, pintores que se expresaban como novelistas y filósofos que hacían crítica del gusto basándose en las opciones de las marujas y los dudosos logros de los vicentes. Estaba harto de que el mundo en que había creído fuese utilizado a guisa de cheque en blanco para triunfos inmediatos y laureles de fácil empeño.

Así aburrido, sin afeitar, en bata y sosteniendo una taza de café pésimo, apartaba de sí los libros y quedaba mirando el panel de corcho donde solía clavar con chinchetas sus recuerdos íntimos. Así fue hace veinte años, cuando menos. Creía recordar que entonces estudiaba. ¡Por los dioses que era un buen recuerdo, ahora que se dedicaba a impartir sabiduría! Había colgado los fetiches favoritos de aquella década, la de su juventud, los venturosos años sesenta. Después, los fetiches empezaron a desaparecer. Tenía razón Imperia: recordarlos duele y sustituirlos es imposible. A cierta edad ya no se buscan fetiches. Se busca, si acaso, un sueño. Y un sueño siempre es *inacrochable*.

Pero en su mural de corcho envejecido, Alejandro había conseguido colgarse a sí mismo. No recuerdos personales; ni siquiera de los seres que le acompañaron en ellos. Su manifestación más profunda se concentraba en unas pocas columnas reproducidas en más de veinte postales y otras tantas fotografías.

¡Columnas!

Se erigían aquellos brazos musculados con el robusto vigor del arte dórico. Columnas tan conocidas y reconocidas que, tenerlas allí, en perpetua exhibición, parecía un acto de turista rastrero. Postales vulgares, diría un hipersensible; postales que ni siquiera se molestan en mostrar lo más insólito de Grecia. Tópicos miserables. *Collage* innoble que repetía un único motivo, sobre un paisaje idéntico, sólo modificado por las mutaciones de la luz y el paso de los días. Columnas dóricas encumbradas sobre las piedras de Sunion.

Formaban parte de un proyecto lejano comprendido dentro de otro proyecto más amplio que se llamaba Grecia y aparecía sintetizado en la envidiada espiritualidad del hombre griego. Un proyecto que pudo cumplir en más de una ocasión, lanzándose al viaje. No se atrevió o no quiso atreverse. Temía una desilusión, temía también el dolor de asumir en soledad una experiencia que podría arrollarlo. Enfrentado a solas a la belleza, descubriría con horror que la belleza no estaba en su vida. En cambio, reservándola, aplazándola, mantenía viva la esperanza de que algún día, en un momento eterno, la descubriría junto al amado.

¡El sueño de Sunion! Sus reproducciones constituían el legado imaginativo de Alejandro, un legado que no cambiaría por la mejor pinacoteca del mundo. Postales ajadas —todavía las había en blanco y negro—, lejana memoria de cuantos compañeros habían conseguido realizar un sueño que él se limitaba a aplazar porque nada en su vida le autorizaba a poseerlo de una vez.

Hubo un tiempo en que ordenó su vida en términos de

intensa adoración a la cultura. No sabía de otra experiencia del espíritu humano que le diese tantas alas, allá en la primavera de su albedrío. Al haberle sido negada por la gigantesca estafa histórica que le vio nacer, la cultura se convirtió en un bien cuya obtención le era absolutamente necesaria, ya para su realización personal, ya para ganar un lugarcito bajo el sol. Y a medida que pasaba de los tebeos a los clásicos, de los textos de la Falange a los pensadores marxistas, con el desorden propio de una desarmada generación de autodidactas, decidió que la cultura era la regla dorada para acceder a un permanente estado de paz acorde con las exigencias de su espíritu. Exigencias que eran muy elevadas en aquellos remotos días de su adolescencia.

Con las mismas, elevadísimas perspectivas enjuiciaba entonces a los intelectuales, sacerdotes de aquella espiritualidad que, para él, continuaba siendo la más elevada forma del amor. Y en cada una de sus gestas veía al hombre superando la primera, ignorada gesta de Dios. Ignoraba entonces que el siglo había convertido la cultura en mercadillo, combinándola con los intereses de muchos vividores que no, por vivir de ella, habían de ser necesariamente grandes. Ignoraba que, en las veleidades del tiempo, la cultura podía convertirse en una madre casquivana que se acuesta con el sereno si se tercia y no abandona por ello la compostura que la hace pasar por dama digna.

¡Qué desilusión ese día en que descubrió a los mercaderes de la cultura! Los llamó en algún lugar «palanganeros del espíritu», pero eran también los alcahuetes que patrocinaban la prostitución de la gran madre. Los auténticos canallas, los estafadores capaces de tomar el legado de los espíritus más insignes del pasado y convertirlo en frivolidad de un instante, capricho de un artículo, antojo de un cenáculo. Cuando empezó a calibrar el verdadero alcance del crimen ya estaba completamente inmerso en la llamada «industria cultural», donde todas las imposturas son posibles.

Por mucho pasó hasta entender que los mercaderes del espíritu acabarían por deformarle, igual que hacían con la cultura. Tanto vio, tanto escuchó, tanto quiso leer que sus dioses se derrumbaron y apareció en su lugar aquella manada de becerros de oro a cuya adoración se le convidaba a diario desde las agencias literarias, las revistas especializadas, las mesas de conferencias, los despachos de los ministerios, las consejerías de las nuevas autonomías e incluso las sedes de los partidos políticos.

Cuando ya dejó de creer en todo, continuó creyendo que una parte de su espíritu había quedado preservada en algún lugar del suelo griego.

Pero aquella tarde próxima a la Navidad, cuando ya había preparado el equipaje y todavía faltaban algunas horas para la salida de su tren, decidió romper el encierro de los últimos días: quiso interrumpir con un acto de audacia su claustrofilia habitada solamente por columnas. Y nada más audaz para un intelectual escéptico que asistir a la presentación de un libro.

Reconoció que su forma de romper la soledad era, de nuevo, una ironía. Para no ceder al miedo caía en el error. Cuando no sucumbía a la esclavitud que para él significaba descender a la caza de chulos en una sauna sombría, descendía a la obligación de cumplir con los de su gremio. A demostrar que no tenía nada contra nadie, que era el perfecto amigo de todo el mundo. A revelar a la tribu que continuaba siendo uno de los suyos.

Que le creyeran o no le importaba poco menos que nada.

Por no importarle, ni siquiera supo apreciar la modernidad del punto de reunión.

Era una librería a la vez casa de discos, a la vez videoclub, a la vez bar mezclado con restaurante, a la vez quiosco y hasta sala de exposiciones para cuadros y fotografías. Un verdadero supermercado de la cultura. Un estupendo economato del espíritu.

Al llegar, se dijo: «Bien, ya estoy bailando las danzas tribales. ¡Pues con las castañuelas y al bailongo! A ver si me aplauden los reyezuelos.»

Y la tribu estaba aquella tarde muy bien representada.

Notable reunión de notabilísimos frecuentadores de saraos excelentísimos. Rostros divinos o que aspiraban a serlo, maestros de la letra mezclados con maestrillos y hasta aprendices. Poetas, narradores, dramaturgos, ensayistas y hasta dos autores de letras rockeras o raperas o cualquiera fuera aquel endemoniado estilo que se ejecutaba sin ayuda de cítaras. Críticos, comentaristas, distribuidores, agentes literarios, redactores de suplementos culturales, señoritas ilustradas o marquesonas un poco leídas —marquesona y lectora eran oficios perfectamente compatibles—, también algunos viejecitos innominados, personajes pintorescos que vivían de haber estrechado la mano de Ortega y ya eran habituales de las presentaciones cuando Cela publicó *La colmena*. También habría algún actor que leía a los latinoamericanos, lo cual le convertía en un actor culto y, más allá, dos cineastas que también leían —al parecer los hay— y, esforzándose por destacar entre toda aquella caterva, un cúmulo de principiantes encantadores, ansiosos de ser presentados al editor de vanguardia que promocionaba a los jovencitos como no lo hiciera Spencer Tracy en *La ciudad de los muchachos*.

Había en todos los labios una sonrisa de complicidad que alternaba con otra de aburrimiento. La primera era la lógica consecuencia de saberse parte importante de un gremio de privilegiados. La otra, no era menos lógica ni menos consecuente: era el tedio propio de profesionales que han sufrido cuatro ceremonias parecidas en una semana.

Estuvo a punto de declamar, nuestro Alejandro:

—Del libro humilde, recatado, jamás presentado en sociedad será un día el reino de los cielos.

En un momento determinado, la gresca era interrumpida por el dueño de la librería o local de copas o almacén de discos o casa de vídeos o restaurante macrobiótico. Solía destacar cuán importante era para aquella casa que el prestigioso presentador apadrinase entre aquellas paredes novísimas el naciente prestigio del presentado. El primero aparecía en actitud solemne, consciente de la responsabilidad de su patrocinio. Se mesaba la barba continuamente, con la autoridad que concede el solo hecho de llevarla. El autor se mostraba nervioso como una joven debutante que no acaba de sentirse cómoda con el vestido tobillero. Pero el presentador no tardaba en consolarle: había venido en calidad de vocero del prestigio. Nada que temer.

Duró mucho el discurso. Algunos presentadores suelen entender el acto como una ocasión de lucimiento personal y no están dispuestos a dejarla escapar. Todo cuanto diga tendrá que venir a cuento, aunque nunca sabremos exactamente cuál. ¡Había tantos para escoger aquel día! El puesto que el autor ocupaba en la cultura a que los dioses le habían condenado a pertenecer. El lugar que el libro ocupaba en la obra de ese autor y el que estaba destinado a ocupar en aquella cultura. La manera como la cultura y la personalidad del autor habían condicionado la estructura definitiva de la obra y la ruptura que efectuaba con la entera historia de la novela urbana. Por fin, una última, dramática incógnita: ¿estaría el indocto lector español remotamente preparado para saborear las delicias turcas que aquella rara oportunidad le proponía?

Ya liberado de discursos, Alejandro decidió integrarse.

¿Pues no vino a esto? A convencer. A dejar bien establecido que, pese a todo, era un miembro de la tribu.

Se engañaba y lo sabía. Extraño fue y extraño era a aquellos paraísos artificiales. Avanzaba como un zombie entre las consignas tácitas que decretaban el auge de tal escritor o la decadencia del otro; paseaba aletargado entre la frivolidad que levantaba hoy el prestigio de un cineasta para dejarlo caer al siguiente día; escuchaba los elogios a cierto artículo insidioso, obra del miserable aprendiz que asesina mediante la omisión cuando no puede herir con el insulto; atendía a la maniobra mezquina del rascatripas que se cree con el poder de llenar o vaciar un teatro por sus opiniones en un periódico al que su escasa valía nunca mereció.

Era bueno recordar, entre aquel personal, el eficaz consejo el Dante: «*Non raggionar' di lor, ma guarda e passa.*»

Pero estaba allí y al fin y al cabo el Dante ni siquiera se hubiera presentado. Debía asumir su propio error. Intentaba remediarlo a base de actitudes conciliadoras. Paseó entre los distintos clanes. Le aburría identificarlos, distinguirlos, porque ya ni siquiera ofrecían la posibilidad de una sorpresa. Menos aún le interesaba que cualquier colega le revelase el alcance de una nueva intriga. Todas ellas eran herederas de alguna intriga anterior. Cuando no intrigas, pactos, conciliábulos, toma y daca de reputaciones. Acciones tributarias de los espacios que todos habían luchado por ocupar durante años, durante meses, a partir de aquella temporada, según el grado de oportunismo y la categoría real de las astucias.

Esos eminentes poetas jovenes del rincón pretendían destilar camaradería sin saber que estaban oliendo a chamusquina. Él dejó divinamente a Ella en una crítica y tres semanas después Ella dejo divinamente a Él en otra publicada en el mismo periódico. ¡Recóndita armonía de las más altas esferas del pensamiento!

Nunca hay litigio entre los buenos compadres. Se impone la oportunidad de la cita mutua. Cítame que serás citado. Hoy por ti mañana por mí. Todos por todos hasta que el otoño decrete una nueva moda y entonces será nadie por nadie. Los que lleguen con la caída de la hoja decretarán sus propias consignas, su propio código de ordenación y las hojas que deberán caer. Mientras, los préstamos se suceden y el espíritu entra en la órbita del tráfico de influencias.

¿Y esa maricona asturiana, enana especialista en la crítica terrorista, que deja ideal a esa otra maricona del reino de Valencia que le dejó divinamente bien dos semanas antes?

Basta con que la valenciana firme con su segundo apellido, lo cual le permite de paso alabar sus propios libros, que publicó con el apellido primero. Magnífica estratagema de gentuza que, antes de revelar sus divinos talentos, se distinguió por introducir en la cultura las tretas de los bajos fondos: la crítica de ametralladora, la opinión por el libelo, la escabechina sin consideración ni escrúpulos. Lo que menos importa es que sean dos pésimos escritores, puesto que ellos han ido decretando a lo largo de los años que los pésimos son los demás. Cuando dos locazas infectas —no por locazas, sino por escritoras— se han cargado a toda la nómina de la literatura española, ¿quién más puede quedar sino ellos?

C'est, donc, l'avant-garde! C-est donc, la fureur d'écrire!

¿Y ese joven novelista del rincón, ese de quien la solapa de su primer libro decía que revolucionaba la entera prosa europea, para no limitarse a la española? ¿Pues no dicen que las solapas las escriben los propios autores? ¡Qué gran convencimiento de la propia valía hay que tener para autoproclamarse emperador sin contar con el veredicto del senado!

—En hora buena. Te sigo —iba repitiendo Alejandro—. En hora buena. Te leo.

Es frase que, entre la elite cultural, se dice mucho y representa un singular consuelo para aquellos que, en el fondo, sólo se leen entre ellos.

—Te leo siempre —le dice a Alejandro un joven articulista. Y en sus labios la complicidad se convierte en dádiva, el compadreo en concesión.

—¿Qué artículo? —inquiere Alejandro, incisivo.

—Todos. No dejo de leerte.

—Yo tampoco. Sin leerte, no sé qué haría.

Evidentemente, no había hecho siquiera un huequecito entre el Dante y Calímaco para leer a aquel cretino.

Transcurría así la presentación: abocada hacia el total extrañamiento.

Cierto que corría algún chisme sabrosón. *Potins* recientes, pero tampoco enteramente nuevos. Favores prestados y favores recibidos. Intercambios de alto rango. Ese jovenzuelo tan de moda acababa de cobrar un anticipo incomprensible, desacostumbrado para una novela experimental que nunca agotará siquiera una edición. ¿A qué se debe, entonces, ese traslado del milagro económico al penoso nivel de la literatura? «¡Ah, ¿pero no sabes?...!» Era el preámbulo ideal para el escándalo. Ese Hermes de la nueva pluma es el director del suplemento literario más importante del país, lo cual pone en sus manos una capacidad de decisión que él sabe aprovechar. Y a las dos semanas del pródigo anticipo, el suplemento más famoso del país obsequia al lector con cuatro páginas dedicadas a la editorial que contrató a su director.

¡Cuántos favores prestados! ¡Cuántas reputaciones usurpadas! ¿Qué no diría Matilde de la Mole en estos salones? Juego de naipes donde se apostaba por el talento, se barajaba el prestigio, se usurpaba la fama. Garras del intelecto. Garras sucias de mierda pero perfumadas con elixires del espíritu puro. Garras, al fin, que arañaban y herían con total impunidad. Relaciones públicas nada más. Lo mismo que las promociones de Imperia Raventós, pero más inmorales porque aquí la impostura se disimulaba con todas las coartadas de la cultura occidental.

¡Para no hablar del tostonazo que le pegó Ricardo! Se iba de jurado en un premio provincial para influir en favor de Juanito, que era un escritor de lo más mediocre —el mismo Ricardo lo dijo—, pero que, en compensación, dirigía otro suplemento literario de sonoras campanillas. «¿Y a ti qué coño te va en esto?», preguntaría Alejandro. «Que saco mi primera novela en junio y me interesa una buena crítica y mucho espacio, y yo sé que Juanito es de las personas del país que no olvidan los favores.»

También es cierto, en contrapartida, que no perdonaba el no recibirlo.

Otro llegó que tenía también las quejas claras. Todos los escritores que el Ministerio de Cultura invitaba para dar conferencias en el extranjero aparecían sospechosamente repetidos lista tras lista. Lenguas viperinas acusaban al ministerio de dirigismo cultural, y era cierto que no se podían dirigir mejor los tiros en un único sentido. ¿Qué favores devuelven esas concesiones del prestigio a dedo? «Fíjate en los nombres», repetía el cotilla. Por supuesto, Alejandro se había fijado. Sólo que prefería olvidarlo a los pocos minutos. Se indignaba, cerraba de golpe el periódico y corría a encerrarse en la lectura de los clásicos, consciente de que es necesario permanecer al margen; de que al final, en un día de luz, se sabría que no todos tuvieron las manos sucias.

Y, de repente, hasta los clásicos eran sospechosos. Ese lodazal no podía salir de aguas tan recientes. ¡Incauto Alejandro! ¿Y si resultase que los grandes nombres del pasado ya habían sido deshonestos? ¿Y si toda la historia del pensamiento humano estuviese formada por una gigantesca orgía de perros falderos, vendidos o lameculos?

Nada indica que no fuese un hideputa el recio Dante, el amado Shakespeare, el embustero Stendhal y el ciclópeo Tolstói. Nada indica que fuesen mejores que el resto de la especie. Lo único es que escribían muy bien.

Ahí estaba como siempre la gran duda sobre la integridad del intelectual, su rebeldía ante el poder, su coraje al elegir la libertad absoluta. Ahí estaba el profundo hastío, la vergüenza ajena, el deseo de apagar el aceite de la lámpara divina y largarse a lomos de Pegaso, hacia alguna secreta Edad de Oro en cuyos días el espíritu todavía estuvo limpio.

El defecto residía en idealizar al intelectual. El defecto estaba en suponer que pudiera ser un ser al margen de las miserias de la especie. Seamos sinceros, noble Alejandro: ¿qué puñaladas no se propinarían los sabios de la Gran Biblioteca para conseguir los mejores puestos? ¿Eran más puras las zancadillas entre los ambiciosos discípulos de Aristóteles cuando intentaban acaparar puestos de influencia? ¿Quién no aspiraba en el fondo a uno de ellos, ya para ensalzar a sus amigos, ya para silenciar a quienes se atrevieron a no serlo?

Malos tiempos para el noble Alejandro. El escritor, el filósofo, el sabio, todos son mierda, provista sólo de una especial capacidad para analizar a la otra parte de mierda que forma la especie humana.

Puestos a criticar, hasta el presentado criticaba al presentador. «Ha encontrado en mi libro cosas que no he puesto», decía burlón, suficiente, despótico, ingrato al fin.

¡La madre que lo parió! Haberlas puesto. O no haber escrito el libro. Total, hay tantos... El mundo está lleno de libros. Algunos son hermosos. Algunos llegan a justificar la presencia del hombre sobre la tierra. Incluso los hay que son verdaderamente grandes, genuinamente libres, noblemente generosos. Amamos a estos libros. Nunca a las maniobras que se esconden tras ellos. Son hermosos sus mensajes. Nunca las pugnas a que se llegó para imponerlos.

En este mundo Alejandro se asfixiaba. En el de los homosexuales busconas también. En el de Imperia Raventós, ya ni se había preocupado en ingresar.

¿Cuál puede ser el mundo de un pobre soñador que pretende huir de la soledad mirando continuamente a unas columnas dóricas bañadas por la luz siempre distinta sobre el mar de Sunion?

Decidió lanzarse a la calle y buscar en la alegría popular la vía de escape en que hace años había creído. Aquel mensaje formó parte de sus aspiraciones revolucionarias, las de sus años de estudiante, cuando todavía creía que el pueblo esperaba el tranvía leyendo los poemas prohibidos de Machado. Cuando estaba convencido de que el pueblo quería ser liberado a través de Machado. Cuando sólo aceptaba comprar sus libros en las librerías que se llamasen Machado. Cuando criticaba las películas cuyo director no citase a Machado en sus entrevistas.

¡Menudo coñazo el señor Machado y el peregrinaje a la tumba de Colliure y el fusilamiento de García Lorca y aquellos interminables discursos de Bertold Brecht! ¡Menudo hostión las largas horas de películas japonesas sin subtitular en las catacumbas de los cine-clubs! ¡Vaya fealdad aquel póster del Che, los huesos de la Twyggy, la insoportable cara de mala leche de la japonesa de John Lennon!

Pero el pueblo seguiría vibrando, fuera de los libros, fuera de las ruinas, fuera de Machado convertido hoy en pregunta de concurso televisivo. ¡Qué hermoso estaría ese pueblo en el blanco estallido de las Navidades! ¡Pueblo arrogante destinado a ganar todas las batallas! ¡Pueblo más pueblo que todos los pueblos del mundo!

Salió a la calle y, de repente, sintióse sumido en un vértigo ensordecedor de villancicos falsificados, luces de colorines estridentes, abetos pintados de oro turbio, escaparates que amontonaban todos los colores del arco, abigarrados coros de compradores todo terreno, coches cabalgando sobre otros coches definitivamente masacrados, manifestación ya salvaje de una antigua aglomeración de dinosaurios chiflados...

También ante esta realidad tuvo que retroceder, so pena de una nueva asfixia.

Ya la horterada se disponía a tomar la batuta en el concierto del año. Ya el marujeo se aprestaba a dictar su gusto y el *kitsch* sus leyes y lo vulgar su imperio. Aparecía la Navidad perfectamente programada por los consejos de las revistas en colorines, los catálogos de los grandes almacenes y los anuncios de la televisión. Ya no había escapatoria posible. Por fin, durante dos semanas, todos serían iguales; pero no como pensaban los religiosos o los revolucionarios. Sólo iguales ante los altares de lo simplemente mediocre. Idénticos. Calcados unos de otros. Grises ya.

Era, también aquí, un exiliado. También entre la multitud, un extraño.

Ya no existía la más remota posibilidad de compañerismo. En esta Navidad —¡ya en todas!—, el espíritu sensible rechazaría violentamente esa igualdad que sólo es comunión en lo vulgar, camaradería en lo mediocre, hermandad en lo banal. Toda la belleza del mundo se ofrecería como engaño, porque sólo sería compartida en sus aspectos más degradados. Ya no cabían ilusiones. El mundo deglutido como una hamburguesa, el arte devorado como una bolsa de patatas fritas, la sensibilidad usada como una compresa para uso de coñitos núbiles.

«Huir a Sunion. La gran ocasión. La huida antes del diluvio.»

Ni siquiera quedaba esta posibilidad, ni siquiera una Citerea representada en el viaje que todo lo sublima. Los feligreses del culto a la vulgaridad también decidirían viajar, también se pondría en movimiento, dispuestos a coleccionar universos. Toda la belleza del mundo arrasada por el avance incontrolado de los ejércitos del ocio. Bajo sus pisadas ya nunca volverá a crecer la hierba.

Cierto, esos ejércitos también invadirían el suelo griego. ¿Qué quedaría después? ¿A quién aprovecharía ese Partenón invadido, ese Praxíteles escondido tras la nuca de doscientos mirones por minuto? ¿A qué inteligencia podría complacer esas columnas de Sunion —¡las columnas del sueño de Alejandro!— profanadas por masas de navideños vociferantes, con sus cámaras de vídeo doméstico, indiferentes a la gloria del hombre en otros siglos venturosos?

Ante aquel avance terrorífico, Alejandro optaba por renunciar a la belleza que siempre soñó. ¿Para qué frecuentarla, si ya estaba asesinada a golpes de vulgaridad y mercantilismo? Sólo se obtenía una lección provechosa: el encierro en la propia intimidad. Echar persianas, sumirse en la penumbra y esperar a que pase la tormenta. Sobrevivir con una penosa y ya antigua solución: juntos pero no revueltos.

Igual en el amor que en la cultura. Igual que en la cultura y el amor, en la belleza del mundo. Nunca revueltos. Y para no revolverse, para no juntarse siquiera, tomó el tren aquella misma noche, en absoluta soledad. Muriéndose, pero completamente vivo.

PERO EL VIAJE EN SOLEDAD es largo y únicamente la memoria acorta las distancias. La memoria, revolviéndose en sus propios laberintos, rompe lanzas en favor del solitario, aunque por su propio descontrol sean a veces lanzas no requeridas. El tren rasga la noche como un mensajero de la muerte. Igual que ella, el tren se mueve en las tinieblas, se realiza en ellas, existe cuanto más oculta. Todo el mundo que parece desarrollarse entre los mantos de la noche sólo existe en función del delirio.

Alejandro pasaba el trago en el bar, ante una cerveza. Le acompañaba su volumen de Horacio, por si la soledad le exigía a un amigo de siempre. Le divertían sus ensayos críticos. Tampoco debió de ser una ganga vivir como intelectual en Roma. Se ratificó en su idea: el comportamiento de los grandes hombres no parecía ser tan grande cuando se trataba de sacarle un huerto al generoso Mecenas. Hasta un espíritu tan magno como Virgilio podía convertirse en portavoz del poder establecido y colocar a Augusto en el linaje de los propios dioses.

Tenía que ir más atrás en el tiempo. Y cuanto más retrocedía más recuperaba las imágenes clavadas en su estudio, las columnas de Sunion, que ahora parecían resurgir entre las sombras de la noche. No creaban ellas la visión, por supuesto. Es erróneo atribuir a las sombras otra función que la de ensombrecer. Las creaba él, su propia alma iluminada por los versos de un gran poeta catalán, que Imperia le había traducido quince años antes:

Sunion, te evocaré a lo lejos con un grito de gozo,
tú y tu sol leal, rey del viento y el mar...

Esa luminosidad era la última esperanza de los que ayer fueron jóvenes tristes y hoy son adultos desencantados. La esperanza que se presenta completamente difunta cuando Alejandro comprende que, por encantadores que sean sus sueños, a la hora de la verdad estará completamente solo.

Pero era ley de las antiguas películas de amor y lujo que, en medio de las sombras, surgiese la esperanza. No vamos a eludirla.

Solitario en su mesa agitada por los vaivenes del tren, Alejandro descubría, de repente, unos ojos.

El muchachito estaba sentado en la barra del bar y escribía algunas notas apresuradas en un cuaderno de hojas grandes. Las copiaba de un libro que, por las ilustraciones, era lícito suponer de arte. De vez en cuando levantaba los ojos de sus escritos y le miraba. El acercamiento hacíase cada vez más repetido. Cada mirada duraba más que la anterior. Y cuando ya la situación era evidente, Alejandro le animó con un gesto en principio gratuito: levantó el vaso en su honor y esbozó algo que pretendía parecerse a una sonrisa.

Para su asombro, el jovencito sintióse animado. Cogiendo la cerveza y los papeles, se encaminó hacia su mesa.

—Yo le conozco a usted de la televisión —dijo.

No era el mejor de los principios; pero era, cuanto menos, un principio.

—Le he visto en algunos debates de madrugada. Hablaban del sentimiento religioso en el mundo antiguo. Me interesó mucho.

—Tendrás el don de la paciencia, niño. Yo creí que a estas horas no los veía nadie. Y menos cuando se habla de los grandes temas. O la escandalosa síntesis de los grandes temas, para ser más exactos.

El muchacho tomó asiento. No era un efebo maravilloso, pero tenía algún encanto. Tal vez el pequeño rubor que asomaba a sus mejillas por el hecho de sentarse a la mesa con alguien a quien otorgaba una relativa importancia.

—¿No le gusta que le reconozcan? —preguntó el muchacho, al notarle incómodo.

—Nunca por aparecer en uno de esos programas donde me siento ridículo...

—¿Por qué dice usted eso?

—Siempre hay alguien que se luce más. Basta con tener labia. Lo único que uno aprende en televisión es que gana el que sabe decir el mayor número de cosas en menos tiempo. Sócrates nunca habría triunfado en el medio...

—Está usted exagerando. Siempre se aprende algo. No todos estamos tan preparados como usted. ¿Me permite que le invite a la próxima cerveza?

—¿Por qué tú y no yo, que soy más viejo?

—Al buen Sócrates le habría invitado. Además, a usted pienso asaltarle.

—No te merece la pena. Te doy el dinero y te evitas la violencia.

—Voy a asaltarle pidiéndole consejo literario. ¿Le molesta?

¡Los dioses siempre envían a sus mensajeritos aunque sea en un tren de madrugada!

—Me encantan los niños encantadores que, además, aspiran a la creación.

—Yo, precisamente, tengo aquí unos ensayos que venía redactando. Me gustaría ser ensayista de arte.

—¿Y quién demonios otorga esos laureles?

—Supongo que la propia sabiduría. Yo no la tengo en cualquier caso. De momento, estoy estudiando restauración.

—Lo que yo estoy necesitando.

—No hace falta. Está usted perfectamente restaurado.

—Antes de leer debo advertirte: me estoy muriendo de ganas de besarte en la boca y, si pudiera ser, acostarme contigo.

—No veo el menor inconveniente. ¿Puedo llamarle Alejandro?

—Puedes, ya que tenemos que besarnos.

—Hemos quedado en que el beso no sería el final. Tenemos toda la noche por delante.

—Cierto, y en este maldito tren no hay demasiadas alternativas para pasárselo bien.

—¿No le tiene usted miedo al sida?

—Muchísimo miedo.

—Por mí puede estar tranquilo. No corre peligro.

—Ni tú conmigo. Pero antes de seguir con las confidencias preséntate, cuando menos.

—Me llamo Sebastián, vivo en Salamanca y voy a pasar mis vacaciones en Málaga, en casa de unos amigos. ¿Y usted?

—En la quinta de mi familia, en el interior.

—¿No resulta un poco aburrido? Estará muy solo.

—Pasaré las tardes leyendo, durmiendo y escuchando música. Por las mañanas me dedicaré a montar. Es una de mis pasiones.

—¿Y el caballo?

—En la quinta los tenemos.

—Así pues, un señorito.

—Una familia de señoritos. Yo soy la oveja negra: el que se huye a la capital a enseñar filosofía, actividad tan poco lucrativa que el señoritismo sólo la excusa si se ejerce como afición suplementaria. De todos modos, es posible que en dos días me harte de ser el señorito Alejandro y me encuentre terriblemente solo. Es decir, como me has encontrado. Pero si alguien me esperase en Málaga, bajaría a buscarle para cenar.

—Si no cenas muy tarde, llámame. Y si montas bien, lo mismo. Nunca he subido a un caballo.

—Monto estupendamente. Puedo cabalgar contigo hasta el fin del mundo.

—No te precipites, chico. Todavía no sabemos si nos entenderemos en la cama.

Se entendieron de maravilla. Al día siguiente, Alejandro llamaba a Imperia para comunicarle que creía en los milagros.

IMPERIA TENÍA PLANEADO ACOMPAÑAR a Álvaro Montalbán al salón de belleza masculina. No quería dejar nada en manos del azar. Sus estilistas eran excelentes, pero de sobrepasarse en sus obligaciones podían convertir en caricatura lo que ella deseaba fuese impacto. Por mucho que le refinaran, Álvaro Montalbán debería conservar las cualidades que tanto la habían impresionado a ella. En fin de cuentas, el impacto bien entendido empieza por uno mismo, y si lo que le había impactado era su fuerza no exenta de cierto primitivismo, éste era un factor que no debería descartar en el futuro. Si ella no era una mujer vulgar —y ciertamente estaba muy lejos de considerarse como tal—, los arrebatos de un Álvaro Montalbán combativo y audaz también podían seducir a una sociedad que no tardaría en hartarse de paladines relamidos.

Se encontraba ordenando las últimas notas para la transformación física de su pupilo cuando entró Merche Pili con su sonrisa más televisiva y el abrigo puesto. Era de color rosa con un cuello de piel sospechosísima.

Ni siquiera Doris Day se habría atrevido a ponérselo por demasiado cursi. Pero ella aparecía tan radiante y conformada con su destino como una novia de mayo adelantada.

—¿Va usted a salir precisamente ahora que salgo yo?

Merche Pili le contestó con una mirada de perplejidad.

—¿Pues no me dijo ayer que la acompañara por si el equipaje?

El equipaje. El que llevaba Álvaro entre piernas. El que llevaba ella en el cerebro. ¿Qué equipaje?

—Perdone, pero no la entiendo... ¿Tenemos que facturar algo?

—Lo habrá facturado el señorito en Barcelona. Y usted dijo que se traía la casa encima...

—¡Maldita sea! —exclamó Imperia con toda el alma—. Me había olvidado completamente del dichoso niño.

Esbozó Merche Pili una sonrisa de compasión en absoluto nueva.

—¡Pobrecito! Con la ilusión que tiene por verla a usted nada más salir de la Aduana.

—No diga tonterías. No tiene que pasar ninguna aduana. No tiene que enseñar ningún papel. De hecho, ni siquiera es necesario que esté yo presente... Pediré a Miranda que me preste a Martín. Con usted y él es más que suficiente para un solo niño. —Marcó ella misma el número—. Esperemos que esa insensata no tenga hoy ningún entierro...

Imposible describir la desolación pintada en el rostro de la secretaria.

—¿De verdad que no puede?

—Imposible. Llevo a Álvaro Montalbán al peluquero.

—¿No sabe ir solo?

—Ningún hombre debe ir solo a un lugar donde tengan que arreglarle. Un hombre entiende de belleza femenina, nunca de la suya. Además, esta tarde tenemos el cóctel del Ambigú, y es su primera aparición en público. Me juego demasiado para... ¡Cuánto tarda en ponerse esa Miranda! Se me está haciendo tardísimo...

Se puso por fin Miranda Boronat. Milagrosamente, tampoco disponía de tiempo para el palique. Se encontraba en plena clase de meditación trascendental. Imperia aprovechó la circunstancia para preguntarle sin más preámbulos si podía disponer de Martín hasta la hora del cóctel.

—Le necesito y no le necesito —dijo la otra, con acento sumamente relajado—. Debería encenderme las barras de pachuli, pero pueden hacerlo Roman o Sergio, que también tienen mechero.

—¿Y no puedes encenderlas tú, gandula?

—Puedo y no puedo. Estoy en el Nirvana. Floto y no floto. Dispongo de mí y no dispongo. Estoy en mí misma sin estar en mí misma.

«Será el chinchón», pensó Imperia. Se guardó de decirlo en voz alta. Cuando una pide un favor por medio del teléfono, se recomienda colgar de manera pacífica. Deseó a Miranda felices flotaciones. Acto seguido, dejó ordenado que avisaran a Reyes del Río para recordarle la hora del cóctel. Salió dando un portazo mientras Merche Pili le echaba una maldición gestual que no encajaba con la dulce apariencia de su atuendo. De hecho, más que una maldición era un corte de mangas.

Quince minutos después, se encontraba ya camino del aeropuerto.

MERCHE PILI ESTABA obsesionada leyendo una revista llena de chismes televisivos. El carácter decididamente universal de los textos le imponía un gran respeto. Eran temas de alto estilo: cómo iba a terminar el serial de los seiscientos capítulos sobre la arpía de los viñedos de un lujoso valle californiano. Entrevista con el matrimonio y sin embargo amigos residentes en Albacete que acababan de ganar un coche en el concurso «Toca la pera, remera.» Los discutidos amores de la perra *Pippin* con un galgo podenco de Sevenoaks. La primera menstruación de la presentadora del programa infantil «Nene-Pop». La exclusiva del repertorio de sotanas y casullas que luciría el presentador del espacio religioso «Un fraile, dos frailes, tres frailes»...

Lo apasionante, lo redentor de aquel caudal informativo acaparaba de tal modo la atención de la perfecta secretaria que no se enteró de la llegada de varios aviones. Tuvo que ser Martín quien la zarandeara, señalándole al mismo tiempo a una florida concurrencia que estaba saliendo de la recogida de equipajes.

No repararon en un adolescente que buscaba a su alrededor, con aires de absoluto despiste.

Era un rubito de edad inconsistente, pero de singular elegancia en ademanes y atuendo. Zapatos de ante, unos vaqueros azul celeste y una airosa trenca de piel de camello sobre la cual destacaba una bufanda roja que iba a colgarle por la espalda, casi hasta el suelo. La bufanda ideal para morir a lo Isadora.

Por lo demás, tenía un rostro singularmente agradable y sonreía con la satisfacción de un querubín desvalido que acabase de encontrar la puerta de servicio del paraíso.

—Usted tiene que ser Merche Pili —insinuó el efebo, con voz grave y meliflua a un tiempo.

—¿Cómo lo ha adivinado?

—Porque va usted vestida de Merche Pili. Yo soy Raúl. ¿Qué mira? ¿Le extraña que vaya vestido de Raúl?

A la perfecta secretaria le saltaban los ojos de las órbitas.

—¿Usted es el niño? —Y al instante se puso a gritar—: ¡Caray con el niño! ¡Dios mío, el niño! ¡Cómo es el niño!

El niño se asustó ante aquel escándalo.

—Perdone, señorita: ¿le ocurre a usted algo malo? Es que, al no estar acostumbrado a los usos de Madrid, no sé si me recibe o me rechaza...

—¡Pero si es altísimo! ¡Si es un angelito con zancos!

—¿Qué dice usted? Para lo que es habitual en mi generación soy más bien bajo.

—¡Ay Dios, qué niño! —seguía gritando Mari Merche—. ¡Qué cosa tan alta! ¡Qué elevación, Señor, qué elevación!

—Repare usted, señorita, en que somos el centro de la

atención general. —Y mirando a su alrededor, avergonzado, añadió—: Se lo suplico, no haga tantos aspavientos. Allí hay dos hindúes que no dejan de mirarnos.

—Así es Madrid de cosmopolita. Lo mismo te encuentras a un maragato que a un portugués que a un vecino de Bombay. Además, igual le toman a usted por un locutor de televisión. ¡Ya quisieran algunos ser tan altos! ¿Sabe que muchos salen detrás de una mesa para que no se note que son enanos? ¡Dios mío qué altura la de usted! ¡Qué tercera dimensión, madre mía!

Y no había modo de sacarla del tema.

Llegó Martín para hacerse cargo del equipaje. Éste se limitaba a tres maletas y dos bolsas de viaje.

—¿Pues no dijo su madre que llegaría tan cargado?

—Llevo conmigo lo justo. Mis discos, mis libros de estudio, un microscopio y mis fotos de cantantes de ópera. Todo lo demás llegará por mensajeros en seis baúles.

Martín dio un silbido arrabalero.

—¿Y pues qué se trae usted, niño Raúl? ¿La sección de saldos de Galerías?

—No. Los pequeños recuerdos de mi frágil y vulnerable adolescencia. Lo único que queda del Oriente de mi vida.

Una vez acomodados en el interior del coche, Merche Pili se excusó:

—Perdone el *show* que le monté hace un momento, pero es que cuando me asombro me viene la risa. En un espacio televisivo dedicado a la medicina dicen que es por histeria, y mamaíta asegura que esto se debe a una necesidad de orinar que yo reprimo por miedo a dejar los suelos empapados. Pero en este caso mienten ambas dos: mamá y la tele. Porque ha sido verle a usted y usted no tener nada que ver con lo que una suponía, que una le suponía pequeño y canijo, como los niños abandonados, y en cambio ¡vaya estatura! ¡Dios santo, qué estatura!

—Será el resultado de practicar el ballet desde muy niño.

—¿Ballet del de puntillas?

—Y tan de puntillas. En un fin de curso bailé el Príncipe de *La bella Durmiente*. Hice tres *pliés* que me aplaudieron a rabiar maestros y condiscípulos.

—¡Ay, qué cosas hacen los catalanes! ¡Ay, que me orino! ¿Ha oído usted, Martín?

—Oído y apuntado, prenda.

Raúl le dirigió su sonrisa más florida:

—¿Qué apuntó, señor?

—Lo del ballet, juguete. Por si hay plazas vacantes en el Moulin Rouge, lo digo.

—¡Y su madre sin contárnoslo! —exclamaba Merche Pili—. ¡Con lo que lo hubiéramos celebrado en la oficina!

—Más lo hubieran celebrado en algunos sitios que yo me sé —murmuró Martín.

El niño Raúl dejó asomar un velo negro sobre sus rasgos angelicales.

—Mi madre no lo sabe —musitó, con pena—. De hecho, mi madre sabe muy pocas cosas de mí. Incluso dudo que le interese saber alguna. Ya ve, ni siquiera se ha molestado en venir a recibirme.

Merche Pili creyó reconocer en su voz acentos sudamericanos, tan conmovedora sonaba.

—Pobrecito. Ha de dolerle mucho tanto olvido.

—Me dolía, sí. Pero lo he superado poniendo otro dolor más fuerte en su lugar. (SNIFF.)

—No debería contármelo. Al fin y al cabo cada alma tiene sus secretos y Dios en los de todos.

—No me molesta hacerlo porque soy un exhibicionista del dolor. Yo creo que me complazco en él, colocando sobre el corazón cuatro puñales que lo hacen sangrar para convertir mi vida en una expiación continua.

—¡Releche! —exclamó Martín—. Esto no lo había oído yo desde el sermón de las siete palabras que daban por Semana Santa en la Concepción.

—¡Alma noble! —exclamó Merche Pili—. En todo se dejan notar las virtudes de un doncel doliente.

Al verla tan conmovida, Raúl le tendió un pañuelo para las lágrimas. Pero era un simple moco.

—Su mamacita no ha podido venir a esperarle porque tiene mucho trabajo. Pero no debe forjarse una mala imagen de ella. Por el contrario, busque su lado bueno, ese que tienen todas las madres desde que el mundo es mundo. No desespere. Es una bondad que está en la naturaleza. Raúl, es una ternura que incluso las bestias más inmundas tienen para sus retoños. Es amor que lo da todo sin pedir nada a cambio.

Raúl la miró un tanto asombrado.

—Yo quisiera que mamá no se parezca a esa cursilada que acaba usted de esbozar. La imagino, por el contrario, como la he visto en algunas revistas. Una de esas heroínas pérfidas que tanto nos atraen. Alta, distinguida, elegante, astuta y un poco bicho para dominar a los hombres traicioneros.

—¿Cómo? ¿Admira usted el lado despótico, tiránico e insoportable de su señora madre cuando nos trae a todas de protomártires?

—Claro, Merche Pili, claro. Yo, de mayor, quiero ser como mamá, pero en biólogo.

Así conoció Merche Pili los estudios del niño, sin reparar en otros detalles igualmente importantes, que el lector astuto sabrá considerar con placer.

CUANDO LLEGARON AL APARTAMENTO, Merche Pili contempló con curiosidad la actitud de Raúl. Ésta fue de asombro y, progresivamente, de desencanto. El enorme espacio gris metálico, las concesiones a los vacíos, con los muebles flotando aisladamente, sin relacionarse, así como las líneas esenciales de los objetos; toda aquella desnudez le distanció tanto que tuvo que retroceder, en una fuerte impresión, parecida a un susto.

Agradeció, eso sí, el frondoso árbol que Merche Pili había arreglado con todas las fruslerías que hacen al caso. Por lo demás, la secretaria se limitó a comentar:

—Ahora vendrá la Presentación. Una rústica. Es analfabetísima, sucia y marimandona. Además, ¡no me puede ver!

Llegó la referida, moviendo a trancas su corpachón de jamona de barrio. Llegaba emitiendo a gritos su veredicto y se arrojó sobre Raúl sin ni siquiera mirarle.

—¡El niño, el señorito, el pequeño Raúl...! ¡Hijito! ¿No te acuerdas que te di una magdalena cuando tenías dos añitos? —Empezó a dar vueltas alrededor de su víctima, estudiándole como quien va a comprarlo—. Déjeme mirarle bien... ¡Qué mono es! ¡Parece un querubín, de rubio! Claro que yo le imaginaba más alto...

Se encabritó la Merche Pili:

—Usted perdone, señora asistenta, pero es más alto que yo.

—Es que para eso basta con ser un taburete de bar.

—Será de la taberna donde pesca usted las cogorzas.

Raúl notó que la fámula cerraba los puños para contenerse. Fue en vano:

—Vigile cómo se expresa, secretaria, que en este cuerpo no ha entrado una gota de vino en muchos años.

—De vino no sé, pero el licor de pera se ve que entra a torrentes.

—¿Licor de pera, dice? —Se echó a reír en sordina—. ¡Ni sabía que existe el brebaje susodicho!

—No existe porque se lo ha pimplado todo usted. Bien dice doña Imperia que no se la puede dejar sola.

—Para ser que no se me puede dejar sola, no ha desaparecido un cubierto ni una sábana de esta casa desde que yo cuido de ella.

—De cubiertos y sábanas no digo nada, pero que botella de licor de pera que compra doña Imperia se la afana usted en dos días, esto lo sabemos todas en la Firma. Y dice doña Imperia que un día le cambiará el frasco por otro de salfumán, a ver si la liquida de una vez.

—¿Liquidarme a mí? Pues que coja a una filipina. Dejará una cuenta de llamadas telefónicas a las Manilas que le tocará llevar muchas imágenes para pagarla... Niño, a pesar de lo que diga la mula de su madre, yo voy a quererle a usted como si no fuese hijo de ella.

Arremangándose con arrolladora decisión, empezó a sacar perchas de los armarios, al tiempo que instaba a Raúl a ir pasándole ropita.

Pero el niño se interpuso entre ella y las maletas.

—No hace falta que me ayude. Yo soy muy estricto en la ordenación de mis cosas.

—¡Ah, pero yo soy la responsable del orden de esta casa! Cuando empiecen a aparecer calcetines en la cocina, calzoncillos en el salón y camisetas en la biblioteca, su madre me echará las culpas a mí...

Raúl la empujó hacia el salón, acusándola de metomentodo y dictadora. Ella insistía en algo parecido a un principio de autoridad, a unos derechos adquiridos como obrera rastrera. Resultaron completamente obsoletos, pues Raúl instauró su posición como niño ordenado, al dejar perfectamente organizado su armario en diez minutos justos.

Sonrió Merche Pili, con ínfulas triunfales. Era evidente que la complacía salir siempre vencedora en la batalla entre subalternos por el reconocimiento incondicional de los jefes. Tenía vocación de mandada en regio. Era, en cualquier caso, una forma de vileza.

—No me puede ver. ¿Y sabe usted por qué? Porque su madre me hace partícipe de sus confidencias y a ella no le cuenta nada. ¡Con lo que le gusta el tole tole! A veces, me llama a la oficina con el único objeto de hacer averiguaciones y enterarse del chismorreo antes de que aparezca en las revistas. «¿Qué sabe usted del divorcio de Fulana?» Y yo muda.

«¿Es cierto que Reyes del Río se entiende con un cortijero de Huelva?» Y yo muda.

—Estoy seguro que la mudez le sentará a usted de maravilla —dijo Raúl, con fastidio—. Acuérdese de Belinda. Le dieron un Oscar por estarse calladita.

La secretaria vio con asombro cómo, al abrir una de las maletas, aparecían montones de discos compact. Y aunque Raúl le picó los dedos cuando se disponía a examinarlos, no por ello se privó de preguntar:

—¿Son de Mecano?

—Hace ya años que los reyes dejaron de traerme mecanos.

—¡Qué bromista es el niño! ¿Tanto como le gusta la música y quiere hacerme creer que no conoce a ese grupo ya inmortal? ¡Usted se quiere quedar conmigo!

—No, señora, yo con usted no me quedo ni media hora más. Es, simplemente, que no sé de qué me está usted hablando...

—¿Le gusta la Madonna?

—¿La Madonna de Rafael, las de Michelangelo o las de Lucca della Robbia?

—La famosa, la ídola, la divísima, la que imitan todas las niñas que, por edad, no alcanzaron a conocer a Doris Day...

—¿Se refiere usted a una horrenda que da muchos brincos y hoy se parece a Marilyn, mañana a la Dietrich y otro día a las heroínas de las revistas sado? Pues no me gusta en absoluto. Prefiero los originales.

—¿Tampoco es usted un arrebatado seguidor de Michael Jackson?

—Mire usted, señorita Merche Pili. Quisiera dejar las cosas en claro de una vez por todas: yo soy un niño muy antiguo. No comulgo con los gustos atroces de mi generación y, si me permite un consejo, usted tampoco debería comulgar, porque al fin y al cabo no es la suya...

Merche Pili acusó el golpe:

—Lo sé. Yo tenía mis gustos muy claros cuando estaba en Coros y Danzas de la Sección Femenina, pero desde que no bailo la muñeira cada jueves se me cruzaron los cables.

—Pues no me cruce los míos. Yo, lo más moderno que colecciono son canciones de Judy Garland. Para que se entere.

En menos de una hora, Raúl había colocado todas sus pertenencias en armarios y cajones. Su llegada sólo se notaba en la abundancia de libros y discos, por otro lado ordenadísimos en algunas repisas. Hasta el polvo sacó, para evitar la intromisión de manos ajenas.

Cuando llegó Imperia, la ajamonada Presentación la estaba esperando, con los brazos cruzados y un pie repiqueteando contra el parquet. Pedía guerra.

—Tendremos que hablar muy seriamente, señora. Este hijo suyo se ha vuelto muy pero que muy especial...

Imperia le dirigió una mirada asesina.

—Llevo mucha prisa. Si se trata de los calcetines sucios, ya lo discutiremos mañana.

—¿Sucios, dice? Este niño es una patena. De tan ordenado, da asco. Porque ya me dirá qué pinto yo.

—Píntese los labios —intervino Merche Pili.

—¡Pintarrajeada de mercromina le van a dejar a usted el ojo en la casa de socorro, del mandoble que le arreo si no me la quitan de delante!...

Imperia tuvo que reprimirse para no arrearles un golpe de bolso a cada una. Siempre atenta al poder de la imagen, no consideró adecuado que aquélla fuese la primera que un niño recibía de su madre. Pero no pudo evitar que se le escapase un grito:

—¡Basta ya, señoras! Y perdonen el eufemismo. Pueden irse las dos. Quiero hablar a solas con mi hijo.

—Si me lo permite, ya sería hora —comentó Merche Pili.

—Si me lo permite, váyase usted a la mierda —contestó Imperia.

—No se preocupe, doña Imperia, que yo la llevo —intervino Martín—. Y a ésa también, si lo desea...

—¿Conque sí? —gritó Presentación—. ¿Y quién va a planchar los tafetanes de doña Imperia, para que no la resencionen las lenguas voraces en la kermesse que viene de inmediato?

Entre Martín, que se llevaba a rastras a la émula de Doris Day en los madriles, y la Presentación, que se encerró en el cuarto de planchar mascando maldiciones, quedó por fin Imperia a solas, dispuesta a enfrentarse a su hijo.

Cuando entró en el cuarto de huéspedes le descubrió guardando las maletas ya vacías. Lo único que supo decirle fue que había cambiado mucho. Y era cierto.

Aspecto del niño Raúl: estatura mediana, esa medida en que la adolescencia se permite ser deliciosa sin propasarse por excesiva. Generoso en sus carnes, pero todas en el punto exacto, prometiendo curvas bien proporcionadas. También preciso en sus hombros, que se anunciaban trabajados. En cuanto al rostro, lo más parecido a los querubines de Murillo que ha visto este siglo. Un óvalo perfecto, ojos saltones, nariz respingona, labios suculentos y, a guisa de visera, unos mechones que al decir de cualquier coplero parecerían de oro fino.

Fue lo primero que despertó la curiosidad de Imperia:

—¿A quién has podido salir tú tan rubio?

—Es teñido, mamá.

—Nunca se me hubiera ocurrido.

—Ni a mí. Pero un día me dije: el rubio me suavizará las facciones, así que me fui a la peluquería Pijines y pedí un coloreado a lo Robert Redford. Así de sencillo.

—¿Y qué dijo tu padre?

—¡Huy, no lo quieras saber!

—No, mejor no. ¿Alguna otra sorpresa? ¿Te han nombrado Miss Cadaqués o Pubilla del Liceo?

—Esto es una grosería, mamá. Es un comentario machista.

—¡Lo que me faltaba por oír!

—Algunos amigos me han dicho que, a veces, las madres hacen comentarios machistas. Yo esperaba que sería todo lo contrario. Una madre debería ser la mejor amiga y consejera de un chico soltero.

—Es posible. Disculpa mi inexperiencia. Lo más parecido a una madre que he conocido es la elefanta que parió a Dumbo.

El niño se echó a reír. Decidió Imperia que era graciosillo.

—Eso de tener madre me suena raro. Tenía padre, abuelos y madrastra, pero lo de madre verdadera no me lo había planteado nunca. Puede estar muy bien.

—Me tranquilizas. En el fondo temía algún reproche. No diré que no fuese lógico; al fin y al cabo, apenas nos hemos visto en todos estos años.

—Mejor así. Es como empezar de cero. No existe una experiencia anterior degradada. —Imperia le miraba con aspecto de extrañeza. Él aclaró—: Para afectos degradados ya me basta con tu ex marido.

—¿Cómo está?

—Hecho un coñazo. Amuerma a los muermos. Es petulante, débil de carácter y ha envejecido prematuramente. No tiene el menor interés.

—No hace falta que me lo digas: conocí a tu padre antes que tú. Dejémosle de una vez. Me gustaría hablar de cierto asunto que me tiene un poco inquieta. Ya sé que es delicado y pudiera hacerte daño...

El niño no se inmutó siquiera.

—¿Lo del suicidio? Ni que fuera el de Marilyn. Sólo ha faltado que lo transmitiesen vía satélite.

—Bueno, yo quiero decirte que no es necesariamente un síntoma.

—¿Un síntoma de qué?

—Quiero decir que se han dado muchos casos de adolescentes muy influidos por algún compañero de escuela o por algún profesor... Adolescentes que se han sentido traicionados en una época en que, bueno, la sexualidad todavía no está muy clara... Quiero decir que no implica necesariamente... ¡En fin, que no quiero que te hagas un trauma!

Él la miraba con extrañeza. Como si le estuviese hablando desde el interior de un camafeo.

—Mi único trauma es que el profesor más guapo del Instituto, en lugar de fijarse en mí, se trabajaba a una cerda de económicas. Intenté quitarme de en medio para llamar la atención del hombre de mi vida, pero lo único que saqué fue un lavado de estómago y una cura de sueño. Cuando salí de la clínica, papá me trató de maricón, su mujer fingió un desmayo, la abuela dijo que había salido a ti y entre todos me llevaron a una psiquiatra con cara de sargento para que me sometiese a un tratamiento a base de electroshocks. Por suerte, la doctora fue lo bastante honesta para decirme que los síntomas eran los que yo me suponía y que, por corrientes que me aplicase, no iba a cambiar. ¿Está claro?

—No sabía lo de los electroshocks. Yo nunca lo habría aprobado.

—Antes que volver a una experiencia parecida, prefiero que papá continúe tratándome de maricón. En cuanto a ti...

—En cuanto a mí, no pasa nada. Te lo aseguro. Es sabido que toda mujer inteligente tiene a un loco en su vida.

Era el momento adecuado para un primer beso afectuoso. Quedaron a la expectativa de que alguno intentara el avance. No se produjo. En su lugar se intercambiaron sonrisas divertidas, de simple tanteo.

—Intentaré recordar cómo era la mamá de Dumbo —dijo Imperia, sin dejar de reír.

—La pobrecita era muy cursi. En cambio, yo soy un elefantito muy obediente.

—Y ordenado —dijo Imperia—. Debo decirte que me quitas un peso de encima.

Estaba por exponerle sus temores respecto a una caótica invasión de su privacidad cuando sonaron cinco timbrazos y, al instante, el vozarrón de la Presentación, profiriendo algunos insultos contra la madre que parió al inventor de los timbres.

—No esperaba que vendrían a recogernos tan temprano... —comentó Imperia, dirigiéndose al salón, con cierta curiosidad.

Raúl se alisó el flequillo como hace un elefantito ordenado cuando se anuncian visitas. Temió lo peor al comprobar que el vinagre de la Presentación se había agriado todavía más, si esto era posible.

—Es la señorita Miranda, para variar. Viene de luto, huele a cirio que es un asco y lleva pamela.

Miranda Boronat acababa de hacer una de sus entradas más caóticas. Tanto lo fue que, al accionar los brazos para quitarse los guantes, derribó tres libros y un cenicero.

—Nunca podré acostumbrarme a esta decoración. Me parece entrar en un búnker.

Imperia no se molestó en ir a su encuentro.

—¿No dijiste que no pensabas salir?

—Cierto. Pero de repente me dije: Con un entierro a la vista, es muy poco solidario por tu parte que te quedes meditando toda la tarde. Tu lugar está al lado de esta infausta familia...

—¿Quien se ha muerto esta vez?

—Nadie conocido. Vi por casualidad una esquela en el *ABC* y decidí presentarme. He hecho un montón de amistades. Gente de clase media, ¿sabes? De lo más pintorescos. Muy generosos. Una rústica me ha prometido que me mandaría manzanas de su pueblo. ¿No es encantador? Ese contacto humano, ese saltarse la barrera de las clases, sólo se da en los entierros humildes. La gente se humaniza tanto que hasta parecen personas...

Forcejeando para librarse de la pamela, se dio la vuelta y se encontró con Raúl frente a frente.

—¿Éste es el niño? ¡Pero si ya es un hombre!

—Usted también, señora.

—¡Qué gracioso es el niño! —Y dirigiéndose a Imperia—: Veo que le has hablado de mí, víbora.

—Para suavizar el impacto.

—De todos modos, no se ha suavizado —comentó Raúl—. La realidad supera a la imaginación.

Miranda emitió un gritito de espanto:

—¡Este niño tiene mucho acento catalán!

—Suele suceder cuando uno ha hablado en catalán durante quince años.

—Teniendo en cuenta que tienes dieciséis, no deja de ser una muestra de abnegación. En fin, no hablemos de lingüística, sintaxis y prosodia rítmica. Llámame tía Miranda. Desde este momento te tomo bajo mi protección particular...

—Te lo prohíbo terminantemente —exclamó Imperia—. Aspiro a convertirle en un adulto normal.

—Tonterías. Lo primero es hacer amistades. Tenemos muchas amigas que tienen hijos de tu edad... y bien que les duele, por cierto. Te vamos a enseñar a los hijos de nuestras amigas... Alguno habrá que le gusten los otros hijos de las otras amigas... Y si no, buscaremos por las noches de Madrid. Un pintor nuestro conoce un restaurante de carretera donde paran muchos camioneros ardientes...

—No vamos a enseñarle las noches de Madrid. Ha venido a estudiar.

—Tu madre es un poco aguafiestas, ya te irás acostumbrando. Por cierto, no he tenido tiempo de cambiarme, pero total, para un cóctel, el negro siempre queda bien. Sin la pamela y con que tú me prestes unas perlas... ¿Dónde tienes el collar de tres vueltas que trajiste de Sumatra?

—Yo nunca he estado en Sumatra.

—A mi plim. Yo diré que me lo trajiste de Sumatra para que reviente de rabia la pretenciosa de Irenita... Niño, sírvele algo a tu tía Miranda.

—¿Hace con un poco de arsénico?

—No habrá. Lo guarda todo tu madre en la lengua. Me serviré yo misma, por si me viene un caprichito de aquí a la botella.

Se dirigió al bar, agitando los brazos con gran peligro de algunos objetos futuristas.

—¡Qué señora tan rara! —comentó Raúl—. ¿Sabe lo mío?

—¡Claro que lo sé! —gritó Miranda desde el otro lado del salón—. Tu tía Miranda lo sabe todo. Mi divisa debería ser: «Ask Miranda.» ¿Te sirvo algo?

—Yo no bebo, señora.

—¿Ni un drinkito de nada?

—Ni bebo, ni fumo, ni me drogo.

—¡Caray con el niño!

Imperia encendió un cigarrillo. No había fumado apenas durante el día.

—Será una reacción contra su padre, que está al borde de la cirrosis.

—Esto es psicología barata, mamá. De hecho, todo cuanto llevamos hablado esta tarde es psicología de bolsillo.

Imperia empezaba a sentirse alarmada.

—Miranda, contra mi costumbre, necesito un trago. Y que sea fuerte.

La aludida pugnaba con el hielo. Varios cubitos fueron a parar al parquet, mientras ella proclamaba:

—Mi psicoanalista Beba Botticelli, que es argentina y muy *fabulous*, diría que te privas de todo esto como reacción contra tu padre.

—No, señora —dijo Raúl, recogiendo cubitos—. Mi padre es un coñazo, un tirano y un irresponsable, y ojalá le lleven a la Uvi esta misma noche. Pero yo no actúo por reacción contra él, sino porque creo fervientemente que fumar, beber y drogarse son cosas nocivas para la salud. ¿Estamos o no estamos?

—¡Serapio, cómo está el patio! —exclamó Miranda—. Yo también necesitaré otro trago antes de salir.

El niño recibió la noticia batiendo palmas.

—¿Salimos? ¡Oh, qué bien! Me hace mucha ilu. ¿Adónde me lleváis?

—A un cóctel en el hotel Sûpreme. Nada especial, sólo doscientas personas. Pero, eso sí, tienes que ponerte una corbatita, una americanita...

—Tía Miranda, sé perfectamente cómo se viste un chico soltero para ir a un cóctel. Tengo precisamente una americana de Claude Montana y una corbata de Trussardi que son de caerse de culo.

Y salió del salón silbando el *Vissi d'arte*.

—¡Además, es un niño marca!

Imperia no pudo reprimir una mirada de inquietud.

—Oye, Miranda, ¿en qué se nota si es un niño o ya no lo es?

—Vete a saber. La madre eres tú. ¿No te sentiste muy iluminada en los dolores del parto?

—No digas tonterías. A ver si te piensas que llevaba una lámpara halógena en el feto.

—Imposible, *darling*; en tu época tendría que ser un candil. Iré a verle ahora que se está cambiando. Si tiene mucho pelo en las piernas, es que ya no es un niño.

Mientras Imperia se disponía a cambiarse, ella se aprestó para uno de sus oficios preferidos. El de espía al servicio de cualquier majestad.

Dio unos suaves golpecitos en la puerta de huéspedes.

—¿Puede entrar tía Miranda? Sólo vengo a cotillear.

Como era su costumbre, entró sin esperar respuesta.

Raúl estaba en el baño, quitándose la ropa de viaje. Ella

observó a su alrededor. Aprobó aquel orden, tan insólito en la habitación de un recién llegado. De pronto, descubrió sobre el escritorio un libro forrado con tela de flores y unas letras doradas. Era el diario de Raúl.

Cuando él salió, envuelto en un albornoz azul, la encontró con el libro en las manos.

—¡Secretitos, secretitos...! ¿Me los dejas leer?

El niño se abalanzó sobre ella, arrebatándole el preciado objeto.

—¡Ni se le ocurra! Un diario es una cosa muy privada.

—Pues por eso me interesa. Conozco los diarios privadísimos de todas mis amigas. Siempre cuentan intimidades que ellas no contarían jamás. ¡No sabes la de cosas que ocultan las muy hipócritas! ¿Tú sabías que Chelo Garrón es calva del pubis?

—Yo no tenía ni idea. Porque a mí esa señora no me suena de nada.

Ella hizo caso omiso de su comentario.

—Lo sabía muy poca gente. Yo lo leí en el diario de Perla de Pougy porque su hermano había tenido asuntos de cama con Chelo. Al día siguiente llamé a Chelo y le dije de todo. ¡Es que no se puede ser tan secreta! Porque yo, cuando aborté, no tuve el menor inconveniente en decírselo a ella y a mis ochenta mejores amigas...

—Lo siento. No sabía que había usted abortado.

—Dos veces. Una porque sí y otra porque también. Como todavía no era tortillera vocacional, estaba con un energúmeno del gobierno. Me dejó en estado de buena esperanza, que es como llaman a las preñadas en Orense. Él se puso hecho un basilisco, porque decía que comprometía su carrera política, pero yo me puse más furiosa todavía porque un niño en plena temporada de fiestas y entierros te parte la vida. Así pues, un día me fui a Londres con unas amigas y, una tarde que ellas se fueron a ver *Los Miserables*, yo me dirigí a una clínica muy selecta y me hicieron abortar en un abrir y cerrar de piernas. Cuando mis amigas vinieron a recogerme, ya estaba fresca como una rosa y nos fuimos a celebrarlo al Claridge's. ¿No te lo había contado tu madre?

—No, señora. Mi madre no me ha contado nada de nada. Y, si me permite, quisiera quedarme solo. Tengo que vestirme.

—Por mí no te prives. Total, he venido para eso.

—¿Para ver cómo me visto?

—Para decirle a tu madre si eres peludito o no. ¡Ella es así de tonta! No se atreve a venir en persona. Claro que me tiene confianza. Para mí eres más prohibido que el cerdo para Moisés.

Raúl se encogió de hombros. No era niño de tapujos.

—Ya ve que no soy nada peludo.

Miranda le observaba detenidamente. Le obligó a dar un par de vueltas. No pudo reprimir un silbido de aprobación.

—Oye, oye, estás muy bien proporcionadito.

—Sí, señora. Estoy muy bueno. Soy un regalo para cualquier paidófilo de alto *standing*. Lástima que nadie se digna probarme.

—¿Pues qué han de probar, niño?

—Mis bondades, tía Miranda, mis bondades.

Ella le dirigió una sonrisa malévola. Por fin tenía algún mensaje que transmitir. Salió sigilosamente y, del mismo modo, se introdujo en las habitaciones de Imperia, que acababa de salir de la ducha.

Le ayudó a secarse, al tiempo que decía:

—No es nada peludo, Imperia.

—Entonces, todavía es un niño.

—Será un niño, pero está deseando que se la metan.

—A veces puedes ser muy desagradable.

—Yo seré desagradable, pero él está deseando que se la metan. Y si no, al tiempo.

MIENTRAS IMPERIA SE VESTIA, Miranda se dedicaba a husmear por todos los armarios del cuarto de baño, comentando un perfume nuevo, la calidad de unas sales, la eficacia de crema o el color de unas pestañas postizas. Por fin se detuvo ante lo que parecía ser un secreto de estado: «Luego dirás que no usas cremas de colágeno. ¡Zorra, más que zorra! Ya me extrañaba a mí, con esa piel a tu alarmante edad...»

Imperia no le hacía caso. Al fin y al cabo, no se estaba arreglando para ella. Tenía que lucir en la fiesta. Luego, se arreglaba para el mundo. Y ni siquiera se atrevió a destacar que, en el mundo, había alguien por quien merecía arreglarse más y más.

El niño Raúl había tardado poco tiempo en cambiarse. De hecho, se encontraba ya en el salón, esperando a las damas. Tenía la ventaja de los adolescentes castos: con un par de retoques elementales, lucía como un figurín. Y al contemplarse en un espejo *art-déco* decidió que podía pasar fácilmente por alumno de un buen colegio inglés.

—¡Total, para lo que me sirve...! —suspiró el pobrecito.

Sonó de nuevo el timbre. Recordaba que su madre le había hablado de alguien que debía llevarlos a la fiesta. Sería el chófer de Miranda otra vez. No le molestaba, antes bien le divertía. Su casticismo, su indiscreción tenían el grado de picante necesario para entretenerle al tiempo que le ofrecía la oportunidad de inquirir sobre los lugares secretos de Madrid, aquellos donde un chico soltero puede dejar de serlo con la ayuda de un personal voluntarioso y, a poder ser, activo.

Entró la Presentación en actitud de chambelana.

—Don Álvaro Montalbán o don Álvaro Pérez, que de las dos maneras puede llamársele.

—¿Y ese señor, quién es?

—No me lo pregunte. A mí no me gusta hablar. Que cada uno cargue con sus trapos sucios...

Raúl se encogió de hombros. Volviéndose de nuevo hacia el espejo, empezó a ordenarse el flequillo alisándolo con la palma de la mano mojada, como los gatitos.

Entonces apareció Él.

Al igual que en las películas, Raúl le vio reflejado en el espejo donde se estaba contemplando. Tuvo que ahogar una exclamación de sorpresa y un recuerdo patético. ¡Estaba entrando en el apartamento madrileño de su madre el profesor barcelonés cuya indiferencia le había impulsado al suicidio!

Pero hasta el delirio puede mejorarse. El recién llegado superaba al profesor. Era el hombre más guapo que el niño vio en su vida. Además, llevaba las gafas mejor colocadas que pudiera soñar cualquier alumno equívoco.

Se volvió rápidamente. Álvaro Montalbán se estaba quitando el abrigo de cachemir. Para mayor perplejidad del efebo, aquel gafudo tenía hechuras de atleta clásico.

Los cambios operados por la mañana habían dado un resultado más que notable. Vestía de azul oscuro, pero las hechuras del traje se organizaban sobre su robustez con una caída impecable. Era como una encina adiestrada para ser un bonsai de lujo.

Ya no podía decirse que iba peinado sin ton ni son porque el peluquero había seguido al pelillo los diseños imaginados por Son y Ton. Un corte discreto, cabello hacia atrás con alguna concesión a algún rizo que caía sobre la frente, como por un descuido que Raúl lo encontró adorable al permitírselo un profesor tan elegante.

Pese a la mundanidad que intentaba afectar, Álvaro Montalbán se encontraba un tanto cohibido ante aquel niño no previsto en sus planes. Intentó disimular su timidez exhibiendo una sonrisa de vencedor olímpico.

Raúl le obsequió a su vez con una improvisación:

—¿Pues no se había muerto Cary Grant, tío?

Álvaro Montalbán se echó a reír, en muy saludable y en muy macho. Lo cual no excluía, como siempre, la coquetería.

—Tú serás el hijo de Imperia... —dijo como pie forzado—. Me contó tu madre que venías a Madrid para estudiar.

—Para estudiar y para lo que se tercie. También sé hacer de camarerito cuando vienen visitas simpáticas.

—Así puedo pedirte que me sirvas un fino...

—Y una bodega, señor. Y una bodega.

Se fue corriendo al bar. Sentíase tan feliz que decidió probar él también.

—¿Por qué vamos a brindar? —preguntó Álvaro Montalbán, en seductor profesional.

—Por su no-cumpleaños —contestó Raúl, con sonrisa de amanecer.

—¿Mi qué?

El niño levantó la copa y se puso a cantar:

> *Feliz, feliz no-cumpleaños,*
> *¿A mí? ¡A tú! ¿A mí? ¡A tú!*

«Qué niño más raro —pensó Álvaro—. ¿Será mongólico?»

No hubo tiempo para el conocimiento más profundo que Raúl anhelaba. Apareció Miranda, arreglándose las tres vueltas del presunto collar de Sumatra. Detrás de ella, avanzaba Imperia, luchando con la cremallera. Por lo demás estaba suntuosa, con un vestido negro que caía en drapeados hasta la rodilla. Por todo adorno, un broche de Mesara.

—¿No vas a permitir que te abroche? —dijo Álvaro, al descubrir sus apuros.

—Me disponía a pedírtelo. Miranda es un desastre con las cremalleras.

—Es mentira —murmuró Miranda, insidiosa—. Lo que pasa es que cada una elige la ayuda del sol que más le calienta.

Pero Raúl no la escuchaba. Permanecía pendiente de todos los actos de su madre, entregada al coqueteo con Álvaro y a jugar con una copa que acababa de servirse.

«¡Qué guapa es, qué distinguida! —pensaba el niño, boquiabierto—. «Desde luego, ¡uno tiene tanto que aprender de los mayores!...»

Se le acercó Miranda, pasada de sarcasmo:

—¿Qué me dices de la nueva adquisición, niño?

Raúl sonrió abiertamente, como solía.

—Se parece a mi profesor, pero en guapísimo. ¡Ay, tía Miranda, me huelo que Madrid va a gustarme mucho más de lo que me esperaba!

Pero nadie tomó debida nota de sus palabras.

EN OTRA CASA DE PROTOCOLO INFERIOR, pero acaso superior en riqueza, dos mujeres también se preparaban para la fiesta del Suprême. En una alcoba, doña Maleni se recargaba de santorales. En otra contemplaba Reyes del Río el resultado de su vestido nuevo. Era espectacular y en absoluto folklórico. Una túnica gris perla, que caía desde el escote hasta los pies, estilizando su figura, al tiempo que destacaba poderosamente sobre su piel morena.

El maquillador la había dejado soberbia. Ella siguió, antes, su consejo en el peinado: completamente recogido y moño aprisionado en redecilla de plata. El maquillador, una loquita llamado Alibín, silbó de admiración, al tiempo que aconsejaba pocos retoques. Nada que se pareciese a un maquillaje de escena. Lo más sobrio posible.

—¿Parezco una faraona? —preguntó ella, con aire insolente.

—Pareces una diosa griega —dijo Alibín—. Soberbia y refinada. ¿Piensas ponerte el visón blanco?

—No debo. Me dijo Imperia que en determinadas circunstancias el visón hace folklórica de las de antes.

Se oían las voces de doña Maleni, instando a la prisa. Andaba ella desesperaba, al ver que se entretenía tanto el maquillador. Además, eso de hacerle venir a casa era un gasto innecesario. ¡Con lo bien que se lo hacía ella solita! Un buen puñado de polvos en las mejillas, rojo encendido en los morros y chavo sobre la frente, como Estrellita Castro.

En estas meditaciones se encontraba cuando creyó atisbar por el corredor el paso de una figura insólita.

Sacó la cabeza doña Maleni. Retrocedió, horrorizada. Circulaba por el piso una especie de san Pedro, con barba y todo.

—¡Jesús! ¡Una aparición! ¡Un fantasma! ¡Un leviatán!

Se detuvo al instante el intruso. No supo decidir doña Maleni si bajaba del cielo o salía de una película de romanos. Iba vestido con una especie de toga blanca, llevaba sandalias doradas y sostenía en la mano una larga vara rematada por unos gladiolos de plástico. Pero lo que más asustaba era la frondosa barba blanca, que le llegaba hasta la cintura.

—¡Que soy yo, tía Maleni! ¡Que soy su sobrino!

La mujer se llevó la mano al corazón, que ya estaba bailando la rumba.

—¡Menudo susto me has dado, so burdégano! ¿Me vas a decir adónde vas tú vestido de saduceo?

—No voy de eso que usted dice, tía, que voy de san José mismamente. ¿O no se nota por la vara, que la tengo florida?

—¡La punta del nabo te va a florecer a ti de tanto hacer mariconadas!

Acudió, apresurada, Reyes del Río, seguida de su maquillador.

—Pero ¿qué pasa, madre? ¿A qué viene ese jaleo?

—Que no se entera de nada —respondió Eliseo—, que vive en Babia y le pasan por alto los eventos y circunstancias de esta madrileña urbe en fiestas tan señaladas.

Eliseo y Reyes se miraron con extrañeza. Ella rompió el hielo:

—¿Pues no ha recibido la invitación, madre?

—A lo único que me invita a mí el Señor es a compartir el caliz de su agonía. ¡La mitad me lo estoy bebiendo yo, por culpa vuestra!

—No sea usted tan gorrona y lea, a ver si se documenta.

Le pasó Eliseo un tarjetón completamente arrugado de tanto enseñarlo por los bares de locas de Madrid.

«Belén viviente de los transexuales de la Castellana. Subvencionado por el Ministerio de Cultura, el Ayuntamiento de Madrid y la Worldwide Caixa. »

Doña Maleni estuvo en un tris de un desmayo. Se limitó a aullar:

—¡Santo cielo! ¡Mi sobrino, en un sarao de travestidos! ¡Mi sobrino exhibiéndose de locaza!

Terció Reyes del Río en favor del primísimo:

—Pero madre, ¿qué tenía de locaza san José? Si hubiera sido la castañera o la samaritana...

—¡Ay, ésas no! —suspiró Eliseo—. Yo quería hacer la hilandera, que quedas divina, con el huso en la mano, pero se lo han dado a la Chochín de Kiev, que está operada y queda de lo más galilea... En cambio yo, según las luces, doy más a lo Paca Rico.

—¿A lo Paca Rico, dices? ¡Si mi hermana levantara la cabeza! ¡Ella que, antes de morir, te veía de militar!

—Pues mire, tía, hubiera sido «la generala». Porque yo de rudo militar no me he visto ni en mis sueños más viriles.

—¿Habrás tenido algún sueño viril en toda tu vida, desgraciado? ¡Anda ya! Que el año que viene te veo sustituyendo a la Esperanza de Triana sólo para que te llenes de requiebros al cruzar el río... —Y dejándose caer en el hombro de Reyes del Río, rompió en llanto—: ¡Es que es una locaza, hija mía, es que es una locaza!

—Mientras no sea una arrastrada, madre, que haga lo que quiera. Y ahora vaya a arreglarse de una vez, que entre dejar a ése en su belén y los colgajos que le falta a usted ponerse, vamos a llegar al Suprême que estarán en el remate de la predicación.

Se fue doña Maleni a ponerse su santoral de oro y argentería. Fue entonces cuando Eliseo reparó en los adornos de su prima, y entre él y Alibín se pusieron como dos comadres que elogian el vestido de comunión de la niña de la vecina.

—¿Estoy presentable, primito?

—Estás hecha una reina, una emperatriz, una sultana y una presidenta del senado.

—¡Osú! Que me estás rebajando los cargos a medida que me los concedes.

Despidieron al llamado Alibín, que tenía a otras damas para aquella noche. Y al cerrar la puerta, vio Reyes un asomo de pesar en los ojos de Eliseo.

—Digo yo, primita, que se me presenta muy negro lo de la operación. Pues si por ir de san José, que era tan macho, me trata así la tía Maleni, cuando le digamos que pienso ponerme chocho y tetas me arma una falla valenciana que ni sobrevivo.

—Tú piensa ahora en hacer bien tu papel y pasemos las fiestas en paz. Lo de la operación se lo decimos para la Nochevieja, que se presta a todos los perdones.

No bien llegó a la castellana, Eliseo corrió a ocupar su lugar en el portal. Estaban él y la Chantecler, que hacía de pastora adoratriz y por eso le habían puesto un tocado medio de monja, medio de dama de Van Eyck. Junto a ellos estaba la virgen, completamente inmóvil porque era una estatua de cera. Las autoridades eclesiásticas se habían opuesto rotundamente a que la virgen fuese representada por señoritas de vida sospechosa, con lo cual más de una se quedó frustrada. En cuanto al buey y la mula eran de cartón, porque ninguna quiso hacer de bestia parda. El niño Jesús era de verdad. Los demás papeles estaban interpretados por las operadas más famosas de la villa y corte. Presentaban algunas rostros demasiado hombrunos. Sin ir más lejos, la hilandera, porque su intérprete, la Chochín de Kiev, tenía mandíbula de descargador de muelles y manos de albañil curtido. También a la samaritana le aparecían pies gigantescos dentro de unas sandalias muy estrechas, y pues siempre fue muy peluda la su intérprete, a quien llamaban Hildegarda Tour d'Argent, resultaba la única samaritana parecida a un oso que se vio jamás en Galilea. Por lo demás, estaba monísima la Sayonara vestida de pastorcilla, mucho más la Frufrú de Petipuán de molinera, Brigitte la Petarda, de labradora, y la pobre cojita llamada Shirley Temple, que hacía el ángel de la Anunciación.

Organizaba el singular tinglado un director de teatro y televisión, conocido por su genio en distribuir masas y su disposición para amontonar colorines. Tenía en su haber una *Electra* en el templo de Debod que un americano confundió con un musical de Esther Williams. Y en la pequeña pantalla era responsable del famoso concurso «Toca la pera, remera» donde entre gondoleros, rumberas brasileñas y azafatas minifalderas se arremolinaban tantos colores que cierta noche dos millones de televidentes se marearon delante de su aparato, lo cual costó a la televisión pública un huevo en indemnizaciones.

Mucho mérito tenía el referido director, porque era daltónico y se llamaba Pepito Gris. Pero sus detractores le habían puesto de nombre la Rainbow, que significa la Arco Iris, porque, además de escandalosamente colorista en sus montajes, cuando sonreía se parecía a Judy Garland en *El mago de Oz.* ¡Tan joven era!

Iba de un lado para otro el geniecillo, exponiendo a sus estrellas los gestos que deseaba representasen y dando órdenes al jefe de atrezzo para que corrigiese a toda prisa cualquier defecto de ambientación que hubiera pasado inadvertido.

—A ver, la Samaritana que se ponga junto a la fuente... ¡Ese cántaro, niña, que lo quiero ver bien alto!

—¡Coño, directrice, que me va a dar un calambre! —exclamaba la Hildegarda Tour d'Argent.

—¡La divina pastora! —gritaba Pepito Gris—¿Dónde está la divina pastora?... Aquí, niña, junto a los borreguitos... Sujétalos bien, que no se nos vayan para el tráfico... ¡La hilandera!, ¿dónde tiene el huso esa hilandera? ¡Ay, Señor, si Cecil B. De Mille se hubiera encontrado con tantas incompetentes nunca hubiera podido concluir *Sansón y Dalila*!

—¿El niño también es transexual? —preguntó el ayudante del director.

—¿Cómo va a serlo si sólo tiene seis meses? Nos lo ha traído la señora Ciriaca de Leganés, que anda apurada y alquila a su prole para eventos tales.

—Es piadosa, la referida.

—También lo sería yo, alquilando el niño a diez mil la hora.

—¿Y por qué tiembla la criatura?

—Así suelen temblar los niños de pecho a dos grados bajo cero.

Se acercaba de vez en cuando la madre, un si acaso sufridora.

—¿No les da igual si le pongo un jerseyito? Es que lo veo estornudar mucho...

Contestó, altiva, la Ninon de Lenclos:

—¡Ni hablar! Al niño Jesús siempre lo he visto yo en cueros, porque era pobre y ni para dodotis tenía...

Instaladas sobre una nube de madera, aparecían ataviadas de ángeles del Renacimiento la Gilda Reinona, la Norma de Butterfly y Rigoletta la Boticaria. Iban todas provistas de laúdes, pífanos y zambombas, instrumentos esgrimidos con tal propiedad que dijérase el asunto como tomado de Piero della Francesca.

—¡A ver, las de la zambomba! —gritaba el director—. ¡Tocad lo de los peces en el río!... ¡Las reinas magas! ¡A ver, Melchora, Gaspara, Baltasara!... ¡Las pajes, las pajes!... ¡La castañera, la castañera!...

Llegó apurado, el encargado de atrezzo:

—Señora directora, para el campamento de la Anunciación han traído una olla de acero inoxidable...

—¡Que no, que ha de ser de barro! Una cosa popular, arcaica, vetusta; es decir, propia.

Movía los brazos como molinos y, al conjuro de su paciencia, iban tomando forma, sobre aquella diminuta topografía de musgo y cantos de río, las escenas favoritas de muchas generaciones. ¡Divino cortejo! Allí aparecía la estrella guiando a los tres Magos, el ángel anunciando a los pastores, la linda huertana y la modesta lecherita y la pizpireta nazarena cargadas de ofrendas para el Niño.

Y ante aquel esplendor de piedad y recato, decían los transeúntes:

—En esto se ve que son de buen corazón las mariconas, pues así celebran el misterio de la Natividad, como las mujeres decentes en sus hogares de pro.

Y la transexual cojita llamada la Shirley Temple, porque era casi adolescente, hacía recolecta en una bandeja para el hogar de la Marica Provecta.

—¡Qué mono es el ángel de la Anunciación! —decía una señora al contemplar a la Shirley Temple.

—Más que un angelito será una angelines, ya que es transexual operadísima. ¿O no le ves las tetas?

—¡Pues qué buenas y santas son las transexuales de Madrid, que aun cojitas y con este relente se consagran a las pías obras!

Se acercaban con zambombas los festivos madrileños, hacían sonar matracas los niños que, por encima de bufandas y debajo de pasamontañas, entonaban la gesta del Tamborilero; alguna anciana rezaba los misterios de gloria. Y un legionario tocaba la corneta.

Llegó entonces el alcalde, el ministro de cultura y un florido séquito de lameculos. Los recibió al pie de los coches una mariquita disfrazada de Rey Blanco. Subieron los próceres hasta el altozano del molino, donde permanecía inmóvil la Frufrú de Petipuán, de molinera, con un vestido copiado del de Carmen Sevilla en aquella película. Pero a causa del frío y una deficiente depilación, la Frufrú de Petipuán llevaba el escote tan enrojecido que parecía a punto de sangrar. Dijo entonces el alcalde:

—Muy apropiado, pero que mucho. Perfecta la ambientación. Digno de elogio el vestuario.

Sonrojóse, por natural pudor, el director de escena:

—Se ha cuidado lo histórico hasta el último detalle...

—No crea que se me escapa —dijo el alcalde—. Ese alzacuello, ese corpiño, esa marlota que luce la castañera, ¿no los habré visto yo en el Prado?

—No, señor, que es de una película de Amparito Rivelles de los años cuarenta.

—Digno de loa en cualquier caso. El Prado y Cifesa anduvieron juntos en más de una ocasión, por más que digan los postmodernos.

—¡Viva Cifesa! ¡Viva Suevia Films! ¡Viva don Benito Perojo! -gritó una cinéfila de las de antes.

Asentía con igual complacencia el ministro Bordegás, que había vivido mucho en Francia y por esto se encargaba ahora de la cultura española. Y venía detrás algún politiquillo de segunda clase, de los que se apuntan a cualquier bombardeo con tal de salir en las revistas.

—Debegiamos expogtar este evento al Boburg, que lo veo muy apgopiado paga lo que los pagisinos espegan de España.

—*Vive le ministre de Culture!* —gritó una maricona más docta que las demás—. *Vive les relations entre la France actuelle et le Madrid de toujours et d'habitude!*

Sacó el ministro un pliego escrito en letra gótica, tosió para pedir el silencio de la concurrencia. Callaron todas. Empezó, como se suele, invocando un recuerdo a don Enrique Tierno Galván, alcalde que fue de aquella villa. Aplaudieron ahora las presentes con lágrimas en los ojos y una exaltada gritó «¡Viva la democracia!» y todas contestaron «¡Viva la Engracia!», y el alcalde acabó haciendo la loa de los transexuales porque formaban parte de la geografía de Madrid como la Cibeles, el Neptuno y la maja de Goya. Salió entonces un actor catalán que leyó una traducción de *El noi de la mare* puesta en verso por un conseller de la Generalitat de los que en tan patrióticos menesteres se ganan un sueldo doble y hasta triple. Y todas las mariconas coincidieron en que el galán llevaba las melenas a lo Juliette Greco, que le favorecían mucho. Puestos ya en la onda de hermandad entre las distintas autonomías que configuran la variopinta diversidad de las Españas, salió un cantautor asturiano que cantó *Navidades blancas* en bable, y después una poetisa de La Coruña entonó *Tinger Bells* en la su lengua y una vasca quiso poner una bomba pero entre todas la convencieron de que no era el día. Y entre aquella entrañable Babel de hablas hermanas, sonó un mariachi que le cantaba *Las mañanitas* al Niño Jesús y, después, apareció un directivo del Quinto Centenario seguido por tres indios de Oaxaca, que vestían como de azteca —o tolteca, mixteca, zapoteca o maya—; y, colocados todos en abigarrada comitiva, fueron depositando sus dones ante el portal.

Y todo resultaba así de entrañable hasta que la Chantecler exhaló un gritito de horror, que sólo percibió Eliseo, su pareja de escena.

—¡El niño no respira, Eliseo, el niño no respira!

—¡Chantecler, nena, no me asustes, que es alquilado!

—¡Que se nos ha muerto, mujer, que se nos ha muerto!

Seguían cantando las demás sus villancicos, y el ruido de las zambombas y los aplausos de los transeúntes tapaban de tal manera los gritos de san José y la adoratriz que nadie parecía enterarse. Estaban ellas tan asustadísimas que se cogieron las manos, con tan poco acierto que cayó la vara de san José sobre el supuesto difuntito, por si algo le faltaba.

En aquel trance dijo la Chantecler por lo bajo:

—Tú haz como si no hubiera pasado nada. Voy a avisar a la Hildegarda Tour d'Argent, que fue enfermera en Larache y sabe un demasié de últimos suspiros.

Arremangándose las faldas, corrió la Chantecler hacia la fuente donde permanecía, inmóvil y cumplidora, la samaritana. Cuando oyó los lamentos de la otra, se santiguó a toda prisa y, dejando el cántaro sobre el musgo, acudió corriendo al portal, procurando no tropezar con las ovejas.

Puesta en su viejo oficio de enfermera, auscultó al niño cuidadosamente:

—Pero, mariconas, ¿no os habéis percatado hasta ahora de cómo está este niño? ¡Si está heladico! ¡Si hasta tiene escarcha en la nariz!

—¿Escarcha es eso? Se me daba a mí que eran mosquitos.

—Helado está que parece un polo de vainilla. Por la color lo digo, que no es de ley esa color.

—A nosotros ya nos lo han entregado coloreado así. Sólo que respiraba...

—Tampoco mucho —dijo la Chantecler—. Lo noté yo muy bronquítico para su corta edad.

Sentenció entonces la Hildegarda Tour d'Argent:

—Pues hay que devolverlo como estaba, o la madre nos lo hará pagar como nuevo. Y para comprarlo nuevo lo preferiría yo más rubio. Moveos, niñas, que hay que reanimarlo.

Cogió la Hildegarda Tour d'Argent una piernecita, otra la Chantecler, y Eliseo cuidaba de los bracitos, y así quedó el niño tendido en el aire, que parecía que quisieran dividírselo. Y una tiraba por su lado y la otra para el que le correspondía y la Chantecler para abajo y para arriba.

—Vamos, niñas, que eso no cansa nada... *One, two, three!*

—¡Mambo! —gritó una borrachona de discoteca.

La madre, que hasta entonces permanecía embobada ante las gilipolleces de los discursos oficiales, descubrió de pronto el zarandeo que se llevaban en el portal las tres locazas.

—Pero ¿qué hacen esas tías? ¡Me están desnucando al niño!

Comentó con gran admiración el señor alcalde:

—Será que representan la degollación de los Santos Inocentes. No falta detalle en esta escenografía.

—¡Ah, no, mi niño para los Inocentes, no! Yo lo he alquilado para el nacimiento, para que los Reyes lo llenasen de oro, incienso y mirra... —Y enfrentándose al señor alcalde, añadió—: Además, usía, ¿cuándo se ha visto que al Niño Jesús le alcanzase la matanza esa?

—Nunca se vio —dijo la Sayonara, egregia—. El Niño Jesús se largó para el Egipto con sus progenitores y Herodes escabechó a otras criaturas. Para la matanza quedarían bien esos de aquí. —Y señaló a los primeros niños de la fila.

—¡Hijaputa! —gritó la mujer que los acompañaba—. ¡A mis niños no los meta en este berenjenal, que le arranco el coño postizo!

Mientras la Sayonara se aseguraba el postizo, llegaba al portal la madre auténtica. Y, al rescatar al niño de las pintadísimas uñas de las locas, gritó desesperada:

—¡No respira! ¡No respira! ¡Hijo! ¡Herminio!

¡Calvario de madre, allí, en la Castellana, ante los ojos conmovidos de los madrileños!

Estrechaba ella al niño con tal apretura que amenazaba con aplastarlo.

Abandonaron todas sus puestos en la sacra representación y acudieron a rodear a la madre, solícitas y lloriqueantes mientras el director de escena levantaba los brazos al cielo, invocando a los dioses del desastre y afirmando una y otra vez que no se puede trabajar con gente que no sea profesional.

Y añadió el ministro, despectivo:

—Esto es la España negra.

A lo que contestó la que hacía de rey Baltasar:

—Negra lo será su madre, que yo voy embetunada...

Y se iba ya el ministro a otra inauguración, y le seguía, dispuestísimo, el señor alcalde, y la madre todavía se arrastraba por el suelo, con el niño en brazos.

—Sálvamelo, Virgencita, sálvamelo, y acabo yo con mis manos la catedral de la Almudena...

—Es muy voluntarioso ese pueblo suyo —dijo el ministro al alcalde, mientras subía al automóvil oficial, seguido de su cortejo.

—Bien dice el género chico que «el pueblo de Madrid encuentra siempre diversión lo mismo en Carnaval que en Viernes de Pasión». Pero a fuer de sinceridad cumple decir, *monsieur le ministre*, que un niño muerto en plena calle no lo habíamos tenido desde el Dos de Mayo.

Entonces se oyó el grito esperanzado de la madre del niño.

—¿Quién ha dicho que mi hijo no respira? Le está volviendo el hálito. ¡Hasta el color recupera! ¡Hijo mío! ¡Almita blanca!

—¡El niño está vivo! —gritaba la Chantecler—. ¡El niño respira, mariconas!

Hubo una algarabía general, que mezcló el gozo de las locas con la complacencia del público. Y ya lloraba de nuevo la criatura, vuelta en sí, y continuaba gritando la pobre madre, mientras desaparecía a lo lejos el cortejo de los politicastros, que en todo aquello ya no entraban.

Fue entonces cuando la Sayonara, sabihonda, reprendió a la Chantecler:

—Pero ¿es que no sabes tú distinguir cuando un niño duerme o está muerto, so petarda?

—¡Cómo voy a saberlo, si Dios no me ha querido obsequiar con esa gracia! (¡Sniff!) Si me ha negado el libre acceso a la maternidad, a la alegría de sentir en mi vientre la gloria de la vida que lo va hinchando y a revivir en mis carnes el derecho de nacer.

—Anda ya, no nos cuentes tus dramas, que el hijo de un chocho de Denver, Colorado, no habría de pasarlo la santa madre Iglesia.

Ya la madre se había recuperado de sus cuitas y volvía a ser la frescachona respondedora de cualquier ataque, la intrusa en los asuntos de los demás.

—Más tranquila está usted sin hijos, maricona. Ya le digo yo que noche de madre es siempre desvelada.

—Sí, guapa, pero con lo que le ha dado a ganar el niño esta noche se compra usted mazapán pa todo el año.

Con el niño abrigado, y ya para marcharse, quiso recitar la madre su última metáfora:

—Silencio, el niño está dormido. Silencio, que no lo despierte nadie. El niño está dormido. Que no lo despierte nadie.

Y así iba de un lado para otro, acunando a su criatura en plácido regazo.

—¿Y ahora a qué viene esa antigua a hacer de Juana la Loca? —preguntó la Frufrú de Petipuán.

—Será para acaparar prensa —dictaminó, severa, la Domus Aurea.

—¿Prensa dices tú? ¡Si ya no queda! ¡Qué chasco babilónico! Ni el alcalde ni el ministro se han quedado para comprobar, por lo menos, si había entierro a la vista.

Miraron todas a su alrededor. En efecto, hasta la multitud se dispersaba, por lo avanzado de la hora y porque, si bien se mira, un belén no da para más, aunque sea en la Castellana.

—Así son los políticos —dijo la Dalila—. Desaparecen cuando se han ido los fotógrafos.

—¿Pues no es más noticia una Sayonara vestida de pastorcilla que un alcalde haciendo el mismo número de todos los años?...

Ya se generalizaba el descontento. Ya abandonaban su puesto las siervas de Herodes, sus corderos la pastora, su molino la réplica viviente de Carmencita Sevilla.

—¿Que se han ido los fotógrafos? —gritó la Lola Puñales—. ¿Y pues qué hacemos aquí nosotras?

Dijo entonces la madre:

—Un fotógrafo que quiere hacerle una sesión al niño me dijo que se iban todos a retratar la fiesta del Suprême. Durante su curso reaparece en sociedad Reyes del Río.

Más revuelo se armó ante aquel nombre que no con todos los eventos de la noche. Saltaron todas al unísono, iniciaron unos pasos de sevillanas, entonaron cuatro cupleterías...

—¿Que Reyes del Río ha ido a esa fiesta? Eliseo, restregada, ¿cómo no nos has dicho que tu prima está aquí al lado?

—Porque yo ya la he visto salir vestida de casa, y por ende, que así se dice, ya no es sorpresa.

—¿Y cómo iba? ¿Qué llevaba?

—Como de túnica iba. Y peinada toda para atrás, como la Carmen de Mérimée y no la de España.

—De reina —exclamó la Sayonara.

—De diosa —gritó la Chantecler.

—De emperadora de los anchos mundos. Eso es Reyes del Río. Y no hay otra.

—¿Y no hemos de verla? —aullaron todas.

Era de pronto una tremolina de locas invocando a grito pelado su derecho de levantar a sus ídolos ante el mundo. Y aunque no hubo votación, sí hubo unanimidad al proclamar que convenía hacer guardia de honor a la grande entre las grandes.

En vano intentó poner paz el primísimo de la diva:

—¡Que es por invitación, locazas! ¡Que no nos dejarán entrar!

—Pues la veremos salir y gritaremos a su paso que no se ha podido celebrar el belén por culpa suya. Que sin estrella de Oriente no hay belén que valga, y a esa estrella la tenían secuestrada las ricachonas de la fiesta del Suprême.

—Y de la puerta no nos echa nadie —exclamó la Sayonara—. ¡A ver quién se atreve a cortar el paso a la Virgen y a San José y al Niño que está en la cuna!

—¡Y al angelito de la Anunciación! —gritaba, ansiosa, la Shirley Temple.

Como ya se indicó, y su propio nombre recalca, era la operada más joven del conjunto. Y en su inexperiencia, y por su infausta cojera, perdió el paso cuando las otras se pusieron a avanzar hacia el Ambigú. De modo que tuvo que seguirlas dando dificultosos saltitos, con tan mala pata que a poco le caen las alas.

Incluso tales percances superan los temples animosos de una transexualilla mitómana. Pues al poco ya se encontraba junto a los demás, abriéndose paso entre el tráfico, y uniéndose al grito común que evocaba las luces de otro Madrid, con otras verbenas, otras kermeses, otros vasos de cebada...

—¡He visto a la Chata! —gritaban como una sola voz—. ¡He visto a la Chata!

En San Antonio de la Florida hacía calceta el espectro de Raquel Meller.

MIENTRAS EL PUEBLO SE DIVERTÍA a lo goyesco, ora en el capricho, ora en la negrura, las muy diversas capas que forman la mejor sociedad brindaban en el Suprême por el éxito de la campaña navideña de una nueva marca de rosquillas. Ha de parecer un tanto extraño que la tal mercancía provocase semejante despliegue de mundanidad, pero eran las primeras rosquillas del mercado que se amasaban con caviar beluga y recibían un baño de champaña francés, factores que las hacían apropiadísimas para un público mucho más exclusivo que el rosquillero habitual. El nombre mismo, «Rosquilletas imperiales», marcaba la diferencia. Y la decoración la proclamaba a los cuatro vientos:

Para decorar el gigantesco espacio del Suprême se había desplazado de Chicago el fantasioso decorador Milton Lee Pampanini, que acababa de convertir los retretes de la millonaria tejana Glorifying van der Truiten en una réplica exacta del Maxim's parisino. Sin llegar a tanto, aquel genio de la extravagancia había desarrollado en el Ambigú una sentida evocación de la Rusia zarista, época muy a tono con las altas pretensiones de las «Rosquilletas imperiales». A todo se prestaba aquella magnífica arquitectura, reliquia del Madrid decimonónico. Las esbeltas columnas habían sido convertidas en matriuskas, la cristalera de la enorme bóveda estaba cubierta por capas de nieve artificial, gigantescas cortinas de terciopelo rojo colgaban por todas partes; cincuenta abetos fueron colocados entre las plantas tropicales del invernadero-comedor y una orquesta de zíngaros tocaba *Kalinka* una y otra vez. En la entrada, un gigantesco telón reproducía el palacio de Invierno en noche de gala y la famosa actriz y devoradora de hombres Paloma Bodegón había llegado en un trineo disfrazada de Ana Karenina. Para completar el efecto, el decorador pretendía que los camareros sirvieran las rosquillas disfrazados de cosacos del Volga, pero los camareros le contestaron que por ahí.

Mirando siempre en pro de aquella selectividad, los fabricantes habían confiado la promoción a la baronesa Zenobia de Lichtnisigne, célebre en las cachupinadas de gran tono a causa del pedigrí que se le suponía y sospechosa porque nunca se lo enseñó a nadie. Resistía ella cualquier pregunta, con un lamento conmovedor: «No quiero recordar aquella noche en que las huestes revolucionarias irrumpieron en palacio y sesgaron la vida de papá y *maman*. Lo de los zares de Rusia, comparado con lo nuestro, fue un musical del West End.»

Y de ahí no la sacaba ni el zarevich.

Pero el niño Raúl, en su ingenuidad de burguesito, se atrevió a preguntar:

—¿Y de qué es baronesa esta señora?

—Nadie lo sabe —contestó Miranda—. Pero una baronesa que se precie no tiene por qué ir dando cuartos al pregonero. ¿Acaso vas tú diciendo por el mundo que no eres príncipe? ¿Por qué va a ir ella contando de qué es baronesa? ¡Hay tantas baronías caídas del cielo! Lo importante es el título. La geografía para los geógrafos.

—Pues para ser baronesa no la veo yo muy elegantona.

—Porque hay baronesas y baronesas. Las hay de cuna y las hay de marido. Las hay de abolengo y las hay de título otorgado. Incluso las hay que se han ganado el título en la cama. Además, las hay suntuosas y las hay petardas. Esta es una petarda, pero como es baronesa de cuna resulta más baronesa de cuna que petarda. ¿Lo comprendes?

—No, tía Miranda. Mí no entender ni un huevecito.

—Niño, es que no das una. ¿Sabes qué te digo? Que tu madre te cuente lo de las baronesas advenedizas, los condes arruinados y los marquesitos consortes, porque de lo contrario no podremos mantener una conversación sofisticada. Serás como ese Montalbán: siempre haciendo el ridículo...

—Tía Miranda, ser imposible que don Álvaro hacer el ridículo. Ser como imaginar que Ricardo Corazón de León caerse del caballo cuando luchar en gran Cruzada.

—¿Y ahora por qué hablas a lo Jerónimo?

—Porque niño aburrirse. Más exactamente: niño estar hasta los cojoncitos.

—¿Aburrirte con este boato? ¡Si está el *tout*! Ahí veo a la princesa Ossobuco Mignozzi Garlante, representando a Italia. ¿No la encuentras guapísima? Es la única de mis amigas que cuenta entre sus amantes a varios cardenales. No de los españoles, por supuesto, que éstos no visten nada. Un cardenal, para vestir, tiene que ser italiano. Al revés de un Papa, que no viste por la sencilla razón de que no te lo cree nadie. ¿Ves la del vestido Moschino? Se llama Lucrecia de Sousa. Estuvo a punto de provocar un conflicto diplomático con no sé qué país. Colecciona embajadores, ¿sabes? Cada uno de sus siete hijos es de un embajador distinto. La más mona es la niña, que ha salido muy nórdica. En cambio, el tercero, Manriquito, ha salido rarillo: para mí que es mulato. ¡Fíjate, ha venido Lelo Martín! Tiene el valor de presentarse así, como si nada, como si no supiéramos que se ha visto obligado a embargar el chalet para casar a su hija. Han tenido que comprarle un marido. Después de los quince novios que la habían plantado, nadie daba un duro por ella. Al parecer la niña tiene una enfermedad muy rara en la boca, le huele que apesta, algo que es como si llevase un orinal entre los dientes. Fíjate: Perla de Pougy ha venido con su marido. Él es uno de los cornudos más simpáticos que puedes encontrarte. ¡Un cielo de cornudo! Ella tiene mucha clase. Las envidiosas dicen que no es francesa, pero yo sé positivamente que lo es. Mi amiga Charlotte de Redin-Redon me dijo que tuvieron que expulsarla de París por ciertas historias con siete niños de un parvulario de Ménilmontant. O sea que es francesa. No mires ahora, pero ahí está el marido de Cristinita con su sobrina. ¡Pobre niña! Me han contado que ha tenido que abortar porque no pueden casarse hasta que la tía acceda al divorcio. Ahora te autorizo a mirar. Como te decía, Cristinita no dará el divorcio, me lo ha confiado en absoluto secreto, de manera que no lo divulgues porque sólo lo sabemos treinta amigas de las ochenta habituales. Tú te preguntarás, ¿por qué no da Cristinita el divorcio?

—No, tía Miranda, mí no preguntarme nada. Mí, tranqui.

—Tienes que saberlo de todos modos. No dará el divorcio porque tiene la esperanza de que, después de su *lifting*, el marido volverá a fijarse en ella y olvidará a la sobrina. ¡Huy, mira, Pulpita Betania! ¿Notas que lleva turbante? Señal que vuelve la moda. Ella nunca lleva nada que no vaya a volver, porque lo que recién volvió ya lo encuentra pasado.

De pronto empezó a gritar nombres. Raúl la vio desaparecer entre un mar de gasas, pieles, plumas y turbantes. Y daba el buz a todo el mundo con tan clamorosa espectacularidad, que el clic de sus labios se oía desde lejos, por encima de la música.

Quedó Raúl aislado detrás de una columna, con la mirada buscando en la lejanía la figura de su ídolo recién adoptado. Y al verle pensó, como Romeo, que una paloma siempre destaca entre una bandada de grajos. Pero, siguiendo en el pensamiento del joven de Verona, sintió piedad por el bello gafudo: «Es tan rico en galanura que al morir, morirá con él toda su riqueza...»

Su mente continuaba lucubrando fantasías, pero ninguna estaría a la altura de las que ya había elaborado su madre. El efecto que Álvaro producía en los demás constituía su mayor victoria. Pues descubría con satisfacción que era exactamente el efecto que le había producido a ella.

Arrinconado junto a su columna, el pequeño Raúl asistía a las evoluciones constantes de un mundo que le recordaba a las revistas ilustradas, deleite de su abuela. Le era posible reconocer a algunas gentes asociadas con el renombre y la popularidad. Decidió ocupar su tiempo archivando en su mente aquellos nombres, para recordarlos cuando hablase por teléfono con su abuelita.

En este empeño se hallaba cuando sonó a su lado una voz masculina, ligeramente afectada por un deje de insolencia:

—En este grupo no debes fijarte. Tu madre no lo aprobaría.

Era un caballero de considerable altura y elegantes maneras, que recorría los distintos grupos tomando notas en un bloc. Su rostro presentaba cierta distinción clásica, como Raúl pudo observar cuando su madre se lo presentó, media hora antes pero la mirada con que le acechaba ahora remitía al estilo acanallado de ciertas maricas de urinario público.

Le estaba ofreciendo un cigarrillo en pitillera de plata.

—Yo no fumo, señor. Soy ecologista de los de antes de la

batalla de Maratón. Por esto, cuando tenga unos años más, seré como Steve Reeves, con unos músculos que me llevaré a todos de calle.

—*A quoi attendre?* —dijo Cesáreo Pinchón, en un intento de deslumbrar a la criatura—. *Vous est dejà un tres charmant minet.*

—*Je le sais bien, monsieur. On me l'a dit tres souvent. Mais il faut que je vous advertise: mon coeur est dejà pris...* Y ahora que ya le he demostrado que soy un niño muy fino, y que hice mi BUP en un excelente colegio francés, dígame por qué no debo fijarme en todos esos nombres tan famosos cuya sola invocación entusiasmaba a la doncella de mi madastra.

—*Précisément, mon p'tit.* Todos ésos son carne de revistas coloreadas. Son, simplemente los populares, definición que nada tiene ver con la gloria. Esa actriz con dos películas, ese cantante con un disco, aquel torerillo sin ninguna corrida, esa esposa de ministro que puede ser sustituido la semana próxima...Todos ésos durarán lo que queramos los periodistas. Los hemos inventado nosotros. Cuando dejen de lucir, nos inventaremos a otros.

—Así pues, no es el prestigio...

—*Je vous en prie!* —exclamó Cesáreo Pinchón sonriendo cínicamente—: El prestigio continúa dictándolo las clases altas. Ésos son simples bufones. La anfitriona los necesita porque gracias a ellos aparecerá esta fiesta en las revistas, pero ninguna persona verdaderamente importante los invitaría jamás a su mesa.

—¿Y usted qué pinta entre tanta bufonería?

—*Je suis un bouffon aussi, mais un bouffon accrédité en cynisme. Ca te plait, mon choux?*

—*Ca me donne du dégoût, monsieur. Moi, je déteste le cynisme.*

Se preguntó Cesáreo si no habría ofrecido a aquel niño bien una imagen demasiado negativa de sí mismo; pero reconoció que, de darle la verdadera, hubiera resultado patético. Y nada queda tan ridículo en sociedad como el patetismo.

Su cinismo correspondía a una realidad completamente cínica: si el dinero había cambiado de manos, como a menudo se decía, el prestigio verdadero no se había movido de sitio. Podían pulular por aquella fiesta un auténtico enjambre de abejas reinas, encumbradas por el éxito reciente en los *mass media*, pero el prestigio social continuaba estando en manos de quienes lo habían decretado toda la vida.

Imperia sólo compartía su opinión en parte. Mientras él creía en los antiguos privilegios de la aristocracia, ella sabía que el prestigio moderno, el ultimísimo, lo decretaban esos cinco o seis nombres que permanecen escondidos, lejos de los focos, cuidando a la sombra el desarrollo de las grandes fortunas. Sabiéndolo, había colocado al señor Montalbán entre algunos financieros de notable repercusión y, además, gente que, por hablar su mismo lenguaje, no presentaban el peligro de hacerle caer en compromisos.

Como sea que Raúl ignoraba todo sobre las altas finanzas, y de haber sabido algo lo hubiera despreciado, decidió que aquel increíble macho seguiría incorporando en sus fantasías la imagen del profesor. Las gafas auspiciaban aquella apariencia, pero al mismo tiempo la fornida constitución de quien las llevaba ofrecía la certeza de una fuerza física que Raúl hubiera deseado sentir a su alrededor, como algo envolvente, como algo que, para ser exactos, le estrujaba. Y es que el niño era mitómano, pero en modo alguno tonto. Desde que reconoció su sexualidad —y no fue muy tarde— sabía que el amor no se limita a unas cuantas poesías recitadas bajo un crepúsculo conmovedor. Deseaba todas las experiencias románticas que el amor pudiera brindarle, pero tambien soñaba que el amado, quienquiera que fuera, aplastaría desde el primer momento su cuerpecillo ansioso. Hablando en plata: alguien que, a la postre, debería penetrarle.

En estas meditaciones se hallaba cuando notó que una mano le acariciaba el hombro, sin excesivas contemplaciones. Era, a no dudarlo, una mano que tenía prisa.

Al volverse se encontró con una treintañera de aspecto saludable y mirada directa. Llevaba el pelo afro, traje de volantes, muy corto y una copa en la mano.

Era Romy Peláez, con la mirada pidiendo guerra y los labios ofreciéndose a recogerla.

—¿Quién es este buen mozo que se me escapa?

—¿Qué dice, señora?

—Te pregunto por tu nombre en fórmula lírica.

—Raúl.

—Raulillo.

—¡Qué leche de Raulillo! Raúl.

—¡Por Dios, qué genio! ¿Lo tienes también para otras cosas?

—Para sacudirme a pelmazos, siempre.

—No quisiera estar yo en esa tropa.

—Pues con no hacer oposiciones, no estará.

—¿Cuántos años gastas?

—¿Cuántos me echa?

—Quince.

—¡Huy! ¡Quién los pescara!

—¿Pues cuántos?

—Dieciséis.

—¡Angelito!

—¿Cuántos tiene usted?

—¿Cuántos me echas?

—No sé. ¿Cuántos tiene Marlene Dietrich?

—Hijoputa.

Llegó entonces Miranda, auxiliadora.

—Ése no, desgraciada. Es el hijo de Imperia.

—Vaya chasco. Por uno que me gustaba. ¡Hija, es que todo lo demás es ancianidad!. Parece esto el museo de carrozas. Claro que el niño también se las trae. Pero así son ellos. Cuanto más bordes se ponen, más nos gustan.

—Es cierto —dijo Miranda—. Mujeres somos y en polvo nos hemos de convertir.

Y antes de irse, añadió Romy por lo bajo:

—Hija, la palabra polvo tiene connotaciones que me aceleran. De todos modos, dile al pollito que no le buscaba para mis usos. A mí me gustan más hechos.— Y, procurando que sólo la oyese Miranda, susurró—. Es para monseñor que, a veces, delega en mi buen gusto.

—¡Por Dios! —exclamó Miranda—. ¿Tan jóvenes le gustan a su eminencia?

—Y más. Tienen que parecerse a santo Dominguito del Val y otros niños prodigios del santoral.

Raúl sonrió con picardía ante las expectativas de una actitud canalla:

«No sería mala idea hacerme macarrón de señoras. Así podría pasarle un buen dinero a don Álvaro para que me diese clases particulares. Y si un día se me envalentonase o quisiera dejarme por un estudiante de arquitectura, le diría: "Calla, mal hombre, que por ti he llegado al extremo de prostituirme."

Escondía astutamente Raúl el espionaje dirigido a su profesor Montalbán. Éste continuaba departiendo con sus financieros, perfectamente erguido, copa en la mano y tirando a palo. No lo aprobó Imperia, desde lejos. Y ella solía arreglar urgentemente todo lo que no aprobaba.

Saludando a unos y a otros, se fue abriendo camino hacia el círculo donde se encontraba Álvaro. Consiguió tenerle aparte por unos segundos.

—No deberías estar tan tieso —le dijo, mientras seguía mandando sonrisas a diestro y siniestro—. Disimula y sonríe, como si estuviésemos hablando de algo sin importancia. Lo dicho: tienes que mostrarte más desenvuelto, sin perder el aire de respeto. No debe parecer en modo alguno que te impresiona la importancia de los demás. Para ti, el poder tiene que ser un *déjà vu*.

Él fingió beber. En realidad, le estaba musitando:

—Me impresiona pensar en cómo haremos el amor esta noche.

Ella soltó una risotada espectacular, que prolongó convenientemente para recibir a Perla de Pougy y a su marido, un sexagenario de muy buen ver y mejor aparentar que se abría paso preguntándose tal vez con cuántos caballeros de la reunión se habría acostado su consorte.

Perla iba de azul cobalto y enjoyada hasta las cejas. Miraba fijamente, pero no por audacia, tampoco por impertinencia: era corta de vista. Álvaro Montalbán, que ignoraba aquel detalle, intentó huir recordando cuán agresiva era la dama en sus horas libres. Imperia le retuvo, apretándole el brazo y dispuesta a que la otra le enfrentase.

Hizo acopio de cinismo, al decir:

—Tengo entendido que ustedes se conocen...

Perla de Pougy se apresuró a disimular con otro embuste:

—Desde luego que no. Y es una lástima. Un joven tan apuesto debería haber sido amigo de infancia. Querida Imperia: *las cosas buenas siempre llegan demasiado tarde.*

La coletilla sonó a guisa de advertencia. No era Perla de Pougy de las que pierden detalle cuando alguna mujer tiene algún interés sentimental. El afán posesivo de su amiga no le había pasado por alto. Y aunque lo del demasiado tarde bien podía aplicárselo a sí misma, decidió que, de todos modos, estaba mejor conservada. ¿Qué mujer no pensaría lo mismo en un caso así? Amparada en aquella esperanza, se colgó del brazo del marido, que sonreía satisfecho ante las maneras sociales de su aristocrática esposa.

Y es que la *allure francaise*, cuando es de veras, se nota hasta en el bidé. Y aunque Perla de Pougy no lo llevaba consigo, olía a él.

Continuó Imperia vagando de grupo en grupo, elogiando joyas, aplaudiendo peinados, solicitando un consejo sobre cosas que sabía de sobra. En un momento determinado, descubrió a su hijo, que permanecía detrás de su columna, con mirada alucinada. Pensó si no debería estar junto a él, presentándole a todo el mundo, enseñándole cómo hay que actuar en sociedad. Esto era precisamente lo que estaba haciendo por Álvaro Montalbán. Eliminó cualquier posibilidad de remordimiento, decidiendo que esto último formaba parte de su trabajo, mientras el niño era una vocación que, de momento, no podía atender. Además, Raúl disponía de Miranda, que era en fin de cuentas el verdadero cicerone de la vida social.

Pero todas las historietas de Miranda caían en el vacío más absoluto. Raúl sólo estaba pendiente de los movimientos de Álvaro Montalbán.

Descubrió que una dama con aspecto de divertirse mucho le agarraba del brazo y lo apartaba del círculo de financieros circunspectos, llevándoselo hacia otros círculos donde estaban, precisamente, sus mujeres. Éstas recibieron a Álvaro con curiosidad y alborozo. Cordelia Blanco había largado más de la cuenta y la propia Perla de Pougy no había sido precisamente parca en sus elogios. Pero todas las señoras decidieron que las dos obsesas se habían quedado cortas. Decían que Álvaro era un Cary Grant en bruto. Por el contrario, las señoras decidieron que era un Grant perfectamente acabado.

La misma idea apuntó Cesáreo Pinchón en el bloc que le permitía ir anotando todas las *toilettes* que las damas exhibían a su alrededor. Y si podía pescarles alguna indiscreción, miel sobre hojuelas.

Pero no quiso dejar pasar la oportunidad de decirle a Imperia que su invento era el mejor conseguido de aquella y muchas temporadas.

—Demasiado guapo para ser real. Pero dime la verdad: ¿dónde empiezas tú?

—En el estilismo, tesoro.

—No me seas bruja, niña, que te conozco. Dónde empiezas a follártelo, quiero decir.

—Siento desilusionarte. Soy una mujer fría. Lo sabe todo el mundo.

En aquel momento hizo su entrada Reyes del Río, debidamente escoltada por su madre y ambas rodeadas por una nube de fotógrafos. La asediaban por todas partes, desde lo alto de la escalera, desde los primeros escalones, desde detrás de una mesa, en medio de otros invitados y aun por encima de ellos.

Imperia Raventós desmintió de golpe su fama de mujer fría, porque su rostro se tiñó con el rojo escarlata de la furia reprimida.

—¡Está guapísima! —exclamó Cesáreo Pinchón—. Y el vestido, elegantísimo. Supongo que se lo has elegido tú.

Imperia asintió con la cabeza. Era una embustera profesional.

De estar Reyes cerca la hubiera fulminado con la mirada. «Así pues, sabes rebelarte. Has decidido pasar de los faralaes a la clámide sin pensar siquiera en el negocio. ¿Qué sabrás tú que yo no sepa? Sólo que estás muy guapa, tía cabrona. Bella como una estatua, a decir verdad...»

Cesáreo Pinchón continuaba celebrando a la recién llegada:

—Divina, divina, pero muda como siempre. ¿Por qué no la enseñas a hablar?

—Para que no cuente lo que tú querrías oír y mucho más publicar.

—Haces bien. En el caso de las burras, el silencio es más oro de lo que suele decirse.

Imperia avanzó hacia Reyes, tendiéndole una copa de champán. No supo si era conveniente para su imagen que la viesen convertida en la Ganimedes de una folklórica. Pero sí comprendió que, para su negocio, convenía que cada aparición de Reyes constituyera un éxito mundano. Si acaso, le dolía que el montaje no hubiera corrido a su cargo.

Se besaron con deslumbrante diplomacia. Dijo Imperia, por lo bajo:

—Una entrada triunfal, querida. ¿Has tenido que ensayarla mucho?

—Una miaja nada más.

—¿Y ese vestido tan precioso, de tan buen gusto...?

—Lo compré en Nueva York.

—No me lo dijiste.

—No me lo preguntó, sentrañas.

Imperia decidió renunciar al retintín en provecho de una maniobra perfecta. Le interesaba que apareciesen juntos sus dos promocionados.

—¡Corazoóon! —exclamó, aferrando el brazo de la folklórica—. Quiero presentarte a un caballero que te admira mucho...

Reyes se dejó conducir hasta el lugar donde se encontraba, reinando, Álvaro Montalbán.

—Presénteme a un príncipe azul, mi arma. Ya le dije que estoy yo muy padecida.

Pero Imperia notó un profundo desprecio en sus palabras.

No así Cesáreo Pinchón, que esbozaba ya su crónica con un final apoteósico:

«Reyes del Río, convertida en diosa griega, atrajo sobre sí las atenciones del hombre más guapo de la temporada. Las envidiosas no salían de su asombro. ¿Quién era el desconocido? Se rumorea que tiene detrás una gran fortuna. La solución la próxima semana.»

Cuando se encontraron con la mirada de Álvaro Montalbán, los ojos de Reyes del Río permanecieron inmutables. Era como si no le viese, aun teniéndolo tan cerca y tan solicitado. Ni siquiera era un admirador de su arte a quien ella pudiese dedicar una sonrisa de agradecimiento. Era, simplemente, un guaperas encopetado. Y ella era la Virgen de Cobre. ¡Nada menos!

Pero Álvaro Montalbán quedó perplejo ante la maravilla que sus ojos estaban descubriendo. La perfección del óvalo, las exactas proporciones de cada rasgo, la deslumbrante opacidad de aquellos ojos verdes, nada escapaba a una percepción que, no por rápida, dejaba de ser ladina. Y al agacharse para besarle la mano, imaginó que olía a nardo fresco.

Los fotógrafos no perdían ocasión. Sabían que cuando Imperia Raventós organizaba un encuentro era el más fotografiable del año. Y una famosísima que conoce por primera vez a un guaperas que llegara de incógnito pertenecía al tipo de noticias que todas las revistas se disputarían por poseer. No era una exclusiva, pero era, en cualquier caso, una bomba.

Forcejeaba doña Maleni por permanecer en posición de ataque junto a su hija. Cuando una madre decide estar de guardia, lo está las veinticuatro horas del día. Pero esta abnegación no era compartida por la ingente tropa de fotógrafos, que intentaban quitársela de en medio, evitar que saliese también ella en una foto donde sólo importaba una pareja de primera y en absoluto una madre cargante.

Uno de los muchachos se atrevió a empujarla con malos modos.

—¿Le importa apartarse un poco, buena mujer?

Ella devolvió el empujón con tanta fuerza que el fotógrafo estuvo a punto de dar contra una de las mesas llenas de rosquillas.

—¿Separarme yo de mi niña? ¡Para que me la desvirgue un *maître*! ¡Un carajo! Yo aquí, al pie de la cruz, como la María Cleofás, la María Salomé y la Virgen santa.

Así, se colocó entre su hija y don Álvaro, con la idea de provocar una conversación que no acababa de producirse, pese a las expectativas generales.

Por decir algo, preguntó:

—¿Así que es usted el famosísimo?

—¿Famoso yo delante de su hija?

—Sonríele, niña, que te ha dicho un cumplido.

La folklórica sonrió de mala gana.

—¿Así que es usted el guaperas? —insistió doña Maleni.

—¿Guaperas yo delante de su hija?

—Sonríele, niña, que te ha dicho otro cumplido.

La folklórica volvió a sonreír de peor gana.

—¿Así que es usted el potentado?

—¿Potentado yo ante su hija, que lo tiene todo?

—¡Coño, niña, es que tú no sonríes aunque te comparen con la Macarena!

—Ni falta —dijo Álvaro—. Ya lo es.

Y ni por ésas sonrió la folklórica.

Pero se reía por lo bajo el pequeño Raúl.

—¿Y tú de qué te ríes, indiscreto? —preguntó Miranda.

—De que a mí me llaman antiguo porque me gusta la ópera y aquí tienes a ese par haciendo zarzuela y encima los retratan.

—Que no te oiga tu madre, que come de los dos.

Mientras avanzaban hacia el *buffet* se les hizo evidente la gigantesca mole de una dama que se estaba atracando de rosquillas y alguna que otra golosina. Según el jefe de camareros, había rendido buena cuenta de dos bandejas.

—Hablando de comer: mire cómo se está poniendo aquella gorda.

—Que no es gorda, niño, que es obesa.

En efecto, Susanita Concorde añadía gramos a su reconocida mole, que ya ni siquiera se molestaba en esconder a base de túnicas. Por el contrario, había osado estrenar un traje sastre de color crema que convertía sus grasas en una armónica acumulación de protuberancias que se escapaban por todos los lados. Justo es decir que el efecto era monstruoso, pero en modo alguno feo.

—¡Llego de San Sebastián con una hambruna!... He tenido tres banquetes, pero todos eran de eso de la *nouvelle cousine*, que no te llenan nada. ¿Y ese niño por qué me mira tanto?

—Es el hijo de Imperia.

—Pues ya nos conocíamos por teléfono. Por la mirada se le nota que es un impertinente como su madre. ¿A que me miras porque estoy gorda?

Raúl aprendió a mentir sobre la marcha.

—¡Qué va, si decíamos todo lo contrario!

—Cuchufletas no, muñeco, que yo sé bien lo que peso. Hasta que llegue a los ciento cincuenta kilos no pienso parar. Además, a ti, que te gusta la ópera, si ves a una soprano gorda gordísima que canta divinamente ¿no le perdonas los kilos? ¿Sí? Pues oye bien lo que te digo: yo no canto ni bien ni mal, vamos que no canto nada, pero en cambio llevo mi negocio de puta madre. O sea, que si soy gorda, ¿qué pasa?

—Señora, insisto en que yo no he dicho que sea usted gorda.

—Pues soy gorda. Soy gordísima. Soy la más gorda de Madrid y una de las más gordas de España. Pero estoy muy bien proporcionada. No tengo un michelín fuera de su sitio. Y mira qué papada. ¡Ay, qué solidez tiene mi papada! Toca, toca.

—Pues si usted se empeña, parece una vaca suiza.

—¡Ay, qué simpático es este niño! Me encanta. Te llamaré un día de esta semana para almorzar mientras discutimos lo de la decoración de tu estudio. ¡Ya verás cómo nos pondremos de paella y langosta!...

Y se fue corriendo hacia otro *buffet* donde acababan de llegar pajaritos asados.

—Está como un cencerro —dijo Raúl.

—No. Es que le encanta ser vaca.

—Ya lo he notado, ya. Me ha caído muy bien. Yo encuentro que la gente que no tiene complejos es muy reconfortante.

—No seas bárbaro. Si la gente no tuviese complejos, todos los psicoanalistas de este país tendrían que regresar a la Argentina y nos aburriríamos la mar.

Se acercaba Miriam Cohen, sobrecargada de joyas. Cesáreo Pinchón le calculó unos seis millones encima y así se apresuró a anotarlo. Aunque al día siguiente ella se quejaría de los asaltos de la prensa, se apresuró a decirle en sordina: «Anota lo de los pendientes. Me los regaló mi comadre la princesa Kamaizan, de Alejandría, cuando el gran mundo todavía era el gran mundo.»

Cesáreo anotó que los pendientes reproducían los candelabros del templo, con diamantes incrustados en cada uno de sus brazos.

«¡Qué fea es esta señora! —pensó Raúl, disimulando la risa—. Parece un rabino vestido de Dior.»

Miriam Cohen se había colgado del brazo de Miranda Boronat y juzgaba sin el menor disimulo la calidad de sus joyas. Una vez comprobado que las catalanas no reparaban en gastos, le pellizcó graciosamente la mejilla.

—Miranduska, hija, a ver cuándo te vemos por la sinagoga...

—¡Ay, chica, tú siempre quieres convertirme! Pero yo es que no soy nada de misa, pero nada de nada...

—Las nuestras son distintas, tontita.

—Pero si vengo a las vuestras se sabrá, porque lo mío siempre se sabe y si no se sabe lo cuento yo. Y entonces ¿cómo se pondrán Abdessamad y Zoraida, que son muy de lo de Mahoma y ni comen jamón y de repente se quedan ensimismados mirando a La Meca y les caen unos lagrimones como los rubíes de ella?

—Ella es una falsa —protestó Miriam Cohen—. Finge que mira a La Meca, pero de hecho está mirando a los pozos de petróleo que tienen diseminados por la península arábiga. En cambio yo, cuando miro a Jerusalén, no aparto la mirada del muro de las lamentaciones.

—Porque tú tienes los negocios aquí, en España. Así, ya puedes. De todos modos, no me indispongas con mis amigos árabes porque dan las mejores fiestas de Marbella y te invitan en su yate *Scherezade* a dar un garbeo por Mallorca y, si me lanzan un anatema, ya me dirás qué verano será el mío. Yo ya he conseguido que ellos no me arrastren a la mezquita porque les digo lo mismo que a ti, pero si les cuentan que me han visto en la sinagoga me dirán, con toda la razón: «¿Conque ellos sí y nosotros no?» O sea que un lío.

Miriam Cohen hizo un mohín de ofendida.

—Claro. Porque ahora tienen más dinero ellos.

—No, mona, dinero tenéis el mismo, no vayamos a engañarnos. Además, yo lo del dinero no lo considero importante. Que los de la sinagoga tenéis cien mil millones, estupendo. Que los de la mezquita tienen cien mil millones y medio, pues también estupendo. Yo a bien con todas las razas y todos los cultos.

El niño Raúl la escuchaba, asombrado. Nunca se planteó un conflicto de aquel tipo.

—Eres admirable en tu objetividad —dijo Miriam—. Pero sigo pensando que deberías pasarte por la sinagoga. Piensa que siempre puedes necesitar un prestamito...

—¿Prestamitos a mí? —exclamó Miranda, altiva—. Mira, guapa, con los millones que me dejó papá puedo permitirme el lujo de ser católica vaticana, que además vuelve la moda porque desde que hay misas en Rusia se ha visto que la Virgen de Fátima tenía más razón que una santa.

Despechada, Miriam Cohen volvió a mostrar sus joyas a Cesáreo Pinchón y se alejó hacia otro grupo que destacaba por la presencia de algunos famosos nombres de la industria. La dama fue recibida con gran euforia porque, a falta de belleza física, todos los reunidos sabían que podía proponer alianzas más provechosas aún que la del Arca.

Ya libre de coacciones, Miranda Boronat se colgó del brazo de su sobrinito adoptado.

—Chico, es que a mí la gente que quiere convertirme a algo me revienta. ¿Voy yo por la vida convirtiendo indios? ¿Vas tú convirtiendo chinos? Primero, que no tienen un duro. Después, que si lo tienen ya no necesitan convertirse a nada porque son bien recibidos en todas partes.

—Tía Miranda, allí hay una señora que nos está haciendo señas. ¡Y va más cargada de joyas que la otra!

—Es Zoraida Ben y Ben. Huyamos al instante, niño, que se pondrá pesadísima con lo de arrastrarme a la mezquita el próximo viernes, que es el día que tienen ellos para lavarse los pies y todas esas cosas. Yo siempre se lo digo: «Hija, llévate al ministro de economía, que lo necesita más que yo.» Porque no sabes tú lo que se están dejando los moros ricos en este país. A mi amigo Pepín se le han quedado siete negocios; a Mirufla están a punto de quedársele el holding y hasta creo que van detrás de todas las peluquerías de Madrid, porque ellas son muy de teñirse de rubio platino. Otros dicen que están más en lo del tráfico de armas, pero yo no me lo creo. Dime tú para qué quieren armas los moros. A mí siempre me han parecido tan decorativos con la lanza y el arco y aquellas cartucheras de plata monísimas que venden en Marrakech y van tan bien para utilizarlas en decoración... ¡Por Dios, nos ha visto la pesada de Petrita! Es un pájaro de mal agüero. Siempre cuenta desgracias.

Llegaba Petrita, con su chaquetilla de lamé y su gorro de perlas de imitación. Por los sospechosos bultos de los pómulos intuyó Miranda que le estaba viajando la silicona. El problema de siempre: las baraturas. Para ahorrarse un viaje al Brasil algunas toleran que los pómulos se pasen el día deambulando por el rostro.

Intercambio de besos. Choque de mejillas. Presentaciones. Y, en la voz de la dama, un deje de lamentación:

—¡Ay, lo que sé, Mirandilla, lo que sé!

—Hija, pareces un Jeremías.

—¡Lo de esa pobre Pilula! ¡Qué Inquisición, pobre niña! ¡Qué auto de fe en su propia casa! ¡Arruinadita la van a dejar por culpa de su Paquito!

—Pues algo sabré yo mañana, porque almuerzo con esa boba. ¡Es de inoportuna!... Mañana, que tengo pitoniso, psicoanalista (ya sabes, Beba Botticelli, que es muy argentina y muy *fabulous*), y encima preparar la cena de Nochebuenísima. Además, que no estoy para desgracias, *sweetie*.

—Te lo anticipo ahora; de lo contrario, reviento. A Paquito le han pescado en una estafa de muchos millones.

—Ya se lo arreglará el partido, como las otras veces. Tampoco es el único en Sevilla que tiene agujeros por tapar. Con lo del noventa y dos se justifica todo. Mucho más ha estafado Pablito y, ya le ves, esquiando en Gstaad a estas horas.

—Es que le ha tocado un juez borde. De esos que se ensañan con los ricos. Además, que no sólo le han encontrado lo de la inmobiliaria. Buscando, buscando, ha salido también el asunto de la droga.

—¿También estaba en la droga? ¡Qué aburrimiento! Todo el mundo está en la droga. Yo prefiero a los que están en el tráfico de armas. Es más *exciting*.

—¿Tú le habías dado dinero para blanquear?

—Pero ¿qué dices? Yo lo tengo blanqueadísimo. Además, que él sólo blanqueaba el de su partido. Y yo, la verdad, hacerme de un partido para que me blanqueen el dinero, pues prefiero que no, porque luego los de los otros partidos te miran fatal y ya no puedes montar cenas combinando gente, que es lo divertidísimo. En fin: supongo que mañana me lo contará Pilula. ¡Menudo almuerzo va a darme esa desconsiderada!

—Ella teme que el pobre David, al verse acorralado, intente suicidarse.

Al oír aquellas palabras, Miranda pensó, alarmada, en los problemas del pequeño Raúl. Intentó cambiar de tema y, al no conseguirlo, se quitó de encima a su amiga. Lejos de ella, respiró aliviada.

—¡Qué descortesía! ¡Mira que hablar de suicidios delante de ti!...

—No, si por mí pueden hablar. Ya no me afecta, tía Miranda. He sustituido al verdugo de mi corazón.

—¿Con sólo llegar a Madrid? ¿Y quién será, quién será el afortunado? *Tell auntie Miranda.*

—Misterio misteriosísimo. Dame una información, tía Miranda. ¿Ese don Álvaro entiende?

—¿Si entiende qué?

—Es una forma de preguntar si le van los jovencitos estudiosos, catalanes y monógamos.

—Pero ¿qué dices, niño? ¡Si es muy de putas!

—No me lo puedo creer.

—Por mucho que tu madre intente cambiarle, es proclive al trato con mujerzuelas de la peor calaña, de lo más tirado que puedas imaginarte. —Entonces se le encendió una luz—.

298

Claro que, ahora que lo dices, todo pudiera ser. Tan baja es su sexualidad que no me extrañaría nada que, encima, frecuentase el trato de jovenzuelos prostituidos...

El rostro del pequeño Raúl se iluminó con una esperanza de alto voltaje.

—¿De veras? ¿Lo crees posible?

—Estoy convencida de que se mezcla con lo más corrompido de la execrable descendencia de Sodoma.

—¡Jodo, tía Miranda, podías decirlo de otra manera!

YA EN SU CASA, en la absoluta soledad de sus grandes fastos, Miranda Boronat decidió temer por el niño Raúl. En realidad, era una nueva ocasión para reprocharle algo a Álvaro Montalbán.

«¿Qué tendrá ese cerdo que hasta un angelito de dieciséis años pica en su anzuelo? Para mí que es la aureola del vicio. No hay nada que no arrase a su paso. ¡Hasta a las almas núbiles contagia ese réprobo!»

Se contempló en el espejo y, como siempre, se encontró divina. Un poco efébica, pero sólo lo justo. De figura perfecta. Larguirucha, como las *top models*. Si acaso un poco de papada. ¡Horror de los horrores! Se dispuso a iniciar su gimnasia de cuello. Nada fatigoso, nada que requiera el mínimo esfuerzo. Adelantar el mentón lo máximo posible y, después, el labio inferior. Pronunciar exageradamente la u y la equis. Efectuar cinco rotaciones con la cabeza, dejar el mentón encima del hombro y vuelta a empezar.

De repente se llevó las manos a la cabeza, desesperada.

—¡Estos ejercicios me van a matar! —gritó—. ¡Es como hacer trabajos forzados!

Miró a su alrededor. La suntuosidad le respondía ahora con silencios. El lujo se multiplicaba en vacíos. Objetos, libros, cuadros, plantas, todo parecía flotar sin alma, destinado a la Nada. La piscina iluminada estaba vacía. La pista de tenis iluminada estaba vacía. Todo parecía llamar urgentemente a las personas que de día venían a ocuparlo, sin saber que estaban cumpliendo la misión de ocuparla a ella. Vacías sus noches de ocupantes, el miedo empezaba a adquirir la categoría de absoluto.

Continuó con los gritos que había interrumpido para medir, con mirada alucinada, el peso específico del vacío. De repente dejó de gritar. Recordó un consejo de Beba Botticelli: «Cuando grites, pregúntate por tres veces el motivo.» ¡Cuánta sabiduría argentina en aquel consejo! Se formuló tres veces la pregunta. «¿Grito porque soy tortillera? No todas las tortilleras gritan, luego no es por esto. ¿Grito porque soy una histérica? No todas las histéricas gritan. Algunas arrojan cosas contra la pared...»

La mano fue directamente a un jarroncillo. Lo arrojó contra un jarrón más grande. El pequeño se rompió. Al otro le hizo un agujero. Dejó sin cabeza a un sinuoso dragón, portavoz que fue de alguna prestigiosa dinastía.

Le pareció tener las cosas más claras, aunque no completamente. «Luego soy una histérica de las de arrojar cosas. Pero ser histérica de las de arrojar cosas encaja con lo de ser tortillera gritona. Encaja y no encaja. Depende de si una es más tortillera que histérica que grita...»

—¡Soy histérica! —gritaba—. ¡Soy histérica que aúlla!

¿Por qué le daba tanto asco Álvaro Montalbán?

Aquí volvió a interrumpir sus gritos. Álvaro Montalbán tenía el poder de asomarla al vacío. Era una fuerza la de aquel hombre que corrompía. Era algo que Imperia no había visto o no había querido ver. Claro que el caso de Imperia se presentaba muy distinto. Era una profesional y sabía hacer la vista gorda cuando le convenía. Llevada por su amor al trabajo, podía prescindir de toda consideración ética. Imposible pretender su ayuda. Sólo le importaría la consagración de su fetiche.

Estaba sola en su lucha contra Álvaro Montalbán. Estaba sola ante su descubrimiento. Estaba simplemente sola.

Horriblemente desamparada, se dirigió al bar. ¡Sólo faltaba lo que ocurrió! Descubría que no quedaba una sola botella de chinchón. Estuvo a punto de arrojarse por el suelo. La salvó una idea práctica: se le estropearía el vestido, y era el de los de empaque. «Peor es la muerte —pensó, metafísica—. Donde hay vida, hay salida. Se sale de todo menos del sepulcro. Y del horno crematorio, no digamos.» Por las mismas ecuaciones llegó a una conclusión: donde no hubiera chinchón, siempre quedaba el orujo.

Recordó que era lesbiana vocacional.

Últimamente tenía un poco abandonado aquel oficio.

Guardaba una foto de Nancy Reagan cuidadosamente doblada en una revista que había empezado a leer dos años antes. ¡Qué real hembra, esa Nancy! Había algo en su rostro momificado que destilaba todo el erotismo de la cirugía estética. ¡Oh, *glamour* yanqui, *glamour* de entierro! Era lo más excitante que Miranda había descubierto desde la época de las monjas. Era como si la hermana tornera se hubiese sofisticado y, convertida en Nancy, suplicase desde el más allá: «Tómame, Mirandilla, zarandéame, española ardiente, que en Washington no me dan pizca de gusto...»

Se desnudó a toda prisa sin dejar de observar la foto de Nancy. Con una mano empinaba de la botella de orujo mientras, con la otra, intentaba ponerse su mejor camisón de seda. Ya el orujo le caía a raudales por las comisuras de los labios. Ya la botella estaba vacía.

Tomó la foto de Nancy Reagan con una mano y la botella con la otra. Se abrió de piernas. Empezó a aullar de placer antes de que éste empezara a producirse. Se fue acercando la botella al pubis a medida que rozaba con los labios el objeto de su democrático deseo. «¡Nancy, oh Nancy, a tu salud, tía güena!»

Y cuando ya tenía la botella apretada entre los muslos, se puso a gritar:

—¡Montalbán asqueroso! ¡Montalbán tocino! ¡Montalbán pervertidor de niños puros!

Quedó durmiendo la borrachera, con la botella bien agarrada, a guisa de termo calentito.

Seguía sonando la legendaria canción de Reyes del Río:

> *Que sí que sí, que no que no,*
> *que a La Parrala le gusta el vino...*
> *Que sí que sí, que no que no,*
> *que el aguardiente y el marrasquino.*

Cuando Imperia regresaba a su casa tuvo la tentación de hacerlo de puntillas, para no despertar a su hijo o, más exactamente, para que no supiera que llegaba tan de madrugada. Sintióse ridícula. Era un disimulo al que no estaba acostumbrada y al que por su lógica de vida no podía rebajarse en modo alguno.

Ese niño, ese ser que todavía era un simple invitado, tenía derecho a saber en cualquier caso que su madre dedicaba al sexo un fragmento de su apretado horario. Si nunca se lo había escondido a los demás, ¿por qué a su hijo?

Regresaba orgullosa de haber sido la perra preferida de Álvaro Montalbán. Regresaba satisfecha. Un acto sexual por fin completo, que la dejaba encadenada a su hombre mediante vínculos que ni siquiera pretendía analizar. Vínculos que ya no se molestaban en desmentirse a sí mismos, que se proclamaban libremente, como una necesidad más, finalmente asumida. Comer, beber, fumar y el cuerpo de Álvaro Montalbán. Necesidades que era necesario satisfacer. Todas pertenecían al dominio físico.

¿Amaba, además?

Se negó a contestar. Todavía se consideraba con derecho a suponer que no le importaba en absoluto. Llegaba satisfecha, después de haber conocido la locura. Como realización iba más allá de todo lo esperado. El tipo de realización que no precisa explicaciones: sólo orgullo por haberla conseguido.

Descubrió, entonces, que de la habitación de Raúl salía luz. ¿La dejó encendida antes de dormirse? Al acercarse, comprobó que no estaba dormido. Tenía los auriculares puestos y, con la mano, ejecutaba los movimientos de un director de orquesta. Ofrecía el aspecto de una felicidad beatífica. Un pequeñajo en alas de la inspiración.

Raúl la vio entrar vestida todavía con el traje del cóctel y el visón colgando del brazo. Se quitó a toda prisa sus auriculares y apagó el compact portátil. Por todo comentario dejó bien sentado que su madre estaba guapísima.

A ella sólo se le ocurrió preguntar:

—¿Cómo no te has dormido? Es muy tarde ya.

Pero aquel rubito artificial tenía un aire tan tierno que le conmovió ligeramente. Sin ser mucho, ya era algo. El primer asomo de sentimiento que podía expresar sin ficciones.

—No podía dormirme hasta que me contases cómo ha ido el Liceo... —dijo Raúl, con aquella voz tan dulce.

—¿Qué estás diciendo? —exclamó ella.

—Vienes del Liceo, ¿verdad?

Comprendió al instante que el niño estaba edificando una ficción que le era completamente necesaria. Era forzoso seguirle el ritmo.

—Por supuesto —contestó ella—. ¿De dónde si no podría venir a estas horas?

Él se sentó en la cama, rodeándose las rodillas con los brazos. Ella tomó asiento a su lado.

—¡Cuenta, cuenta! ¿Qué ópera daban?

—*Tosca*. Creí que lo sabías.

—¡Qué bonito! Cantaba la Tebaldi, ¿verdad?

—Claro. ¿Hay otra Tosca mejor?

El niño se espabiló de golpe.

—Hay opiniones, mamá. Renata me gusta mucho. Pero yo siempre preferiré la Tosca de la Callas...

302

—Ya sabes que en este año 1957 que estamos viviendo, la Callas tiene muy pocos adeptos en el Liceo. Nuestra burguesía se siente feliz y satisfecha con la dulzura de la Tebaldi. En cambio, la Callas cae muy simpática.

—¡Me estás tomando el pelo —dijo él, afectando indignación—. En este 1957 María posee un repertorio al que Renata no puede siquiera aspirar.

De repente se quedó callado. Tomó la mano de su madre.

—Mamá, yo sé que no puedes quererme todavía. Yo tampoco, ¿sabes? No porque tú seas tebaldista y yo de la Callas, no. Es porque no hemos tenido oportunidad.

—Claro que sí —dijo ella—. Sé que sólo es por eso.

—Yo no quisiera someterte a un chantaje sentimental, pero sí decirte que siempre me he sentido muy solo.

A Imperia le dolió saberlo. ¿En qué inoportuna red de sentimientos la estaba involucrando aquel niño? Eso en el caso de que todavía fuese un niño. En el caso de que no estuviese naciendo en él un adulto herido.

—Lo remediaremos. Eres un hijo muy estético. Me temo que será fácil quererte.

—¿Todo el mundo? Quiero decir... si me enamorase, ¿crees que sería correspondido?

Ella afirmó con la cabeza.

—Un día te enamorarás y serás muy correspondido. Ese día iremos los tres al Liceo a oír a la Callas.

Él se echó a reír con risa traviesa, como si el juego formase parte de su vida.

—Ese día será el año próximo. Escribiré en mi diario: «Hoy, día de mi no-cumpleaños de 1958, mamá me ha hecho el mejor regalo de mi vida. Me ha llevado a oír a Maria Callas en *Norma*, acompañados de mi amigo del alma.»

Se escondió debajo de las sábanas, riendo de sus propios despropósitos.

Ella no se atrevió a demostrarle que lo eran.

¿Cómo decirle que al cabo de pocos días empezaba 1990? ¿Cómo insinuarle siquiera que Maria Callas ya no existía? Esas evidencias se consuelan con un beso de amor, pero Imperia no se atrevía a darlo. Le faltaban ensayos.

Apagó la luz y salió de la habitación. De repente sintió una desagradable sensación de tristeza. Al poco, descubrió que era algo más: era un dolor nuevo, incomprensible, que no se refería a sí misma.

Acababa de intuir que aquel pobre soñador, aquel niño un poco mayor, aquel homosexual decidido, tenía por delante una vida muy dura.

CUANDO MARTÍN COMPARECIÓ con el desayuno, Miranda todavía estaba inconsciente. Colgaba su cabeza del lecho, y todo el cuerpo desaparecía entre un embozado de sábanas de raso y colchas de piel de cordero. Tenía el brazo también caído sobre la moqueta, con la mano apretando la preciada foto de Nancy Reagan.

Martín dejó a un lado la bandeja del desayuno y murmuró para sus adentros:

—¡Pobre señora! ¡Otro amor imposible! ¡Nancy está tan lejos y tan a mano el orujo!

La señora desayunó completamente adormilada. Entre zumo y zumo, murmuraba cosas ininteligibles. Y cuando Martín descorrió las cortinas venecianas para que penetrase el sol a raudales, ella maldijo a su padre y al de la mitad de todas sus amistades.

—¿No recuerda la señora que esta mañana tiene pitoniso y, después, psicoanalista?

—¡Santa Úrsula bendita! —gritó ella—. ¡Mi destino y mi cerebro penden de un hilo! ¡Mi azar y mi libido al *fifty fifty*!

Saltó de la cama, con un brinco fenomenal, derribando todo a su paso. Era evidente que estaba despierta y a punto para emergencias.

—¡Qué día más agitado! ¡También tengo el almuerzo con Pilula! Y esa enojosa cena de Nochebuenísima. Dígame, Martín, ¿por qué tenemos que complicarnos la vida las señoronas, cuando nuestra más íntima y romántica aspiración consiste en ordeñar vacas en los campos galaicos?

Se duchó en un abrir y cerrar de grifo. Mientras, Martín iba diciendo:

—La señora puede estar tranquila por la cena. Ya está todo a punto. Entre un servidor y esas dos mulas, a quienes tiene la bondad de pagar un sueldo, lo dejaremos todo tan a punto que usted sólo tenga que cambiarse y bajar la escalinata para recibir, como sólo sabía hacerlo su señora madre.

Ella no parecía escucharle. Estaba tomando una decisión muy comprometida. Por fin, decidió:

—Martín, voy a vestirme de años cuarenta. Es ideal para ir al pitoniso.

—¡Igual que su señora madre cuando iba a la fiesta de la Banderita! ¿Topolinos también?

—Por supuesto. Los topolinos son lo principal. Y mi peluca Arriba España. La rubia, por supuesto. Todos me dicen, que, de esta guisa, me parezco a Evita Perón en tortillera por supuesto. También llevaré el manguito. Volviendo a la cena, ¿ha confirmado a todo el mundo? Recuerde que Imperia no come pescado, la marquesa de San Cucufate no soporta la carne, Eme Ele es alérgico a la verdura, Adela sólo prueba la fruta, al niño de Imperia le da asco el pavo...

—¿Y si los mandásemos a todos a la mierda, señora?

—No sea usted insolente, Martín. Les damos pavo y, si no les gusta, que ayunen. Su novio de usted habrá trufado los pavos *comme il faut*, espero. Para estar completamente tranquila, prefiero que se quede usted en casa, ocupándose de todo. Diga a Sergio que se ponga la gorra y saque el coche. Él me acompañará.

El rostro de Martín se ensombreció:

—Tengo el disgusto de recordarle a la señora que Sergio alimenta deseos inconfesables hacia el cuerpo de la señora.

—Mejor, así pondrá más atención conduciendo, porque si me desea no querrá que me mate viva. Lo malo es cuando conduce un chófer que no te desea, porque, en tal caso, ¿qué le importa chocar con un autocar de excursionistas de la tercera edad?

El gallardo Sergio se puso la gorra de conductor y ella, al verle, sintió un ataque de asco. Era tan guapo, tan fuerte, con el pelo tan rizado, tan decididamente parecido a Tony Curtis en sus años mozos que le hubiera abofeteado. «Es mucho más de lo que una mujer puede soportar —decidió—. Estoy a punto de vomitar. Sólo le redime el deseo que siente por mí. Esto le hará sufrir. Muy bien: que se lacere en su infierno interior, que se flagele, que aúlle de agonía, que se castre y recastre, el malnacido...»

Al entrar en el soberbio vestíbulo del piso de Hugo de Pitecantro Studebaker, adoptó una actitud de misterio extremo, un recato, un querer esconderse, un incógnito destinado a no pasar inadvertida. Lamentablemente, no había otras visitas, de modo que nadie notó que se escondía.

Salió a recibirla Hugo de Pitecantro Studebaker. Vestía un elegante batín de seda que se ajustaba a su figura estilizándola de manera desproporcionada. Parecía un ciprés, por lo alto y por su actitud circunspecta. Tenía el pelo blanco y llevaba monóculo. Era, en resumen, un pitoniso ideal para uso de potentados, marquesas, políticos y todo lo que estuviese relacionado con el ringo-rango.

Adoptó un aire de misterio chino al decir:

—He estado a punto de no poderte recibir. Me han llamado de la Moncloa para dentro de dos horas.

—¿Qué me dices? ¡Cuenta, cuenta!...

—Están de remodelación de gabinete y quieren escuchar la voz de los naipes.

—Mira si puedes colocar a dos amigos míos.

—Esto depende de ellos. Yo no vivo del aire. Un *petit cadeaux*, un sobrecito...

—Vamos, un dineral.

—La sota de oros vale un huevo, niña. Y luego ellos, una vez ministros, la multiplican. O sea, que paguen al Destino que bien lo manipulan si les tercia.

—Pasaré el recado ya mismo. Después de todo, tener un amigo ministro siempre va muy bien, no sólo para salvarte un poco de lo de hacienda (gracias a Dios ya tengo otros resortes), sino porque te invitan a cosas que puedes decir «no voy» y quedas divina... O sea que colócame a alguien para el farde.

—No te prometo nada. Los naipes son muy secretos.

Recorrieron un pasillo lleno de objetos chinos. Dejaron atrás varias salitas cerradas pero donde Miranda sabía que había otros muchos objetos chinos. Intentó sacar la cabeza a otra sala donde el pitoniso guardaba a las visitas para que no se encontrasen entre ellas. Pero la sala también tenía la puerta medio entornada y Miranda no pudo descubrir a la dama que la espiaba, agazapada entre otra turbamulta de objetos chinos.

Comprendió que era cierto lo de la prisa por atender a las politiquerías, pues Hugo Pitecantro Studebaker la hizo pasar al consultorio sin entretenerla como solía, contándole lo que había adivinado a sus ochenta mejores amigas. De todos modos, Miranda tenía la mañana demasiado llena como para complacerse en averiguaciones que esas mismas amigas le comentarían tres horas más tarde.

Tomaron asiento alrededor de una mesa camilla. La funda era china. Del brasero interior surgían efluvios de incienso chino. En muros, armarios y vitrinas, recuerdos chinos. Y en medio de dos dragones y un buda yacente ataviado de Buda que no yace, una fotografía del Papa polaco haciendo *footing*.

Hugo Pitecantro Studebaker se puso en actitud de trance.

—Corta.

Miranda cortó.

—Elige.

Miranda eligió. Él se quedó mirándola, con aspecto de extrema preocupación. No cabía duda: estaba viendo a la muerte cara a cara.

—Dime la verdad: ¿estás muy angustiada?

—No, qué va, estoy fenomenal.

Él cambió de tono:

—Ya me parecía que tienes muy buen aspecto.

—Gracias. Quisiera saber cómo pasaré la Nochebuenísima.

—¿Tienes invitados a cenar?

—Ocho.

—Pasarás la Nochebuena con tus invitados.

—¡Casi me da miedo el ver cómo adivinas las cosas! ¿De amores cómo ando?

—¿Hay en tu vida una mujer rubia?

—Veinte amigas se han teñido.

—Por eso dicen las cartas que en tu vida hay una mujer rubia.

—¿Es para el amor o sólo para el cotilleo?

—El amor llega sin avisar. El cotilleo siempre advierte. Y en las cercanías de Medina del Campo crece una flor misteriosa que se llama amapola. No puedo decir más.

—Me hago cargo.

—¿Tienes dolores de cabeza?

—La semana pasada tuve uno aquí, en la sien.

—Cuídate. El Guadalquivir lleva agua, pero más agua tiene el océano Índico. No puedo decir más.

—Me hago cargo.

—¿Has jugado a la lotería del Niño?

—No.

—Pues aquí te cae un dinero.

—¿Pueden ser las rentas de las casas de Gerona? Las cobré recién ayer.

—Ellas son. No lo dudes. Lo dicen los oros.

—¡Lo adivinas todo, pero todo! ¿Y de viajes qué me dices?

—Que hablen las copas. ¿Tienes planeado hacer un viaje en los próximos dos años?

—Tengo los billetes para ir a Egipto el mes que viene.

—Pues irás a Egipto el mes que viene... ¡Cuidado! Llegan los bastos. Hay alguien que te quiere mal.

—¿Puede ser mi amiga Priscilla, que me odia porque le

quité al marido y por eso siempre dice ella que ojalá me muera?

—La que te quiere mal es tu amiga Priscilla.

—¡Dios mío! ¿Corro peligro?

—Depende. ¿Dónde vive?

—En Australia.

—Tranquila. No corres el menor peligro.

—¿Ves algo más?

—Veo un río.

—¿Puede ser el Nilo?

—Si vas a Egipto, es el Nilo. Si por cualquier cosa no puedes ir y te quedas en Madrid, es el Manzanares.

—Desde luego, yo no sé cómo puedes adivinar tantas cosas.

—La ciencia de la fea, la bonita la desea. Atiende bien. En este periplo egipciaco puedes encontrar fuentes de poder inimaginable. Para ayudarte a recuperar tus energías positivas, mirarás por tres veces a los ojos de la Esfinge y a cada mirada repetirás: «Tú, que fuiste tortillera, no me alejes de tu vera.»

—¿La Esfinge era tortillera?

—La que más.

—¿Y si no veo a la Esfinge?

—Hija, es que estás cegata.

Quedó ella muy estimulada. Creía en la vida. Creía fervientemente en la existencia de fuerzas positivas capaces de salvarle los días más amargos. Fuerzas capaces de convertir su cena de Nochebuenísima en un éxito rotundo.

Más rotundo fue Hugo Pitecantro Studebaker, al decir:

—Cincuenta mil calandrias, preciosa.

—Te daré setenta y cinco, porque a mí, cuando la gente es clara, no me duelen prendas.

—De propina, te brindo cuatro sortilegios muy secretos.

—Espera, que los apuntaré.

—No hace falta. Te doy el impreso. Atiende a la voz de los arcanos: cuando llegues al desierto, cogerás un puñado de arena, mirarás al cielo y recitarás la oración de la faraona errante. Al día siguiente, todavía en ayunas, buscarás un camello, le acariciarás la corcova y recitarás por tres veces los salmos del califa cojo. Por la noche, antes de acostarte, mirarás a la estrella Sirio y recitarás la pandémica de la odalisca meningítica. Acto seguido te beberás un vaso de agua, en diez sorbitos.

—¿Y tiene que ser agua del Nilo?

—No, burra, que te la den envasada en el hotel porque si es del Nilo te va a coger una diarrea que te pasarás el viaje haciendo de vientre.

La despidió a toda prisa recomendándole que se guardase de comer huevos los días impares, por si le salían pasados. Ella guardó el pliego con los consejos egipciacos y le besó la mano.

Cuando la puerta se cerró tras de Miranda, una criadilla que vestía un mandil con dibujos chinos abrió una de las habitaciones que daban al pasillo y de ella salió Cordelia Blanco, el rostro cubierto por un velo negro. Echaba a su alrededor miradas llenas de suspicacia. Dijo lo que todas:

—He venido de incógnito porque luego la gente murmura. Ahora mismo acabo de ver salir a Miranda Boronat. No me lo niegues. Sólo ella pueda ir vestida como va y quedar espantosa y ridícula sin quedar antigua. ¿Tienes alguna otra amiga escondida?

—Hoy sólo os he dado hora a Miranda y a ti. En confidencia, me han llamado urgentemente de la Zarzuela...

—¿De la Zarzuela dices?

—No puedo decir más. Hazte cargo. Como tú dices, la gente larga.

—Yo soy una tumba. De mi boca no sale ni saliva. ¡Para decirte!

Hugo Pitecantro Studebaker contó lo que quiso con la esperanza de que no fuese una tumba en absoluto y lo contase por todo Madrid, a ver si con un poco de suerte trascendía a las revistas. Pues es sabido que hasta los astros necesitan publicidad.

Semanal, si es posible.

EN EL LARGO, PENOSO, intransitable trayecto que la llevaba a Majadahonda, en hora demasiado punta, Miranda se entretuvo hojeando las revistas de la semana. Voraz consumidora de cotilleos, encontraba en aquellas páginas motivos de crítica más que de admiración, motivos de ultraje más que de elogio. Cuando veía a alguna de sus amigas era para decidir que había salido horrenda. Daba la culpa al fotógrafo, por supuesto, pero el veredicto ya estaba echado. Y, al fin y al cabo, la horrendez no reclama derechos de autor para imponerse.

Llegó al pisito de Beba Botticelli antes de lo previsto. Tuvo que esperar. Por fin salió la anterior visita. Era Perla de Pougy, deshecha en lágrimas.

—¡Eso del psicoanálisis es muy difícil de resistir! Beba habla con demasiada crudeza. ¿Sabes qué me ha descubierto hoy? Que no soy ninfómana. Que soy puta, sin más.

—Hija, pero si eso lo sabe todo Madrid. Además, ¿qué diferencia hay? Si eres ninfómana, vas con treinta, y si eres puta también.

—Tienes razón. En el fondo el problema no es la cantidad, sino la calidad. Porque dime tú, Mirandilla, ¿dónde encuentras en Madrid siete hombres por semana y que, además, puedan apetecerte mínimamente?

—¿Y si probases en un cuartel? ¿Y en una mina asturiana?

Apareció Beba Botticelli, autoritaria. Contribuía a esta impresión la bata blanca, las gafas y un bolígrafo que asomaba por el bolsillo superior.

No le gustó pescar a las otras dos en el palique.

—Che, pibas, no se cuenten sus traumas porque, después, se imitan unas a otras... Ahora resulta que la marquesa quiere tener los mismos traumas que Sofía Robinson, y en este asunto no pienso transigir. Porque una dama de setenta y seis años no puede tener las mismas ansias sexuales que una piba de veinte, ¿vieron?

—La marquesa es capaz de todo para perder años... —comentó Miranda mientras se quitaba el sombrero y el abrigo—. Hasta es capaz de inventarse libidos.

Ya en el consultorio, se dejó caer sobre el diván, arrojando lejos de sí el manguito y los topolinos.

De repente, Beba Botticelli palideció. Estaba a punto de desmayarse. Una voz en su interior le repetía: «No puede ser, es una alucinación...» Quería creerlo. Se obligaba a creerlo. Pero aquella voz seguía prevaleciendo y, por un momento, pareció revelarle el secreto de una vida.

Había sucedido algo en el corto espacio de un segundo. Un impacto que no podía localizar con certeza, pero cuyo efecto le estaba provocando una insólita sensación de vértigo. Un impulso tal que la dejaba sin habla.

¿Fue al despedir a Perla de Pougy? ¿Fue cuando entró Miranda Boronat? ¿Fue al hablar de la marquesa?

Había sido en uno de aquellos instantes. Pero ¿qué fue? Algo horroroso, en último término. Una monstruosidad.

Miranda ya la estaba esperando en el diván, ansiosa por

confesarse. Beba alejó brutalmente sus propios fantasmas para dedicarse por entero a los de su cliente.

—Decí, Mirandilla: ¿cómo te sentís desde que sos lesbiana?

—Muy relajada. Muy conmigo misma. Muy de mirarme al espejo y exclamar: «¡Tío bueno!»

—Pero ¿chupás?

—¿Si chupo qué?

—«Chupar» en argentino es beber, so boluda.

—Beber, sí bebo,

—¿Tu viejo bebía?

—Una copita de Anís du Sienge de vez en cuando.

—¿Y vos chupás más?

—Yo con una copita de anís no tengo ni para limpiarme los dientes.

—Sintomático, che, muy sintomático. Decime: ¿ante qué tipo de mujer te sentís enervada?

—La reina de Inglaterra me trae a mal vivir. ¡Cada vez que la veo con aquellos sombreros y aquellos bolsos...!

—Decime sin reserva: ¿tu vieja usaba bolso y sombrero?

—Sí, en aquella época se llevaba mucho. También llevaba gafas Amor, fajas Loblanc y usaba jabón Dermilux, crema Cutifina y pasta Profidén.

La madre. El secreto estaba en la madre. Pero ¿qué madre? La de Miranda, sin duda. ¿Qué otra madre podía ser? ¿Quién importaba en aquella sesión sino Miranda, vestida de años cuarenta?

Y, sin embargo, a Beba Botticelli le temblaba la voz.

—¿Lucía regia, tu vieja?

—Lucia... di Lammermoor.

—¿Qué decís?

—Era la ópera preferida de mamá. Yo la recordaba porque la superiora del colegio se llamaba sor Lucía.

—Tu vieja lucía divina, escuchaba Lucia di Lammermoor, la monja se llamaba Lucía... Decime, mina: ¿tenés miedo de perder la vista?

—Francamente, no me gustaría. ¿Cómo me las arreglaría para ver la parabólica?

—Santa Lucía es la patrona de la vista, piba. Todo lo que vos odiás se relaciona con Lucía. En realidad, también lo temés. Hay algo que te causa pavor en este nombre... Lucia di Lammermoor en su noche de boda mata a su marido y aparece con las manos ensangrentadas. Luego es odio al lecho nupcial. Para vos el lecho nupcial es un inmenso charco de sangre..., tu propia sangre, ¿viste?, la que derramaste en tu

311

lecho nupcial cuando tu marido te abrió de arriba abajo como una ternera... con aquel pene ganchudo que no podés borrar de tu mente... que no podés borrar de tu mente... que no podés...

Tuvo que servirse un vaso de agua. Aun así, no podía hablar. Necesitó esforzarse mucho para proseguir:

—¿Te acordás del símbolo que lleva santa Lucía?

—Una palma.

—La palma de santa Lucía es un símbolo fálico.

—¡Qué horror! ¡Nunca lo hubiera imaginado!

—Ella tampoco. Y a santa Lucía le arrancaron los ojos, pobrecita mía. Pero antes de arrancarle los ojos tuvieron que entrar en ellos, ¿viste? Tuvieron que penetrar en esos ojitos castos con un objeto alargado..., acaso ganchudo, como el asqueroso pene de tu marido...

—¡Qué cosas tan repugnantes dicen las argentinas a cuenta del santoral!...

—Los fantasmas de la mente te traen ese recuerdo alargado, ese falo que aborrecés, ese falo que también tenía tu repugnante viejo. ¡Cuánto, cuánto le odiás! Al ponerte del lado de santa Lucía te ponés del lado de tu madre, violada por aquel gancho asesino..., el gancho de tu viejo, ¿viste?, tu viejo que tomaba anís...

—¿Es por eso que vomito cuando pienso en los hombres?

—En parte por eso y en parte porque debes de tener problemas de hígado.

—¿Entonces continúo siendo tortillera?

—Yo te lo aconsejaría. De lo contrario, ¿qué opción te queda?

—¡Oh, qué ilusión! No sabe el peso que me quita de encima.

—Vos no creas que es tan fácil. A las lesbianas se nos plantean tantos problemas...

—¿Por qué ha dicho nos?

Beba Botticelli la miró, desconcertada.

—¿Dije nos?

—Dijo se nos plantean.

—Será que estás borracha, piba. ¿Cómo iba a decir nos?

—Pues lo dijo. ¿Cómo se llama esto en psicoanálisis?

—Se llama treinta mil pesetas, que son las que me debés de la consulta.

La observó atentamente mientras se ponía los topolinos, mientras se arreglaba el Arriba España, mientras introducía la delicada mano en el manguito. La vio partir con andares de Evita Perón.

¡Evita Perón! ¿A qué venía, ahora, aquel recuerdo?

Sentía que le temblaban las piernas. Tanteando la pared, consiguió abrirse paso hasta el estudio de su marido. ¡Nelson Alfonso de Winter! ¡Cómo necesitaba ahora, la Beba, aquella serenidad que le inspiraba su barba canosa, aquella protección de sus brazos huesudos, aquel aliento de su boca con muelas de oro!

Estaba allí, un verdadero intelectual latinoamericano de alcance internacional, con su pipa siempre en los labios y nunca fumada, sus gafas sobre el papel porque nunca las necesitaba; su papel en blanco porque nunca lo escribía, su excelsa reputación forjada en las tertulias y en el cultivo de una profunda cultura cosmopolita....

Se arrodilló a su lado la Beba.

—Nelson Alfonso, *darling*, ¿vos me viste alguna vez detalles de lesbiana?

—*Never* hasta tan lejos como puedo recordar. *Anyway* esas cosas siempre son *surprising*, como si me preguntaras si yo he tenido *feelings* homosexuales, *who knows*, querida. En la *Middle Age* se sacaba a través del *bondage*, hoy esas *practices* ya no se hacen más. *Okay!*

—Nelson Alfonso, caro, ¿vos te acordás de cómo vestía mamá?

—Siempre muy *smart*, toda *fashion*, *grand style*, tipo Loretta Young, ¿*okay*, linda?

—¡Che, tu castellano es tan cerrado que a veces no lo cojo! Pero si decís que mamá iba a lo bacana, capto la onda. Iba años cuarenta, sí, porque yo era entonces una pebeta, y recuerdo verla vestida como los figurines de *Para ti* y las chicas de Divito en *Rico tipo*, ¿viste?

—¿Cuál es el *problem*, cuál la *question*?

De improviso, la Beba se llevó las manos a los ojos. Una imagen se estaba perfilando más allá del tiempo, en un espacio que juzgaba abandonado para siempre. Un espacio freudiano y porteño a la vez.

—¡Dios mío! ¡Ella, Miranda, entró como mamá aquel día...!

—¿Y bueno?

—Mamá llegó con un sobretodo como el de Miranda, y esos guantes, ese manguito... peinada tipo Evita Perón, ¿viste? Llegó de la calle Corrientes 348, segundo piso ascensor, sí... Papá le gritaba «el otario que tenés»... y entonces mi amiga Olguita se vistió rápidamente en mi cuartito azul...

—Suena *exciting*, pero también *funny* y un poco *alarming, okay*?

—Empiezo a recordar. No era de día, Nelson Alfonso, era noche cerrada, sí, noche oscura como boca de lobo, sí... En mi cuartito azul, esa noche de reyes, sí... Se había quedado a dormir conmigo mi amiguita de juegos, la Mapy... ¿O se llamaba Mabel?... ¿Dije la Olguita?... No, no... Se llamaba Loretta... ¡Loretta Young...!

—No seas *silly, sweetheart*. Loretta Young era una *film star de los thirthies, you know*, mi amor.

—Cierto. Entonces mi amiga se llamaba la Nelly, ¿viste?, y Loretta Young era mi mamá... ¡Sí! Con ese sobretodo que llevaba hoy Miranda, oí, ese sobretodo y ese peinado, tipo Evita Perón... Mamá y Evita eran muy semejantes... ¡santas las dos, santas!... Aquella noche de Reyes mamá volvía del cabaret, sin saber que papá la había seguido... sin saber que papá tenía aquel... ¿Qué tenía mi viejo?... Le gritaba mucho, la insultaba... y esa noche de Reyes, esa noche y no otra, sonó el tiro. Y mi amiguita la Nelly... No, la Nelly no, la Mabel... tuvo que vestirse a toda prisa porque estaba a mi lado, completamente desnuda... Yo también tuve que vestirme porque mi conchita estaba muy manoseada, ¿viste?... Sonó el fragor del tiro aquel, en mi cuartito azul... No, rojo... La sangre de mamá tiñó de rojo mi cuartito azul... y yo allí, desnuda, con la concha al aire...

Se llevó una mano al sexo y, al palpárselo, emitió un grito desesperado:

—¡Nelson Alfonso, esposo mío! Decime una cosa, con la mano en el corazón. Decime sinceramente si soy buena en la cama...

Él quedó un momento pensativo. Chupó la pipa, por chupar algo. Al cabo de un momento dijo, pausadamente:

—*Not bad*, tampoco *the top, okay*?

—¡Che, percante, dejá ya de ser venezolano y hablá en cristiano! ¿Soy o no soy buena en la cama? ¡Decímelo! Necesito saberlo, necesito que me lo digás porque... ¡porque estoy destrozando una vida sin proponérmelo!

Entonces él se incorporó, tremendo con su barba canosa, imponente en su ademán de acusación:

—¡Serán dos, tía cabrona, serán dos! Porque si lo mío es una *life*, que baje *God* y lo vea.

Ella gritó entonces:

—¡Mamá se llamaba Lucía! ¡Y la niña que me tocaba la concha era mi amiguita Mirta!

No pudo soportarlo. Cayó, deshecha en llanto, sobre una vieja fotografía de Virginia Woolf y Vita Sackville-West cocinando una tortilla, a cuatro manos.

EL NIÑO RAÚL RECORDARÍA AQUELLA NOCHEBUENA como una de las más extrañas de su vida. No es que esperase mucho del evento; pero sí un poco de espectacularidad. Estaba acostumbrado a las navidades barcelonesas bien entendidas por una familia estrictamente catalana. Navidades y familia que considerarían la Nochebuena como una importación más o menos charnega y, por lo tanto, fiesta de poca monta y de escasa celebración. La había pasado normalmente con sus abuelos, siempre acorazados contra cualquier exceso y consagrados, todo lo más, a la preparación de la comida del siguiente día, la gran jornada navideña en Cataluña. Como máxima concesión de Nochebuena salían su padre y su madrastra. Él se ponía el esmoquin, ella estrenaba vestido de algún modista famoso —últimamente, moda española— y se reunían con algunas amistades de gran tono en cualquier restaurante del pijerío. Bailaban hasta altas horas de la madrugada, pero con pocas ganas y menos lucimiento, según se le escapaba a la madrastra al día siguiente, Navidad, en la comida grande, con todos los familiares reunidos alrededor de una mesa de postín. Solía reprocharle a su marido:

—Es la última vez que me haces salir en Nochebuena. Ya no se puede ir a ninguna parte. Todo está lleno de gente de medio pelo. Un tráfico que es como de día. Todo invadido por la charnegada. No se salva ni la parte alta.

Y eso que aquella gran dama barcelonesa, campeona de sevillanas, no conocía el tráfico en una Nochebuena madrileña. En cambio su hijastro tuvo ocasión de estrenarlo, para su asombro y perplejidad. Sentado en el coche junto a Imperia, vivió una preciosa hora y sus dos cuartos para efectuar el trayecto desde la Castellana al Viso, donde residía Miranda. No entendería el niño a qué venían tantas detenciones, tantas marchas atrás en calles atestadas de vehículos, tantos encontronazos violentos, gritos de un coche a otro y embestidas por todos los lados. Era como si la Nochebuena se hubiera convertido en la fiesta nacional de los conductores de todas clases. Y, aunque sintióse ridículo al estar enclaustrado en un coche, todo vestidito de gala, con su madre también de tiros largos, no tardó en calmarse al comprobar que en todos los automóviles había tres, cuatro y hasta seis pasajeros vestidos de igual guisa.

—Hemos tenido una mala idea —refunfuñaba Imperia—. Podíamos habernos reunido en la masía, pasar las Navidades en paz y luego venirte tú conmigo a Madrid.

No estaba muy convencida de sus palabras. La idea de la masía pertenecía a una época íntimamente asociada a su experiencia genuinamente barcelonesa y aun de los primeros años setenta, cuando los miembros de su generación intelectualmente avanzados y socialmente *à la page* descubrieron con horror que la vida urbana se estaba haciendo insoportable y que la mente necesitaba evadirse de ella, ya en los riscos negruzcos de Cadaqués, ya en los feraces llanos del Ampurdán.

Pero al llegar a Madrid, Imperia se convirtió en mujer de asfalto, siguiendo el imperativo que decreta la ciudad. Tiene Madrid esa virtud o ese defecto: como pocas ciudades, se impone sobre el ser humano, convirtiéndole en elemento indispensable de su propia existencia física. El hombre es a Madrid lo que sus calles, sus fachadas, sus árboles y monumentos. Un madrileño es una parte de un escenario, o acaso un escenario en sí mismo. Y un madrileño de adopción se convierte además en un fanático que no quiere renunciar ni por un instante a esa feroz vitalidad que, siendo de la villa, es ya la savia que ha de nutrirle para siempre. Y tiene tanta fuerza esta ciudad que hasta los sueños son urbanos.

Por otro lado, Raúl dudaba con razón de las palabras de su madre. Con tantos años como había tenido para poner en práctica aquel plan maravilloso, ¿por qué se lamentaba precisamente ahora? Ocasiones las hubo a menudo: aniversarios, semanas santas, veranos, navidades y verbenas de junio. Si la ocasión no se produjo o no fue aprovechada, por algo sería. Tal vez porque sólo era posible ahora, a partir de aquel encuentro tardío. Al fin y al cabo, nadie ha dicho jamás que los sentimientos tengan minutera.

La del niño Raúl se desplazó a destiempo al preguntar sin venir a qué:

—¿El señor Montalbán estará también en la cena?

Ella no dio importancia a la pregunta. Ni se le ocurría imaginar que el hijo sospechase alguna irregularidad en sus relaciones con aquel cliente.

—Don Álvaro se fue a Zaragoza. Tiene familia allí, según creo.

—Ya lo dice el refrán: «*Per Nadal, cada ovella al seu corral.*» —comentó él, alegremente.

Ella rompió en una risotada, como si el refrán pronunciado, casi cantado, por Raúl fuese el resultado de un despropósito que no cabía esperar en aquel escenario.

—Se me hace extraño oír hablar en catalán. Hace años que no lo uso.

—¿Ni con Miranda?

—Con Miranda no lo utilizábamos siquiera cuando éramos niñas. Su familia ya estaba afincada en Madrid. Por otra parte, en nuestra época las familias refinadas de Barcelona no usaban el catalán. Decían que quedaba vulgar.

—En resumen, que se te ha olvidado tu propia lengua... —comentó Raúl, aunque no apasionado por el tema.

—He olvidado todo cuanto concierne a Barcelona. De no haberlo hecho no habría podido adaptarme a otros lugares. Y en modo alguno puedo permitirme el ser una inadaptada.

Raúl no podía comprender el tipo de metáforas que su madre estaba utilizando. Era lógico. Empezó a utilizarlas cuando se fue de su ciudad, catorce años antes. Exactamente, cuando él tenía dos.

Ante tantos abandonos como acaba de aprender, Raúl acarició el brazo enguantado de su madre.

—Espero que de mí no te olvides mucho.... —musitó en tono casi suplicante.

—De ti no, porque eres un elefantito muy relajante...

Para no conmoverse, maldijo a la madre de un conductor que le estaba cortando el paso, vestido de esmoquin también él.

La cena no respondió a las expectativas de Raúl. Todo cuanto había idealizado de la Nochebuena madrileña se vino abajo después del primer impacto visual. Éste se limitó a las magnificencias de la casa y a sus abundantes obras de arte, así como al rigor de los atuendos de los caballeros y al boato en las *tenues* de las damas. También la exacta preparación de todos los elementos. La mesa regiamente dispuesta, con sus enormes manteles de damasco almidonados, el gigantesco centro de rosas y ponsetias mezcladas con piñas doradas, los magníficos candelabros de plata —como lo eran, por supuesto, los cubiertos— y la vajilla de porcelana de la Compañía de Indias, con cristalería y copas de antiguo bacarrá. Todo ello de familia, como conviene al señorío de verdad.

Cuando ya había apreciado la escenografía, Raúl tuvo que contestar a las típicas preguntas sobre sí mismo —qué estudias, cuántos años tienes, te gusta Madrid—. Miranda le exhibía con cierto orgullo heredado de su amistad con Imperia. Lo adoptaba sin dificultad, pues, como dejó bien claro, era un niño de carácter muy dulce, lindo de aspecto y sobre todo porque vestía divinamente. «¡Qué mono luces en tuxedo!», dijo al verle entrar. Significando llanamente que le sentaba bien el esmoquin.

Había dos marquesas, la de San Cucufate y la de Refilón de Melís. Parecía exhibicionista y criticona la una, discreta y reservada la otra. Cara y envés del estilo llamado aristocrático, mantenían ambas sus privilegios demostrando a los demás constantemente que estaban por encima de algo. Nadie sabía exactamente de qué, pero por encima de algo sí estaban.

Los dos hombres de la cena parecían convocados para celebrar, en las mentes no habituadas, una guerra de siglas. Ya conocemos las de Eme Ele, pero no eran menos conocidas y celebradas las de Uve Eme, Víctor Martí en el siglo. Era un cuarentón ya avanzado, que dirigía una de las revistas de mayor repercusión en el país, una de las que se ufanaban de su poder para crear opinión al tiempo que creaban escándalos.

Departían con Imperia las esposas respectivas: la crítico de arte Adela Moreno de Eme Ele y la muy circunspecta Sionsi Ruiz de Uve Eme, directora de una excelente tienda de antigüedades donde iban a parar, un día u otro, muchos de los personajes de esta crónica.

Pasado el momento de los besuqueos, llegaron períodos de un aburrimiento mortal. Raúl ya había aceptado de antemano que las conversaciones de los mayores pudieran no interesarle. Lo que no suponía es que fuesen, además de tediosas, tan crueles. Para una mente joven, que no se había planteado la idea de competitividad ni siquiera en la escuela, los comentarios acerca de determinados protagonistas del Madrid económico se parecían mucho a una retransmisión radiofónica de una batalla medieval.

Se conocía que al director de la agencia y al director de la revista les gustaba hablar de dinero, y éste fue el tema que dominó todo el aperitivo, de manera que Raúl buscó refugio en los grupos de las mujeres, donde acaso encontraría un parloteo más afín a su sensibilidad.

Por suerte, Adela Moreno hablaba de arte con Sionsi y, aunque los nombres que se barajaban eran desconocidos para Raúl —algunos contemporáneos de prestigio exclusivamente local—, tal vez por este motivo podrían interesarle más, ya que de algún modo contribuirían a su formación. Sin embargo, fue la suya una esperanza vana. A los pocos minutos, los nombres dieron paso a las cifras, y lo único que pescó el niño fue una lista de cantidades desorbitadas que los bancos y algunas grandes empresas pagaban por los lienzos más de moda o simplemente por los que tenían posibilidades de estarlo algún día. Y esto lo sabía Adela mejor que nadie, pues, además de ejercer la crítica de arte, se ocupaba de dirigir la colección privada de una importante entidad bancaria.

Sionsi aportó un ligero alivio cuando se puso a hablar de su negocio de antigüedades, pero la pausa duró poco, ya que al cabo de unos momentos ya se estaba refiriendo exclusivamente a las cotizaciones de las piezas y qué nombres importantes se habían quedado un tapiz Aubusson del diecisiete, inversión fenomenal, o un escritorio de campaña del XIX, ideal para combinar en la sala de visitas de cualquier empresa potente. Una de las marquesas aportó ciertos conocimientos sobre el arte de escamotear dinero invirtiendo en fondos de arte y la otra se quejaba de que nunca llegó a amortizar cierto Davenport que Lina Solvay le había colocado a precio de oro.

La cena fue menos prosaica que sus prolegómenos. Se optó por hablar de sentimientos. En los *hors-d'oeuvre*, Adela repetía a Imperia por lo bajo sus lamentables opiniones sobre su lamentable marido. Cuando los criados servían el segundo plato, Eme Ele intervenía directamente en la conversación, en un tono fingidamente delicado, pero que escondía un desprecio casi brutal.

—Apuesto a que mi mujercita ya se está metiendo conmigo.

—Ni esto, querido. Yo sólo me meto con lo que me interesa.

Era una frase tan tópica que parecía indigna de Adela. Señal de que estaba más harta de lo que era previsible. Cuando una mujer inteligente empieza a soltar tópicos es que ya no puede más.

A partir de aquí Eme Ele se dedicó a destrozar a Adela y ésta le atacaba a su vez, con ánimo todavía más destructor. Víctor se puso a favor de Eme Ele y Sionsi empezó a destrozarle, aduciendo que todos los hombres se hacían cómplices al negarse a reconocer que habían destruido la vida de sus mujeres, pero Víctor se ensañó con Sionsi diciéndole que hablaba de aquel modo porque nunca supo ser una buena esposa. Y, así, resultó que una de aquellas mujeres se había refugiado en el arte moderno para no arrojarse un día por la ventana ante la cretinez de su marido, y la otra se concentraba en las antigüedades para ver lo menos posible el rostro insoportable de su consorte.

Vio Raúl que su madre asistía con notable cinismo a aquellas batallas que le quedaban, de hecho, muy lejanas. Pero Imperia estaba pensando en Rocío, la querida de Eme Ele, y le daba la razón cuando aseguraba que lo más sano para una mujer es ser la Otra del romance y disfrutar lo bueno de los amantes, mientras la Propia apechugaba con sus ratos peores. Que en el caso de los hombres, solía ser la norma.

Nunca escuchó Raúl reproches tan desagradables ni frases más hirientes. En su inocencia, pensó que si los hombres estaban de acuerdo entre ellos y las mujeres entre ellas, sería más lógico que estuvieran liados al revés de como estaban. Y todo resuelto.

Cuando dejaron de destrozarse, se habló otra vez de dinero, y en esta ocasión la marquesa de San Cucufate arremetió contra los socialistas y la monarquía, y Eme Ele, que era socialista, le recordó que el difunto marqués amontonó gran parte de su dinero en juegos sucios con el franquismo y entonces Víctor, que era monárquico, atizó el fuego recordando que, además de aquellos juegos sucios, el referido ganó fuertes sumas recogiendo fondos para ayudar a la monarquía en el exilio y que estos fondos nunca llegaron a Estoril. Después dijo la marquesa que las expropiaciones de tierras de que le había hecho víctima el gobierno habían ido a parar no al bien común, como tuvo el valor de publicar la revista de Uve Eme, sino a las arcas del alcalde del pueblo, que pertenecía al partido socialista. Y al final resultó que el alcalde de marras había tenido una historia de tráfico de influencias que alguien se había ocupado de tapar convenientemente porque afectaba a un alto cargo de un partido de derechas y no convenía que se supiese porque formaba parte de un pacto que debía prosperar en alguna alianza en el Congreso.

También salieron frases hirientes, palabras altisonantes, conceptos feroces acerca de distintos *holdings*, una cadena de televisión privada y hasta dos o tres periódicos, y Raúl pensó que, si aguzaba bien el oído, llegaría a descubrir que por lo menos doscientos nombres de las finanzas españolas eran estafadores, usurpadores, estraperlistas disfrazados y hasta ladrones de arma blanca. Pero era un tema que no le interesaba, así pues, prefirió seguir pensando que había llegado a la ciudad más bonita del mundo.

Lo cual seguía siendo cierto porque allá, al otro lado de aquellos muros tan sofisticados, un Madrid ajeno a tantas murmuraciones destilaba una aureola de cariño universal que al niño le atraía cada vez más.

En este punto, Raúl se durmió y al despertar al día siguiente se encontró en su cama, sin recordar quién le había trasladado a ella. Descubrió que era ya muy tarde y que el día de Navidad, en Madrid, también era distinto del de Barcelona; mucho menos importante después de las grandes celebraciones de la Nochebuena. Pero en sus oídos resonaban todavía las peleas de la noche anterior y no se sintió feliz por haberlas escuchado.

Le visitó Imperia con la bandeja del desayuno, que casi podía servir como almuerzo. Además de los zumos, en cuya preparación era experta, había improvisado una macedonia de manzana, mango y kiwis. Pero Raúl sólo reparó en que estaba guapísima: la visión ideal para un despertar de película, con sus cabellos negros decididamente Espert-Anouk y una enorme bata de raso azul que dejaba, al pasar, el ronroneo de las cigarras en una tarde de verano.

Imperia se dejó acometer por el capricho de sentarse otra vez al pie de la cama y contemplar de cerca a su hijo. Un niño dorado que emergía entre las sábanas, restregándose los ojos, con una expresión desconcertada que le quedaba muy graciosa.

Descubrió junto a la mesita de noche los pantalones del pijama. El niño se apresuró a esconderlos. Pensó ella si se habría masturbado. Leyó alguna vez en alguna revista que los muchachos, a esta edad, suelen hacerlo. Raúl podría haberle dicho que se empieza mucho más temprano. Pero el tema no salió ni por asomo.

Se imponía a sí misma una nueva disciplina: curso de entendimiento con su hijo inesperado. Lección primera. ¿Cómo hablaba la mamá de Dumbo? Imaginó que en un papel tan commovedor, ella resultaría un desastre. Había otra interpretación posible: la madre moderna, liberal, que pasa por todo, lo acepta todo, se ríe de todo y al final no se interesa por nada. Tampoco era un papel convincente. Mejor permitir que actuase la inspiración.

—¿Se supone que debo hablarte como a un adulto?

—Me gustaría. Si bien se mira, ya no soy un crío.

—Claro que no. Siempre pensé que, de tener un hijo, le hablaría claramente de todas las cosas.

—Supongo que cuando nací ya lo pensarías. ¿Cómo te preparaste?

—No me preparé de ninguna manera. Tú no estabas previsto.

—¡Ostras, tú! ¡Ahora no me cargues con el trauma de sentirme un hijo no deseado!...

—Tendrás que cargar con él, porque no te deseaba en absoluto.

Él forjó un divertido mohín de incomprendido.

—¡Sólo me faltaba ésta! ¿Va a resultar que me quería más mi madrastra que mi propia madre?

—No sé cómo resultará en el futuro, pero hasta ahora ha sido así. Supongo que debe de ser normal. Cuando yo te tuve, odiaba a tu padre y todo lo que él representaba. Teniendo en cuenta que durante años lo compartimos, todo era evidente que al odiarle me estaba odiando a mí misma. En cambio, cuando esa idiota se casó con él...

—No hables así, por favor. Mi madrastra se llama Rosa y no es idiota. Además, siempre me ha tratado muy bien.

—Eres un elefantito bueno: no muerdes la mano de quien te da de comer. Francamente, ya no estoy acostumbrada a este tipo de reacciones. Bueno, pues cuando Rosa te heredó era muy fácil para ella. Tengo entendido que adoraba a tu padre.

—Sería antes, mamá. Ahora, se llevan fatal.

He aquí una buena noticia. La cerda y el cerdo no funcionaban, pese a compartir la misma piara.

—Me gustaría conocer alguna relación que funcionase —comentó, fingiendo preocupación teórica.

Mentía: lo dijo con gran contento.

Tantos desastres sentimentales estaba viendo a su alrededor que sería curioso, en efecto, descubrir algún día una sola pareja que funcionara. En cualquier caso, no deseaba que fuese aquélla. Y si no hay razón para dudar de la indiferencia que la guiaba hacia su marido, si hay motivo para preguntarse qué secretos resortes la impulsaban a celebrar la infelicidad, a desearla, en una relación que ya no le importaba. Puesto que todo había concluido, ¿no era más generoso y tranquilizador desear, como en la canción, que a cada uno le vaya bonito?

El alma humana reacciona mal ante los finales. Se guarda siempre un poco de odio donde ya no se recuerdan siquiera los restos del amor. Aunque en el caso de Imperia, la decisión fue suya y la responsabilidad también, la felicidad de su antigua pareja la había molestado profundamente. Esta felicidad, sin embargo, le hubiera dado a ella la razón: justificaba su abandono al colocar a su víctima en una situación mejor. La eximía del ingrato papel de verdugo. Pero, en última instancia, aquel papel no debía desagradarle completamente puesto que hallaba su mejor momento de felicidad al descubrir que aquella lejana, casi olvidada pareja, era tan desgraciada como llegó a serlo ella.

—No debes acordarte de cosas desagradables —dijo mientras acariciaba a Raúl—. Ya no estás en Barcelona. Y, si te despiertas tan tarde como hoy, dudo de que nunca llegues a estar en Madrid.

No le disgustó sentirse juguetona. Forcejeó con el niño hasta obligarle a incorporarse de medio cuerpo. Estaba a punto de arrebatarle las sábanas cuando descubrió una cómica expresión de horror en su rostro. Confirmó, entonces, que no llevaba los pantalones del pijama. Por supuesto, se había masturbado una vez.

La ingenuidad propia de los cuarenta y cinco años, que es la del que empieza a olvidar, no le permitió comprender que, a los dieciséis, una masturbación apenas es un aperitivo. Con tres ya se empieza a notar.

Raúl saltó de la cama y se preparó el baño con extrema solicitud. Era, en este aspecto, un pequeño sibarita. Había aprendido a masturbarse mejor entre aromas de espliego y burbujas de color rosa. Reincidió, aquel día de Navidad, en honor de un apuesto gafudo llamado Álvaro Montalbán. No otro había sido el depositario de sus dos orgasmos anteriores.

Al cabo de un rato, inauguró una costumbre destinada a cambiar por completo los desayunos de aquella casa. Empezó a poner sus discos repetidamente y a toda potencia.

Como homenaje a los poderes de Madrid, al niño le dio por la zarzuela. Si Merche Pili se habría decepcionado al comprobar que nunca oía a Michael Jackson, Imperia quedó desconcertada porque se había resignado a pasarse el día escuchando a la Callas y la Caballé, pero, en su defecto, se encontraba con el apartamento permanentemente inundado por el airoso Caballero de Gracia, la cachonda Menegilda, los desplantes retadores de la Susana a Julián, los consejos destemplados de la señora Rita y el bolero de Aurora la Bertrana.

Así iba alimentando Raúl los sueños de un Madrid que ya no existía, pero que guardan en el alma los aficionados a lo único. Y al pensar que, día a día, el niño descubriría los secretos de la ciudad que ella amaba tanto, Imperia deseó que pudiera regresar por unos instantes su juventud, para cogerla virgen de rincones, de edificios, de cielos y jardines. De cuanto fue llenando sus días con una intensidad que ya nunca podría volver.

En casos así, una mujer sensible tiende a sentir envidia

de todas las cosas que a la juventud le queda por conocer. Envidia de los descubrimientos agazapados a cada esquina de la vida, de la sorpresa ante una tarde de lluvia, del primer agobio ante el azote de la canícula. Esa primera comprobación de que la ciudad cambia sus colores constantemente, que su ritmo es distinto a cada instante, que sus palpitaciones discurren en el *tempo* de una eterna juventud.

Trasladaba ahora a su hijo los sueños que estaba alimentando para la educación de Álvaro Montalbán. El sueño de irle descubriendo el mundo para redescubrirlo ella a su vez. Para abandonar su hastío permanente, su sensación de haberlo visto todo, y así contemplar con ojos nuevos, con la sensibilidad de otro ser, esas mil cosas que había ido asesinando, por demasiado asimiladas. Como aquel viejo clásico de Bergman que vieron juntos, pocos días antes. Como todo el teatro que podía descubrirle en los meses próximos. Como los libros que, al verse obligada a explicar, debería rescatar del olvido, asombrándose de que continuasen manteniendo su vigencia cuando la suya se estaba perdiendo ya, como se perdió lejos, muy lejos la animosa curiosidad por conocerlos.

Así encajaban en un mismo plano ese hijo que era un regalo —¿quién podía esperarlo, después de todo?— y ese desafío que se llamaba Álvaro Montalbán.

Se encontraba estableciendo aquella misteriosa complicidad, cuando el galán llamó desde Zaragoza. Y puso en su voz tan cálidos acentos que Imperia se lanzo a soñar.

—Cuento las horas que faltan para volver —decía él desde lejos.

Influida por los discos de su hijo, Imperia se permitió ser chulapona:

—¡Anda, que no tendrás tú alguna vampiresa por esos bares del Tubo...!

—Por el tubo pasarás tú, tentación. Para la Nochevieja me tendrás ahí. Empezaremos el año con un polvo que te durará el efecto hasta el dieciocho de julio.

—Pues con esto y la paga doble no sé si podré soportarlo.

Había colgado con un humor risueño, llena de un dinamismo que la llevó a realizar un sinfín de acciones innecesarias. Ordenó libros, arregló papeles, discutió con su hijo la distribución del altillo, incluso se atrevió a preparar una comida rápida, lo más antinavideña posible.

Terminaron el día de manera plácida: en bata frente al televisor y pasándose tres películas seguidas, dos de las cuales durmieron a pierna suelta, pese a que andaba Bette Davis en una de ellas y Robert Taylor en otra. ¡Muy flemático hay que estar para dormirse ante el genio y la apostura repartidas a partes iguales!

A la mañana siguiente, ya estaba Raúl desayunando y presto para lanzarse a todos los descubrimientos. Y, aunque Miranda se había ofrecido a acompañarle, supo que esto sería muy difícil no bien la vio aparecer con su uniforme habitual para entierros.

—¡Qué suerte, Imperia! Se ha muerto la hermana de Sunchi, la prima de Adelaida, la que está casada con nuestra queridísima Olivia.

—¿Suerte por qué? —preguntó Raúl, mientras bebía su zumo de pomelo—. ¿Tan mala era esa señora?

—No, qué va, era una santa. Lo que pasa es que ha sido oportunísima porque esta semana no hay ningún entierro a la vista... ¿Te has fijado que entre Navidad y Reyes no se muere nadie? Claro, como la gente tiene tanto *shopping* por hacer.

Raúl protestó con vehemencia:

—Tía Miranda, prometiste enseñarme Madrid...

—Para esto no te hago falta yo, tesoro. Sales a la terraza y lo ves. Precisamente hoy hace un día precioso...

Imperia estuvo a punto de bañarla con zumo de tomate.

—Miranda, él no está hablando de ver una postal. ¡Está hablando de conocer Madrid a fondo!

—Me gustaría ir al Prado —insinuó Raúl, en tono meloso.

—Que te lleve Martín. Yo me lo sé de memoria.

Imperia le dirigió una mirada de total desconfianza:

—No te creo. ¿Cuántas veces has estado?

—Una. Pero no habrá cambiado tanto en veinticinco años. ¿No preferirías ir a patinar con chicos de tu edad, niño?

—No, tía. Quiero ver el Prado. Y, después, el *Guernika*.

—¿Eso no está donde los vascos?

—No se refiere al pueblo, burra. Se refiere al cuadro.

—¡Ah, vamos, un cuadro! ¿En qué banco lo tienen? ¿A qué amigos hay que llamar?

Iba a descolgar el teléfono. Imperia se lo arrancó de las manos. Sentíase muy capaz de estrangularla con el hilo. Miranda se le adelantó, como siempre, con una de sus salidas:

—Oye, ¿y por qué no le lleva Susanita Concorde, que es decoradora? Ésas siempre entienden de colores. A mí me puso unos verdes en el saloncito de juego que son una divinidad. Verdes como Tiziano.

—Serán azules como Tiziano.

—¿Es que ese Tiziano no ponía árboles?

Raúl había terminado de desayunar. Se estaba anudando las wambas y hacía gala de unos ánimos que asustaron a su presunta acompañante. ¡Le veía tan dispuesto a caminar!...

—Tía Miranda, vamos de una vez al Prado y así comprueba por usted misma lo de los colores.

—Yo no necesito comprobar nada. Yo pido un color y me lo pone Susanita Concorde. ¡A ver si por ahorrarle trabajo a ella tengo que ir a un sitio donde ya he estado! Sugiero, niño, que vayas con Martín. Él sabe mucho de pintura, porque su novio es carnicero.

Como no era caso de seguir los extraños vericuetos que podían relacionar a un carnicero del barrio de la Latina con la pintura de Velázquez, Imperia ordenó a Presentación que bajase en busca de Martín. Pero antes quiso asegurarse de que Miranda no saldría con alguna de las suyas.

—¿Puedes jurar que no necesitas a Martín? —preguntó, en tono definitivamente amenazador.

—Lo juro por tu salud. Yo puedo ir a pie perfectamente. A veces conviene. Te pone en contacto con el resto de los humanos, muchos de los cuales van a pie. De donde el nombre de ciudadanos de a pie, que no es lo mismo que ciudadanos de a Rolls. ¿No es verdad, Imperia querida?

—¡Es la hostia, Miranda mema! —gritó la otra.

Llegó Martín, con la gorra en la mano y sus blancos cabellos torturados por un exceso de gomina. No tardó en apreciar que Raúl, con sus vaqueros ajustadísimos y su chaqueta de cuero negro, podía llegar a obtener un notable éxito en los madriles. Otros, con menos posibilidades, han dado mucha guerra a más de un señor de postín.

Ordenó Miranda a su todo terreno que se pusiera a disposición del señorito.

—Yo encantado. El señorito me cae muy bien.

Intervino entonces Presentación, que ya tenía su opinión formada sobre Martín y estaba empezando a formarse una parecida sobre el niño Raúl.

—¡Ay, ay, ay...! —proclamó con inconfundible retintín.

—¿Qué significa ese ay, ay, ay? —inquirió Imperia, severa.

—Pues significa «ay, ay, ay». Y a quien le pica, señora, es que ajos come.

Ya en el coche, Raúl tomó asiento junto a su guía. Le inspiraba confianza, además de diversión. Le hablaba con una franqueza que favorecía el compadreo.

—¿Tiene algún antojo especial, juguete?

—Yo quiero ver arte.

—Será redundancia, prenda.

—¿Por qué lo dice?

—Porque entre el arte que usted tiene y el que le salga al paso, si esto no redunda, que baje Dios y lo vea.

—¡Qué castizo es usted! ¡Qué madrileño!

—Con decirle que me querían para doble de Lina Morgan y tuve el valor de decirles nones.

—¿Y eso?

—Pues que el teatro resulta peligroso para un chico formal. ¡Termina tan tarde la sesión de noche!... Y, además, que mi novio me dijo: «Te metes tú en lo del cuplé y te arreo un sopapo que vas listo.» De modo que así están las cosas: la maravillosa Lina sin doble para un apuro y yo de *chauffeur* para llevarle a usted a las Vistillas y hasta el cielo, si me lo pide.

—¿Por qué al cielo?

—Para que salude a sus hermanos gemelos, los angelitos.

—No diga usted esas cosas. ¿De qué voy a tener yo cara de angelito?

—Mismamente. A su lado, el ángel de la Guarda es un punki de Vallecas.

Ante tantos requiebros, Raúl sintióse autorizado a suponer que hablaban el mismo lenguaje. Y, aun así, tragó saliva al preguntar:

—¿Existe en Madrid algún sitio donde bailen hombres con hombres?

—Mariconeo, vamos.

—No es eso exactamente. Quiero decir un sitio donde un hombre saque a bailar a un chico soltero y después le bese y le desnude en un rincón y le viole.

—Pues esto es mariconeo, aquí y en San Sadurní de Noya. Para que vea que chapurreo el catalán se lo digo.

—¿Puedo hacerle una pregunta, indiscreta?

—¿Indiscreta yo?

—Usted no. La pregunta.

—Pues ponga usted la coma en su sitio, niño. Y una vez puesta, pregunte.

—¿Usted es homosexual, por un suponer?

—Por un suponer, no. Por un afirmar, *yes*.

—Es que me lo había parecido.

—¡Siempre se ha dicho que los catalanes son unos linces!

—Me considero muy afortunado al entablar amistad con usted porque, ¿sabe?, homosexuales, lo que se dice homosexuales, nunca había conocido ninguno.

—¿Y cuando se mira al espejo qué le sale? ¿El John Wayne?

—Me salgo yo, pero yo no me sirvo porque lloro mucho de verme tan desahuciadito, que no tengo un mal amor ni nadie que me acaricie y pronuncie mi nombre. (SNIFF.)

—¿Y quién le gustaría que lo pronunciase, si puede saberse sin que salga de este Mercedes?

—A mí, por un suponer, casi casi me gustaría ese amigo de mamá. El de las gafas, quiero decir. Don Álvaro, vamos.

—Estoy para echarme a llorar yo también. Porque ese don Álvaro no le conviene a usted. Y no digo más que lo que digo.

—Pues tampoco ha dicho tanto.

—Yo me entiendo y bailo solo.

—Yo también. De esto me quejo. Pero viendo que no se hace usted recipiente de mis cuitas, creo que lo mejor es que lo hable con mi madre.

—Le mentará usted la soga en casa del ahorcado.

—¿Y eso qué significa?

—Que pregunte, monada, que pregunte. Y si tiene que llorar, llámeme, que le prestaré un pañuelito de encaje para sus lágrimas.

SI BIEN LE DIVERTÍA, el repertorio chulapón de Martín no tardó en revelarle sus limitaciones. Al segundo día, comprendió que la mariconada termina en la mariconada, y, después de varias conversaciones del estilo de la anterior, prescindió de la compañía y se retrepó en sí mismo, como había hecho siempre, en cualquier caso. O como se había visto obligado a hacer.

Una vez se decidió por el turismo de la soledad, no quiso asimilar la ciudad de un solo trago. Si estaba en su destino vivir en ella, mejor ir descubriéndola poco a poco, creándose hábitos en cada rincón, fomentando recuerdos para el futuro, construyéndose una urbe mental que, mucho tiempo después, le gustaría evocar. Nuestro gentil adolescente era tan ingenuo como para pensar que el recuerdo sería una experiencia agradable. ¡Dichoso él que todavía no había descubierto la miserable roña que se esconde en la esencia misma de la memoria!

Por un momento, pensó que aquellos paseos en soledad no serían eternos. No tardaría en hacer amigos, eso seguro. Siempre le dijeron que tenía una especial capacidad para ganarse a la gente. No era menos cierto que la tenía para perderla una vez ganada. ¿A qué engañarse? Con sus hipotéticos amigos de Madrid sucedería como siempre ocurrió con los de Barcelona: no tardarían en percibir que él era diferente. Ni siquiera podría culparlos. Era su propia condición la que le llevaba al aislamiento.

¿Podría romperlo cuando empezase sus clases en cualquier instituto de lujo, rodeado de compañeros desconocidos? La incógnita quedaba abierta. Por ello, el comienzo de las clases se le presentaba como una incógnita que ya era urgente desentrañar.

Y, de nuevo, el pesimismo.

Sus nuevos amigos actuarían de buena fe; pero, normalmente, no basta con ternerla. Empezarían por proponerle experiencias que le eran ajenas: vertiginosas carreras en moto, horas brincando en una discoteca, mudez total ante una avalancha de músicas ensordecedoras, mediasnoches vagando de bar en bar, madrugadas consumiendo litronas, charlas vacías con chicas presumidas y todas aquellas cosas que, siendo las propias de su generación, le distanciaban completamente de ella.

Era muy posible que, en Madrid, su tónica fuese también la soledad, si no llegaba el amor. ¡Hermosa máxima, pero no necesariamente aplicable a su nueva ciudad! En todas partes es la soledad si no es el amor. Y si éste no llegaba, glorioso y fértil, era mejor no forzarlo. Casi todas las óperas que le gustaban se lo habían enseñado así.

Llevado siempre por la exasperación de aquel sentimiento, susurraban en su mente las notas del *Vissi d'Arte,* mientras recorría aquella traviesa coctelera que es la geografía de Madrid, bajo aquel almanaque de las mutaciones que son sus cielos siempre dispares, siempre hermosos. Los caprichos del clima ponían bajo sus pies infatigables un continuo despliegue de la variedad. Las metamorfosis del tiempo se reflejaban en el asfalto, el medio que mejor le definía. Los charcos de la lluvia invernal, la sequedad resquebrajada del verano, las alfombras de hojarasca que indicaban la precipitación del otoño, todo eran formas de la mutación que él percibía como una cámara dedicada a fotografiar las profundidades del mundo a vista de pájaro. Mirando siempre al asfalto, mientras caminaba, permitía el libre curso de sus meditaciones, decididamente inclinadas a la fantasía. Y al levantar la vista quedaba aplastado por la monumentalidad de los edificios. Algunos eran demasiado ostentosos, otros excesivamente imponentes, los de más allá fascistoides, todo lo contrario de lo que necesitaba para conmoverse. Pero en tanto que impactos visuales, resultaban imprescindibles para imponer en su ánimo la idea de capitalidad.

Así transcurrían sus paseos, pensando en la posibilidad de nuevos amigos, pero sin añorarlos todavía, porque en aquellos días sólo le interesaba coleccionar todos los instantes de su incipiente relación con la ciudad nueva.

Pero le entristecía asistir cada tarde al teatro y no tener, en la butaca vecina, a nadie con quien comentar la obra; no disponer del compañero ideal con quien departir en el intermedio, cuando deambulaba a solas por el vestíbulo con una Coca-Cola en la mano, observando distraídamente las fotos de los actores, leyendo una y otra vez las pomposas presentaciones del programa. Y como todavía quedaban unos minutos para el comienzo del segundo acto, permanecer en un rincón, suspirando, con las manos cruzadas, mientras los ojos divagaban sobre los distintos grupos que hablaban animadamente, comentando el dispositivo escénico, la vigencia del texto o el trabajo actoral.

Después, los paseos por las calles del centro contribuían a aumentar su sensación de soledad. Para combatirla, recurrió a un subterfugio que, de momento, pudo servirle. Por ser su soledad tan joven como él mismo, por haberla elegido, tenía un sabor agradable, algo parecido a un rescoldo que a veces desembocaba en la tristeza también. Entonces no se sentía desgraciado, porque esa tristeza tan joven le acogía en sus brazos con infinita ternura, no hiriéndole, sólo aconsejándole que esperase; porque la tristeza, cuando es amiga, todavía aconseja en lugar de mandar. Especialmente cuando se tienen dieciséis años y todo está por descubrir.

Quedábase a veces parado como un bobito, contemplando el ir y venir de las multitudes, el centelleo alucinador de las luces, el bocineo de los coches mezclados con el trasiego de villancicos que, superada ya la Navidad, proclamaban la inmediatez de la Nochevieja. Y pensaba él «*Any nou, vida nova*» y recordaba que, de niño, en días como éste, su abuelo le llevaba a la Rambla para que descubriese entre la multitud al «*home dels nassos*», es decir, aquel sujeto misterioso que presumía tener tantas narices como días tiene el año. Y como él era un niño muy ingenuo, nunca supo descubrir que al año sólo le quedaba un día y, por tanto, todos los transeúntes de la Rambla podían ser aquel hombre tan mítico, en quien llegó a soñar.

Pero ya no era así en el bullicio madrileño. No había un solo rostro, eran miles de sonrisas abiertas a las expectativas de la novedad. Surgían a manadas aquellos seres: salían de los comercios, de las bocas del metro, de todas las calles que se esquinaban unas con otras, formando ovillos tumultuosos, llenos a su vez de apabullantes multitudes. Recorría así ese tráfico humano de Madrid, que un catalán siempre ha de encontrar exagerado, cuando no demencial. Y era de tal magnitud aquella demencia colectiva, que acababa por engullirle, deparándole la posibilidad de continuar preso de su agradable sonambulitis, ahogando su voluntad en la insólita delicuescencia del ir transcurriendo. El verbo *flanner* traducido por «soñar». Una traducción tan decididamente madrileña que era totalmente equivocada para ser, al final, el colmo de la exactitud. Pasear, dejar transcurrir el tiempo, dejarse engullir, avanzar soñando.... *rêver Madrid, hélas!*

Aquel niño adorable presentía que se enamoraría rápidamente de Madrid y que el año 1990 se enamoraría de él. ¡Tenía tantos deseos de que llegase aquel año que le tomaría como amante en aquella ciudad abierta, que estaba dispuesta a adoptarle como su elefantito preferido! Aquella ciudad, aquellas luces, que verían sus pasos guiados por un atlético gafudo llamado, en sus sueños, Álvaro Montalbán.

Así se presentó, llena de excelentes auspicios, la velada de Nochevieja. Y Madrid se entregó por entero a sí mismo, dispuesto a arrasar.

Sexto

CADA HIJO UNA CRUZ

ANTES DE DISPONERSE a pelar las uvas de Nochevieja, otro personaje se vio objeto de un insólito asalto. Regresaba a su casa Reyes del Río, después de un ensayo para la grabación de su próximo disco. Era fresca la noche y, en aquel barrio extremo, peligrosa la nocturnidad. La había dejado su productor discográfico a la puerta del garaje. Pero ella no supuso que alguien pudiera esperarle. Y mucho menos que fuera un embozado. Igual que iba el galán de la Guapa-Guapa cuando ella le cosió la capa a puñaladas.

Claro que el asaltante de Reyes del Río utilizaba un abrigo de cachemir a guisa de embozo, pero no por más sofisticado dejaba de producir efectos de turbación.

—¿Me conoce usted, divina? —dijo con voz pastosa aquella sombra.

—Muy malamente. Digo yo si será un drogata o si habrán vuelto a poner serenos.

La sombra reveló, por fin, un rostro.

—Don Álvaro Montalbán, a los pies de usted.

Y, al decirlo, dibujó una sonrisa que pretendía parecer fascinadora.

—¡Qué espante me ha dado, mala entraña! —exclamó Reyes, protegiéndose más aún, por puro instinto de virgen que se las sabe todas.

—Le devuelvo el que me dio usted la primera vez que la vi.

—¿Tan fea soy que asusto? —rió ella—. Pues deje de hacer de sereno y lárguese.

—¿Lo de los exiliados no se acabó con la guerra? Porque lejos de usted, todo es exilio.

—Labia no le falta.

—Más tendría si no me la quitasen esos ojos.

—No quiero yo quitar nada, que despúes el trabajo es para devolverlo.

—Devuelto por usted sería susto doble.

—Con tanto susto me van a llamar «da Poltergeist».

—No la van a llamar nada, porque el lenguaje para llamarla a usted no se ha inventado todavía.

—Pues mientras que lo inventan, déjeme subir a casa. Llevo yo mucha prisa por algo que no se puede decir.

Él la retuvo, cogiéndola del brazo.

—¿Cuestión de amores que me matan?

—Cuestión de necesidad física que no me está bien proclamar por educación. Así que con Dios, don Álvaro.

—Dios donde esté usted, prenda.

—¿Será entonces que Dios es mezclador de sonido?

—Cuando hable con Dios de cara a cara para pedirle que me permita verla otra vez, le diré yo cómo es la cara de Dios.

—No malgaste en conferencias, que de aquí al cielo son muy caras. Y ahora déjeme entrar de una vez, que me estoy meando viva.

Y le dio con la puerta en las narices. Ya en el ascensor, estuvo a punto de maldecirle.

—¡Qué pelmazo, el gachó! ¿Pues no he tenido que decírselo al final?

Corrió la del Río hacia el excusado y hallábase entregada a los quehaceres propios de la urgencia cuando llegaron hasta ella gritos y aullidos que reconoció como familiares y, por serlo, enojosos. Se estaban consagrando a uno de sus wáter-los habituales doña Maleni y Eliseo.

En aquella ocasión sobrepasaban su propio exceso.

La doméstica, llamada Secundina, gritaba a su vez, pero despavorida. Y lo comprendió Reyes no bien llegó al comedor y descubrió, con mirada incrédula, la trifulca en que se hallaban embarcados sus parientes.

Estaba el primísimo Eliseo refugiado detrás de una butaca y doña Maleni, delante de él, esgrimía un cuchillo de trinchar, mientras le agredía verbalmente con insultos que no bajaban de maricconazo.

No tuvo miedo Reyes del Río cuando saltó encima de su madre y, agarrándole el arma mortífera, la reprendió en los siguientes términos:

—¡Madre insensata! ¿Es que hemos de vernos publicados entre todos los vecinos por culpa de sus desvaríos?

—¡Más publicados tendremos que vernos cuando nos llegue este de los USA de América, convertido en una *miss*!

—Conque ya se lo ha dicho. Pensaba hacerlo yo mañana mismo.

—Me lo ha dicho, y no le he cortado yo en dos mitades porque me ha sujetado la Secundina. ¡Pero en cuanto salga de detrás de esa butaca, le voy a dejar baldado con la escoba!

—No será delante mío, madre. ¡Ea! Se acabó aquí el cachondeo! Aquí está la Ruiseñora. ¡Conque vamos a cantar! Y cantando o gritando o en telegrama si es menester, le digo yo que ayudaré a mi primo para que se realice de una vez como mujer o como pavo real si le place. Porque no quiero que al llegar a mi edad sienta esta frustración que me recorre la espina, ese privarme y privarme de tanto que lo mío ya es una privación y no una vida.

—¿Y de qué te he privado yo, hija espuria?

—Sin ir más lejos, de un cuerpo que de calor al mío y me deje esparrancada de gusto exclamando: «¡Las telarañas que te tapan el virgo las destrozo yo con un golpe de mango que te lo dejan convertido en la Puerta de Alcalá!» Eso lo primero. Y para más privaciones, que no me dejase estudiar filología hispánica, que estaría yo de profesora en la universidad en vez de estar haciendo el ridículo, siempre de flamenca por el mundo.

—¡Calla, insensata, calla, que no se entere el mundo que eres una renegada! ¡Que no se entere tu público que estás pisoteando el sentir de Andalucía!

—Cuidado, madre, que andaluza me siento yo por los cuatro costados, pero no de esa Andalucía barata que me queréis hacer vender. Que es muy grande Andalucía para que tengáis que venderla a cuenta de mi virginidad y cuatro canciones de serranas engañadas. Y ya me dirá usted si no la vendería yo mejor siendo una mujer cultivada y que todo el mundo me respetara en lugar de oírme decir a todas horas «Ahí va la burra de la folklórica». Y yo a tragarme la bilis cuando lo dicen. Y a sonreír como una gilipollas en lugar de contestarles de una vez que hablo tres idiomas y leo en latín, coño, que antes esto era una honra y ahora resulta que es una vergüenza...

—Pues métete en la cabeza que en el marketing de la copla el latín no vende un disco. Vamos, que tú te metes en los latines y se te acaban las joyas, el piso de Miami, la finca de Jerez y el caserón que te quieres construir en La Moraleja. ¿Vas a renunciar a la adoración del universo mundo? ¡Insensata! No vende igual un título universitario que unas casta-

ñuelas y un abanico. ¿O no te has enterao? Es como la que
quiere cantar el repertorio de la Piquer vestida de bachillera.

Se dejó caer en un sofá doña Maleni, dando rienda suelta
a unas frustraciones que nadie le habría supuesto:

—¿O te crees tú que no me canso yo de ir contando por
las radios que de niña bailabas en un colmao para podernos
mantener, cuando resulta que eras una empollona asquerosa,
vamos, la primera de la clase? ¿Y no me estaría yo en casa
tan tranquila en lugar de ir cada año al Rocío vestida de flamenca, que bien harta me tiene tanta romería y tantos apre-
tujones cuando sale la Blanca Paloma? Pero aquí está la Maleni, a sus años, dándole a lo típico para que vean los de las
revistas que hay casta en la familia. Y para que esa Mari
Listi te pueda vender con lo que siempre se vendió la copla.
Con lo que dice el estribillo, joder:

> Y si alguien pregunta:
> ¿Cristiana o mora?,
> Yo contesto al momento:
> ¡Soy española!

Al ver que había dolor en el ambiente, se atrevió a salir
el primísimo de detrás de su butaca:

—Pues mire usted, tía, que yo lo del andalucismo ese, por
falso que sea, me lo he creído hasta tal punto que si me ponen
chocho y tetas quiero parecer una madama de las de Romero
de Torres.

—¡Tú calla, que te arranco los ojos! ¡Si mi hermana levantara la cabeza y viera a su hijo convertido en un sarasa...!

—Madre, si se hace mujer ya no será sarasa.

—¿Pues qué será, me lo queréis decir de una vez?

—Mujer.

—¿Y el hombre que se convierte en mujer no es un sarasa? ¿O me diréis que es el general Prim?

—El hombre que se convierte en mujer es mujer. Y si sale
honesta, se busca un hombre y forma un hogar y santas pascuas.

—Mucho más que santas —proclamó Eliseo—. Que yo no
quiero resultar mujer de esquina, ni cotilla de balcón, ni ven-
tanera, ni criticona en patio de vecinas. Yo quiero ser jacinto
de mi casa, nardo de mi jardín y agüita de mi fuentecilla.
Quiero ser de las que están en sus quehaceres, de esperar a
mi hombre en el cortijo, y, cuando él vuelve sudoroso de la

siega, salir al zaguán muy bien compuesta, para que tenga alegría de verme, y pasarle el pañuelo por la frente y ponerle las zapatillas de felpa y estarme a lo que guste él mandar...

—Pero, bueno, ¿es que encima has de ser mujer de labrador?

—¡Ay, sí. Labradora quiero ser. Y esclava de mi galán. Y perra de mi hortelano.

Otra maricona que aspiraba a todas las esclavitudes que la mujer ha aprendido a combatir. Por algo será que las llaman locas.

Hasta doña Maleni parecía entenderlo así, cuando gritó a los cuatro vientos:

—¡Desgraciado, que te pierdes! Que así pensaba yo de jovencita y mil veces me he arrepentido de pensarlo. Tú hablas de oído y aun de oído sordo. ¿Qué sabes tú lo que es vivir para ponerle las zapatillas a un hombre? Pruébalo dos meses y al tercero estarás maldiciendo tu destino. Si hubiera sido yo un hombre a buena hora me cambio yo el pito por un chocho. Me quedo con lo mío, mandando y ordenando y haciendo mi voluntad, fastidiando al que tengo al lado y encima bien amparado por las leyes y con las espaldas protegidas por jueces y escribanos. ¡Digo!

—No se ponga usted así, madre, que no estamos de pleitos.

—¿Que no estamos dices? El pleito lo llevo yo encima desde que tengo uso de razón. Pleito de ser hembra y de tener que luchar contra los machos para hacerme valer. Primero contra el déspota de mi padre, tu abuelo, que en la gloria esté, pero que no se le ocurra volver ni para departir con una médium; después contra el chalán del padre tuyo, que ese en la mierda ha de estar, pues el infierno todavía le queda demasiado limpio. ¡Mala puñalada para los dos, padre y marido! ¿Te crees que estarías tú en el mundo si me hubieran dejado obrar por cuenta mía? Si llego yo a nacer hombre, ¿me obligan a mí a casarme y a dejar mi vocación de artista? ¿Encerrada servidora en casa dándote de mamar y pelando patatas todo el día? ¡De almendritas tostadas se la armo yo a mi padre y al tuyo! ¿Pues no sabes que me arrancaron de mi vocación para encerrarme en la cocina? ¡Malaventura de aquel arte mío! ¡Si yo tuve una voz que me la veían idónea para la zarzuela! De triple ligera, niña, que no te creas tú que abundan...

—Tampoco es para sentirse tan frustrada, tía. A la zarzuela ya no va ni Cristo.

—¿Me quieres dejar acabar, sodomitazo? ¡No sabes tú el porvenir que tenía tu madre, hija mía! Me oyó en el Coro de los Marineritos un empresario de sienes plateadas que era igual que Armando Calvo y ante una copa de champán me dijo: «Con esa boquita pida usted la zarzuela que quiere interpretar y yo pongo los duros encima de la mesa y se interpreta.» Y yo, de chula, le contesté: «¿A qué no tiene usted lo que hay que tener para montarme a mí *La Dogaresa*?» Y dijo aquel serrano: «Yo le monto a usted *La Dogaresa* y otro día *Los claveles*, si es su gusto, y no le pido más que una sonrisa de tenerme voluntad y un clavel reventón la noche del estreno...»

—Algún polvo querría, además —aventuró Eliseo.

—De eso, hasta tres.

—Pues no le veo la generosidad, tía.

—¿Que no le ves tú la generosidad a que por tres polvos te monten *La Dogaresa*? ¡Cómo se nota que nunca has invertido dinero en el teatro!

—Usted perdone, madre, pero cada vez que cuenta usted esa historia la cuenta de manera distinta y a tenor de la última película que ha visto.

—¡La cuento como me sale del coño! Que al fin y a la postre es para significar que he querido para ti lo que yo no tuve, y que he soñado que te vieras rutilante en los teatros y tuvieras un piso en Miami de los U.S.A. como las folklóricas que han cruzado el charco, y no te hayas de ver en tus vejeces con el piso embargado, como otras que me sé.

Lloró entonces doña Maleni por todas las folklóricas que no supieron guardar para sus vejeces. Y aprovechó Eliseo aquella pausa sentimentaloide para poner sensatez en el debate.

—Pues con todo ese folletín que nos ha endilgado viene usted a darnos la razón a ésta y a mí, tía Maleni. Que también usted ha ido muy privada por la vida y, si está así de histérica, igual es porque no encajó donde la pusieron. Y así me pasa mismamente, que tengo la vida amargadita porque yo, de hombre, no encajo ni a tiros.

—Eso ya se ve sin que lo digas. ¡Ea, será que la naturaleza se equivoca a veces y, si no está de Dios enmendarlo, acaso esté en el poder de una andaluza! De lo que se ha hablado aquí esta noche, silencio absoluto. Veo yo que hay mucho descontento en esta sala. Entre lo que te has privado tú, hija mía, y lo que se ha privado servidora, noto más privaciones que un antropófago evangelizado en días de Cuaresma. Mañana decidiremos si éste ha de privarse o de abonarse. Ahora, que si llego a consentir, sólo pido que no se haga labradora. Que se haga ejecutiva, como doña Imperiala, que adondequiera que va le dedican un respeto. ¡Por tus muertos, que son los míos, sobrino: si te pones chocho, que sea un chocho emancipado, y con separación de bienes! Al salir de la clínica, hazte feminista, que de lo contrario estás perdido. En cuanto a ti, niña, gloria de la copla, procura dormir bien, que el lunes te han de hacer la introspección de la virginidad, y eso no admite bromas, pues nos van muchos reportajes y portadas, que es como decir el pan nuestro de cada día...

Se puso en jarras Reyes del Río, por si su opción iba a ser discutida.

—Yo la introspección no me la hago...

—¿Que no te la haces? ¡Más duquitas, virgen santa, más duquitas!

—Ya se lo dije a Imperia antes de fiestas.

—¿Y ha de mandar esa bruja hasta en tu virgo?

—En mi virgo sólo mando yo. Y dispongo que no me lo vuelven a magrear ni médicos ni curanderos. Si quiere análisis, hágaselos usted.

—Pues de vez en cuando me he privado, niña mía, que a lo mejor resulta que hasta soy virgen.

Y después de tanta discusión, se fueron a la cama, y Reyes del Río soñó que le ocurría exactamente lo que dice el cuplé:

> *Juró amarme un hombre*
> *sin miedo a la muerte;*
> *sus negros ojazos*
> *en mi alma clavaba...*

Así es de tierna, cuando quiere, el alma de una folklórica ilustrada. Y así ha de ser su sueño cuando la ha piropeado un macho como don Álvaro Montalbán, de Zaragoza.

CUANDO LAS UVAS YA HABÍAN MARCADO la entrada en el nuevo año, la fiesta continuaba en el apartamento de Imperia. No quiso ella una celebración excesiva. Había elegido a los más próximos a su vida diaria, pero escondiéndose a sí misma, como solía, la posibilidad de que en la elección mandase más el afecto que el interés. Tenía allí a sus dos clientes preferidos, Álvaro Montalbán y Reyes del Río, esta última acompañada inevitablemente por su madre, doña Maleni. Conocía por fin Raúl a todo el grupo. Y dirigiéndolos a todos con su vitalidad de siempre, pero incordiando menos que en otras ocasiones, Miranda Boronat ejercía de entrañable. Condición esta que, a pesar de todos sus extremos, nadie osaría discutirle.

En este terreno estrictamente privado, donde el afecto imponía por fin sus leyes, echó a faltar Imperia a su fiel Alejandro. Le apetecía presentarle a Raúl y, además, sentía la necesidad de su presencia. La consolaba pensar que el efebo del milagroso encuentro en el tren le permitiría pasar la primera Nochevieja feliz de toda su vida.

Conociendo la incapacidad de la anfitriona para dominar una cocina, se trajo Miranda a sus tres hombrecitos, que tomaron las uvas con la concurrencia, vestidos con chaqueta blanca. Y aunque se dijo que, pasada la medianoche, llegaría Cesáreo Pinchón para una última copa, éste llamó alegando compromisos que, nadie lo ignoraba, se traducirían en una crónica divertida y punzante. En tal noche como aquélla, Imperia se negaba a pronunciar la palabra «veneno».

Lo único que exigió a sus invitados fue un cierto rigor de gala en el vestir. Una reunión casi familiar, de acuerdo, pero tocada por la varita de la elegancia y el capricho. Se lo permitieron los dos únicos representantes del sexo masculino: Álvaro Montalbán, esmoquin con chaqueta adamascada y elegida personalmente por Imperia; Raúl con esmoquin sin solapa, elegido por Miranda, aunque el niño temió algún desatino. Álvaro con pajarita color rojo burdeos; Raúl con lazo blanco, a lo romántico.

No ahorraron despliegues las madamas. Imperia: vestido de terciopelo negro con exquisitos bordados de pedrería; falda extremadamente corta, escote sin tirantes. Reyes del Río: de largo, color rojo burdeos, falda tubo y sin espalda. Miranda: pantalones de noche con sus correspondientes lentejuelas en el escote y chaqueta de cuero dorado, para llegar, exhibirla y quitársela al momento. La más penosa era doña Maleni, con su vestido de encaje negro abierto por detrás en pronunciado escote en punta que permitía ver la tira del sujetador y algunos michelines y rojeces. ¡Lástima de encanjes primorosos! La tosquedad de la madaza no les permitían gran lucimiento. Además, amenazaba con mancharlos con las distintas bebidas que venía consumiendo desde que empezó la velada.

Estaba Reyes del Río un poco mosqueada de aquellos excesos. Intentó evitarlos, aconsejando:

—Madre, no le dé tanto al chinchón, que nos tocará llevarla a rastras.

—¡Mejor a rastras que en cruz, como me estáis llevando entre tu primo y tú!

Imperia decidió ser moderadamente gentil con aquella a quien consideraba, simplemente, una energúmena.

—No sea usted exagerada. Todo el mundo sabe que su hija la tiene como una reina.

—¿A mí con cuchufletas de la China? ¡A mí, que he pasado lo que he pasado para sacar adelante a esta pareja de ingratos! ¡A mí, que por ellos renuncié a la posibilidad de ser la última gran estrella de la zarzuela en este siglo de ahora mismo!

Animada por Miranda Boronat, sirvióse una copita de chinchón, sin que nadie se atreviese a advertirle que ya iba por la quinta tanda.

Sentía Raúl cierta curiosidad hacia aquella diva frustrada. Y aunque sus ojos seguían todos los movimientos del adorado Álvaro, no pudo resistir la tentación de interesarse por una carrera, la de doña Maleni, que le parecía tan improbable como ver a Susanita Concorde aspirando al cetro de Nureyev.

—¿Y qué repertorio tenía usted? —preguntó el niño.

—Destaqué como ninguna en el Coro de los Marineritos, que tú no conocerás, porque eres demasiado chico...

—¿Cómo que no? —exclamó Raúl—. Deme usted el tono, señora tiple.

> *Cuando los vientos con furia se agitan*
> *cuando las olas se encrespan e irritan...*

Se añadió la voz de doña Maleni a la de Raúl y entre ambos dieron un ejemplo viviente de la negación. Era difícil encontrar a un joven más amante de la música que tuviera menos sensibilidad para acertar un tono. Y era imposible buscar una soprano frustrada que imitara mejor los rebuznos de un asno. Y, además, de un asno resfriado.

Como es muy atrevida la cortedad, siguieron los dos repasando las calles de la Gran Vía, desentonando cada vez más el niño Raúl y poniendo mayor cantidad de rebuznos doña Maleni, según iba descendiendo el chinchón de la botella.

Cuando hubieron asesinado a las Calles y descuartizado a los tres Ratas, le dieron impunemente a la rememoración de aquel baile de mistó, llamado casualmente «el Eliseo»:

Yo soy un baile de criadas y de horteras
a mí me gustan las cocineras.....
y a mis salones se disputan por venir
lo más selecto del ay gilí.

Después de la impunidad, vino la impudicia. Tiple y tenor se aplaudieron mutuamente, mientras afectaban saludos y reverencias dirigidas al respetable.

—¿Y qué más llevaba usted en el repertorio? —preguntó Raúl, cada vez más excitado.

Suspiró dramáticamente doña Maleni:

—De ahí no pasé por culpa de los hombres.

—Vamos, que no llegó ni a cruzar la Gran Vía.

—Ni la calle Montera, hijo, ni la calle Montera. Me lo impidieron dos dados por el saco: el padre mío y el padre de ésa...

Aconsejó, más que hastiada, Reyes del Río:

—Pues no se pase ahora, madre. Y no culpe a mi padre y al de usted de su fracaso. No estaría de Dios que dejase usted sorda a media España.

Dejándola por imposible, Reyes del Río salió a la terraza. La noche estaba invitadora. Ni pizca de frío pese al escote. Pero cuando ya llevaba un rato ensimismada en los destellos de la ciudad notó que una mano cariñosa le cubría los hombros con la estola de visón que antes dejase en el cuarto de Imperia. Al volverse, agradecida, descubrió que la atención procedía de Álvaro Montalbán. Que era él quien la estaba mirando fijamente a través de unas gafas que, en su opinión, no le sentaban en absoluto. Y pensó que estaría sometido a las leyes de una imagen decretada, como le ocurría a ella misma.

—¿No he visto yo esos ojos en algún lugar? —preguntó él, insinuante.

—Los míos los habrá visto usted en la televisión o en las tapas de los discos, que ahí están para lo que guste. Los suyos los he visto yo en los anuncios de alguna óptica.

—Cristales de aumento tendrían que ponerle, para que pudiera ver todo lo que pasa a su alrededor sin que usted lo vea.

—Para el mundo, gafas oscuras. Que tampoco está el mundo para mirarlo mucho.

—¿Tanto teme sus peligros?

—Ellos me temen a mí, que no es lo mismo. Peligro que viene, se vuelve para atrás, amilanado.

—Casi me asusta, valentona.

—Ni asustarle quiero, conque ya ve si quiero poco.

—¿Es un desplante?

—Es un bostezo.

—¿Será que la aburro?

—Será que me duermo.

—¿Tanto desprecia a los hombres?

—No puedo despreciar lo que todavía no he visto.

—¿No ha visto a ningún hombre?

—A ninguno, sentrañas. Lo que en los comercios venden por hombre, me parece a mí que es una mala imitación.

—¿Y esto que tiene delante qué es?

—Un esmoquin.

—Es usted mucha hembra, Reyes, mucha hembra.

—Demasiada. Conque cuidado, mi alma, porque podría a usted darle un empacho que lo lamentaría.

Quedaron mirándose fijamente, sopesando cada uno la galanura del otro. Aquella Reyes del Río alejada de su mito estaba particularmente bella y, para total fascinación de los mitómanos, más inexpresiva que de costumbre. Consideraba Álvaro muy apropiado su apodo de Virgen de Cobre. Veía en ella la reencarnación de fetiches que soñó en su adolescencia. Como si todos los mitos de su educación cristiana regresaran para excitarle de una manera inexplicable, con una fuerza que hasta entonces no había conocido o acaso no supo reconocer, si se produjo.

Tan embebido se hallaba contemplando a su nueva diosa que no reparó en la presencia del hijo de Imperia. Se había colocado a sus espaldas, casi pegado a él, y delataba cierto nerviosismo. Se restregaba las manos continuamente, como envalentonándose para la acción. Por fin hizo acopio de coraje y tiró por dos veces de la manga de don Álvaro, acompañando cada tirón con su sonrisa más encantadora.

—Don Álvaro, ¿me permite hacerle una pregunta?

—¿Y no puede esperar, niño? —contestó él, dejándole ver su escasa oportunidad con un gesto casi despectivo.

Sólo que el niño continuaba sonriendo.

—Todo puede esperar, don Álvaro, pero también es cierto que quien espera desespera.

—¡Anda ya! ¿Y de qué puedes desesperar a tu edad?

—Sin ir más lejos, de que no sé bailar el tango. ¿Qué tal se le da a usted?

—Se me da chachi. En las fiestas mayores de Ardonzas, me lo marcaba con la hija del boticario y todas las mujeres se corrían mirando.

342

¡Ojalá no lo hubiera dicho, el imprudente!

—¿Y los chicos, don Álvaro?

—¡La rabia que tenían!

—No me extraña, pobrecitos. *A propos*, ¿nadie le ha dicho que con esas gafas tiene usted cara de profesor de baile?

—De baile, de álgebra y hasta de física si tú quieres. Las gafas siempre dan un aire culto.

En ese preciso instante sonrió Reyes del Río con un brote de complicidad con el niño que, sin embargo, resultaría inexplicable, para su cortejador, percibirlo. Ella sabía por dónde podía saltar de repente un gato parduco. Acostumbrada a las reacciones de Eliseo, rodeada siempre de admiradores homosexuales y hasta de imitadoras mariquitas, detectaba al instante aquellos excesos de la sensibilidad y sabía cómo tratarlos. Con respeto siempre. Con cariño en muchos casos. Con voluntad de ayuda cuando comprendía que, detrás de la frivolidad y el gozo, se escondían heridas.

No era tan receptivo Álvaro Montalbán. No podía serlo ni se hubiera atrevido, máxime tratándose del hijo de Imperia y en aquella noche. Lo único que le preocupaba eran los desplantes de la coplera:

—Los dejo. Ustedes tendrán cosas de que hablar. Yo lo tengo todo dicho.

Y se alejó hacia el salón, dejando en el rostro de Álvaro una sombra de ira.

—¡Maldita sea la estampa de esa bruja! —exclamó. Pero tuvo que disimular su humor porque continuaba mirándole, embobado, Raúl. A quien preguntó, fingiendo cortesía—: ¿Y qué querías tú con lo del tango, jovencito?

El niño tragó saliva. Por fin, se decidió a hablar:

—Ya que usted dice bailarlo como si fuera un baturro de las pampas, bien podría darme unas lecciones.

—¿Y no podría enseñarte tu madre?

—Comprenderá usted que no es lo mismo. Me enseñaría los pasos femeninos y luego, cuando los aplicase, me haría quedar tope ridículo.

—Me dijeron en milicias que nunca hay que negarle un favor a un camarada; pero para bailar el tango, se necesita música de tango, que yo sepa.

Raúl quedó fascinado por tanta inteligencia.

—Si es por discos, no quedará. Poseo en mi habitación la mitad de Buenos Aires...

No esperó una respuesta. Agarrando a don Álvaro por la manga, le arrastró hasta sus dominios. Sin que el galán sospechase nada, cerró la puerta y con expresión de cazador furtivo puso un disco de Gardel. Concretamente, el tango llamado *Cuesta abajo*.

—Ése está muy bien para aprender —exclamó Álvaro, estirándose completamente y disponiendo las piernas en la actitud de un malevito porteño.

Por su parte, Raúl abrió los brazos exageradamente, dispuesto a recibirle.

—Yo me dejo llevar, cual pluma al viento.

—Bueno, pues yo te cojo por la cintura...

—Notará usted que es bien esbelta.

—Cierto. Muchas mozas la quisieran. Tienes que arrimarte más.

—Sí, señor. Yo me arrimo todo lo que usted me diga.

—¿Ves? Tu pierna tiene que pegarse en lo posible a la pierna de la hembra. Así, como hago yo pegándome a la tuya...

—Sí, señor, sí, bien pegadito...

—Ahora lo haces mejor... Cuanto tú avances, tu pierna casi refriega el sexo de ella... ¿Te das cuenta?

—¿No iba a darme cuenta? Me ha refregado usted que ha sido un *too much*.

Continuaba Gardel desgarrándose en lamentaciones cuando Álvaro Montalbán se descubrió reflejado en el espejo, con aquel jovencito en brazos y las piernas entrelazadas que parecían un nudo.

—Oye, niño..., ¿no quedamos un poco maricones?

—¡Dios nos librara, don Álvaro! Serán manías suyas.

—Yo es que en esto soy muy estricto. Yo es que ver un maricón y darle una hostia, todo es uno.

—¡Glup! ¿Y le da usted muy fuerte?

—Lo desmonto. Primero lo dejo sin dientes. Después, si pudiera, sin costillas. Pero ¿sigues el paso o no sigues el paso?

Raúl se separó de él como alma que lleva el diablo. Quedó mirándole con aire de total indefensión.

—Se me han pasado las ganas. Si bien se mira, pudiendo bailar el rock, ¿para qué pasar tantos apuros?

No se dio cuenta Álvaro del cambio operado en el semblante de su pareja, que pasaba de la juerga a la congoja en tan corto espacio de tiempo. Se encogió de hombros ante lo que no podía entender y le dejó sentado al pie de la cama, poniéndose los cascos, sin duda para guardar para sí la intimidad de la música.

De vuelta al salón, buscó a Reyes del Río. Pero fue Imperia quien le salió al paso, ofreciéndole un Ballentine's.

—¿Qué tal te cae mi hijo?

—Muy bien. Nos hemos reído mucho a costa de los maricones.

—Sorprendente —murmuró Imperia. Y, colgándosele del brazo, le llevó hasta las butacas, donde seguían bebiendo las otras invitadas.

Interfirió en la conversación, balbuciente, y casi dando trompicones, doña Maleni.

—¿Están hablando ustedes de maricones? Pues infórmenme, joder, que yo en casa tengo uno y ya no sé cómo manejarlo.

Reyes del Río mostró su disgusto, acaso exagerado. Señal de que habría otros motivos.

—¿Otra vez con lo mismo, madre? Asuma de una vez lo que le ha caído encima y déjenos en paz con tanta historia.

—Reyes tiene razón —dijo Miranda—. Del afecto de los maricones vive ella. ¡Si hasta los hay que la imitan en plan de travestido!

—Yo le aconsejaría a usted un pelotón de fusilamiento —dijo Álvaro, bromista pero rotundo—. De seguir así, habrá en España más maricas que hombres.

Reyes del Río se le puso insolente:

—Mucho ha de saber usted de macherío para distinguir.

—Mire usted, preciosa: un hombre, cuando es hombre, señal de que lo es.

—Se expresa usted como un premio Nobel —exclamó doña Maleni—. Un hombre puede ser un bicho y eso es malo, pero si es bicho y no es hombre tampoco sirve. Y ha de estar a lo que quiere la mujer, sin dejar de ser hombre.

—Y una mujer que esté para lo que la quiere el hombre y donde el hombre quiera. Brindo por usted, doña Maleni.

Intentaron todos evitar el brindis, no por Álvaro sino por la madraza. Fue inútil. El brindis se produjo fatalmente y el chinchón siguió bajando en la botella. Imperia, que había seguido en silencio todas aquellas disquisiciones, preguntó con acento incisivo:

—Y tú, a una mujer, ¿dónde la quieres?

—En un altar. Y que tenga poca concurrencia. Altar para ponerle cirios yo y ponerle flores yo y un ejército para impedir que pase nadie. Y misas privadas. Y ni un monaguillo.

Contestó Reyes, altiva:

—Pues con lo poco que va la gente a las iglesias, si encima hacen lo que dice usted, se van directamente a la ruina...

Miranda conocía a Imperia lo bastante como para saber

que algo la había violentado en aquel diálogo. Y estuvo ya completamente segura cuando su amiga cogió a Álvaro de la mano y, mirando a las otras mujeres, refunfuñó:

—Rapto un momento a nuestro macho rampante...

Se lo llevó mientras doña Maleni preguntaba a Miranda:

—¿Qué coño ha dicho que es el macho ese?

—Rampante, señora —dijo Miranda—. Rampante, dijo.

—Esas mujeres emancipadas dicen unas cosas que no están en los evangelios.

En el *office*, Álvaro comía un tocinillo de cielo mientras Imperia daba vueltas alrededor de la mesa, con los brazos cruzados y una expresión de mudez total.

—¿Se puede saber qué tenías que decirme con tanta urgencia?

—No me han gustado nada tus comentarios. Espero que algún día no se te escapen delante de la prensa.

—¿Eso me lo dice la profesional o la amante? —preguntó él en tono chulesco.

—¿Si te lo dice la profesional?

—Tengo que callarme. Ella tiene más experiencia.

—¿Si te lo dice la amante? O mejor dicho, la perra, porque yo, de amante, luzco poco.

—Le arreo un sopapo. La mujer que me ladre a mí, no ha nacido todavía en esta España.

—Tienes tú suerte de tener lo que tienes. Otro me habla así y lo mando al dispensario.

Para huir del melodrama, esa dama de altos vuelos se estaba volviendo sainetera.

Álvaro no huía de nada; así pues, la estrechó contra su cuerpo, violentamente. Por más que ella le rechazaba, fingiendo enfado, consiguió besarla con avidez, sin contemplaciones. Tampoco las tuvo Imperia para clavar las uñas en su esmoquin, como si intentase atravesarlo hasta hincarse en sus músculos.

—Tengo suerte de tenerte a ti, salero —susurró él en voz queda. Y, mordiéndole el cuello, añadió—: Y ahora te vendrás conmigo a casa.

—¿Y plantar a mis invitados? ¿Cuándo se habría visto?

—Tú sabrás a quién prefieres. Yo voy muy caliente.

—¿Ésa es tu forma de decir te quiero?

—Ésa es mi forma de darte lo que deseas.

—Pon que deseo más —murmuró ella mirándole fijamente.

—Arriésgate a pedírmelo. Pero te advierto, no me dejes marchar en este estado porque podría caer en brazos de la primera que encuentre.

Imperia no pidió siquiera la oportunidad de pensarlo dos veces.

—Quédate a dormir aquí. En media hora los echo.

—¿Y tu hijo?

—Que se entere de una vez. Ya es mayorcito.

Con el regreso de los criados, Imperia empujó a Álvaro fuera del *office*. De todos modos, no hubo sorpresa. Para Sergio fue una escena habitual: la señora quiere sorprender con una última golosina y no tolera que el marido se introduzca en su terreno para hacer averiguaciones. Pero Martín, más ducho en aquel tipo de escaramuzas, se dijo con malévolo gesto: «¡Vaya sitios se buscan los señores para hacer sus picardías!»

De regreso al salón, Álvaro buscó inmediatamente la figura de Reyes del Río. Permanecía en un rincón de la biblioteca, en estado de tal lasitud, de tal indiferencia, que se limitaba a ir paseando el dedo por el lomo de algunos libros. Era el momento ideal para distraerla, para liberarla de su cárcel de tedio. El momento para hacerle sentir, con total intensidad, que la deseaba ardientemente.

Cuanto más imitaba ella a una estatua, más empezaba a comprender él la hoguera que la consumía por dentro.

Decidió ofrecérsele, cuando le salió al paso Miranda, que sostenía una botella de chinchón en la mano, sin que nadie se atreviese a reprenderla, como había ocurrido con doña Maleni.

—¿Dónde se había metido usted, Alvarito?

—Jugaba con el niño. Le ha dado por aprender a bailar el tango.

—¿Y usted qué hacía?

—Yo le llevaba.

—¡Dios mío! ¿Y adónde le ha llevado?

—Arriba y abajo de la habitación. Yo le he dicho que era un lugar muy estrecho para bailar, pero él, dale. En confianza: ¿ese niño está bien de la cabeza?

—Voy a averiguarlo. Si le encuentro haciendo equilibrios en el grifo del baño, es que no lo está.

Al entrar en la habitación de Raúl, Miranda le encontró sentado en la cama, con la cabeza escondida entre las manos y los cascos de música puestos. Por un momento, pensó si le habría dado un repentino ataque de operitis; pero, cuando el muchacho levantó el rostro hacia ella, descubrió que lo tenía bañado en lágrimas.

—Niño, niño, ¿estás llorando?

—No, tía Miranda. Es que me llueven los ojos.

—No me engañes, pequeño, que esto es llantina de amores.

Tomó asiento junto a él. No sabiendo qué hacer con un criajo que llora, se le ocurrió como argumento ideal el que le servía a ella en sus congojas. Y agitando la botella, proclamó:

—Lo único que entierra el mal de amores es esta magia. ¿Quieres un traguito?

—¿Qué es? ¿Un elixir?

—Chinchón de la chinchonera.

Con un gesto le sugirió que bebiese a morro. Por poco se atraganta el niño. Pero después de mucho toser, se pasó la lengua por los labios y comentó:

—Es bueno.

—Otro traguito.

Dio un trago, un poco más largo.

—Es buenísimo de muy bueno.

—¿Otro traguito?

Esta vez el trago valía por tres.

—Es más bueno que lo más excepcional y lo más tope. ¿Puedo hacerte una pregunta, tía Miranda?

—Tú pregunta lo que quieras y yo te contestaré por telegrama. Siempre lo he hecho así y siempre me ha dado excelentes resultados.

Raúl dio otro sorbito para animarse.

—¿Tú crees que si un hombre con gafas no está muy interesado en un chico soltero le saca a bailar el tango?

—Si se le lleva arrastrado con cadenas como has hecho tú, sí.

El niño ya empezaba a hablar desde el mareo.

—La verdad es que arrimar, arrimaba el muy cabrito. Para mí que después se ha hecho el machote para hacerse valer.

—Los hombres son muy raros, niño. En cierta ocasión conocí al embajador de uno de esas repúblicas sudamericanas que parece que no pueden existir. Era de lo más macho que había visto en mi vida. Pues bien, cuando fuimos a hacer el amor, me salió vestido de odalisca.

—¿Me tomas el pelo? ¿Un macho machote vestido de odalisca?

—Y más, mucho más. ¿Tú, que llegas de Barcelona, no conociste al marido de Superba Roiget? Sí, hombre, la que está emparentada con los Roiget i Masroig del caldo «Pavita Linda». Pues al marido de Superba Roiget, que era muy macho, lo descubrieron un día en una casa del Barrio Chino donde vendían ropa de *vedette*. Se estaba probando sujetadores de lamé, mallas de rejilla y braguitas de pedrería de esas tan absolutamente vulgares. Resulta que acudía a hacerlo una vez a la semana desde hacía años. Incluso obligaba a las dependientas a que le llamasen Lulú Pigalle.

En la mente de Raúl, tan remojada en chinchón, brilló un destello de esperanza:

—¿Tú crees que don Álvaro se ha vestido alguna vez de odalisca?

—Yo creo que cada noche, porque de lo contrario, siendo tan macho, tiene que aburrirse la mar. El hombre muy machote que no se viste de odalisca de vez en cuando para compensar, llega un momento que se encuentra siempre igual y se odia a sí mismo.

—¡Qué cosas tan bonitas cuentas, tía Miranda! —exclamó el niño, riéndose a mandíbula batiente—: ¡Eres más divertida que lo topo divertidísimo!

Y entre risas entrecortadas, quedó pegado a sus cascos, acaso imaginando a Indiana Jones en plena ejecución de la danza del vientre.

Miranda aprovechó para reintegrarse a la reunión. No era, por cierto, demasiado apetecible. Como todas las que se prolongan en exceso, estaba avanzando hacia la repetición, la cual se encargaba de acentuar implacablemente una doña Maleni que, además, continuaba dándole al chinchón. Seguía con las quejas contra su sobrino. Y al descubrir que Miranda regresaba, decidió convertirla en tabla de salvación. Corrió hacia ella con los brazos abiertos y poniendo tal ímpetu que a poco tropezó con una butaca.

—¡Mi sobrino no me quiere, mi hija tampoco, mi marido y mi padre me mandan maldiciones desde el infierno de los difuntos! ¡Lléveme a Egipto con usted, marquesa, que le alegraré el viaje! Me sé dos romanzas de *La corte de Faraón* que si las canto en vena se vuelve a abrir el mar Rojo del impacto.

—¿Pero qué dice esta beoda? —exclamó Miranda, horrorizada—. ¿Pretende fastidiarme el viaje?

—He tenido ayer una buena chamba en el bingo. Puedo pagarme un viajecito sin tener que pasar por mi hija, que luego me lo echaría en cara, recordándome que vivo de ella.

Reyes del Río intentaba quitársela de encima.

—Madre, le pago el viaje en buena hora y no me dé más tormento. ¡Váyase a los Egiptos y, si puede ser, no vuelva!

Miranda estaba decidida a protegerse:

—Oye, guapa, a mí no me cuelgues el muerto, que ya voy acompañada. Viene la pesada de Milagritos, que tiene un enfisema pulmonar y se ahoga con sólo subir las cuatro escaleras de Archy's. Si encima tengo que cuidar de esa reliquia, no podré hacer *shopping*.

—No me dirás que vas a Egipto sólo para hacer *shopping* —exclamó Imperia, riendo—. Sabrás que hay otra cosa, además de tiendas.

—No seas exagerada. También veré las pirámides. De todos modos, no mucho más. Dicen que esos países del Cuarto Mundo son muy cansados.

Mientras se enfrascaban en aquella absurda discusión —¿quién podía siquiera intuir lo que haría en Egipto toda una Miranda Boronat?—, Álvaro continuaba acechando a Reyes del Río y ella rehuyéndole de una manera que ya empezaba a ser abierta y declarada.

Para desesperación del galán, volvió a aparecer el niño Raúl. Pero, en esta ocasión, se tambaleaba y canturreaba el Coro de los Marineritos, para satisfacción de doña Maleni, que le hacía palmas.

—¿Me permite usted, apuesto don Álvaro? —tartamudeó Raúl—. ¿Puedo hacerle una pregunta?

Él le contestó de muy malos modos:

—¿Qué quieres ahora? ¿Aprender el vals?

—¿Es verdad que usted se viste de odalisca para ir al supermercado?

En el rostro de Álvaro Montalbán se dibujó una expresión de perplejidad que pasó rápidamente a la furia.

—¿Qué está diciendo este niño? ¡Me está tomando por lo que no soy!

Raúl se echó a reír, en pleno descontrol.

—¡Vaya, vaya, profesor! Me han dicho que le han visto en un teatro de revista poniéndose los sostenes y las mallas de la *vedette*... ¡Y que además tenía que ponerse tetas postizas!

Alucinados estaban todos. Y Álvaro Montalbán, particularmente, salido de madre.

—¡Basta ya, Raúl! —gritó Imperia, desde su rincón—. ¡Este tipo de bromas no tiene pizca de gracia!

—Si lo llego a saber, no se lo cuento —murmuró Miranda, intentando desaparecer hacia la cocina.

En medio de una risotada borracha, exclamó doña Maleni:

—Los hombres de hoy, mucha facha y cantidad de macherío; pero, a la hora de la verdad, todos maricas.

Enfurecido por el comentario de la villana, Álvaro se arrojó sobre Raúl, aferrándole por el cuello. Y tenía ya la mano levantada para hacerla caer sobre su rostro cuando sonó a sus espaldas un grito de mujer, conminándole a detenerse.

Antes de que Imperia tuviera ocasión de intervenir, Reyes del Río se había adelantado hacia Álvaro y, agarrándole con furioso ademán, le obligó a volverse hasta que sus rostros se enfrentaron.

—¡Alto ahí, señor don Álvaro! ¡Usted toca al muchacho y le arranco yo los ojos con estas uñas.

Todos los presentes enmudecieron. Y Álvaro, el más asombrado, sólo consiguió proferir un nombre a guisa de exclamación:

—¡Reyes!

—¡Reyes y Magos, si quiere! Y reyes de España, todos los que hubo. ¿Quiere más reinado todavía? Pues lo tengo y me sobra para romperle a usted el alma, fanfarrón de mierda.

—¡Caray con la coplera! —exclamó Miranda, admirada—. ¡Por poco nos sale boxeador de esos que promociona la *jet set*!

Reyes acogía a Raúl en sus brazos. Notó que ya no se daba cuenta de nada. Pero ella continuaba con su batalla particular contra Álvaro Montalbán.

—¡Hasta la peineta me tiene usted con tanta machada! O sea que mucho cuidado porque quien va a ir derechito a un altar va ser usted, pero clavado en cruz.

En la imposibilidad de excusarse sin agredirla, Álvaro se volvió hacia donde estaban Imperia y los demás.

—Se lo dije, Miranda: este niño no está bien de la cabeza.

Imperia decidió que su intervención debía ser de otro estilo. Una reprimenda que mezclase los deberes de madre y las obligaciones de la anfitriona. En cambio, le salió la misma aversión que la obligaba a retroceder ante los infiernos de su amigo Alejandro.

—Te lo advierto, Raúl: éste es el tipo de mariconadas que no estoy dispuesta a tolerar. Es más: me repugnan.

Por primera vez, Reyes del Río se atrevió a tocar a aquella especie de tutora suya. Poniéndole la mano encima del hombro, susurró:

—Deje que le lleve yo, Imperia. ¡Como si fuera uno de mi público!

Y se fue, soportando el peso de Raúl, quien, casi inconsciente, continuaba cantando el Coro de los Marineritos. Y, entre frase y frase, repetía:

—¡Qué fuerte es! ¡Qué autoritario! ¡Qué machote!

Todo esto sin dejar de soltar hipos.

Reyes del Río se dignó bajar de su trono para desvestirle sin que él se diese apenas cuenta. Tras mucho forcejeo, consiguió introducirle bajo las sábanas. Y mientras le arreglaba la almohada quedó mirándole con una sonrisa llena de ternura.

—Me he puesto en ridículo, ¿verdad? —gemía el niño.

Ella le acarició dulcemente:

—¡Si no habré visto yo lo que te pasa! ¡Si niños como tú me llegan a ramilletes al camerino y me basta con descubrirles esa mirada tuya para quererlos como cosa mía!

—¿A qué mirada te estás refiriendo, tía Reyes?

—¡Qué piradito estás, mi niño! Tanto que ni aciertas a ver que esa mirada tuya la tienen las virgencitas de nuestras semanas santas. Duérmete ya, que el mundo es muy grande y los mundos del sueño todavía más.

—¿Sabe que le digo? Casi podría ser mi madre.

Mientras él iba cerrando los ojos, ella iba abriendo los suyos desmesuradamente.

—No me lo digas dos veces, niño, no me lo digas. Que una gitana me lo anunció ante las puertas de la Alhambra y todavía estoy temblando.

—¿Por qué, tía Reyes?

—Por eso, bonico. Porque podría ser tu madre.

Y todavía brotó una lágrima de aquellos ojos brujos.

CUANDO NO PASABAN JUNTOS LA NOCHEVIEJA, Imperia y Alejandro solían llamarse pocos minutos después de la última campanada para desearse las mejores cosas. Siempre fue así, desde cualquier lugar donde se hallase uno de los dos. Y todavía recordaban lo azaroso que la ceremonia resultó tres años atrás, cuando Imperia se hallaba en un hotel de Nairobi y él en casa de unos amigos, en Verona. Si consiguieron salvar tan insólitas distancias, no era excusable que en ese primer amanecer de 1990 tardase tanto Alejandro en llamar desde la provincia de Málaga.

El olvido, aunque ofensivo, era un excelente augurio de la felicidad del amigo entrañable. El milagro del tren le mantendría tan ocupado que cualquier obligación se parecería a un sacrilegio. Se encontraría él en dulces brazos, estableciendo aquel tipo de vínculos que solía sacralizar sin el menor esfuerzo. A buen seguro que el efebo ya estaría instalado en un altar a cuyas plantas le adoraría Alejandro, convertido en sumo sacerdote de su culto.

Pensó Imperia que el envidiable privilegio de los enamorados, su derecho al aislamiento, era muy susceptible de convertirse en descortesía cuando se celebra prescindiendo de los compromisos con los demás. Pero se vio moralmente obligada a tragarse sus reproches. Alejandro se limitaba a pagarle su negligencia de la semana anterior, cuando olvidó completamente su cena semanal. Y por una razón parecida: por el placer de celebrar, en la noche sevillana, la consagración de Álvaro Montalbán.

Ignoraba Imperia que su compinche preferido estaba muy lejos de celebrar la Nochevieja realizándose en el culto al amor. Que dejó pasar las horas arrinconado en un bar del pueblo, apoyado en el viscoso hule de una pequeña mesa, ante una jarra de vino, con el vaso tambaleándose entre las manos, ensimismándose de nuevo en el cultivo del dolor y hundido en una profunda lástima por sí mismo.

Tenía los ojos llorosos y un cigarrillo colgando torpemente de los labios despellejados. Sin afeitar, despeinado y con una sonrisa paralizada, diríase un triste reclamo de la soledad total. Parecía gritarle al mundo: «No hay escapatoria. Nunca la habrá.»

Durante mucho rato le contemplaron, extrañados, los dueños del bar, un matrimonio que, igual que él, no se habían vestido para la gran fiesta. Era una pareja de rústicos que le conocían desde niño y, después, le trataron en su adolescencia de señorito, cuando llegaba con otros compañeros a jugar en la única máquina tragaperras del pueblo, hoy estropeada porque el tiempo pasa incluso para las máquinas. Estaba avezado, el matrimonio, a tratarle siempre con el distante cariño que los de su clase suelen dirigir a los hijos de los señores de toda la vida, tratamiento que, para ellos, equivalía al señorío de todos los siglos. Y aunque siempre fue Alejandro el más simpático de sus cinco hermanos, y por supuesto mucho más asequible que sus padres y tíos, no por ello dejaba de inspirar el santo temor que su condición inspira todavía en esas partes del mundo. Por otra parte, sus estudios y la circunstancia de vivir en Madrid le prestaban, últimamente, una impresionante aureola de hombre de respeto.

¡Quién lo dijera aquella Nochevieja! Se les presentó con paso vacilante, mirada de borracho y peor vestido que cualquiera de los braceros al servicio de su familia. Las botas de montar sucias de fango, unos pantalones de pana igualmente desaseados y un chaquetón de piel raída por el uso. A él no parecía importarle en absoluto. Parecía viajar fuera del mundo. En realidad, estaba en consonancia con el barucho, donde sólo quedaban los restos del tapeo de la tarde. Dos horas antes, quedó completamente vacío, porque los clientes habituales estarían celebrando la fiesta en sus hogares, frente a los glamurosos espacios de la televisión o bien en las *boîtes* y restaurantes de medio tono que fueron surgiendo en el pueblo durante los últimos años, a raíz de la nueva prosperidad.

Tenía Alejandro los ojos fijos en un televisor cuyos alegres mensajes estaba muy lejos de atender. Transcurría un desfile de rostros festivos: cantantes, locutores, cómicos, invitados famosos, azafatas; una entera corte del entretenimiento público cuyos miembros exhibían un vistosísimo catálogo de vestuarios para un reveillón soñado, mientras brindaban incesantemente con un líquido amarilluzco, que pretendía parecerse al champán, propiciador de sueños.

Él se limitaba a dejarse llevar por el ritmo trepidante de las imágenes, reducidas por fin a una acumulación de colorines y a un cencerreo de musiquillas alteradas. Nada más lejos de su ánimo que aquella obligatoriedad de la alegría. Por su cerebro circulaban en tropel ecos de sus canciones de juventud; susurros tristes, lamentos melancólicos, evocaciones dramáticas que perduraron a lo largo de su vida...

El paso del tiempo se convertía en fonoteca alquilada para acompañar, ahora, su dolor.

En Nochevieja, en aquel bar de pueblo, a solas frente a un televisor, Alejandro resumía en un abandono inesperado sus habituales calvarios de los fines de semana. En esta ocasión era peor. Durante todo el año, se había encontrado solo porque no encontró a nadie que le ofreciese, siquiera durante unas horas, la esperanza de dejar de estarlo. Ahora se encontró simplemente abandonado, el peor oficio del mundo. Tal es la diferencia entre la soledad y el abandono. El hombre se encuentra hundido en la soledad sin ayuda de nadie, pero únicamente por el rechazo de alguien puede sentirse abandonado. Ese alguien, en esta ocasión, había llegado sin avisar y se fue advirtiendo. Levantó la mano ante su esperanza y le hizo ver claramente que ésta era imperdonable. ¡No debía atreverse a pedir tanto!

Esperó la noche, en que es más cruel la soledad para desaparecer de su vida, rompiendo así cualquier esperanza de un amor duradero en el futuro. Porque el abandono ya no era un accidente. Sería la confirmación de una regla.

Estaba establecido desde hacía siglos que nada llegaba para quedarse eternamente. ¡Pero, Dios, no tenían por qué ser los amores tan fugaces! Al serlo, potenciaban la intensidad que precedió al final; la intensidad que, al morir, provoca el estallido de la desesperación. Así había ocurrido con el salmantino llamado Sebastián. Con su presencia, convirtió los últimos días del año en una milagrosa repetición de aquel primer encuentro en el tren. Una sucesión de sorpresas, un cúmulo de revelaciones, ora apasionadas, ora divertidas. Y, además, se entendieron tan bien en la cama que Alejandro recuperó por primera vez en muchos años la sensación del placer plenamente compartido y, por lo tanto, la cumbre del placer.

Prolongaron su entendimiento en horas de conversación, escarceos jocundos, *lazy hours* deslizadas con la meláncolica delicuescencia de dos románticos empedernidos...

Alejandro sintióse feliz contribuyendo a que el mancebo se forjase una fantasía tomada a guisa de complaciente vacación. ¡Ojalá hubiese obrado él del mismo modo! Lamentablemente, siempre buscaba la opción de la eternidad.

Accedió a llevarle a la grupa de su caballo. Sebastián sucumbió a la fantasía. Aquel jinete maduro, de buen ver y dispuesto a todos los excesos, difería mucho de los profesores que hasta entonces había conocido. El mismo Alejandro aceptó creerse el centro de un universo completamente amazónico. El ocio sano que le ponía en contacto con sus campos, lejos de la neurosis urbana, favorecía un aspecto descuidado, abierto, que podía pasar fácilmente por deportivo. Y él se complacía en presumir delante de su improvisado admirador, obligando al caballo a efectuar toda suerte de cabriolas que el salmatino aplaudía con entusiasmo infantil. Así, aceptó a guisa de un regalo de vacaciones que Alejandro se despojara completamente de su personalidad urbana para desarrollar una tópica estampa de centauro andaluz.

Ya que el inesperado jinete había propiciado todas las fantasías de su efebo, éste accedió a propiciar las suyas. ¡Fecundo intercambio de extravagancias! Hicieron el amor bajo los árboles, sueño dorado de todo panteísta que se estime. Corrieron semidesnudos junto al río, aprovechando un pálido rayo de sol que quiso favorecer la ilusión de una primavera temprana. Y aunque Alejandro consideraba el tiempo un poco frío para los malagueños, a Sebastián se le antojó el trópico, comparado con el invierno de Salamanca.

Pasearon entre los chopos del río, se hicieron fotos deambulando por la fresneda, y debajo de una encina más antigua aun que la infancia de Alejandro, reposaron abrazados, dejándose empapar por un tenue sudor que ya no era el del clima, sino el de sus propios cuerpos excitados. Aparecía la naturaleza nimbada por luces pálidas, que acentuaban los aspectos mágicos de los contornos. Contra el cielo rosado se perfilaban las siluetas de la serranía, se bañaban en amarillos irreales las faldas de las colinas y respondían con un verde oscuro las lomas acariciadas por un sol postrero. Allá, a lo lejos, se erguía una meseta de forma trapezoidal que Alejandro quiso ver como el túmulo donde ardiese el adorado cuerpo de Patroclo. Gracias a algún nuevo milagro, el salmantino conocía la referencia y Alejandro sintió que se besaban desde el interior del mito y por siempre en él.

Se desplazó diariamente a Málaga para recoger a Sebastián y, después de todo un día en el campo, le devolvía a la ciudad y cenaban en algún restaurante junto al mar. Sebastián solía citarle en un punto concreto, delante del gran hotel del Paseo, sin llevarle nunca a casa de sus amigos, donde aseguraba residir. A excepción de este detalle, todo transcurrió dentro de la mayor normalidad. Alejandro le había llevado a alguna excursión por los pueblos de la costa y hasta cedió a la tentación de entrar en algún bar de ligue de Torremolinos, en cuyos rincones pudieron bailar y besarse sin disimulo.

De regreso a los paisajes de su adolescencia, el profesor dio rienda suelta al deseo que desde hacía tantos años deseaba invocar. Presintió que había llegado el momento de declararse a Sebastián. Le obsequió con la acostumbrada retahíla de juramentos de amor eterno, conjuras de perenne devoción, votos de fidelidad y hasta proyectos de vida en común. En su delirio, decidió que Sebastián podía desplazarse a Madrid los fines de semana, incluso seguir sus estudios en la capital. Si esto no era posible, él estaba dispuesto a solicitar el traslado a Salamanca...

Cuando vio que aquella nueva fantasía estaba llegando demasiado lejos, Sebastián le miró con expresión asustada. Estaba decidido a poner las cosas en claro.

—¿Por qué te enrollas tanto? Yo tengo mi vida muy complicada y estoy seguro de que la tuya también lo está...

—Desgraciadamente, no la tengo en absoluto complicada. Sólo tú puedes complicármela, si quieres.

—Complicaría la de otra persona —dijo el muchacho, apartando la mirada. Y, con cierto apuro, añadió—: Estoy liado. Además, soy feliz.

Aquí el silencio. Como si una tormenta de consecuencias irreparables acabase de irrumpir sobre la serenidad del paisaje, hasta entonces conmovido porque sirvió de fondo a tantas cosas bellas. Habló Sebastián de una relación permanente. Detalles de experiencias compartidas, proyectos forjados con mucha antelación y, naturalmente, el temor de herir al otro. Nada que se pareciese a la pasión pero que ataba mucho más que ella. Algo parecido a una amistad que empezó en la escuela y se convirtió en amor para mantener el recuerdo de una adolescencia que se iba consumiendo pero que todavía latía.

Alejandro no pudo dormir aquella noche. El adolescente acababa de expulsarle del paraíso y le obligaba a descender desde las cumbres del amor a las simas de la simple aventura...; aquel tipo de aventuras que a él le hastiaban ya, de puro vividas.

Aquí tuvo un nuevo indicio de la idea que, desde meses atrás, empezaba a torturarle: todas sus conquistas eran tan jóvenes, todos eran muchachos tan nuevos, que podían contentarse con la aventura; mejor dicho: tenían la obligación de vivirla continuamente para participar de lleno en el soberbio espectáculo de la juventud. Pero él empezaba a ser tan viejo que sólo podía aspirar al amor que perdura, ese amor que suele convertirse en el último sudario de la pasión.

Al cuarto día, el salmantino ya no acudió a la cita. En vano esperó Alejandro delante del hotel; después, en la barra. Llamó varias veces a la quinta, por si el otro pensó en dejarle algún mensaje. Como temía, nadie había dejado nada. Paseó por la ciudad hasta la noche, buscando por los bares juveniles, después por los de ligue, finalmente en otros locales de los pueblos de la costa. Y, cuando terminó su búsqueda, la luna arrojaba sobre el mar reflejos amenazadores, como si los dulces colores del invierno hubieran cedido bajo la acometida de Lilith, la terrible.

Ahora se encontró simplemente abandonado, el peor oficio del mundo. Y ni siquiera podía recurrir al consuelo de pensar que había sido sustituido. Esto sería cruel, pero sería cuanto menos una explicación. Su caso era todo lo contrario. Él había sustituido a alguien por unos días, pero no había sido lo bastante importante para sustituirle del todo. Él, que llegaba para usurpar, era el gran derrotado.

Esa otra persona a que se había referido el salmantino, ¿qué edad podría tener? Dijo que pertenecía a su propia generación. Algunos años de diferencia no importaban. Nunca serían esos veintinueve que le separaban a él. Nunca ese abismo de actitudes, de gustos, de intereses para el futuro. Todo cuanto negaba la posibilidad de que Sebastián se formase a su lado, creciendo a lo largo de los años, fomentando la indestructible alianza que los mantendría juntos en la imperecedera unidad de las almas.

¡Semejante cursilada!... ¿O acaso egoísmo? Él llegaría a la vejez mucho antes que este joven a quien le estaba exigiendo un vínculo que podría estrangularle la juventud.

Reapareció entonces en toda su crueldad la confirmación de los años idos.

Tuvo que retroceder sobre sí mismo para confirmar que, en adelante, el paso del tiempo tendría una gran influencia en su relación con los niños amados. De todo el cansancio que sentía de la vida —y era, en realidad, un gran cansancio—, aquél era el que más le atormentaba. Marcaba definitivamente su situación ante el amor y el sexo. La situación que se presenta cuando la vida inicia su declive.

La vida de Alejandro estaba declinando mientras Sebastián se encaramaba hacia la vida. Era así de sencillo.

No es necesario que el hombre llegue a la vejez para sentir que ya nunca habrá renovación. Cuando el águila de la juventud dio sus últimos aleteos, la vida se detiene un instante para meditar sobre sí misma. La meditación es corta, dura lo justo para descubrir que los escalones ascendentes llevaron a una plataforma de la cual ya no posible retroceder. Sólo quedan los escalones del otro lado, los que descienden hasta un punto que nadie puede determinar. En este camino cuesta abajo, el hombre maduro ingresa en el *ghetto* que le aísla definitivamente de la juventud.

En la carrera que seguirá a continuación se trata de conservarse, no de mejorar. El esplendor de la madurez no compensa del ímpetu de aquellos verdes años, perdidos para siempre. Los jóvenes con los jóvenes, los cuerpos hermosos con los más hermosos todavía, la primavera hacia el verano, nunca retrocediendo hacia el invierno que quedó atrás. Las estaciones de la vida se cumplen inexorablemente. Y el recuerdo deja de ser un placer para convertirse en una condena.

Pero él no era como Imperia. Nunca supo oponer barreras al recuerdo. Por el contrario, lo mantenía. Acariciaba en lo más profundo de su ternura los instantes dorados de la infancia en aquellos campos, de la juventud en los círculos bohemios de los años sesenta, cuando él se abría al deseo como ahora se abrían aquellos muchachos nuevos a quienes pretendía conquistar. Y tuvo que morderse el alma cuando reconoció que empezaba a encontrarse en la patética situación de aquellos caballeros que, en su juventud, le pretendían a él. En la sombría cochera del mundo ocupaba definitivamente el lugar de las carrozas. Podía consolarse pensando que él era de oro, pero también debía aceptar que era carroza al fin y al cabo.

Sentíase más y más viejo en ese año que estaba a punto de nacer.

Recorrió a pie el camino que le separaba de la quinta familiar. Allí continuaba el pueblo, blanco y pintoresco como solía recordarlo en Madrid. Había crecido en dimensiones. Nuevos barrios lo ampliaban desordenadamente a base de edificaciones bastardas, de varios pisos, con pretensiones de cateta modernidad. Pero en lo esencial, el verdadero espíritu seguía intacto. Seguían las casitas enrejadas mandando al cielo aquella diáfana reverberación que hacía palpitar en lo más profundo de su ser la esencia del Mediterráneo y el color de Andalucía. E igual que esos colores, igual que aquella esencia, el sentimiento de la vejez prematura le invadía, sin incluir siquiera un sentimiento de eternidad. Ese mar y esa tierra continuarían allí cuando él faltase. La eternidad tendría que buscarle en otro sitio. Ya nunca más en el puto mundo.

Después de las últimas casitas empezaba el camino que se perdía entre los campos y hacía el río. A lo lejos brillaban las luces del hogar. Junto a él, a medida que avanzaba, los olivos adoptaban formas monstruosas, que amenazaban desde la oscuridad.

Buscó un refugio bajo aquella noche estrellada como era imposible soñarla en otro sitio. Allá estaban, invasoras, las estrellas que sugerían mantos infinitos, coberturas eternas, voces transplantadas por encima de océanos y continentes, céfiros que brillaron ya sobre esos campos el día de su nacimiento; joyas que continuarían titileando cuando se cumpliese el plazo fatal decretado por alguien que siempre tuvo más poder que todos sus dioses.

No quería regresar a casa. No deseaba enfrentarse a la familia, todos vestidos de fiesta para celebrar el nuevo año. Prefería quedarse sentado en una piedra del margen del camino, fumando a solas mientras los mantos de la noche cubrían los campos donde había sido feliz por unos días, con esa felicidad que ya huía, prisionera, también ella, de los decretos del tiempo.

Sentado completamente a solas, perdido entre la noche y su propia negación, recordó en cuántas ocasiones había pensado en la muerte como reposo absoluto. Votaba ardientemente por ella, la elegía como su compañera más deseada, todo antes que continuar soportando la soledad en los años de decadencia que se aproximaban. Nada más elegante que la muerte cuando la vida se revela tan grosera. Nada tan sofisticado como aquel vacío tan negro, tan parecido al terciopelo de una reina en noche de gran gala.

¡Cuánta y cuán pasmosa tranquilidad se escondería en el domicilio definitivo de los muertos! ¡Cuánta paz, por fin alcanzada, por fin vivida más allá de todo lo vivido y, al mismo tiempo, negándolo! ¡Cuánto alivio con la aceptación de que el tiempo se habría detenido, paralizado para siempre en lo inmortal, y que a partir de esta parálisis ya no podría herirle más!

Y era tan cándido que incluso este instante definitivo le encontraría sumido en la vana ilusión del tango.

Le encontraría buscando un pecho fraterno para morir abrazado.

—IMPERIA RECIBIÓ EL PRIMER AMANECER DEL AÑO empalada por el pene de Álvaro Montalbán. Imposible dominar su furia una vez se despidieron los últimos invitados. Imposible recomendarle silencio para evitar que Raúl se enterase de todo. La animalidad del macho surgió sin precaución ni freno. Gimió con un toro, rugió como un león y, al eyacular, desató sobre la habitación la furia de un tornado. Era como si el nuevo año renovara sus impulsos sexuales, proyectándolos con una urgencia devastadora.

Teniendo en cuenta que el macho ya conseguía recordar que las mujeres también tienen derecho al orgasmo, se comprenderá que Imperia reaccionase ante sus impulsos con entrega parecida. Fue una correspondencia total, que llegó a enlazarlos fuertemente en el instante del placer. Algo tan compartido, tan unido, que Imperia se decidió a celebrar la llegada de 1990 como portadora de los mejores augurios.

Eran un *christmas* viviente. Pero de la serie que se vende en las *sex-shops*.

Cuando ella despertó, a media mañana, Álvaro ya se había ido. Al recordar los sucesos de la madrugada, ella decidió que había habido algo más: era precisamente ese pequeño algo lo que aportaba al recuerdo una cierta ternura, parecida por fin al sentimiento. Recordó Imperia sus palabras de días antes, en Sevilla: «Si sólo fuera cuestión de tamaño, una se buscaría un elefante.» Pensaba ahora que si sólo fuese una cuestión de sexo ella no estaría acariciando los surcos que el cuerpo de Álvaro dejó en la cama. Obraría como obró siempre con los muchachos alquilados: un orgasmo espectacular e, inmediatamente, la ocupación del cerebro en cosas de mayor urgencia o importancia.

Pero sus caricias de ahora tenían ternura y éste era un punto sobre el que no estaba dispuesta a detenerse ni a hacer averiguaciones. No estaba interesada en averiguar qué podía sobrevenir en el espíritu después de un acceso de ternura. Continuaba siendo un camino barrado.

Inmediatamente, alejó aquella asociación. Volvería a la idea inicial: el cultivo del capricho. No importaba que, como tal, durase ya demasiado tiempo. Seguía siendo capricho al fin y al cabo. Y así se lo contaría a Raúl cuando el niño la acosara, en busca de explicaciones.

Pero Raúl continuaba durmiendo. Miranda dijo que había tomado un exceso de chinchón. No se encontraría en el estado ideal para enterarse de lo que ocurría en las otras habitaciones. ¡Bastante tendría con procurar que la suya dejase de dar vueltas! En el fondo, Imperia encontró providencial aquel exceso de su hijo. Si no se había dado cuenta de nada, era preferible contárselo en otra ocasión.

Tuvo el capricho de asomarse a la terraza, todavía en bata y sin lavarse. Recibir en las mejillas, todavía tibias, una cuchillada de aire frío bajo un resol paliducho era una experiencia de lo más estimulante. Pasó por la cocina, para un primer café. Después, al atravesar el salón, se sorprendió al descubrir todos sus discos desordenados sobre las butacas. Estuvo a punto de maldecir a su hijo, pero se contuvo a tiempo. Sería injusta. Aquel desorden no era propio de Raúl y, además, él tenía sus propios discos. A no ser que, en su borrachera de anoche, le hubiera dado la venate del jazz. Siempre se ha dicho que un poco de Coltrane mezclado con Thelonius Monk ayuda a crear unas borracheras sumamente literarias.

Sobre uno de los montones de discos alguien había dejado una nota. Alguien que tuvo que permanecer en aquella casa después de irse los invitados. Alguien que se había desperta-do antes que ella. Álvaro Montalbán, por supuesto.

La nota decía simplemente: «He cogido unos discos de co-plas, para instruirme en lo popular. Te los devolveré.» Y a continuación, una pequeña lista con los títulos.

Se había llevado los discos de Reyes del Río. Extraño, ese Álvaro. En pleno proceso de sofisticación, pasaba de las jotas a las coplas. No estaba Imperia convencida de que aquel cam-bio fuese bueno. Esas apreciaciones sólo están permitidas cuando uno está de vuelta, cuando está acorazado con esas placas de ironía que permiten aproximarse al mal gusto sin peligro de incurrir en él.

A fin de cuentas, la frivolidad también exige un aprendi-zaje cultural. No se llega al *maurivaudage*, a la *boutade* a la exquisita apreciación del *camp* sin haber alcanzado los más exigentes estadios del gusto.

No tenía decidido cómo debería acorazarse cuando la sim-ple presencia de Raúl le recordara la violenta escena de la noche anterior. Se decidió en un segundo: dejaría el asunto como quedó. No era la primera vez que veía a un adolescente caer fulminado por un exceso de alcohol. Incluso era razona-ble pensar que la sarta de preguntas estúpidas a que se vio sometido a Álvaro le habían sido inspiradas a Raúl por otro persona. Alguien lo bastante inconsciente como para inven-tarlas y lo suficientemente frívola como para créerselas.

«Cosas de Miranda —pensó sin vacilación mientras apu-raba su café—. Definitivamente, tendré que esconder el chin-chón cuando venga a visitarme. Es decir, tendré que escon-derlo cada día.»

Disponíase a tomar su ducha escocesa como forma ideal de enfrentarse a la mañana cuando llamó el portero advir-tiéndole que la señora Boronat estaba subiendo por el ascen-sor privado acompañada de su chófer.

—¡Increíble! —exclamó Imperia—. Esa loca empieza el año madrugando. Y no hay entierro a la vista, que yo sepa.

Aunque había pasado el mediodía, ninguna mujer sensata podía considerarlo una hora avanzada, después de un reveil-lón tan largo.

Compareció Miranda vestida del modo más sencillo que una sofisticada puede inventar para un madrugón: *tailleur* rojo encendido, zapatos rojos, bolso rojo y un *foulard* amarillo. Para completar la idea Boronat de lo discreto, unas gigantes-cas gafas de concha amarilla y cristales violáceos.

Entró como solía: arrollándolo todo a su paso. Imperia

consiguió salvar un jarrón al interponerse rápidamente entre el objeto y el raudo avance de su amiga.

Besuqueos. Explicación aproximadamente plausible: Martín se había descuidado unas pertenencias en la cocina y Miranda decidió vestirse de rojo para hacerle compañía. O esto es lo que creyó entender Imperia de entre una sarta de explicaciones que, sólo al final, permitieron entrever el verdadero motivo de la entrevista.

Miranda pidió café muy cargado. Seguidamente, preguntó:

—¿Tu hijo sigue K. O. o es más fuerte de lo que yo creía?

—Sigue roque gracias a ti.

—Mejor. Tengo que hablarte de él ahora mismo... —Y casi al oído de Martín, añadió—: Usted, de guardia en la cocina. Si ve aparecer al señorito Raúl, háganos una señal más o menos discreta. Quiero decir que no se ponga a bailar el cancán para avisarnos porque el niño se daría cuenta de que estamos intrigando. —Y, dirigiéndose a la perpleja Imperia, continuó—: ¡Cómo son los hombres! Si no se lo cuentas todo con detalle no se enteran.

Salió Martín a ocupar su puesto de vigilancia. No sabemos si, además, echaba sapos por la boca.

—¿Vas a referirte a lo de anoche? —preguntó Imperia—. Supongo que debería tener una conversación con Raúl, pero en realidad no me preocupa demasiado.

Miranda observó cautelosamente a su alrededor para asegurarse de que nadie la escuchaba. Era su actitud preferida cuando se disponía a contar algún secreto a voces.

—Tú no se lo digas, pero el otro día eché un vistazo a su diario. Para ser exactos: lo leí de arriba abajo y me lo pasé bomba.

—¡Por Dios, Miranda, esas cosas no se hacen!

—Sí se hacen, porque de este modo una puede ser útil. Por ejemplo: gracias a que soy un poco indiscreta, ahora puedo decirte que debes interesarte urgentemente por su infierno interior.

—¿Mi hijo tiene infierno interior? ¿Es que esas idioteces se contagian?

—Está pasando una agonía muy parecida a la que pasó Nora Soto cuando se enamoró del novio de su hija.

—No veo la menor relación entre este trío de retrasados mentales y mi hijo. Total, se emborrachó y soltó unas cuantas tonterías. No es necesario buscarle más...

En aquel momento, Martín tosió desde la puerta de la cocina. Al volverse en aquella dirección, las dos mujeres descubrieron que estaba apareciendo Raúl, caracterizado de sonámbulo.

Miranda improvisó rápidamente un cambio de tema:

—Como te decía, querida, la economía polaca está por los suelos. ¿A qué no eres capaz de adivinar cuánto cuesta en Varsovia un kilo de azúcar cande?

El niño avanzaba arrastrando fatigosamente los pies, el rostro sumido en una pintoresca ensoñación, la mano sosteniendo a duras penas un vaso de zumo de pomelo. Estaba pasando la primera resaca de su vida, y semejante circunstancia, unido a un profundo sentido de la teatralidad, le llevaba a sentirse protagonista de un drama musical que bien pudiera haber firmado el señor Verdi.

Iba en bata y zapatillas, completamente despeinado y sin afeitar (de todos modos, para tres pelillos que tenía en el bigote, no se le notaba la dejadez). Con el dorso de la mano que le quedaba libre acariciaba los cantos de los muebles. Ni siquiera ahorró un par de suspiros. Incluso es posible que expresara un prolongado «¡Ohime!».

Imperia ya no tuvo la menor duda en afirmar que le había salido un hijo muy comediante.

Comprendiendo que la situación se estaba precipitando, una Miranda inesperadamente cauta empezó a recoger sus cosas para marcharse con Martín. Pero Raúl la retuvo con un gesto tan teatral como la actitud de la dama:

—No es necesario que te marches, tía Miranda. Total, acabarás enterándote de todo.

Miranda se apresuró a aposentarse en una butaca de latón forjado. Aunque pretendiese aparentar discreción, no podía disimular su impaciencia ni, desde luego, su contento por la posibilidad de seguir el drama de cerca.

Raúl se apoyó lánguidamente en una escultura de Vinvinetti que parecía representar un supositorio electrónico.

Imperia se encogió de hombros, resignada a celebrar aquel ensayo general con la presencia de público amigo.

—Quédate, Miranda, pero te ruego que te comportes. Si abres la boca, te mato. —Y dirigiéndose a su hijo, que abandonaba el supositorio electrónico por un sofá de formas elípticas, añadió con cierta severidad—: Raúl: para que yo funcione en la vida tienen que mediar razones profesionales. Contigo esas razones no existen. Dime de una vez qué te ocurre.

—Veo que significo muy poco para ti. Ni siquiera te has dado cuenta de que tengo un problema. (SNIFF.)

—¿No estás bien en Madrid?

Él la miró, pensando que era una pregunta estúpida. Bastaba con preguntar si no estaba bien, pregunta igualmente obsoleta porque era evidente que no estaba ideal.

—Ahora me preguntarás si echo en falta Barcelona —dijo él, sarcástico.

—¡Te preguntaré lo que tú quieras, pero rápido porque tengo mucho trabajo!

—Se supone que las madres sois el tope de la comprensión. Bueno, pues a ver si encajas lo que voy a decirte. Estoy enamorado en serio. Y además de un hombre. Y además de un amigo tuyo.

—Que sería un hombre se comprende, dados tus antecedentes. Pero lo de enamorado, ¿en qué se te nota? Comes como una fiera, duermes diez horas diarias, te pasas el día poniendo discos...

—Mamá, no seas hortera. Uno puede estar enamorado y tener su infierno interior y no por ello comportarse como una heroína de culebrón cutre.

—Raúl, compórtarte como lo que quieras, pero dime de una vez qué puedo hacer por ti.

—Hablarle a don Álvaro en mi favor.

Una expresión de incredulidad apareció en el rostro de Imperia. Era ciertamente nueva en ella. No solía ocurrir que no entendiese las cosas a la primera. Pero en esta ocasión necesitó que se lo repitiesen.

—¡Álvaro, Álvaro, Álvaro! —canturreaba el niño, con voz primaveral.

Pero Imperia recurrió a sus acentos más graves, casi cavernosos, al preguntar:

—¿Por alguna maldita, asquerosa e indignante casualidad te estás refiriendo a don Álvaro Montalbán?

—Pues claro. No será el de *La forza del destino*.

Imperia empezó a revolverse la cabellera con las manos crispadas. Incluso Miranda se asustó al verla tan fuera de sus casillas.

—¡Para destino el mío! Me he pasado la vida evitando el melodrama y me lo trae a casa mi propio hijo. ¡Qué mala sombra tienes, niño! ¡Qué mala sombra!

—Eres una antigua. Te avergüenzas de mí a causa de mis tendencias.

—Que no me avergüenzo. Que por mí puedes tener las tendencias que quieras; pero es que no se trata es un problema de modernidad. Es que... bueno, ¡que a Álvaro no le gustan los hombres!

—¿Cómo lo sabes? ¿Se lo has preguntado?

—Esas cosas se saben. Entre otras razones, porque todo el mundo no es homosexual como tú.

—Yo no soy homosexual, mamá. Soy homosexualillo. Es decir, un pobre principiante sin ninguna experiencia y con escasa picardía.

—¡Miranda, este tonto empieza a hablar como tú! —Y dirigiéndose a Raúl, violentamente—: Te advierto que es un mal camino para entenderse conmigo.

Empezó a dar paseos por la habitación, frotándose las manos, mesándose los cabellos, haciendo tales aspavientos que Miranda pensó si no era más teatrera de cuanto los demás creían. A fin de cuentas, Raúl tenía que haber salido a alguien.

—No quiero perder los estribos por las mariconadas del nene —exclamó en voz baja—. No puedo permitírmelo.

Más calmada, encendió un cigarrillo. Tomó asiento frente a Raúl. Intentaba recobrar su apariencia de autoridad momentáneamente perdida.

—Se supone que debería hablarte como si esta situación fuese la más natural del mundo. Lo intentaré. Si me hablases de tu novia sería normal. ¡Pero me estás hablando de un hombre!... Espera, espera: no te exaltes. Estoy dispuesta a aceptar que esto también es natural. ¿Lo digo mejor así? —Miranda y Raúl sacudieron la cabeza en señal de aprobación—. Pues con toda naturalidad, hijo mío, con toda la naturalidad del mundo, te digo que ese hombre no te conviene. ¡Ese hombre te lleva quince años!

Inesperadamente, Miranda se olvidó de las prohibiciones y exclamó:

—Querida, son los mismos años que le llevas tú a él.

La otra estuvo a punto de estrangularla:

—¡Maldita sea tu estampa! ¡Te he dicho que no quiero oírte!

—Lo dije por si podía ser de alguna ayuda.

A Raúl se le encendió la perspicacia:

—Tía Miranda, ¿qué pueden importarle a mamá los años que le lleva a don Álvaro?

Ante la mirada feroz de la otra, Miranda improvisó:

—A todas las mujeres nos preocupa llevarle años a los hombres. Yo misma estoy horrorizada de los años que le llevo al hijo pequeño de Carolina de Mónaco, y eso que ni por un momento se me ocurriría acostarme con él. Pues igual tu madre. Al ver a hombres que casi podrían ser sus hijos, descubre que está envejeciendo de manera lamentable y que nunca volverá a ser la que fue.

—¡No lo estás arreglando! —gritó Imperia, ya desaforadamente—. ¡Ninguno de los dos estáis arreglando nada!

Miranda sacó la polvera y se restauró un poco la nariz.

—Mientras no trascienda a la prensa... —comentó, entusiamada—. ¡Menudo regalo para Cesáreo Pinchón!

—¿Cómo va a trascender? —gritaba Imperia—. El mariconeo no hace vender revistas...

—¡Anda que no! Tú publicas un Quién es quién del mariconeo en la vida pública española y te salen suscriptores de debajo de las piedras.

—¡No me importan los demás! —gritó Imperia—. Me importa lo que tengo en mi casa. ¡Y, desde luego, no voy a tolerar que mi propio hijo me monte una típica situación de mariquita cutre!

A Raúl le subieron todos los colores a la cara. Era la segunda vez que su madre le ofendía con el insulto más temido, el que más podía herirle.

Pero Imperia había pasado de ser una aprendiz de madre a una terrible rival. No tuvo vacilación al obsequiar a su hijo con una tanda de insultos que arrancaban básicamente del parecido de su comportamiento con las salidas de tono típicas de Miranda. Acabó tratando a ambos de paranoicos —entre otras perlas— y se encerró en su habitación, dando un portazo.

—¡Qué madre tan rara! —exclamó Raúl, terminando su pomelo—. ¿Será que don Álvaro no le gusta para mí porque se viste de odalisca?

En su alcoba, Imperia encendió un nuevo cigarrillo mientras se dejaba caer sobre la cama. Con la mirada fija en el techo, consideró el sentimiento que la estrambótica historia de Raúl le despertaba. ¡Melodrama! Degradación de los sentimientos. Caída en lo vulgar, en lo manido, en el descrédito absoluto.

Resonaba en sus oídos una canción de Reyes del Río referida a un tal Juan María que acabó casándose con la hermana de su prometida:

> ¿Quién lo había de pensar
> robarme al que más quería?
> Y no te puedo despreciar
> porque eres hermana mía...

Rivalidades de coplería, litigios de folklórica, penas de amoríos triviales, sustituciones a bajo precio, material de porteras y criaditas. Ahora bien, ¿cómo reaccionaría ella, Imperia Raventós, si fuese una mujer adepta a aquel estilo? Se supone que saldría al salón y se enzarzaría con su hijo en una pelea de vecinas. Tendría que pronunciar un repertorio de frases convencionales: «Si vuelves a acercarte a ese hombre, te arranco los ojos.» Debería reconocer que la habían coronado de espinas, que su hijo había puesto hiel en el café del desayuno. Al final, exclamaría, con los brazos en alto: «Me robas a mi hombre y no te puedo despreciar porque saliste de mis entrañas.»

¡Verse así, ella, una mujer moderna, una mujer que siempre había optado por las situaciones inteligentes!

Podía remediarlo pensando que una situación como la que estaba viviendo no correspondía al repertorio de la copla. Era más original. Era digna de Tennessee Williams. No le robaba el novio una hermana residente en Chipiona: ¡se lo robaba un hijo marica!

Dos veces se horrorizó ante aquellos pensamientos. Primero, la indignaba la idea de que su hombre fuese deseado por otro. Segundo, porque acababa de definir a Raúl con un vocablo despectivo. Ella, tan liberal, incurría de nuevo en el desprecio que a veces había dirigido contra Alejandro. Colocaba a su hijo en el mismo saco; aquel saco que ella no podía abrir sin aversión.

¿Era una crítica sensata a la condición de Raúl?

Era repugnancia. La inversión del sexo la repugnaba. Más todavía: le repugnaba hasta la indignación. ¿Cómo era posible? Ella nunca fue una beata y, desde luego, distaba mucho de ser una marujona. No podía ser repugnancia. Insistió en que era su horror al melodrama, en cualquiera de sus formas. Y los invertidos tenían una particular inclinación al melodrama. Eran bichos raros. Conejitos de Indias fabricados para que ella, ahora, pudiese poner a prueba la solidez de sus convicciones. Pero los invertidos también tenían una vida espantosa. El resultado de existir fuera de las normas. El alto precio de la transgresión. ¿Y si fuera este precio lo que la horrorizaba, impidiéndole cualquier aproximación que pudiera herirla? Madrid se estaba llenando de transgresores en los últimos tiempos. Mejor dicho: de anormales. Su mejor amigo era un anormal. Su hijo otro anormal. Su compañera de infancia era una aspiranta a la anormalidad, aunque siempre sería difícil decidir a qué podía aspirar Miranda. Lamentablemente, podía haber algo más. ¿Eran todos enfermos? Su hijo un enfermo. Un pobre enfermo. Un miserable enfermo. Apretó fuertemente los puños ante aquella idea. Todo su ser se violentaba. La habían educado para actuar de manera civilizada, pero ya no se notaba.

Era urgente rechazar de una vez por todas aquel caudal de pensamientos reaccionarios. ¡Caray con la palabreja! En los últimos años nadie la pronunciaba. Sonaba a izquierda anticuada. Pertenecía a un armario que nadie quería abrir, porque nadie quería recordarse tal como fue. Le llegaba de tiempos paupérrimos y, sin embargo, continuaba vigente. Seguía agazapada detrás de cualquier actitud cotidiana, sorprendiendo con su irrupción a quienes estaban convencidos de haber superado todas las pruebas de la modernidad.

A punto de consumir su cigarrillo, Imperia decidió abiertamente que era necesario ponerse al día. Las urgencias de hoy no eran las de su juventud, pero se demostraban igual de urgentes.

Al abrir los ojos se encontró con los de Miranda, que sonreía sentada al pie de la cama. Le acariciaba la pierna, cálida bajo la bata de raso. Habló con mucha ternura y lejos de su habitual tendencia a la deformación:

—Tú nunca me tomas en serio, pero esta vez tendrás que hacerlo. Te juro que este niño está sufriendo mucho. Yo le he cogido cariño, Imperia. No le hagas daño, que es muy majete.

—Se lo está haciendo él mismo, Miranda. Si desde tan joven empieza a llamar a puertas equivocadas, acabará mal. ¡Hay algo tan inquietante en toda esa idea de la homosexualidad! Es como si perdieran el sentido de la autocrítica. No me gustaría que mi hijo acabase así. Pero me temo que ya es tarde. No se puede enmendar la plana a la naturaleza, y la naturaleza ha decidido equivocarse. Me temo que acabe como Alejandro, que está tan desquiciado. Y lo peor no es que acabase como Alejandro... lo peor sería...

De pronto calló. Sus ojos se iluminaron como neones que anunciaran la actividad del cerebro.

Se incorporó de un salto. Su propia indignación acababa de llevarla a un descubrimiento que juzgó definitivo:

—¡Como Alejandro, Miranda! ¡Como Alejandro!

Al verla saltar, Miranda empezó a preocuparse.

—¿Qué estás pensando? ¡Tu mirada me da miedo! ¡Se te ha puesto cara de intrigante!

—Tengo la solución. Es algo tan simple, tan banal, tan hortera como lo de que un clavo quita a otro clavo...

Cuatro volteos de bata, un paseíllo veloz hasta el escritorio y, allí, la agenda de teléfonos. Buscó un número. Descolgó el auricular.

—¿Recuerdas cuál es el prefijo para Málaga?... No, ya sé que no. Tú no te has acordado de un prefijo en toda tu vida...

Miranda intentó arrancarle el teléfono de las manos.

—¡Imperia, que te conozco! ¡No juegues con los sentimientos de tu hijo! ¡Piensa que hace sólo dieciséis años lo llevabas en el vientre!

—Tú déjame hacer. ¡Será una obra maestra! Lo voy a montar divinamente. —Buscaba con frenético afán en la guía. Por fin encontró lo que buscaba. Volviéndose hacia Miranda, ordenó—: Dile a Raúl que se vista y llévatelo a cualquier parte. Ahora no me apetece hablar con él.

—¿Adónde quieres que me lo lleve en el estado en que se encuentra?

—Al circo, al cine, a una guardería. ¡Donde sea! Y ahora déjame. Tengo que hablar con Málaga.

Miranda descubrió, con horror, que había otra persona en peligro. Otra pobre víctima.

—¡Te prohíbo que mezcles al pobre Alejandro en este lío! No puedes ser tan despótica con los sentimientos de los demás. Te lo dice una que ha sufrido por ti.

—Yo soy muy dueña de decidir el futuro de mi hijo. ¡Llévatelo de una vez! Y, si quieres, cuéntale lo mío con Álvaro. Me ahorrarás una escena enojosa.

Cuando Miranda hubo salido a regañadientes, Imperia cerró la puerta de un puntapié. Necesitó esperar un buen rato para que, en el teléfono de Málaga, localizaran a Alejandro. Sabía que la quinta era inmensa, con habitaciones separadas por amplias salas de pasos perdidos y largos, interminables pasillos. Su amigo podía encontrarse en el piso superior, leyendo; incluso pudiera estar montando por los campos, o acaso pelando la pava con su milagroso amorcillo. ¡Mal asunto este! Podía interferirse en sus planes. Claro que, por lindo que fuera, el niño del tren no podía compararse con Raúl. En realidad, su hijo era el más lindo de todos los rubitos artificiales. ¡O no sería ella Imperia Raventós!

Cuando Alejandro cogió, por fin, el teléfono, parecía un poco dormido. Imperia lo atribuyó a la resaca de la noche anterior. No tardó en descubrir que aquél no era el motivo. Nada más lejos. Era, simplemente, una gran tristeza. Estaba a punto de someterle a un interrogatorio sobre el niño del tren, pero él se le adelantó, gimoteando:

—¡Tengo tantas cosas que contarte!... Prométeme que cenaremos el día dos.

—Esto es mañana.

—Llego a Madrid antes de lo previsto. Necesito verte. Necesito hablar con alguien. ¡Por favor, Imperia, no me digas que no!

—Llámame así que llegues. Tampoco yo puedo esperar a la cena, así que nos veremos antes. A cambio de escuchar tus penas tienes que ayudarme en las mías. Por cierto, ¿cómo andas de amores?

—Un horror. ¿Te acuerdas del chorbito que escribía ensayos sobre arte conceptual? Cuando quise hablarle en serio desapareció de la circulación. No le he vuelto a ver.

Ella bendijo su suerte. Por una vez, era bueno que un milagro fracasase. Y, además, en el momento oportuno. Cuanto más destrozado encontrase a Alejandro, mejor. Y si estaba por los suelos, definitivo.

—No te preocupes. Tengo un jovencito catalán que te puede convenir.

—¡Ojalá sea cierto! Los catalanes tenéis fama de serios.

—Éste te gustará porque es guapísimo. Y conste que no me ciega la pasión de madre.

—¿Qué quieres decir?

—Lo que estás pensando. Te pido, te suplico, que te acuestes con mi propio hijo.

—¡Imperia! ¿Qué me estás diciendo?

—¡Que te lo folles, idiota! ¿O es que no hablo bien el castellano?

El profesor pensó que se había dado a la bebida.

AL DÍA SIGUIENTE, Imperia recibía disculpas de Raúl. Reconocía haber incurrido en el más lamentable de los ridículos y estaba dispuesto a excusarse ante don Álvaro Montalbán.

Ella profirió un grito de espanto:

—¡De ningún modo! ¡A don Álvaro ni te acerques! —Al punto rectificó su actitud, adoptando un tono comprensivo, que juzgó sincero—. Es preferible que dejes hacer a tu madre. ¿Sabes una cosa? He pensado mucho en tu problema. Me parece que estás demasiado solo, hijo mío.

Raúl la miró de hito en hito:

—Para comprender esto no se necesita ser Sherlock Holmes. Se me nota tanto, que mañana lo darán en el telediario.

—Tu mamá, que sólo piensa en ti, quiere presentarte a su mejor amigo. Creo que te he hablado de él en alguna ocasión. Es la persona ideal para hacerte compañía. Pero no quiero decirte más. Prefiero que le descubras por ti mismo.

—¿Es un simple acompañante, como el chófer de tía Miranda, o alguien que puede convertirse en mi *boyfriend* definitivo?

—Eso no puedo decirlo yo. De hecho, nadie puede decirlo. Pero sí puedo ayudarte a condición de que tú hagas exactamente todo lo que yo te indique. De momento tienes que buscar en tu vestuario unos vaqueros que te queden muy, muy ceñidos...

—Tengo unos, pero no me los puedo poner porque se me marca todo lo que es un escándalo.

—Esto es exactamente lo que te estoy sugiriendo, hijo mío. Que se te marque todo.

Y fue a darse un *jacuzzi* rociada con una lluvia de perlas *rajeunissantes*.

A LA MAÑANA DEL OTRO DIA, tres de enero, Alejandro se ponía en contacto con Imperia. Ella le citó para dos horas después, en una cafetería muy íntima en los alrededores de la calle Azulinas.

Decidió ir sencilla, un poco humilde, para inspirar compasión. Un simple camisero de Armani con el más recatado broche de Vasari. Encima, el abrigo de piel de leopardo, para pasar inadvertida. El pelo ni Espert ni Anouk: recogido en moño, como las madres abnegadas de las películas neorrealistas.

Alejandro la esperó repasando unos sonetos que había escrito en el tren. Estaban tan llenos de nostalgia por el desaparecido efebo salmantino que le ahorrarían muchas explicaciones.

Imperia llegó a los pocos minutos. Distinguió a Alejandro en la última mesa, como ella le había sugerido, para estar más aislados. Antes de hacer notar su presencia, prefirió examinarle desde lejos. Vestía esport refinado, lo cual le daba un aire dinámico al tiempo que le permitía inspirar cierta confianza. A decir verdad, era muy apuesto. Además, emanaba una aureola de paternalismo muy moderna. El tipo de padre del que muchas adolescentes gustan presumir ante las amigas del colegio.

Reparó Imperia en un par de novedades que Alejandro no le contó por teléfono. Se había afeitado el bigote y, además, llevaba unas gruesas gafas de concha negra.

Éste fue el primer detalle que ella comentó al tomar asiento.

—¿Desde cuándo llevas gafas, tesoro?

—Desde ayer. ¡Otra señal de vejez, pobre de mí!

Ella volvió a repasarle con la mirada.

—Con gafas estás mucho mejor. Además, se diría hecho aposta. Precisamente el *atrezzo* que faltaba para mi montaje.

Él intuyó que se encontraba metido en alguna maquinación de la que podría salir escaldado, pues quemado lo estaba ya, y mucho.

Imperia pidió un té con limón. Mientras buscaba su polvera en el bolso, explicó:

—Mi hijo tiene un curioso fetichismo hacia los hombres con gafas. Esto le llevó a fijarse en quien no debía.

Le expuso largamente el resultado de su conversación con Raúl. Alejandro no podía dar crédito a sus oídos ni disimular la diversión que la anécdota le producía.

—¡El hijo y la madre encaprichados del mismo hombre! ¡Menudo melodrama!

—¡Como vuelvas a mentarme esta palabreja te arranco los ojos! —exclamó ella, con violencia.

—¿Lo ves? ¡Se te ha pegado el lenguaje de la copla!

—Pues vete acostumbrando, porque mi hijo es como tú: un melodramático insoportable. Un teatrero. Un gestero. Un fantasioso.

Le expuso algunas características de Raúl, aunque se reservó las que se referían a su aspecto físico. Era preferible que aquel ingenuo las descubriese por sí mismo.

Continuó enumerando sus faltas:

—Es tan ordenado que roza la neurosis.

—Lo mismo que yo. Pero es muy raro para su edad.

—Todo en él es muy raro. Fíjate que tiene una mentalidad monógama, lo cual no abunda en el tiempo en que vivimos...

—Yo también soy monógamo. ¡Así me va, pobre de mí! Con cuarenta y nueve años, gafas y monógamo, ya me contarás...

—Espérate a conocer a Raúl. Es evidente que estáis hecho el uno para el otro.

—Quisiera decirte que encuentro inmoral esta situación.

Ella se dio polvos en las mejillas. Lo justo.

—No seas estúpido —dijo, mientras se empolvaba—. El principal problema, el de base, ya me lo dieron hecho. Tengo un hijo a quien le gustan los hombres. Cuando una madre acepta esto, es preferible que intente buscar para su hijo el mejor partido posible.

Asomó al rostro de Alejandro una sombra de pesimismo más oscura de lo habitual.

—Yo no soy un buen partido, Imperia. Estoy muy mayor. Tú nunca quieres hablar de esto, pero ya empieza a ser una evidencia brutal. El mundo que nos rodea es muy distinto del que conocimos. Por más que me esfuerzo en creer que estoy muy bien conservado, lo cierto es que entre los jóvenes y nosotros se abre un abismo infranqueable. Míralos... son como marcianitos...

Pasaba un grupo de adolescentes de ambos sexos, atribulados en la búsqueda de algo que habían dejado olvidado. Aparecían ellas con sus rubias cabelleras, ellos con sus rostros bronceados en la nieve; pero todos, ellos y ellas, enfundados en vaqueros que sabían lucir con el mejor estilo.

—Lo cierto es que la raza ha cambiado —comentó Imperia, en un tono de nostalgia—. ¿Será que a la muerte de Franco nos invadieron los vikingos? En fin, sólo con esos cuerpos se pueden llevar los vaqueros tan ceñidos...

Y señaló intencionadamente a un rubito que acaba de entrar en el local y, por su aspecto despistado, parecía buscar a alguien.

—¡No me recuerdes lo de los vaqueros! —suspiró Alejandro— ¡Se les marca todo!

De pronto, reparó en el adolescente despistado que seguía buscando entre las mesas.

—Fíjate en ese rubiales que acaba de entrar. Fíjate cómo se le marcan los muslos. Ahora que está de espaldas, mira cómo se le marca el culo. ¡Qué provocación! ¡Es que uno se pone enfermo viendo esos cuerpos!...

Imperia le interrumpió con pasmosa tranquilidad:

—Ese que ves ahí es mi hijo...

—¿Ése? ¿El rubito? ¿Tu hijo es ése? —tragó saliva. No pudo evitar una exclamación—: ¡Hostia, qué niño! ¡Pero qué niño, Imperia!

Así pues, la primera visión que el niño ofreció al profesor fue decididamente espectacular.

El flequillo ondeaba sobre su frente, dándole un aspecto todavía más infantil de lo que era habitual en él. Calzaba unas gruesas wambas de esport. Los vaqueros eran una segunda piel. La cazadora azul le llegaba a la cintura, lo cual le permitía dejar bien visible la parte trasera de su cuerpo. Llevaba, además, un jersey de lana blanco de cuello cerrado y, sobre la espaldas, una mochilita con escudos de estaciones de esquí. Y se acercaba silbando el *Vissi d'Arte*.

La primera visión que Alejandro ofreció al niño fue, más que espectacular, apasionante. «¡Lleva gafas!», pensó Raúl antes de reparar en otros aspectos de su físico. Cuando lo hizo, decidió que su madre tenía un vergel de amigos muy aprovechables. El profesor no era tan guapo como Álvaro Montalbán, pero en cambio lo encontraba más serio, menos relamido, más entrañable. Era robusto como un leñador, pero tenía cierta distinción. Inspiraba la confianza de un maestro y la solidez de un padre.

Llevado por tales pensamientos, Raúl esbozó una sonrisa más encantadora de lo habitual.

—Buenas tardes les dé Dios —dijo.

—Los dioses —contestó Alejandro—. Yo soy pagano.

—¿Pagano de pagar mucho? —preguntó Raúl, tomando asiento.

—¡Niño, esto no se pregunta! —exclamó Imperia, afectando severidad—. Pide perdón al señor.

—No hace falta —dijo Alejandro—. A esa edad se perdonan solos.

—Así que se llama usted Alejandro. Entonces es lógico que sea usted pagano.

—Algunos pontífices de la Iglesia llevaban este nombre.

—Yo lo decía por Alejandro el Magno. A mí, los pontífices de la *Church*, ni fu ni fa. En cambio, el macedónico aquel debía de ser lo máximo.

—Por esto le llamarían Magno —dijo Imperia, por no quedar fuera de la conversación—. Vamos, no es que yo sepa mucho de esto. Alejandro es el que entiende. Es una eminencia. El profesor ideal. Y como padre no tendría precio. Sería un padre guapísimo.

Alejandro se ruborizó. No le gustaba que se hablase de él en su presencia. Había, en cambio, otra cuestión que le interesaba poner en claro:

—Y dime, niño: ¿escribes poesías, acaso obras de teatro, crítica de arte...?

—Para nada, señor. Yo voy para biólogo.

—¡Menos mal! —exclamó Alejandro—. ¡No sabes tú qué alivio, niño!

—¿Por qué?

—Yo ya me entiendo.

—Yo también —dijo Imperia, divertida.

Otra pausa. Raúl continuaba mirando fijamente al amigo de su madre. Sólo apartó la mirada para pedir su consumición al camarero.

—Eres muy joven —afirmó Alejandro, de golpe.

Raúl se apresuró a contestar:

—¡Qué va! Dentro de cuatro años tendré veinte.

—Tiene razón —dijo Imperia—. No es en absoluto joven.

—¿Tú crees?

—Los hay mucho más jóvenes que él.

—Eso sí. Pero están en la guardería.

El camarero trajo a Raúl un vaso de leche. Mientras le ponía el azúcar, el niño comentó:

—Lo que pasa es que usted me ve joven porque es profesor de filosofía.

—¿Qué tendrá que ver?

—Los profesores de filosofía tienen siempre una severidad que les hace parecer mayores de lo que son. Por esta prematura sensación de envejecimiento, les parece que todo el mundo es mayor de lo que es en realidad. Porque ahora mismo usted aparenta cuarenta y dos años en lugar de los... treinta y ocho que tendrá...

—Es que tengo cuarenta y nueve.

—¿Quién?

—Yo.

—¡Anda ya! Usted tiene treinta y ocho.

—¡Cuarenta y nueve! —gritó Alejandro—. Bastante pena tengo. ¡El año que viene cincuenta! Y no quiero insistir más, porque estoy tirando piedras contra mi propio tejado.

Raúl tomó un sorbo de leche, Alejandro apuró su café, Imperia se limitaba a observar. Por fin, el niño rompió el fuego:

—Seguro que lo dice para hacerse el interesante. O acaso para halagarme porque mamá le ha hablado de mis gustos...

—Yo no he dicho nada —protestó ella.

—¿A qué gustos te refieres, niño?

De repente, Raúl cambió de táctica:

—No tiene importancia. El gusto es mío, en cualquier caso. Mamita, yo venía a decirte que sólo puedo quedarme un momento con vosotros porque ya tenía una cita concertada con anterioridad...

—¿Con quién sales, hijo?

—Con aquel amigo que me presentaste el otro día. Cesáreo Pinchón, el periodista.

Inesperadamente, Alejandro dio un puñetazo sobre la mesa.

—¿Con ese individuo dejas salir a tu hijo? ¡Qué manera de educarlo! ¡Las mujeres de mundo no deberíais ser madres!

—¿Por qué se pone usted así, profesor? —preguntó Raúl—. El señor Pinchón es muy simpático. El tipo de hombre que sabe estar en su sitio. —Y con picardía añadió—: Por lo menos no es de esos que se ponen años por coquetería...

—¿Cómo va a ponerse años? —exclamó Alejandro—. ¡Rompería el siglo!

—Me veo obligado a dejarlos —dijo Raúl, flemático—. Se me hace tarde para mi cita.

Se echó la mochila al hombro y realizó una graciosa inclinación que le arrojaba todo el flequillo sobre la cara, lo cual le obligó a realizar otro gesto no menos gracioso para retirárselo. Y su madre no se atrevió a jurar que aquella gestualidad no estuviera finamente calculada.

—Ha sido un placer conocerle, profesor. Espero que volvamos a encontrarnos cualquier día en cualquier esquina.

—Niño, yo no soy de esquinas.

—Yo tampoco, pero no podría jurar que no lo sea el día de mañana. He oído decir que los adolescentes solitarios terminan mal.

Le vieron alejarse silbando, como siempre, el *Vissi d'Arte*. Pero no fue precisamente esta pieza magna del repertorio lo que afectó sobremanera a Alejandro.

—Si yo fuese su padre no le permitiría que llevase los pantalones tan ajustados. ¿Es que se le marca todo el culín!

—Es cierto. Y, para ir así, debería tenerlo más bonito...

—No, no, si bonito ya es... ¡Glups! Perdona, quiero decir... bueno, que provoca demasiado...

Viendo que su amigo se azaraba, Imperia continuó con su juego:

—Un poco gordito me está saliendo.

—Pero le sienta muy bien. Poca gente recuerda que, en algunas esculturas, el divino Antínoo está un poco relleno.

—¿No irás a comparar a mi hijo con Antínoo?

—No, no, esto nos llevaría a compararme yo con Adriano y a tanto no llego. Pero esos mofletes que tiene Raúl... pues, no sé, yo encuentro que, al reírse, le dan un aire agradable. Parece un crío muy dulce.

Aquí supo Imperia que la cosa funcionaba. Alejandro estaba empezando a divinizar la realidad.

De pronto, el profesor regresó al miserable mundo. Volvió a dar un puñetazo en la mesa. Imperia decidió que tantos sedantes estaban produciendo un efecto contrario al que se les suponía.

—Escucha, Imperia, lo que voy a decirte es muy importante. Yo no quiero verme mezclado en esta historia. Acabo de salir de una muy fuerte. No puedo ir afrontando un disgusto por semana.

—No te enamores. Limítate a acostarte con él y, así, le tienes un tiempo entretenido.

—Tú lo ves muy fácil. Pero este niño tiene ángel, tiene todo lo que un iluso como yo necesita para volverse loco de amor. ¿No ves que es un disparate? ¡Tiene dieciséis años, Imperia! ¿Qué sabemos cómo será cuando tenga dieciocho? Incluso es posible que ya no le gusten los hombres...

Ella recogió su bolso para marcharse.

—Mucho me temo que continuarán gustándole más que a un tonto un lápiz.

—Pues que se fije en otro. Yo quiero acabar mis días en paz.

Imperia sonrió, triunfal. Acababa de dar en la diana... o no conocía a los homosexuales de su generación.

Al besarle en la frente, comentó:

—Al fin y al cabo, tampoco veo muy claro que a mi hijo le gustes tú. No te negaré que últimamente te veo muy estropeado.

Lo cierto es que no le mejoró en absoluto con aquella despedida.

UNA HORA DESPUÉS DE LA ESCENA DEL CAFÉ, Raúl irrumpía alegremente en el despacho de Imperia. Ella se encontraba trabajando en las preguntas que Rosa Marconi debía formular a Reyes del Río. Las había redactado personalmente, sin dejar nada a la improvisación. Sólo le pareció improvisada aquella interrupción de su hijo, sin la cortesía de una advertencia previa.

Lo primero que hizo Raúl fue observar que su madre no tenía ninguna fotografía familiar encima de la mesa.

—Aquí debería estar mi cara en un marco de plata. Lo he visto en muchas películas de madres que trabajan.

—Dame tiempo. Sólo tengo una foto tuya y estás con chupete y sonajero. Por cierto, ¿no salías con Cesáreo Pinchón?

—Sí, pero me ha metido mano y le de dejado plantado.

—¿Ese imbécil te ha metido mano?

—Las dos, para ser exactos. Su contacto me ha producido un temblor muy desagradable. Esto querrá decir que no me apetecía. O que estaba yo pensando en otra cosa...

Tomó asiento en una punta de la mesa y empezó a balancear los pies. Se le notaba nervioso.

—Mamá, quiero hacerte una pregunta muy importante para mí. ¿A ese profesor que me has presentado, ese de las gafas, le gustan los chicos o son manías mías?

Imperia le pegó con la pluma Cardin en la rodilla forrada de Levy's.

—Pequeño, a veces no sé si eres ingenuo de remate o me estás engañando. ¿No has reparado en cómo te miraba?

—A lo mejor era porque tengo acento catalán.

—Claro. Y para averiguarlo no te quitaba los ojos de los vaqueros.

Raúl dio un salto tan torpe que casi fue a dar contra un archivador.

—¿Me miraba los vaqueros, mamá? ¿Estás segura?

—Se los comía con la vista. Y no me digas que no lo has notado porque coqueteabas con él de la manera más descarada. Por cierto: Alejandro tiene razón. No puedes ir por el mundo marcando tanto. Resulta escandaloso.

Le ofreció *marrons glacés*. Él tomó tres, uno detrás de otro. Fina la madre, fino el niño.

—Sé lo que no te atreves a decirme —insinuó ella, divertida—. Te ha gustado Alejandro. ¿Por qué no lo confiesas?

—¿Así, de repente, a una madre de la anterior generación...?

—¿Tú no querías que tu madre fuese tu confidente?

—Sí, pero tú no quieres que yo sea el tuyo. Me ocultas cosas importantes, como si yo fuese un pobre tonto. Por ejemplo, no me dijistes que estás enamorada de don Álvaro.

Imperia se creyó completamente sincera al decir:

—Es que no estoy enamorada en absoluto.

—Pero es tu amante.

—Eso sí. Y, desde luego, no encuentro ético que un hijo recién llegado intente robarle el amante a su madre.

—Eso son los problemas derivados de la falta de sinceridad. Si tú me hubieras dicho que es tu amante, jamás habría alimentado ilusión alguna, porque yo seré homosexualillo, pero lo que no soy es un ladrón de amantes. Para mí, una relación sentimental es cosa santa.

Imperia se acercó al espejo para arreglarse el pelo. Un hijo tan listo merecía una invitación mejor que el abominable café preparado por Merche Pili.

—Por listillo, te has ganado una merienda en un sitio de moda.

—¡Qué retorcidos sois los mayores! —seguía diciendo Raúl—. Para que no me meta en tu vida, me la ocultas y te pones a hacer de alcahueta. La verdad, si tenías pensado presentarme al gafudo más guapo que he visto en mi vida, podías avisarme antes para que no metiese la pata.

Imperia buceó en su bolso. Fingía comprobar que todo estaba en orden; de hecho, buscaba rápidamente una respuesta para su hijo. Por fin, aconsejó:

—Deberás enfrentarte a un problema muy serio. Él se siente viejo. Ha tenido muchos fracasos. Le da mucho miedo empezar una relación de cualquier tipo.

—Entonces, está claro que necesita urgentemente un chico como yo: simpático, bondadoso y dulce. Modestia aparte.

—Si lo tienes tan claro, tendré que enseñarte a usar tus garras.

—Serán garritas, mamá.

Imperia se dispuso a impartir las primeras lecciones del arte de intrigar. Raúl las iba anotando en un cuaderno que bautizó con el nombre de Alejandro. La clase duró media hora. Cuando Imperia hubo terminado la disertación, su hijo cerró el cuaderno y la obsequió con un beso en la frente.

—Mamacita, eres un bicho.

—Pues ve aprendiendo, bonito, que ya empiezas a ser mayor.

Salieron a merendar a Embassy's, hablando de sus cosas.

ESTE CHICO ES PARA MÍ

Aquella noche, Alejandro durmió mal. Entre sueño y sueño transcurrían largos espacios de vigilia en cuyo curso el niño Raúl se le aparecía asociado con un cervatillo. Esta identificación quedaba clara. La magnificencia de sus muslos sugería, al mismo tiempo, cierta ligereza, una especie de agilidad poética. Intentó desmitificarle pensando en sus propias palabras de la tarde anterior: estaba un poco llenito. Tampoco así conseguía desmitificarle: llenito no quería decir fofo. Podía significar suculento, macizo, buenorro... Cuantos más sinónimos iba buscando, menos podía dormir. ¿Cómo sería el niño Raúl vestido con un chitón azul? Mejor aún: ¿cómo sería sin chitón, sin toga viril, sólo con una hoja de parra cubriendo sus partes, aunque no demasiado? Y cuando ya pensaba cómo sería el niño sin siquiera una hoja de parra, quedó dormido; pero no con placidez.

Al día siguiente, llegaron las dudas sobre la primera llamada. Él no tenía por qué hacerla. Ayer dejó bien claro a Imperia que no podía permitirse una complicación de aquel tipo. El niño no se atrevería a llamarle, claro. No había demostrado el menor interés. ¿Y si se atreviera a demostrarlo él? ¡Hasta aquí podían llegar las aguas! No había prometido nada. Imperia no era quién para organizar su vida. ¿Cómo podía decidir ella que aquel niñato podría apetecerle? Tampoco era tan guapo. De hecho, era muy poca cosa. Un criajo, un imberbe, un renacuajo. Además, no era poeta, ni novelista ni ensayista. Dijo que iba para biólogo. No sabía de ningún biólogo que hubiese leído a Leopardi.

Mientras tomaba su café, intentó abstraerse en la lectura del periódico. Tuvo que interrumpirla. Seguía con lo de Raúl:

381

«No habrá leído mucho, pero poca cosa no es. El flequillo le queda muy gracioso. Y la sonrisa le ayuda. Como sonrisa es muy linda.» Ante esta idea, sonó la voz de alarma. Sabía por experiencia que no era prudente idealizar de aquella manera a un efebo sonriente. Y, por más que lo mandase Imperia, bien pudiera ser que el niño tuviera otros gustos. A los renacuajos de dieciséis años no suelen gustarle los caducos cincuentones. Claro que él no era exactamente un cincuentón. Todavía estaba en los cuarenta y nueve. Era incluso posible que aparentase menos. El niño dijo treinta y ocho. No estaba del todo mal. Aparentando esta edad, la diferencia ya era menor. Sólo los separaban veintitrés años.

Se disponía a salir cuando sonó el teléfono.

Era una voz meliflua, dulce, que pretendía parecer dura e implacable.

—Soy Raúl. Seguro que no se acordará de mí...

Alejandro decidió jugar sus cartas. Fingió gran seguridad al decir:

—¡Pse! ¡Conoce uno a tanta gente...!

—Nosotros nos conocimos ayer.

—¿Dónde?

—¿Cómo que dónde? Yo iba con mi madre.

—¡Ah, claro! El hijo de Imperia.

—No, el hijo de Imperia no. Raúl a secas. Me gusta que me conozcan por mí mismo. Bueno, ¿se acuerda o no se acuerda?

—Claro que sí. ¿Le ha ocurrido algo a tu madre?

—No tengo la menor idea. Ha pasado la noche fuera de casa.

Se produjo un silencio. Alejandro estaba recibiendo un recado urgente de la conciencia. ¿Debía decirle al renacuajo que su madre estuvo durmiendo en casa de Álvaro Montalbán? Era difícil largárselo así, de entrada, a una criatura tan inocente. Además, sospecharía de la integridad de las personas mayores. Y él era cuatro años mayor que Imperia. Después de aquella desilusión, el niño de la sonrisa no volvería a creer en sus palabras. Seguro que le despreciaría por juzgarle cómplice de la inmoralidad general.

—¿Ha colgado usted, señor?

Alejandro improvisó su respuesta:

—No, no, es que estaba despidiendo a un amigo... íntimo.

El niño se tragó la mentira. Su voz sonó más áspera. No pudo ocultar que estaba un poco enfadado, al decir:

—¿Recibe usted visitas de amigos íntimos tan temprano?

—Un amigo íntimo que... se ha quedado a dormir...

Se oyó un golpe. El niño acababa de darlo contra la pared. Seguidamente refunfuñó:

—Por lo que veo en Madrid todo el mundo duerme fuera de casa...

Alejandro se felicitó a sí mismo. La astucia de un profesor de filosofía no tiene rival.

—En fin, no se me ocurre qué puedes querer de mí...

—¿Me lleva esta tarde a la filmoteca?

—¿A la filmoteca? ¿A qué?

—¿Cómo que a qué? A ver el ciclo Minnelli, como todo el mundo. Hoy dan *Brigadoon.*

—¿Pues no dijiste que ibas para biólogo?

—¿Y está reñido con el musical americano?

—No sé qué decirte. Uno siempre piensa que la biología es para niños muy serios...

—Un profesor mío coleccionaba bandas sonoras de películas americanas. Las tenía todas. ¡Y ya quisiera yo saber tanto de biología como él!

Se lo contó más extensamente por la tarde, saliendo de la filmoteca:

—... Mi profesor me invitaba siempre a su casa, a escuchar música. Yo le debo mucho, porque hasta entonces sólo me gustaba la sinfónica y la ópera, sobre todo la ópera. De repente, gracias a mi profe adorado, me encontré valorando a Judy Garland y a Ethel Merman y a Carol Chaning, que se necesitan ganas, con la voz de cazalla que tiene, la tía. Pero bueno, el profe me iba poniendo discos y yo pasé las tardes más felices de mi vida. No le niego que estaba muy ilusionado porque me parecía que él se montaba todo aquel número para conquistarme, lo cual no hubiera sido nada extraño porque siempre he oído decir que soy muy mono, modestia aparte. De manera que yo alimenté ciertas esperanzas, porque me había enamorado de él. Esperaba ardientemente que me propusiera convertirme en su amante...

—¿Y qué edad tenía ese profesor? —preguntó Alejandro, con verdadera ansiedad.

—Cuarenta años.

—¿Sólo cuarenta? ¡Qué joven!

El niño comprendió que acababa de dar un paso en falso.

—Bueno, a lo mejor eran... cuarenta y nueve... ¡o más!

—¿Y te gustaba?

—¿Pues no me suicidé por él?

—¿Llevándote tantos años?

—Es que yo soy gerontófilo.

—¡Anda ya!

—De lo más gerontófilo.

El niño no paraba de hablar. Parecía una cotorra.

—Lo que le estaba contando. Mi profesor continuaba ocupándose de mí hasta extremos tales que, por lógica, pensé que estaba a punto de declararse. Yo estaba muy nervioso. Cada vez que veía a un señor con gafas me acordaba de él y me venían ganas de llorar. Hasta que un día pensé que, a lo mejor, era tímido y me correspondía a mí tomar la iniciativa, porque siempre he sido muy decidido y desde niño he ido de cara a las cosas para conseguirlas. Pero en esta ocasión no me dio tiempo. Antes de que pudiese declararme, él me pidió que un día invitase a su casa a una compañera del instituto que, además, era muy amiga de mi familia. ¡Una presumida que no valía un pito! Con decirle que se parecía a la Kim Basinger esa, comprenderá usted lo anodina y ordinaria que era.

—¿Y tu profesor se acostó con ella?

—Peor que esto: se han casado.

—Mal sistema —refunfuñó Alejandro—. Las parejas tan desiguales en edad no pueden funcionar. Y, si llegan a funcionar, sólo duran quince o veinte años. Acaso cuarenta; pero no más.

—Ya que hablamos de años: este amigo de usted, el que se ha quedado a dormir en su casa, ¿qué edad tiene?

Momento dramático ese en que el embustero ha olvidado su propia mentira.

—¿Un amigo en mi casa? ¿A quién te refieres?

—Me lo ha dicho usted. Yo no soy un niño esquizofrénico que va por la vida de inventor de chismes. Sobre todo cuando me importa un pito a qué tipo de gentuza se mete usted en casa...

El profesor recordó la conversación de la mañana. Se apresuró a rectificar:

—¡Ah, claro! Te refieres sin duda a... bueno... a Endimión González.

—¿Endimión? ¡Qué nombre más tonto!

—Endimioncillo. Tiene... dieciocho años.

Lo dijo, evidentemente, con intención de presumir.

—¿Tan mayor? Pues le veo a usted mal. A esta edad, los chicos ya estamos muy viciados. Por cierto: ¿no le ha dicho nadie que le sientan muy bien las gafas?

Alejandro no supo qué contestar.

Al llegar a su casa, buscó rápidamente el consejo de los clásicos. No tuvo vacilación: eligió a los griegos. Curiosamente, sólo buscaba versos que pudieran tener alguna relación con los efebos. ¡Cuántos elogios hacia aquellas criaturas que se le antojaban el paradigma de la perfección física! Si hombres tan sabios los admiraban sería porque se acercaban a la perfección, cuando no entraban directamente en ellas. En el elevado mundo de las ideas no caben mitificaciones. Además, los sabios despreciaban a los prostituidos y a los afeminados. Para ellos, el efebo era la culminación de la belleza pero también de la conducta. Y no tenían por qué ser necesariamente delgados. En la época del helenismo, algunos efebos aparecen más bien llenitos. Algunos presentan nalgas parecidas a las del niño Raúl...

—¡Peligro! —exclamó Alejandro ante aquel recuerdo—. ¡Peligro mortal! Ese niño finge. En el fondo, es un moderno.

Afortunadamente, otro de sus poetas le advertía a tiempo: «Desgraciado del hombre maduro que se enamora de un adolescente. Ya no volverá a conocer la paz.»

Alejandro arrojó el libro al suelo. A nadie le gusta que le recuerden sus imposibilidades. Intentó ser racional: tenía que estar agradecido por el consejo de los antiguos. Mejor haría recurriendo a la prudencia. Así pues, exclamó: «Lagarto, lagarto. Los dioses me libren de este niño...»

En aquellas reflexiones se hallaba cuando sonó el teléfono.

—Soy el hijo de Imperia.

—¡Ah, el simpático Raúl!

—¡Qué bien! ¡Se acuerda usted de mi nombre!

—¿Cómo no iba acordarme después de esta tarde?

—Es que al no llamarme yo Endimión como este amigo íntimo que «suele» dormir en su casa...

—Yo no he dicho «suele». He dicho que se ha quedado hoy.

—Bueno, pues como sea que yo nunca me he quedado a dormir en su casa, he pensado: «No se va a acordar de mí.» Pero si se acuerda quiere decir que se lo ha pasado usted un poco bien... aunque nunca me haya quedado a dormir en su casa.

—Me lo pasé estupendamente. ¿Y tú?

—Yo el doble.

—¿Y eso?

Alejandro contuvo la respiración en espera de la respuesta.

—Dos películas de Minnelli en una sola tarde es más de lo que uno cree merecer...

¡La madre que parió al niño!

—Espero no haberlo estropeado con mi pobre, triste, aburrida conversación de vejestorio... —gruñó Alejandro.

—¿Cómo iba a aburrirme si sólo hablé yo?

Otra castaña del niño.

—Pero fue muy bonito —dijo Alejandro—. La historia de tu profesor me llegó al alma.

—No me extraña que se identificase con él. Era de su misma quinta.

Para estrangular al niño.

—Por esto sigo sin entender que pudiera gustarte.

—Ya se lo he dicho. Me gustan mayores.

—¿Tanto?

—Y más. Fíjese en Rafael Alberti. Está como un tren. Y Picasso. ¡Menudo polvo tenía, el tío!

—¡Glups! ¡Glups!

—¿Qué ha dicho?

—Nada, nada. Lo del polvo con Picasso me ha llegado al alma... No, no quise decir esto. Digo que, no sé, pensaba que, bueno, que a lo mejor no has cenado.

—Un poco sí.

—Lástima.

—¡Pero muy poco! Vamos, dos rabanitos que he picado en la cocina. No sé ni si he llegado a comérmelos.

—¿Esperas a tu madre?

—No cena en casa.

—¿Vas a cenar solito?

—Lamentablemente sí. *Casi siempre ceno solo.*

—¡Pobrecito! Yo iba al restaurante marroquí de la esquina, a tomarme un cuscús.

—A mí el cuscús, de noche, me deja mal cuerpo. Si fuese comida coreana... Pero a usted no le apetecerá.

—¡La mejor del mundo! ¡No hay nada que pueda apetecerme más!

—Claro que usted iba a por un cuscús...

—¡Lo dejo para otro día, lo dejo para otro día!

—Le parecerá una casualidad, pero ya llevo el abrigo puesto.

—Coge una bufanda, que hace frío.

—También la llevo puesta. En realidad, dice usted cosas que estaba pensando yo. ¿Le puedo tutear?

—Con toda el alma.

—¿Cómo dijo?

—¡Que sí niño, que me tutees de una vez!

Alejandro no tuvo paciencia para esperar el ascensor. Bajó las escaleras corriendo. Mientras conducía por las calles desiertas, iba pensando: «No puede ser, es como un sueño, esas cosas nunca ocurren en la vida real. Si le gusta Alberti, yo tengo que enloquecerle. Claro que puede gustarle como poeta. Pero dio a entender que también le gustaría para la cama. Lo del polvo con Picasso es definitivo. ¡Y Picasso me llevaba a mí más de treinta años! Pero no es posible. Estas cosas siempre terminan mal. Tratándose de Picasso, era distinto, porque tenía dinero. ¿Querrá sacarme este niño la herencia de mis padres? Pues lo tiene mal, porque están bien sanos. Además, que este niño tampoco vale tanto. Si le saco a cenar es para hacerle un favor a Imperia. Lo demás, ni soñarlo siquiera. Es imposible que lleguemos a nada. Tendría que estar loco. Además, que está demasiado gordito para mis gustos. Definitivamente, no sacará nada de mí.»

Ignoraba que al catalancito que nace voluntarioso no le gana ni el más experto chapero de los madriles.

SE MIRABAN A LOS OJOS en plena conversación de postres. El niño se había atiborrado de algas fritas y ahora llevaba dos platos de lichis. Era un muchacho sano. Y además era muy simpático. Sonreía todo el tiempo. Y, cuando se echaba a reír, contagiaba de manera irresistible. Sin ir más lejos, Alejandro no había parado de reír en toda la noche.

De haber sido sincero consigo mismo debería haber reconocido que no se reía tan a gusto desde muchos meses atrás.

—¿Sabes un secreto? Yo soy virgen. ¿De qué te ríes?

—¡De que tu madre está rodeada de vírgenes!

Y le contó por encima la historia de Reyes del Río.

—Lo de la folklórica es distinto. Ella es virgen por voluntad. Yo lo soy porque nadie se ha dignado probarme. ¿Crees tú que hay derecho?

—No te preocupes. Encontrarás voluntarios. No te faltan prendas.

Llegó un helado de plátano para Raúl. Alejandro pensó que, además de cotorra, era goloso y lo repitió tres veces para sus adentros. Le sorprendió descubrir que encontraba singular deleite en aquella constatación. Era como un padre demasiado calzonazos que celebraba ante los amigos las travesuras de su hijo.

—¿Sabes, Raúl? He estado pensando en ti toda la tarde; bueno, toda la tarde no, sólo un rato, no vayas a figurarte...

—Comprendo. Yo no merezco que nadie piense tanto rato en mí. Soy muy vulgar, yo.

—No quise decir esto, niño. Quise decir que me preguntaba: «¿A quién se parece Raúl?» Y venga a buscar y a rebuscar y, al llegar a casa, ¡zas!, me vino el parecido.

—¿Quieres decir que al llegar a tu casa todavía pensabas en mí?

—¡Yo no he dicho esto! Pensaba en otras muchas cosas, pero en un momento determinado me acordé de ti y me dije: «¡Claro, Raúl es igualito que el hijo de Tarzán!»

—¿Te refieres a Boy? ¡Pero si era un criajo!

—En las primeras películas de la serie, sí. Pero se hizo mayorcito y al llegar a tu edad, pues... no sé, chico, se parecía a ti.

—¿Pero en qué? Boy era moreno y yo soy de los más rubio...

Frustración en el rostro de Alejandro.

—Tienes razón. El rubio estropea el parecido. ¡Mecachis! ¡Qué mala pata!

Un niño avispado no podía permitirse un error de tamaña envergadura.

—¡Alto, profe! Debo confesarte que lo mío es un rubio muy peculiar. En realidad mi pelo es negrísimo, más que el de Boy incluso, pero se me ha ido destiñendo este último mes a causa del sol.

—¿El sol de dónde?

—De la Costa Brava, donde mamá tiene la masía.

—¿Tan fuerte es allí es el sol de diciembre?

—¡Huy, no te lo puedes imaginar! Tenemos inviernos saharianos. Eso los de Madrid no lo entendéis, pero en la Costa Brava todo el mundo se queda rubio a causa del ardiente sol de diciembre y de los huracanes de siroco que provienen directamente de los apasionados desiertos de Túnez.

—Es curioso. No lo había oído decir nunca. De todos modos, tampoco te pareces tanto al hijo de Tarzán, porque tienes el pelo muy liso y él lo tenía muy rizado.

—¡Pues anda que yo! Siempre he sido todo rizos. Lo que pasa es que practico mucho la natación y este año la sal del mar era muy fuerte y me ha desrizado.

A Alejandro se le abrieron los ojos de par en par.

—Así que practicas la natación... Vaya, vaya, vaya...

—He ganado tres copas. Nada excepcional, no creas; pero me siento orgulloso de ellas. —Notando mucho interés en la mirada de Alejandro, se apresuró a añadir—: ¿Quieres ver una foto mía en plan nadador?

En el cerebro del profesor apareció la señal de peligro. No

tuvo tiempo de reconocerla. Raúl acababa de sacar una fotografía que le mostraba con un escueto bañador de piel de
tigre, haciendo la vertical sobre una roca.

De no ser el niño tan ingenuo, podríamos pensar que llevaba la fotografía preparada. En realidad, la tenía fuera de la
cartera. Ignoramos si es costumbre entre los efebos catalanes.

—No veo yo que estés recibiendo ninguna copa —dijo Alejandro, con voz temblorosa y hasta conmocionada. Y al punto
prescindió de comentarios olímpicos para concentrarse en
otros detalles—. ¿Éste eres tú? Tan morenito, con el pelo tan
negro y ensortijado...

—Lo que te decía. Además, observarás que llevo un bañador de piel de tigre. O sea que más hijo de Tarzán, imposible. Pero no me mires a mí, que yo no valgo la pena. Fíjate
qué bonitas son las rocas de Calella. Son más rocas que en
otros sitios.

El profesor no parecía interesado por la geología.

—¡Hostia, niño! La piel de tigre te sienta muy bien...

—Es que siempre he tenido vocación de niño de la jungla... A veces, hasta sueño que estoy saltando de liana en liana
y, de repente, aparece un explorador blanco, de edad madura,
que me hace prisionero y me tortura con saña inusitada... Fíjese si es cruel, ese raptor, que a fin de deleitarse en mis heridas se pone unas gafas para verlas mejor...

Alejandro se enderezó las gafas, que ya andaban torcidas
de tanto nerviosismo.

—¡Qué sueños tan raros tenéis los adolescentes modernos!
A propósito: ¿esta foto es de ahora?

—Es de hace dos años, tonto. Ahora tengo más músculos
porque he hecho ballet y pesas.

El profesor tragó tanta saliva que a poco se atraganta.

«¡Por Zeus Olímpico! Practica la natación, el ballet y, encima, el *body-building*. Estoy perdido. No tengo escapatoria.»

—¿Tú practicas algún deporte? —preguntó Raúl, con cierto aire de indiferencia—. No es que me importe, pero me sor-
prende que, siendo profesor de filosofía, tengas esas espaldas tan anchas y ese tórax tan fortachón.

—Yo también hago pesas —contestó Alejandro, como quitándole importancia—. De todas maneras, no sigo un ritmo
intensivo. Dos o tres veces por semana, en el gimnasio...

—¿No tendrás alguna foto? Sólo para ver cómo es el gimnasio? Me convendría apuntarme a uno mientras esté en Madrid...

Alejandro accedió a sus deseos, casi contra los suyos propios. Como no estaba satisfecho de su físico, no le gustaba ir

enseñando fotos que le mostraban con la única vestimenta de un eslip negro y unas wambas.

Era, precisamente, el tipo de vestimenta que Raúl supo agradecer. Para ser exactos: quedó poderosamente impactado.

«¡Ostras con el tío! ¡Qué cuerpazo! Estás perdidito, Raúl. No tienes escapatoria. ¡A esta gafudo le sigues tú hasta las minas del rey Salomón y hasta las selvas de Esnapur, si te lo pide!»

Pero en voz alta comentó:

—¡Pse! Estás guapetón, pero demasiado joven. Yo creo que te falta madurar.

Tocar el tema y saltar Alejandro, fue todo una.

—Pero ¿qué tonterías dices? ¡Tengo cuarenta y nueve asquerosos años! ¡Dentro de un año cumplo cincuenta!

—Se que mientes para complacerme, porque sabes que me atrae la gente mayor. ¿Te importa devolverme mi fotografía? Es que debo irme. Se ha hecho tardísimo.

—No te preocupes. Puedo justificarte ante tu madre. Me tiene confianza.

—No es por mi madre. Es que tengo una cita.

—¿Una cita a medianoche? ¿Con quién?

—Con Cesáreo, por supuesto.

Puñetazo en la mesa. Susto del camarero coreano.

—¿Qué significa ese «por supuesto»?

—Prometió llevarme a un bar de moda.

—Me imagino qué tipo de bar será. ¡Seguro que luego te propone acabar la noche en una sauna y meteros los dos en una *jacuzzi*!

—No es necesario. Tenemos sauna en casa. Y *jacuzzi* también. Me lleva al bar y basta.

—Tengo el deber de prevenirte. ¿Sabes que el tal Cesáreo es homosexual?

—Y yo también. Estás tú muy atrasado de noticias.

—No te convienen esas compañías. Yo mismo te llevaré a tu casa.

El niño se incorporó, afectando altivez.

—Usted me está idealizando, profesor. No debería hacerlo. Al fin y al cabo, ¿qué sabe usted de mi vida anterior? ¡Nada! Sólo lo que yo he querido contarle.

—Pero ¿qué dices, niño?

—Dejemos las cosas claras. Yo soy un niño fatal como fatal es mi sino.

Le dejó planchado.

Ni siquiera tuvo tiempo de preguntarse de qué melodrama habría sacado Raúl sus frases altisonantes. Tardó tanto en reaccionar que el niño ya se había perdido por las escaleras que subían hasta la salida. Quedó él en la mesa, otra vez completamente solo, estrujando el vaso, mordiéndose el labio. En sus oídos repiqueteaba un nombre y un montón de reproches contradictorios: «¡Cesáreo, Cesáreo! Ya ni se molesta en llamarle por el apellido. Ya le llama Cesáreo a secas. ¡Y me lo arroja a la cara! ¿Es que pretende herirme? No, todavía no ha aprendido a disimular. Es demasiado joven. La sinceridad habla por su boca. Si va con ese Cesáreo es porque le apetece. ¡Además, el otro le habrá prometido llevarle a sitios de moda, enseñarle mundos llenos de *glamour* y sofisticación! Y yo no puedo enseñarle más que mis libros y mis discos de música clásica!... Pero ¿qué coño tengo que enseñarle yo? ¡Qué me importa a mí este criajo! No me importa nada de nada. Es un frívolo. Un inconsciente. Y, sin embargo, se me está subiendo a la cabeza. Todavía no hace cuarenta y ocho horas que le conozco y ya empieza a obsesionarme. Si seguimos así, me costará un tubo de tranquilizantes. ¡De ningún modo! ¡No puedo permitírmelo! Para él sólo puedo ser un capricho pasajero. Eso si llego a serlo, si no se está burlando de mí. Pero ¿de qué se las da ese crío? Es un vulgar calientapollas. ¿Cómo va a hacerme creer que le gustan los hombres tan mayores? Tengo que olvidarle. ¡Y le olvido! ¡Por los dioses que le olvido! Vamos, es que ya no me acuerdo de él. ¿Quién es ese Raúl? Nadie. Yo no conozco a ningún gamberro que se llame Raúl.»

Tomada ya su decisión, se incorporó con ímpetu de guerrero. Lamentablemente, derramó el vino que quedaba en la botella y arrojó la silla al suelo, de un manotazo. Después, trató con tan pésimos modos al camarero coreano que éste estuvo a punto de arrearle un puntapié de kárate.

Mientras subía las escaleras, iba repitiendo su cantinela:

—No conozco a ningún golfo que se llame Raúl. ¿Cómo voy a fijarme en uno que tiene nombre de tango? ¿Raúl? No lo he visto en mi vida. Ciudadanos de Atenas, ¿por qué me preguntáis todos sobre un efebo inexistente que se llama Raúl? ¿Habéis visto alguna vez en la Academia a semejante individuo? ¡Claro que no! Lo suyo son las mariconas viejas y viciosas. ¡Qué vulgaridad! ¿Raúl dices tú, noble Alcibíades? ¡Que no le conozco! ¡Vamos, que no...!

Alcanzó la calle completamente dominado por la excitación. A cada paso, aumentaba su furia. De repente se detuvo. No sólo conocía a un niño que se llamaba Raúl, sino que era el hijo de su mejor amiga. No podía dejarle en manos del primer vicioso que amenazase su virtud. Además, en un bar de ligue podía caer en manos todavía peores; en manos de alguien que le contagiase el sida. Tenía un deber de amistad. Respondía de aquel niño ante su madre. Lo buscaría por bares y tugurios, registraría todas las saunas, conduciría por todas las esquinas peligrosas, hasta encontrarle. Le rescataría de las libidinosas fauces de Cesáreo Pinchón. Una vez rescatado, le abofetearía una y otra vez para darle una lección provechosa. Porque era responsable de él ante su madre, no porque le importase en absoluto. Le abofetearía hasta hacerle sangrar la nariz, le ataría al poste de los sacrificios, le despojaría de sus vestiduras y le torturaría como si fuese un hijo de la jungla que, de repente...

—¡La madre que te parió! —exclamó a voz en grito.

Raúl le estaba esperando, apoyado en su coche y sin variar de sonrisa. Conoció entonces Alejandro una extraña mezcla de alivio e indignación. Y además el inconfensado placer de tenerle otra vez muy cerca, para deleitarse con su cálido humor.

Pasiones tan contrarias, deseos tan opuestos, son los que asaltaban a veces a los propios dioses.

—¿No pretenderás que yo te lleve a reunirte con este pendón desorejado? —gritó el profesor, fuera de sí.

El niño se encogió de hombros.

—Ya no hace falta. Por su culpa llego tarde a la cita.

—¡Ésta sí que es buena! ¡Como si pudiera importarme lo que haces con esa petarda! ¡Menuda alhaja me ha dejado tu madre!

Le empujó al interior del coche. Tan nervioso estaba que no acertó a encender el contacto. Probó una vez, dos, tres... Se disponía a reprender a Raúl por sus propios errores cuando descubrió que el pobre niño presentaba un aspecto alarmante. Tenía la cabeza caída hacia atrás y gemía, acaso víctima de un intenso dolor. Además, se apretaba el pecho con la mano crispada mientras la boca se abría y cerraba continuamente, como si le faltase la respiración...

—¿Qué te pasa? —inquirió Alejandro, asustado—. ¡Estás muy pálido! ¡Respiras fatal!

—Es la taquicardia... me viene cuando me disgusto... *Ai, senyor, quines palpitacions! Ai, que la dinyo!*

—¡No me asustes, niño! ¡Y no me hables en catalán, que no lo entiendo!

—Cuando uno está enfermo le sale la lengua materna. Lo decía el poeta Espriu, autor que fue de *La pell de brau*.. *Ai, quines palpitacions!*

Alejandro se arrojó sobre él, intentando aplicarle auxilios que desconocía por completo.

—... *palpitacions*... ¡Ah, tienes palpitaciones!

—*On és la mare? Mare, mare!*

—... *mare*... eso debe de significar madre... ¿Verdad que llamas a tu madre?

—No la llamo. La invoco y basta.

Raúl se había quitado la bufanda. Ahora, en pleno ahogo, respiraba a ritmo más lento, emitía algún bufido y, a causa del sofoco, se vio obligado a desabrocharse la camisa hasta la cintura.

—¿Seguro que no me estás engañando? —preguntaba Alejandro, horrorizado—. Veamos veamos... ¿dónde tienes el corazón? ¡Qué burro soy! Lo tendrás donde todo el mundo... Aquí, en el pecho... Perdona, pero tengo que tocarte el pecho... No pienses mal, no me tomes por un viejo verde... Tengo que tocártelo por causas de fuerza mayor...

Mientras seguía en su estado de semiinconsciencia, Raúl cogió la mano del improvisado cardiólogo y la condujo directamente hacia su pecho desnudo. Por un instante dejó de gemir. Ahora la mano deseada íbase deslizando sobre aquella piel cálida, suave, en busca del corazón. Alejandro respiraba fatigosamente, de modo que el enfermo parecía él. Estaba acariciando la tetilla del efebo. Entonces su mano se cerró sobre ella, la apretó dulcemente, mientras el rostro de Raúl se ladeaba hacia el suyo. Ahora, los dos gemían, con los ojos cerrados, los labios muy juntos, comunicados en la inmediatez del aliento.

De pronto, Alejandro profirió un grito de terror:

—¡Basta ya, muchacho! ¡Tengo cuarenta y nueve años!

Raúl abrió un ojo. Frunció la nariz, como un niño en plena travesura.

—¿Y eso qué tiene que ver con mis palpitaciones?

—¡Pienso en las mías! ¿Quieres que sean las últimas? A mi edad ya no puede permitirme ciertos riesgos.

Raúl se arrellanó en su silla, como si nada hubiese ocurrido.

—Es una edad espléndida. Es la que tenía la Caballé cuando cantó *Semiramide* en Aix-en-Provence...

—Yo no soy la Caballé. Yo soy un pobre profesor en el patético otoño de la vida: un pobre frustrado, un ser completamente acabado, igual que... A ver si me explico: tú no habrás visto *El gatopardo*....

—Claro que sí. Treinta y seis veces.

—¡Chico, tampoco hay para tanto!

—Es que yo soy muy mío.

—Lo estoy notando. Bueno, ¿pues te fijastes en que el principe Salinas se considera acabado y tiene seis años menos que yo?... ¡A los cuarenta y tres años un príncipe ya está para el arrastre! Ya ves tú lo que uno puede esperar a mi edad.

—Pero tampoco vas a comparar la media de vida del siglo pasado con la de hoy. Además, cuando el príncipe sale de la bañera tiene un cuerpo que para sí lo quisieran todos los jóvenes de la película.

—Es que es Burt Lancaster. ¡Así ya puede...!

—Tú te pareces un poco a Burt Lancaster.

Alejandro se ufanó. ¿Por qué negarlo?

—No quisiera presumir, pero ya me habían dicho que me parezco bastante.

—Yo no he dicho «bastante». He dicho un poco.

—¡Pues alguien me dijo que me parezco «bastante»! Para ser exactos alguien me dijo que casi soy igual que Burt Lancaster en *Trapecio*, es decir, cuando todavía era más joven que en la otra película. Y aquel «alguien» que me lo dijo era, precisamente, un chico de dieciocho años.

—¿Aquel Endimión González que se dedica a dormir por las casas ajenas? Menudo pendón debe de ser. Además, ya te dije que es muy mayor para ti.

—¿Cómo va a ser un chico de dieciocho años demasiado mayor para mí? Anda, díselo a algunos y verás cómo se mondan de risa.

—Por ley de vida te correspondería uno de quince.

Volvían a tener las cabezas tan juntas que Alejandro estuvo a punto de acariciarle con los labios. Los del niño se abrían, sonriendo siempre y, ahora, con una sonrisa más dulce. Y todo en él emanaba un frescor inaudito, limpio, como de naturaleza impulsada a nacer.

—¿Crees de verdad en lo que dices? —preguntó Alejandro, encandilado—. ¿Piensas que alguien tan joven podría interesarse por mí?

—Es lo normal para un hombre de cuarenta y nueve años. Sin ir más lejos, yo ya soy demasiado mayor para ti porque tengo dieciséis.

Alejandro se apartó de golpe. Llevándose las manos a la cara, exclamó:

—¡Ay, niño, niño! ¿Por qué me dices esas cosas? ¿No ves que podría creérmelas?

Raúl se puso serio de repente:

—No debería creerme —le espetó, con altivez—. Ya le he dicho que no sabe usted nada de mi vida anterior.

—¿A qué viene esto? ¿De qué vida anterior me estás hablando?

—Compréndalo. Usted se compara con el príncipe Salinas, pero yo tampoco he nacido ayer. Y no crea que conseguirá seducirme sólo porque le sientan tan bien las gafas y tenga usted un cuerpo fantástico. Usted tendrá la experiencia, profesor, pero yo tengo el sentido de la integridad que caracteriza a mi generación.

Enfurecido por aquel discurso que volvía a desconcertarle, Alejandro dio el contacto sin el menor fallo y arrancó a todo gas. Mientras conducía, se iba maldiciendo a sí mismo. Y aunque Raúl le miraba fijamente, él ni siquiera movió la cabeza por temor a encontrarse con su mirada.

Cuando llegó a su apartamento, aquel adulto atribulado sintió con mayor fuerza que antes el peso de la soledad. Caminó como un sonámbulo hacia el baño y buscó a tientas las píldoras para dormir. Al contemplarse en el espejo, se descubrió muy fatigado y, seguramente, más envejecido. Continuaba recordando la exquisita suavidad del pecho de Raúl. La señal de peligro estaba encendida a perpetuidad.

Comunicó al espejo su más desesperada emoción:

—¡Oh, niño, niño! ¡No vuelvas a llamar! ¡Te lo suplico! Tú puedes hacerme mucho más daño que todos los que me han herido hasta hoy.

CUANDO RAÚL LLEGÓ A CASA, su madre no había regresado. No le importó. Incluso le apetecía saborear aquella pequeña dádiva de soledad casera. Le faltaban años para hallarse en el estado agónico de su nuevo amigo. Todavía podía ser la soledad un ejercicio, y no una obligación. Además, tenía cosas en qué pensar, meditaciones de urgencia, planes que trazar. ¿Acaso sería mejor dibujarlos? Cualquier cosa antes que dejar su conquista a la improvisación.

Buscó el cuaderno que había bautizado con el nombre de Alejandro. Repasó las instrucciones que le diese Imperia, en el convencimiento de que una lección de madre siempre es aprovechable. Había llevado a cabo alguna de las intrigas básicas, las cuales le habían servido para inquietar al indeciso profesor. Era necesario seguir adelante, pero en aquel momento, después de la intensidad sentida junto a él, no le apetecía continuar con un trabajo tan cerebral. Era el momento de la música. Era el instante ideal para imaginar un diseño de la felicidad.

Aquella alma ilusionada dejó de lado por un día los pavorosos destinos de Manrico y Leonora, los tremendos enigmas de Turandot y la agonía de Mimí y otras consumidas del repertorio. Bastante se había identificado con todas ellas a lo largo de su adolescencia solitaria. Demasiado tiempo llenaron su imaginación con azares predestinados y amores abocados a la muerte. También se apeó de los peregrinajes sentimentales y las sinfonías inacabadas, pastorales, heroicas o patéticas; aparcó réquiems, misas reales y hasta sus entrañables adagios venecianos. No tenía la vena trágica ni la lírica, antes bien se hallaba en onda casi horteril. El amor en sus esferas menos elevadas. Mejor podía identificarse con las penas expresadas por Olga Guillot, la que más sabe de desgarros en plan zoológico.

Empezó la cubana a desgranar insultos contra amantes que, sin duda, se habían portado muy mal con ella:

> *Acaba por convencerme*
> *de que tu amor no es bueno,*
> *que tienes de la serpiente todo su veneno...*

Raúl frunció el ceño. Aquellos reproches no le gustaron en absoluto. Los consideró poco galantes para con su antiguo animalito de compañía.

—¡Qué poca experiencia en ofidios tiene Olga! —pensó—. ¿Cuándo tuvo veneno mi *Imogene*? ¡Si era lo más dulce del mundo!

Se acordó de su querida serpiente. ¡Pobrecita! A buen seguro que le estaría echando en falta, encerrada en un terrario del zoológico. Claro que, a cambio, recibiría la admiración de quienes supieran apreciar los sorprendentes tornasoles de su piel según como le daba la luz, pero los admiradores no significan compañía. Más admiradores tuvo la Garbo y siempre estaba sola, como no se cansó de decir, poniéndose tan pesada en el asunto. ¡Pobrecita *Imogene*! Le dio aquel nombre en recuerdo de la protagonista de *Il pirata* de Bellini. ¡Ahora se le antojaba como la premonición de un destino patético, si no trágico! Mientras no acabase convertida en bolso, zapatos o cinturón para uso de alguna amiga gilipollas de Miranda Boronat o de ella misma!... Y aunque consiguiera salvarse, siempre quedaba aquel inconveniente de la distancia, que, según dice la filosofía del bolero, equivale al olvido. Nunca tendría la bicha un dueño tan dulce como Raúl ni él una serpiente tan cariñosa, tan dispuesta a quedarse enrolladita a los pies de la cama, sin molestar. Y aunque su mejor amiga, su tremenda prima Abigail, le propuso que, en Madrid, se comprase una tarántula, no era exactamente lo mismo. El tacto de una pitón es liso, delicado, sustancioso; en cambio, una tarántula es peluda, rasposa, debe de pinchar. Sería como acostarse con la madre de la folklórica el día que no se afeitaba.

Tampoco Olga se había afeitado el alma aquel día. Lo cierto es que profería los más atroces insultos contra su amante:

> *...por tus venas corre arsénico...*
> *en lugar de sangre...*

—¡Ostras, tía, qué fuerte vas! —exclamó el niño—. ¿Cómo puedo contarle esto a Alejandro? Son demasiados reproches para una historia que ni siquiera ha empezado.

Buscó en las heroínas del coplerío alguna que sirviese mejor a sus intereses. Las andaluzas se lo jugaban todo a una carta cuando convenía, pero no llegaban a aquel masoquismo propio de los trópicos. Eran más resignadas: gritaban de dolor, pero no escupían. Se las hubiera considerado de pésima educación y no las querrían en el Rocío ni para hacer de cantineras.

Pese al hurto de Álvaro Montalbán, que dejó la discoteca sin un solo ejemplar de Reyes del Río, todavía quedaban discos de otras tonadilleras: las históricas. Y Raúl era un niño obedediente a las normas, pese a la anormalidad que Imperia atribuía a sus tendencias sexuales. Era el niño que sabe respetar el magisterio de los verdaderamente grandes; el niño que todavía no ha tenido tiempo de dejarse influir por los vaivenes de la crítica del gusto.

Siendo tan joven, no tenía reproches para la copla entendida como una de las armas del franquismo. De hecho, apenas sabía lo que fue el franquismo. La capacidad de las naciones para enterrar sus errores es una señal que suele advertirse en la pureza de la primera generación inmediatamente posterior a la de las víctimas. Y de esta generación suele ser, normalmente, el cielo sobre la tierra. Aunque el precio sea a veces una indiferencia como la de Raúl, que sólo sabía de política hasta la Revolución francesa, y aun mirándola con prevención.

Incólume a toda propaganda anterior y atento únicamente al respeto que le merecía la verdadera grandeza, puso con singular simpatía algunas canciones de Juana Reina y Marifé de Triana. No era necesario preguntarse de dónde habían sacado sus influencias las que llegaron después. Y, además, aquellos discos tenían una ventaja: todavía no les había puesto trompas wagnerianas el arreglador Luis Cobos.

Entre aquellas heroínas de la navaja en la liga, emergiendo con los desgarros de Marifé, llegó a oídos de Raúl la copla que mejor definía su incipiente relación con Alejandro.

> *Tú a lo mejor te imaginas*
> *que yo por mis años me voy a cansar*
> *y en el cariño serrano*
> *yo te considero de mi misma edad.*
> *No le tengas miedo a mi juventud*
> *que pa mi persona no existe en el mundo*
> *nadie más que tú.*

Raúl encontraba en la coplera un alma gemela. Una mujer joven que debía enfrentarse a la voz del barrio porque su amante era mucho mayor que ella. Pero ella le hizo corte de mangas a la opinión pública y declaró a su amante que era para ella lo primero y que le iba a querer mientras viviera. Una gerontófila de mucha consideración.

«¡Ostras, Marifé, qué bien te lo montas con el de las canas!», pensó el niño, encandilado.

Tendido sobre la cama, levantó la almohada con ambas manos y, cuando ya la tenía planeando sobre su cuerpo, le sonrió, pronunciando el nombre de Alejandro. Era como tener encima a alguien que se iría dejando caer progresivamente, hasta aplastar su poderoso pecho contra el suyo, tan suave. Así hizo con la almohada. Cuando la tuvo contra sí, la rodeó con piernas y brazos y restregó su vientre desnudo hasta provocarse una erección. Pensaba en Alejandro bajo los rasgos que evocaba la canzonetista: un caballero con algunas canas, gran distinción en el porte y dispuesto a brindar pasión de amante y cariño de padre. Y, temiendo que el autor de la canción se hubiese descuidado algún detalle, añadió unas gafas de montura negra y le vistió con un escueto pantaloncito de deporte, para que pudiese realizar sus ejercicios gimnásticos con toda comodidad.

Continuó restregando el vientre contra la almohada mientras la heroína de la canción seguía proclamando su fe de principios en los amores basados en la desigualdad de la edad...

> *No le tengas miedo a mi juventud*
> *que pa mi persona*
> *no existe en el mundo nadie más que tú...*

Mientras Raúl se entregaba a aquella masturbacion que, por lo gimnástica, resultaba ideal para los abdominales, su madre descansaba de los últimos ejercicios a que la había sometido la voracidad de Álvaro Montalbán. Voracidad que aquella noche se presentó menos agresiva porque estaba invitado a una cacería en la finca de su inmediato superior: don Matías de Echagüe. Aunque Álvaro pensaba dejar el volante en manos de su chófer, debería levantarse igualmente temprano, y esto le mantuvo inquieto durante toda la noche. Había pasado demasiadas horas satisfaciendo lo que él consideraba la voracidad de Imperia. De hecho, esas horas que le mantenían en vigilia eran las que estaban modificando su ritmo de vida en los últimos días.

La cacería se prolongaba durante todo el fin de semana, pero Álvaro tuvo que acceder a las súplicas de su amante: quedarse el sábado en Madrid para estar juntos. De cara al presidente, pretextó su sagrada partida de squash, pero, aunque la excusa sonaba plausible, él no podía soportar el hecho de mentirse a sí mismo. En la finca podría haber practicado cualquier deporte compensativo. La razón de su retraso seguía siendo Imperia y su obsesión por no aplazar ni un solo día su ración de sexo. Y Álvaro maldecía la hora en que se dejó vencer por un capricho femenino.

Iba guardando en una bolsa partes de un equipo de caza completamente innecesario. Estaba seguro de que no llegaría a utilizarlo. Sabía que aquella invitación era sólo una excusa. Don Matías estaba empeñado en comunicarle algún proyecto. El tema era sin duda complejo y largo. No era cuestión de ventilarlo en un encuentro rápido en la oficina, entre reuniones de trabajo. Cuando se trataba de Álvaro, el presidente se tomaba un tiempo desacostumbrado. En cualquier caso, Imperia era partidaria de guardar las formas y preparó a su asesorado como si tuviese que pasarse la jornada persiguiendo a tiros a toda la parentela de Bambi.

Ella continuaba en la cama pero sin descuidar su apariencia. Nada más lejos de su intención. Procuraba crear una atmósfera erótica propicia, algo que Álvaro pudiera recordar como un incentivo. Había llegado el momento de crear aquel ambiente que todas las sofisticadas de su generación aprendieron de las películas francesas, cuando soñaban con ofrecer a sus amantes el aspecto, entre desengañado y satisfecho, de una Jeanne Moreau. Cuando ya los labios de la emancipada han recorrido el cuerpo de su pareja, demostrando que la experiencia puede más que la juventud de cualquier rival; cuando quedan recostadas contra la almohada, cubriendo su desnudez con una sábana, fumando un cigarrillo, con los ojos extraviados hacia algún lugar de la alcoba mientras suena algo de Miles Davis o, en el caso de las catalanas, música francesa.

Pertenecía a la generación que descubrió la canción francesa en reuniones clandestinas y en lechos adúlteros. Nadie fornicó tan a gusto a los sones de Brel o Brassens como las progresistas de Cadaqués y las masías redecoradas del Ampurdán. Para las manifestaciones, resultaban más adecuadas las canciones italianas, el *Bella Ciao*, cantos campesinos, himnos anarquistas y algo de Brecht vía Milva, pero a la hora de crear un cierto erotismo romántico, nada como los franceses. Cosas aprendidas en un primer viaje a París y en muchas horas de cineclubismo. Acordeonistas tristones, *clochards* en las estaciones del metro, *quai des brumes*, sonetos de Prevert, claroscuros de la *Porte des Liles*, almas bohemias, luces otoñales sobre el bulevar Mitch... ¡El sueño de París cuando nada hacía pensar que, años después, nada importaría demasiado, ni siquiera la ilusión! O la ilusión menos que cualquier otra cosa.

On peut bien rire de moi
je fairai n'importe quoi...

Exactamente esto. Que se ría el mundo; yo haré por ti cualquier locura.

Muchas heroínas de la Nouvelle Vague habrían perdido los estribos por un amante como el que ahora se ofrecía a ojos de Imperia, mientras ella fumaba el cigarrillo ritual del *post-coitum*. Un amante de belleza excepcional que estaba a sus órdenes convertido en el objeto que siempre deseó poseer. Y ella determinaba su dominio siguiendo todos sus actos con la mirada exhausta, debidamente enmarcada por ojeras de la acreditada marca Moreau.

¿Estaba segura de aquellos pensamientos? ¿Creía realmente en aquella mitificación que llegaba con dos décadas de retraso? No podía afirmarlo.

Se levantó, envuelta en una toalla, como Bardot, y, siempre con el cigarrillo en los labios. No ignoraba que a Álvaro le molestaban los fumadores, pero era porque él estaba instalado en la dinámica yanqui. Era el hombre capaz de limpiarse las heridas con agua Perier para no utilizar alcohol.

Tuvo que ducharse a solas. Al mirarse después, en el espejo descubrió el rostro de la fatiga. Ojeras tan pronunciadas como las de sus heroínas progresistas de ayer. No se gustó, como esperaba. ¿Quién quería ojeras, en aquel año 1990 que acababa de empezar? Ante el cuerpo perfecto de su amante demasiado joven, no podía mostrar la fatiga de la experiencia, antes bien una deslumbrante primavera de la carne.

Convenía recordar que muchas de sus amigas habían sido derrotadas ante el arrollador avance de aquella primavera o, más exactamente, ante la escasa propensión del macho moderno a la mitificación del otoño. Una cosa era triunfar en sociedad; otra muy distinta mantener aquel triunfo en la cama. Unas agresivas melenas rubias y unas tetas perfectamente enmarcadas por una camiseta de algodón estaban ganando victorias a las que ya no podían aspirar las heroínas ojerosas, las del cigarrillo en los labios estriados, las que esgrimían la experiencia en defecto de la juventud.

Pensó en Alejandro y su obsesión por la edad, trampa en la que ella se preciaba de no haber caído nunca. Sin embargo, aquel compinche cinco años mayor que ella contaba con algunas defensas de las que ella carecería, llegado el momento. Para sus jóvenes alumnas de la facultad era un hombre interesante. Excluyendo su conflicto personal, que le hacía tan pesado, todavía podía disponer de los triunfos que la madurez pone a favor del macho. Estaba autorizado a despertarse junto a un amante joven y mostrar sus arrugas con orgullo. Eran una parte más de su virilidad no comprometida.

Ella comprendía entonces que ser mujer obliga a más concesiones, algunas de ellas humillantes. Obliga a esconder la fatiga, porque la mujer que aspire a ser deseable no puede sentirse fatigada. La mujer que quiere sentirse deseada a perpetuidad tiene que ser apetecible, pizpireta, divertida, gozosa, primaveral en resumen. Y, al llegar el verano, no deberá demostrar el menor esfuerzo para resultar completamente veraniega. Por esto el verano es una maldición para las maduras, las sofisticadas y los que fuman.

Al apartarse del espejo, furiosa porque ya no estuviesen de moda las ojeras, recordó que ciertas mujeres tienen que contar, además, con el inconveniente que representa ser un poco mayores que sus ligues. Claro que éste era un problema inherente al amor desinteresado. Algo que una no tiene por qué plantearse cuando paga religiosamente por los favores del macho, como le había enseñado a hacer la ingeniosa Romy Peláez. El verdadero problema de la edad surge cuando la *liason* se establece sobre las bases del mutuo albedrío.

Cuando una mujer le lleva quince años a su amante, no le queda otra solución que serle útil e imponer a cada momento su utilidad. Y dar gracias al cielo de que alguna jovencita no sepa hacerlo un poco mejor.

Esto último era algo que ponía en duda Imperia Raventós. La constatación de sus ventajas la tranquilizó, mientras volvía a observar a su macho desnudo, que ordenaba cuidadosamente el vestuario de caza que ella misma había dispuesto y, además, camuflado. Porque sabiendo que, en toda cacería de prestigio, los verdaderos señores se distinguen precisamente por llevar las prendas desgastadas por el uso, ordenó a Ton y a Son que desgastasen a conciencia las prendas recién adquiridas. Conociendo la debilidad de don Matías hacia todo lo británico, Álvaro insistió por sí mismo en la necesidad de presentarse ante él como un joven lord. Para producir este efecto, Imperia aconsejó algunas prendas *tweed* y cierta desdeñosa sencillez para el vestuario de comedor. Además, empleó más de tres horas inculcando a su pupilo una serie de nombres relacionados con la nobleza británica, sus clubes y sus parentescos más importantes.

Él la premió con un beso entre amistoso y admirado. Era una recompensa barata pero, en tanto que recompensa, Imperia la agradeció profundamente.

—Nadie sabe más que tú de estos asuntos... —decía él, sin disimular su admiración—. Yo me hubiera presentado con la ropa recién salida de la tienda. Y todos esos nombres de lores y ladies me sonarían a personajes de aquella serie tan bien realizada de la B.B.C. que dieron hace unos años por televisión.

Ya avanzada la madrugada, Imperia se vistió para regresar a su casa y dejar que Álvaro pudiese dormir por lo menos cuatro horas. Le recordó que a la noche siguiente no podrían reunirse debido al programa de Rosa Marconi. Seguramente habría, después, una cena y no se fiaba de dejar a la folklórica en manos de la prensa, especialmente con Cesáreo Pinchón merodeando por el estudio.

Antes de salir, le asaltó un extraño sentimiento de posesión, provocado por un hecho que, después, consideró pintoresco. Ya vestida, con su traje de chaqueta Saint Laurent, su collar de perlas y el visón en el brazo, se consideró dueña absoluta de una situación que presentaba al macho en cueros frente a su estilizado vestuario. Él estaba indefenso, ella poderosa. Él era un pobre esclavo, un prisionero de guerra, quién sabe si un mártir cristiano a quien ella podía arrojar a las fieras con una sola orden. Tales sensaciones le parecieron mucho más lujuriosas que todos los abrazos de Álvaro.

Le gustó que, en un momento determinado, su visón rozase aquellos músculos ofrecidos en espectáculo. Se echó a reír, sin que él comprendiese la causa. El pobrecito se limitaba a bostezar.

—No me hagas quedar mal —dijo ella, con un beso de despedida.

Afortunadamente ningún espía grababa aquellas palabras. El futuro Álvaro Montalbán se avergonzaría de escucharlas, mucho más de verlas reproducidas en alguna revista.

También por suerte, Imperia no pudo escuchar la exclamación de su fornido amante cuando se dejaba caer, exhausto, sobre la cama.

—¡Mira que llegas a ser pesada! —murmuraba—. Cada día me obligas a trasnochar más. Tendré que ponerte freno antes de que acabes conmigo, calentorra.

Álvaro Montalbán conocía perfectamente la finca de don Matías. Había jugado en ella de niño, en vida de su padre, y en más de una ocasión pasó temporadas con su madre, al enviudar ésta. El afecto de don Matías hacia los Montalbán era bien conocido de todos y su debilidad hacia la señora un lugar común entre las amistades de ambos. Que un caballero tan solicitado optase por permanecer soltero a perpetuidad aceleró los rumores sobre un amor romántico de esos que ya no se llevan ni siquiera en las revistas. Un amor ya antiguo, una relación completamente blanca entre una pareja de antañones sólo presentaba algún interés si existían secretos más importantes. En este caso el secreto sería la posible intervención de don Matías en el nacimiento de Alvarito. Como sea que éste no era conocido, no había que temer por el momento. Pero don Matías era altamente previsor. De manera que un buen día le dijo :

—Creo recordar que nunca hemos tocado este tema. Es preferible dejarlo claro de una vez. Cuando empieces a ser importante, cierta prensa pudiera esgrimirlo como escándalo.

También él se había salvado hasta entonces gracias a su total alejamiento de los círculos mundanos donde se cuecen las grandes noticias. En cuanto a la madre de Álvaro, permanecía tan alejada del mundo en su totalidad que los rumores no podían salpicarla. Desde que quedó viuda vivía encerrada en una casona del casco antiguo de Zaragoza, sin permitir que los azotes de una realidad jamás comprendida viniesen a interrumpir un permamente idilio con su mundo de ayer.

Cuando murió Franco, y fue desapareciendo todo lo que él representaba, la irrupción de la nueva realidad la sorprendió como un susto que, de todos modos, no llegó a comprender. La llegada de la democracia constituyó la más desconcertante de las paradojas, ya que ella siempre pensó que la democracia y el franquismo eran la misma cosa. En su mundo no podía hablarse de la llegada de la libertad. Decidió que lo que había llegado era el libertinaje. Y cuando supo que, además, había llegado para quedarse, no volvió a abrir una sola revista ni un solo periódico. Sólo recibía a antiguas amigas de los buenos tiempos, en especial viudas de militar y solteronas de las mejores familias de la ciudad. Solía ir con ellas a misa diaria, a alguna cafetería de tradición asegurada y que no frecuentase la gente joven y a visitar a su hermana monja en el convento de las Carmelitas Biencalzadas.

Don Matías pudo haberla imitado, ya que su destino en lo histórico era muy parecido, pero hacía años que él estaba envenenado por la vida de Madrid —como se dice— y sabía que, en el terreno estricto de la evolución económica, lo del muerto al hoyo y el vivo al bollo sigue siendo una verdad que va mucho más allá de la sabiduría popular. Sabiduría que por cierto nunca desdeñó don Matías, notable especialista en dichos y refranes.

Era un caballero muy *ancient régime* con una marcada vocación de hijosdalgo postizo y una gran admiración por los escritores del Diecinueve, los místicos del siglo de oro, los conquistadores ultramarinos, los economistas ingleses y las figuras como De Gaulle, Winston Churchill y el Generalísimo... cuando éste no se excedía en sus prerrogativas y montaba cirios que ya no podían justificar sus adeptos más leídos y viajados. A Hitler y a Mussolini no llegó a admirarlos don Matías por un simple problema estético. Y es que desprovistos de su formidable aparato augusteo le parecían simplemente vulgares. Lo heroico, lo grandioso, había sido el sistema, no ellos.

A efectos de esta narración, importan más sus conexiones con el nacimiento de Álvaro Montalbán. Fue un tema que volvió a colear no bien los otros directivos del grupo empezaron a descubrir las singulares deferencias de que le hacía objeto don Matías. Éste soportó las habladurías con una elogiable coraza de estoicismo inglés, nada extraordinario teniendo en cuenta que lo británico era su patrón preferido, tanto en conducta como en estética. Pero temiendo que el hijo de su mejor amigo no contaba todavía con aquella protección, el caballero se consideró en el deber de plantearle el tema directamente, hablando de él sin tapujos y por vez primera.

La conversación tuvo lugar un año antes. Precisamente en la finca, mientras paseaban junto al riachuelo que la partía en dos.

Álvaro contestó a los temores de su protector desde la seguridad más absoluta:

—Siempre he considerado que era una historia de lo más absurda. Conozco perfectamente a mi madre y, por conocerla, sé que sería incapaz de faltar a su marido. Ni siquiera a su memoria. La conserva celosamente y la guarda con el intachable respeto que conserva hacia todo cuanto considera sagrado.

—Tu actitud te honra. Tu madre ha sido una santa. Yo no lo fui tanto. No te esconderé que estuve muy enamorado de ella, y durante muchos años. A no ser por el sentido del deber que me guiaba hacia mi mejor amigo, tal vez habría intentado convencerla. Pude hacerlo con algún triunfo en la mano. Yo era muy apuesto en aquellos tiempos. Casi tan apuesto como tú.

—Entonces no debe extrañarle que me tomen por su hijo. Creo recordar que mi padre era más bien feo.

—Extraordinariamente feo, para ser exactos. Pero las mujeres como tu madre se atienen para siempre a lo que han elegido. En su caso concreto, la fidelidad no fue un capricho ni una imposición social. Tu padre podía no ser un galán del cinematógrafo, pero era un hombre íntegro y dotado de un elevado sentido de la lealtad. La mantuvo con tu madre, con sus amigos, con los ideales que le sustentaron...

Cuando surgía aquel tema, Álvaro meditaba fríamente sobre la oportunidad del mismo. Si bien respetaba los viejos ideales de su padre, no los consideraba los más vendibles en la sociedad que él le había correspondido vivir. Por esta razón, contestó a don Matías:

—Usted ha hablado de la prensa. Si quieren perjudicarme no tienen por qué recurrir a mi nacimiento. Pueden hacerlo recordándome el pasado de mi padre. Sus famosos ideales eran muy franquistas, para decirlo de una manera suave.

—Como los míos, Álvaro. Éstos fueron y éstos son. Cuando entres en sociedad vas a conocer a muchos que olvidaron que los tuvieron o, simplemente, que los apoyaron por interés o necesidad. Mala cosa ese constante cambio de camisas que se ha dado en este país. No me gustaría incurrir en una costumbre tan poco ética. Los que nacimos con la camisa puesta, sólo nos la quitamos para lavarla y volvérnosla a poner, cada vez más limpia. Es ley de señorío y ley de raza.

—No lo diga muy alto. Este lenguaje ya no se lleva.

—No soy tan tonto para no entenderlo así. De todas las cosas nobles que aprendí en mi juventud, la única que siempre rechacé es la del martirio. O sea que, lo que no se lleva, no lo exhibo. Otra cosa es lo que pueda creer de puertas para adentro. Ya ves, yo no puedo soportar a los socialistas y en cambio doy fiestas en su honor.

—Volvamos al tema de mi supuesta paternidad.

—No hay más tema. Que sepas que no es cierto. Nada más. Está probado que estuve enamorado de tu madre, podría probarse que ella estaba enamorada de mí, pero tu padre estaba entre los dos. Lo estuvo cuando vivía, y aun después de muerto. Yo me retiré. En aquellos tiempos, esto se llamaba un pacto de honor. Te conviene saber que existían esas cosas, porque tú ya no llegarás a conocerlas.

—Todo lo que usted dice me indica que no debo tomar los rumores tan a la tremenda. Si bien se mira, este parentesco no deja de constituir una ventaja. Usted está muy bien considerado y a mí no me conviene llegar de la nada. En los tiempos que corremos, una bastardía ilustre puede abrir puertas. Así pues, no descarto la oportunidad de permitir que el rumor se propague. Peores cosas lee uno en las portadas de las revistas.

Don Matías le dirigió una mirada de suspicacia. El chico estaba aprendiendo. Se portaba como un patán en la mesa, era cejijunto, un poco basto y vestía siempre de gris. Pero poseía un sentido innato que no podía improvisar ningún asesor de imagen. Era un auténtico chacal. Tenía raza.

Acaso por tenerla, Álvaro no llegó a la cacería de Epifanía con la actitud temerosa, intimidada, de otros invitados. Llegaba pisando fuerte, con poderío de delfín y disfrutando de la impunidad que su nueva imagen le daba ante los demás.

Las reformas propuestas por Imperia Raventós habían obrado un efecto sorprendentemente rápido. Llegaba con las cejas bien dibujadas, cutis limpio y saludable, peinado atlético y empezando a adueñarse de unos ademanes que, si no resultaban más refinados, sí eran más contenidos. Esta contención, con no ser gran cosa, evitaba la posible zafiedad.

No pudo evitar decir a don Matías que aquel ambiente le agobiaba y que la naturaleza le producía cierta alergia. Empezaba a demostrar lo que puede ofrecer la cultura urbana en su más alto grado de afectación.

—Pues no te dejes agobiar —le contestaba el caballero,

saludando a invitados a diestro y siniestro—. Que yo recuerde, en este país los grandes asuntos siempre se han dirimido en el curso de alguna cacería. En tiempos de Franco veníamos a cazar para obtener prebendas. Los de hoy vienen para cambiarlas por el dinero que nos dieron las de ayer. O sea que aprende a cazar si quieres acceder a intercambios provechosos.

La conveniencia invocada por el anfitrión aparecía reflejada en la lista de invitados. Ésta no podía ser más heterodoxa. El gobierno mandó a unos cuantos cargos y los pueblos vecinos a algunas autoridades de derechas. Como sea que don Matías tuvo la astucia de invitar, además, a algunos de sus amigos aristócratas, tanto los cargos como las autoridades la satisfactoria impresión de que estaban ingresando en el gran mundo.

Destacaba la forzada naturalidad que intentaban adoptar alcaldes, consejeros locales, secretarios o subscretarios acompañados de sus esposas. Algunos habían padecido cárcel y hasta torturas en los tiempos en que los amigos de don Matías gobernaban el país. Ahora ocupaban lugares de poder, mientras los otros permanecían en la sombra o lo fingían. La situación se había invertido y el tiempo lavó la cara a la situación. Las víctimas y los verdugos de antaño se estrechaban la mano con excelentes modales, en provecho de la prosperidad presente.

A favor de los diversos grupos convocados en la cacería cumple afirmar que no perdían el tiempo. Todos hacían encanto con todos. No había contacto que fuese demasiado indigno para no ser aprovechado. Cada conversación parecía encerrar el germen de algún posible pacto futuro. Y Álvaro Montalbán procuraba escuchar todas las conversaciones con el aire irreprochable que le recomendase Imperia en la fiesta de las «Rosquilletas Imperiales»: en absoluto tieso, siempre distendido, con la mueca displicente que deben mostrar aquellos mundanos para quienes el poder siempre fue un *déjà vu*.

No resultaba tan difícil. Al fin y al cabo, todos aquellos invitados no tenían la importancia de que intentaban revestirse. Eran apéndices del verdadero poder, ese a cuyos representantes don Matías de Echagüe sólo invitaría para una cacería privada, exclusiva, sin interferencias de subordinados. Pero Álvaro intuía que si estos últimos se encontraban aquel día en la finca de su protector era por alguna razón muy poderosa. De hecho, empezaba a intuir que los apéndices no hay que extirparlos. Un buen apéndice cumple la función de servir de intermediario con el poder porque es el único que, desde su mediocridad de servidor, mantiene un contacto directo con él. El pueblo llano, como siempre, lo había comprendido mucho antes cuando invocó la habilidad que implica adorar a los santos por las peanas.

Entre las cosas que ningún asesor de imagen podía enseñarle, Álvaro dominaba muchas tretas aprendidas en los jesuitas. Sabía fingir que atendía a una conversación con el oído derecho mientras seguía otra con el izquierdo. Solía acompañar aquella maniobra con una sonrisa anodina, una sonrisa que no significaba nada, ni siquiera atención, pero que servía para halagar al interlocutor. De aquí a la autosatisfacción más narcisista sólo había un paso. ¡Nunca esperaron los de la cacería merecer tanta atención de parte de un caballerito sin duda influyente por ser hijo de quien parecía ser! Parecido este que Álvaro había optado por potenciar, refiriéndose a don Matías como su «padrino». Las malas lenguas empezaron a largar. Y él se felicitó por su propia largura.

Los invitados nuevos comentaban con admiración las dimensiones de la propiedad. Le echaron más de mil metros cuadrados. Las autoridades locales destacaban su importancia histórica, que constituía el honor de la región. Al parecer, las bases estaban ya echadas a principios del siglo XV. Tenía torreón de época anterior, bodega con arcos de gótico tardío y una capilla que gozaba de gran consideración, pues en ella pernoctó Teresa de Jesús un día que tenía los pies muy hinchados de tanto matarse en fundaciones por aquellas tierras.

Por las mismas teresianas razones llamábase la finca desde antiguo «La trotacaminos». Cuando don Matías la compró, no quiso cambiarle el nombre. Después de todo, ¿qué son los negocios sino un largo trotar por rutas inciertas, siempre en busca de las más seguras?

Teresa de Jesús se hubiera quedado muy sorprendida al verse así implicada en la ética de la sociedad del gran dinero.

Fluía el dinero a chorros en aquel singular encuentro de fuerzas. El atuendo continuaba siendo el máximo signo de identificación. Se descubría a los elegantes de toda la vida por su adicción al *tweed*, a las rebecas de cashemir y a los zapatos ingleses. Todo muy cómodo y en absoluto pedante. Todo llevado con aire casual, sin importancia, concediendo sin implicar. En cambio, los altos cargos y las autoridades locales estaban decididos a demostrar que el dinero estaba siendo inmejorablemente gastado desde que cambió de manos. Vaciaron las estanterías de Loewe, y varias armerías tuvieron que reforzar sus existencias al día siguiente de aquel magno evento.

A los asiduos no los sorprendía la austeridad que dominaba la decoración de la casa; austeridad que, sin embargo, decepcionaba profundamente a quienes esperaban encontrar los espejos de Versalles y los corredores del propio Louvre. No entendía así su anfitrión el disfrute de la riqueza. El esplendor lo tenía don Matías en Puerta de Hierro, y aun allí tampoco era excesivo. En «La trotacaminos» mantenía algunas colecciones de importancia —armas, medallas y estribos—, pero todas guardaban una estrecha relación con el entorno rural. Por lo demás, había algún tapiz con temas de cetrería, buenos ejemplares de mobiliario castellano y portugués, excelentes mesitas compradas en Inglaterra, y en las habitaciones principales, camas virreinales. Por el suelo, grandes alfombras de la Alpujarra. Además, en un gran salón abovedado y desnudo de cualquier otro elemento, aparecían enormes armarios que guardaban una notable colección de cerámica popular.

En cuanto a las pinturas, predominaban las de tema decimonónico, con pretensiones *pompier* y preferentemente de antepasados ficticios, detalle este que no ocultaba don Matías, antes bien lo comentaba con un gran sentido del humor, pues consideraba de pésimo gusto presumir de parientes sin tenerlos. Era ésta una tendencia muy valorizada en las fiestas más recientes del dinero nuevo. Cesáreo Pinchón escribió que había visto en varias fiestas de Madrid el retrato de una misma abuela. Era una antepasada que se alquilaba semanalmente, para deslumbrar a los invitados. De todos modos, a los que la semana anterior tuvieron a la abuela en su galería de antepasados, no les hacía la menor gracia el verse así pregonados. ¡Las empresas de alquiler de antigüedades para nuevos ricos deberían asegurar una cierta exclusividad!

Aprovechando la bonanza del día se celebró un gran *buffet*, que sirvieron algunos mozos del pueblo vecino, ayudados por dos criados de la casa de Madrid. No se cayó en la horterada de vestirlos de camarero, como se ha visto en algunas comidas campestres de los nuevos ricos. Todas las revistas habían publicado reportajes sobre las elegantes recepciones que ofrecía don Matías en Puerta de Hierro. No era el caso de trasladar aquel ambiente a un domingo rural sólo para epatar a unos pocos.

Entre las damas del *tweed* descubrió Álvaro a algún rostro conocido. Estaba Pulpita Betania, que le fue presentada por la insensata Miranda Boronat en la fiesta del *Suprême*. Huésped perenne de la lista de las más elegantes, Pulpita Betania lo demostraba, aquel día, con un atuendo de extrema sencillez: un sencillo pantalón Pierre Cardin, un jersey de lana verde y una rebeca sobre los hombros, muy Deborah Kerish.

También estaba la marquesa de San Cucufate, quien reconoció en Álvaro al galán de la alocada Mirandilla y también al macho que despertó los ardores de las definitivamente insensatas Perla de Pougy y Cordelia Blanco, todo ello en cierto recital poético donde ella se aburrió mucho. Pero cuando salía de las manos de las psicoanalistas argentinas, la marquesa era una gran dama, de modo que prefirió olvidar que había conocido al gallardo Montalbán en circunstancias no demasiado aconsejables para la reputación de ambos.

Aquella mañana la marquesa estaba en una onda más alta. Ayudada por Pulpita Betania, había secundado a su íntimo amigo Matías en la organización del almuerzo. En su forma de moverse por todos los rincones de la casa demostraba continuamente su habitualidad a la misma. Podía haber sido la más distinguida de las abuelas; por el tono con que se dirigió a su anfitrión diríase la más coqueta de las novias ajadas:

—Querido Matías, he encontrado más que imperdonable tu descuido de esta mañana.

—¿En el desayuno? —inquirió el otro, con fingida sorpresa—. ¿No encontraste tus bolsitas de té siamés? Extraño. Lo mando traer expresamente para ti.

—Lo encontré, gracias. Me refiero a la misa. Teniendo esta capilla preciosa, donde se lavó los pies la santa, te has permitido descuidar la Epifanía. Yo a mi vez, me he permitido enmendar el error mandando a una de esas rústicas en busca del capellán del pueblo. Vendrá a las ocho. Aunque particularmente prefiero las misas matinales, las vespertinas siguen siendo válidas.

—Todo lo que tú organices roza la perfección. Pero cuando llegue don Basilio te recordará que yo me había puesto en contacto con él para esta misma hora.

Ella emitió una risa muy decorativa. Una risa que vestía.

—¡Lo que tú no sepas...! ¿Por qué no me casaría contigo cuando éramos jóvenes?

—Porque a esa edad no se valoran las perfecciones, querida. Yo mismo nunca supe valorar lo bien que organizas las misas de Epifanía.

La dejó ordenando cosas al servicio. La comida había concluido y era necesario organizar el café. Era el momento en que don Matías quería conversar con Álvaro. Mientras le buscaba entre los invitados, se vio literalmente asaltado por la esposa de algún alto cargo. No supo decir si era socialista, comunista o de Alianza Popular. En realidad le daba lo mismo. No estaba en su lista de amistades elegibles. Sólo en la de invitadas inevitables.

Fingía elegancia. Intentaba por todos los medios que no le cayese de la cabeza un desastroso sombrero tirolés mientras empuñaba la escopeta con tan mala pata que el anfitrión tuvo miedo de que se la disparase en pleno rostro.

Hablando con boca pequeña, preguntó la dama:

—¿Tendremos flamenco por la tarde, don Echagüe?

—Nunca en mi casa, señora. Para esto tienen ustedes algún tablao en Madrid.

—¿Ni sevillanas? —preguntó ella, con rostro desencajado.

—Ni sevillanas, señora. Si acaso, el sobrino del cura puede obsequiarles con un concierto de órgano en la capilla.

—Malher, por supuesto.

—Bach, señora. El vicepresidente del gobierno no ha sido invitado.

En un momento de alivio, don Matías localizó, por fin, a Álvaro. En tono sumamente amistoso y procurando que todos pudiesen oírle, exclamó:

—Estoy seguro de que nuestro *golden boy* querrá jugar una partida de ajedrez conmigo.

Álvaro se inclinó ligeramente para decirle en tono íntimo y un tanto alarmado:

—¡Don Matías, que no sé jugar al ajedrez!...

—Yo sí, pero me aburre soberanamente. De todos modos, finge que nos disponemos a jugar. Nadie creería que voy a enseñarte una biblioteca que conoces de sobra. Y yo necesito hablar contigo.

Por fin llegaba el momento que Álvaro Montalbán había estado esperando.

Le siguió hasta la biblioteca. También allí importaba sobremanera la austeridad británica, ya en los tonos de la madera de roble, ya en los *chesters* de la chimenea o en las discretas tapicerías de algunas sillas isabelinas, destacadas en los rincones. Mucho libro inglés y algunas novelas policíacas de las que todo gran señor suele disponer para que roben los invitados en un momento de apuro. Y, siempre, en el convencimiento de que los invitados son a su vez demasiado distinguidos como para robar las valiosas ediciones de Milton, Mommsen y Dickens o la colección encuadernada del Punch.

Álvaro se calentó las manos en la chimenea. Sentía que los zapatos Church le apretaban, pero supo aguantarse. Eran las únicas piezas de su vestuario que Ton y Son no habían conseguido envejecer completamente.

Don Matías le presentó una caja de cigarros. Al abrirla sonaba una vieja canción francesa: «*Padam, padam.*» Sonrió él con la picardía de algún recuerdo galante en cuya evocación esperaba encontrar complicidad. Pero Álvaro ni siquiera se inmutó. Carecía de recuerdos parisinos. Mal hecho. En los círculos selectos, como en la memoria de Imperia, lo parisino todavía constituye un signo de credibilidad.

Rechazó de manera contundente el Partagaz que le estaba ofreciendo don Matías:

—He dejado de fumar. Y aunque dicen que el cigarro mata menos que los cigarrillos, lo cierto es que acaba matando.

—Déjate de tonterías. En el mundo de los negocios, un buen cigarro entre los dedos equivale a una bandera. Otorga seguridad y prestancia.

—Usted viaja continuamente a París y a Londres: es probable que allí los cigarros continúen disfrutando de la consideración social que, antes, se les atribuía. Pero mi trabajo me obliga a moverme en Chicago o Nueva York. Y le aseguro que en un almuerzo con los americanos un cigarro, por bueno que sea, es capaz de arruinar un buen trato.

—Hasta el mundo de los altos negocios ha perdido *allure*. Yo te aseguro que entre almorzar con un francés en un excelente *auberge de campagne* o meterse en un vulgar *brunch* urbano con uno de esos yanquis, media un problema de calidad de vida determinante. Es el fin del mundo, aunque tú no puedas comprenderlo todavía.

Le invitó a tomar asiento en uno de los *chesters*. Álvaro no pudo resistirse a la evocación del pasado. En su adolescencia, durante las vacaciones de invierno, se había entretenido contemplando las litografías que colgaban de las paredes: representaban tremebundas escenas del medievo alemán ejecutadas con más imaginación que sentido artístico. En cualquier caso, eran una rareza que don Matías tenía en muy alta estima no tanto por su precio como por su pintoresquismo.

Cuando Álvaro dejó de recordar el asombro y la inquietud que en otro tiempo le produjeran aquellas visiones neogóticas, don Matías se acomodó en el otro *chester* y le repasó de arriba abajo, con evidente complacencia.

—Esa Raventós te ha vestido muy bien. ¿Ropa usada, verdad? Nadie podrá decir que es tu primera cacería. En cambio, todos esos *parvenus* han comprado su equipo para un solo fin de semana. ¡Y no quieras saber cómo bajaron a cenar!

Creerían que, después, iríamos a la Grand Opéra del pueblo vecino con asistencia de sus majestades. Un secretario del ministro, o algo parecido, llegó a preguntar a uno de los criados si era obligado el uso del esmoquin. Las señoras parecían salidas de un baile de embajada. Cuando vieron a la marquesa de San Cucufate con su rebeca de cashemir sobre los hombros, sus pantalones beige y el pañuelo de gasa anudado al cuello creyeron que la cosa iba de broma.

Álvaro Montalbán empezaba a dar muestras de impaciencia.

—¿Me ha traído hasta aquí para hablarme de ropa? Vamos, no es su estilo ni el mío.

Se vio obligado a esconder su repugnancia ante el humo que despedía el cigarro. A la luz de los nuevos tiempos, el presidente no tuvo otra opción que aplaudir sus abstenciones. Lo cual no evitó que le compadeciera por las mismas y por todas las que acabaría importando a Europa el puritano horterismo de los yanquis.

Incidió en un tema que, al parecer, le tenía preocupado:

—Ya que hablamos de esa Raventós: no se me ha escapado que tenéis algo.

—Es muy atractiva. Y yo soy muy hombre.

—Otros más hombres que tú han sucumbido ante unas garras femeninas. Ten mucho cuidado. Una cosa es tu educación mundana y otra muy distinta tu educación sexual.

—Descuide usted. Sé perfectamente cómo se doman esas potras.

Don Matías no reprimió una mueca de disgusto ante aquella expresión. Continuó diciendo en su mismo relajado tono:

—Una mujer bella, distinguida y con cerebro de banquero catalán suele ser peligrosa. Esos catalanes siempre han sido modernos antes de tiempo. Piensa que mientras nuestras madres estaban haciendo novenas a la virgen de Pilar, las suyas ya leían a Voltaire.

—Podrán leer mucho, pero a la hora de la cama no buscan a este señor que acaba usted de citar. De hombre a hombre, don Matías: catalanas o no, lo que ellas quieren es que las taladre un buen cipote.

Emitió una risotada que su contertulio consideró simplemente bárbara.

No se le escapó a Álvaro que aquel tipo de confidencias no se contaban entre las preferidas de don Matías. Así pues, improvisó una rápida salida de tema:

—Tampoco me voy a creer que me aparta de los demás invitados para hablar de mujeres.

—Vuelves a ponerte autoritario. Te prefiero así. Considerando cómo llegaste a mi despacho, no deja de ser un adelanto. Recuerdo que le dije a tu padre: «No apruebo a sus maestros. Te lo han dejado hecho un corderillo.»

—Sigo siéndolo a veces. No quiero esconderle que me siento inmaduro.

—No para la acción, en cualquier caso.

—Eso nunca. Si usted lo manda, puedo llegar a la lucha cuerpo a cuerpo. Otra cosa es cuando se me exige que me convierta en espectáculo. Cuando sé que todos mis actos son observados. Pero lo superaré. Sé que mi padre me lo exigiría.

—Tu padre me pidió que hiciera de ti un hombre de provecho y un hombre de bien. Esto lo dijo hace veinticinco años. Si viviese ahora, sólo me pediría una de las dos cosas.

—¿Pretende decirme que las dos a la vez no son posible?

—Hasta alcanzar el punto en que ahora te encuentras podían serlo. Todavía puedes si te quedas donde estás. Basta con que te contentes ocupando un puesto donde sólo se te exija obedecer a otros. Un puesto importante pero no decisivo. Es probable que fueses más feliz. Menos complicaciones, tú ya me entiendes.

—Ése no sería yo. Pienso ir a por todas, don Matías. Su deber de amigo es aconsejarme la mejor manera de conseguirlo. De las consideraciones morales, ya se ocupará mi alma.

Interrumpieron su conversación por un instante. Una de las mozas del pueblo trajo café en servicio de plata. Seguidamente, comunicó que los invitados los estaban esperando para continuar la batida de los ciervos. Álvaro recordó que era una caza prohibida, pero su cuidó mucho de proclamarlo en voz alta.

Fue el propio don Matías quien sirvió el café, mientras decía a la muchacha:

—Dígales que en diez minutos estaremos con ellos. El tiempo justo de terminar la partida de ajedrez. Y recuérdeles que, después, se celebrará la santa misa... —Profirió una risa seca, casi cruel—. Dígales también que no necesitan ponerse el esmoquin.

Pensó Álvaro si la muchacha reparaba en que no había ningún tablero de ajedrez dispuesto. Probablemente estaba acostumbrada a aquel tipo de excusas. Incluso tendría algún empleo fijo en la finca. No sólo de criados viviría don Matías. Y Álvaro decidió precipitadamente cuál podía ser la ocupación de una joven rubicunda, que recordaba a las formosas villanas propias de las novelas de aguerridos caballeros y pajecillos audaces.

No bien hubo salido la muchacha, Álvaro golpeó afectuosamente la rodilla de su anfitrión, al tiempo que comentaba, con acento cómplice:

—¡Vaya con el derecho de pernada, don Matías!

El otro fingió no inmutarse. Se limitó a decir:

—*I beg your pardon*. No sé si he comprendido bien tu insinuación. Es decir: prefiero no haberla oído.

—¡Cachonda es la moza, padrino! ¿Me va usted a decir que la deja marchar sin echarle un polvete?

—Definitivamente, no te he oído —insistió don Matías, con un gesto de abierto desdén—. Sin duda hay demasiado ruido en esta biblioteca. Hasta me llegan voces de los bajos fondos.

Álvaro notó que acababa de meter la pata. Para enmendarlo, afectó el aspecto de falsa contrición que había aprendido, con gran ventaja, en los jesuitas.

—El que debe pedir perdón soy yo. Pensé mal y no acerté.

—Debo confesar que, a veces, me desconciertas —refunfuñó don Matías—. En el trabajo eres uno de los hombres más fríos que he conocido. De repente, por no sé que razón, te sacude una venate de insensatez que te desacredita. Para ser exactos: cuando hablas de mujeres, pierdes los estribos.

—Esto me ocurre últimamente. Se me encienden las sangres, para que se lo voy a negar.

—Mal asunto. La idea anglosajona según la cual el ejecutivo perfecto tiene que poseer un autodominio completo de sus pasiones sigue siendo la más apropiada para los nuevos tiempos.

—Yo soy distinto. Yo soy muy hombre.

—Es la segunda vez que lo dices. A la tercera, empezaré a dudar de tu hombría... —Hizo una pausa que aprovechó para arreglarse el pañuelo. Álvaro le observaba con aspecto cada vez más impaciente. Por fin, le oyó decir—: Sé que no tienes el menor interés por las cacerías. Y, desde luego, no se te escapará que si te he invitado a ésta habrá sido por alguna razón. ¿O me equivoco?

—No se equivoca. Sé que piensa comunicarme algo importante. De hecho, hace rato que lo estoy esperando.

Don Matías le miró directamente a los ojos, al decir:

—Pienso retirarme dentro de un año. Supongo que lo sabías.

—Se comenta, pero ya le dije en cierta ocasión que no suelo hacer caso de los rumores. Sabía lo de su retiro, pero a través de mis propias deducciones.

—Nuestro grupo ha pasado por una época importante. La de la usurpación. Esto era trabajo de la gente de mi edad. Ahora llega la necesidad de la afirmación. Es vuestro momento.

—Esto dice mucho en su favor. No todos los hombres son capaces de aceptar que los jóvenes deberán arrinconar a los viejos para que el mundo se renueve.

Don Matías no se asombró ante aquellas palabras. Tampoco estaba esperando que alguien se las dijese a la cara. Las sabía de sobra y se limitaba a aceptarlas casi como una necesidad. De hecho, justificaban su decisión ante sí mismo.

—Muchacho, pasar de la sinceridad a la brutalidad es cosa de malnacidos. Pero como sea que esto de malnacer está en el orden del día, lo asumo y te felicito. Ahora escúchame bien: voy a darte más poder. Después vendrá más. Lo tendrás todo hasta que alguien te haga saltar.

—Me estoy preparando para que esto no suceda nunca.

—Sabrás que sigo paso a paso el proyecto que se te ha encargado.

—Entonces, verá usted que lo llevo muy bien.

—Me gusta que no seas modesto. No lo necesitas. De todas maneras, existen ciertos aspectos morales en esta operación que yo no podría aprobar.

—¿Piensa vetarlos?

—No digo que los vete. Digo, simplemente, que mi ética no me permite aprobarlos. Mi deber es aconsejarte. De hecho, es el deber de mi generación. Nosotros teníamos una moral. Cierto que la empeñamos cuando fue necesario, pero la base estaba allí, inalterable y siempre justificándonos. Mucho me temo que vosotros habéis olvidado esas cosas. Es posible que no podáis justificaros con algo que no sea el sentido de la lucha. Cultívalo. En el fondo, es lo único que tienes.

—No me tome por un ingenuo. En este proyecto, yo sólo veo cifras. ¿Cuándo se ha dicho que las cifras tengan moral?

Don Matías quedó un tanto perplejo:

—¿Esta pregunta me la haces en serio?

—Completamente.

—Detrás de esas cifras que te parecen tan inofensivas está la ruina de nuestros competidores. Ya no te hablo de ellos, puesto que han jugado dentro de las más estrictas reglas del juego y han perdido. Pero existen otros factores que pudiéramos llamar de tipo social. Si conseguimos cerrar las empresas que nos molestan, quedarán en el paro más de quinientas personas.

—Del paro tiene que ocuparse el gobierno. ¿No es una de sus bazas electorales? Además, hay unos sindicatos. Que lo resuelvan ellos.

Sostuvo con extraordinardia frialdad la mirada fija de su contertulio. Y sintióse orgulloso de sí mismo porque se había permitido el lujo de asombrarle.

—Tu proyecto está muy bien montado —continuó diciendo don Matías—. Está lleno de coartadas perfectas. No hay por dónde atacarte.

—Si está bien montado, ¿qué pueden importarnos los demás? Que se manchen ellos. Nosotros, con las manos bien limpias.

—A cualquier cosa que te dediques las tendrás manchadas. Es inevitable. Esto es un país de lobos. Cuanto más te encumbres más tendrás que tratarlos. Para vencerlos, sólo tienes una solución: ser más feroz que todos ellos, lo cual te obligará a estar siempre arriba. Tendrás un teléfono conectado con los principales centros de poder. No son tantos como los que la gente se imagina. En cualquier caso, no toleres interferencias en tu teléfono. Existen muchas líneas que todavía te están vedadas, muchos números que todavía no puedes conocer...

—Me está acusando de desconocer demasiadas cosas. No me dirá que usted empezó completamente enseñado...

—Tu padre y yo tuvimos que aprenderlo todo desde el principio. Voy a ahorrarte este esfuerzo. Tendrás a tu alrededor un equipo de primera. Te servirán en todas tus conveniencias. Pero no debes fiarte: del mismo modo que te ayudan pueden intentar hundirte. En este país, Álvaro, los lobos avanzan con las garras a punto.

—Yo también dispongo de las mías. Sólo tienen un defecto: todavía deben aprender a tomar lo que les convenga y soltarlo en el momento oportuno. Pero no se preocupe: no le decepcionaré.

—En ciertos aspectos ya me has decepcionado. Pero estos aspectos carecen de importancia ante lo que tú quieres conseguir.

Álvaro le ayudó a incorporarse. Cuando estuvieron frente a frente, a la misma altura, el caballero le abrazó.

—Me gusta que me llames padrino. Si puede servirte para tus propósitos, no veo por qué deberíamos evitarlo. Por lo demás, seguiremos viéndonos cada día y podrás consultarme lo que desees. Como habrás comprendido, me siento muy cansado. Tengo ganas de que pase este año, que me he fijado como plazo.

—Padrino, no acabo de creer que se retire usted por cansancio. Dígame la verdad: ¿por qué lo hace?

El otro sonrió con tristeza.

—Porque quiero dedicarme al cultivo de champiñones en mi finca del Midi francés.

Era una explicación tan plausible como cualquier otra. Y Álvaro Montalbán la aceptó porque en el fondo tampoco le importaba demasiado.

Antes de reunirse con el resto de los invitados, don Matías se apoyó en el brazo de su protegido, comentando:

—Antes dije algo sobre esa Raventós que ahora quisiera rectificar.

—¿Ya no le parece tan peligrosa para mí?

—¿Peligrosa? ¡Pobre mujer! Me parece una víctima en potencia. Cuando la hayas masacrado, cuando ya la tengas para el arrastre, mándamela al Midi. Le convendrá reponerse una temporada. Esas cosas suelen hacer daño. Incluso a las catalanas.

ÁLVARO MONTALBÁN PREFIRIÓ RETIRARSE a descansar mientras duraba la partida de caza. De hecho, podría haber regresado a Madrid, porque ya sabía todo lo que deseaba saber, pero pensó que era muy importante para su imagen permanecer en la capilla, oyendo misa junto a su flamante padrino. Esto complacería a los invitados de derechas, con quienes no descartaba coincidir en un futuro muy próximo.

Se disponía a subir por la gran escalinata llena de cuadros de ancestros ficticios, cuando se vio retenido por la marquesa de San Cucufate. Recordando cómo las gastaban las pacientes de Beba Botticelli, estuvo a punto de temer lo peor. La marquesa distaba mucho de ofrecer un aspecto o disponer de una edad capaces de compensar el mal efecto que un desliz pudiera producir en aquella casa.

La dama se limitó a observarle por unos segundos a través de sus gafas. Acto seguido, las dejó colgando del cuello, a guisa de collar. Se ajustó la chaqueta *tweed* sobre los hombros canijos.

—Joven, tengo entendido que está usted muy bien situado. —Él se encogió de hombros, quitándole importancia al asunto. Ella preguntó—: ¿Querrá hacerme un favor, desde su influencia?

—¿Desde cuándo llaman favores a los placeres, señora?

—¿Podría conseguir que Sus Majestades me invitasen a una de sus fiestas? Asisten las folklóricas, los escritores, los banqueros, los adivinos y hasta las rockeras, pero las marquesas de toda la vida, las que viajábamos constantemente a Estoril en tiempos difíciles, tenemos que verlas por el telediario.

—Siento desilusionarla, marquesa, pero yo nunca he sido invitado a una recepción real.

—Por lo que Matías cuenta de usted, no tardará en figurar entre los invitados de honor. Cuando esto ocurra, tercie en favor de los pobres aristócratas. Si va por Sevilla se lo recompensarán con una Cruz de Mayo de excelente calidad. Y de paso me ahorrará mucho dinero en psicoanalistas.

Y le dio la mano a besar.

Álvaro sintióse sumamente realizado. La posibilidad de otorgar favores a las viejas glorias de la España eterna le llenaba de un orgullo desconocido, le revestía de una importancia que consideró importantísimo cultivar.

Ya en sus aposentos, quedó mirando el teléfono. Por su anodina modernidad constituía un anacronismo estrepitoso entre la cuidada decoración de la estancia. Todo mueble castellano, aunque no en número excesivo. Todo preciso, todo elegante, como convenía a una mansión que no dejaba de ser una segunda residencia. Pero si bien mandaba en la decoración un excepcional bargueño de madera policromada, Álvaro continuaba con la mirada fija en el vulgar teléfono. Lo acarició durante un buen rato y, por fin, cerró sus garras sobre el auricular, no tanto objeto de su posesión como instrumento que despertaba su lujuria. Había una cierta sensualidad en aquella caricia. Había algo de pasión en la idea de un instrumento que le otorgaba todas las posibilidades de conectar con el poder.

Pensó entonces: «No demostraré complacencia en la posesión, sino en la forma de manejarla. Y ni siquiera complacencia. Esto pudiera anular la voluntad. Es un instrumento, no un fin. El fin está al otro lado del hilo. Conviene, pues, controlarlo siempre.»

Se despojó de la cazadora, con la intención de echarse cómodamente hasta la hora de la misa. Contempló su equipo de caza: como suponía, regresaba a Madrid intocado. Las cartucheras le hicieron reír. No eran las que necesitaba para su lucha particular. Eran demasiado visibles. Daban a entender que iba armado. Y sus maestros de escuela le habían enseñado que las verdaderas armas se llevan escondidas en el alma. Traducido a un lenguaje más moderno, sabía exactamente lo que quería decir.

El equivalente moderno del alma empezó a funcionar mientras Álvaro analizaba fríamente el contenido de su conversación con don Matías. No había engaño posible: aquel remedo de hijosdalgo estaba de su lado. Sólo le había puesto un reparo: se le veía el plumero no bien aparecía en el horizonte el fantasma de la sexualidad. ¿A qué ignorarlo? Don Matías venía a decirle que, si quería triunfar, tenía que cortársela. Rectificó: el planteamiento seguía siendo basto. No era necesario llegar tan lejos: podía acceder al éxito, conservando al mismo tiempo, sus magníficos atributos. En términos también modernos significaba que se estaba dejando llevar por los instintos. No dudó en enfrentarse a aquel peligro, regresando a su frialdad habitual. Era necesario reconocer que el peligro existía. Su relación con Imperia Raventós era un ejemplo palpable y no menos peligroso. Y en este punto se detuvo, con particular fruición.

«Si puedo manejar el mundo desde un teléfono, ¿no voy a manejar a una mujer? Sé que te necesito, Imperia. No soy tan tonto como para pensar que ya estoy educado. Te necesito y te aprovecharé. Pero no voy a tolerar que me acapares en una relación absorbente. Has cimentado mi autoestima, pero a partir de ahora tengo que cimentar yo mi capacidad de resistencia. Sé lo que puedes darme y pienso obtenerlo. No tengo nada de qué acusarme. Para esto cobras, a fin de cuentas. Pero siempre debe quedar claro que pago yo.»

No había problema por el momento. Aquella noche no vería a Imperia. Como excelente profesional que era, ella estaría muy ocupada en el estudio donde se emitía en directo el programa de Rosa Marconi. Se encontraría obsesionada con el vestuario de su folklórica, con el maquillaje, con las luces, con el control de la prensa. Era la absoluta perfección en todo lo que hacía. Cuando a él le llegase la oportunidad de aparecer en aquel programa, ella estaría a su lado para hacer que todo marchase sobre ruedas.

Ésta era su Imperia, la que admiraba. La otra, la de la pasión, la de la dependencia, constituía un fastidio y un estorbo.

Regresó a Madrid con tiempo suficiente para instalarse delante del televisor y recibir en su intimidad, con todos los honores, al rostro virginal de Reyes del Río.

Hemos visto que, en sus onanismos recientes, el niño Raúl ya sólo pensaba en Alejandro. Posiblemente algún lector, pasado de prudencia, no aprobará el exceso que representan tres masturbaciones por noche, especialmente si hasta aquí pensábamos que las inclinaciones del beatífico niño tenían intenciones de signo claramente espiritual. Cierto que él buscaba al compañero, al profesor, al padre capaz de convertirle en hombrecito de provecho, pero al fin y al cabo la inteligencia adolescente no es de piedra. ¿Podía serlo la de Raúl después de contemplar una fotografía en la que su radiante protector acreditaba un cuerpo muy bien moldeado en las palestras? Este dualismo cuerpo-alma redime a la pasión del cutrerío. Si bien se mira, las masturbaciones de Raúl quedaban sumamente helénicas, además de propias.

Estamos sabiendo que el niño no era tonto, pero también podríamos pensar que se estaba pasando de listo. ¡Como! ¿Adónde fue a parar aquel repentino fervor por el aguerrido ejecutivo aragonés a quien incluso llegó a considerar un caballero de las Cruzadas? Asombra la rapidez con que una alma núbil es capaz de darse al olvido, y muchos hay que lo censuran, pero otros aducen que esta facultad para olvidar es inmanente a la materia prima de la adolescencia. Por lo mismo, no extrañará que casi todos teman esas pasiones como a un nublado. Así va quedando desprestigiado el antiguo arte de amar a los efebos. Dejó demasiadas víctimas a su paso.

—¡No seré yo quien caiga en esta trampa! —proclamaba Alejandro, después de un par de sedantes—. ¡Total, por un crío un poco graciosillo! No es mucho más, no. ¿Que se parece al hijo de Tarzán? Peor me lo ponen. El actor Johnny Sheffield engordó peligrosamente cuando se hizo mayor. Ese Raúl, dentro de dos años, será una vaca. ¡Con lo que come!

Se escondía a sí mismo, arteramente, que la diosa egipcia del amor se manifiesta en forma de vaca. No era ésta una comparación demasiado adecuada para alguien que tenía tal necesidad de olvido a toda costa. Para alcanzarlo, era necesario desacreditar todo lo bueno que Raúl representaba.

Empezó a pensar en aquella posibilidad, mientras tomaba el cuscús aplazado el día anterior. ¡Qué placer cenar a solas, leyendo un buen libro, e inmerso en una decoración que pretendía evocar los fastos de un palacio de Harum al-Raschid! Era el local idóneo para encender la imaginación de un crío tan fantasioso como Raúl. ¡Maldita idea! Alejandro se obligó a ahuyentarla. Era una suerte haberse quitado de encima al gamberrito. Lejos de un placer, su presencia constituiría un fastidio. No paraba de hablar, era una cotorra, qué niño tan pesado. Si estuviera en aquella mesa no le dejaría leer. Anoche, en el coreano, no pudo leer ni una línea. En cambio, ahora, llevaba leídas tres líneas y media de un ensayo sobre Plotino que le garantizaba una noche feliz. Estaba dispuesto a aceptar que era el mejor sustituto. Desde luego, más provechoso que un niño cotorra que no paraba de reír y de hacerle reír a él y que, además, amenazaba con ponerse gordo como se puso Johnny Sheffield cuando se hizo mayorcito.

Raúl tampoco llamó a la mañana siguiente. Él decidió obedecer a la razón. Se abstuvo de llamarle. Al principio sintióse tranquilizado. Un niño como aquél era muy apto para desbaratar una soledad tan bien organizada como la suya. ¡Bendita su soledad, sin un niño desconcertante que la alterase! Pasó el día recorriendo calles, considerando si debía obedecer a la razón o al sentimiento. No paraba de repetirse: «Tengo cuarenta y nueve años, ya es hora de que empiece a razonar como un adulto.» Aquella decisión sirvió para ayudarle a resistir los deseos de llamar a Raúl, pero no le tranquilizó en absoluto. Después de muchas calles, muchas cafeterías y algún bar gay, decidió que las siete de la tarde era una hora más que prudente para acostarse. Y sin cenar. Más sano, imposible. Cogió su Virgilio y se metió en la cama. ¡Venturosa placidez, magnífica serenidad, idílica calma! Era un auténtico alivio vivir sin sentirse dominado por la espera de un telefonazo. ¡De eso ni hablar! ¿A quién puede interesarle que llame un niñato caprichoso, malcriado, tontito y de risa continua?

Sonó el teléfono. Le dio un vuelco el corazón. Saltó de la cama hacia la puerta. Faltó poco para que se llevase una mesa consigo. Llegó al teléfono corriendo, no fuesen a colgar. A duras penas podía respirar. Cuando descolgó, sonó la voz de un compañero de la facultad que le pedía unos datos sobre la *Antología palatina*. Le hubiera estrangulado.

Regresó a la cama. Estaba harto de Virgilio. ¡Eneas era un vulgar matón y la reina Dido una cursi! Buscó en los satíricos. Le hizo gracia una descripción sobre los excesos del tráfico nocturno en la Roma imperial. Le hubiera gustado tener a alguien para comentársela y reír juntos. Si era alguien más joven, más inexperto, disfrutaría mucho contándosela. Desde luego, nunca Raúl. No le escucharía. Se dormiría aferrado a su cuerpo, sin permitirle leer. ¡Qué niño tan pesado! Tenerle allí, completamente desnudo, refregando contra sus piernas aquellos muslos; eso si no era el pene, que se le iría hinchando hinchando... ¡Qué lata de niño! ¿Por qué regresaba su recuerdo? Por lo inmoral. Porque iba por el mundo marcando aquel culito debajo de los vaqueros tan ajustados...

aquel culito, ¡por Zeus!, aquellos muslos... ¿Qué ocurría ahora? Estaba en erección. ¿Le estaba excitando Juvenal? Nunca lo había conseguido. ¿Por qué aquella noche?

—¡Maldito niño, que no me dejas leer, con tanto culo y tanta hostia!

Tomó un somnífero para ver si conseguía dormirse de una vez.

A la mañana siguiente, mañanita de Epifanía, llegó tarde a una reunión de profesores. Faltaba un día para reanudar las clases y alguien había propuesto ciertas innovaciones. No se enteró de nada. Sus compañeros se enteraron de que estaba un poco ido. Tenía unas ojeras muy espectaculares y un color sospechoso, como de no funcionarle bien el hígado. Tomó su ración de sedantes y se fue al cine.

Sus pasos le llevaron a la filmoteca. ¿Por qué un sitio donde estuvo con Raúl dos días antes? Desde luego, no para coincidir con él. ¡Qué más quisiera el renacuajo! De todos modos, tampoco sería por la película. El ciclo Minnelli era una frivolidad, una cursilada típicamente americana. Nunca habría ido a ver *Brigadoon* de no insistir Raúl. Él no era un hortera ni un esnob. Tenía vocación de clásico, no de ama de casa yanqui. Rectificó. Estaba siendo injusto con Minnelli. Un compañero muy entendido en cine le habló maravillas de las película de hoy. Él mismo podía recordarla. ¡Claro! Daban *Gigi*. Le encantó cuando era niño. Tuvo que rectificar de nuevo: ya era adolescente. Dieciséis años. En cualquier caso, la diferencia de edad no cambiaba el asunto: tenía la obligación ineludible de ver *Gigi* en la filmoteca. Para acabar de convencerse, recurrió a una coartada cultural de efecto asegurado: el texto era de Colette. No se notaba mucho en el resultado final, pero la base era de ella y sólo de ella.

Claro que en la filmoteca corría un peligro. ¡Podía encontrarse con Raúl! Estaba claro que no debía ir. No tan claro. Para vencer el peligro conviene enfrentarlo cara a cara, no huir de él. Y un hombre culto, un adepto a la razón pura, no va a renunciar a Colette por temor a un gamberrito.

—Si le veo no le saludaré —se decía mientras conducía Princesa abajo—. Ni siquiera sé si debería mirarle. Mejor sí: le miraré. Que sepa de una vez que no me interesa. Así dejará de importunarme con sus llamadas. ¿Qué llamadas? Ayer no me llamó y hoy tampoco. ¡Esto quiere decir que llamará esta noche! Formidable. El encuentro en la filmoteca será muy oportuno. Al no saludarle, se dará cuenta de que no debe llamar. ¡Que me deje en paz, caramba! ¡Que no me moleste más! ¡Qué niño tan pesado!

El vestíbulo estaba lleno de jovencitos. ¡Cuánta gente había nacido en los últimos años! El afán de la especie por reproducirse empezaba a ser escandaloso. Mucha curiosidad debía de inspirarle aquel hecho, porque no dejaba de buscar entre aquel mar de adorables cabecitas. A pocos metros del bar, divisó a un rubito que se le antojó conocido. De todos modos, no podía asegurarlo. Estaba de espaldas y llevaba una gabardina hasta los pies, de modo que no pudo saber si escondía el culito de algún conocido. No quería mirar. Claro que, después de todo, ¿quién podía prohibírselo? En un país democrático, un ciudadano mira hacia donde le sale de las narices. Por algo hizo la resistencia cultural durante el franquismo: para mirar donde quisiera cuando llegase la democracia. En cuanto a ese rubito que podía ser Raúl, que probablemente era Raúl, que sin duda era Raúl, no presentaba el menor peligro. Incluso podía pasar por su lado y no saludarle. Nadie podía impedirle circular libremente. La filmoteca era un lugar público. ¿O no era un lugar público? Era definitivamente un lugar publico. Podía avanzar hacia aquel rubio, pasar por su lado, incluso mirarle si le daba la gana. Claro que la mirada debería ser despreciativa. Además, aquel rubio insolente se había colocado junto a la mesa de los programas. Esto era muy propio de Raúl: colocarse en el sitio por donde él tenía que pasar a fin de provocar un encuentro desagradable. Pues se llevaría un buen chasco. Claro que mejor no provocarlo. Mejor quedarse donde estaba y santas pascuas. ¡Ah, no, hasta aquí podríamos llegar! ¿No pretendería aquel renacuajo que, para no coincidir con él, se quedase sin conocer las películas del ciclo dedicado a la famosa directora finlandesa Ulrica Semis? ¡Faltaría más! La filmografía de Ulrica Semis era absolutamente necesaria para un profesor de filosofía. Y él no iba a sacrificar su carrera por un criajo.

Avanzó hacia el rubiales, que seguía de espaldas. Se iba acercando. Ya casi llegaba. Ya estaba allí, junto a él. Se le estaba encogiendo el corazón. Para pescar un programa tenía que rozarle la gabardina, era inevitable rozarle, le estaba rozando... ¡Ah, corría el peligro de que, al volverse, el niño le dirigiese la palabra! ¡Bueno era él para devolvérsela! En cualquier caso, tendría que excusarse por rozarle la gabardina. Eso sí. Él era un hombre educado. Pero Raúl podría aprovechar para iniciar una conversación. Podía y era bien capaz de hacerlo. Después de todo, Raúl era un demonio. Así que mejor no excusarse. En modo alguno. Que aprendiese el precio de un peine.

El rubito se volvió, sonriente. ¡Era un americano! ¡Qué palo, tío! Es que esa gente lo invadían todo. ¡Jodidos yanquis! Como los catalanes. Madrid estaba lleno de catalanes. Es que ya no se contentaban con venir ellos. Ahora ya mandaban a sus hijos. Hasta la filmoteca estaba llena de catalanes. Había tantos miles de catalanes que no podía faltar aquel que le atormentaba. Seguro que allí estaría Raúl. Necesitaba decirle que estaba hasta las narices de ver la filmoteca de Madrid invadida por catalanes. Le buscó ávidamente. Consideró la cuestión. No diría nada contra los catalanes. Después de todo, Raúl no era un problema nacional. Además, él nunca pretendió sembrar hostilidades entre la Generalitat y el gobierno central. Sólo pretendía encontrar a aquel pequeño demonio catalán para demostrarle que podía pasar junto a él sin saludarle. Buscó y buscó durante un buen rato. Tuvo que rendirse a la evidencia: Raúl no estaba en la filmoteca. De hecho no había ningún catalán. Un chasco.

Respiraba aliviado, liberado, plenamente satisfecho de su autodominio. De pronto reparó en un detalle: si Raúl no estaba en la filmoteca era que no le gustaba el buen cine. ¡Qué niño tan inculto! ¿Cómo había podido perderse *Gigi*? Lo más probable era que fuese tonto. Para estrangularle, vamos. Motivo de más para no interesarse por él. Claro que podía tener alguna coartada válida: podía haberla visto, incluso era capaz de haberla visto varias veces. Imposible. Raúl era muy niño cuando estrenaron *Gigi*. Ni siquiera muy niño. No había nacido. Mucho peor que no haber nacido: ¡le faltaban dieciséis años para nacer!

Realmente, una inmoralidad. En aquella época Alejandro ya tenía dieciséis años. Tenía la edad de Raúl.

No hacía falta pensar más. Era muy sensato no ver nunca más a un renacuajo a quien le faltaban tantos años para nacer cuando estrenaron *Gigi*. Y encima era tonto, porque perdía la oportunidad de verla ahora. ¿Y si la había visto recientemente? Era un niño de la generación del vídeo. Era un niño-vídeo. Era un videógrafo con patas.

Cuando se apagaron las luces, Alejandro dio gracias al cielo por haberle quitado a un muerto de encima.

¡Qué placer ver *Gigi* sin una cotorra al lado comentando todos los detalles, provocando la sonrisa con sus comentarios joviales, apoyando su brazo en un contacto que le haría perder concentración. Alguien que no le permitiría siquiera... dormir.

Porque lo cierto es que durmió plácidamente durante toda la proyección de *Gigi*.

Pasó el resto de la tarde repitiéndose que no debía llamar a Raúl. Estaba clarísimo. Además, si él no llamaba es que ya le había olvidado. Así son los adolescentes. Les gusta alguien por unas horas, pero esta atracción no tiene mañana. Especialmente si hoy es día de Reyes y está jugando con sus juguetes. Ante esto, los niños se olvidan de todo. Incluso de aquellos a quienes convirtieron en juguetes de su capricho.

Era la noche del programa de Rosa Marconi con Reyes del Río. Faltaban pocos minutos para empezar. Imperia no le perdonaría que se perdiese la dichosa entrevista. Maldición sobre Imperia. ¿Cómo se le ocurriría cargarle con el muermo de su hijo? No se lo perdonaría nunca. Primero, porque lo sentía así. Segundo, porque sería el mejor sistema para no volver a ver a Raúl. Si estaba peleado a muerte con la insolente de la madre, ¿qué sentido tendría tratarse con el pesado del hijo?

¿Dolor? Pues ninguno. ¿Qué podía importarle aquel gamberrete treinta y tres años menor que él? Y, además, no se parecía en absoluto al hijo de Tarzán. ¡Qué iba a parecerse! Era una imagen que él había idealizado porque en su infancia, allá por los años cuarenta, el niño de Tarzán, tan desnudito, le había provocado la primera erección de que tenía recuerdo.

¡Cuán inoportunas son esas erecciones cuyo impacto regresa cuarenta años después!

Abrió un par de latas y se hizo un mejunge extrañísimo para comérselo delante del televisor. La estampa no quedaba muy alegre. Un profesor solitario y un aparato que emitía colorines. Diálogo absurdo, pero no imposible. A veces, Alejandro dialogaba con los locutores de los telediarios y les cantaba las cuarenta a los participantes en algún coloquio.

—Tendré que comprarme un perrito para que me acompañe en momentos así —murmuró mientras masticaba lentamente aquella especie de plástico que acababa de cocinar—: Un perrito hace más compañía que un amante. (SNIFF!)

De repente se oyó la marcha triunfal de *Aida*. Señal inconfundible de que llegaba la impar Rosa Marconi.

En el decorado, todas las banderas de las autonomías españolas. En el centro, una mesa en forma de hígado y en cuyo centro aparecía la diva. La habían maquillado muy palida con el fin de realzar su cabellera negra, verdaderamente impactadora por cuanto parecía pintada a brocha gorda. En la solapa, un clavel reventón, por lo del mensaje subliminal.

Miraba a la cámara con dureza, sin afectación, para que el público entendiera que iba de juez.

—Como todas las semanas, el público quiere saber. Como todas las semanas, pregunto, preguntamos, interrogamos, inquirimos... ¿Tendremos la respuesta, la explicación, el efecto, la causa, el logos y el ethos? Ésta es su cita, vecinos de todas nuestras latitudes, autónomos de todas nuestras autonomías. Ésta es su casa, su agora, su forum... éste es el santasantórum de la verdad.

—¡Pelmaza! ¡Petarda! ¡Que siempre dices lo mismo! —gritaba Alejandro, desde su soledad.

Pero sonaron aplausos. Y en un hogar de Bilbao, un padre dijo a sus hijos: «Atended, que hoy la Marconi le canta las verdades a un ministro. Escuchad y aprended, que hoy habrá tomate.»

Las cámaras enfocaron al público del estudio, para que el televidente comprobase que los aplausos no estaban enlatados. Era un público mejor elegido que el de muchos programas. Un público casi culto o, cuanto menos, bastante preparado, y al que solían mezclarse algunos rostros famosos. Sin ir más lejos, en la segunda fila reconoció Alejandro a la madre de la folklórica acompañada de Miranda Boronat, quien comentaba algo a un jovencito de carita preciosa y pelo negro y rizado.

—¡Hostia, qué niño! —exclamó Alejandro—. ¡Pero qué niño! ¿De dónde ha salido este niño?

Aire agitanado. Sonrisita picante. Ojillos que transmitían una enorme vitalidad. ¡Qué morbo tenía el niño aquel! ¡Y qué encanto cuando se reía! Sería algún pariente de Reyes del Río. Un sobrinito, acaso. No era muy mayor. Dieciséis años a lo sumo, pero su aire de gitanillo le hacía parecer más hecho. Enamoraba con su pelo rizado y, además, tan negro. Enamoraba con aquella gracia tan andaluza, como de la gente del cobre; una gracia que Alejandro le estaba presuponiendo sin el menor esfuerzo.

¡Qué lástima! Las cámaras dejaban de enfocar al público y regresaban a Rosa Marconi.

—¡No enfoquéis a esa gilipollas! —gritaba Alejandro, casi saltando de la butaca—. ¡El niño, el niño! ¡Que salga el niño!

¿A quién le importaba Rosa Marconi preguntándole a un ministro que tenía expresión de merluza los entresijos y dimes y diretes de la sanidad pública?

Se puso agresiva la impar Marconi. Se puso directa, como sólo ella sabía ponerse. Llegaba sobrecargada de baterías.

—Señor ministro, con el corazón en la mano y sin maniobras electoralistas: ¿está la sanidad española a la altura de los demás países?

El ministro, vestido de yuppie, contestaba con una sonrisa de así-así que no cambió en toda la entrevista.

—Me hace una pregunta muy delicada, que yo voy a contestarle con el convencimiento que da el trabajo bien hecho y el orgullo que producen al unísono el convencimiento y el trabajo...

—¡El niño! —gritaba Alejandro—. ¡El niño!

—... y con este orgullo yo le digo, señorita Marconi, que según qué cosas de la sanidad pública española están a la altura de la sanidad de los demás países y según qué cosas de la sanidad pública española no están a la altura de los demás países. Así de claro se lo digo.

Rosa Marconi intensificó la agresividad de su mirada:

—Señor ministro, voy a ser dura con usted, severa con usted, casi cruel con usted y muy exigente, muy demandante, muy rigurosa con el gobierno al que hemos elegido. Porque el público, la colectividad, el pueblo, quiere saber, sin tapujos, sin medias tintas, sin velos..., quiere saber, ¡rediez!, si tienen razón quienes aseguran que, en los años que llevamos de democracia, la sanidad pública española no se ha puesto a la altura de la de los demás países...

Un televidente de Lugo le dijo a su mujer:

—¡Qué valiente es la Marconi! No sé cómo le dejan decir lo que dice.

—Dice verdades como un puño —contestó la esposa, sin dejar de hacer un *puzzle* con la cara de Topo Gigio—. No respeta ni a los del gobierno. Para mí que un día la meterán en la cárcel.

En la pantalla, el ministro de Sanidad se armaba de valor. Diríase que sudaba.

—Querida Rosa, usted debería saber, entender, calibrar, que estas calumnias, estos libelos, estos infundios, los propaga la oposición. ¿Se ha preguntado usted cómo estaría la sanidad pública en manos de los que ahora nos critican, nos vituperan, nos desmerecen? Si la oposición, en lugar de estar en la oposición, tomase las riendas de lo que ahora combate, dejaría de ser oposición y nosotros, en la oposición...

—¡Yo no le estoy preguntando a la oposición, señor ministro! ¡Le estoy preguntando a usted!

—¡Enfocad al niño! —aullaba Alejandro—. ¡Al gitanillo, al gitanillo!

Pero el ministro estaba en grado de sincerarse con el pueblo:

—A nivel de absoluta sinceridad y a nivel de gráficos puestos al día y a nivel de la autoridad que nos otorga la voz de las urnas, yo le digo a usted, señorita Marconi, que el nivel de la sanidad pública española está a nivel del nivel de los demás países nivelados.

—¿Me habla usted con el corazón en la mano, señor ministro?

—¡La mano te la metes en el coño, pesada! —vociferó Alejandro—. ¡El niño, el niño!

—Señorita Marconi, yo me arranco el corazón y lo pongo a los pies de usted, no sólo porque usted se lo merece...

—¡Yo no le estoy pidiendo una galantería, señor ministro!

—Déjeme terminar. No sea usted tan agria. Digo que me quedo sin corazón voluntariamente, para que me ingresen ahora mismo en la sanidad pública y me hagan un trasplante. ¡Mire, pues, si estoy seguro, convencido, persuadido de las bondades de nuestra sanidad pública! Con o sin corazón, puedo garantizarle que la sanidad pública española está a nivel de los demás países como Portugal, Marruecos, Uganda, Kenya, el Malí...

Respiró, triunfante, Rosa Marconi:

—Señor ministro, no soy yo, en mi modestia, quien debe dar el veredicto. El público quería saber y ha sabido. Y ahora que el público sabe y, por saber, puede erigirse en juez, puede dar su veredicto, puede decidir en nombre del libre pensamiento, ahora pasemos a la publicidad. Estamos con ustedes en pocos minutos. ¡Y no se cambien de canal, que me enfadaré!

El público rió la gracieta con que Rosa Marconi suavizaba su conocida fiereza. El público respiró aliviado y, en más de un lejano hospital de los distintos puntos de España, muchos enfermos se cagaron en la madre que la parió a ella y al ministro.

—¡Métanse con mi madre, pero miren los anuncios! —parecía decir Rosa Marconi con su última sonrisa, antes de desaparecer bajo unas imágenes de bacalao al pil pil puesto en píldoras.

Alejandro no pensaba cambiar de canal hasta que las cámaras volviesen a aquel gitanillo ideal que sustituía, en sus delirios, la imagen del rubio Raúl.

¡Anda que no vinieron rubios y rubias en los anuncios!

Altísimos y fortachones ellos, esbeltas y sofisticadas ellas, pasaban por la pantalla anunciando todos los más variados productos destinados a un público cuya altura no sobrepasaba el metro sesenta. ¡Qué elegantes estaban aquellas walkirias cuando fregaban sus cocinas, perfumaban sus inodoros, sacaban el cubo de las basuras y limpiaban los meados de niños rubios y gorditos! En cuanto a los varones, seducían a través de un optimismo digno de los dioses del estadio y una elegancia propia de las pasarelas, de donde procedían. Sólo les faltaba anunciar un tractor vestidos de esmoquin. Prestancia, gallardía, robustez. ¡Con qué donaire pagaban a Hacienda, recomendando al contribuyente que hiciera lo mismo con idéntica donosura! ¡Con qué alegría bebían una botella de leche mostrando su atlética desnudez sin venir a cuento! ¡Qué jocunda disposición al arreglar una cañería, al cambiar la rueda del camión o, simplemente, al ingresar sus ahorros en la libreta de una entidad bancaria tan hermosa y dinámica como ellos!

¿De dónde habían salido aquellos gigantes, aquellas ninfas áulicas que se dirigían al público hispano haciéndole creer que le representaban?

¿Era aquel pueblo de vikingos y vikingas el mismo que cantó Quevedo, el que pintó Goya, el que filmó Berlanga? ¿A quién remitían aquellos rostros, aquellos cuerpos, aquellos vestuarios?

—¡Esto es mentira! ¡Sois unos falsos! —gritaba Alejandro, completamente fuera de sí—. ¡Fuera los anuncios! ¡Que salga el gitanillo de una vez!

La espera había valido la pena. Al iniciarse la segunda parte, las cámaras enfocaron los aplausos del público y, por fin, pudo verse de refilón al morenito de los cabellos rizados. ¡Por Dios, qué infarto! Ese niño era una monada y no Raúl. Ese jabato sí que se parecía al hijo de Tarzán. Era varonil, el cabroncito. No como Raúl, tan rubiales. Los rubios siempre quedan un poco mariquitas, para qué vamos a engañarnos. En cambio ese niño... ¡qué machito tan lindo! Desde luego, no era muy distinto de Raúl. Un cierto aire. Los ojos eran casi idénticos. Los labios iguales. Cuando sonreía, el despliegue de encanto era parecido. La verdad es que el machito del pelo rizado se parecía mucho al renacuajo de Raúl. La verdad es que si no fuera por los rizos, el color del pelo, ese niño y Raúl... ese niño y Raúl...

Fue entonces cuando Alejandro, perdido todo control, cayó de rodillas delante del televisor y, con la nariz casi pegada a la pantalla, gritó:

—¡Este niño es Raúl!

Era Raúl como él había sugerido que debía ser. Raúl morenito. Raúl picante. Raúl rizado. Raúl como Boy. Raúl convertido en un tormento cuya evidencia ya era imposible negar.

Regresó de rodillas hacia la butaca y escondió la cara entre los cojines, como si estuviese huyendo de una visión atroz.

—¡En mi propia casa! ¡Me lo tienen que traer a mi propia casa! ¡Esto es una inmoralidad!

De aquí a las conclusiones de tipo teórico todo fue una. La televisión pública es un escándalo. ¡Te traen a casa lo que no quieres ver! Tenían razón los que se quejaban a los periódicos. Mandaría cartas a todos los de Madrid, a las revistas, al mismísimo director de Prado del Rey. El estado no podía pisotear los derechos del contribuyente. Él no pagaba sus impuestos para que la televisión ofreciese espectáculos como aquél. ¡Un homosexualillo de dieciséis años en hora punta, la hora en que los niños todavía no se han acostado! ¡Vaya ejemplo para sus sobrinos y los hijos de sus amigos y los pobres niños indefensos de todos los hospicios de España! Tendría que intervenir la Conferencia Episcopal. La televisión era un servicio público. Estaba obligada a educar a los niños. ¿Desde cuándo se dedicaban a regodearse en la exhibición de gamberros de pelo negro y rizado, de golfillos que se parecían tanto al hijo de Tarzán, de jabatos que podían provocar erecciones a los honestos televidentes?...

Se destapó un sólo ojo para mirar a la pantalla. Suelen hacerlo así los culpables de algún crimen. Pero en aquella ocasión el crimen se estaba produciendo entre el público de aquel programa infecto. Aquel niño no sólo era Raúl en la perfección de la belleza agitanada. Es que, además, aplaudía como un loco, se reía completamente feliz, se lo estaba pasando bomba. Para demostrarlo, miraba continuamente a la cámara, guiñaba un ojo y sonreía sin parar, como si estuviera dirigiéndose a alguien que no estuviera en el estudio. De hecho, estaba buscando a algún televidente determinado, alguien a quien quería agradar. ¡Encima coqueto! ¡Encima provocativo! Alejandro se desesperó del todo. Estaba claro que el niño no le echaba en falta. No le necesitaba. Y para confirmarlo apareció a su lado el cotilla de Cesáreo Pinchón, tomando notas.

—¡Maricona! —grito él—. ¡Seguro que te está dando el número de teléfono! ¡Tú sí que le llamarás! ¡Tú no eres tan tonto como yo! ¡Tú te lo tirarás, mientras yo releo a Platón!

Entonces regresó Rosa Marconi, pronunciando cuatro tópicos sobre su próxima invitada: la virginal Reyes del Río.

No estaba Alejandro para folklores. Bastante tenía con el suyo. Tuvo que cerrar la televisión y tomarse tres somníferos. Al día siguiente, decidió no presentarse en la facultad. Era preferible ofrecer una excusa antes que empezar el nuevo trimestre con nueve horas de retraso. El que suele producirse cuando un profesor de filosofía se despierta a las seis y media de la tarde.

Y, además, gritando:

—¡Me vas a matar, renacuajo! ¡Me vas a matar!

REYES DEL RÍO ESTUVO FENOMENAL. Virgen de cobre, estuvo. Virgen de España y Virgen de las tierras americanas donde el español, más que hablarse, se canturrea. Estuvo como imagen de altar, retrato de camafeo y santita de arracada.

Lo que perdió Alejandro estaba provocando la admiración de Álvaro Montalbán. Reyes del Río en la cumbre de su magnificencia. El pelo recogido, raya en medio. Pendientes de oro, imitando dos dragones traicioneros. Recatada en el vestir, pero no cursi. Vestido morado, cerrado en pliegues hasta el cuello. Y una cruz de perlas, para que se entendiera que Cristo está del lado de las folklóricas.

Fingía la Marconi un tono enternecido. Ahora iba de comprensiva. No podía permitirse herir al público de una Reyes del Río, ni mucho menos a sus creencias. No estaba para bromas el *ranking*, con la amenaza de las autonómicas, las privadas y, además, el vídeo.

Entre las preguntas que había redactado Imperia, eligió la que suele funcionar de cara al público de las folklóricas:

—¿Reza Reyes del Río por las noches?

Álvaro Montalbán rezó para que la respuesta fuese afirmativa. Y Reyes dijo:

—Y hasta de día, sentrañas. Y le pido al Crucificado que me mande ese amorcillo en que soñamos todas las vírgenes de España desde que el mundo es mundo...

Rosa Marconi fingió una sorpresa morrocotuda.

—¿Reyes del Río sueña con el amor? ¡Eso sí que no se sabía! —Y mirando a la cámara—: ¡Señores! ¡La Virgen de Cobre sueña con el amor!

Reyes del Río parecía dirigirse directamente a Álvaro Montalbán:

—¿Pues no iba a soñarlo, mi alma? La mujer es mujer

por el amor que realiza, por el amor que llena, por el amor que pone ardores en los centros y chispitas de adoración en las pestañas. Que no es lo mismo que una ventolera de las de decir: «Hoy con éste, mañana con el otro.» De esa cárcel de vergüenza nada quiere saber Reyes del Río. Ahora, a ese amor cabal, de hembra cabal, a ese amor con un marido que le dé a una el honor de un apellido y el anillo de una honradez a toda prueba, a ese amor tan grande no se puede cerrar ni la mujer ni la artista.

Ni una brisa movió sus pestañas. Ni un mal rubor quebró la color de su carita. Ni un gesto vano ni una sonrisa superflua.

Decretó Imperia lo austero de aquella aparición. Virgen románica. Ningún adorno que pudiera distraer la atención de aquel rostro impresionante. Sólo la cruz, que decía mucho.

Era como si, además, hubiera escenificado Imperia la soledad de aquel maravillado espectador que era Álvaro.

En ausencia de su asesora, renunciaba a los vinos. Pese a las primeras lecciones, continuaba eligiéndolos todos equivocados. A fin de no decepcionarse a sí mismo, regresó a la bebida de la soledad del ejecutivo: agua mineral burbujitas, para darle alguna gracia.

¡Y qué guapo estaría descalzo y con calcetines de seda!

Guapo, si acaso, como reflejo de la gallardía que le estaba obsesionando. La que emanaba de Reyes del Río, imponiéndose bajo luces que daban a su piel la blancura de las estatuas clásicas y a su vestido morado el tono exigido para una penitente del amor.

—¿De qué has de hacer tú penitencia, rosa de otoño? —murmuraba Álvaro, entre tragos de agua mineral—. Las culpitas que tenga tu conciencia, sobre la mía las tomo, macarena.

Tenía los ojos fijos en la pantalla. Y cuando aparecía Rosa Marconi la insultaba con inexplicable violencia:

—¡Vete a la porra, tía borde! ¡Que salga ella y no se marche nunca!

Inquiría, melosa, la presentadora:

—¿Y de qué se mantendría el gran amor cuya llegada ansía ese corazón tuyo?

—De vivir él para mí. De quererme para él. De que almendrita que mordieran mis dientes, fuese de los dos.

—Reyes, con el corazón en la mano: ¿compartirías a ese hombre con tu público?

Sufrieron aquí de manera indecible los mariquitas de España.

—Mi público me quiere y, por quererme, ese público mío desea que encuentre a ese hombre. Y mi público comprende que, el día, que encuentre a ese hombre, me dedicaré sólo a él. Y él será mi público y yo su diva, que en latín quiere decir diosa, para que se entere.

—¿Sacrificarías toda tu carrera por ese gran amor?

—¡Osú, mi alma! ¿Pues no sería ese hombre mío una carrera?

Rosa Marconi se puso intensa:

—El lujo, los aplausos, el reconocimiento... ¡todo esto lo sacrificarías por amor...!

—No sería sacrificio, mi alma. Más bien fuere obligación de bien nacida y prenda de hembra hispánica. Digo. Osú. Ea.

Álvaro Montalbán alucinaba. Continuaba mordiendo ávidamente la barra de regaliz.

«Sumisa. Obediente. Muy de la tradición, como manda Dios. Y bella. Y con esos ojazos. Y ardiente para el hombre que sepa despertar sus sentidos.»

Y muchas virtudes más, que iba desgranando Reyes del Río ante la mirada enternecida de Rosa Marconi.

—A ese hombre, a quien todavía no he conocido, yo le diría «mi santo», como dicen las cubanas a sus bienamados...

Por los campos de España lloraban a moco tendido muchas solteronas.

—¿Podría darte él este mismo tratamiento? —inquirió Rosa Marconi. Y, con un guiño al espectador avisado, añadió—: Porque se han publicado cositas en las revistas... Se ha dicho que si un novio en Nueva York, que si un guitarrista de Antequera... ¡Ay, no sé, no sé!

Era la contribución de Rosa Marconi al sobreentendido, a la picardía.

Se puso todavía más grave la folklórica:

—Podrán decir lo que quieran las lenguas de doble filo. Pero bien sabe Dios que hasta el día presente no ha sido Reyes del Río una malvaloca. Por eso te digo, Rosa, con el corazón en la mano, como tú me pides, que ese santo mío ha de llamarme santa, porque santa he sido mientras no le he encontrado a él y santa me ha de encontrar. Deposité mi virginidad ante el Gran Poder, en nombre de mi arte, y sólo se la habré de entregar a ese hombre, cuyos ojos me han de dar la vida y me han de dar la muerte. ¡Osú! ¡Digo! ¡Ea!

Respiró, aliviado, Álvaro Montalbán al comprobar de primera mano que no era cierto lo del *flirt* con un potentado neoyorquino y menos aún lo del guitarrista. Pero Eliseo primísimo, que se hallaba entre el público, se indignó para sus adentros por otros motivos : «¿Será posible? Reyes, mi prima, suelta las mismas mariconadas que yo, y, encima, le dan caña. Se lo pasan porque es mujer. Verbigracia, que hay mucha segregación en este mundo.»

No era de la misma opinión Rosa Marconi, que ya estaba en la cima de la emoción progresista. Incluso derramó una lágrima al despedirse de su público, posiblemente ampliado aquella noche gracias a las entrañables confesiones de una folklórica.

—El público quiso saber sobre uno de sus ídolos y el público supo que los ídolos, a veces, tienen corazón. Para todos los que creen en el corazón, para todos los que mantienen la esperanza en la sinceridad, para cuantos creemos que la democracia se forja con un clavel en la mano y una copla en el alma y una lágrima de emoción en las pestañas...

—¡Releche, que enfoquen a Reyes! —exclamaba Álvaro, desde su sillón—. ¡Que me den esa luz de Andalucía! ¡Que no me la apaguen!

Pero las cámaras se iban alejando, y empezaron a desfilar los títulos de crédito sobre una panorámica que desmontaba la fantasía de la ficción para mostrar el mundo que se esconde detrás de la imagen. Movíanse cámaras, grúas y jirafas. Entraban los técnicos en el plano, abandonaba el público sus asientos, se levantaba Rosa Marconi del suyo para saludar a sus invitados, corrían algunas señoritas a pedir autógrafos a Reyes del Río...

¡Divina hembra a quien la memoria de Álvaro Montalbán rescataba de los sueños que acarició en un colegio de jesuitas! Aunque estaba lejos, podía apreciarla en toda su belleza soberana. Ofrecía el porte altivo, la férrea prestancia que solían celebrarle las mariquitas: una reina, una diosa, una emperadora de los anchos mundos. Pero ofrecía, además, el temple de una Agustina y la abnegada entrega de la enamorada de Teruel. Y en su voz firme, serena, convencida, sonaba el badajo de la campana de Huesca.

Álvaro no conseguía dominar su estado de ánimo. Nunca sintió nada parecido. La atracción que le inspiraba aquella mujer borraba todos los pensamientos de su mente. En aquel apartamento, donde cada objeto había sido calculado para producir un efecto de modernidad absoluta, el rostro de la hembra hispánica devolvía todo un mundo que él creyó desaparecido. Imágenes de su infancia, valores que parecían inquebrantables y que el tiempo pisoteó hasta hacerlos añicos. Fiestas mayores en el pueblo de su madre. Becerradas. Borracheras juveniles. Serenatas a la bella del lugar. El traje de tuno universitario, que tan bien le sentaba...

Se dejó caer en la cama, con los brazos detrás de la nuca, la mirada fija en el techo y los dientes hincándose ferozmente en la barra de regaliz. Su torso se ensanchaba al pensar en aquella hembra, su respiración adquiría un ritmo más agitado.

—Reyes del Río... Reyes... Reyes... ¡Qué de aromas me inspiras, bonita! A romero hueles y a jazmín mojado y a azahares frescos...

Aquel ejecutivo de ideas tan americanas, aquel voluntarioso aprendiz de neoyorquino, estaba volviendo a sus orígenes y, en el vértigo del regreso, tuvo una erección descomunal, como las que debió de tener el Cid durante el sitio de Valencia. Aquel obsesivo lector del *Financial Times* recorría vertiginosamente los campos de su tierra para detenerse debajo de un olivo donde le aguardaba una garrida villana cuyas tetas saltaban al ritmo de una jota.

—¡Eso no! ¡Villana nunca! ¡Puta jamás! Intocada y virgen. Y yo para adorarla y servirla y mirarla de lejos, para que no se mancille.

En su delirio, decidió que aquella hembra de regio apelativo era digna de ser algo más que su amante ocasional.

Era una mujer para llevarla a comer a la casa paterna, cuando llegasen las fiestas del Pilar. Una mujer digna de salir del brazo con su madre e incluso de visitar cada domingo a su tía monja, en el convento de las Biencalzadas.

—¡Reyes Montalbán! —murmuró él una y otra vez—. ¡Bendito nombre!

Y aquí hubiera podido contestar la folklórica: «Vivan los hombres rumbosos, que presumen de apellido.»

ANTE EL CAMERINO DE REYES DEL RÍO se agolpaba una multitud dividida entre incondicionales de su arte, amigos personales y unas treinta mariquitas capitaneadas por Eliseo primísimo. Pero no eran las del cutrerío, antes bien las del refinamiento: modistos, aristócratas, algún cantante moderno y dos pianistas de club selecto.

En el interior del camerino, rodeada de cestos de flores, telegramas, cajas de bombones y algunas prendas de su propio vestuario, terminaba de acicalarse la del Río. Se había cambiado, permitiéndose ahora unos vaqueros y un simple jersey negro, sin más adornos. Lo cierto es que no quedaba menos impresionante que en cualquiera de sus salidas a escena.

Imperia le estaba acariciando las mejillas, fingiendo afecto. A pesar de sus esfuerzos, sólo conseguía transmitir un contacto frío y una mirada indiferente.

—Has estado espléndida —dijo por todo elogio. Y añadió—: Ya ves los resultados cuando aceptas ser obediente. El mundo a tus pies. Adoración auténtica.

Reyes miró a aquella mujer de aspecto duro, que a su vez la observaba con la misma aprobación con que un mayoral examina las reses. Decidió que no tenía por qué mostrarse ella más cálida. Decidió que incluso tenía derecho a mostrarse exigente.

—No eran muy brillantes las preguntas, mi alma... —comentó, con un sonsonete de ironía.

A Imperia la sorprendió que alguien inferior en talento se atreviese a juzgar su trabajo.

—Son las que el público quiere oír. Algún día me lo agradecerás.

—Algún día le recordaré otra cosa. Cuando se atreva a llamarme burra, le recordaré que yo he sido lo que usted ha querido que fuese.

—Yo quiero que seas la primera, niña. Siempre arriba. Hacia la cumbre.

—Lo que me han hecho decir esta noche sólo me convierte en primera de un asilo de deficientes mentales. Y, además, una cosa es alcanzar la cumbre y otra muy distinta permanecer en ella. No me crea tan cretina como para pensar que la fama dura toda la vida. ¿Quién se acuerda hoy de muchas que estaban encumbradas hace veinte años?

—Te estás volviendo tú muy respondona. Ya tuvimos una conversación de este tipo y no me gustaría repetirla.

Cogió el bolso y los guantes. Era evidente que daba por terminada la escena. Pero Reyes se interpuso entre ella y la puerta.

—Hasta ahora me ha hecho usted ir en triunvirato. La Jurado, la Pantoja y Reyes del Río. A lo más que debo aspirar es a mejorarlas o a vender más discos que ellas. Eso, según usted, es ir la primera. Pero yo no soy un caballo de carreras, mi alma. Cuando yo quiera ser la primera en algo que realmente me interese, se va usted a enterar. Y yo le juro por mis muertos, que ese día no lo olvidará nunca.

Imperia miró en lo más profundo de aquellos ojos increíblemente verdes. Tenían el fuego escondido de ciertas esmeraldas, como había oído decir en algún melodrama de los que tanto detestaba.

—Estás muy guapa cuando te enfadas, Reyes...

No supo por qué había pronunciado aquellas palabras. No supo si eran de cumplido o de envidia. Pero ya estaban dichas.

Reyes rompió en una de sus risotadas salvajes.

—Para quien sepa apreciarlo me enfado, Mari Listi.

Había desafío en su voz. Y ambas la mantuvieron hasta que las insistentes voces del pasillo las obligaron a abrir la puerta.

Entró la primera Miranda Boronat, con turbante de lamé y pronunciando todo tipo de insensateces sobre la prudencia en la mujer y la necesidad de volver a los valores ancestrales que permitían a la mujer demostrar que era mujer actuando como mujer sin desmentir jamás a la mujer. Embalada iba, Mirandona. La empujó hacia un rincón doña Maleni, seguida de cuatro mariquitas que querían tocar a su ídolo.

—¡Has estado hecha una portavoz del sentir patrio! —gritaba la madraza—. ¡España entera ha salido de tu boca! Si no supiera con certeza que te he parido yo, diría que fue la matriz de España quien te parió. ¡Sí! ¡Que esta España nuestra se convirtió en mujer y te expelió para que aprendan todas las demás!

Visiblemente incomodada por aquellas manifestaciones histéricas, Imperia mantuvo con dureza una mirada sarcástica de Reyes. Pero ésta se colgó de su brazo, con afectada simpatía, mientras declaraba a la concurrencia:

—España tiene que agradecérselo a esta mujer: a doña Imperia, amiga y consejera. ¿Qué os figuráis de los artistas? Somos lo que quiere nuestra creadora de imagen y lo que quiere la prensa, a la que debemos todo lo que parecemos. —señaló aquí a Cesáreo Pinchón, que se sintió emocionado. Y a todos emocionó la folklórica, al añadir—: También cuenta España, como bien dice mi madre. Pero también esa España tiene mucho que agradecer a doña Imperia, a don Cesáreo y a la gran Rosa Marconi, porque son ellos quienes la inventan día a día. ¡Viva la España de los creadores de imagen, la de la prensa, la de la televisión! ¡Viva esa España que es el reino de Reyes del Río!

Imperia no le agradeció el discursito. No era mujer que dejase sin percibir un retintín, una indirecta, un golpe bajo. Envolviéndose en su visón, sonrió a todos sin el menor convencimiento. Acto seguido, se dejó guiar por el director del programa hacia el coche de Rosa Marconi.

Esta última, que se había puesto toda de chaqueta y falda de cuero, informó a Reyes y a su tribu que debían dirigirse al restaurante campestre —una fonda rústica con pretensiones de alta cocina—, donde cada semana se celebraba la cena en honor de los invitados al espacio «El público quiere saber.»

Asfixiados como estaban en el exiguo camerino, mariquitas y parientes de la folklórica se fueron dispersando hacia los pasillos, atiborrados de piezas de un gran decorado destinado a un espacio dramático de ambiente medieval.

Gritaba, calurosa, doña Maleni:

—¡Vámonos ya, malajes, que esto es como *La sepultada viva*! ¡Qué sofoco y qué mortificación y vaya chicharrera!

—¡Esto es una sauna! —gritaba Miranda Boronat—. ¡Se me está poniendo el maquillaje hecho un potingue! ¡El turbante! ¡El turbante! ¡Alguna mariquita inculta me ha robado el turbante de lamé pensándose que era de oro!

En plena barahúnda, Reyes del Río descubrió a un jovencito que permanecía apoyado en una armadura de latón. Se le notaba un poco fastidiado en aquel ambiente. Por lo demás presentaba el aspecto distinguido que ya le conocemos, acentuado esa noche por un *blazer* de botones plateados y un jersey blanco de cuello alto.

—¡Niño Raúl! —gritó, complacida, la folklórica—. ¡Si no te había conocido así, de morenito!

Más gritó doña Maleni, al son de sus medallas:

—Lo que hace un buen tinte y un mejor moldeado. Ese niño se ha quedado que parece mismamente Joselito, el pequeño ruiseñor.

Aplaudieron, unánimes, los mariquitas más veteranos. Los contradijo, rotunda, Reyes del Río:

—¡Qué disparates suelta usted, madre! ¿Desde cuándo tenía el pelo tan rizado Joselito? Más bien parece el hijo de Tarzán cuando era adolescente...

Jubiloso, exclamó Raúl:

—¡Dilo por tres veces, tía Reyes! ¡Dilo, sí, que necesito creérmelo trescientas veces seguidas!

Reyes lo repitió tres veces y Raúl, cogiéndole la mano, saltó de alegría. ¡Tan grande era la que le invadía por acertar en el prototipo anhelado! Además, la selvática comparación encendió el ánimo de más de uno.

—Sí que es mono el mancebillo —dijo Pepín Morelo—. Y a buen seguro que tendrá un cuerpo de mucho rumbo.

—¿Te lo haces tú, Eliseo? —preguntó otro, que era medio conde—. Porque teniéndolo tan cerca y siendo tú tan directa, tan de ir al grano, tan de «ése me gusta, ése me lo pongo...»

El primísimo levantó el hombro a la altura del mentón, como las seductoras de anteayer.

—¡Que yo no soy de niños, desgraciada! ¡Que soy de labradores, camioneros y carreteros! De hombres, hombres que es como decir de sementales. Y de este estribo no me apeo yo por un pipiolo ni que fuera mismamente el Rey de Flandes o el emperador de Luxemburgo.

Se fueron todos, los de postín y los arrabaleros, discutiendo a voz en grito sobre el encanto de los niños agitanados y las ventajas de los descargadores de muelles como opción opuesta. Quedaban los últimos Reyes del Río y Raúl. Éste no se atrevía a pronunciarse sobre la entrevista. Reyes se vio obligada a sonsacarle. A la postre argumentó el niño:

—He sentido vergüenza, tía Reyes.

—¿Tú también, mi alma?

—De morirme. Tú vales más que esa Marconi. Hasta el oficio de mi madre te queda pequeño, porque eres mucho mejor que no este sainete que te hacen representar.

—¡Ole mi niño! —exclamó Reyes, batiendo palmas—. Y escucha bien esta sentencia: lo que te mereces tú no está en este Madrid. ¡Yo te lo digo!

Se entristeció, de repente, el mancebillo.

—Sí que está, tía Reyes, sí. Pero tiene el teléfono cortado o ha perdido el mío.

—¡Pero si ese don Álvaro no te sirve a ti ni de alpargata! ¿No ves que es un cursi?

—Que no es don Álvaro, tía Reyes. Se llama Alejandro, como los grandes héroes. Y yo le quiero tanto que me encuentro igual que en aquella copla tuya, que las manecillas del reloj se te van clavando en el corazón.

Y se fue, caridoliente, con las manos en el bolsillo y andar maluco, hacia el coche que los aguardaba para llevarlos a cenar al mesón de los caminos.

Se preguntaba Raúl en el trayecto: «¿No habrá reparado ese idiota en que miraba a la cámara todo el tiempo para que él viera mi nuevo aspecto? ¿No era así como me quería? ¿No me soñaba morenito? ¡A ver si me habré equivocado volviendo a lo mío natural y lo que él quiere es el puro artificio.»

Tardaría varios días en conocer el resultado de sus ardides. Mientras, decidió imponerse la espera como estrategia más prudente. Que llamase el otro, si tanto había llegado a desearle. Y si no llamaba, sería que sus quimeras no valían la pena.

Él tendría, de momento, otras cuitas más urgentes. Y ninguna como ir preparando sus cosas para empezar las clases en el nuevo instituto, justo a la mañana siguiente.

Fue la misma mañana en que Álvaro Montalbán llegó a su despacho con el mal humor propio de varias noches muy mal dormidas.

LA SECRETARIA MARISA comentó con la secretaria Vanessa lo bien que le sentaba a don Álvaro el traje de rayadillo. Tampoco se le escapó que las nuevas cremas de cosméticos masculinos estaban dando a su piel una firmeza, una tonalidad y una elasticidad que respondía exactamente a lo que decían los prospectos.

Las secretarias como Marisa saben con certeza que la publicidad nunca miente. Sólo el ponderado jabón Pux no acababa de ser sincero. Después de una semana de restregarse con él a todas horas, sus mejillas continuaban sin adquirir aquel tono aterciopelado y sutil que proponían los anuncios y pregonaba su pizpireta compañera y confidente, aquella Pepita que se hacía llamar Vanessa.

¡Pobre Marisa! Todavía no podía deslumbrar a su jefe con los destellos de su nueva lozanía, natural y deportiva.

Por otra parte, a don Álvaro no le deslumbraba aquella mañana ni un rayo láser que le cayera encima. Estaba más serio que de costumbre. Casi parecía enfadado, no le dedicaba una sola sonrisa, ni siquiera un piropillo. Y temió Marisa si, a raíz de sus notables adelantos físicos, no se estaría volviendo, simplemente, más pagado de sí.

Permaneció un buen rato pensativo. Por fin, sacó una barra de regaliz y, mordiéndola, preguntó en tono adusto:

—Marisa, usted es mujer, ¿verdad? —Ella asintió, con el alma en vilo—: Pues bien, como mujer que es podrá informarme sobre cierto asunto. Cuando un hombre quiere ganarse el afecto, digamos íntimo, de una dama, ¿qué flores son aconsejables?

—Rojo pasión, toda la vida. Rojo encendido. Rojo declaración. Rojo inesperado. Rojo de exclamar: «No puede ser para mí. ¿Qué he hecho yo para merecerlo?»

¡Con qué alegría habría reaccionado ella si, al regresar a

casa, se hubiese encontrado con un ramo de aquellas flores y la tarjeta de don Álvaro! ¡Qué envidia la de su compañera de apartamento, otra tímida secretaria de otro jefe bien parecido y que, a cambio de mucha y muy abnegada devoción, sólo recibió de él una botella de Calisay en el día de su santo!

No estaba don Álvaro Montalbán para historias de aquel tipo. Después de otra meditación, acaso más prolongada que la anterior, suspiró profundamente y ordenó:

—Encárguese de enviar cada mañana un ramo de veinticuatro rosas rojas a la señorita Reyes del Río.

Marisa no podía dar crédito a sus oídos.

—¿Se refiere usted a la folklórica?

Él le dirigió una mirada extraordinariamente severa:

—Me refiero a la señorita del Río. O señora, si lo prefiere usted. Que lo es mucho. Y por tronío.

Marisa se apresuró a tomar nota. Don Álvaro ya estaba en otro asunto:

—También me concertará un almuerzo de trabajo con don Eme Ele. Ya sabe usted, Manolo Lopez, el jefe de doña Imperia. Cuídese de averiguar cuál es el restaurante más caro de Madrid y reserve mesa para el día en que este señor esté disponible. Insista en que me urge mucho hablar con él.

Cuando Marisa cerró la puerta tras de sí, rompió a llorar desconsoladamente. Su amiga Vanessa acudió a toda prisa con las gafas oscuras en una mano y un kleenex en la otra.

—¡Ahora con una folklórica! —gemía la desconsolada—. ¡Su vida se va llenando de mujeres y él sigue sin fijarse en mí! Dímelo sinceramente, vivaracha amiga: ¿qué tiene esa Reyes del Río que no tenga yo?

—Tú tienes más que ella, querida.

—¿De veras? ¿Qué tengo?

—Los granos, mi amor.

—¿Lo ves? ¡El jabón Pux no hace el menor efecto!

—No seas tan severa contigo misma. Desde que te cambiaste a Pux, el chico del ascensor te lanza miradas de fuego.

—¡No es lo mismo! —decía Marisa, entre lágrimas—. ¡No es lo mismo! Yo quiero que se fije en mí don Álvaro Montalbán, que es guapo y, encima, rico.

Vanessa empezaba a estar harta de aquella mema. Pero quería mostrarse comprensiva, quería ser útil, con esa complicidad eminentemente femenina, esa comprensión eminentemente femenina, esa utilidad eminentemente femenina que tanto se pondera en las revistas de hombres.

Con la mano en el corazón, con el alma en la punta de la lengua, dio su último, definitivo consejo de buena amiga:

—Querida, ¿y si empezases a considerar seriamente un viaje a Lourdes?

AUN CONTRA SU INCLINACIÓN NATURAL, Raúl se sometió a la estrategia aconsejada por su madre. No llamó a Alejandro en toda la semana. Sin embargo, no se sentía en absoluto feliz con aquellos trucos. Notaba que las garritas se le estaban convirtiendo en garras de verdad y que las uñas, al crecerle, dolían tanto como la aparición de un diente nuevo cuando era más pequeño. Era, con todo, un dolor reflejo. Le llegaba por el que infligía a alguien a quien estaba queriendo más de lo previsto.

Pero su madre continuaba recordándole que las batallas del amor exigen de extrategias casi diabólicas, y que él debía adoptarlas sin remordimientos si deseaba triunfar al final. En verdad que nada deseaba tanto en el mundo. La espera le ponía nervioso y, en algún momento, llegó a estar intratable. Fue entonces cuando Presentación decidió que alguien le había metido el diablo en el cuerpo. Había leído en varias revistas que cierta mujer de los suburbios relizaba exorcismos muy prácticos. Propuso a Imperia que la visitasen con el niño. Imperia estuvo a punto de abofetearla. Nadie mejor que ella conocía las necesidades de su hijo. No necesitaba que le arrancasen el diablo del cuerpo. Si acaso, que se lo introdujeran.

Afortunadamente para la estabilidad de Raúl, empezaron las clases en el instituto. El tiempo que le tomaría aclimatarse al nuevo ambiente, descubrir a sus condiscípulos, familiarizarse con ellos y ponerse al día en un plan de estudios que ellos ya llevarían muy adelantado, todo este cúmulo de urgencias representaría un tiempo precioso para ocupar por entero sus pensamientos y mantenerlos alejados del teléfono.

No estaba claro que Alejandro pudiera conseguir los mismos resultados. A los diez días del programa de la Marconi, continuaba obsesionado con la nueva imagen de Raúl, aquel gitanillo atarzanado, que acaso estaría gozando en brazos de alguien más listo que él, alguien que lo tomaba como simple objeto de placer, sin más consideraciones ni tanta metafísica. Pero al punto desechaba aquella idea tan humillante para un niño que se había limitado a enseñarle el encanto de la simpatía y el valor de la ternura.

Y eran aquellas sensaciones, aquel fluir de calidez, lo que estaba añorando en el umbral de un nuevo fin de semana, el más temido de los infiernos que amenazaban su soledad.

Además, las cenas con Imperia se habían interrumpido desde que ella salía con Álvaro Montalbán. No tenía siquiera aquel punto de contacto, el único que pudiera informarle sobre el estado del niño Raúl.

El sábado por la mañana, después de una noche atroz, consideró que ya no podía resistir más. Descolgó el teléfono y pidió por Raúl. No hacía falta, era su voz. Hablaba con tal seguridad, que Alejandro estuvo a punto de colgar, intimidado. Pero consiguió sobreponerse.

—No he sabido nada de ti en todos estos días.

—No tenía ninguna novedad.

—Pensé que pudiera haberte ocurrido algo malo.

—Ya lo habrías leído en los periódicos.

—En los periódicos no decía nada.

El niño cambió rápidamente de tono. Casi parecía ilusionado.

—¿Quieres decir que los has mirado para ver si me había ocurrido algo?

—¡No quise decir esto, niño! Es que uno siempre mira los periódicos. ¿Qué va hacer uno si quiere enterarse de lo que pasa en el mundo?

—¿Y para decirme que miras los periódicos me has llamado? ¡Pues vaya noticia!

Alejandro intentó cortar lo que se anunciaba como una de las típicas parrafadas de aquel niño tan charlatán. Por otro lado, ya no descartaba que se tratase de una estratagema destinada a desconcertarle.

—No seas cotorra —exclamó, con rudeza—. Si te llamo es para saber cómo te va por el instituto. Yo conozco a varios profesores y tal vez podría recomendarte.

El otro tardó en contestar. Cuando lo hizo, fue saliéndose del tema:

—La verdad es que me encuentro muy solo.

¡No debía decirlo! ¡Maldito niño! ¿A qué pretendía jugar ahora?

—¿Por qué no te buscas amigos de tu edad?

Lo había preguntado con voz temblorosa. La de Raúl fue doliente al contestar:

—Porque ellos tienen gustos completamente distintos de

los míos. Prefieren salir con chicas a ver *Brigadoon*. ¿Quién los hace ir a la filmoteca, si se pasan la tarde del sábado en la disco?

—Suele suceder, niño. Suele suceder —contestó Alejandro, pausadamente y evocándose a sí mismo en un dolor parejo, muchos años atrás.

Seguía Raúl con sus lamentaciones:

—Durante la semana puedo soportarlo porque el instituto ha aportado muchas novedades a mi vida, y, por la noche, tengo que estudiar y, si me queda tiempo, veo alguna película antigua. Pero cuando llega el sábado es horroroso. Es cuando más me duele la soledad.

—¿El sábado, dices?

—Y el domingo también. Y la noche del viernes. Esas noches en que a la gente le da por divertirse y yo no sé a dónde ir. Entonces, la alegría de los demás me hace mucho daño.

—Pero ¿por qué no me lo decías? ¿Por qué no me llamabas?...

—Tú tendrás a tus amigos y yo no quiero ser un engorro para nadie. Ahora mismo tengo la sensación de que me has llamado por lástima.

—No, niño, no. Te llamo para invitarte a almorzar. Porque los sábados también son muy tristes para mí. Y los viernes igual. Y los domingos ya es la muerte.

Estuvo a punto de decirle que sólo él era la vida, pero le horrorizó pensar que sería una vida tan corta. ¿Cuánto podía durar el efecto de las maravillosas limosnas que podría aportarle? El tiempo de un suspiro. El de su adolescencia nada más.

Y, sin embargo, aquel niño estaba al otro lado del hilo para darle tanta vida que el solo hecho de desatenderla constituiría un insulto contra los grandes hombres cuyo ejemplo dirigió la conducta de Alejandro... aunque no su temple, como descubría él mismo ante tanta cobardía.

Si bien quedaron para almorzar juntos, Alejandro siguió con sus miedos.

Contra su costumbre, condujo a velocidad suicida. El punto de encuentro estaba lejos, pero la hora del almuerzo ponía las calles a su entera disposición. ¡Al servicio exclusivo del peligro encarnado en Raúl!

Resultó muy puntual para su edad. Superaba los récords de Alejandro, que se creía el más puntual del mundo. Le esperaba ya en una mesa del restaurante, leyendo una edición de Píndaro en catalán. ¡Aquel niño pretendía deslumbrarle!

A no ser que se masturbase leyendo los elogios a los atletas de Olimpia. Cosa infrecuente: pocos niños de la ultimísima generación se masturban leyendo a Píndaro. Y si Raúl lo hacía era, en cualquier caso, un detalle a su favor total. Una sublime masturbación.

Al verle bajo su nuevo aspecto, pensó Alejandro que, para una masturbación efectiva, al niño le bastaría con ponerse el eslip tigrado de las fotos y mirarse al espejo. No quiso reconocer que esto pudiera corresponder a su propio deseo. Tampoco quería dárselo a entender a aquel lorito que aprovechaba cualquiera de sus palabras para desconcertarle. Decidió que había llegado su turno. Decidió desconcertar.

—¿Qué le ha ocurrido a tu pelo? —preguntó, fingiendo sorpresa.

—Nada especial —contestó Raúl—. Que el agua de Madrid lo ha devuelto a su color natural.

—¿También te lo ha rizado el agua de Madrid?

El niño asintió con la cabeza. Pero desvió la mirada al preguntar, con tímida expectación:

—¿No viste el programa de Rosa Marconi?

—No puedo decirte exactamente que viese el programa. Pero sí vi a un niño maravilloso que se hallaba entre el público. Lástima que coquetease tan descaradamente con las cámaras. ¡Si llega a ser mi hijo le doy una paliza!

—Ese niño buscaba la aprobación de alguien que no estaba allí. Si piensas un poco, sabrás a cuántas personas conoce este niño en Madrid.

Alejandro estuvo a punto de rendirse. Consideró más práctico para su salud mental continuar en actitud de combate.

—Ese niño tan descarado conoce a Cesáreo Pinchón —dijo en tono malévolo—. No soy tan ciego como para no ver que también él merodeaba por el estudio, seguramente en busca de carne joven.

Al sentirse agredido, Raúl sacó sus garritas sin piedad.

—Algunos profesores están tan obcecados con su trabajo que no se dan cuenta de que los demás también tienen que trabajar. Cesáreo Pinchón tiene que llenar una crónica semanal y la presencia de Reyes del Río en un programa tan prestigioso como el de la Marconi debe de ser una noticia de cierta importancia. Y esto lo sabe incluso un niño tan corto como yo.

—Perdona. No se me escapa que ese Cesáreo te fue simpático desde un principio.

—Cierto. Y mucho más desde que me regaló una pluma

estilográfica de alto estilo. Ya ves si me mima, y lo que podría conseguir de él, si yo quisiera.

En efecto: en un rincón de la mesa, junto al volumen de Píndaro, estaba la pluma que Raúl había utilizado para subrayar algunos cantos.

—No debiste aceptarlo —refunfuñó Alejandro—. Es del tipo de hombres que no dan nada sin pedir algo a cambio... —calló un instante. Al poco, con rudeza—: ¿Qué te ha pedido ese cursi?

—Que le acompañe a la entrega de unos premios de cine que dan en no sé qué discoteca.

—¡No podía ser otra cosa! El tipo de actos horteras que le interesan. Una trampa para reunir a cuatro rostros populares y algunos nuevos ricos. Pero si te ha invitado deberías ir. No puedes hacerle un feo. ¡Es tan cariñoso con los niños solitarios!

Raúl le miró directamente a los ojos. Quería darle a entender que era, en efecto, un niño muy solitario.

—No pienso ir. Tengo que estudiar mucho para ponerme al día. Además, me sentiría más solo, porque este señor no es la persona a quien deseo tener a mi lado.

Almorzaron en silencio. Dejaron transcurrir dos horas en la onda de la abstención total. Después pasearon sin apenas cruzarse palabra. De vez en cuando se miraban, sólo para esquivarse al instante, caso de que sus miradas coincidiesen.

Raúl iba dando patadas a las hojas secas que cubrían la avenida. Alejandro canturreaba una vieja canción de Aznavour, algo sobre la tristeza de Venecia en los adorables tiempos que ya pertenecían a la nostalgia. Así se internaron en el barrio de Salamanca. Pero el cambio de escenario no varió en absoluto su empecinamiento en la mudez. Se detenían ante algunos escaparates, pero sin comentar nada. Se limitaban a dedicarse sonrisas cada vez más tímidas.

En una de las mejores tiendas de Serrano, Alejandro decidió romper el hielo.

—¿Te gustaría que te regalase esta camisa?

—Tengo muchas.

—¿Y aquel jersey?

—¡Uf, me sobran!

Casi por descuido, Alejandro se apoyó en su hombro. No se acordó de rectificar. Tal vez no quiso hacerlo. ¡Qué dulce sensación imaginar que aquel dulce niño estaba guiando sus pasos de pobre ciego por el camino de Colono! ¡Qué secreta esperanza de que en algún momento le llamase padre!

—Sé caprichoso, anda.

—Nunca lo he sido. Estoy muy bien educado.

—Pues me gustaría que fueses caprichoso y llenarte de cosas. Por ejemplo, me gustaría que tuvieras un disco de la Callas.

—Los tengo todos. Las grabaciones oficiales y las piratas.

—¡Entonces, un disco de quien sea! ¡Pídeme algo, por favor!

—¿Para que luego te burles de mí, y me trates de *enfant gaté*? O, peor aún, para que me desprecies como si fuese un vulgar chulo que va por el mundo aceptando regalos del primero que llega...

Cada día quería regalarle algo y cada día se negaba el niño, y así transcurrieron ocho paseos por el Madrid antiguo y largos ratos deambulando ante los cuadros de cualquier exposición y, después, ante tazas de chocolate o cafés, según el humor de cada uno. Y el niño iba languideciendo y el adulto sentíase morir de angustia ante aquella tristeza que no le convenía combatir, pues de hacerlo tendría que entregarse por completo a la solución que veía como la más peligrosa de su vida.

Al décimo día, le llevó a ver *Remando al viento*, trampa fatal para cualquier alma sensible a la belleza. Como era de suponer, el niño salió conmovido y lleno de preguntas. En voz queda, como una lección que en realidad fuese una declaración de amor, el profesor le habló de Byron, de los Shelley, de la estética romántica, de todo cuanto correspondiese a los estímulos que, en el niño, había despertado la película. Y Raúl, al escuchar, le ofrecía un aspecto tierno y desvalido, como huérfano de toda la sabiduría que él podía traspasarle. Y el cielo gris, el asfalto mojado y una discreta llovizna acentuaban aquella sensación de desamparo.

—¿Qué te pasa? —preguntó Alejandro al concluir su disertación.

—Un mal humor pasajero.

—Tomemos algo.

—Prefiero pasear. La lluvia me sienta bien, pues lo que tengo no es mal humor. Es tristeza. Estoy descubriendo que la soledad tiene muy mal arreglo. Y que nadie te ayuda cuando te sientes solo.

El niño estaba jugando fuerte, qué duda cabe.

Y cuanto más fuerte jugaba, más iba sintiendo Alejandro que el cerco se estrechaba sobre él.

El niño seguía cabizbajo. En un momento determinado,

arrastró a su amigo hacia el portal de una tienda cerrada. Una vez allí volvió a mirarle directamente a los ojos. Tenía los suyos humedecidos. Y no era lluvia del cielo. Era que llovían ellos mismos, como dijo en cierta borrachera de Nochevieja.

Decidido a afrontar una verdad que estaban respirando desde hacía horas, susurró:

—Alejandro, tengo la sensación de que te has enamorado de mí.

El otro sacó del bolsillo la mano abierta, ansiosa de abofetear.

—¡Ni se te ocurra decirlo, me oyes! ¡Ni se te ocurra!

Raúl no se arredró:

—Quiero decirlo. Porque yo también estoy enamorado de ti.

—No sabes lo que dices —exclamó el otro—. No sabes la catástrofe que puedes provocar.

Raúl tomó su mano sin preocuparse de que alguien pudiera observarlos. De todos modos, entre la soledad del sábado y la deserción provocada por la lluvia, eran casi los únicos transeúntes.

—*No le tengas miedo a mi juventud...* —susurró con extrema dulzura, remedando a Marifé.

—¡Es que no es juventud, caray! ¡Es que casi es infancia!

—Tengo veinte años, chico.

—No mientas. Tienes dieciséis.

—¿Y eso qué importa?

—Que te llevo treinta y tres.

—Todo el mundo le lleva treinta y tres años a alguien.

—Sí, pero no se acuestan.

—¡Anda que no! Fíjate en las revistas: vienen llenas de señoritas jóvenes y guapas que se casan con vejestorios. Y si se casan, se acostarán. De lo contrario, ¿qué ganan con ello?

—Escucha, tú tienes toda una vida por delante. Sólo el que ya la ha vivido puede imaginar lo que te espera. Bueno o malo, formará parte de tu evolución y tu libertad. A partir de un momento determinado, tendrás que vivir por tu cuenta. No será mañana o dentro de tres años, pero vendrá un día en que tendrás que volar. Nadie podrá reprochártelo, ya que es tu vida. Supónte que, llegado este momento, continuamos juntos. ¿Qué haría yo entonces? ¿Qué sería de mí?

—No te entiendo. Yo no puedo pensar en lo que seré dentro de cinco años. ¡Igual me he muerto! Yo te quiero ahora, te necesito ahora. ¿No lo entiendes? Si inviertes la situación, verás que yo puedo hipotecarte más que tú a mí; porque yo lo pediría todo de ti, porque lo necesito todo. Yo creo que me rechazas por este motivo, porque soy muy poca cosa para alguien como tú; alguien que sabe tantas cosas y ha vivido tanto...

—¡Poco para mí! Tienes el don divino de la juventud. No puedo aspirar a poseerla. He llegado tarde.

—Pero tú tienes todo lo que a mí me falta. ¿Tan idiota eres, que no lo entiendes?

—Lo entiendo demasiado bien y, por entenderlo, creo que es preferible no volverte a ver. Porque yo llegaría a quererte tanto que no sobreviviría a la separación final.

Raúl no conseguía proferir una sola palabra. El mundo se estaba hundiendo bajo sus pies. En el pecho prosperaba un ardor intenso que se parecía a las ansias de gritar.

Sólo acertó a tartamudear un poco:

—¿De verdad quieres que no nos veamos más?

Alejandro asintió con la cabeza.

Se separaron en Colón. El niño Raúl empezó a caminar hacia su casa, Castellana arriba. Los árboles estaban muy pelados y daban pena. Él iba llorando y con el abrigo empapado. No quería mirar atrás. Se lo habían enseñado las películas. En las separaciones, no conviene volver la vista atrás. Es necesario mirar hacia adelante. Hacia la burlona sonrisa de la muerte.

Imperia le sorprendió llorando sobre la cama. Pero no lloraba como un niño al que han robado un capricho, antes bien como un hombre plenamente desarrollado que acaba de descubrir las verdaderas imposibilidades de la vida.

Y con el rostro bañado en esas lágrimas que eran un primer atisbo de madurez, preguntó:

—Mamá, ¿tú entiendes mucho de hombres?

—Hijo mío, de hombres no entiende nadie.

—Yo es que el amor lo he vivido en las óperas, donde todo es tan grande... y ahora estoy sintiendo este tipo de amor.

—Fantástico —exclamó ella, quitándose el abrigo—. Sé que te entenderás muy bien con Alejandro. Está tan loco como tú.

Él la miró con extrema severidad. ¡No podía mostrarse tan frívola ante el primer cataclismo de su vida!

—Está más loco que yo. Me ha rechazado.

Imperia no podía dar crédito a sus oídos.

—¿Que se ha atrevido a rechazarte? ¿A ti, a mi hijo? ¡Esto es inaudito! Eres guapo, simpático, estudioso, sano... ¿Y ese neurótico te rechaza?

—Él no para de decir que es demasiado mayor para mí. Y, si bien se mira, sólo me lleva treinta y tres años.

Imperia tuvo que evitar una risa, al decir:

—Si bien se mira no le falta razón. Un poco más y es tu abuelo.

—Los adultos dais importancia a unas cosas que no la tienen en absoluto. Debería ser yo el preocupado porque, si bien se mira, el problema es sólo mío. Lo cierto es que soy demasiado joven para Alejandro y él no se atreve a decírmelo para no herir mi susceptibilidad.

¡Bendita inocencia! Privilegios de la juventud que puede elegir cualquier excusa porque no ha tenido tiempo de probar ninguna. ¡Qué sabrá ella! Todavía ignora que transcurrirá como un soplo, que será una flipada, un sueño, una borrachera y que, un día, no quedará siquiera la resaca. ¿Cómo puede comprender a los que ya la tuvieron, a todos aquellos que, al mirar atrás, lloran porque fue tan fugaz?

—Deja de lamentarte —exclamó Imperia, decidida a actuar—. Esto lo arregla tu madre a arañazos, si es preciso.

Cogió de nuevo el abrigo. Se aseguró de que las llaves del coche estuvieran en el bolso.

—¿No tenías una cena? —balbuceó, lloriqueante, el niño.

—En el tiempo que falta, muevo yo el mundo para que te lo pongas tú por montera y seas feliz de una vez.

Y antes de cerrar la puerta tras de sí, añadió:

—Los hombres sois una calamidad. No sé que haríais sin nosotras.

De encontrarse más animoso, Raúl habría aplaudido aquel final de acto. Pero el telón cayó, triunfal, aun sin aplausos.

AL LEVANTARSE DE NUEVO EL TELÓN, Imperia aparcaba en la plaza de Oriente. Consideró que el escenario propiciaba un toque de ternura decimonónica, pero no se sentía con fuerzas para enfrentarse a Alejandro en aquellos términos. Para ella, la situación resultaba un tanto ridícula. Sólo se prestaba a un texto *boulevardier*, solucionado con elegancia, soltura, *savoir faire* y unas dosis de cinismo. Algo que le permitiera distanciarse y, por lo tanto, dominar la situación.

De momento, intentó dominar el futuro, examinando el barrio donde debería residir su hijo cuando Alejandro dejase de hacer el idiota. De todos modos, tuvo que reconocer que el profesor no carecía de buen gusto. Se lo dijo ella misma seis años atrás, cuando le ofrecieron aquel piso antiguo que, después, convirtió Susanita Concorde en apartamento moderno, pero conservando el tono decadente que le daba tanto sabor.

Siguió Imperia planeando el futuro. El entorno encajaba a la perfección con los gustos de Raúl. Viviría a cuatro puertas del teatro Real y, desde sus ventanas, aparecerían cada mañana los jardincillos de Pavía y, al fondo, el variopinto telón del palacio de Oriente. Era imposible encontrar mejor ubicación para un niño que se despertaba con el lamento de Isolda —por un decir— y no se acostaba sin escuchar algún que otro peregrinaje romántico.

«¡Pobre Alejandro! —pensó, mientras estudiaba la fachada—. ¡No sabe la orquesta que va a caerle encima!»

En el interior de aquel apartamento que Susanita Concorde encontró tan luminoso, Alejandro se había sumido en la oscuridad total.

Acababa de batir su récord de tranquilizantes. Tenía los ojos enrojecidos, a fuerza de frotárselos. Los textos clásicos, compañeros de tantas horas de soledad, aparecían tirados por el suelo, con las páginas pisoteadas durante los numerosos paseos que el desesperado efectuaba alrededor del estudio. Y en sus oídos resonaban las palabras de advertencia que, días atrás, leyó para acentuar su sentido de la prudencia: «Desgraciado del viejo que se enamora de un efebo, porque nunca volverá a conocer la paz.»

Más que desgraciado, muerto. Peor aún: muerto en vida. Entonces, ¿a qué tantos elogios consagrados a esa clase de amor? Se hizo para sufrir. Pero todo amor parece hecho para esto. ¿Por qué no aquél también? Todo amor que huye de las reglas es fruto de padecimientos. Pero todavía ha de serlo más el amor que se inscribe en la norma. Cuando esto ocurre, sobreviene la muerte en manos de la vulgaridad. Y si todo amor nace para morir, ¿por qué elegir la muerte de los mediocres y no la de los grandes?

¿No es precisamente la palma del martirio lo que convierte a nuestros amores más tristes en un acto de grandeza?

—¡Idiota! —se decía—. ¿No era esto lo que siempre estuvistes buscando? ¿Acaso no llorabas ayer, empecinado en la búsqueda de lo sublime? ¿Cuándo fue fácil lo sublime? ¿Cuándo no hizo sufrir lo egregio? Más que tú padecieron los grandes héroes. ¡Cobarde estúpido! ¡Confórmate con un amor mediocre, pero no vuelvas a suplicar el consejo de los inmortales!

Imperia Raventós supo anticiparse a tan elevados designios. Entró arrasando, dispuesta a todo.

—¿Qué le ha ocurrido a tu sentido del orden? Espero que Raúl no llegue a ver este caos. Le decepcionarías profundamente...

Lo primero que hizo fue abrir las persianas. Ya no llovía. El cielo de Madrid se vestía con uno de sus disfraces favoritos. El crepúsculo arrojaba tonos de manto cardenalicio, propios de un antojadizo delirio renacentista. Era una pena malgastar tanta belleza en nombre de una histeria pasajera.

No sería Alejandro de la misma opinión. Se había cubierto el rostro con ambas manos, si no herido por la luz, que poca había ya, sí avergonzado por su aspecto. Y al reparar en él, Imperia optó por seguir con la aparente frivolidad, antes que revivir una molesta página de Dostoievski.

Alejandro se dejó caer en un sofá, con los ojos hinchados y la camisa completamente desabrochada.

—Que la muerte me encuentre sentado. Lo dijo algún alejandrino. No recuerdo cuál.

—No me vengas con frases. Guárdalas para el diccionario de *quotations*. A mí me urge hablarte de Raúl. Acabo de encontrarle llorando en su habitación. ¿Se puede saber qué le has hecho?

—Nada. Ni siquiera me he atrevido a tocarle.

—¿Es que no te gusta?

—Es divino. Tanto lo es que me está matando.

—Pues él dice que le estás matando tú porque eres lo más divino que ha encontrado en su vida y no le haces caso. O sea que a ver si os ponéis de acuerdo los dos y montáis un santuario, porque tantas divinidades sueltas son una gaita para cualquier madre ocupada.

Alejandro no contestaba. Parecía dormido. Algún efecto tendrían los sedantes. Ella se vio obligada a sacudirle para mantenerle despierto. Ya no podía más. Ni de reprimir la risa ni de prolongar una situación que le obligaba a aplazar sus propias preocupaciones.

—¿Serás idiota? ¿No comprendes que te estoy vendiendo el artículo?

Él bostezó varias veces seguidas. Todavía era capaz de seguir el hilo de la conversación.

—Es al revés, Imperia. Me estás vendiendo a mí. Tú sólo piensas en lo que te conviene, sin ver que tu conveniencia puede destrozarme. ¿Cuánto tiempo crees que podría retener a tu hijo? Me aprovechará un año, acaso dos, tal vez quince, todo lo más veinticinco, treinta a lo sumo; pero, al final, me dejará...

—Es que ya te habrás muerto —exclamó Imperia, riendo ya.

El propio Alejandro parecía reírse de sí mismo. Pero ella no le dio tiempo.

—Se acabó la broma. Si quieres conservar mi amistad, acuéstate con Raúl. En el estado en que se encuentra no le aguanto más.

—No puedo hacer esto que me pides. Le tengo en un altar.

—Pues o lo bajas tú del altar y te lo llevas, como estáis deseando los dos, o lo facturo a Barcelona en el primer puente aéreo y no lo vuelves a ver en toda tu vida.

Alejandro se llevó las manos a la cabeza.

—¿Llevártelo dices? Si ahora muero lentamente, cuando empiece a imaginar que él está llegando a Barajas moriré del todo. ¡Eso es muy catalán! No tenéis corazón. Sólo pensáis en lo práctico. Sois unos calculadores... ¡Tiene a quien parecerse, este niño!

El cuerpo iba de un lado para otro. Imperia intentó enderezarle, sujetando fuertemente los hombros. Fue inútil. Al momento, empezó a bailar la cabeza.

—Ya somos viejos, Imperia... En el fondo, él lo sabe, pero no quiere reconocerlo. ¿Sabes por qué? Porque sólo le importa su repugnante realización sexual.

Sonreía beatíficamente, ingresando ya en el mundo de los sueños. Imperia optó por abofetearle, pero él continuaba con su sonrisa.

—¿Dónde se habrá visto que una madre emancipada tenga que pasar por escenas tan ridículas? —exclamó, mientras le dejaba caer sobre el sofá, dormido como un lirón.

En su letargo, iba murmurando:

—¡Sobre tu conciencia, Raúl! ¡Sobre tu conciencia!

Ella profirió un alarido de indignación:

—¡No es normal, Alejandro, no es normal! ¡Cuidado que llegáis a ser melodramáticos los dos!

Él ya no le escuchaba. Se había dormido completamente y, de vez en cuando, emitía profundos suspiros y algún bufido con profundo olor a tabaco negro. En un momento determinado se dibujó en su rostro una sonrisa tan ingenua, con una ingenuidad al mismo tiempo tan indefensa, que Imperia no pudo evitar un sentimiento de ternura.

Antes de salir, buscó una manta y le cubrió amorosamente. Aprovechó para inspeccionar el apartamento. Ideal para Raúl. Estaba decidido.

Cuando llegó a su casa, Raúl le estaba esperando en la cocina. Era un niño extraño: el drama le había abierto el apetito. Iba ya por el quinto plátano.

—Ten paciencia —dijo ella ante el asalto de sus preguntas—. Éste se decidirá. Te lo dice la mamá de Dumbo.

Por primera vez, Raúl la besó en la frente.

—¿De verdad te gusta Alejandro para mí?

—¿No iba a gustarme? Es una de las pocas personas que quiero de verdad en este mundo.

Raúl vio que corría a maquillarse porque, por primera vez en muchos años, estaba llegando tarde a una cena. Pero él pensó: «Es realmente cierto que el amor de madre no se parece a ningún otro. ¿Será por esta razón que dicen que madre no hay más que una?»

PERO NI SIQUIERA UNA MADRE PRECAVIDA puede prever lo que puede sucederle a un enfermo del amor cuando se obstina en no reconocer su enfermedad y los sedantes y los somníferos empiezan a salirle por las orejas.

Ni Imperia ni Raúl habían vuelto a saber de Alejandro desde el viernes anterior. El calendario volvía a marcar aquella fecha nefasta, y Raúl, que conocía su significado en su propia soledad, decidió actuar por su cuenta y correr en busca de quien había optado por no buscarle a él. Sin embargo, toda búsqueda resultó inútil. El teléfono del profesor no contestó en todo el día. Imperia desconocía su paradero. Y en los laberintos del Madrid nocturno existían tantas posibilidades que era imposible agotarlas en una sola búsqueda. A no ser que se limitasen al gueto donde alguien como Alejandro, no por ser él sino por ser como era, podía deambular en busca de consuelo, compañía o simplemente evasión. La geografía homosexual del viernes noche. Una geografía que Raúl desconocía por completo y sobre la cual nadie podía orientarle.

Rectificó.

Nadie excepto una persona que, semanas antes, había intentado mostrarle los bares más excitantes de aquel ambiente. Alguien que sólo estaba esperando una llamada suya para complacerle.

Raúl pasó más de media hora colgado del teléfono. Cuando se disponía a hablar con su madre, ya estaba en posesión de los datos que necesitaba.

—¿Has averiguado algo? —preguntó Imperia, sinceramente preocupada.

—He llamado a tu amigo Cesáreo Pinchón. Me ha dado una lista de los bares gay que suele frecuentar Alejandro. Hoy es viernes. No será difícil encontrarle en alguno de ellos...

—Pero no creo que tú debieras ir. O, en todo caso, que te acompañe Cesáreo.

—De ningún modo. Alejandro tiene que verme llegar solo.

—No lo permitiré, Raúl. Todavía eres un niño.

Por toda respuesta, él cogió su chaqueta y las direcciones de los bares. Ni siquiera sonrió al despedirse. Se limitó a decir:

—Ya no soy un niño. Soy un hombre que ama a otro hombre. No me importan nada vuestros juegos, ni tus garras, ni todas esas excusas de la edad. Soy un hombre. Y él tendrá que entender de una vez que también puede serlo.

Imperia le vio salir, decidido, enérgico, sin la menor sofisticación en su atuendo. Sólo sus vaqueros, su chaqueta de cuero y las wambas llenas de extraños colorines.

Pero había dejado en el corazón de su madre una certeza hasta entonces insospechada. Era un hombre que amaba a otro hombre.

¿Era, en efecto, un hombre aquel pobre anormal que la naturaleza había impuesto en su vida como un chiste sin gracia? ¿Era realmente un hombre aquella criatura feliz que la vida le había enviado, hacía apenas dos meses, para que lo utilizara como conejillo de indias, para que ensayase con él su divertido papel de madre?

Ese anormal, ese enfermo, ese invertido demostraba tener más hombría que muchos de los hombres que habían presumido ante ella.

¡Qué hombría tan extraña y, al mismo tiempo, tan hermosa! Raúl no necesitaba demostrarla poniendo los cojones sobre la mesa, como dicen que hacen los machotes; tampoco emborrachándose o proclamando a voces sus conquistas femeninas o corriendo delante de un becerro en los sanfermines. La demostraba arrojándose sin vacilación a los infiernos donde agonizaba la persona a quien más quería. La demostraba dándole la mano, para salvarse a su lado o morir con él, igual que aquellos soldados del Batallón Sagrado cuya invencible fuerza estuvo basada en el magnánimo amor del compañero.

PASÓ DEL SOFISTICADO UNIVERSO DE IMPERIA RAVENTÓS a los sectores más vulgares de la noche del viernes. La chirinoia urbana le atrapó entre una desbandada de automóviles aparatosos, multitudes desagradables y luceríos plebeyos. El choque con las fuerzas de la noche le resultaba tan desconcertante que decidió observarlo todo con ojos de turista, pero con la distancia necesaria para aprender en lugar de juzgar. Inició así, con el alma completamente limpia, su exploración de la geografía homosexual a partir de la lista de Cesáreo Pinchón.

Empezó por uno de los bares más concurridos, un subterráneo decorado en negro riguroso, donde se apiñaba una ingente, enloquecida concurrencia masculina repartida entre dos barras distintas. Saltaban y brincaban otros muchos en una pista bombardeada por una música estrepitosa, acribillada por focos de luz verde y roja, que a su vez parpadeaban insistentemente, al son de tantos fragores. En varios rincones brillaban pantallas de televisión de varios tamaños, que emitían actuaciones de los artistas favoritos de aquel público o bien escenas pornográficas retratadas en enormes primeros planos. Pero también había algunos clientes que entraban y salían de una puerta de aspecto sospechoso, y Raúl pensó que tras ella pudiera encontrarse Alejandro, siempre en busca de rincones más íntimos. Al cruzar el umbral, se encontró en un cuartucho completamente oscuro que se le antojó de escasa utilidad, pues ninguno de sus ocupantes podía verse las caras. Pero había varios fantasmas anónimos actuando a la vez, porque sintióse magreado en varias partes de su cuerpo, mientras alguien intentaba, además, bajarle los pantalones. Y, para mayor asombro, otro fantasma depositaba el miembro en sus manos, para que jugase con él a su antojo y discreción. Y al oír intensos gemidos e imprecaciones de carácter decididamente sexual, comprendió para qué servía el cuarto oscuro y regresó corriendo a las luces rojas y fue arrastrado de nuevo por el fragor de la música y por la ola de cuerpos que el local ya era incapaz de contener.

En su búsqueda, se encontró subiendo más escaleras, luego bajando otras, sumiéndose en locales de características parecidas, subterráneos en forma de cuevas, bodegas, fábricas metalúrgicas o túneles ferroviarios; espacios donde se apiñaban cofrades de otras tendencias, adeptos de otras variantes del placer. Así, iba catalogando todas las posibilidades del ligue indiscriminado hasta que fue a dar con un local de más violentas apariencias, una suerte de cárcel donde abundaban los barbudos, los bigotudos, los vestidos de cuero y los adornados con insignias de metal, gorras de policía, cinturones de chapas y hasta alguna cadena. Y hubo uno que mostraba a Raúl el puño apretado, para que supiera lo que podía entrarle en el cuerpo, y otro le amenazaba con un látigo y unas pinzas, por lo cual entendió el niño que allí iban las cosas muy a la brava y volvió a salir corriendo, pero siempre sin juzgar.

¿Cómo podría hacerlo? Poseía la venturosa comprensión de los elegidos. Que cada uno se divierta como quiera, que cada uno obre según sus necesidades de su deseo. Que todos busquen su realización donde pueda encontrarla, su placer donde se encierre. Todos sin excepción, pero no Alejandro. No era ése su mundo, aun cuando todavía ignoraba cuál pudiera ser. No podían estar sus sueños en esos emporios de la negrura, el hierro, el corcho sucio, el tejano roto, el sexo en la cámara oscura, la esnifada de coca en el retrete, el clamor de músicas salvajes, anuladoras de la voluntad. Imaginaba que Alejandro se movería entre otros tonos, entre otras luces, bajo otras músicas. Pero todavía era incapaz de precisar en qué consistían ni dónde se hallaban.

Ya empezaba a estar harto de recorrer la estética del cutrerío, cuando la lista de Cesáreo Pinchón le dirigió hacia recintos más sofisticados. Entró en uno que, al parecer, estaba muy de moda. Pasaba por disponer de un público bisexual —una coartada como cualquier otra— y rendía culto al espejismo de la posmodernidad. Tan exclusivo era el local que un guardia, situado a la entrada, se reservaba el derecho de admisión, garantía de rigurosa selectividad. Raúl se vio obligado a esperar que pasaran unos cuantos jovencitos, ataviados con elegantes abrigos, para colarse entre ellos y buscar a toda prisa en el interior, evitando ser descubierto. Podían expulsarle sin explicaciones, por el simple hecho de ser menor de edad, aunque había algunos adolescentes no mayores que él. Pero éstos vestían a la última moda y en cambio él había salido de casa hecho un golfillo, contra su costumbre. Pero le gustó sentirse distinto en un ambiente que, paradójicamente, era el que le correspondía por situación social. Allí, los niños-marca alternaban con la intelectualidad dandi; allí, los estudiantes acomodados se convertían en pisaverdes cuyo atuendo respondía a la exaltación de lo último; burguesitos de aire peripuesto se dejaban cortejar por modelos de alto *standing*, actores de cierta fama e incluso yuppies que aireaban ostentosamente sus primeros triunfos a través del vestuario, aunque procurando no ponerse en excesiva evidencia. Tampoco imaginaba a Alejandro en semejante exhibición de pijerío. Por el contrario, se reafirmaba en la idea de que aquélla y no otra era la barra donde debería localizarle a él, si la búsqueda fuese al revés. No quería engañarse pensando que, en el mundo, él era mucho más que un niño pijo.

Pasó por otros locales muy parecidos al anterior y, siguiendo la lista, fue a parar a uno muy íntimo, muy exclusivo, muy enmoquetado y con un pianista que, en otro tiempo, conoció a Celia Gámez y presumía constantemente de ello. En el gueto llamaban a este club «el de las carrozas». Era el último refugio de los homosexuales que formaron la avanzadilla de los años cincuenta; los que aplaudieron los montajes de Luis Escobar, siguieron las borracheras de Ava Lavinia en el Corral de la Morería, soñaron con tomar en Chicote una copa con la crema de la intelectualidad. Los que, después, inauguraron Oliver, donde supo reinar el inolvidable Jorge Fiestas. Los que pensaban que la música se había detenido en las pegadizas melodías de Rodger and Hammerstein, cuyos montajes solían aplaudir en Broadway, cuando sólo una exigua minoría de exquisitos podía permitirse viajar a Nueva York...

¡Entrañable cementerio de elefantes, que guardaba en sus esencias la ternura de un último suspiro y la suave resignación de los *fin de race*!

Tan ensimismados estaban los clientes en su propia senectud que ni siquiera se molestaron en acechar la irrupción de la carne joven que Raúl representaba. ¿Para qué? Cuando ya todo ha terminado, sólo queda la elegancia de una mirada de admiración, el tributo de un piropo apenas murmurado, el distinguido sarcasmo de un reproche por los años idos. También un patético vaticinio: cuando pasen los años, ese lindo jovencito que hoy es Raúl terminará como ellos, aburriéndose en esta barra, recordando que el esplendor de la carne y la belleza del cuerpo sólo fueron un espejismo pasajero.

Pero Raúl no había empezado siquiera a ser joven y ni por un momento se le ocurrió que aquél pudiera ser, un día, su destino. Como máximo, accedió a reconocer que allí pudiera encontrarse Alejandro de no haberle conocido a él. Y sólo entonces comprendió que, al buscarle, contribuía a mejorarse a sí mismo, porque su búsqueda incluía la desesperada salvación de otro ser humano. Y esto le hacía sentirse maravilloso.

Pero así como había locales donde morían las ballenas, había otros donde prosperaban los cachalotes, las crías recientes pero ya adiestradas, los ofrecidos a las capacidades adquisitivas del mejor postor. Bares de los que suele advertirse que son de chulos pagados; barras pobladas por muchachitos tan jóvenes como Raúl, acaso más, y, como él, vestidos de manera provocativa, si bien mostrando unos rasgos de los que él carecía completamente: una violencia en la mirada, una agresividad en los gestos, un absoluto desencanto en la forma de iniciar una conversación sabiendo de antemano cómo terminaría y cuáles eran los propósitos de todas ellas.

En cada bar preguntaba Raúl dónde quedaba otro bar. Con total imprudencia, se dejó guiar por dos chulitos que le ofrecieron coca y le informaron que se toma por la nariz, lo cual agradeció porque estaba a punto de tomarla por la boca, como si fuese azúcar. Y aunque estornudó en dos ocasiones, encontró muy considerado por parte de los chulitos que se la hubieran ofrecido. Al poco, comprendió que le habían tomado por uno de ellos, ya que le preguntaron cuál era su precio para cotejarlo con los propios. Cuando les comunicó que no era del oficio le reprendieron seriamente, pues consideraron que un niño tan lindo y, además virgen, podía ganar un buen dinero, ya fuese en los bares del chulerío, ya en alguna esquina de Recoletos o bien en los prostíbulos masculinos privados, donde solían acudir tipos con nombre y apellido que, por su situación, no podían dejarse ver en los bares ni en las esquinas nocheras. En agradecimiento por sus informaciones, Raúl les hizo partícipes de sus penas y ellos le comentaron que era absurdo torturarse por un hombre y mucho menos gratis, habiendo en Madrid tantos que pagaban muy bien por un trasero bonito. Pero como sea que Raúl insistía en lo suyo, los chulitos acabaron dándole las direcciones de algunas saunas, por si nc encontraba a su amigo en los bares que permanecían abiertos hasta bien entrada la madrugada.

El último club de la ronda presentaba una agradable decoración *Belle époque*, parecida a los pastiches que se pusieron de moda en los años sesenta de su madre y del propio Alejandro. Contrariamente a otros locales más inclinados a la exaltación del cutrerío, éste tenía un cierto toque de calidad, aunque raída, y disponía de palcos laterales donde sentarse a contemplar y ser contemplado, o a intercambiar besos discretos, si era noche de fortuna. También tenía la inevitable pista donde hombres y muchachos de todas clases se retorcían con ritmos modernos o se tornaban sinuosas sílfides cuando empezaban las sevillanas. Y llevaba el bar un nombre muy poético —algo así como Coccinelle—, pero Raúl decidió que debería llamarse «Últimos recursos». Porque allí descubrió por fin a Alejandro, en el más alejado rincón de la barra, ante un gin tonic y con la cabeza fatigosamente apoyada contra la pared forrada de rojo.

Parecía indiferente a cuanto ocurría a su alrededor; completamente ajeno a la asfixia del local, abarrotado hasta los topes. Ni siquiera la bebida le importaba. En las dos horas transcurridas en aquel rincón apenas la había probado.

La irrupción de Raúl encontró a un público propicio y entusiasta. Al instante se vio rodeado por cortejadores que le seguían en su esforzado camino hacia la barra. Sólo al notar el tumulto que rodeaba a su niño, levantó Alejandro la mirada y le descubrió. Fue una expresión de sorpresa, pero de mucho amor. Hasta tal punto se hizo evidente la comunicación entre ambos que uno de los asaltantes le dijo a otro: «Déjale, tú, que el niño está liado.»

Raúl esperaba encontrarle decrépito, pero le consideró más atractivo que nunca. Iba mal afeitado, como era su costumbre y vestía de forma muy sencilla: unos pantalones de pana y wambas como él. Estaba, eso sí, muy cansado. Se había quitado las gafas y tenía los ojos enrojecidos.

—¿Cómo se te ocurre presentarte en este sitio? —preguntó—. ¿Has venido a ligar?

—No podría. Te quiero a ti. Y vengo a llevarte conmigo.

—¡Por favor, no me tortures! ¿Por qué no puedes dejarme en paz?

Raúl decidió que en aquella escena le correspondía interpretar al sensato. Aferrando la mano de su amigo, declaró con voz intencionadamente áspera:

—Es tu problema tanto como el mío. ¿No tienes huevos para asumirlo como hago yo?...

—Tú no tienes nada que perder. Yo sólo puedo asumir que, a tu lado, soy un vejestorio. Ya es bastante cruz.

—Pero yo soy un señorito joven a quien le gustan los vejestorios. Y no sólo me gustan. Me enamoro de ellos. Y además, mucho. Y si no me corresponden, me suicido.

Alejandro sonrió a su pesar.

—Pero no te mueres, porque eres un teatrero.

—Porque vienen a salvarme en el último momento. Pero ahora mismo, si me dejasen, me moriría. De hecho, preferiría morirme porque me lo estoy pasando muy mal.

No fingía. No coqueteaba. La inmensa ternura de su mirada marcaba los límites exactos entre la comedia y la vida.

—Me lo estoy pasando fatal, Alejandro. Nunca pensé que pudiera llegar a esto. Además, me siento ridículo. ¡Mandan narices, tío! Te encuentro en un bar de ligue, cuando yo lo que quiero es ligar contigo. ¡Serás capaz de consentir que me vaya a la cama con uno cualquiera, cuando lo que yo quiero es ser tuyo de una vez! ¿Qué sentido tiene todo esto? ¿Es que no estoy bueno?

—Como el pan, niño. Todos ésos pueden decirlo. No te quitan los ojos de encima. ¡Y les voy a hostiar si no dejan de mirarte!

Dio un salto hacia el rincón, donde permanecían amontonados los mirones que despertaban su ira. Raúl le detuvo a tiempo. Sin apenas inmutarse, dijo:

—No vas a pegarte con nadie porque no hay motivo. Yo estoy enamorado de ti.

—Eso no me lo creo. Es una de tus fantasías.

—Ahora me estás ofendiendo. No tienes derecho a dudar de mis palabras.

Alejandro escondió la cabeza entre las manos. Seguía con su cansancio, respiraba fatigosamente, su aliento olía a tabaco. Evidentemente, odiaba aquel lugar y, más aún, al hecho de que su amiguito se viese obligado a entrar en él.

De pronto se incorporó, apartándose de la barra con paso vacilante. Cuando se hubo puesto la chaqueta de cuero, agarró a Raúl por la muñeca y le empujó hacia la salida.

—Vámonos. Estoy harto. Llevo tres horas viendo locas. Además, tengo mucho sueño.

Raúl se soltó con igual violencia.

—Yo me quedo. Aquí tengo mucho camino por recorrer.

—¡Tú te vienes!

—¡Tu tía! A mí esta noche me desvirgan como me llamo Pablo.

—No digas tonterías. No estoy de humor.

—Que sí, que me llamo Pablo de segundo nombre y Borja de tercero. Y por los tres nombres te juro que esta noche me estreno...

Buscó a su alrededor hasta descubrir a un joven barbudo, que levantaba el vaso en su honor, al tiempo que le sonreía.

—¡Esta noche me acuesto con el de la barba!

—¿Lo ves como eres un inconsecuente y un frívolo? —gritó Alejandro—. ¿Cómo puede gustarte yo y al mismo tiempo ese de la barba? Somos completamente distintos. Y, además, es una birria de tío.

—Que no, que está buenísimo. Y, además, le gusto. Así que me voy con él.

—Lo que pasa es que tú eres un puto.

—¿Yo un puto?

—¡De lo más tirado!

—¿Yo?

—¡Tú!

Entre tanto agarrarse y deshacerse, entre tanto amenazarse y retroceder, se encontraron en un rincón más oscuro. Los que hasta entonces los rodearon se iban apartando para dejarles sitio, pero sin dejar de observarlos porque su pelea continuaba siendo muy divertida.

—¿Cómo puedes decirme que soy un puto si nunca me he acostado con nadie?

—Pero estás deseando hacerlo. ¡Estás deseando entregarte al primero que llegue! ¡Puto, más que puto!

Al cabo de veinte minutos discutiendo el mismo insulto, Raúl exclamó:

—Pues atiende: he tenido excelentes maestros. ¡Ya está dicho!

—No vale. Esto lo decía Olivia de Havilland en *La heredera*.

—¿Cómo lo sabes?

—Porque me acuerdo. La vi de niño. ¡Hará ya cuarenta años que la vi!

—¡Ostras, tú! ¡Qué mal rollo te llevas con lo de la edad!

—¿Cuántos años te faltaban para nacer?

—¡Yo qué sé! Yo quiero ser biólogo, no matemático. Y además, después de esta experiencia, ya estoy hasta las narices de ser gerontófilo. Me voy con el de la barba, que su generación no me coge tan lejos.

—Espera un momento...

—Nanai. Los ancianos con los ancianos. ¿No es eso lo que querías? Pues ya lo has conseguido.

—Te llevo a ver *La heredera*. De verdad.

—No puede ser. Hace muchos años que han derribado los cines de tu infancia.

—En mi casa, tonto. En vídeo.

—¡Pues anda que está mi cuerpo para vídeos!

Alejandro tomó su cabeza con tal fuerza que el niño temió que quisiera aplastarla. Pero sólo fue para llevárselo hasta otro rincón, casi completamente a oscuras, donde podían permanecer a salvo de la curiosidad ajena.

—A lo mejor sería la manera de no pasar la noche en vela pensando en ti...

—¡Si esto es cierto mereces que te mate!

—... obsesionado, sí, obsesionado al pensar que te estoy penetrando... ¡Calla, no me interrumpas, no me respondas! Los primeros días no podía dormir pensando que te besaba. Ahora no duermo porque ansío poseerte.

—¡Serás imbécil! A ver si resultará que hasta te gusto.

—Me tienes loco. Te has convertido en mi vida. Y lo peor es que te estoy maldiciendo mientras deseo comerte a besos.

—¡Si es así vuelvo a ser gerontófilo!... Pero no debería porque me has ofendido.

—¿Porque sueño que te poseo?

—Porque me has llamado puto.

—Pero en veneciano. ¡Te lo juro! Igual que en los cuadros. Los *putti* que acompañan a las *madonne*. Te estaba llamando niño y, al mismo tiempo, ángel. Puedes serlo para mí. Pero también puedes ser mi demonio, y yo tendré que soportarlo porque estoy en tus manos.

La ventaja de los guetos es que permiten a sus habitantes expansiones que el mundo exterior les niega. ¿En qué otro lugar de Madrid podrían besarse un hombre y un adolescente, con besos que iban de la ternura a la avidez, sin temor a la afrenta del escándalo? ¿En qué otro lugar podía Alejandro estrechar al niño contra su pecho, mientras los labios recorrían su rostro, descubriendo cada uno de sus rincones, hasta posarse una y otra vez en el cálido terreno de sus labios?

Sólo en un lugar como aquél podía el discjockey descubrir que le apetecía obsequiar a los clientes con un viejo disco de Judy Garland. Y sólo el concurso definitivo de la fortuna pudo hacer que, además, Judy languideciera en propicia su entrega al amor...

> *I can't give you*
> *anything but love, baby...*

Aquel beso habría sido la envidia de cualquier guionista de melodramas de la Universal. Y Alejandro completó el encanto poniendo en sus palabras el timbre de voz de un doblador de los años cincuenta. Así, recitó al oído de su amado:

—«Cuando en el futuro cuentes esta escena, porque la contarás, ten piedad de mí.»

—No vale —exclamó Raúl, riendo—. Esto no es tuyo. Es de *Té y simpatía.*

—¡Joder, niño! Tienes respuesta para todo...

—Para que veas que te convengo. No escribo poesías, ni teatro, ni ensayo, pero soy un listillo.

—O un arqueólogo. Cuando estrenaron *Té y simpatía* te faltaban veinte años para nacer. Y yo tenía...

—¡Por Dios, que no te dé el telele otra vez! ¿Olvidas que soy miembro honorario de la generación del vídeo? Gracias a él puedo ser tan antiguo como tú. Todos tus sueños de niño, todos tus ídolos de adolescente, pueden ser los míos cada noche. Puedo ser tan viejecito como tú y, hace dos noches, quise serlo. Estaba solo en casa y puse esta película. Y, al cerrar los ojos, pensaba que tú eras el profesor y yo el alumno y no quise abrir los ojos porque presentía el final y yo quería que todo fuese al revés, como lo sueño cada noche. Que sueño lo mismo que tú: que me estás poseyendo. Y aunque me excita el deseo, también pienso que lo más bonito es que estás dentro de mí y nunca saldrás. Y así, encadenado a ti, no podré dejarte aunque los años me cambien.

—Pero no será como tú piensas. Después de poseerte, el prisionero seré yo. ¡Si lo soy ahora, y sólo te he besado una vez!

Vaciló un instante. De nuevo cerró los ojos, negando con la cabeza sus propias palabras, murmurando repetidamente que aquella situación no podía continuar.

—¿Por qué dudas? —susurraba Raúl—. Yo no puedo vivir de tanto pensar en ti, y tú lo mismo. ¿Tanto te cuesta aceptar que debemos estar juntos? ¡De verdad que los mayores sois la rehostia de la complicación!

Alejandro apoyó la cabeza en su pecho. Y el niño sintió entonces una intensa comunión con su fatiga y le amó todavía más.

—Porque los mayores hemos aprendido a tener miedo. Porque nos han enseñado a desconfiar. Porque no puedo creer que esto pueda sucederme a mí. Y porque, ¡caramba!, eres lo más bonito que me ha ocurrido en toda mi vida.

—Y, además, porque estás muy herido. Porque te han hecho mucho daño.

—¿Es que lo sabes todo, listillo?

—Ahora sé mucho más porque me has besado. Nadie lo había hecho antes. Nunca me habían besado. De verdad. Nunca, nunca.

—Ya sé que te ha gustado.

—Gustarme, sí. Pero es extraño. Tengo como ganas de llorar. Y unos retortijones en la barriga. Y ganas de comer mucha fruta. ¿Esto es el amor o sólo se le parece?

Era el *seny* catalán llevado a los abismos de la noche madrileña.

GUIADO POR UN SENTIDO PRÁCTICO, sin duda heredado, Raúl decidió que no podía arrojarse al vacío desprovisto de paracaídas. Mientras Alejandro se disponía a pagar la consumisión, se deshizo de su abrazo, con una excusa apresurada:

—¡Necesito llamar a mamá ahora mismo! Olvidé completamente que había quedado para cenar con ella y tía Miranda. Ya sabes que se va a Egipto el lunes. Me excuso con las dos y en un momento estoy contigo...

—Atiende... —dijo Alejandro, cogiéndole las dos manos.

Raúl se detuvo. Le oyó decir: «Te quiero.» Con gran fervor y por tres veces.

Raúl le acarició la mejilla. Incluso le gustó que raspase un poco. Acto seguido, se abrió paso hacia el sótano, donde se encontraban los lavabos y el teléfono. Saltó los escalones de tres en tres, presa de una alegría que extrovertía en fuertes soplidos y en sonrisas dirigidas a todas partes.

Tanto sonreía, que algunos clientes le tomaron por un vendedor de insinuaciones. No tardó en verse rodeado de ofertas, algunas apetecibles, otras desdeñables. Pero como no quería ser grosero con nadie, se limitó a decir:

—Estoy comprometido, señores. Estoy muy comprometido.

Aquella frase le hizo sentirse rey.

Cuando consiguió cerrar la cabina, que era de estilo londinense, Imperia acababa de descolgar el auricular.

Después de excusarse por haber prescindido de la cena, Raúl vaciló unos instantes. Por fin, se decidió a interrogarle:

—¿Estás sola, mamaíta? Tengo que preguntarte algo muy importante.

—Estoy con Miranda. Así que puedes hablar.

—Mamaíta, ¿a ti te han sodomizado alguna vez?

—Hijo mío, lo encuentro una pregunta de lo más inconveniente.

—Es que Alejandro me lleva por fin a su casa. Pero tengo mucho miedo de quedar mal.

—¿Cómo vas a quedar mal? Tienes un cuerpo precioso.

—¡Mamá, no es por eso! Es que a mí no me han penetrado nunca.

—Alguna vez tiene que ser la primera. Éste es el camino

que has elegido. Asúmelo. De todos modos, ¿por qué supones que serás tú el pasivo?

—Porque se nota, mamá. Pero también porque lo siento así. Quiero entregarme a él completamente. Pero he oído decir que duele mucho.

—Hijo mío, pareces tonto. ¿Es que nunca has visto vídeos pornográficos?

—Precisamente por eso. Lo que he visto en los vídeos tiene que doler una barbaridad.

—Alejandro sabrá lo que mejor conviene. Espero que se le ocurrirá utilizar un buen lubricante. De todos modos, hay una regla de oro que no falla nunca. Cuando él te posea, tú mantente completamente relajado. ¿Comprendes, hijo?

—Pero, mamá, si me hace daño, ¿cómo voy a relajarme?

—Cuando llegue el momento, no hagas el menor esfuerzo. Mantén completamente dilatado lo que tú sabes. No intentes cerrarte. Si te duele, aguántate. Sólo es un momento. ¿Qué quieres que te diga una madre? Id probando. Tenéis toda la noche por delante.

—Ya que lo dices: ¿me das permiso para no dormir en casa?

—¿A ti qué te parece?

—Me parece que sí; pero yo lo decía para que no tengas la sensación de perder el principio de autoridad.

—Hijo mío, el principio de autoridad lo perdí cuando naciste. En cualquier caso, te recomiendo mucha prudencia. Como Alejandro es tan despistado, recuérdale que se ponga un preservativo, y tú, lo mismo. Que sea de calidad asegurada. No están los tiempos para correr riesgos, ni siquiera con amigos íntimos.

Al colgar, Imperia se dejó invadir por un sentimiento parecido a la nostalgia. No quiso averiguar si era un lejano recuerdo de su primera experiencia o porque, en aquel momento, estaba perdiendo un pedazo de la ternura que Raúl llevó a aquella casa. No tenía tiempo para averiguaciones. Bastantes problemas le estaba dando Miranda Boronat con todas las cosas que debía ver en Egipto, además de las pirámides y las tiendas.

Pero era imposible que toda una Miranda no hubiera escuchado la conversación anterior, de manera que preguntó directamente:

—¿Quién se supone que debe utilizar preservativos, querida?

—Alejandro. Por fin se ha decidido a acostarse con Raúl.

—¡Ya era hora! —exclamó Miranda, con un sincero aplauso—. ¡Qué lento es ese profesor! Si se descuida un poco más, tu hijo le pesca sexagenario.

—Que no te oiga Alejandro. Podrías acabar en urgencias.

—¿Por bromear sobre la edad? Nunca entenderé cómo podéis ser tan exagerados los que habéis pasado de los cuarenta. Si me da horror llegar a los treinta y cinco es, precisamente, por miedo a volverme como vosotros...

—Hace dos años tenías treinta y siete, lo cual era un caso flagrante de impudor teniendo en cuenta que las dos nacimos en 1945. En fin, como no tengo mi calculadora a mano no me apetece echar cuentas... Mientras me desmaquillo, consulta las guías de Egipto que he seleccionado para ti.

La afición de Miranda por el cotilleo le impidió realizar su propósito. De todos modos, lo único que le importaba de Egipto era que se pareciese un poco a Nueva York.

—Debo decirte que no envidio a tu hijo. Yo sé por experiencia lo duro que es someterse al repugnante miembro masculino. ¡Lo que le va a doler, pobrecito!

—Tonterías. Le he contado algunas cosas sobre la relajación.

—Esas cosas deberían enseñarlas en las escuelas. Claro que hasta que los chicos llegan al COU no se puede saber quién querrá ser sodomizado y quién no... Por cierto, ¿tienes champán francés en la nevera?

—Sabes que siempre lo tengo —contestó Imperia, casi ofendida por la pregunta.

—Pues vamos a brindar para que Alejandro acierte al primer bayonetazo.

—La verdad es que me quitaría un peso de encima. Sería la señal de que Raúl ya es todo un hombrecito.

Fue a por el champán. Al regresar, comentaba:

—De todas maneras, los hombres se quejan de todo. Teniendo en cuenta que por una vulgar penetración arman esos jaleos, no sé qué harían si tuviesen que parir como nosotras.

Sonó el corcho, después la *cascade*, y por fin un brindis sofisticadísimo.

—¡Los que van a morir te saludan! —exclamó Miranda, la copa en alto.

No era el brindis más adecuado para un niño virgen que se disponía a dejar de serlo.

CON LA FIRME VOLUNTAD DE ENFRENTARSE AL AMOR, salieron del local prudentemente abrazados. Ya en el coche, volvieron a besarse durante largo rato, y Raúl dejó caer la cabeza en el hombro de Alejandro y así permanecieron durante un tiempo que ninguno quiso calcular. Después recurrieron de nuevo a la prudencia porque atravesaban las calles cercanas a la Gran Vía y a cada momento veíanse interrumpidos por las masas del jolgorio. Cuando alcanzaron zonas más oscuras y de tránsito menor, Raúl mantenía la mano apretada sobre el brazo libre del conductor y sentía su fuerza y ansiaba que llenase la suya.

Mientras aparcaba, Alejandro iba descubriendo que habían cesado todos los temores y que Raúl se presentaba como un ser mucho más sensato que él. También mucho más libre.

Volvieron a besarse en el ascensor. Siguieron en el rellano. Culminaron en el vestíbulo. Cuando llegaron al dormitorio, ya estaban desnudos.

El amor les descubrió sus espacios más elevados. El amor se despojó de todas sus máscaras para desvelarles el último misterio, ese que los enfrentaba como en el principio de los tiempos. Todas las vacilaciones del preámbulo dieron paso a una inspección paulatina en cuyo curso los cuerpos se descubrían con el asombro y el temor de un nacimiento.

No había método en el asalto del uno y la sumisión del otro. Sólo voluntad de conocimiento mutuo. Surgían vocablos de excitación, gemidos incoherentes, onomatopeyas consagradas a sintetizar todo el vocabulario del amor en un código apto para identificarlos a partir de entonces.

El amado, tendido de bruces, ofrecía al amante las nalgas inquietas, tenues colinas que palpitaban en la necesidad de abrirse completamente mientras aquellas manos que, segundos antes, las habían recorrido con dulzura, las separaban ahora para descubrir el ansiado ingreso a su virginidad, un abismo de paredes tenues, rosadas, entre las cuales Alejandro introdújose la calidez de un beso que hizo aullar al niño con un placer jamás sentido. Y cuando ya el beso del amante había culminado, su pene se volvió intrépido y decidió tomar absoluta posesión de aquel reino que nadie había explorado antes que él.

Apretaba los dientes el amado, se clavaba las uñas en su propia carne, contenía la respiración, ansioso y aterrorizado, porque sabía que el placer del amante exigía su martirio.

Y pedía que, aun siendo el dolor tan atroz, no dejara él de infligírselo, porque era el precio que debía pagar para acceder al supremo nivel de la armonía.

El amante íbase adentrando con toda la dulzura de que era capaz, pero también sufriendo a causa del sufrimiento que estaba obligado a crear. Porque hubo un momento en que la dulzura ya no era posible, y entonces aceleró su ataque, resquebrajando las entrañas del pequeño mártir con ímpetus de guerrero, rasgándolas como si quisiera arrancar la última gota de una sangre que se le ofrecía a guisa de holocausto. Y en una última y definitiva embestida, los cuerpos quedaban pegados, el pecho viril contra la espalda núbil, el poder contra la suavidad, todo unido a todo.

YA LOS SENTIDOS NAVEGABAN en un letargo suave, parecido a una eternidad; ya el orden y la lentitud sustituían al combate y, en este segundo único, ambos sintieron que el mundo entero les recorría la espalda hasta llegar al cerebro, donde estalló el mundo.

Aullaron, entonces, repitiendo en inarmónico delirio todas las consignas del amor.

Cayeron, colmados y exhaustos, el amado en forma de cruz, el rostro hacia el cielo; el amante de bruces, junto a su cuerpo y no sobre él, porque ahora sólo aspiraba a contemplarle, sólo quería asimilar toda la geografía exterior de aquel mundo que acababa de invadir.

La naturaleza accedió a hacer más bello el instante, favoreciendo que el nuevo día enviase sobre aquel lecho una suerte de revelación. Al contemplar ahora a su amado bajo el tenue rosicler del alba, supo Alejandro que por fin había venido la belleza a visitarle. Y sintió deseos de llorar.

Los labios del niño, tan mordidos, tan devorados, musitaban palabras de amor que, en su incoherencia, anunciaban una sinceridad estremecedora. De la entrega del cuerpo, del supremo sacrificio en el dolor, surgían lentamente declaraciones del alma, después, onomatopeyas incomprensibles, pero emitidas con tan dulces vibraciones que el amante descubría en ellas una oleada de devoción.

Y en los ojos aletargados del amado y en el sesgo de sus labios, entreabiertos en una zona de melancolía sobrenatural, había algo que le estaba elevando más allá de la vida, algo que estuvo buscando desde siempre, desde que él mismo era un niño e imploraba el amor de sus compañeros, desde que era un hijo e intentaba hallarlo en su padre, desde que era un ser indefenso y quiso encontrarlo en el supremo refugio de Dios...

¡Era eso! ¡Por fin era eso!

Aquel niño se parecía a Dios. Cualquiera que fuese la definición de Dios en cualquier rincón de la infinitud del alma humana, tenía que llamarse Raúl. No había la menor retórica en el descubrimiento de la absoluta divinidad del amado. Era el dios que se consagra a la celebración del amor y padece agonía por él; el dios que resucita de la agonía para entregarse con más amor aún. Y aquel dios no escondía su forma, como en las añagazas de las falsas religiones. Aquel dios tenía un cuerpo que se hacía visible, se le entregaba, sufría por él antes de acceder a la armonía del placer compartido.

Dios era aquella piel, aquellos miembros donde quiso autocrearse, depositando las más elevadas perfecciones de la fe.

¿Cómo podía existir algo tan delicado, un fulgor tan nuevo, con una calidez reciente y aun más encendida? Era como si el mancebo se encogiese hasta adquirir las dimensiones minúsculas de un ser que estaba naciendo sólo para el amor. Las delicadas curvas de aquel cuerpecillo —ya no un cuerpo, un cuerpecillo— creaban una visión perfecta, equilibrada, rotunda y etérea al mismo tiempo. La piel que el amante recorría con labios temblorosos emanaba bajo la luz del alba tonalidades diáfanas, tan próximas a lo inefable que despertaban en su espíritu la emoción de las obras de arte a las que durante tantos años rindió culto.

Y Raúl abrió los ojos y le miró como un agonizante que, en la agonía, hallaba su primera felicidad...

—Estoy muy enamorado de ti, Alejandro. No me hagas daño, por favor. No me dejes nunca.

¡Y era él quien lo decía! ¡Él quien suplicaba!

Aquel niño era un milagro.

Le besó las manos. No sabía Alejandro si era el amor quien le empujaba a hacerlo o sólo el agradecimiento. Pero con cada beso le entregaba un contrato para la eternidad. Besó su pecho con una lentitud religiosa, sobrecargada de dulzura. Comprendió entonces Raúl su obligación de convertirse en santuario, de hacer que sus puertas nunca se cerrasen, de que su fuego sagrado no llegase a apagarse jamás. ¿Qué sería él sin ese adorador enloquecido que le exaltaba y al mismo tiempo se humillaba ante él para encumbrarle?

Volvió a entregarse, esta vez de frente, con las piernas abiertas, pudiendo así contemplar el cuerpo del amante mientras volvía a poseerle. Reveló el niño una torpeza todavía más cómica que la primera vez. Pero en la inmensa dicha que le acometía, el amante acogió como un regalo divino la inexperiencia de aquel pequeño ser, su ineptitud ante el sexo, su impericia total, capaz de convertir la penetración en un acto de tremenda dificultad para ambos.

¡Divina torpeza! ¿Era éste un atributo de la virginidad o del ansia con que la virginidad espera morir de una vez? Era el ansia con que la virginidad, al morir, suplica el adiestramiento en los supremos gestos del amor. Y el amante sintióse henchido de orgullo porque sabía que sólo él quedaba encargado de enseñárselos.

Se arrodilló para adorarle. Comparado con Raúl, todo era caduco; comparado con su amor, todo era una farsa. Y su belleza iba mucho más allá de la del mundo porque era algo que alcanzaba las elevadas esferas de la Idea y a los secretos recintos del Ideal.

En nombre de ambos, se oyó decir Alejandro:

—Dondequiera que yo vaya siempre estarás tú. Me darás el valor para protegerte siempre. Me darás el coraje para ser cada día más sabio, porque quiero ser todos los sabios en uno para enseñarte la belleza del mundo.

Recobraban el sabor de los besos. Pero ahora eran leves, lentos, casi insustanciales.

—¿No volverás a insistir en lo de los cuarenta y nueve años?

—Desde ahora los pongo en tus manos. Dispón de ellos. Para ensalzarme o para destruirme. ¡Qué más me da!

—Yo te doy los míos. Sólo son dieciséis. ¿Lo ves? Sales perdiendo tú.

¡Aquel niño continuaba siendo un milagro!

AMANECÍA EL SÁBADO y ninguno de los dos se encontraba solo. Tenían ante sí el fin de semana, pero ya no asustaba. Todo lo contrario. Faltarían horas para contener los recientes descubrimientos; sería necesario robar un minuto más al reloj, un segundo más al tiempo, un suspiro más a la vida.

Así empieza el fin de semana de los amantes nuevos.

Al abrir los ojos, se descubre la permanencia de un ser

humano donde antes sólo hubo presencias de una hora. Es, el del amado, un cuerpo que ya no arde ni intranquiliza, antes bien entibia y serena como el dulce rescoldo de un fuego de invierno, que acompaña y, al mismo tiempo, protege de las inclemencias que se anuncian al otro lado de la ventana.

En este sábado del amor —cuando antes fue de la soledad— hay un tiempo para jugar en la cama, para entregarse a travesuras limpias, inocentes, baladíes; así el niño y el adulto coinciden en el punto de la locura irreprimible. Almohadas por el aire, peleas entre las sábanas retorcidas, persecuciones por la alcoba, arrojándose ropa, zapatos y libros; riendo como dos orates hasta llegar a la ducha. Y allí continúa el juego, brincando en la sorpresa del agua compartida, abrazándose primero con ternura, después con furia; enjabonándose mutuamente, encerrándose en el abrazo que conlleva una provocación destinada a crear nuevos delirios.

Sigue la complicidad en el desayuno preparado a medias. Después, al levantar su zumo preferido, el niño brinda por el no-cumpleaños del amante. Éste, que tiene alma de niño, se encabriola también, y canta con el amado la vieja canción de Alicia cuando llegó a aquel país maravilloso donde quedaron encerrados para siempre los sueños de tantos veranos idos.

De nuevo en el lecho, sólo aspiran a mirarse fijamente, los ojos en los ojos, las manos unidas, sonriéndose como dos felices idiotas que han decidido desterrar a la razón de sus dominios. En un momento fatal, el niño repara en lo avanzado de la hora. ¡Acaba de acordarse de la película del sábado! Salta de la cama y, armado con el mando a distancia, se acurruca delante del televisor, mientras el amante, ávido de paternidad, rodea su cuerpecillo con los brazos y permite que recline la cabeza sobre su pecho.

Esa hora del cine de sobremesa es, por fin, una hora feliz, por compartida. ¡Qué gran cosa para Alejandro redescubrir las aventuras del gallardo Errol o los romances del gentil Tyrone, mientras soporta contra su pecho una cabecita que descubre por primera vez a aquellos héroes de tantas infancias! Es la Edad Media, es un galeón pirata, es un destartalado *saloon* del salvaje Oeste. Alejandro vio la película hace veinte años, acaso treinta, cuando tenía la edad de Raúl y estaba tan lleno de sueños como él. Es la misma película que, hace sólo unas horas, le hubiera horrorizado revisar y que, ahora, ya no le asusta porque ese niño está con él, dispuesto a protegerle de todos los fantasmas del pasado.

El pasado, antes temible, se convierte en una ofrenda prodigiosa, que el amante ansía depositar ante su nuevo altar. La vieja película se convierte en arma, porque la aprendió en otro tiempo sólo para enseñársela ahora a su niño, plano a plano. Igual ocurre con los rostros y nombres de las grandes estrellas que alegraron su adolescencia; ídolos que han envejecido o han muerto y, esta tarde, resucitan para el adorable renacuajo que disfruta lo indecible con esa resurrección. Y el amante, lejos de rebajarse a causa de su edad, se confirma ante sus ojos con el prestigio de la sabiduría largo tiempo acumulada. La que empezó a acumular, ávidamente, cuando tenía la edad de Raúl.

¡Cuánta vida ha volado desde sus dieciséis años! ¡Cuánta vida, abierta aquí como una flor que el niño toma entre sus manos, con tanta dulzura, mientras él se complace imaginando que así tomaban el elixir de loto aquellos ávidos habitantes de la isla de Calipso, donde Odiseo acudió a amar! Ese niño es el más ávido de todos los lotófagos y el más simpático también. No para de reír, como si cada cosa fuese motivo de ensalmo y causa de descubrimiento. El amante, sólo experto en sábados fúnebres, despierta ante este caudal de risa limpia que va llenando el apartamento, que se posa sobre sus viejos recuerdos, sobre los fantasmas de una sabiduría que ya no le pesa, que está ansiando recuperar para ofrecérsela a ese amado milagroso en quien encuentra, además, al hijo que lo está esperando todo de él.

Diría Alejandro que por fin es feliz; pero, si el miedo ha dejado de existir, todavía late un último pudor en la abierta manifestación de la dicha. Esos reparos a parecer cursi, esos temores a que las palabras resulten anticuadas, ese sospechar que la grandeza pueda ser tomada por remilgo...

¿Por qué no puede la felicidad gritar su nombre? El cortejo de instantes que se van desflorando, caudal de asombros mutuos, maravillas recíprocas, ¿por qué ha de permanecer oculto bajo eufemismos incapaces de alcanzar la magnitud de las palabras cuyo poder ocultan? Caen ya las máscaras, caen para convertirse en ventaja, porque el pudor era el último fantasma de la ridiculez. Las palabras recobran su magnificencia y, al hacerlo, empiezan a repetirse, gozosas de su propio eco. Es como si hubieran enloquecido de tanta repetición. En las obsoletas conversaciones de estas horas, las palabras usadas y abusadas interrumpen el libre discurso, se introducen sin el menor respeto, proclaman abiertamente su delirante alegría. «Te quiero, te quiero, te quiero.» ¿Puede haber un discurso más ridículo cuando irrumpe en la audición de un disco, en plena película, a la mitad del almuerzo improvisado? Esa declaración proclamada como un salmo va llenando el sábado y, cuando cesa, los amantes continúan embebidos en la propia contemplación, se acarician tímidamente, porque saben que el contacto todavía no es familiar; retienen largo rato la mirada porque han pasado demasiados años sin conocer los ojos del otro; porque urge recobrar todo el tiempo que se perdió en tantos ojos inútiles.

¡Bendito sea el sábado del amante!

El amado está aprendiendo a comprender sus pertenencias. Se acerca a los libros, a las fotos, a los discos; lo acaricia todo, aprende a quererlo todo porque sabe que a partir de ahora las cosas del amante serán su mundo y llenarán su vida. ¿Qué duración tendrá esta vida que es, precisamente, la vida del amor? Mejor es no saberlo. Del mismo modo que el sábado del amante no tiene reloj, el plazo del amado no tiene calendario. ¡Él espera tanto de ese mundo que se le abre lleno de misterios! ¡Él está dispuesto a recibir tantas cosas, está pidiendo a gritos tantos instantes nuevos, suplicando desde su absoluta virginidad tantas lluvias de experiencias!... Él es torpe en el sexo, torpe en la sabiduría, torpe en las palabras, pero posee algo que el amante nunca podrá comprar: esa ansia con la que le pide todas las cosas del mundo, esa feraz devoción con la que está dispuesto a devolver la mínima ofrenda, ese último, insuperable, mágico asombro con que se entrega a todas las maravillas que todavía está por conocer.

¡Bendito sea, entonces, el domingo del amado!

Ese domingo surgido del delirio que provocó el encuentro de las almas se parece al principio de la Creación. Así tuvo que nacer el mundo, así surgiría del imprevisto aliento de Dios. Sobre el infinito espacio que estaba reclamando a gritos el derecho a la vida, el asombro de la divinidad se partió en dos, fue entregado a dos para que, al mirarse, por fin creados, se asombrasen todavía más.

Y así, los que no tenemos aquel sábado, los que no podemos esperar ese domingo, navegamos lentamente, indiferentemente, hacia la muerte del espíritu.

CUANDO YA EL DOMINGO TERMINABA, habían decidido su futuro. A los acordes de una de esas óperas de Händel que los ingleses se sacan del arcón cada seis meses, el apartamento de Alejandro fue debidamente reestructurado para recibir a su amiguito. Cabían perfectamente dos y hasta tres estudios. Casi no era necesario modificar nada, porque los muebles de Alejandro —casi todos de anticuario— encajaban maravillosamente con el gusto de Raúl. Hemos visto, además, que el profesor era tan ordenado como el niño, de modo que todo el papeleo sobrante —en especial revistas y publicaciones amontonadas durante años— podía ser retirado en pocas horas, y siempre en orden. Había, además, dos habitaciones destinadas a huéspedes y que sólo estaban esperando adecuarse a las necesidades de Raúl. Para disponer de más espacio podían guardar las camas en el desván. ¿Para qué conservarlas, si en la de Alejandro cabían todos los mundos que estaban creando sobre la marcha?

Circular por Madrid se había puesto difícil en las últimas horas. Los ausentes del fin de semana regresaban en masa para infernar las calles, hasta entonces tan pacíficas. En la larga espera ante un semáforo, Raúl encendió un cigarrillo a su amante. No pudo reprimir una sonrisa de melancolía, al comentar:

—Cuando mamá sepa que me voy de casa respirará tranquila. Nunca aprobó el tono de intimidad que yo quería dar a mi altillo.

Pero era lícito suponer que a mamá le dolería. Por lo menos un poquito.

La encontraron trabajando en el nuevo vestuario de Álvaro Montalbán. Estaba sentada en el suelo, magnífica en su bata rojo burdeos, fumando sin demasiada pasión y con Art Tatum dándole al piano. A su alrededor, abiertas de par en par, las últimas revistas de moda masculina compradas pocas horas antes en el Vips de Velázquez.

A Raúl le pareció descubrir un sesgo de tristeza en el rostro de su madre. Corrió a besarla con una expresión tan exultante que ella comprendió el éxito total de su primer fin de semana fuera de casa.

—¿Qué te pasa, mamá? Tienes cara de traumadísima...

—Nada especial. Por un momento me he encontrado extraña eligiendo modelos...

—¿Por ser ropa de hombre?

—Porque es un vestuario primaveral. Porque dentro de pocos días habrá pasado otro invierno, con tantas cosas dentro. Y también porque el buen jazz me pone triste...

Raúl se arrodilló junto a ella. Le contó todas las novedades. Ella sonrió ligeramente, con la sonrisa Espert, que es la de las esfinges, mientras se apartaba ligeramente la melena Anouk, que era la de los enigmas.

—¿Vas a pedirme permiso para irte a vivir con este loco?

Raúl asintió con la cabeza. Nada en su expresión anunciaba el menor complejo. Y aquella naturalidad hizo reír a su madre, sin ningún protocolo.

—Tendré que decirle a Susanita Concorde que te envíe todos los floripondios que tenía pensado para el altillo... ¿Cuándo quieres irte?

—¿Puede ser hoy? —preguntó Raúl, con ansiedad.

Ella le besó en la frente. Y Alejandro la consideró sincera.

—Ve a por tus cosas. Me harás un favor. Espero invitados para la próxima semana.

—¿A quién esperas, mamá?

Ella volvió a reír ante su prodigiosa ingenuidad.

—¿Qué dirías de Kirsten Flagstad o Birgit Nilsson?

—Lo aprobaría. De todos modos, las wagnerianas me dan un poco de grima; así que me largo como tenía planeado, antes de que me arreen un walkiriazo. ¡Voy a por mis cosas!

Cuando quedaron solos, Alejandro afectó una reverencia no exenta de comicidad intencionada.

—Tengo el honor de pedirte la mano de tu hijo.

Ella sonrió, no sin melancolía.

—No sé qué decirte. ¿De qué dote dispones?

—De los libros que he leído, las películas que he visto, los paisajes que he asimilado y la música que amo. No encontrarás a nadie que disponga de una dote mejor. Así que concédeme de una vez la mano de tu hijo.

—Te la concedo de todo corazón. Pero ten cuidado. ¡Piensa que es menor de edad!

—¡A buena hora me lo recuerdas, tía cínica!...

Rieron juntos. Al cabo de unas horas, Raúl había llenado el coche de Alejandro con sus cosas y ambos partían hacia el Ideal.

ENTONCES IMPERIA SINTIÓ UN VACÍO, acompañado por una extraña sensación de incertidumbre. Acostumbrada a vivir sola durante tantos años, no podía atribuir aquel sentimiento a la soledad. Si acaso, al hecho de que acababa de cortarse un hábito al que se estaba acostumbrando, después de haberle temido tanto. El hábito se llamaba Raúl y, durante el tiempo que duró, no carecía de encanto. Nunca pensó que sólo duraría dos meses. Recibirle, aceptarle, quererle y echarle en falta. Todo un récord.

Le costó dormirse. Seguía triste al pensar que la habitación de Raúl estaba vacía. La explicación seguía siendo la misma, pero sabía que se presentaba como una evidencia demasiado incómoda. La realidad era otra. Al contemplar a Raúl y Alejandro acababa de ver tan de cerca la verdadera vida que lamentaba no disponer de ella desde los tiempos de una ya lejano primer amor. No la entristecía tanto la ausencia de su hijo como la comprobación de que la felicidad existe, que se aparece bajo las manifestaciones más pintorescas y que, en última instancia, ella no la había alcanzado.

Si la felicidad o cualquiera de sus sucedáneos podía ser aquel encuentro entre Alejandro y Raúl, era evidente que el suyo con Álvaro Montalbán distaba mucho de parecérsele.

A la mañana siguiente, intentó relajarse en manos de la esteticista. Le pidió que exigiese a la lupa más atención que de costumbre. Dolly, que tal era el nombre que se daba aquella obrera de Venus, la acusó de haber dormido poco en los últimos días. Las bolsas bajo los ojos y la hinchazón de los párpados delataban un cansancio que a Imperia nunca le había sido excesivamente perjudicial. Ni siquiera en sus épocas de mayor estrés. Señal de que, en aquella ocasión, aparecía alguna preocupación especial. «Mal de amores, que no lo cura el láser», pensó Dolly, sin atreverse a entrar en más confidencias, pese a la inclinación de las amables esteticistas por transformarse en confesoras de sus pacientes. En aquel caso, Dolly tenía más causas de alarma. De la comisura de los labios empezaban a bajar unas estrías comprometedoras. Y, para colmo de males, en el cuello estaba haciendo progresos la flaccidez.

Imperia no era de las que se engañaban a sí mismas. Al notar los intentos de disimulo de su esteticista, llegó al extremo de preguntar directamente:

—¿Crees que debería estirarme?

La otra contestó con la consigna de siempre: todavía no era el momento. Sin embargo, en aquella ocasión añadió otra frase que Imperia consideró motivo de alarma: «Ya que hablamos de ello, también es cierto que, a tu edad, nunca está de más un buen retoque. Para darle al rostro un aspecto más relajado, no pienses otra cosa.»

Dolly se percató de que había arrancado una nota disonante en el diapasón, casi siempre seguro, de la Raventós. Improvisó una mentira piadosa:

—Claro que siempre podemos solucionarlo con unas pinchaditas de colágeno...

—Una pizca en esta arruguita, otra en esa estría...

—¡Pincha a fondo! —exclamó Imperia, con dureza—. Pincha hasta el hueso, si es necesario.

Pero lo importante era que la pregunta fatal ya estaba formulada. ¿Y por qué? Porque se había sentido un tanto ajada en relación al cuerpo de Álvaro Montalbán. No había otra explicación. Al mismo tiempo, no existía otro reproche. Caía en la misma trampa que Cristinita Calvo y todas aquellas que abandonaban su autoestima para basar su comportamiento y sus angustias en función de un hombre.

Ya instalada en la oficina, solicitó comunicar urgentemente con Álvaro Montalbán. Apenas había hablado con él durante la semana y no le veía desde dos noches después del día de Reyes. Nombre este que recordaba por un doble motivo: fue la última vez que hicieron el amor y la cena que Álvaro pasó comentando con excepcional entusiasmo la entrevista de Reyes del Río. Nada anormal, por cierto. Era bueno que Álvaro se familiarizase con el estilo de Rosa Marconi, ya que en fecha próxima sería uno de sus invitados. Su carta de presentación a la opinión pública, cualquiera que fuese el valor de la misma.

Tampoco encontró Imperia anormal que, en su última noche de amor, tuviesen que alternar los besos con una retransmisión deportiva. Había sido la tónica general de muchos de sus encierros en el apartamento de Álvaro. El sexo y los campeonatos de Liga. Algo que Imperia habría considerado anormal en otros tiempos, pero que últimamente se convertía en el precio que debía pagar para retener el cuerpo de su amante. Normalidad absoluta de lo mediocre.

La llamada de la secretaria Merche Pili a la secretaria Marisa conllevó una nueva decepción: don Álvaro estaría reunido hasta la hora del almuerzo. Después tenía un compromiso. Por la tarde, nuevas reuniones.

Imperia recibió la noticia dando un puñetazo sobre la mesa.

TENÍA QUE VER A EME ELE. Ciertos asuntos sobre el próximo recital de Reyes del Río estaban pendientes de aprobación. O acaso habían quedado pospuestos por la urgencia que estaba tomando en su vida todo lo referente al dosier de Álvaro Montalbán. Especialmente en el apartado referido a las carencias. Las suyas, que no las de él.

La sorprendió encontrar a Eme Ele haciendo pajaritas de papel. En un hombre tan enemigo de perder el tiempo, aquella actividad exclusivamente placentera se parecía a una renuncia. Mucho más cuando abordaba su tarea con expresión de extrema gravedad, y la mirada perdida hacia algún lugar del despacho. Por lo demás, era el de siempre. Se había quitado la chaqueta y lucía una habitual camisa a rayas, tirantes ingleses y corbata de seda. Ninguna aportación especial, salvo la tristeza.

Mientras ella se esforzaba en demostrarle los adelantos de la folklórica y la progresiva puesta al día de su imagen él continuaba abstraído en sus pajaritas. De pronto, la interrumpió:

—¿Qué sabes de mi mujer? Sé que os habéis visto últimamente. Tienes más suerte que yo.

—Ya que me lo preguntas, almuerzo hoy con ella. Tenemos la reunión de las M. P. A. —Ante la mirada perpleja del otro, aclaró—: Es una especie de club que hemos dado en llamarlo Mujeres Profesionales Airadas. Cuenta entre sus miembros a algunas profesionales que tú conoces. Las más destacadas entre las que decidimos hacer el trabajo de los hombres sin pensar en que, no por hacéroslo, nos libraríamos de soportaros.

Él se encogió de hombros. Ni siquiera proclamó la marca de su corbata. Se abstuvo de precisar si los zapatos eran ingleses o italianos. Evidentemente, estaba muy grave.

—Así que Adela es mujer airada. No me extraña. Con tal de comprometerme es capaz de todo.

—No veo en qué podría comprometerte. Nunca fue mujer de aventuras. Y si lo fuese, estaría en su derecho. No haría más que devolverte la afrenta.

—No me vengas con moderneces. Para la imagen de un empresario resulta fatal que los demás sepan que su mujer no va a la una con él... —Calló un instante.

Imperia le miraba fijamente. No era la suya una actitud que ella estuviese preparada para comprender.

Dado el carácter del jefe, encontró más normal que, de repente, empezase a estrujar sus pajaritas de papel. Entonces, mirándola con expresión iracunda, exclamó:

—De todos modos, no tardará en saberse. Te anticipo la noticia: esa estúpida pretende dejarme.

—¿Te coge de nuevas?

—Me coge desolado. Yo la quiero.

—Eso está muy bien. Seguro que le encantará saberlo.

—No me gusta tu tono, Imperia —exclamó él, irritado—. No me gusta en absoluto.

Ella no se inmutó:

—Puedes despedirme. Eres mi jefe. Eres Eme Ele. Despídeme. Después, te vas a llorar en brazos de Adela. No te lo agradecerá. Le robarás el tiempo que necesita para escribir su artículo. En cualquier caso, puedes recurrir a Rocío. Ella dispondrá de más tiempo para escucharte. No tiene otra cosa que hacer que comprarse pieles, esquiar y jugar al adulterio alternándolo con el *paddle*.

Eme Ele intentó exhibir un poco de su ingenio habitual.

—Despedir a alguien que sabe tanto de uno es peligroso. También lo es prescindir de un buen camarada. Y tú lo eres, qué duda cabe. Sólo ante ti no tengo rubor en confesar que no puedo vivir sin Adela. Para ser más exactos: ni puedo ni quiero.

Imperia encendió un cigarrillo, sin molestarse en contestarle. Tampoco él se molestó en repetir que la imagen de una mujer fumando era mala para los clientes americanos. Ya le gustaría a él ver cómo reaccionaba un yuppie de Boston ante una esposa que se las daba de moderna mientras vivía acorde a los atavismos de una típica hembra hispana. La confusión total. El caos que se había adueñado de las costumbres.

—Tú sabes que, a mi lado, nunca le ha faltado nada. Ni siquiera tenía necesidad de trabajar. Si se metió en el periódico, fue porque quiso.

—No te atrevas a decirme que la culpa la tiene el trabajo de Adela. No me lo digas, porque podría estrangularte.

—Debería estrangularme yo mismo. Al fin y al cabo, fui yo quien llamó personalmente a Ele Erre pidiéndole que le confiara la crítica de arte. He cavado mi propia tumba.

Ella le miró con abierto desprecio:

—A cada cosa que dices te rebajas más ante mí. ¡Ahora resulta que una excelente conocedora de arte como Adela no podría salir a flote sin la influencia de su maridito, que ni siquiera ha oído hablar de Jackson Pollak! Mereces que Adela no vuelva a mirarte en su vida. Pero no te preocupes, no estarás solo. Tienes a tu Otra permanentemente desocupada.

—Sabes que no es lo mismo. Yo nunca dejaré a Adela por Rocío.

—Me sé el rollo. Rocío tampoco dejaría a su marido por ti. Se lo oí decir a ella misma.

Imperia se disponía a salir. Pretextó exceso de trabajo. Lo cierto es que no soportaba seguir escuchando a un hombre que le recordaba a su ex marido. Como suele sucederle a muchas separadas, sabía encontrar rastros de su fracaso en la caída de los demás. Y las palabras eran las mismas, en una situación que sólo un experto podía considerar distinta.

—Hazme un favor. Dile que no me deje. Estoy dispuesto a suplicarle. Estoy dispuesto a ceder en lo que ella quiera.

Contemplado desde la puerta, ofrecía la imagen de un pobre miedica. ¡Era tan poca cosa, con sus camisas de seda, sus mecheros de oro, sus zapatos italianos y sus tirantes londinenses! Todo era símbolo de una mediocridad que se manifestaba en el miedo.

Y a veces el miedo es uno de los alcahuetes preferidos de la mediocridad que no se atreve a decir su nombre.

LA LIGA DE MUJERES PROFESIONALES AIRADAS, como la había bautizado Silvina Manrique, en un rasgo de supremo humor, se reunía cada quince días en uno de los comedores privados de un hotel de gran lujo; un hotel conocido por las continuas citas de personajes de las finanzas, altos directivos de los medios de difusión o jefes de partidos políticos que debían discutir sus alianzas con cierto sabor a secreto. Aunque resultasen, al final, secretos a voces.

Imperia no estaba demasiado dispuesta al intercambio social, ni siquiera a la intriga. Deseó que aquel día el hotel de los grandes encuentros estuviese poco concurrido. Claro que una mujer no debe confiarse. Por si acaso, se puso un traje de chaqueta Saint-Laurent, zapatos Kellian y el visón falso, de ecologista, por si algún alocado arremetía a golpes de *spray*, en defensa de los derechos de las focas.

Hizo bien en vestirse a tono, pues, con sólo llegar al hotel, se encontró a Cesáreo Pinchón, que estaba empeñado en repartir instrucciones a dos fotógrafos, aparentemente novatos. El cronista social parecía un figurín: maxiabrigo con solapas de terciopelo, guantes y sombrero. Al verle tan elegante, Imperia estuvo a punto de preguntarle con quién almorzaba. Se abstuvo. Olvidaba que era su estilo. Podría estar trabajando en una fragua o herrando caballos en una forja del camino, pero siempre iría irreprochablemente vestido.

¿Dónde habría dejado a Mirco y Gianni, sus fotógrafos habituales?

—Les tengo de guardia permanente ante la puerta de Paloma Bodegón. Cualquier salida de esa pedorra está vendida de antemano. Esperamos que, de un momento a otro, vaya a visitarla su *play boy* italiano o su actorcillo yanqui, que con los dos se entiende. Así que tengo a Mirco y a Gianni vigilando a la Bodegón las veinticuatro horas del día. A esos dos muchachos, que son nuevos y, como puedes ver, guapísimos, los dejo aquí, de guardia, por si sale quien tú sabes acompañado de quien ya conoces.

—¿No esperarás que una pareja de adúlteros famosos se presenten a almorzar a plena luz del día?

—Se de muy buena tinta que están encerrados en una de las *suites* desde anoche. Llegaron de madrugada y todavía no han salido. Intentaremos sorprenderlos cuando lo hagan.

—Me pregunto cómo puedes conocer con tanta precisión el horario de adulterio de todos los banqueros de Madrid.

—Tesoro, un hotel tiene muchos empleados. Siempre hay algún jovencito a quien le gusta la coca. Y entre todos los artículos que han bajado de precio en este país no se encuentra la coca, que yo sepa. Un regalo apropiado al muchachito oportuno abren puertas a la información. *A propos*: has cambiado de perfume. ¿No era Opium?

—Ahora es París.

—Me gusta. El abrigo, precioso. Un solo reproche: en días como hoy, te aconsejaría gafas oscuras. Esas ojeras delatan lo que no debieran. ¿Almuerzas con tus chicas? Dales mi amor. Y, si oyen algún chisme, que me llamen. Compro todo.

Le dejó, un poco fastidiada por el comentario sobre las ojeras. No era el día idóneo para recibirlo.

EN EL VESTÍBULO, se encontró con otro grupo de mujeres que también celebraban su almuerzo quincenal en uno de los comedores privados de la planta alta. Se trataba de las que se dedicaban a la crónica política en distintos medios de difusión. Solían celebrar encuentros para intercambiarse puntos de vista, o bien organizaban almuerzos en torno a alguna figura, siempre de partidos distintos, a la que asaeteaban a preguntas desde sus posiciones también radicalmente distintas. Según le dijo Chonita Murales, la de la radio más o menos nacional, aquel día tenían a una especie de diputada comunista llamada Pravda Zumalacárregui. Otra periodista, Patty Landeros, aseguró que la Pravda ofrecía un gran interés histórico y humanitario: fue ella, y sólo ella, quien evitó en un rescate de último minuto que la Pasionaria cruzase el control de seguridad del aeropuerto con el marcapasos puesto.

Mientras escuchaba otras hazañas de la diputada, Imperia sintióse poseída por un impulsivo deseo de comunicar con Álvaro. Se lo impidió la llegada en masa de las otras mujeres de la información política y desinteresada.

Besó a Rosa Marconi, que iba muy de esport, casi de exploradora, con una estudiada pobreza marca Sapristi. Respondía a su eslogan: vital, rauda, siempre en acción. En otras palabras: *Action is where Marconi goes*. Impuso, como siempre, su propio tema. El *ranking* de audiencia. No cabía la menor duda: su espacio estaba al rojo vivo. El más visto, el más elogiado, el más deseado, el que tenía más publicidad..., era el espacio.

—¿Has leído la prensa de los últimos días? Tu Reyes del Río, un impacto. Tus preguntas apropiadísimas. Casi podrías ocupar mi sitio.

—Sin el casi —contestó Imperia, apáticamente—. Diles a tus jefes que me preparen un programa de cocina. Pronto estaré en disposición de contar a todas las marujas de España lo que se necesita para ser una perfecta, fiel y segura ama de casa...

—Siempre estás de buen humor. Eres envidiable. Por cierto, prepárame a tu ejecutivo. Quiero sacarle en el último programa. Si es tan guapo como aseguran, dejaremos un buen tema de conversación de cara al verano.

Entraban ya en el vestíbulo algunos miembros de las Mujeres Profesionales Airadas. Imperia aprovechó su llegada para despedirse:

—Me voy con mis chicas; tú, con las tuyas. Llámame para contarme los disparates que prepara el gobierno. Te quiero.

—Te llamaré y almorzamos. *Love*.

Imperia le sonrió con desenvoltura, pero sin ganas. Estaba muy triste.

La primera en notarlo fue Silvina Manrique, que se le colgó del brazo, haciendo tintinear un sinfín de colgajos parisinos, todos de exquisito gusto. No era extraño. La Manrique era una argentina muy *chic*, muy de champán y martas cibellinas. Nada que ver con el estilo Beba Botticelli. Era altísima, adicta a los modelos estilizadores de Manolo Piña, coleccionista de complementos de piel y experta en airear, con dinámico garbo, una bien cuidada melena rubia. Era, pues, una mundana de primera categoría y, al mismo tiempo, una trabajadora irreprochable en el terreno de las relaciones públicas de una prestigiosa editorial. Era divina y muy amiga de sus amigas, a quienes solía recomendar desinteresadamente todo tipo de remedios de belleza —«del rincón de la abuelita», solía decir, con una risa contagiosa, de lujosa bacana, embarcada en la irónica reconstrucción de elegancias que habían pasado a la historia—. Pero ella las revivía, adoptando una distancia encantadora, que le permitía incorporar la estética del lujo novelesco a una desbordante alegría de vivir y de encontrarlo todo divinamente bien.

—Tenés mal aspecto, muchacha. ¿Dormiste mal o cambiaste de *make up*?

¡Maldita Dolly! Era carísima y la dejaba ruinosa. Por suerte, Silvina Manrique no era malintencionada —si acaso, sólo en algún chisme banal—, de modo que Imperia no se preocupó demasiado de que la decrepitud trascendiese.

Silvina la condujo hasta el American Bar mientras le aconsejaba casetes de música esotérica ideales para la meditación, la concentración y la suma elevación. También le mandaría una piedra mágica de las que le daban sus brujitas preferidas para conseguir excelentes vibraciones. Ella las trasmitía, ahora mismo, con su risa de champán, quebrado, en el tono, por unas gotas de angostura.

Apoyada en la barra, las esperaba Olvido Finisterre, la agente literaria. Vestía fatal, como de costumbre, todo sin marca o, pero aun, de marcas inconfesables. Era de las que no perdían un segundo. Aprovechaba las esperas para revisar papeles que amenazaban con reventar una de las varias carpetas que solía cargar bajo el brazo. De hecho, siempre parecía recién salida de alguna reunión importante con directores literarios o editores a quienes acusaba inevitablemente de navajeros, como oficio más suave. Era la manera de negarles una consideración profesional que, sin embargo, les otorgaba generosamente en otros terrenos. Pero era defensora a ultranza de los derechos del escritor y, empeñada en causa tan ardua, era capaz de llevarse al mundo por delante, especialmente si el mundo estaba formado por hombres. Se decía que Olvido Finisterre no hacía sino trasladar sus batallas matrimoniales a la relación con los editores masculinos. De aquella trasposición salían singularmente beneficiados los escritores de su escudería, que obtenían sus mejores contratos cuando peor funcionaban las cosas en el hogar de la agente.

Ya iban llegando a su cita quincenal las otras componentes del grupo. Se acercaba Menene Calleja, que estaba de relaciones públicas en una casa discográfica; Bárbara Bonet, asesora de inversiones; Pilar Sagunto, que dirigía la prestigiosa publicación femenina *Ellas*; Paquita Medina, relaciones públicas de la obra cultural de una caja de ahorros; Belén Martínez, redactora en jefe del semanario *Marie-Jeanette*; la diseñadora de la revista, también femenina, *Complicidades*, y algunas más.

Fue la penúltima en llegar Picha Pasón, pero su entrada causó impacto. Llegaba riendo a mandíbula batiente, anunciando el barullo que se estaba organizando en el vestíbulo.

—¡Venid, chicas! ¡No os perdáis esto! ¡Tenía que ocurrir algún día, pero nunca pensé que llegaría a verlo con mis propios ojos!

Corrieron todas hacia el vestíbulo.

¡Susanita Concorde acababa de dejar sus hermosos ciento cuarenta kilos atrapados en la puerta giratoria! Por más que se esforzaba, no conseguía desplazar un solo centímetro. Tan apurada era la situación que uno de los recepcionistas estaba suplicando refuerzos por teléfono. Silvina, Imperia y Olvido corrieron a auxiliar a la obesa, pero al punto intervino un conserje, sugiriendo que aquella emergencia requería mucha fuerza y, por lo tanto, era cosa de hombres, afirmación que le valió varias miradas asesinas de las tres auxiliadoras. No acababan aquí los ultrajes. Un barman comentaba, entre risas, que sólo a una insensata mujer se le ocurre utilizar una puerta giratoria, habiendo otras puertas lo bastante amplias para permitir el paso de una vaca suiza. No les gustaron a las auxiliadoras aquellas declaraciones tan machistas. Disponíanse a contestarlas con malos modos, y Silvina Manrique estaba a punto de arrearle al conserje un golpe de bolso Gucci, cuando se oyó la voz casi asfixiada de la Concorde, gritando: «¡Coño! ¡Dejaos de militancia y sacadme de aquí!» Acudieron tres hermosos botones vestidos de rojo, dispuestos a empujar a la obesa desde todas sus generosas partes. Pese a los proteicos esfuerzos de aquellos angelitos, los resultados fueron mínimos. Cuando una parte del cuerpo parecía a punto de salir, los michelines de la parte contraria quedaban atrapados en el cristal opuesto. Un cliente yanqui aseguró que algo parecido había ocurrido en Disneyworld, donde pasean sus reales las obesas más gordas de América. En tal ocasión, fue necesario avisar a los bomberos. Por suerte, los botones madrileños consiguieron evitar tan dramática solución. Al final, los ciento cuarenta kilos de Susanita Concorde revelaron cierto grado de asombrosa flexibilidad. En el violento roce con los cristales, algunos michelines se contrajeron, dejando leves espacios que permitieron a los botones introducir las manos, haciendo presión hacia fuera. Así consiguieron rescatar a la víctima, no sin peligro de que se les viniese encima, con riesgo de sus jóvenes vidas.

No era de esperar que a Susanita Concorde le hiciera la menor gracia el incidente, y no se la hizo. Salió de la puerta completamente magullada y echando pestes y más de un taco:

—¡Este hotelucho es un timo! Tantas estrellas, tanto boato y, en cambio, tienen la *sans-façon* de poner una puerta que no permite pasar a una gordita. ¡Madrid ya no es la que era! Cuando estuvo Elsa Maxwell con la Callas, sorteó todas las puertas giratorias que le dio la gana. ¿Y no era gorda la Maxwell?

Aunque asintieron todas por cortesía, más de una pensó que, comparada con Susanita Concorde, hasta Elsa Maxwell fue una pobre anémica.

Intentaron entretenerla a toda prisa con un tapeo selecto. Sabían que, además del incidente, llegaba cargada con una preocupación considerable. Y aunque todas habían decidido obviarla, la imprudente Menene Calleja sacó el tema, mientras regresaban al American Bar para los *dry martinis*:

—Estamos desoladas por lo de tu próxima intervención quirúrgica. Seguro que no será nada.

—Eso lo dices porque no te operan a ti, guapa —exclamó Susanita Concorde, engullendo tres calamares a la romana—. ¡Malditos sean todos los matasanos! Para mí que es una conspiración contra las gordas. Pretenden extirparme una parte del intestino, pero se van a jorobar. Con lo que me quede, tragaré yo más que un Pantagruel con cuatro.

Intervino Silvina Manrique, siempre conciliadora. Entre sorbos de su champán favorito, comentó:

—Entonces, ya no será problema, ¿viste? Si vos te hacés la resección, comerás igual, pero asimilarás menos.

—¿Cuándo me he quejado yo de asimilar? Yo quiero ser feliz, y mi felicidad es la gordura. O sea, que estos matasanos pretenden amargarme la vida.

Imperia intentó consolarla. No había manera. Cuando una gordita no quiere dejar de serlo, no lo consiguen todos los hijos de Esculapio. Pero Imperia recordó que, además de gordita, la Concorde era su decoradora, y ella la necesitaba con urgencia. Mejor dicho, precisaba encontrar en sus servicios un tema que consiguiera distraerla de la ausencia de Raúl. ¿O sería de los desplantes de Álvaro Montalbán? Prefirió seguir pensando lo primero.

—Deberemos rectificar los planos del altillo, Susanita. Piensa en recuperar la idea del *high-tech*. En lugar de esconder los tubos de la calefacción los pondremos en valor. La pared que no nos gusta, podrías revestirla con unas láminas de poliuretano pintadas de azul eléctrico. En cuanto a las estanterías, todas metálicas —y, excitándose progresivamente contra su costumbre—, ¡todas metálicas, Susanita, todas metálicas!

La gordita la observaba con una mirada de estupefacción.

—¡Pues menudo cambio, hija! ¿Vas a decirme que tu hijo se ha puesto a trabajar de metalúrgico?

—Raúl ya no vive conmigo. Se lo he colocado a Alejandro.

¡Con qué placer aplaudió Susanita tan inesperada noticia!

—¡Ole, ole! Has hecho tu obra de caridad semanal. El pobre Alejandro estaba para el arrastre. Yo es que le veía suicidándose, pero nunca quise comentarlo para no dar ideas.

Silvina Manrique remojó el acontecimiento con unas gotitas de champán y el pensamiento puesto en sus brujitas. Les pediría una piedra mágica para influir en la prosperidad de la parejita recién formada.

—En hora buena, muchacha. Llega tu hijo a Madrid y se lo colocás a un profesor de filosofía. ¡Es que vos lo podés todo!

Olvido Finisterre preguntó:

—Ya que habláis de suicidios: ¿ese Alejandro no iba diciendo por ahí que pensaba suicidarse por una actriz de esas de teatro experimental?

Contestó Adela, de Eme Ele, que acababa de integrarse al grupo:

—Ése era Diego, mujer. Estuvimos en su entierro hace un mes. Se le fue la mano con el gas.

—¡Los hombres son unos inútiles! —exclamó la diseñadora gráfica de *Complicidades*—. ¡Mira que írsele la mano en el gas en un intento de suicidio! ¿Cuántas veces lo ha intentado Lupe Simón sin pasarse nunca de la justa medida?

Intervino la asesora de inversiones:

—Y, mientras tanto, la actriz ensayando un montaje para Mérida, como si nada. Las hay que no tienen corazón. ¡Pobre Diego!

—Ni pobre Diego ni nada —dijo Olvido Castellón—. La actriz, que se llama Olga Pellicer, para más señas, no estaba interesada en él. ¿Qué esperabais que hiciera? ¿Iba a ceder a un chantaje de ese tipo? Su actitud era la más noble: no te puedo querer, haz lo que quieras, ya era mayorcito. Si el otro se suicidó, es su problema. Remordimientos, ni uno. Además, ahora que Diego ya no puede oírnos, reconoceréis que era idiota.

—¡Hablar así de un muerto! —protestó Susanita Concorde—. ¡Por Dios, es que no quiero escucharte! Los muertos ya no son imbéciles. Son muertos y basta.

Imperia emitió su veredicto. Como siempre, fue escuchada:

—Nunca he entendido por qué los imbéciles dejan de serlo cuando se mueren. La diferencia entre un imbécil vivo y un imbécil muerto sólo es de grados bajo cero. Se supone que el imbécil muerto está más frío. Eso es todo.

Olvido Finisterre la miró con expresión de envidia:

—Para fría tú. Eres implacable. Eres insensible. ¡Qué suerte, poder mostrarse así con los hombres!

Imperia pensó para sus adentros que aquella leyenda era ya un recuerdo. ¡Insensible ella! ¡Implacable! ¡Si las demás supiesen!... ¡Si llegasen a adivinar hasta qué extremos estaba llevando la renuncia de sí misma!

Aquel tipo de parloteo banal no se prolongó durante mucho rato. No eran mujeres que se reunían para hablar de chismes, antes bien para intercambiar comentarios de tipo profesional. Y éstos se iban imponiendo a medida que avanzaban hacia el comedor, con la copa en una mano y las pieles o capas colgando del brazo.

Imperia las observaba atentamente, con cariño y respeto. ¡Cuántas veces ambas cosas deberían estar unidas de manera indisoluble! Lo estaban en el caso de aquellas amigas y nunca rivales. Mujeres hartas de montar tinglados que los demás firmaban. Mujeres que apuntalaban, con más discreción de la que debieran, las grandes gestas que sus empresas se atribuían. Cualquier hombre podría asombrarse de que dominasen con tanto profesionalismo los entresijos de los negocios que ellos creían edificar.

Todas eran modélicas, perfectas en su profesión, solicitadas e incluso aplaudidas. Sus jefes no las obsequiaban con fruslerías para ayudarlas a presumir, ni eran ellas tan banales para contentarse con tan poco. Sabían valorar el reconocimiento antes que la galantería; preferían la confianza de sus superiores y el respeto profesional de sus colegas a un frasco de perfume que, por otro lado, nunca sería el suyo, porque los jefes ¿qué coño sabían de esas cosas? Y no las consolaba en absoluto que, al cabo de los años, les obsequiasen con una pulsera por los servicios prestados. Dejaban esas cosas para sus colegas masculinos. Esos que, al recibir un cigarro del inmediato superior, sentíanse realizados y salían a presumir entre sus compañeros.

Funcionaba entre ellas un estrecho sentimiento de hermandad profesional, casi el propio de los gremios de antaño. No existía el menor sentido de la competitividad entre guerrilleras de la misma escaramuza. Juzgándose colegas, se ayudaban continuamente, intercambiándose agendas, consultándose sobre los días en que alguna de ellas preparaba algún festejo para no coincidir robándose, así, algún nombre importante. Además, se intercambiaban confidencias sobre los mejores lugares para realizar sus actos —precios de alquiler del local, menú, calidad del servicio— y llegaban al extremo de prestarse invitados. Si Belén necesitaba un académico para su acto, Silvina se lo prestaba, ya que los académicos eran la especialidad de su editorial. Si, al revés, Silvina necesitaba una princesa, se la prestaba Ghislaire Bebel, relaciones de la joyería Apothéose. Si hacía falta un decorador de renombre y con fama de haber amueblado los interiores más elegantes de Madrid ahí estaba Susanita Concorde, que conocía a la plana mayor del ramo y era muy apreciada porque una gorda feliz nunca molesta a los esbeltos. En aquel intercambio de favores parecían jugar a las prendas, tal como lo vieron en la película *Carrusel napolitano*, cuando todas eran adolescentes.

—Yo te doy una rockera a ti, tú me das un mariquita con título a mí; yo te doy un heredero andaluz a ti, tú me das una petarda del cine a mí...

En aquel toma y daca encajaba perfectamente el gusto por la intriga, que solían utilizar principalmente para estrechar su cerco en torno a los medios de comunicación. Todos los ficheros de las guerrilleras estaban al día de manera rigurosa, incluyendo los más recientes cambios en la redacción de cualquier periódico, en todas las emisoras de radio, en el *staff* de las productoras de televisión. Eran sumamente perfeccionistas en la selección de sus amistades entre los periodistas, con quienes solían hacer encanto permanentemente. Cualquiera que fuese su opinión crítica sobre los excesos de la prensa en los últimos años, no se permitían exponerla en voz alta. En el terreno de la promoción todo tenía que ser neutral. Acaso por esta neutralidad pensamos que el oficio de relaciones públicas no puede tener corazón ni ideología.

Pero ellas sí lo tenían; y, a veces, grande.

En un momento determinado de la comida, cuando los camareros ya estaban sirviendo los postres, la temática profesional en todas sus bifurcaciones daba paso al tema del amor en todos sus errores. Era inevitable que el tema saliera a colación, no porque fuesen mujeres sino porque eran humanas. Y lo que representaban en sus oficios no había sido alcanzado sin renunciar a muchas facetas de su vida privada. O, simplemente, adaptándolas a una modernidad que no siempre se realizaba como ellas deseaban o como su nueva situación en el mundo exigía.

Sonrió Adela en este punto:

—Es curioso que Eme Ele no tuviera que renunciar a su reconocida estupidez para ser quien es y ocupar el lugar que ocupa. En cambio, si yo fuese estúpida, como él me desea, me quedaría en mi casa, mimada y consentida, sin duda, pero nadie me consideraría fuera de ella.

Pensó Imperia en su problema básico de los últimos tiempos: ¿qué ocurriría con un hombre como Álvaro Montalbán? ¿Cómo reaccionaría un hombre tan macho cuando tuviese que elegir entre la modernidad de sus opciones profesionales y el profundo atavismo que guiaba todos sus actos?

Imperia consiguió quedarse a solas con Adela.

—Eme Ele me ha dado un recado para ti. Pero es tan ridículo que prefiero no transmitírtelo.

—Ni falta. Dirá que me necesita, que no puede vivir sin mí. ¿Me equivoco? Continúa sin entender nada y, la verdad, me da lo mismo. Después de pensarlo mucho he decidido que me conviene quedarme a su lado. Conveniencia pura y simple. Ésta es la razón de que no le deje por ahora. Pero sí quiero hacerme un fondo para emergencias. Es lo más urgente.

—La verdad es que no te entiendo. Estáis nadando en la abundancia.

—Está nadando él. Si me voy sin su acuerdo, si me acusa de abandonar el domicilio conyugal, y es bien capaz de hacerlo, ¿con qué me quedo yo?

—¿Vas a decirme, después de cuanto llevamos hablado, que todo tu problema se reduce al dinero?

—Cuando una mujer ha dejado de amar, y, más que esto, cuando ha comprendido hace tiempo que no puede soportar a su marido, el único problema que queda es de tipo económico. Míralo como quieras. Es así.

—No sé qué decirte. Yo planté a mi marido y a mi hijo y me vine a Madrid sin un duro...

—Seguro. Y con un poncho mexicano para todo vestir. Con quince años menos y muchos sueños en la cabeza. Éramos descamisadas y ahora somos de blusas Versace. Así de sencillo. Me coge un poco mayor para vestirme de progre.

—Evidentemente, nuestro tren de vida no es el de una humilde planchadora. En los últimos años nos hemos acostumbrado a muchas cosas innecesarias.

—Igual que las planchadoras, a otros niveles. No sé ellas, pero en mi caso todo lo innecesario se ha convertido en imprescindible. Para qué engañarnos: el lujo no es desdeñable. El lujo nos gusta. El lujo no da la felicidad, pero tampoco la quita. Sólo cuando no lo teníamos podíamos despreciarlo. Hoy, pienso defenderlo con las garras a punto. A lo que íbamos: si quiero prescindir de Eme Ele, necesito hacerme un fondo. Cuando tenga las espaldas bien cubiertas lo mando a la mierda. ¿Me has encontrado el chollo que te pedí?

—No ha sido difícil. De todos modos, no creo que te interese. Tendrías que dejar de ser tú misma para aceptar.

—¿Dejar de ser yo misma? ¿Cómo debo interpretar esta trampita? Seguro que vas a hacerme un chantaje moral o ético o algo por el estilo.

—Siempre pensé que eras mi única amiga incapaz de sacar las garras, como no fuese para arañar al imbécil de tu marido. Vamos, no creí que estuvieses en venta.

—Todo el mundo intriga en esta ciudad. Todo el mundo se vende por cuatro chavos. Quien se atreve a ser la excepción acaba pagándolo. Yo estoy hasta las narices de ir pagando cosas. Lo que quiero es empezar a cobrar por algo.

—¿Hasta dónde llega tu capacidad decisoria en las colecciones del banco?

—Hasta donde yo quiera.

—Hay algunos pintores que te darían una buena prima si consiguieses incluir alguna de sus obras en vuestra colección. Según me dijiste, pagáis muy bien.

—Tendría que ser una comisión muy alta. Porque antes de la venta sería necesario subir la cotización del artista para justificar la compra. Y este tipo de cosas también se paga.

Imperia afirmó con la cabeza. La maniobra quedaba clara. Mejor no continuar hablando del tema. Mejor no incidir en detalles que pudieran provocar el rubor de ambas. Pero Adela de Eme Ele continuaba precisando su proyecto de alta intriga:

—Yo misma podría escribir artículos previos que justificasen la adquisición. Críticas elogiosas, ya me entiendes.

—No es necesario que comprometas tu reputación. Podemos conseguir varias páginas en color en un par de dominicales. Fotos espectaculares. El texto puede escribirlo cualquier principiante.

—Puedo llamar a los directores personalmente.

—Insisto: no te comprometas tanto. Puedo hacerlo yo. Dos de ellos me deben cenas. Aprovecharé para sacarles algo que también me convenga a mí. Ahora os dejo. Tengo que hacer unas llamadas. Despídeme de las otras.

Buscó, con paso rápido, la cabina telefónica más reservada. Marcó el número de su oficina. La respuesta de Merche Pili fue causa de un nuevo desaliento: Álvaro Montalbán no había dejado mensaje alguno. Tampoco lo había en el contestador de su casa. Salió del hotel echando chispas. Mientras conducía, en el combate habitual contra el tráfico, intentó calmarse con un poco de música clásica que no exigiese demasiado esfuerzo del oyente. Streisand cantando a Fauré, Händel y Debussy le pareció lo más apropiado.

A Merche Pili y su esclava personal, la Encarni, les extrañó que la jefa se encerrase en su despacho para efectuar sus llamadas directamente, sin quitarse siquiera el abrigo. Lo descubrió la émula de Doris Day cuando acudió a recibir órdenes y la encontró como había entrado.

—Si don Álvaro llamase mientras estoy fuera, que deje dicho dónde puedo encontrarle a cualquier hora.

Volvía el nerviosismo, la inquietud, la extrema desazón. El silencio de Álvaro la mortificaba profundamente. Sin embargo, no podía ceder el tiempo mortificándose. A media tarde le esperaba un desfile de modelos. Por la noche, una cena en la embajada de Ruritania. Al día siguiente, una conferencia en la Sociedad de Autores, y una cena con los japoneses del perfume Wong. El jueves, un estreno teatral...

Madrid proveía. Madrid siempre provee. No le dejaría tiempo para pensar en un macho maleducado, que se permitía darle desplantes a ella, a Imperia Raventós.

Intentó ahuyentar la tristeza, examinando su atuendo. No era el que habría elegido para asistir a un pase de modelos, pero no decepcionaba. Siempre se dijo que un buen traje de chaqueta no deslumbra, pero resulta. Tampoco irían las demás tan divinas como para permitirse despreciar un Saint-Laurent. Además, no le apetecía cambiarse para volver a hacerlo tres horas después. Más que dinámica, resultaría reiterativo.

Huyendo de la reiteración, permaneció extasiada, observando los movimientos de Merche Pili. A decir verdad, la habría observado con igual fruición aunque hubiera permanecido completamente inmóvil. Sus concesiones al colorido empezaban a ser patéticas. La envejecían por contraste. De todos modos, era un envejecimiento difícil de precisar. Imperia nunca se preguntó sobre su edad. Las mujeres como Merche Pili no suelen tener ninguna. Serían cincuenta y cinco años, acaso más. No importaba. Lucirían mal en cualquier caso. Una cosa era evidente: pertenecía a la generación anterior a la suya. Mayor desastre, si cabía.

—¿Puedo hacerle una pregunta personal?

—Las que usted quiera —contestó la otra, con acento modesto y mirada obediente, rastrerilla hasta el final.

—¿Usted para quién se viste?

—Para mí misma. Para gustarme.

En otra ocasión, Imperia la habría compadecido. Ahora pensó que no dejaba de ser una suerte. Si ella se gustaba así, nunca se sentiría sola en el mundo.

—¿Nunca se vistió para algo más?

—Para los Coros y Danzas de la Sección Femenina. ¡No sabe cómo estaba yo vestidita para la jota de Castellón de la Plana! ¡Con aquellos moñitos, uno a cada lado! ¡Y no vea cómo empuñaba el estandarte de la Virgen del Lledó!

Imperia quiso ser más directa. Se le ponía difícil la educación que adivinaba tras los colorines de Merche Pili.

—¿Nunca se vistió para un hombre?

—Para el hombre en general, sí. Quiero decir para el que tuviese a bien acercarse. En mis tiempos, se acercaban ellos. El que fuera, ya le digo. Y una a esperar como una tórtola. Así pues, una se vestía al buen tuntún.

Era difícil de creer, pero así sería, si así lo contaba ella.

—¿Y esperó mucho?

—Hasta ahora. Bueno, ahora sólo espero el autobús. No crea que me quejo. Una piensa que si el hombre no ha llegado es que no estaba de Dios que llegase.

—Sin amor, entonces...

—El de mi madre, señora, Dios me la conserva muy bien de luces a sus noventa y cinco años; y, aunque esté sentada en una silla de ruedas desde hace quince, me hace mucha compañía y me cuenta los programas de televisión que han dado cuando yo no estoy. Y, para más amor, el de mis hermanas, la Victoria y la Rosy, con los cinco sobrinitos que me han dado, mismamente arcángeles vestidos de Miguel Bosé.

Y mis dos amigas, la Feli y la Mari. Las conozco desde que Televisión Española emitía desde el paseo de la Habana, para decirle si no me habrán demostrado amistad.

—Y, además de ver la televisión, ¿qué suele usted hacer?

—También voy al teatro con las amigas. Claro que depende de lo que pongan porque, hoy en día, a la que te descuidas, te encuentras con unos diálogos que te ofenden el oído de las obscenidades que llegan a decir. Y es lo que dice la Feli: «Chica, es que salir de misa y pasar por una taquilla a buscar entradas para un espectáculo grosero, son cosas que una anula el efecto de la otra...» De manera que siempre vamos a ver comedias, de esas bien presentadas, con tresillos monísimos y galanes apuestos que, además, te hacen reír con risa de buena ley. Y antes tomamos un chocolate en la calle del Príncipe, para hacer tiempo y contarnos nuestras cosas, que son muchas porque la televisión siempre brinda motivo de conversación del que una puede abarcar en un solo encuentro dominical con las amigas.

Imperia quedó apoyada en el cristal, contemplando las brumas artificiales que se cernían sobre los rascacielos de la Castellana. Imaginó que un helicóptero estaba aterrizando sobre uno de ellos, como una premonición del futuro que ya le estaba rodeando. Este futuro podría ser cualquier cosa, pero ya no se parecería a las tardes invocadas por Merche Pili.

Antes de ausentarse, la perfecta secretaria preguntó:

—¿Está usted haciendo una encuesta sobre el tema «Mujeres felices que no tienen el menor motivo para serlo»?

Imperia rió para sus adentros: «Después de todo, hasta las más desgraciadas saben que lo son. Y si lo saben y no se sienten desgraciadas es que, en última instancia, son tontas.»

En voz alta ordenó:

—Llame de nuevo al despacho de don Álvaro Montalbán. Dígale a su secretaria que me urge mucho hablar con él. ¡Sea como sea! ¡Aunque se hunda el mundo tengo que hablar con él!

Pero Álvaro Montalbán continuaba reunido. Y el pase de modelos no podía esperar.

Durante todo el desfile, Imperia sintióse asaltada por la imagen de Merche Pili y su aire de indefensión total. Su cursilería la llenaba de sensaciones detestadas. Olía a textos añejos, remotos, de los que pretendían inculcarle las monjas. Olía a existencia no realizada, a promesas que nunca se cumplieron o que acaso nunca llegaron a plantearse.

¿Cuántas mujeres se hallaban en aquellas mismas condiciones? ¿Cuántas mujeres de los autobuses, el metro, las sesiones de cine dominical, las caravanas del viernes o los saldos de los grandes almacenes? Mujeres a las que ella no llegaría a conocer jamás. Mujeres que, en último extremo, marcaban la distancia entre los mundos. Distancia que Imperia había asumido, tal vez, como forma de escapar a la extrema fealdad de la vida común.

Con el fin de rechazarla una vez más, se concentró en el pase de modelos. Éste se celebraba en el Jolie, una famosa discoteca que, en otro tiempo, fue un teatro de gran prestigio. El organizador era un relaciones públicas íntimo de Imperia, un francés encantador y de extraordinaria competencia, a quien ella nunca falló. Además, las modelos pertenecían a la acreditada escuela de Vanine, la mítica modelo *pop* con quien le unió una entrañable amistad en los enloquecidos años sesenta de una Barcelona que nunca volvió a existir.

Al mirar a su alrededor, descubrió a algunas de las indiscutibles protagonistas del Madrid social. Observaban con extraordinario interés la pasarela y, con mayor interés, a ellas mismas. ¿De qué extrañarse? Sabíanse tan observadas como las maniquíes. Juzgábanse modelos cotizadísimas de un desfile mucho más amplio, de duración indeterminada: un desfile que compendia todos los engaños, todos los espejismos propios de las vidas que sólo se justifican en función de la apariencia.

Sin embargo, Imperia no quería juzgar ya que también sus propias renuncias merecían ser juzgadas. Se consideraba más digna de crítica ella, que traicionó a sus principios, que aquellas que nunca los tuvieron. Estaba cayendo en el masoquismo propio de las renuncias que, en su momento, no se asumieron como tales.

Seguían desfilando las maniquíes. Se llevaban más altas que nunca, casi importadas de la tribu Watusi. Eran las más extravagantes del mercado. Respondían a la última tendencia: arrebatar la moda del nivel humano para arrojarla a las esferas de lo improbable. Ignoraba Imperia si esto acrecentaba el deseo de las hipotéticas compradoras, damas cuya estatura era considerablemente inferior y que, además, nunca se pondrían aquellos zapatos de alturas desproporcionadas que agigantaban, todavía más, las dimensiones de las gigantas. Fuera de los ámbitos de algún circo, pocas españolas dominan hoy el arte de caminar sobre zancos. Pero la mecánica del deseo suele ser tan extraña que la desproporción y el ridículo llegan a convertirse en modelos apetecibles.

Dijo, en cierta ocasión, Pulpita Betania:

—No debemos juzgar a nuestras amigas si se ponen ciertas atrocidades. Todavía están más ridículos los hombres, cuando se enfundan en esa especie de bermudas que les llegan hasta más abajo de las rodillas. Son como enanitos que se hubieran disfrazado de gigantes. ¡Y, además, con estampados llenos de floripondios!

En su pleito contra los recientes abandonos a que la sometía Álvaro Montalbán, Imperia recibía aquellos comentarios con singular deleite. Hallaba placer en una venganza dirigida contra el hombre como género. Además, le proporcionaba motivos de reflexión. Suele decirse que la vanidad de la mujer le lleva a obnubilarse ante la esplendorosa estatura de las grandes maniquíes sin considerar antes en la suya propia. Esta vanidad, que a la vez es ceguera, ha llegado a superarse a sí misma en los modelos de ropa masculina. En algunos casos, los creadores españoles han llegado a planear atuendos que sólo serían de rigor en un carnaval veneciano, y aún en los días de mayor desmadre. Pero esta circunstancia se le antojaba a Imperia más divertida que grave. Al fin y al cabo, la imaginación nunca debe rendir cuentas de sus excesos, y todo creador tiene sus derechos. Lo que se le antojaba escandaloso era la ingenuidad del género masculino, capaz de imaginar sobre físicos raquíticos la ropa que lucían, con insolencia propia de atalaya, aquellos admirables modelos que les sacaban tres cabezas.

Notaba que su capacidad de razonar había sufrido últimamente algunos descalabros. Hallábase cómodamente instalada ante un desfile de alta moda femenina y, sin embargo, cualquier reproche le remitía al hombre. Y era en todo momento para rechazarle. Como si, al obrar de tal modo contra la especie estuviese levantando sus defensas contra aquella amenaza que se llamaba Álvaro Montalbán.

A su alrededor, las grandes damas aplaudían, tomaban notas, se saludaban, organizaban su propio show, su microcosmos particular, sin perder nunca de vista a los fotógrafos que pululaban a su alrededor. Los altares de Venus, convertidos en bulevar de la presunción.

¿Qué eran todas aquellas mujeres? ¿Podían ser tan vacías como las imaginó siempre? Se es vacía de nacimiento, por idiotez, por incapacidad y, a veces, se es vacía para escapar a un destino decretado. Pero ¿quién monta el destino de una mujer, quién lo hace rutilante, esperanzado y quién lo desmonta después, paso a paso, día a día, hasta que queda desmontado para siempre y sin posibilidad de reconstrucción?

Imperia no era Miranda Boronat y, desde luego, distaba mucho de parecerse a sus ochenta mejores amigas. Le encantaba el chisme, también la ironía o la *boutade* feroz, pero nunca quiso desatender la realidad que se escondía tras una frase brillante, tras un giro divertido. Sabía que, muy a menudo, el chismorreo de Madrid escondía parcelas de estremecedora soledad. A fuerza de volverse inhumano el chismorreo había conseguido convertirse en un mercadillo atroz, donde ya no existía el alma, sino su imagen deformada.

Era muy fácil reírse de la abandonada, de la traicionada, de la cornuda, de la boba de remate, pero nadie añadía que todas lo eran a su pesar.

Representaban los más desconcertantes aspectos del amor en sus vertientes más deformadas y, además, en las deformaciones que mejor lucen en los quioscos. Pero existía un lado humano que la crónica social suele esconder. La abandonada lloró muchas horas en su habitación, mientras soportaba la afrenta de la juventud de su rival. La engañada se desgarró las entrañas imaginando las tretas sexuales de la niña que en aquellas horas haría la felicidad de un hombre al que ella no supo hacer feliz. La que abandonó, tuvo que pasar muchas horas denunciándose delante del espejo; preguntándose si era tan cruel como todos pretendían, después de una decisión que tanto le costó adoptar.

Mujeres sin otro adjetivo que dedicarse a sí mismas. Hasta que descubrían que este terreno se agota rápidamente. Los límites de uno mismo son demasiado estrechos para dedicarles tantos esfuerzos. Al llegar a este punto, o bien se buscaban trabajo o se dedicaban a cotillear, o entretenían sus inmensos ocios con algún amante ocasional, y todo para demostrarse a sí mismas que seguían arrasando. En última instancia, para que no las arrasaran a ellas definitivamente.

Y aun en aquella defensa acerada veía Imperia una nueva muestra de la soledad femenina. Soledad ante cuyas agresiones sucumbían algunas, paseando su tedio de fiesta en fiesta. Soledad contra la cual intentaban luchar otras, entregándose a trabajos que, en principio, no fueron pensados para su clase social. En cualquier caso, estaban intentando buscar una nueva salida a los viejos conceptos de utilidad. ¡Ellas, que habían dejado de ser útiles en los cómodos campos del amor!

Imperia se preguntaba si las aspiraciones más secretas de aquellas mujeres consistirían en combinar el amor con la realización personal. Pocas lo habían conseguido. Y ella, que combinaba ambos intentos, se dio cuenta de que, en el fondo, sólo se trataba de acogerse a un empeño que empezaba a ser desesperado. Sobrevivir mucho después de la muerte de los sueños.

Los suyos parecieron resucitar momentáneamente cuando la abrazó Vanine, en los vestuarios improvisados en una ala de la discoteca. Se intercambiaron lindezas y no mintieron al encontrarse simplemente divinas. Después de tantos años, incluso las ruinas parecen mejoradas por la pátina que deposita, sobre ellas, el sol del crepúsculo.

Quedaron para cenar cualquier noche. Imperia no podía demorarse más. Apenas disponía de una hora para llegar a casa, cambiarse de vestido y maquillarse de nuevo para la cena de la embajada.

«Y llamar a Álvaro —pensó con ansiedad—. Seguro que a esta hora estará ya en casa.»

Durante el trayecto, se estuvo preguntando si aquella llamada merecía la pena. Cuando subía el ascensor, tenía ya su decisión tomada.

—No llamaré. No puedo rebajarme hasta tales extremos —decidió con absoluto convencimiento.

Sintióse orgullosa de su hazaña. Pero el hecho de considerarla como tal ya indica cuánto le estaba costando llevarla a cabo.

PORQUE TE VI LLORAR

Faltaba media hora para que la recogiese Pulpita Betania.
A causa de las prisas no se planteó demasiadas exigencias
con el vestuario. Eligió algo muy años cincuenta: un modelo
fantasía de encaje negro con escote redondo y falda fruncida.
Cinturón de raso, claro. Perlas, por supuesto. El collar de
cinco vueltas. Una pulsera Tiffany's no molestaba. En cuanto
al pelo, no tenía ganas de entretenerse en fantasías. Un poco
revuelto, con cierto brujerío. Trabajo de dedos, más que de
secador.

Al enfrentarse al espejo no quiso esconderle nada. Se formuló la pregunta típica: ¿Estás satisfecha con tu silueta? No
tenía motivos para responder con entusiasmo. Empezaba a
notar cierta flaccidez en los brazos. El tipo de peligro que conviene neutralizar antes de que se produzca. Antes de que pudiera descubrirlo Álvaro Montalbán.

Debería pensar en un gimnasio. Pulpita Betania sabría
aconsejarla. Pasaba varias horas diarias en el de Loris Cal-
vert, el famoso bailarín y acróbata. No sería mala idea seguir
alguna de sus dos especialidades. Un poco de pesas y un poco
de jazz. ¡Ejercicio *au complet*!

Puso algo de música. No podía ser nada importante. Alguno de los boleros melodramáticos que Raúl se dejó olvida-
dos. Tropezó con Olga Guillot. Durante un tiempo, no fue un
plato de su devoción. Por motivos políticos, no por otra cosa.
Eran los tiempos en que Imperia admiraba a Fidel Castro y
mantenía una devoción casi erótica por el Che. La señora Guillot era una exiliada y hacía ostentación de «gusana». Había
oído Imperia algunas de sus canciones directamente dirigidas
contra el régimen castrista. Decían aquellas letras que el son

se fue de Cuba, que mataron la alegría de la isla y rompieron sus guitarras dejando llanto y soledad.

Cuando se tienen veinte años, este tipo de manifiesto reaccionario basta para soliviantar a un alma inquieta. Cuando se llega a los cuarenta y cinco, el alma ha recibido tantos batacazos que ya sólo se solivianta con lo contrario de lo que antes creyó. En la vida de Imperia, el señor Castro había sido una estafa tan gigantesca como el pene de su marido, aquel que no valía un pito cuando el partido no dirigía sus erecciones. Así pues, sentíase perfectamente inmunizada contra cualquier ataque reaccionario de la señora Guillot.

Por fortuna para la media hora de que disponía para arreglarse, la nueva generación, representada por su hijo, esperaba de las canciones mensajes muy distintos. Cuanto menos oliera a política, mejor. De todos modos, los mensajes que complacían a Raúl eran muy pintorescos: tope melodrama, como diría él. Y en esto, la señora Guillot era maestra.

Lo que Imperia necesitaba para la hora actual eran unos cuantos gramos de sentimentalismo barato arropado por un ritmo cálido, ideal para moverse en el baño y el vestuario.

Qué sabes tú lo que es estar enamorada,
qué sabes tú lo que es estar ilusionada.

¡Maldita cubana! Para no recordarle a Fidel, le recordaba a don Álvaro Montalbán. A él parecían dirigidas todas sus imprecaciones, sus insultos, sus acusaciones de ultraje y violación espiritual. Y le estaban indicando que ella, Imperia Raventós, era la víctima elegida para soportarlas.

Decidió cambiar de rollo. Que cante Sinatra. Por muy sentimental que se pusiera nunca llegaría a herirla tanto.

Presentación la sorprendió cambiando el disco, fumando con una mano, organizándose el pelo con la otra, con la cara a medio maquillar y en ropa interior.

Tantas acciones a la vez indicaban que la señora, de común fría y organizada, estaba nerviosa. Decidió consolarla siguiendo el curioso método de los domésticos para consuelos inmediatos: poniendo el dedo en alguna llaga.

—¿Ve usted cómo somos las mujeres? Ahora me sabe mal haber perdido a su hijo. Para usted será menos golpe, claro. Usted no pierde un hijo: gana un yerno.

Imperia no lo consideró el tipo de comentarios que debiera permitirse aquella bestia. Se reprendió a sí misma por haber cedido a la tentación de dar demasiada confianza al servicio. Y eso que no se la dio en absoluto.

—Si bien se mira, un niño tan ordenado no volveremos a tenerlo nunca...

—Ni ordenado ni desastroso —dijo Imperia, sin abandonar su tono agrio—. Simplemente, no volveremos a tener otro niño.

—Es cierto. Ya no está usted en edad.

Estuvo a punto de arañarla. ¡Se atrevía a hablarle de edad una menopáusica, una provecta con el pelo parecido a un estropajo y con más arrugas en el rostro de las que ella podría tener nunca! ¡Se atrevía a hablarle de años una miserable víctima de los estragos del tiempo!

¡Alto aquí! Presentación era más joven que ella. Seis años menos para ser exactos. Tenía treinta y nueve. Si aparentaba más sería debido a alguna extraña maldición que pesaba sobre las de su clase. Y mientras se ponía el contenido de una ampolla para la belleza instantánea del cuello, observó a la otra con curiosidad y estuvo a punto de preguntarle si era feliz con aquel rostro sin cuidar, un marido brutote, cinco hijos y el trabajo de asistenta de damas sofisticadas.

Desistió de formular su pregunta. Se arriesgaría a que la otra le escupiera. Y, ciertamente, no hubiera sido apropiado llegar a la embajada con un ojo morado, además de las ojeras que todas le criticaban.

Sólo una cosa la intrigaba: había pasado cinco años sin saber absolutamente nada de las dos mujeres que tenían relación directa con su vida.

¡Qué poco le importaba la gente, en realidad!

PASÓ A RECOGERLA PULPITA BETANIA. Conducía ella, pues le encantaba hacerlo, pero procurando no arrugarse. Comentaron el desfile de la tarde: Pulpita encargaría algunas cosas, pero no demasiadas. Consideraba la colección deliciosamente extravagante, pero sin alma. Espectacular, pero no para lucirla ella. Se había ganado un puesto permanente en la lista de las más elegantes y no quería jugárselo por el capricho de algunos modistos. Conocía perfectamente sus bazas: lo último, pero nunca lo perjudicial para su personalidad; lo extravagante, pero no tanto que pudiese desconcertar a sus admiradores. Era una elegante poco arriesgada; era, por lo mismo, la elegante oficial por excelencia.

Pulpita Betania sólo tenía dos ocupaciones en la vida: vestir bien y no vestir mal.

Durante las pocas horas que le dejaba libre una existencia tan atareada se dedicaba al cuidado de su belleza, a la que pudiéramos definir como prefabricada, aunque siempre por artesanos de primera. Había conseguido convertirse en una muñeca tan finamente ejecutada que el fallo de un diminuto tornillo arruinaría la maquinaria capaz de mover tan primoroso conjunto.

En los últimos tiempos estaba obsesionada con su silueta. No porque se encontrase defectos, como Imperia. Sólo para tener la seguridad de que continuaría sintiéndose divina. Después de todo, una elegante oficial no lo es sólo a causa de sus modelos. La percha es esencial, como en los hoteles de gran lujo.

No se le escapó que Imperia tenía algún problema. Se atrevió a hacerle una recomendación de las llamadas de «mujer a mujer»:

—Deberías apuntarte al centro de belleza. Y no me digas que no lo necesitas. Una mujer debe prevenir mucho antes que curar. Con tres horas matinales te pones al día.

—¿Cómo le vendo la idea a Eme Ele? Olvidas que algunas trabajamos.

—Me parece espléndido. Es un buen ejercicio. Ideal para las dinámicas como tú. De todas maneras, en el centro puedes hacer aerobic y jazz con Loris, que es un maestro. Particularmente, para la flaccidez de los brazos te recomiendo, también, un poco de pesas. Luego está la burbuja, que es ideal para el relax, los baños de lodo, un poco de solárium...

Para Imperia, sacar a colación el tema de la flaccidez fue como mentarle a la madre. No era necesario: Pulpita estaba contando algo sobre la suya propia, pero en otro sentido.

—En las revistas de modas que solía leer mamá, ya sabes, las de los años cincuenta, solía aparecer un anuncio que reproducía el cuerpo de una mujer espléndida, línea sirena, tienes que acordarte. Me aprendí el texto de memoria: «Satisfecha de su silueta porque acertó al elegir la marca de sus fajas.»

Imperia se echó a reír. Tenían una memoria común, circunstancia que suele unir mucho en el chismorreo.

—¡Las fajas! Imagino a nuestras madres preocupadas por uno de aquellos artefactos. ¡Hay que ver cómo el tiempo se lleva las cosas!

—Nuestras madres es que fueron unas desgraciadas —dijo Pulpita Betania—. Cuanto más pienso en ello, más convencida estoy.

—¿No crees tú que, de alguna manera, serían más felices? Siempre se ha dicho que ojos que no ven, corazón que no siente.

—La verdad es que esta pregunta es indigna de ti. ¿Felices unas pobres mujeres que a nuestra edad ya se consideraban ancianas? Antes que encontrarme en este caso prefiero hacer gimnasia, ballet y hasta descargar camiones de fruta, si es necesario.

—Tienes razón —concedió Imperia—. ¡Con lo que nos queda por delante! Con un poco de práctica, incluso podemos ganar en las olimpiadas del año dos mil cincuenta.

—O debutar como bailarinas en el Covent Garden. Porque, con tanto ballet, vamos a quedar fenomenales. Estilo sílfides, más que sirena.

Rieron las dos muy a gusto y así continuaron, mientras comentaban las siluetas imposibles que se veían en los gimnasios. Después de decidir que algunas no tenían arreglo, se consideraron malísimas, porque las aludidas figuraban entre sus mejores amigas. En realidad, todas ellas.

La embajada de Ruritania poseía aparcacoches profesionales. Gracias a ellos, las dos damas pudieron saludar dignamente al embajador y a su esposa —«esa vaca-burra»— y, en seguida, hacer una entrada gloriosa en los comedores, lanzando besos por doquier, sonriendo hasta a las lámparas, intercambiando encanto con todo aquel que encontraban a su paso. Es decir: la crema.

Durante la cena, Imperia supo corresponder con su *charme* habitual a los cumplidos de las demás. Había decidido resplandecer. Tanto resplandeció que estuvo a punto de sentirse ligeramente feliz. Pese a todos los reproches que pudiese formularle su vieja conciencia, cuando se hallaba entre el lujo sentíase en su elemento y, además, lo disfrutaba. Triunfar en lo innecesario no era un pecado excesivamente grave. En cuanto al lujo, no era desdeñable. Adela lo dijo muy claramente: «El lujo nos gusta. El lujo no da la felicidad, pero tampoco la quita. Sólo cuando no lo teníamos podíamos despreciarlo. Ahora pienso defenderlo con las garras a punto.»

No le faltaba razón cuando dijo que quince años atrás eran descamisadas y ahora eran de blusas Versace.

No brindó por los viejos tiempos. El gran champán francés nada quiere saber de recuerdos míseros; está hecho para la prosperidad de los presentes. Pero sus burbujas reclaman a alguien muy especial con quien brindar, y ese alguien no estaba a su lado. Había caballeros encantadores, miembros destacados de aquella distinguida cofradía de elegibles a quienes la prensa llamaba «solteros de oro»; pululaban, también, una muy conocida corte de caballeros maduros, en general viudos o separados de buen ver; y, para las hijas de sus amigas —y aun para alguna que todavía luciera joven—, circulaba una pléyade de mancebos recién estrenados, que pasaban fácilmente por aprendices de playboy. Había donde elegir, cierto, pero no estaba Álvaro Montalbán. El más elegible entre todos los hombres que ella conoció nunca.

Intentaba no pensar en él, concentrándose profundamente en su triunfo personal, buscando sus mejores armas para prolongarlo durante toda la noche. ¿Quién podría escandalizarse, tomándola por frívola? Consideraba aquellos triunfos en términos de autoestima perfectamente realizada; y esto servía para confirmar parte de la conversación que había mantenido con Pulpita Betania momentos antes. El hecho de no sentirse acabada a los cuarenta y cinco años constituía un éxito en sí mismo. Sentirse, además, triunfante la instalaba en lo más alto de su propia apreciación.

Para alcanzar un grado de satisfacción absoluta, necesitaba borrar la imagen de Álvaro. Las circunstancias no la ayudaron. Volvió a pensar en él por culpa de Cesáreo Pinchón, quien se interesó por su ausencia con expresión de malignidad absoluta. Ella se vio obligada a rendir sus armas ante la fuerza con que Álvaro regresaba a su recuerdo. Nada más lógico. ¡Estaría tan guapo, a su diestra, vestido con su esmoquin adamascado, luciendo su hermosa cabeza clásica con el esplendor de una juventud que empezaba a serenarse, destacando por encima de los peinados de madamas deslumbradas y envidiosos caballeros! ¡Era tan increíblemente guapo el maldito!

De la admiración por las partes más evidentes de su esplendor físico, pasaba Imperia a pequeños detalles que pertenecían a un sumario estrictamente particular, tan convencida estaba de que sólo ella podía valorarlos. ¡Aquellos dientes separados, que le daban tanto encanto! ¡Aquel hoyuelo en la barbilla, que le prestaba un aspecto infantil cuando fruncía el ceño en las burlas o le daba un aspecto endemoniadamente terrible cuando incurría en algún ataque de ira!

En un arrebato de soledad, se levantó inesperadamente de la mesa con la excusa de un retoque en el maquillaje. Se extrañaron todos. No se contaba entre sus modales la interrupción violenta de una conversación con su vecino ni mucho menos el dejar caer, sin darse cuenta, el cuchillo al suelo. Pero a ella no le importó. Al parecer, el maquillaje era lo único importante en el curso de aquella fiesta, por demás espléndida.

No se dirigió al tocador. Buscaba a Cesáreo Pinchón. Estaría en una de las mesas dispuestas en otro de los salones. Pero Cesáreo estaba en aquel momento entre sus compañeros de prensa, a quienes en este tipo de recepciones suele situarse en un lugar aparte de los invitados y, según las casas, en condiciones ostensiblemente inferiores. Cesáreo era objeto de un trato preferencial, por supuesto. Los anfitriones de cualquier fiesta solían situarle entre dos señoras importantes a quienes debía entretener con su charla mundana o, simplemente, valorizarlas en su crónica. A pesar de sus privilegios, de vez en cuando se escapaba hacia el comedor, donde aguardaban sus fotógrafos. Les indicaba personalmente a quién debían fotografiar y a quién no. Normalmente, los primeros solían ser los que no querían salir fotografiados. Los segundos eran aquellos que hacían todo tipo de muecas y actos humillantes para ser fotografiados a cualquier precio.

Imperia estaba con los nervios destrozados. Comprendió que, una vez intuida la causa —¿sólo intuida?—, sería fácil ponerle remedio. Se trataba de no ceder a la tentación de llamar a Álvaro.

Al encontrarse delante de Cesáreo Pinchón, descubrió que no tenía nada que decirle. Se engañaba. Había una pregunta que le estaba quemando el alma. Sin embargo, era extraordinariamente sencilla:

—¿Dónde puedo encontrar un teléfono que permita un poco de intimidad?

Él se prestó a acompañarla. Su atención resultaba inoportuna, si no indiscreta. Olvidaba Imperia que su medio de vida era el cotilleo. Y él volvió a demostrarlo cuando le preguntó, con su mejor sonrisa de exhibición:

—¿A quién puedes llamar tú a estas horas?

—A mi hijo, por supuesto. Me apetece saber si todavía sigue vivo.

—Serás muy inoportuna. Ésta es, posiblemente, la hora en que al profesor puede apetecerle hurgar en el interior de su delicioso cuerpecillo.

—Cuando quieres, puedes ser francamente grosero —le espetó ella, deseando ser desagradable.

—Cuando me mienten, querida; sólo cuando me mienten. ¿Desde cuándo una sofisticada se permite utilizar las excusas de sus domésticas? Pero no te preocupes; no pienso convertirme en un testigo no deseado. Simplemente, te acompaño a un salón donde puedas hablar con absoluta tranquilidad.

Cesáreo Pinchón conocía los rincones de algunas embajadas como si fuesen su propia casa. En aquélla, particularmente, había pasado muy agradables horas entreteniendo a las amigas de la embajadora con su charla llena de *potins* del gran mundo. No le fue difícil conducir a Imperia hasta la biblioteca, donde la dejó a solas. Sería un gran cotilla, pero también era extremadamente educado.

En cuanto a la educación de Imperia, desapareció no bien descolgaba el auricular para marcar, con pulso inquieto, el número privado de Álvaro Montalbán. Había decidido que sacaría toda su furia para conseguir visitarle aquella noche, en el plazo de una hora. No estaba dispuesta a esperar más.

Marcó varias veces. Quería confirmar que no se había equivocado de número. El resultado fue siempre el mismo.

En otras circunstancias, habría pensado que el trabajo le retenía en su despacho. En aquélla, tuvo una reacción más banal: toda mujer sabe lo que puede hacer un soltero, después de la cena, en cualquier bar o cualquier ronda de bares de Madrid.

Volvió a agredir a Álvaro con una oleada de reproches que escondían unas desesperadas ganas de llorar. Optó por sentirse rechazada: «Resplandezco, me admiran, me desean, podría ser amada y, mientras así triunfo, ese idiota se permite abandonarme para ir de copas con los amigos.»

Introducida ya en el marujeo más agresivo, se formuló la pregunta que mejor podía definir aquel estilo:

—¿O acaso esté en la cama, desnudo, abrazado a alguna mujerzuela?

Se equivocó en parte. Álvaro Montalbán estaba en la cama, completamente desnudo y prisionero del abrazo de una mujer, pero lo cierto es que ni siquiera reparaba en ella. Era Ketty la Bumbum, que se mantenía aferrada a su cuerpo, observándole con admiración, como a él le gustaba. Siempre inferior a él, siempre sumisa, como su autoestima exigía.

Ella continuaba con el lamento de costumbre:

—¿Es que nunca vas a echarme ni un mal polvo, beibi mío?

—Hoy en día no es aconsejable. Corren muchas enfermedades sueltas.

—¡Oye, tío, que yo soy muy limpia!

—Aun así. La limpieza de cada cual es la limpieza de cada cual.

Pero no cesaban ahí los males de la Ketty. Para colmo, era una toplessera cornuda. Mientras le preparaba sus píldoras de valeriana, él permanecía abstraído, masticando una barra de regaliz y escuchando una y otra vez la voz de Reyes del Río, que sonaba desde uno de sus discos peor recibidos por la crítica. Pertenecía a la época en que la folklórica se complicó la vida cantando melodías mejicanas con vistas a abrir nuevos mercados en la América Latina:

> *Y cuando al fin comprendas*
> *que el amor bonito lo tenías conmigo*
> *vas a extrañar mis besos*
> *en los propios brazos del que está contigo...*

CUANDO AL DÍA SIGUIENTE LLEGÓ A SU DESPACHO, don Álvaro repitió el mal humor de los últimos días, y aun lo amplió. Estuvo insoportable. El ambiente, caldeado por sucesivas broncas, empezó a resentirse. Sus desplantes, sus violentas salidas de tono, sus gritos y portazos estaban incomodando a todos sus subalternos. Y a los alcázares privados de don Matías de Echagüe llegó la especie de que un exceso de trabajo podía haber provocado en Álvaro una crisis nerviosa de consecuencias incalculables. Todos temían que le rondase la enfermedad del ejecutivo. Nadie sabía cómo se llamaba la tal dolencia, pero era evidente que su sombra estaba planeando sobre aquel joven, hasta hace pocas semanas irreprochable.

A pesar de sus pésimas maneras, la secretaria Vanessa no pudo evitar un comentario sobre lo bien que le sentaba el traje de cheviot. Por primera vez desde que trabajaban juntas, la secretaria Marisa no estuvo de acuerdo.

—En el fondo, es muy basto. De hecho, siempre fue un basto. Con toda seguridad, nunca dejará de ser bastísimo.

Vanessa la miró, atónita. El amor callado y resignado de su compañera nunca permitió imaginar que, algún día, pronunciase aquellas palabras. Claro que podría estar cambiando de táctica. ¿Habría decidido zaherir al jefe, mostrándole indiferencia? Era posible. De hecho, la flamante chica Pux era lo bastante ilusa como para suponer que el castigo ejerciera algún efecto sobre un hombre tan apuesto y tan solicitado.

Pero Marisa continuó asombrándola. Echó la melena hacia atrás, un poco torpemente, como las vampiresillas que no acaban de serlo. Ladeó ligeramente la cabeza, como las aprendizas de seductora. Puso ojos de idiota, confundiendo tal condición con la coquetería.

—¡Qué fantoche! —exclamó, con insolencia—. No sé cómo

algunas pueden considerarlo atractivo. Son las que no saben distinguir entre el continente y el contenido. Compadezco a esas inexpertas. Una mujer debe saber dónde empieza el traje y dónde la percha. Don Álvaro sólo es el atuendo que decreta su asesora de imagen. Es infinitamente más atractivo el muchacho del ascensor. Desprende un erotismo natural, campechano, una lozanía de machito incólume que le hace encantador a mis ojos, pese a la incipiente joroba, que todos le reprocháis y que yo no consigo descubrir por más que me esfuerzo.

«¡Vaya inyección de moral! —pensó Vanessa—. ¡Qué ejemplo para muchas! Y, sin embargo, el jabón Pux no ha tenido tiempo de hacer efecto. Ella sigue con esos granos horrendos en las mejillas. Diría que algunos están a punto de reventar. Pero su moral está más desarrollada, ¿qué duda cabe? ¿Habrá ido a Lourdes durante el último fin de semana y me lo esconde, a mí, a su amiga y confidente oficial?»

Imbuida de su recién inaugurada autoestima, la pizpireta Marisa entró en el despacho de su jefe, sosteniendo graciosamente la rebeca sobre los hombros, como solían hacer las secretarias de Nina Foch y algunas de Eve Arden.

Por fin podía mirarle sin que su corazón corriese el menor peligro. Además, su actitud decididamente despótica predisponía a robustecer aquella altiva decisión.

Lo suyo ya no era solamente seriedad. Era un cambio de carácter brutal. Simplemente odioso. Además, adelgazaba a marchas forzadas, como si se hubiese sometido a una cura de adelgazamiento rápido que, por otra parte, estaba muy lejos de necesitar. Tan enjuto, perdía mucho. Se parecía a los malos de las teleseries de viñedos.

Para colmo de sorpresas, Marisa descubrió aquella mañana una novedad absoluta.

—¡Está usted fumando, don Álvaro! —exclamó, mientras miraba el cenicero lleno de colillas recientes.

—¿Y a usted que coño le importa? —contestó él, en tono despótico. Y mordió su cigarrillo, más que fumarlo.

No se acomplejó la vivaracha ante aquella grosería proferida a voz en grito:

—Por mí, como si le da un cáncer de garganta. Conque ya ve usted si me importa. Vayamos a lo práctico. Doña Imperia no deja de llamar continuamente. Ya no sé qué explicación darle.

Él no levantó la mirada de sus papeles, cuando dijo:

—Si vuelve a llamar, continúe diciendo que estoy reunido. No necesito verla por el momento.

—¿Y cuando acaben las reuniones?

—¡Voy a estar reunido hasta que me salga de los huevos...! ¡Los tengo para eso y más! ¿Me ha comprendido?

Ella no se inmutó ante aquellos gritos tan bárbaros.

—Le comprendo demasiado. Tanto como para decirle que no estoy acostumbrada a que me hablen así.

—Pues se acostumbra, que para eso le pagamos. Y una mujer cuando cobra, o calla o se va a la mierda.

Ella permanecía inmóvil, inerte casi. Sabía que cualquier movimiento comprometería el equilibrio de su rebeca sobre los hombros y dejaría de parecerse a Nina Foch.

Álvaro decidió que no precisaba de ayuda femenina, aquella mañana, y se puso a manejar papeles sin el menor orden. Estuvo a punto de arrojarlos al suelo, en un gesto de absoluta exasperación. Se limitó a morder el cigarrillo con más avidez que antes, como si tuviese hambre de él. Al cabo de tantos excesos, preguntó:

—¿No ha llamado la señorita Del Río?

—¿Pues tiene que llamar, don Álvaro?

—Sería lo más lógico. Llevo quince días gastándome un pastón en rosas. Merezco una llamada de agradecimiento, digo yo. Aquí ocurre algo raro. ¿No se habrá usted equivocado de color?

Ella continuaba con su expresión inmutable:

—Rojo pasión, como usted dijo. Este color y no otro. La exactitud es mi lema...

—¿Las ha enviado diariamente, como ordené? Seguro que se habrá usted descuidado. A veces es usted muy abandonada. Más que abandonada, a veces es usted un desastre.

Ella levantó la cabeza, con la extrema dignidad de una mujer juez:

—No le contesto como debería porque tengo modales y, además, porque en la escuela de secretarias me enseñaron a reaccionar con estoicismo ante la estupidez de algunos superiores.

Álvaro se dejó caer en su sillón; estaba completamente desmontado:

—Perdone, Marisa. Usted sabe que no hablaba en serio. La verdad es que, últimamente, estoy un poco desquiciado. Sin duda, estoy cargando demasiadas responsabilidades sobre mi espalda. En fin, hablemos de otra cosa. ¿Tiene usted los recortes de prensa de hoy?

Ella depositó una carpeta sobre la mesa.

—Le he separado una entrevista que puede interesarle. Es de la folklórica....

Los ojos de Álvaro se tiñeron de rojo intenso:

—¡Cuide usted sus palabras, estúpida! Ella es... ¡doña Reyes del Río! Repita: doña Reyes del Río... ¡Doña, doña, doña! ¡Repítalo o le arreo un puntapié!

Aquí, Marisa abandonó la imagen de autodominio que tan admirable nos la hizo parecer durante los últimos cinco minutos.

—¡Y un cuerno, don Álvaro! Esa tía es una folklórica. Mírelo usted por donde quiera: es una flamencona de colmao. Por eso no tiene el detalle de agradecerle las rosas. Porque las folklóricas son unas maleducadas. ¡Han salido de la nada y a la nada volverán cuando se les acabe la voz! En cambio, las que no tenemos ni voz ni peineta ni bata de cola, nunca volveremos a la nada, porque siempre nos quedará el arte de archivar, el don de la taquigrafía y las trescientas pulsaciones por minuto... Y si quiere leer la entrevista de esa petarda la lee; y, si no, se va usted a hacer puñetas.

Él dio un rotundo golpe sobre la mesa.

—Pues antes de decir más, váyase a una farmacia y que le curen esos repugnantes granos que tiene usted en las mejillas. ¡No sea que se le revienten y me llene de pus los documentos! ¡Fea, más que fea! ¡Tía viruelas!

Ella abrió los brazos para estrangularle, en un gesto desmesurado que se frustró por un milagro de contención.

—¡No hará falta que revienten mis pobres granos! Mire usted lo que hago con sus malditos documentos.

Cogió al vuelo un frasco de tinta y lo arrojó brutalmente sobre la mesa de Álvaro. Algunos documentos quedaron inundados. Otros, salpicados. Y, en la foto de Reyes del Río, quedaron unas manchitas, que parecía ella la picada de viruelas.

Álvaro quedó tan perplejo que no pudo pronunciar palabra. Ahora fue la secretaria la que empezó a proferir gritos descontrolados:

—¡Me he atrevido! ¡Sí, he sabido atreverme! ¿Y sabe por qué? ¡Porque tengo autoestima! ¡He seguido los consejos de la revista *Complicidades*, me he lavado la cara con jabón Pux, he leído veinte veces el libro de Elizabeth Taylor sobre cómo dejó de ser gorda y gracias a todo esto he recuperado mi autoestima! Esto es, precisamente, lo que usted ha perdido desde que frecuenta a las cómicas de la legua. ¡Usted ha perdido su autoestima, señor Pérez! ¡Y esta carencia le convierte en un personaje patético!

Salió con el cuerpo erguido, la cabeza alta, los labios muy prietos y dando un soberbio portazo.

—¡Mujeres! —exclamó el jefe—. ¡Si no fuera yo tan caballero, menudo hostión le hubiera arreado!

Miró, con desaliento, la inundación de tinta que había provocado aquella histérica. Decidió no perder más tiempo. Provisto de su pañuelo de seda, empezó a salvar la entrevista de Reyes del Río, sin preocuparse de los documentos en cuya redacción había empleado tantas horas durante los últimos meses.

En el despacho de las secretarias personales, Vanessa intentaba consolar el furor de su amiga sirviéndose de aquel tipo de reflexiones genéricas que siempre fueron de alguna utilidad:

—Perdónale, mujer. La primavera, el estrés y la polución nos tienen a todos fuera de quicio. Además, los hombres nunca saben reconocer el amor cuando lo tienen cerca.

—Esto es lo que los diferencia de nosotras —exclamó Marisa—. Una mujer siempre acaba por saber dónde está el amor y cuándo conviene seguir sus dictados.

Se dirigió al ascensor para coquetear con Ricardito, el botones miope, de nariz en forma de garfio y metro cuarenta de estatura. Cierto que, además, era un poco jorobado; pero, cuando menos, sabía apreciar el encanto que se esconde tras el rostro de una picadita de viruelas. Y sin necesidad de pasarse el día escuchando las dichosas coplas de Reyes del Río.

LO DICEN EN LAS PELÍCULAS de amor y lujo, y es rigurosamente cierto: los hombres no saben reconocer el amor cuando lo tienen cerca. Protagonista ideal de aquel tipo de películas, Álvaro Montalbán estaba buscando el amor lo más lejos posible de sus dominios. Tal vez algún lector exigente podrá aducir que aquello no era amor, sino pasión; pero sería injusto pedir que semejante diferencia, siempre sutil, pudiera ser observada por un joven que, hasta entonces, sólo aplicó sus escapes pasionales a la práctica del squash, el tenis y los negocios de alto voltaje. Y si en alguna ocasión se permitía escapes sexuales, éstos correspondían a las necesidades de una naturaleza exuberante, más que a los dictados de una improbable espiritualidad.

Por otra parte, la pasión era un extremo que irrumpía en su vida sin avisar y que, en cierto modo, le hacía sentirse ridículo frente a los demás; muy en especial frente a aquellos que, por compartir su horario laboral, le habían conocido bajo su aspecto más acreditado: el de un hombre de máximo respeto. El de un ejecutivo frío, calculador y siempre capacitado para medir el alcance de sus tiros.

Desde el momento en que descubrió el alcance de la pasión, sus relaciones con los demás habían cambiado. La posibilidad de cualquier expansión inoportuna le violentaba, le impulsaba a protegerse de la atención de los demás, a mirarlos de soslayo, como los sospechosos. Quería esconder su derrota ante la pasión transformándola en mal humor, actitud que siempre resultaría más excusable, dada su autoridad en la empresa. Un directivo puede presentarse malhumorado ante los demás, pero nunca apasionado.

De todos modos, las verdades más evidentes de la pasión regresaban en el momento más inesperado, prestas a zarandearle.

Le bastó con leer las declaraciones de Reyes del Río. Bebió, más que leyó, sus palabras sobre el hombre ideal, aquel príncipe azul destinado a despertarla de su sueño de virgen obligada. El retrato podía parecer cursi, pero Álvaro Montalbán no dudó en apoderarse de él y, a los pocos minutos, lo encarnaba a la perfección.

Además, la foto delataba otra evidencia, que no podía pasarle por alto: Reyes del Río llevaba una rosa roja prendida en el pelo.

¡Sus ofrendas matinales no habían caído en saco roto! Por lo menos, servían de pendientes. Ya era algo.

De repente, el fragmento fatal:

A principios del verano, Reyes del Río se desplazaría a Miami para una estancia de tres meses o acaso más. Se hablaba de la intervención quirúrgica de algún pariente cercano. Nada importante pero que exigía la permanencia de la folklórica en las Américas.

Aquella noticia le sumió en un estado de profunda depresión. Todavía faltaban tres meses para el verano; pero, calculando el ritmo que llevaba el recién iniciado proceso de seducción, los meses podían transcurrir sin llegar a nada concreto. Y, una vez instalada en Miami, ella podía enamorarse de un millonario, un cantante de rock, algún cubano exiliado...

Aquellos pensamientos bastaron para acentuar su perturbación. Sintió la imperiosa necesidad de hablar cuanto antes con su amada. Evidentemente, no podía hacerlo desde su despacho. ¡Los hilos de su teléfono pasaban por tantos oídos! Recurriría al teléfono del coche. Bastaba con dar una hora de permiso al chófer y él quedaría en una situación completamente autónoma, que le permitiría hablar sin ser escuchado.

Se ausentó sin comunicárselo a Marisa. Era preferible no levantar la liebre. Al fin y al cabo, sería cosa de pocos minutos. El tiempo justo de concertar una cita con Reyes del Río.

Encerrado en el interior del coche, marcó el número de la folklórica. Por un instante temió que ella no se dignaría ponerse al aparato. Cuando escuchó su voz, casi le dio un pasmo. Hizo acopio de valor para no parecer ni sorprendido ni asustado. Solicitó verla. Para su sorpresa, ella no dijo que no. Para su asombro, estaba dispuesta a verle muy pronto.

—¿Qué entiende usted por pronto, rosita de Alejandría?

—¿Qué coño voy a entender, sentrañas? Dentro de media hora.

Al señor Montalbán le dio un vuelco el corazón. Creyó entender que era ella quien quería verle a él y no al revés. Sólo así se justificaba una cita tan rápida, después de tantos silencios.

Ni siquiera regresó a su despacho. Se ahorraba explicaciones enojosas; se ahorraba, sobre todo, la posibilidad de que algún asunto urgente contribuyera a distraerle del gigantesco desafío que se erguía ante él para dentro de tan poco tiempo. Ni siquiera tiempo. Apenas rato. Minutos casi.

Reyes del Río llegó a la cita, deslumbrando. Un traje de chaqueta negro, una amplia capa roja y el pelo recogido, como a Álvaro le gustaba. ¡Sublime detalle! Había pensado en él. Y no sólo por su peinado. Además, llevaba una rosa en la solapa y otra en el pelo, como en la foto de la entrevista. Estaba claro: no le era del todo indiferente.

Pero aquel aprovechamiento de las flores indicaba algo más importante de cara al futuro: era una mujer que sabía administrarse. Una mujer nacida para cuidar un hogar.

Tan imbuido estaba el macho en la adoración de la hembra que se negó a exhibirla. La sola idea de que otros hombres pudiesen contemplarla le enervaba. Durante un tiempo, todavía tendría que resignarse soportando sus actuaciones en el teatro o la audición de su voz a través de los discos. Ahora bien, en su vida personal la quería para él sólo y no pensaba exhibirla en un bar de moda, ni siquiera en un barucho del extrarradio. Siempre habría hombres en cualquiera de ellos. Alguno pudiera propasarse con una sonrisa, un piropo, una petición de autógrafo y él se conocía lo suficiente como para temer sus reacciones. Él era muy hombre; y un hombre, cuando lo es, no tolera que los demás entren a saco en su huerto. Teoría ésta que no puede desconcertar a nadie. Álvaro Montalbán podía desconocer el honor, como dijo su padrino en cierta ocasión; pero, aun desconociéndolo, padecía sus efectos.

En busca de un anonimato total y de una intimidad que no comprometiese, llevó a su amada a las afueras de la ciudad. Detuvo el coche en un descampado y quedó mirándola, embelesado, sin atreverse a pronunciar palabra.

El exterior era gris, triste y brumoso. En comparación, cualquier cementerio habría resultado el Moulin Rouge.

Ante aquella visión, desoladora y lejana, comentó ella:

—Osú, don Álvaro, dígame cuánto tiempo va a durar el viajecito, que yo debería regresar a Madrid antes de una semana.

Él no le rió la gracia. Fumaba continuamente. Mantenía la mirada perdida en la distancia.

En un momento determinado, susurró:

—Reyes... Reyes... Reyes...

—¿Pues no pasaron hace más de dos meses?

—¡Mal regalo me dejaron!

—Será que no se portó bien durante el año.

—Me han dejado este amor que me está encendiendo...

—Con razón se ha quedado usted como una cerilla. ¡Quién le ha visto y quién le ve, pendón de Santa Eulalia!

—La quiero.

Ella no rompió en una risotada por educación:

—¿A mí? ¿A una coplera?

—A una mujer. A una virgen purísima.

—¿Y más no querría? Mire usted que las vírgenes somos muy aburridas.

—Quiero romper de una vez esa cárcel que debe de ser su virginidad.

—Muy destrozón le veo yo.

—No he dejado de pensar en lo que dijo en el programa de Rosa Marconi.

—Empiezo a comprenderle, barbián. ¿A que le gustó lo del serrano que me tiene que dar la vida y la muerte y al que me voy a entregar todita entera?

—Ese serrano soy yo, mi vida.

—Le veo a usted muy peliculero. No hay quien le gane en organizar escenas. La primera vez que nos vimos fue en una fiesta que parecía el palacio de una película de Visconti. La segunda fue otra fiesta; era de Nochevieja, como en las comedias de Frank Capra del tiempo de María Castaña. Y ahora me monta usted un cirio sentimental en una carretera de segunda y con esta bruma, que tal parece el asunto *Muerte de un ciclista*...

—¿Y eso qué es? —preguntó él.

—Es una película mi alma. De Juan Antonio Bardem. De las buenas del cine español. ¿O no las veía usted, falso patriota?

—A mí me gustaban las históricas de capa y espada, las de santos y las de Antonio Molina.

—Ésas no las veía yo.

—¿No las veía y es folklórica?

—Lo del folklore me vino después, prenda. A mí, de niña, me tiraban otras cosas. Pero como no se las va a creer, ¿para qué contárselas?... —Cambió el tono, pero no la ironía, al preguntar—: ¿No le han dicho que le sientan muy bien las gafas?

—Le agradezco que me lo diga. Es muy importante para mi autoestima. ¡Y la necesito tanto cuando me encuentro delante de usted!

—Pues yo, de eso que ustedes llaman autoestima, voy muy bien servida.

Él hizo acopio de valor para abordar un futuro más íntimo:

—Yo aspiro a redimirla de la pobreza que pasó de niña. Del hambre. De la vergüenza de ir bailando por tascas y colmaos de Triana.

—Ya ve usted qué pasado tengo. ¡Como para exhibirlo en sociedad! Más le convendría a usted una señorita de buena familia; una marquesita, una de esas casaderas que salen en las revistas...

—Cuando usted esté conmigo y yo tenga el poder en mis manos, será una señora de bien y nadie se acordará de que fue una folklórica. Y si a usted todavía le remuerde la conciencia, y si se avergüenza de su pasado, yo le daré mi sangre mediante una transfusión, para que sepa el mundo que su sangre de usted es de primera clase.

Pausa prolongada. Tiempo para otro cigarrillo. Mirada intensa en los ojos hechiceros de la folklórica. Y él que le tomó una mano y el corazón le dio un vuelco; porque ella se lo permitía, sin protestar.

—Mire usted si la adoro que, en los últimos días, me estoy privando de hacer el amor por miedo a infectarla cuando consiga hacerlo con usted...

—¡No me hable de infecciones, don Álvaro, que a Eliseo mi primo le ha salido un furúnculo en salva sea la parte!

Él sintióse molesto, al ver que la grandeza de su sacrificio era tenida a menos.

—Señorita, yo me estoy refiriendo a cosas mucho más graves. ¿Sabe usted que corre la plaga esa de los americanos y uno puede pescarla en un santiamén, hasta usando preservativo? No bien lo supe, exclamé para mis adentros: «Absténte de tocar mujeres, mañico, porque pudieran contagiarte el virus y tú no tienes derecho a transmitírselo a esta santa que ha de ser la madre de tus hijos.» Conque mire si ha de quererla este corazón mío, que me abstengo de tocar mujer pese a que soy yo tan hombre, tan de no poderme contener cuando me atacan los instintos.

—Si hay tantos peligros como dice, no se le ocurra darme su sangre, esaborío. Dicen que es así como se pega...

—¿Y qué hago con mi sangre, sentrañas?

—Se la da a beber a su madre, que las madres se engordan con la sangre de sus hijos. ¿O no lo sabía usted?

Él meditó unos momentos. No diría ella que el resultado mereciese el esfuerzo.

—La espera no será vana —dijo, al fin, iluminado—. Cuando por fin seas mía no te decepcionaré. Porque yo la tengo muy gorda.

Ella le correspondió con su expresión más virginal.

—¿Qué es lo que tiene usted gordo, sentrañas?

—La gracia de Dios. La que a partir de ahora guardaré para ti como tú has guardado tu virginidad para entregármela intacta.

Después de otro silencio propicio al éxtasis, Reyes sacó de debajo de la capa un paquetito que permitía adivinar un libro de bolsillo. Iba envuelto en papel de seda.

—Para recompensarle por las bondades de que me hace usted objeto, para pagarle tanta devoción, me he permitido hacerle un pequeño regalo...

Quedó Álvaro un tanto perplejo ante aquel primer detalle de su amada:

—¿Y para qué quiero yo eso?

—Normalmente, los libros son para leerlos. Éste, además, es para que se entretenga mientras me espera. Y no venga a mi encuentro sin haberlo leído. No tendríamos de qué hablar. Porque todo lo que hemos dicho aquí ya me lo sabía. Me suena a copla de Rafael de León y a artículo del *Medical Digest* sobre infecciones varias.

Álvaro Montalbán leyó el título del libro.

Era una edición de los poemas de Rimbaud en francés.

¡Qué fuerte iba la coplera!

AL DÍA SIGUIENTE, Reyes del Río recibió una carta pintoresca:

Ángel mío, rosita de Alejandría, nievecita de la sierra:

He tomado la drástica decisión de salir de Madrid. Huyo de usted, de la imperiosa necesidad de volverla a ver. El en-

cuentro de ayer fue maravilloso y, tal vez por lo mismo, irre-
petible. Usted no es consciente de que la belleza produce co-
rrientes muy poco ortodoxas, corrientes que, por respeto, no
me atrevo a dirigir hacia usted. Pero su rostro las provocaba
porque es un rostro que, de repente, me devolvía muchas
cosas que soñé. ¿Es usted consciente de que necesitaba abra-
zarla, que sentía cada uno de sus rasgos como una cosa mía,
cercana, íntima como la comunión de los santos? Ante su be-
lleza soberana me sentí empequeñecido, acaso ridículo, tal vez
porque mi pasión no la merece a usted, del mismo modo que
un vulgar jardinero no merece el rosal que crece entre sus plan-
tas. Pero mientras sentía estos pensamientos redentores, tam-
bién me sentí criminal. Sentí que la agredía con pensamien-
tos brutales, que su excelsitud no merece. ¡Qué innoble soy,
cuán bajos mis instintos! Parapetéese contra ellos, santa mía.
Parapatéese porque, para decírselo en plata: quise saltar sobre
usted como una bestia y poseerla brutalmente...

En este punto, la folklórica se echó a reír:

—¿Saltar sobre mí? ¡Te arreo en la cara con el tacón del
zapato que de ésta te sale otro hoyuelo; pero en la frente!
¿No dices que me parapete? ¡Pues parapeteada me encontrarás, serrano! Anda y vete en buena hora, que cuando Reyes
del Río te necesite te llamará. ¡Eso no lo dudes!

Y rompió la carta en diminutos pedazos, mientras doña
Maleni la reclamaba para cenar.

Pero Álvaro no se marchó de Madrid, como anunciase.
Pasó todas las noches en su apartamento, fumando incesantemente delante del televisor y esperando que la carta hubiese provocado algún efecto en el corazón de Reyes del Río.

Estaba seguro de que ella acabaría por llamarle.

RECUPERÓ LA CENA DE LOS VIERNES, la de las confidencias con
Alejandro, en el restaurante hindú de costumbre. Pero ahora se
les unía Raúl, radiante como siempre y todavía más iluminado
por su primera realización en el amor. Así, cuando llegó el
camarero a quien un día comparase Alejandro con una hermosa
cría de rajá, no hubo frustración en el ambiente porque Raúl
era infinitamente más hermoso que aquel mancebillo y, gracias
a sus rizos negros, podía parecer más hindú que todos los
niños de Esnapur vestidos de gala para recibir a Debra Paget.

En esto reside la venturosa ubicuidad del amor. En la

capacidad de encarnar en el amado a todos los prototipos que, en otro tiempo, nos hicieron soñar; con la seguridad de que siempre los tendremos con nosotros. Pero el delirio del amor no correspondido posee un inconveniente que lo hace infernal: cuantos prototipos se proyectan en él, se hacen inalcanzables por depender de la imposibilidad del amor.

Los gallardos prototipos que encarnó Álvaro Montalbán en la imaginación de Imperia, navegaban ahora en aquellos mares e incertidumbre, dejándola huérfana de belleza. Decidió buscarla a su alrededor, desesperadamente, como algo apto para convencerla de que la belleza de ayer podría repetirse. No le extrañó en absoluto que todo cuanto buscaba se encontrase en aquella misma mesa y, además, en una pareja anormal por definición. Cuando menos, ellos habían conseguido encarnar con ventaja, el uno en el otro, los sueños que, durante años, les habían sustentado. Y aquella unión, por demás extravagante, ya era lo único que podía asociar con algo parecido a la belleza.

A ojos de Imperia, no sólo su hijo era hermoso: lo era mucho más la pareja que formaba con Alejandro, aquella unidad de dos; iguales en el trato, deferentes para con el otro, procurando que todos sus gestos encajasen en una envidiable imagen de la armonía cotidiana. Y, al contemplarles, Imperia no pudo reprimir el mismo sentimiento de soledad que le asaltase aquella noche en que partieron juntos hacia su nueva vida.

Lo que hasta entonces le pareció anormal ofrecía ahora sus aspectos más amables, si bien ella —y ellos mismos— no ignoraba que en modo alguno su caso podía tomarse como norma. La naturaleza era lo bastante bromista como para hacer que una relación que iba contra sus decretos se presentase bajo los rasgos de la perfección. Y, siguiendo con sus bromas atroces, la naturaleza invertía ahora los términos, haciendo que lo anormal fuese ahora su relación con Álvaro.

Desde el desconcierto en que se hallaba sumida, las bromas de la naturaleza empezaban a obsesionarla como una cárcel de la que era imposible escapar. En aquella cárcel, los perdedores agonizaban sin esperanza de prosperidad.

¿Cómo podía sentirse ella perdedora, si se hallaba dentro de la más estricta normalidad? Ella seguía con precisión todas las reglas de la guerra ancestral entre los sexos; la acreditada, perenne contienda entre el hombre y la mujer. ¿Cuántas batallas feroces no se libraron a lo largo de los siglos? ¿Cuántos cronistas no la habían celebrado? El tema era siempre el mismo. Un sexo contra el otro. Agrediendo el uno, contestando a la agresión el opuesto. Dos mitades que nunca podrían reconciliarse mientras la reconciliación descansase sobre el dominio.

Y, de repente, una pareja como la que formaban Raúl y Alejandro le estaban demostrando un nuevo camino. No el uno contra el otro. No dos seres enfrentados a perpetuidad. Los dos unidos para enfrentarse a algo. Ambos a la vez, para vencer siempre.

Sería difícil pronosticar si alguna vez podría plantearse, junto a Álvaro Montalbán, algo siquiera remotamente parecido a una batalla en común. Solamente en el trabajo, según iban las cosas. Y pensaba Imperia que ni siquiera en este campo podría funcionar la comunión, porque los límites del trabajo se habían desbordado de tal modo que, a partir de entonces, constituiría una tortura compartirlo.

En un momento determinado de la cena, Imperia necesitó exponer todos sus problemas, escuchar el consejo de Alejandro, sentir como mínimo la cálida certeza de su complicidad. Pero se resistía a hablar delante de su hijo. No quería ofrecerle la imagen de una mujer derrotada. Quería encarnar a la primera actriz, capaz de efectuar un fin de acto clamoroso, de los que ponen al público en pie. Quería que su hijo la recordase puesto en pie y aplaudiéndola siempre con fervor.

El camarerito hindú proporcionó un buen pretexto para que Raúl se ausentase durante unos minutos. No tenían tabaco. Y ella acababa de devorar febrilmente su último cigarrillo.

—Raúl, niño, ¿puedes salir a comprarme cigarrillos a cualquier bar?

—Me fastidia, pero puedo. Son tus pulmones los que no deberían poder. Los presuntos adultos os estáis matando con estas porquerías.

Imperia intentó un escape de frivolidad dirigida a Alejandro:

—¡Joder con el niño! No sé cómo puedes convivir con semejante puritano. Por suerte, me lo he quitado de encima. Dejé de ir muy joven a la iglesia porque me aburrían los sermones de los curas. Hoy todo el mundo quiere imitarles. Todo el mundo quiere redimirte de algo.

Cuando Raúl hubo desaparecido entre los camareros, la sonrisa se borró del rostro de su madre. Apoyó las sienes en los puños cerrados y los codos sobre la mesa, como si estuviese a punto de quejarse de una jaqueca mortífera.

—Estoy mal, Alejandro. Muy mal.

—¿A causa del ejecutivo? —preguntó él.

Ella afirmó con la cabeza.

—Te previne contra los peligros del pigmalionismo —precisó él.

—Me dijiste que podría enamorarme del hombre que Álvaro sería. Mucho peor. Me he enamorado del que es.

—No te entiendo. ¿Ya no quieres cambiarle?

—Casi estoy por pensar que debería cambiar yo. Presiento que todo cuanto he sido se vuelve en contra mía. Todo cuanto consideraba mis valores más acreditados, sólo sirve para aprisionarle. Tengo que cambiar, Alejandro, porque así no me acepta.

—Lo suponía. Otro de los peligros del pigmalionismo activo es que el idiota acabe adueñándose del inteligente. ¡Ya ves tú si puede fallar el mito!

—Seguramente, tienes razón. Yo pensé que conseguiría hacerle leer tres libros por semana y, en cambio, soy yo la que no ha leído una línea desde que nos conocimos. Pensé que se tragaría, por narices, las mejores películas de Madrid y, durante dos meses, sólo he visto aventuras de tiburones, titanes interplanetarios y luchas de bandas rockeras. Y, para colmo, cada vez que hemos hecho el amor he tenido que pagarlo con una retransmisión deportiva o adivinar quién se lleva el coche o el apartamento en Benidorm en el concurso «Toca la pera, remera». Se confirman tus temores: la vulgaridad es más contagiosa que la cultura. Puede con todo.

—Es la tónica de nuestra civilización, Imperia. ¿Por qué debería ser distinto en las relaciones individuales? Los cultos, los sensibles, los amantes siempre tendremos las de perder.

Había una última verdad que Imperia no se había atrevido a insinuar. Pero estaba allí, y seguía quemando.

—Y los viejos. Los que, al contemplar el cuerpo de nuestros amantes, envidiamos su maravillosa juventud. Seguramente es lo mismo que te ocurre a ti con mi hijo. Al sentirme yo así, casi me arrepiento de habértelo presentado.

—No es comparable. Yo no envidio la juventud de Raúl. Le amo con ella, porque es una parte más de su fuerza y porque ha empezado a comunicármela. Todo cuanto yo haga será en función de esa juventud, y en su provecho. Porque cualquier atributo de Raúl es digno de amor a mis ojos. Amo su ignorancia, sus pequeñas torpezas, todos los errores que cometerá en el futuro. No quiero hacer de él nada que él no sea. Le quiero libre. Jamás me permitiré vampirizarle. Y sé que él no lo hará conmigo.

Ella se limitó a reír con escepticismo. Tenía demasiado recientes sus ataques de histeria, sus dudas y vacilaciones, para otorgarle, ahora, un crédito mínimo.

—Empiezo a creer que esto es imposible de conseguir con un amante.

—Es que te equivocas, Imperia. Él no es mi amante. Es mi hijo. —La otra no se sorprendió, como esperaba. Así pues, continuó diciendo—: La naturaleza no quiso dármelo pero yo entro a saco en la naturaleza y le convierto en mi hijo eterno. A partir de esta invasión, ya no tengo miedo.

—¡Tú y yo siempre estamos en lo mismo! —exclamó Imperia, decididamente sarcástica—. Empiezo contándote un problema que, en el fondo, también es el tuyo. Te estoy contando la estafa de que he sido víctima y no te das cuenta de que es la misma en la que estás cayendo tú.

—Ya no, Imperia. Con nadie me había sucedido lo que me ocurre con Raúl. Cuando el amor termine, quedará este vínculo que nos mantendrá siempre unidos. Este vínculo se encuentra en el derecho a elegirse libremente. Cuando la naturaleza se equivocó, haciéndome nacer en este siglo nefasto, yo me tomé el derecho de ser griego. Yo nací en un siglo de madurez, entre columnas dóricas. Ahora, las circunstancias me dan la oportunidad de perpetuarme en un niño divino. Vuelvo a rectificar a la naturaleza y, así, Raúl y yo nos convertimos en padre e hijo. Éste es el derecho que pienso defender a cuchilladas, si es preciso.

—Y ahora tendré que ser yo quien te prevenga. Yo, quien te pida que te andes con cuidado.

—Al hacerlo, demuestras no conocer a tu hijo. Es un crío extraordinario y mi deber es que llegue a serlo más todavía. Nunca, ¿me oyes?, nunca debes compararle con aquellos niñatos pedantes de quienes te hablé en tantas ocasiones. Y mucho menos con Álvaro Montalbán. La sola comparación nos ofende a los tres: a ti, a mí y a Raúl.

—Es posible que tengas razón. Es posible que todavía no conozca a Raúl en absoluto. El pobre niño no me ha dado tiempo. Yo me limito a encontrarle cada día más alto.

—En esto también te equivocas —rió Alejandro—. Está igual que el día que le conocí. Es mi hijo, Imperia. Debo conocer exactamente sus medidas para cuando necesite ropa nueva.

A causa del atuendo de Imperia —un espectacular chaquetón Rabanne— eran observados atentamente por un matrimonio que se aburría en la mesa vecina. La esposa presentaba la vulgar ostentación de una clase media que estaba aprendiendo a vestir según las fiestas que salían en las revistas. El marido aprendió a vestirse viendo el No-Do, en su juventud, y esto ya no se borra nunca.

—Hablan de cosas muy raras —dijo la esposa al marido—. La sofisticada, que se parece a la Espert cuando se desmelena, es la esposa de ese guaperas de las gafas que se parece a Burt Lancaster cuando hizo *Trapecio*. Creo que les tiene muy preocupados el porvenir de su hijo, ese niño tan alto que se parece al hijo de Tarzán cuando era adolescente.

—¿Alto este niño? —gruñó el marido—. ¡Qué valor tiene la gente de dinero! ¡Si vieran al nuestro! ¡Ése sí que es un niño alto!

—Más alto sería si no se pinchase por culpa tuya.

—¿Culpa mía? ¿Acaso no fue tu madre quien le dio el dinero para la primera jeringuilla?

—¿Cómo no iba a dárselo, si estaba a punto de arrojarle la bombona de butano a la cabeza?

—Es que un niño tan alto y fuerte como el nuestro puede con todo.

—Eso sí. Mucho más alto que este niño tan pijo. Pero insisto: si tú no le hubieras abonado a pincharse, todavía sería más alto y fuerte. ¡Pobre Jacobo!

—¿Cómo vas a decirle a un niño de doce años que no se pinche? ¿Con qué autoridad? Sobre todo si, por detrás, su abuela le paga la primera jeringuilla.

—Lo que tú querías es que la matase de un butanazo. ¡Canalla! Tú odias a mamá desde que te dijo en público que los pies te huelen a chotuno. Pues es verdad. ¡Te huelen los pies! ¡Te huelen los pies!

Cuando Raúl regresaba con los cigarrillos de su madre, percibió algo extraño a su alrededor. En su inocencia, preguntó:

—Noto un olor muy raro, como un tufo que no es de recibo.

—Son los pies de aquel señor —contestó Imperia, tapándose la nariz—: ¡Dios mío! ¡Cómo cantan!

La esposa aprovechó la unanimidad:

—¿Lo oyes? ¡Hasta esa señora tan sofisticada tiene que decir que te cantan los pies!

—A mí me cantarán los pies, pero que nuestro niño es más alto que el suyo, esto va a misa.

Alejandro sintióse profundamente herido cuando oyó que un vulgar matrimonio de clase media pretendía tener un niño más alto que el suyo. De manera que dijo a Raúl:

—Le estaba diciendo a tu madre que tú eres mi hijo, pese a que hacemos el amor todas las noches.

—Me encanta tener un papá que folla tan bien —exclamó Raúl, alegremente.

La mujer de clase media estuvo a punto de desmayarse.

—¿Qué han dicho ahora? —preguntó el marido.

—Al parecer, el padre se acuesta con el hijo. Y, cuando digo acostarse, quiero decir que se entregan a las criminales acciones que la Iglesia atribuye a los invertidos malditos del Señor. Y lo que es el colmo: ¡la madre consiente en ello!

—¿Lo ves como siempre hay algo peor? A mí me olerán los pies, pero a lo que huelen los elegantes no lo puedo yo decir porque me falta vocabulario.

—¡Si san Isidro labrador levantase la cabeza y regresase a este Madrid, no aguantaría ni dos horas seguidas! —exclamó la esposa, abrochándose el chaquetón estampado con flores de lis.

—Eso. Cuando Su Santidad dice lo que dice ya sabe bien por qué lo dice.

—Es que lo que dice Su Santidad va a misa.

—Nunca mejor dicho, querido. Después de todo, Su Santidad es un santo.

Acto seguido, hincó los dientes en la merluza, que tomaba contra su voluntad pero con resignación, porque era vigilia.

LOS TRES TENÍAN LA COSTUMBRE de pasar de madrugada por cualquier *Vips*, para proveerse de la prensa del sábado. Una vez más, Raúl se prestó a hacer de recadero: bajó a recoger la mercancía mientras Alejandro y su madre aprovechaban para cruzar unas últimas palabras en el interior del coche.

—Hay algo en Álvaro que me obsesiona, y no para bien. —confesó Imperia—. Si ahora, que todavía se siente inseguro, actúa con tanta prepotencia, ¿cómo será cuando aprenda a caminar por su cuenta?

—Deja de pensar en cómo es él o cómo será. ¿Por qué no te buscas un poco cómo fuiste tú? Es el tipo de recuerdos que le ayudan a uno a reencontrarse...

—¡Reencontrarse! Esa obsesión por hurgar en el pasado, el propio o el colectivo, resulta enfermiza.

—Esa obsesión por darle la espalda todavía lo es más. ¿No piensas si hubo algún momento de tu vida que influyó sobre todos los otros? Ese momento en que abandonaste algo que juzgabas innecesario y que, sin embargo, no dejaste de necesitar a partir de entonces....

—¿Dónde empezó el cambio? No creo en este tipo de formulaciones. El cambio se produjo y yo soy su resultado. Y si hay un problema se llama Álvaro Montalbán, no Imperia Raventós.

Regresó Raúl cargado de periódicos, suplementos y sus revistas de cine. También había comprado un vídeo del National Geographic Magazine sobre microbios espantosos, otro sobre serpientes espeluznantes (¡ideal para un malagueño!) y un tercero sobre volcanes amenazadores. Alejandro temía un sábado científico, de manera que sonrió con resignación y escasa complacencia.

—Este niño me va a dar el *week-end* —comentó irónico.

—Defiéndete —dijo Imperia—. Léele algunas páginas de tu Horacio. Seguro que le ganas.

—No sirve. Resulta que le encanta.

—Lo dije en cierta ocasión: cuando dos coñazos se buscan, acaban por encontrarse.

Imperia les acompañó hasta su casa. Prometieron llamarla horas después, por si le apetecía un *brunch* sabatino. La vieron responder con un gesto no demasiado entusiasta. Evidentemente, no era su mejor fin de semana.

Cuando ya estaban acostados y con el vídeo a punto, porque Raúl no podía esperar a ver la película de los microbios, el niño reclinó la cabeza contra el pecho de Alejandro y manifestó su preocupación:

—He encontrado a mamá un poco rara. Mejor dicho: tope extraña. ¿Tú crees que le ocurre algo muy, muy malo?

—Más de lo que ella piensa. Ella imagina que sólo es por ese Montalbán. Más o menos, las duquitas que conllevan las cosas del querer y olé. No quería ni oír hablar del melodrama y ha caído en él de cuatro patas. ¡Ojalá fuese esto, de todos modos! Lo hemos visto en algunas óperas, ¿verdad? Pero en ninguna del gran repertorio universal se incluye, que yo sepa, el caso de una entera generación que, de repente, se descubrió inferior a sus sueños de ayer. Si algún día, en la escuela, te cuenten cómo fuimos verás que éramos, ante todo, tributarios de grandes sueños. Incluso en el amor, nunca esperamos que pudiera dominar nuestra vida un Álvaro Montalbán, no como valor sentimental sino en lo que lleva implícito como renuncia.

—Me gusta que me hables de esas cosas, pero me preocupa que le ocurran a mamá.

—No iba a ser ella la excepción, aunque es evidente que se fijó como objetivo el llegar a serlo. Es un error. Su gran error, seguramente. Todo ser humano persigue un sueño, y muchos no se dan cuenta de que acaso lo tuvieron y pasaron de largo; y el sueño quedó enterrado en algún momento de su vida. Algunos se resisten a recordar por miedo, porque equivale a recobrar ese momento en que, seguramente, fueron mejores. Esta actitud no es nueva en Imperia. Siempre se negó a hablar de lo que fue su vida antes de su llegada a Madrid. Con decirte que incluso sus amigos más íntimos no sabíamos nada de ti. Sólo que habías nacido y estabas en algún lugar, haciéndote mayor.

—Ya ves que tampoco os perdíais mucho... —murmuró Raúl, con un travieso mohín que buscaba un cumplido como respuesta.

—Ya ves que yo sólo me perdía la felicidad, idiota —exclamó Alejandro, riendo—. Pero no hablábamos sobre ti; no quieras estar siempre en todas partes. Tu madre es un caso extremo de amnesia voluntaria. Nada de nostalgias, nada de culpas. A saber dónde enterró ella aquel sueño suyo. Algún día debería buscarlo. Y creo que este día ya está aquí. Es inútil que disfrace su crisis atribuyéndola a un desengaño por un vulgar señorito de provincias. Se limitaba a apuntarse a la crisis que hemos pasado todos nosotros. La bomba está a punto de estallar.

Vieron la película de los microbios. A Alejandro le dio un asco espantoso; así pues, la cambiaron por otra que contaba las aventuras del ladronzuelo de Bagdad; pero Alejandro se durmió cuando Sabú llegaba al templo de la diosa que todo lo ve y Raúl aprovechó para continuar apasionándose con sus microbios y sus volcanes hasta que también quedó completamente dormido.

Continuaban durmiendo juntos y, a veces, abrazados. Ya estaban comprometidos en la suave sensación de percibir los cuerpos en medio del sueño. Sentíanse tan unidos que sólo al cerrar los ojos se transformaban en individualidades, comprometido cada uno en mundos distintos. Por lo mismo, los cuerpos se habían convertido en una costumbre que se alarmaba excesivamente, caso de sentirse interrumpida por la ausencia de uno de los dos. Así, cuando Alejandro sintió en pleno sueño que el cuerpo de Raúl no estaba junto al suyo salió a buscarle al otro extremo del apartamento.

Le encontró sentado ante la pared donde aparecía toda su colección de postales del cabo de Sunion. Estaba desnudo y contemplaba aquellas ruinas del templo y los reflejos del crepúsculo sobre el mar de los mitos con la plácida complacencia de un efebo antiguo que regresaba a su patria de origen después de un largo peregrinaje por tantos siglos de esterilidad.

Alejandro se arrodilló detrás de la silla y retuvo su cuerpo, mientras le besaba en el cuello con dulzura, sorprendido de que aquel encuentro ante sus fotos más amadas no se hubiera producido antes.

—Me he despertado soñando cosas muy extrañas —decía Raúl en voz muy queda—. Yo era mayor como tú y tú eras como ahora mismo. Estábamos frente a esas ruinas, cogidos de la mano, y yo te preguntaba por qué tenías tantas fotos de un mismo tema. Y tú no sabías contestarme. Entonces, me he despertado y he decidido averiguarlo por mi cuenta

Nada complacía tanto a Alejandro como revolverle los negros rizos, mientras miraba hacia el fondo de aquellos ojos desmesuradamente abiertos a la sorpresa.

—Durante años, sólo tuve estas imágenes como guía espiritual. Y, últimamente, sólo las tenía como consuelo de mi soledad. ¿Recuerdas lo que te dije antes sobre los sueños? También hay lugares que los resumen. Cuando ya no se dan en la realidad, existe algún sitio, en algún lugar, que guarda mis sueños. Un sitio lleno de fantasmas que me han hablado desde siempre. Maestros lejanos a quienes debo lo mejor de mí mismo.

Ahora fue Raúl quien le acarició la frente. Sin gafas, parecía más rudo. Se le antojaba un héroe primitivo que salió de las montañas para ponerse a razonar.

—¿Cómo es posible que un hombre como tú no encontrase la felicidad antes de ahora? —preguntó, lleno de sentimiento.

—Pensaba que era debido a mis exigencias. Siempre temí que fuesen demasiado altas, que esto me condenaba a no cumplirlas nunca. Después, he sabido que mi fracaso se debe a causas más complejas. Es una desesperación que tú no puedes entender. Algo que ya no depende sólo de mí. Es encontrarse al final de una época. Asistir a su derrumbe, sin solución posible. Tengo esta sensación cada vez que pienso en lo que nos rodea. Es el ocaso de un mundo que nunca fue el mío, donde no encajé, que ni siquiera me quiso.

—Entonces tú eres de esos alarmistas que creen en el final de nuestra civilización...

—Necesariamente. Vendrán razas más poderosas o más sabias. No somos los únicos ni somos los mejores, aunque lo fuimos en un momento privilegiado. —Señaló al azar una de las fotos de Sunion—: Ese momento fue uno de ellos. No estas columnas en concreto, sino todo el mundo que representaban. Así pues, me adjudico el derecho de haber nacido en él.

—No digas esas cosas —suplicó Raúl—. Los finales me dan mucho miedo.

—Hace ya tiempo que asumí este miedo. En todas las catástrofes, siempre hubo algunos que se salvaron. Los puros, los intocados, los que llegaron a tiempo de decir que no.

Raúl se empeñó en meditar sobre aquellas palabras, pero no podía. Su significado implicaba una negación del tiempo que le quedaba por vivir.

—Cuando te decidas a hacer tu viaje quiero estar contigo. Igual que en mi sueño. Y cuando tenga que decir que «no» indícamelo, porque yo ignoro cuándo conviene hacerlo y podría meter la pata.

—Quiero que estés conmigo, cuando vaya a Grecia. Tal vez nunca me decidí a ir porque no tenía a nadie a quien transmitir toda esa confusión que llevo dentro. Y todavía ignoro si tengo el poder de hacerlo. Ni siquiera el derecho.

—¿Quién si no tú podría tenerlo? Cuando, algún día, lleguemos a esa Grecia tuya, te llamaré padre como tú deseas. Y creo que allí te entenderé de una puñetera vez. Porque, ¡mira que llegas a ser complicado, profesor!

Alejandro dejó caer la cabeza en el regazo del niño. Al otro lado de los cristales, nacía otro de sus amaneceres redentores. Otro sábado maravilloso, creado para una agradable compañía de dos convertidos en uno.

IMPERIA PASÓ EL SÁBADO a solas. Podía almorzar con Alejandro y Raúl, pero no deseaba imponerles su presencia. Sabía que pasaban el fin de semana encerrados en casa, viendo películas, escuchando música, arreglando papeles, o simplemente estudiando. Era justo dejarles a solas con la felicidad, mientras ésta tuviese el antojo de durar. Además, Raúl había empezado la redención de Alejandro como fumador y ella sólo estaba dispuesta a renunciar a sus cigarrillos delante de un cliente americano. Esos que ya no tienen remedio.

Tan distraídamente conducía que casi se dejaba llevar por el antojo del coche. Éste la depositó en un parque que guardaba algún parecido con la naturaleza. Algo que podía mandar sobre sus sentidos, determinarlos acaso, aunque sin incurrir en saturaciones. Para una urbana vocacional, la naturaleza siempre implica alguna acusación de negligentes anteriores, transmitida por voces que no siempre resulta grato escuchar.

Alejandro había hablado del recuerdo. Había invocado la masturbación de la memoria. No era sencillo, después de tanto tiempo ignorando aquella práctica. Además, le faltaba valor. En fin de cuentas, para mirar atrás se necesitan más cojones que para vivir el presente o afrontar el futuro.

Los días traidores de la memoria. El valor implícito en el acto de recordar. El arrojo necesario en la decisión de revivir. El terror de releer la propia vida al cabo de los años. No sólo el miedo de encontrarle faltas o superaciones, sino de encontrarse a sí misma tal como fue. Encontrarse todavía inexperta y, por serlo, tan libre. Su inexperiencia fue un reflejo de su juventud y, al mismo tiempo, del entusiasmo que guiaba todos sus actos. El ardor por las cosas cuando no las tenía, la fogosidad del amor cuando todavía no lo conocía. La divina inconsciencia que, hoy, su maldita capacidad de reflexión le hacía considerar equivocada. Pero entonces vivía. Por lo menos, sentíase viva. Y todo error era mínimo ante esta garantía que desbordaba el alcance de todos sus proyectos; que era un proyecto en sí mismo. Y, además, gigantesco.

¡Había, entonces, tanta fe en todo; en sí misma, en su capacidad de abarcar el mundo; tanta fe de llegar a comprenderlo algún día, mientras esperaba que la vida, al desarrollarse, le diese credibilidad como persona! Y cuando la vida se la había otorgado, desapareció la fe, desapareció aquella capacidad de creer en algo; capacidad que era, en el fondo, el atributo más envidiable de la juventud.

Quiso recuperar, en su memoria herida, aquella frescura, aquel descaro, que los desencantos ya no volverían a permitir. Porque el desencanto sólo es un refugio desesperado, una figura retórica que enmascara el final de la vitalidad. Cuando esto ocurre, la ilusión se arrepiente por haberse prodigado tanto y se venga negando cuanto otorgó.

Decidió narrarse a sí misma en beneficio de su desconcierto de hoy. Al narrarse, aspiraría a la frescura de aquellos primeros tiempos; al descaro, la insolencia, la impagable sensación de que no había nada que perder y todo por ganar a cada paso. Época en que el lema era o todo o nada; cuando se esperaba alcanzar la cima del mundo o no moverse de casa. Lo contrario de hoy, lo distinto de ese presente de veinte años después, cuando todas las cosas que llevaba aprendidas ya no sustituían a lo que entonces fue estallido de pasión, materia primera, fuerza más viva que cualquier aprendizaje. De la rabia de ayer quería recobrar la alegría del vómito vital, el éxtasis de los errores, la fuerza que le impelía a romper con todo a cada instante, a dar un soberbio puntapié a todas las leyes establecidas.

Así, la razón del recuerdo no sería tanto restituir cuanto restituirse, colocándose en la insolencia de ayer, en la desmesura de la juventud, cuando todo se espera. Restituirse. Ésta era la palabra. Recobrar toda su fuerza y decidir dónde había estado el mal. Más aún: el daño. Pensó entonces que éste existía y sospechó dónde atacaba. El daño no estaba en lo que había conseguido, antes bien en lo que había rechazado. Su primer orgullo. El apasionado mensaje de la juventud. La capacidad de encantarse en todo momento y para siempre. La capacidad para arrojar al mundo un aullido apto para librarla de su cárcel de indiferencia.

Como si una secreta voz clamase en su interior, con sones bíblicos:

—¡Levántate, mujer, porque has nacido para perdurar!

AL DÍA SIGUIENTE, Imperia Raventós llegaba a la Firma impulsada por una importante decisión que, por otro lado, no le resultó fácil adoptar.

No volvería a insistir en sus llamadas a alguien que, por algún motivo, no deseaba hablar con ella. Alguien, que además, era tan basto como para no ofrecer siquiera una explicación de su actitud.

Intentó recobrar su antigua libertad, restituyendo de nuevo a la profesional el puesto que había usurpado la mujer. Recordaba que, en un momento determinado de su incipiente relación con Álvaro, había temido aquella sustitución porque atentaba seriamente contra su personalidad. La indignación que le produjera el éxito de su pupilo entre determinadas damas la ofuscó de tal modo que su objetividad profesional quedó seriamente en entredicho ante ella misma. En aquellos días anteriores a la Navidad, su cerebro había sucumbido bajo el poder de armas cuya existencia nunca presintió. Ahora, conocía el efecto de las mismas y pensaba utilizarlas en su propio favor. No renunciaría a su trabajo, pero lucharía contra todos los elementos externos que se interpusieran entre el trabajo y el éxito.

Se puso manos a la obra con el ardor que se espera de un miembro destacado de las Mujeres Profesionales Airadas.

Esta vez no pensaba renunciar a sí misma. No pensaba seguir tratando a Álvaro Montalbán como a un amigo. Era un cliente más. Un documento. Unas fichas. Un *dossier*. Con esta convicción se entregó a su trabajo, aplicada y convencida; pero en modo alguno fascinada.

Protegida por aquellas decisiones, entró en el despacho de la dirección, dispuesta a escuchar las estupideces de Eme Ele. La sonrisa con que éste la recibió parecía una recompensa por sus gestiones cerca de Adela. No quiso decirle que habían sido innecesarias. Que Adela tenía su decisión tomada de antemano. Asumiría lo que Adela le hubiese dicho, se limitaría a asentir como una idiota y aceptaría todo su agradecimiento. Un mérito siempre es un mérito. Y una medalla nunca viene mal, aunque sea falsa.

Eme Ele estaba al teléfono. Hablaba con Hache Erre (Henry Roberts) quien a, su vez, acababa de hablar con Jota Equis (Juanjo Xicoi) sobre el complicado asunto de Pe Ese (Paquita Sanchiz), quien tenía graves problemas con su productora privada de televisión. Se trataba, al parecer, de unos de sus chanchullos habituales. Vendía los programas tres veces más caros de su valor real y televisión los aceptaba por las excelentes relaciones de la periodista con un jefe de alto nivel (se hablaba de cama). Ahora, el espacio y su directora se habían visto sometidos a una auditoría y, tratándose de la televisión pública, amenazaba por convertirse en un asunto político, de esos que aprovecha puntualmente la oposición de derechas para arremeter contra el poder de izquierdas, cada vez que se acercan elecciones. O eso dicen unos y eso niegan los otros.

Eme Ele no podía hacer nada por Pe Ese. El tema ya había saltado a las revistas, la auditoría no contenía un solo dato falso y, en una última instancia, ella era una pobre idiota por haberse dejado atrapar, comprometiendo a tantos altos cargos de probada valía profesional e intachable conducta pública.

—Ando muy histérica esta mañana —dijo Imperia, cuando el jefe hubo colgado el auricular—. No me cuentes chanchullos complicados porque podría romperte la botella de Ballentine's en la cabeza.

—¿Has notado el cambio? No se te escapa nada.

—Tenía que llegar. Era una marca que te faltaba.

Eme Ele acogió sus palabras con otro despliegue de sonrisas.

—Hoy me siento optimista. ¿Y sabes por qué? Por el ejercicio físico. ¡He empezado mis partidos de squash!

—La verdad es que me cuesta imaginarte haciendo ejercicio. Ten cuidado. Puede darte un infarto cuando te agaches para recoger el chandal.

Como siempre, él continuaba en su historia particular:

—Tampoco yo podía imaginarlo hace sólo un mes. Me convenció Pe Eme. Le debo la revelación de un mundo nuevo. ¡Me siento tan gratificado!

—No quiero liarme en un mar de siglas —comentó ella, con total desinterés—. Dime: ¿quién es ese Pe Eme?

—Pérez Montalbán, mujer. Nos hemos hecho muy amigos —comentó Eme Ele—. Me ha llevado personalmente a su club. Todo un detalle, ya que es un club de lo más exclusivo. Sólo puras razas.

Ella pasó de la indiferencia al encono, sin transición.

—Así que tienes tratos personales con nuestro tiburoncillo... ¡Magnífico! Y dime: ¿os conocisteis tomando el billete del metro o reservando celda en Carabanchel?

—Me invitó a almorzar hace dos semanas. Después, le invité yo. Ya sabes cómo son esas cosas. Hemos estado saliendo. Le he presentado gente. Todo el mundo está encantado con él. La verdad es que es un tipo muy chic. Una inteligencia privilegiada. Oye, y, además, muy educado, muy elegante, con un sentido innato de la sofisticación. Creo que no tendrás tanto trabajo con él como temíamos.

Ella deseó estrangularle. Lo habría hecho mucho antes, pero una siempre está a tiempo para cumplir un acto de justicia. Pero en aquella ocasión le detestaba porque, ahorrándole trabajo, le restaba horas junto a Álvaro. Caía el velo con que minutos antes consiguió disimular el verdadero carácter de su relación. Y caía de manera estrepitosa. Así de sencillo. Pero supo fingir.

—Me alegra lo que acabas de decirme. Me alegra no tener tanto trabajo con Álvaro Pérez. Y me alegraría mucho más no tener ninguno.

—Nada de Pérez. Montalbán, querida, Montalbán. Se lo pusiste tú misma. ¿O ya no te acuerdas?

Se acordaba perfectamente. Todo lo que se refería a aquella invención estaba escrito en lo más profundo de sí misma.

Le revelaba que continuaba devorándole las entrañas.

Necesitaba salir urgentemente del despacho de Eme Ele. Necesitaba encerrarse en algún rincón oscuro, donde poder desahogar toda su furia. Pero Eme Ele no la soltaba. Sentíase en humor de interrogatorio.

—¿Hablaste con Adela? —preguntó, con insólita dulzura.

—Hablé, sí. Ya no te deja. ¿Es esto lo que te interesaba?

—Tenemos que celebrarlo con una buena cena. De camarada a camarada: me has quitado un peso de encima.

Le miró con desprecio. A cambio de quitarle aquel peso, acababa de ponerle otro a ella. Un peso pesado.

Ya sentada ante su mesa, analizó rápidamente los progresos de su palurdo. Según Eme Ele eran extraordinarios. No dudaba Imperia que lo serían. Extraordinarios por lo anormales, increíbles por haberse producido en un plazo tan corto. ¡Tantos progresos en tan poco tiempo y, además, sin contar con ella!

«¡Un verdadero dandi! Es de risa. Este tipo de metamorfosis no se producen en la vida real. Simplemente, no es posible. ¿O es más inteligente de lo que aparenta, o ha ido mucho más lejos de cuanto yo pudiera imaginar? No puede ser que en tan pocos días pudiera chuparme la sangre de esta manera. Tendría que ser un vampiro. ¿Por qué no puede serlo? Ese tipo de seres existen, pero dudo mucho de que sean tan aplicados. ¿En cuánto tiempo ha podido sacarme tantas cosas sin que yo me diese cuenta? Un dandi, un chic, un sofisticado. Una obra maestra de vampirismo. Entonces, no necesita garras. ¡Tiene colmillos!»

Ocurre que, a veces, fuera del teatro, Galatea es mucho más rápida que el propio Pigmalión. No espera a recibir lo que éste pretende enseñarle con paciente tenacidad, con abnegada solicitud. Ella toma con urgencia lo que necesita para una primera emergencia, lo más aparente para su desarrollo superficial. Galatea se convierte, entonces, en un vampiro. Y en otras ocasiones puede ser un monstruoso transmisor de su propia vulgaridad. Porque la vulgaridad de Galatea es tan fuerte, tan poderosa, que acaba contagiando a Pigmalión, hasta anularle por completo.

Tendría que contárselo a Alejandro. Se partiría de risa.

Pero había algo mucho más importante que resolver: aquel enemigo a quien poco antes estaba decidida a combatir volvía a hacer su aparición, debidamente armado, pidiendo guerra otra vez. Éstas son las trampas de la pasión. Nos obliga a desterrar al enemigo sin permitirnos comprender que sólo esperamos a que vuelva para realizarnos. Porque, en el fondo, sin nuestro enemigo no somos nada.

Y ahora que Álvaro había reaparecido, feroz, sardónico, burlándose de ella desde un terreno que la mortificaba hasta la obsesión, empezó a actuar como lo que verdaderamente venía siendo en los últimos tiempos: una mujer desesperada.

—¡Tendrás que recibirme! —exclamó, sin pensar que alguna secretaria pudiera escucharla—. ¡Tendrás que ceder, antes de que empiece a destruirte!

Si Álvaro Montalbán había recurrido a una carta para expresar la esperanza de un amor folklórico, Imperia recurría al mismo sistema para desencadenar la furia de su orgullo, acaso operístico. Este renacer del género epistolar en la época del fax y el teléfono motorizado podrá confundir a quienes no comprendan que estos personajes estaban actuando en la onda del romanticismo más elevado. Lástima que se acogieran a él sin reparar en el sentido del ridículo.

De haberse encontrado Imperia en sus justos límites, nunca habría escrito una carta en los siguientes términos:

Detesto escribir cartitas, pero éste parece ser el único medio de comunicarme contigo después de tantos días. Recurro, pues, a él. Por supuesto, no tengo el menor interés en meterme a averiguar el alcance de tus mentiras ni a entrar en reproches de dudoso gusto que pudieran rozar la estética sentimentaloide. No voy a hablarte de las pequeñas responsabilidades que los seres humanos contraemos unos con otros, cuando se han entrecruzado determinadas palabras y han vivido determinadas situaciones. Ni sermones, ni consejos ni hostias. Ahora bien, me parece simplemente desleal que te portes así conmigo.

Si me has conocido un poco comprenderás que hay dos situaciones por las que no transijo. La primera es la deslealtad. La segunda que me tomen por una idiota. Y, desde luego, para mi salud mental no me conviene quedarme con ninguna de esas dos impresiones.

Como yo carezco del carácter benevolente de las mujeres que, sin duda, te atraen, no voy a tolerar de ninguna manera que esta historia se termine a base de cartas que se escriben y no se envían, ya por pereza tuya, ya por cobardía a la hora de afrontar una situación. De manera que llámame inmediatamente. Como podrás comprender, yo no tengo el menor problema en venirte a buscar a tu casa, a tu oficina o al mismísimo infierno para poner en claro cuatro o cinco cosas que no quiero dejar sin resolver.

En otras palabras, niño. De mí no te ríes tú ni la puta madre que te parió. O sea que llámame inmediatamente o de lo contrario te monto un cristo como no lo has visto en todas las procesiones de tu pueblo. O te pones en contacto conmigo o en tu famosa empresa se van a enterar del día que vino Imperia Raventós a visitarte.

De momento, aquel texto no la avergonzó. Estaba demasiado reciente. Por el contrario, el propio impulso le exigía una acción inmediata. No bien dejó de escribir temió a los efectos de un aplazamiento. ¿Por qué esperar a que llegase aquel día anunciado para la destrucción? ¿Por qué demorar una escena que sólo un exceso de furia, una desesperación en su punto culminante, podían llevar a buen término?

La furia no podía enfriarse. Tenía que estar al rojo vivo. estallar sin tregua. El día del horror era aquél y no otro.

Debía entregar la carta en mano. No le vería a él, pero los demás le contarían la escena, le hablarían de su indignación, del odio amenazador que surgía como llamaradas por su mirada. Esto serviría para intimidarle. No quedaba otra alternativa. Tenía que entregar la carta en mano. El escándalo servido a domicilio.

Sus secretarias la vieron salir sigilosamente, como un ladrón. No dejó dicho dónde podían encontrarla, en caso de urgencia. Ni siquiera cogió su propio coche. Cualquier taxi serviría. No podía malgastar su concentración vigilando atascos. Necesitaba planear todas las palabras, repetírselas una y otra vez, tenerlas dispuestas, rigurosamente a punto. No podía perder el tiempo recordándolas. El esfuerzo mental no debía restarle un ápice de furia. Que supiera ese Álvaro de lo que es capaz una mujer superior con sólo poner los pies en su oficina. ¡Qué no haría cuando se encontrasen frente a frente!

La pizpireta Marisa y la vivaracha Vanessa la vieron entrar sin el empaque de otras ocasiones. Su paso era decidido, sí, pero ella ofrecía un aspecto fatigado, con el rostro contraído por una tensión extrema y las manos moviéndose agitadamente, con gestos indecisos.

Marisa se permitió un poco de perversidad: estaba contemplando a una mujer sofisticada, vestida de Dior —en realidad era de Armani—; una mujer dueña de sus destinos y que, de repente, se presentaba sustituyendo a los mensajeros, al servicio de correos y a la telefónica. Una mujer que, además, tartamudeaba al hablar. Fingía dureza pero lo cierto es que tartamudeaba.

—Qué envejecida está —comentó Marisa, al verla entrar—. Esas sofisticadas se maquillan tanto que acaban con la piel destrozada.

¡Fenomenal! Las mujeres que no eran picaditas de viruelas también podían aparecer desastrosas de vez en cuando. Llevada por aquella satisfacción inesperada, Marisa recogió el sobre que Imperia le tendía.

—Se lo entregaré a don Álvaro así que pueda —dijo la secretaria, en tono neutro.

—Júreme que no se le olvidará —exclamó Imperia, en un gemido.

Marisa adoptó una expresión de gran profesional herida en su orgullo.

—No es necesario que lo jure, señora. Es mi obligación. Se la entregaré así que pueda. No puedo decirle más.

Imperia vio cómo dejaba la carta de lado, sobre una carpeta llena de otras muchas.

—¡Désela ahora! —gritó—. ¡Désela de una vez!

—Ahora no es posible. Está reunido.

Agarró a la pizpireta por el *foulard*. Se vio obligada a intervenir la comprensiva Vanessa.

—¡Don Álvaro puede interrumpir una reunión para recibir una carta! ¡Usted no me conoce! ¡O se la entrega ahora mismo o le armo un escándalo!

«¿Y qué creerá que está armando ahora mismo, pobrecita mía?», se dijo Vanessa, con la típica comprensión de una gran chica Pux. Aunque la dama iba de Armani —o de Dior o de quien fuera—, no podía estar más necesitada de ayuda espiritual.

Como sea que Imperia distaba mucho de poseer un corazón de *majorette*, seguía reaccionando con violencia a la ayuda Pux en cualquiera de sus manifestaciones. Así acabaron las tres, enzarzadas en un histriónico intercambio de imprecaciones que despertaron la atención de otros departamentos.

En plena batalla, se abrieron las puertas de lo que hasta entonces pareciera el recinto sagrado del gran sátrapa.

Apareció, entonces, Álvaro Montalbán. Recto, severo, indoblegable. El hombre a quien nadie podía localizar estaba, pues, en su despacho. Y, desde él, estuvo mandón:

—¡Señoras! Les recuerdo que esto no es un lavadero público —dirigió a Imperia una mirada indiferente—: Me pareció oír tu voz.

—Me maravilla que puedas reconocerla —murmuró Imperia amargamente. Y descubrió que su aspecto físico era tan lamentable como habían supuesto, sin ella saberlo, las *majorettes* Pux.

Él la invitó a entrar. Ella intentó recobrar su dignidad, tomando asiento con afectada distinción. Una pierna encima de la otra. La falda, un poco audaz. Pero ni siquiera servía como pose.

—De manera que me traes una carta... —dijo él, por todo comentario—. ¿Tengo que leerla?

—¡No la leas! —exclamó ella, instintivamente—. Ya no merece la pena.

—Si dices esto es que tengo que leerla. No me gusta dejar las cosas en el aire. Es la base del éxito. Tú, precisamente, deberías saberlo.

Imperia se precipitó hacia su mesa, dispuesta a arrebatarle la carta.

—¡Conténte! —ordenó él—. Tengo derecho a saber cómo se expresa mi asesora de imagen... Por cierto: la tuya deja mucho que desear esta mañana...

—¡Basta ya, Álvaro! Lee de una vez y déjame ir.

Era difícil adivinar lo que Álvaro estaba pensando mientras leía. Permanecía con la expresión inalterable de un severo juez dotado de alguna capacidad para el análisis. Permanecía erguido junto a la mesa, apoyado en ella con la mano libre. Lanzaba profundos suspiros, que indicaban su voluntad de hacer justicia. Y aun detestando aquel alarde de prepotencia, Imperia sentía que era aquélla, y no otra, la imagen que continuaba presidiendo su deseo. La imagen que le mostraba dominador, brutal, casi canalla. El duro ideal.

Dejó la carta de lado. Se dedicó a observarla detenidamente, con sonrisa burlona en los labios. Completaba la imagen del juez, colgando los pulgares en los bolsillitos del chaleco.

—Este escrito es indigno de la Imperia a quien admiro.

—¿Dónde está esa Imperia? —gritó ella—. Dime cómo es. ¡Dímelo para que pueda traértela!

Intentó abrazarle. Él se apartó bruscamente.

—Te pagan para educarme, no para que me des malos ejemplos. ¿Te extraña que te hable así? Es mi lado práctico. Tu trabajo no ha terminado. Pensaba decírtelo después de unos días sin vernos. Perdona, pero lo consideraba imprescindible para la buena marcha de nuestras relaciones profesionales...

—¿Profesionales, dices? ¿Cómo puedes ser capaz de hablar así después de todo...?

Él la interrumpió con otro de sus gestos autoritarios:

—Profesionales, Imperia. No se me escapa que te necesito. He pensado mucho en nuestra relación. A los dos nos conviene ceñirnos a las reglas. Cumplirás todos tus proyectos. Recuerdo la anécdota del escritor americano, el que estaba liado con una cotilla de la prensa. Lo de la universidad de un solo alumno me pareció muy bien. De hecho, si un escritor americano lo aprobó es que funcionaba. Vamos a ponerlo en práctica. Me enseñarás como sólo tú puedes hacerlo...

—Mi trabajo puede empezar ahora, aunque posiblemente

no será el que tú esperas. Empiezo a hacer llamadas y te desacredito completamente antes de que consigas destacar. Salgo de aquí y me pongo a mover hilos.

Álvaro se echó a reír. El desafío de Imperia estaba consiguiendo un efecto contrario: lejos de intimidar, le estaba excitando.

—No seas ridícula. ¿Me amenazas con tus amigos de la prensa? Nuestro departamento de relaciones públicas ha averiguado lo que cuesta un buen reportaje en alguna de esas revistas que tú crees dominar. Son precios altos, pero no hay nada que el dinero no pueda comprar. Y en esta casa, están dispuestos a invertir lo que sea en favor de mi prestigio. —Encendió un cigarrillo. Inesperadamente, dominaba el arte de acompañar sus palabras con el humo, para darles mayor énfasis. Así, exhaló una bocanada entera al decir—: Anoche cené con tu amiga Rosa Marconi. Encantadora. Creo que puedo considerarla una buena amiga y una aliada fenomenal. No necesitarás intrigar con ella. Le sacaré lo que me proponga.

—Ten cuidado, Álvaro. Tú no dominas este mundo. Podría aplastarte antes de lo que esperas. Es de pésimo estratega confiar excesivamente en las propias fuerzas cuando ni siquiera se ha presentado la ocasión de probarlas.

Por toda respuesta, Álvaro descolgó el teléfono, mientras se arrellanaba en su sillón giratorio.

—Creo entender que me amenazas con publicar algo desagradable sobre mí... algo que podría comprometerme...

Ella afirmó con la cabeza. Él comunicó su orden por teléfono.

—Marisa. Póngame ahora mismo con Manolo López, es decir, el señor Eme Ele.

Parecía disfrutar extraordinariamente con la situación. Al contraer los rasgos, volvía a él la expresión del niño. Pero era un niño cruel.

—No pienses que vas a sorprenderme —decía Imperia, fuera de sí—. Cualquier intriga que tú puedas aprender sobre la marcha la he aplicado yo mucho antes.

—Pero yo la aplicaré mucho mejor, Imperia, y sin necesidad de intrigar tanto. A partir de un momento determinado yo tendré acceso a muchos lugares que te están vedados. Si fueses tan inteligente como aparentas, te limitarías a vestirme bien y me enseñarías a comportarme...

Sonó el teléfono. Eme Ele se había puesto al momento. «¡Servil como todos los demás! —pensó Imperia—. ¡Servil y fácil de deslumbrar! ¡Pandilla de chacales!»

Álvaro ya estaba hablando con su jefe, en tono completamente fraternal.

—¿Cómo van las agujetas, macho? Tranquilo, en una semana se te pasan. El presidente me ha hablado muy bien de ti. Claro que puedo arreglarte una cena con él. Fija tú el día. Por supuesto, yo también estaré. Combinaremos lo que sea. Nada, macho, para eso estamos los amigos. Por cierto: te llamaba para una cuestión muy delicada, tipo confidencial. Sé que en una de esas revistas semanales podrían publicar algo sobre mí... —Quedó atento a la respuesta. A juzgar por su sonrisa de triunfo, aquélla resultó satisfactoria—. Es lo que suponía. En fin, macho, que uno se siente protegido con tan buenos amigos...

Al colgar, se permitió una sonrisa malévola, destinada indudablemente a despertar la curiosidad de Imperia. Se permitió un prolongado silencio, hasta descubrir que ella no podía ofrecerle resistencia.

—Tu jefe ha reaccionado como yo esperaba. Ante cualquier intento de perjudicarme, tú te pondrás inmediatamente en acción. O sea que deberás anular lo que tú misma habrás montado. No te creo tan tonta como para hacer dos veces el mismo trabajo... ¿O me equivoco? ¿O eres, en efecto, tan tonta?

Lejos de sentirse atrapada, Imperia sentía renacer su furia:

—No ignoraba que habíais almorzado juntos y que fuiste tú quien le llamó primero. ¡Quiero saber por qué lo hiciste!

—Eso, a ti, no te importa.

—Tus asuntos los llevo yo. Cuanto hagas me concierne. Todos tus actos me preocupan. —De repente, cambió de tono. Hubo algo de entrega en su siguiente escape—: Me necesitas, Álvaro. ¿No te das cuenta?

—Querida Imperia, estás usurpando funciones. Es cierto que casi podría ser tu hijo, pero resulta que soy tu amo. Por dos razones: por hombre y porque pago. Así que deja de hacer el ridículo y ponte en tu sitio.

Inevitablemente, ella levantó la mano para abofetearle.

—¡Eres un chulo de lo más vulgar! —exclamó, con un grito ahogado.

También inevitablemente, él consiguió cogerla por la muñeca y empezó a retorcérsela, con la mirada fija en sus ojos, hasta derrotarla.

—Yo también podría decirte cosas que no te gustarían. ¿De qué te las das? Si yo soy un chulo, no quiero recordarte lo que eres tú. Desde tu posición, no deberías quejarte. Al fin y al cabo, has cobrado por tus servicios. ¡Y, además, te has llevado un buen suplemento por calentar mi cama! Seguirás cobrando; pero, a partir de ahora, mi cama me la caliento yo.

Ella no podía dar crédito a sus oídos. Algo en lo que no quería caer, algo a lo que se había visto arrastrada, se volvía en contra suya hasta el extremo de desacreditarla completamente ante él.

En un arrebato de desesperación, cogió el bolso para salir apresuradamente. Pero él la retuvo, una vez más.

—Todavía hay algo que quiero decirte para aclarar de una vez esta situación. No te pongas contra mí. Yo no he perdido nunca. Cuando me hayas educado, cuando me tengas como tú me sueñas, ya no podrás perjudicarme. Tu deseo es mi éxito. Procura que siga siendo así. Lo demás no me interesa.

De pronto, ella perdió todo control y se arrojó contra su cuerpo. Le abrazaba frenéticamente, hundía las uñas en su americana como cuando intentaba traspasarla, en otros momentos de una excitación muy distinta.

—Mi deseo es que estés conmigo —gimió, exhausta, en la rendición—. El éxito ya no me importa. Sólo sé que te quiero con locura.

Acababa de reconocerlo. La evidencia, largo tiempo escondida, estallaba como el irónico portavoz de una desolación que se negaba a tomarse en serio a sí misma.

Él se deshizo de su abrazo con una mueca que bien pudo ser de desprecio.

—No me quieras, Imperia. Yo no pretendo hacerte daño, pero sé que puedo hacértelo. Es más: veo que ya es irremediable. —De pronto, retrocedió sobre sus propias palabras, rectificó su actitud, y en tono adusto, añadió-: Tengo una meta en la vida y pienso llegar a ella cuanto antes. No puedo distraerme por el camino. La semana próxima reanudaremos nuestros proyectos. Tendremos muchas comidas de trabajo. Ahora bien: que no medien cartas estúpidas. Para este menester tengo cinco secretarias... que no valen lo que tú.

Cuando Imperia llegó a la calle tenía ganas de llorar, pero, una vez más, se abstuvo de hacerlo. De hecho, se abstuvo de emprender cualquier acción. Necesitaba reprimirlas todas, igual que las lágrimas.

Necesitaba olvidarse de todo en manos de alguna actividad que sólo tuviese relación consigo misma. Entró en una cafetería y llamó a Dolly, su esteticista. Afortunadamente podía recibirla al cabo de una hora.

Cerró los ojos bajo dos algodones mientras sentía la piel humedecida por el efecto de la mascarilla que, lentamente, la empapó en profundidad. Sólo conseguía oír la voz de Dolly, siempre presta a las confidencias.

—Sé sincera conmigo. Estás pasando una mala época.

Era rigurosamente cierto. El tipo de certeza que toda esteticista sentimental sabe agradecer.

EL RASCACIELOS HABÍA QUEDADO VACÍO. Era un coloso sin alma; sólo las luces espectaculares, que le hacían destacar en la noche de la ciudad. Por lo demás, un silencio absoluto. Sólo los vigilantes bostezaban en algunos pisos, o mantenían apáticas conversaciones con los policías que montaban guardia durante toda la noche.

En aquella inmensa soledad, Álvaro Montalbán, el perfecto ejecutivo, todavía se hallaba enfrascado en su trabajo. Continuaba respondiendo plenamente a las esperanzas puestas en él, y aun las excedía. En cambio, Alvarito, el hombre, empezaba a hacer de las suyas, escapando al control del otro. Estimulado por los azogues de la pasión, sentía como nunca la ausencia del objeto que lo provocaba y ansiaba poseerlo. Era una urgencia que volvía a manifestarse en forma de erección inoportuna. Otros la habrían solucionado dándole rienda suelta entre las piernas de cualquier mercenaria. Él la reprimió para transformarla en signo de elevada espiritualidad. Fue ésta la que continuó aguijoneándole el alma, como ya había hecho con el sexo.

No tuvo más remedio que realizar una llamada fatal.

—Reyes, necesito verla con urgencia. Le mandaré un coche y, si quiere, un par de escoltas... Tiene usted razón. Vendré yo personalmente. Ocúltese, amor mío. No quisiera verla complicada en noticias de tipo escandaloso.

Álvaro calculaba mal sus poderes. Todavía no era lo bastante conocido como para que le siguiesen los fotógrafos. Si acaso, le seguirían a causa de Reyes del Río y, de todos modos, ella sabía cómo guardarse. Si había decidido bajar era porque estaba segura de no encontrar accidentes a su paso.

¡Hembra prudente! ¡Hembra excepcional en todo!

Estimulado por aquellos pensamientos, despidió al chófer, aduciendo bondadosas intenciones: era muy tarde, merecía un descanso, en su casa le estarían esperando, podía conducir él mismo... Una vez a solas con sus propósitos, se dirigió hacia el barrio donde residía Reyes del Río. Conducía con extraordinaria parsimonia, con la intención de hacer tiempo. Fumaba nerviosamente, un cigarrillo tras otro. Y en la casete, una canción de la folklórica. Como un frugal anticipo de aquella voz que, dentro de escasos minutos, le hablaría de amor.

Era un barrio de chalets residenciales, de calles poco concurridas y, a aquellas horas, completamente desiertas. Un buen lugar para una plática marcada por la ternura. Podía durar horas sin que nadie los molestase. Podía durar toda una noche inolvidable.

Estuvo esperando un buen rato. En pocas ocasiones sintióse tan esclavizado por el reloj. Lo consultaba continuamente. La pasión le estaba introduciendo en la tiranía de los segundos, cuando el alma ya sólo depende de su avance, cuando se convierte en prisionera de otro decreto del Tiempo: del mismo modo que se niega a retroceder, también se niega a avanzar. El tiempo es inconmovible tanto en el dolor como en la alegría.

Acariciaba el teléfono nerviosamente. Pasaban más de veinte minutos de la hora acordada. Descolgó el auricular para recordarle a Reyes su tardanza. Se resistió a hacerlo. Ella podía tomarlo por un reproche o acaso por una señal de desconfianza. Aunque la espera se le antojaba atroz, más podía serlo su rechazo, si la insistencia no le cuadraba.

Cuando ya llevaba tres cuartos de hora aparcado y fumando sin cesar, decidió prescindir de protocolos y llamar. Podría haber surgido algún inconveniente, él pudo no entender...

De pronto, una figura esbelta y de andares felinos salió del portal de la casa. Avanzaba entre la oscuridad exhibiendo un porte de reina. El porte inconfundible de una gran diva.

Cuando Álvaro estaba a punto de proferir un alarido de felicidad, descubrió que aquella sirena no era su Reyes. Era Eliseo, el primísimo, que se dirigía hacia él con mirada de tórtola y voz de campanilla:

> No iba de reina.
> Apenas llegaba a reinona.

—¡Qué delgado está usted, malaje! ¿Es que le ha dado la solitaria?

Álvaro no tenía el humor a punto. Se limitó a preguntar ásperamente:

—Sabrá usted que llevo casi una hora esperando a su prima. A doña Reyes del Río, para ser exactos.

—Pues ya ve usted, mi alma, a eso venía servidora. Vamos, que vengo de corre-ve-y-dile. Dice Reyes, mi prima, que no baja, no baja, y no baja. Que no le da la gana, vamos. Que si quieres arroz, Catalina.

—¿Pero qué estás diciendo? —gritó Álvaro, los ojos desorbitados.

—Estoy diciendo que si quieres arroz, Catalina.

—¡A mí me vuelves a llamar Catalina y te parto el morro, mariconazo!

Estuvo a punto de arrojar el coche contra él. Estuvo a punto de infringir todas las reglas de circulación, acelerando a ciento veinte, sobre la acera, contra el portal y, al llegar al ascensor, que le saliesen alas para volar hasta el piso de su amada.

Hizo bien desistiendo. De llegar hasta el lujoso piso de la folklórica habría quedado sorprendido. Y no por los adornos insultantemente barrocos que llenaban una decoración ideada entre doña Maleni y Eliseo, sino por la escena que se estaba desarrollando en las habitaciones que Reyes del Río había habilitado como despacho personal.

La amada se hallaba enfrascada ante un montón de libros y cuadernos. Por todo atuendo, una túnica marroquí. Para sorpresa de quienes no conocieran su intimidad, unas gafas para ver de cerca. Entre los dedos, ni sortijas, ni aros ni alianzas. Un simple bolígrafo.

Junto a ella, apoyado en el escritorio, un amable viejecito que la estaba ayudando en sus estudios. Un profesor de cierto prestigio en el Ateneo y poco dinero en el banco; un erudito que se prestaba a enseñar a la reina de las folklóricas los secretos de la gramática generativa.

Con escaso sentido de la oportunidad, doña Maleni hacía sonar a toda voz algunos romances típicos del coplerío:

> *Del porqué de este por qué*
> *la gente quiere enterarse...*

Reyes del Río sacó la cabeza por el pasillo, gritando a toda voz:

—¡Rediez, madre! Quite los discos de la Piquer, que no puedo concentrarme...

El viejecito levantó la mirada de los libros, con un gesto de impaciencia. No era un profesor a quien le gustase perder el tiempo. Y aunque su discípula estaba resultando muy brillante él sabía que, en el terreno de la sabiduría, cada segundo cuenta.

Cuando su discípula se hallaba de nuevo a su lado, preguntó dulcemente:

—¿Seguimos con los fonemas, pequeña?

—Sigamos con los fonemas, sentrañas, que se va acabar el curso académico y me pillarán los exámenes en bragas.

Se maravillaba el profesor de que el genio popular diese ahora tanto. Tanto ingenio en el habla no lo conseguían todos los filólogos del mundo.

PARA MUCHO MENOS daba el genio domesticado de un ejecutivo de rumbo. Pues lejos de llevar aquel rechazo como debería, o como hubiera obrado sin parpadear ante un asunto profesional, Álvaro Montalbán se dedicó a vagar como una alma en pena por la noche madrileña. Y ni siquiera con el aliciente romántico de un largo paseo bajo chopos adormilados. Lo hacía en automóvil y escuchando repetidamente la voz de Reyes del Río, esta vez en una inoportuna canción bolero sobre las playas de Cuba.

Mientras conducía incansablemente por las calles del centro, se devanaba los sesos en busca de razones que justificasen la actitud de su amada. Las razones que su inteligencia aducía pretendían alcanzar un nivel muy elevado. ¿Lo alcanzaban?

«Quiere ponerme celoso. Es su juego. El que corresponde a una real hembra. No se entrega así como así. Sabe que su recato es el acicate de mi pasión. Sabe que debe dominarme para retenerme. Y yo tengo que asumirlo porque es su ley y su ley es la de la raza. ¡Qué mala entraña tienes para mí, Reyecitas, qué mala entraña! Alto. No debo quejarme. Ella sabe que estoy sometido y se aprovecha. De acuerdo, muñeca. Me calmo, me calmo. Que vaya jugando, si le divierte. Al final, caerá. Y cuando caiga, seré yo quien mande. Cuando yo gane, sabrá que el lugar de la hembra es estar debajo del macho y no encima. Pero, mientras tanto, me haces padecer, clavel moruno. Me haces pasar por la calle de la amargura. ¡La madre que te parió, ángel mío!»

En la soledad insoportable a que el amor tiende a arrojar a sus fieles, al corazón le apetece compartir sus penas; el corazón ansía explayarse, abrirse, suplicar la comprensión de los demás. Es decir: el corazón suplica la oportunidad de dar el coñazo.

¿A qué otro corazón podía abrirse un ejecutivo que siempre consideró a los demás competidores en potencia, cuando no enemigos hostiles? No tenía ningún amigo, ningún compañero fiel, mucho menos un confidente. Y, por otro lado, empezaba a asustarle la soledad de su apartamento, aquel recinto glacial donde Reyes del Río se reducía a una voz registrada en unos discos o a un rostro grabado en una videocasete y, todavía, con interferencias de Rosa Marconi.

No tenía adonde ir y, al no disponer de rumbo fijo, el azar le condujo a la única puerta donde nunca debería haber llamado.

O acaso no fuese un azar. Acaso fue una voz interior, más sabia que las otras, la que le aconsejó dirigir el coche hacia la Castellana y, una vez allí, buscar refugio en el apartamento de Imperia Raventós.

Aparcó en zona prohibida. Estaba tan nervioso que inflingió, sin querer, su propio código. En esta ocasión por partida doble. No respetó las reglas impuestas por la sociedad que defendía. No obedeció las prohibiciones que se había fijado, la última de las cuales era prescindir de Imperia hasta que necesitase de sus servicios.

Ahora necesitaba sus consejos. Al fin y al cabo, una amiga siempre es una amiga. Así pues, marcó el número.

—Estoy aparcado delante de tu casa. Me gustaría tomar un whisky contigo. ¿Subo?

Percibió que ella no se atrevía a hablar. Pero, también, que no podía negarse. Cuando se encontraron frente a frente, sonrieron ante una coincidencia en absoluto halagadora. Ninguno de los dos tenía motivos para presumir de un aspecto medianamente pasable. Ambos aparecían penosos.

—Perdona. No te he preguntado si estabas sola.

Ella le dejó pasar, sin invitarle siquiera.

—¿Cómo voy a estar? ¿Cómo está una mujer que llega al extremo de ponerse en ridículo como me he puesto yo...?

—He venido como amigo, Imperia.

Ella le preparó un whisky.

—Dirás que vienes porque necesitas un amigo.

—¿Cómo lo sabes? —preguntó él, ingenuamente.

—Por un artículo sobre psicología elemental que leí en el *Reader's Digest*, cuando tenía nueve años.

Él no percibía la ironía.

—Lo has leído todo —exclamó—. Eres envidiable.

—Es una pena que no aprendiese a leer en la cara de las personas. Me habría aprovechado más.

Le dio su whisky. Ella se preparaba otro. El quinto. Los suficientes para atreverse a decirle:

—Esta tarde me hiciste mucho daño, Álvaro.

—No lo pretendía. Pero ya sabes que, en el trabajo, soy otra persona. Perdóname. Se mezclan demasiadas cosas que no puedo contarte. Sólo quiero que comprendas cuánto significas para mí. Ya ves, en momentos como éste, momentos en que me siento verdaderamente preocupado, sólo se me ocurre acudir a ti.

Imperia se apresuró a convertir sus sentimientos en réplica:

—Es inútil que me obstine en disimular ante ti. Me estás dominando. Me dominas cuando eres cruel, me dominas cuando eres tierno. Al final, ya no sé quién eres. Pero no debería extrañarme, porque empiezo a no saber quién soy yo.

Álvaro se inclinó hacia ella, en un intento de abrirse a la ternura. Acaso una nueva trampa.

Los dientes separados, el hoyuelo en la barbilla, la sonrisa de absoluta indefensión. ¿Otra vez aquel cambio de personalidad que le capacitaba para otras batallas que ya no eran las del poder? No podía precisar Imperia en qué se convertía aquel amado tan inconstante. Podía ser algo tan absurdo como el niño que suplica la ayuda de la madre. Podía ser algo tan ridículo como el niño que busca sus orígenes, colocando la cabeza sobre el regazo de la amante, como si quisiera recordar el momento en que salió de él. Un laberinto atroz, pensado para desconcertarla.

—Debemos salvar nuestra buena amistad, Imperia. Esto es lo único importante que se me ocurre decir.

Quiso Imperia que su voz sonase dulce, pero equivocó el registro. Le salió patética, a la vez que desconcertada.

—Sé que te quiero, sé que te deseo. Ahora que lo reconozco no me importa hacer lo que quieras. Seré lo que tú quieras que sea. Sólo te suplico que me dediques un poco de atención. No puedo soportar que me dejes de lado...

—Creo que no me entiendes —contestó él, atribulado—. Lo que puedes hacer por mí no incluye el amor. Puedes mejorarme. Puedes convertirme en alguien verdaderamente importante. Te estoy pidiendo ayuda, Imperia.

—Me importa más quererte como eres. Te acepto así, puesto que así me has enamorado.

Intentó abrazarle. Él la rechazó con dulzura, pero presintiendo un sentimiento que le horrorizaba reconocer. Si un día le habían hastiado aquellos abrazos, ahora empezaban a inspirarle una extraña forma de repugnancia.

—¡No me desconciertes, mujer! Si tú eres la que yo admiro, no puedes quererme como soy. Tienes que mejorarme.

Ella le contestó con un grito feroz:

—¿Mejorarte para que te aproveche otra? ¡Que te eduque ella! ¡Que te aguante esa zorra!

Ya estaba dicho. Imposible rectificar. El melodrama acababa de aposentar sus indignos reales.

—¿Me has tomado por idiota? —seguía Imperia, desencajada—: Sé que hay otra mujer. Seguramente ella podría enseñarte mejor que yo. ¿Es más inteligente? No, eso no puede ser. Tú no buscas eso. Si quisieras una mujer inteligente, te bastaría conmigo. Tú buscas a una que se deje dominar. Será más dócil que yo, claro. ¿O sólo es más joven?

Se mordió el puño para evitar otro grito de espanto.

—Sé sincero, Álvaro. ¡Atrévete a decirlo de una vez! Es un problema de edad. ¡Reconócelo!

—Imperia, te estás equivocando al mezlar el amor con el trabajo...

—Estoy mezclando el dolor, Álvaro. En cierta ocasión no te procupabas de que yo accediese al orgasmo. Aprendiste a preocuparte. Quizá ahora podrías aprender a ayudar a alguien que sufre por ti.

—Me estás llenando la cabeza de ideas estúpidas. Yo venía en busca de tu comprensión y tú no haces más que volver a la misma historia...

—Es que no puedo soportar quererte así. Me estoy muriendo.

Él decidió jugar limpio. ¡Magnánima decisión!

—¿Saber que hay otra mujer te serviría de algo?

Ella afirmó con la cabeza.

—La hay, en efecto. Es más: estoy locamente enamorado. Pero no tengo nada que reprocharme. Tomé la decisión de terminar contigo antes de saber lo que sentía por ella. Fue al regresar de la cacería, en casa de mi padrino. Ese día yo supe que lo nuestro no tenía futuro.

—¿Y no me lo dijiste?

—Era demasiado violento para mí. Esperaba que lo entendieras sin necesidad de escenas. Antes te he dicho que te estoy pidiendo ayuda. Lo mantengo. No quiero perderte, pero nunca podré sentir otra cosa que no sea amistad. Te pido que la conservemos. —Le tendió la mano—. ¿Amigos, pues?

—¡Hijo de puta! —gritó Imperia, con todas sus fuerzas—. ¿Cómo te atreves a pedirme esto?

Álvaro Montalbán la miró con expresión de aburrimiento.

—¡Qué mal camino has elegido, Imperia! ¡Cuántos errores de cálculo!

Ella se arrojó contra su cuerpo, en un desesperado intento de retenerle, aun a la fuerza.

—Espera. Conozco otro camino. Conocemos otros. Siempre te gustó. Siempre nos gustaba. Te di placer, ¿no es cierto?

Cayó de rodillas ante él, se aferró a sus piernas, la melena cubriéndole el rostro, un asco intenso en el corazón, una profunda decepción de sí misma. Al verla así caída, así derrumbada, él sentía crecer su repugnancia. Supo que se disponía a desnudarle para aferrar su pene entre los labios, para hacer lo que él mismo le había exigido en otro tiempo. Pero una felación con un hombre que está pensando en los labios de otra mujer suele ser un mal negocio.

—Esto no arreglaría nada —murmuró, triste, también él—. Esto puede hacérmelo cualquier puta. Incluso mejor que tú... —La ayudó a incorporarse—. Dame tiempo. Cuando volvamos a vernos quiero que seas como la primera vez que te vi...

Se vio obligado a trasladarla al sofá. Ella se resistía. Gritaba desesperadamente, luchaba contra él y, al mismo tiempo, se aferraba a su cuello poderoso, en busca de sus labios. Y seguía gritando, sin poder llorar. O era, en todo caso, un llanto peor: seco, estéril, nonato.

En plena pelea, las gafas de Álvaro cayeron al suelo. Imperia se arrojó sobre ellas, las pisoteó hasta hacerlas añicos. Al fin y al cabo, tenía derecho a aplastar su propia creación. Seguía sin comprender que su creación se había adjudicado sus propios derechos. Y que éstos estaban dentro de la más estricta legalidad. La del que no ama contra el que ama en exceso. ¿Qué puede hacer el primero, si ni siquiera ha forzado el delirio del segundo?

—Cuando te pase la histeria, llámame —dijo él, serenamente—. Ahora no estás en condiciones de hablar.

—Cuando pase la histeria... —gemía Imperia—. Cuando acabe la pesadilla, querrás decir... Es una pesadilla, sí... ¡Ni siquiera un sueño! ¡Es una pesadilla de lo más cruel!

Pero Álvaro ya no estaba allí para escucharla.

Quedó rendida en el sofá de formas elípticas, junto a la escultura en forma de supositorio iluminado. Todas aquellas apariencias de la modernidad, aquellos fetiches que dominaban su vida, cedían de repente ante un alud de sensaciones tan elementales, tan vulgares, como las que asaetaban a las mujeres que siempre detestó. Podía no gustarle, pero era un hecho: su estado aparecía descrito en más de una copla. A tanto había descendido. A convertirse en una heroína de Reyes del Río.

Mientras se preparaba otro whisky, meditó sobre las consecuencias de su error. Posiblemente se había subvalorado durante las semanas que pasó sin las llamadas de Álvaro. Acaso se equivocó al juzgar que debía renunciar a lo mejor de sí misma para mejor acomodarse a sus intereses más fáciles. Fue un error mostrarse como él la deseaba en lugar de imponerle su verdadera personalidad. Ésta fue la que le atrajo en un principio. Buscó en ella a la mujer poderosa y ésta murió en la cama, en el curso de una noche de amor. La fuerza de Álvaro había conseguido desterrar a la mujer que admiraba, en provecho de la hembra elemental que podía encontrar en cualquier lugar. Él mismo se lo había dicho. El tipo de mujer capaz de perder la cabeza por un cuerpo.

Su cuerpo. Lo único que él tenía cuando empezó a fascinarla.

¿Qué hay en un cuerpo? Seguramente, la única parte de la belleza que nos es dado constatar. Lo único que, en su concreción, puede anular al mundo de las ideas. El dominio de un cuerpo sobre otro es el más concreto de todos cuantos determinó la naturaleza.

¡El cuerpo de Álvaro! ¡Tanta pasión, tanta furia, tanto dolor por un simple cuerpo!

Encontró, en aquella confirmación, un punto de esperanza.

Si era sólo un amor físico, sería fácil vencerlo. Tendría que luchar contra él desde su propio terreno. Tendría que buscar otra forma de placer capaz de sustituirlo. En fin de cuentas, siempre se dijo que un clavo quita a otro clavo. Lo dijo ella misma cuando entregó a Alejandro el cuerpo de su hijo Raúl. Si todo era cuestión de clavos fácilmente sustituibles, la solución estaba en sus manos. Un cuerpo quita otro cuerpo. Una noche de amor la da cualquiera. Si fuese una cuestión de tamaño, una se buscaría un elefante. Lo dijo ella, sí; podía recordarlo perfectamente... ¡Dijo tantas cosas! Demasiadas cosas que ahora no encajaban.

Un cuerpo, un rostro, unos dientes separados, un hoyuelo en la barbilla...

¿Cómo fue ella antes de caer en la obsesión por el amor físico convertido en esclavitud? Fue una compradora de cuerpos. Con esto bastó. Obtuvo el placer con sólo una llamada telefónica. Romy Peláez tenía razón. La tenían todas las que se compran una noche de placer con la seguridad de que, una vez obtenida, el amor no vendría a molestarlas, dejándolas en aquel estado de derribo.

La soledad comprada. La soledad vencida. Una soledad

que veía rebajada su importancia al convertirse en artículo de consumo. ¿Para qué dar importancia a la soledad si el consuelo podía comprarse de manera tan sencilla y a precios tan asequibles?

Descolgó el teléfono. Pensó en la agencia de chicos de alquiler. Conocía el número de memoria. Ni siquiera necesitaba el catálogo. Bastaba con el chico. A ser posible su favorito. Aquel macho espléndido cuyo nombre desconocía. ¡Estaba accediendo al estado ideal! Desconocer incluso el nombre del cuerpo que vendría a llenarla de esplendor.

—Quiero que me envíen a un muchacho que me ha atendido en otras ocasiones. Unos treinta años. Muy moreno. Casi moro. Musculoso. ¿Se llama Bill? ¡Pues envíeme a Bill ahora mismo! Pago con tarjeta de crédito.

Felizmente, el joven atleta del sexo estaba desocupado en aquellos momentos. ¡Tremenda paradoja! Cientos de mujeres ansiosas a lo largo y ancho de la geografía española y, en cambio, aquel magnífico ejemplar no tenía ocupación. Las mujeres españolas eran definitivamente idiotas. Miles de ellas estarían aburridas, acaso insomnes, soportando a maridos barrigudos, calvos, malolientes. Estarían detestándolos, odiándolos, deseando su muerte y, mientras, el formidable Bill hojeando revistas, esperando un encargo, en el salón de la casa de putos.

Corrió al espejo. Se empolvó ligeramente. Unos colirios para disimular que había estado a punto de llorar. Aun cuando no se llore, la fatiga también se acumula en los ojos. Champán francés, por supuesto. Como en otras ocasiones. Un chulo que no bebe champán francés es indigno de una vagina todolujo.

Llegó el joven con la admirable disposición de siempre. La sonrisa dispuesta, los músculos a punto, la maquinita de la Visa, y, al desnudarse, una fatalidad: aquel cuerpo espléndido le recordaba al de Álvaro. Pero al pensarlo, todavía tuvo Imperia un último rasgo de humor: «Es Álvaro disminuido. Ciertas obras de arte no permiten imitación.»

Brindaron, mirándose con ardor. En el caso de Imperia, completamente ficticio. En el caso del mercenario, completamente obligado. Pero estaban representando los prolegómenos de la sexualidad y era forzoso llegar al final con buen pie. Ella para sentir que amortizaba el precio del galán; él, para justificar sus honorarios ante la dama.

Tuvo Imperia el antojo de una travesura. Se roció el sexo con champán, mientras el muchacho se arrodillaba ante ella, dispuesto a que no se desperdiciara ni una sola gota. ¡Era, además, goloso!

El llamado Bill recordaba perfectamente las especialidades que complacían a aquella clienta tan especial. Intuía que buscaba la humillación del macho. ¿Por qué no lo exigía ahora? ¿Por qué no agarraba frenéticamente su tupé, conduciéndole hacia el sexo, obligándole como en otras ocasiones a hundirse en él, esclavizado, envilecido, siervo al fin? Tenía la lengua dispuesta para cualquier emergencia que ella gustase decretar. Estaba incluso adiestrado para la escatología, si ella quería verle rebajado hasta la degradación. En fin de cuentas, el que paga manda.

Pero la señora estaba un poco aturdida, aquella noche. Más que aturdida, extraña. Y más que extraña, muy triste.

Tan triste estaba que se echó a llorar amargamente, mientras el joven la acariciaba, sin saber qué hacer...

En pleno llanto, ella suplicó que la maltratase.

Él la miró, atónito. Desde luego, había sido adiestrado para dejarla hecha una piltrafa, para rebajarla hasta hacerla olvidar su condición humana; pero aquella práctica no cuadraba con ella. Cuando menos, no como él la recordaba.

Imperia necesitó pedírselo varias veces, gritando cada vez más alto, para que el chulo se decidiese a aplicar sus ingenios a aquella nueva eventualidad.

Él cambió rápidamente de actitud. Se incorporó dando un salto salvaje y aferró a Imperia por el brazo, arrojándola al suelo. Entonces empezó a golpearla, poniendo cuidado de no herirla demasiado. Pero Imperia no quería teatro. Estaba reclamando su propia sangre. Le estimulaba a que la golpease con más fuerza todavía, provocaba los insultos más obscenos.

Encontró la cumbre del placer cuando él la escupió en el rostro y la trató varias veces de vieja.

Era el delicado límite que separa las penas de amor de los latigazos de la humillación. Y esta humillación alcanzaba su punto culminante en la impotencia. En el hecho de saber que el hermoso macho no le servía para nada. Que a pesar de todos los engaños, Imperia Raventós sólo conseguía excitarse pensando en el cuerpo de Álvaro Montalbán.

DESPUÉS, LLEGÓ UN SUEÑO forzado a base de píldoras y un poco de alcohol. Resultó un sueño febril y de mucho trasiego. La llevó a viajar por la cama, de un lado para otro, retorciéndose continuamente, hasta quedar en una postura incómoda y desacostumbrada en ella, que siempre supo dominar a las posturas del sueño. Como creía dominar a la realidad.

El teléfono acentuó su sensación de desvarío. No paraba de sonar. Y aunque al principio lo percibió como algo lejano, a base de insistencia se introdujo en el interior de su cerebro, donde clavó unas cuantas cuchilladas.

Estaba tendida de bruces, con la cabeza colgando fuera del lecho y una mano que viajaba constantemente a la sien, a punto de estallar. La luz que entraba a raudales por la ventana anunciaba lo avanzado de la mañana. ¿O sería la tarde? Era, en cualquier caso, una luz hiriente, que la obligaba a cerrar los ojos, y a mantener los párpados fuertemente apretados para combatir el impacto.

El teléfono continuaba sonando con una insistencia que la exasperó.

Estuvo a punto de descolgarlo, sin responder. Vaciló ante la posibilidad de que pudiera tratarse de Raúl. Alguna emergencia del niño dorado. ¡Maldición contra todos los niños felices! Caso de ser él añadiría, además, algún insulto.

Para su sorpresa, era Miranda. ¿Desde Egipto? Era capaz de haber descubierto que las pirámides eran cuadradas. ¿Por qué no? Encajaba perfectamente en la lógica de Boronat.

Siempre esclava de aquella lógica, gemía ahora con voz desesperada:

—No estoy en Egipto, Imperia. Estoy en Madrid.

—¿Cuándo has regresado?

—No me fui, Imperia, no me fui... Supe algo tan terrible, tan espantoso que no me quedaron fuerzas para viajar. ¡Imperia, Imperia! ¡Necesito verte urgentemente...!

Colgó, misteriosa y patética, aquella Boronat. Diríase una mujer destruida que estaba buscando desesperadamente una sustitución a su tan esperado viaje.

De todos modos, su infalible pitoniso tuvo razón. Había un río en su vida. El Manzanares.

IMPERIA SE ESFORZÓ POR APARECER NORMAL. Los ojos delataban una noche trágica. Recurrió a las gafas oscuras. Se vistió en un santiamén. Nada especial: pantalones y jersey de Armani.

Al cabo de una hora, Martín le abría la puerta, inclinándose ante ella:

—La señora le ruega que la espere. La señora se está cambiando.

Ella dio muestras de fastidio.

—Empiezo a creer que lo hace aposta para hacer esperar a la gente.

—Así es, en efecto y en realidad. Pero yo no soy quién para decirlo, doña Imperia.

Ceremonioso, sentencioso, siempre atento pero, en aquella ocasión, un tanto cínico.

—La señora se ha pasado diecisiete días sin salir de casa —comentó—. Será esto lo que ella entiende por un crucero Nilo arriba.

—¿Está usted borracho, Martín?

—Si me lo permite, en esta casa la única borracha es la señora. Sin voluntad de ofender su reputación, le diré, doña Imperia, que la señora no ha dejado de empinar el codo desde que, el día anterior al fijado para su partida, se encerró en su habitación, decidida a morir, según dijo; pero, seguramente, confundiendo el verbo por «beber».

—¿Cómo no me avisó usted?

—La señora me lo prohibió terminantemente. Decía que necesitaba estar sola para buscar su conciencia. Ha pasado estos días buscándola por toda la casa. Al no encontrarla, empezó a decir que sólo usted podría ayudarla, lo cual no deja de ser una falta de delicadeza para los demás, que, si no ayudamos directamente, no nos enteramos de lo que pasa. Una mortificación para cualquier alma deseosa de estar informada.

Se dispuso a preparar la bebida habitual de Imperia. Ella le detuvo, con ademanes terminantes:

—Ni una gota, Martín. Mejor algo la resaca.

—Con esta petición, la señora me autoriza a suponer que, anoche, bebió más de la cuenta.

—Es usted admirable, Martín. Lo entiende usted todo a la primera.

—Todo no, doña Imperia. —Se acercó más a ella para brindarle una información confidencial—. Por ejemplo, nunca entendí por qué dejé pasar a esa funesta psicoanalista argentina el día de autos...

—¿De qué autos, Martín?

—El día anterior al viaje planeado. Aquel viaje, señora. Por cierto: esa argentina del mechón blanco es verdaderamente enana y, a mi entender, una bruja de las Pampas.

Imperia recapacitó unos instantes:

—Beba Botticelli estuvo aquí. Entonces, el problema de Miranda es de su cerebro.

—Si usted llama cerebro a lo que la señora tiene entre las piernas, pues sí. Pero no me interrogue más sobre este caso porque la señora está empeñada en contárselo ella misma.

—En fin, cosas de Miranda. Y dígame, Martín: ¿cómo está su novio?

—Un poco acatarrado, como corresponde a quien se quita el sayo antes de mayo. Siempre le digo que, a partir de los sesenta, la coquetería se paga. Pero él se empeña en atender el puesto del mercado completamente arremangado y con la camisa abierta hasta el ombligo. La mitad de mi sueldo se va en jarabes para la tos.

Le pasó un brebaje que podría ser contra las resacas, pero también contra el estómago mejor protegido. Un mejunje repugnante. ¿Acaso uno de los jarabes que servía a su novio?

—Por cierto, si la señora me lo permite, quisiera elogiar la amabilidad y la excelente memoria de su hijo de usted. En cierta ocasión le manifesté mi deseo de poseer cierta película y, justo ayer, recibí la copia que tuvo a bien hacerme. La felicito por la parte que le toca. En los tiempos que corremos, un señorito tan bien dispuesto es una bendición para cualquier madre. Y, desde luego, una ganga para profesores de filosofía que, no nos engañemos, ya tienen una cierta edad.

Ella prescindió del último comentario.

—Un simple detalle. Raúl le cogió a usted mucho cariño.

—Es más que un simple detalle, si me lo permite. Piense que no se encuentran películas de Paulette Goddard en los videoclubs españoles y esta actriz tiene entrañables recuerdos para mí. En aquella ya lejana verbena donde nos conocimos a los sones de una canción de Carmen Morell y Pepe Blanco, mi Eusebio se me acercó con indómita decisión y me espetó: «Tiene usted un parecido a la Paulette Goddard que tumba de espaldas.» Jóvenes como éramos, me ruboricé.

—Lo cual dice mucho en su favor, Martín...

—También es cierto que pocos mocitos de aquel Madrid de posguerra podían presumir de parecerse a Paulette Goddard, si me permite decirlo sin que parezca vana presunción de la memoria.

—¿Y pareciéndose a Paulette Goddard se es feliz?

—Nunca de manera exclusiva. Un amigo mío era igual que la reina Fabiola de Bélgica y, aun así, fue muy amado. Esto demuestra que, en el mundo, todo el paño que está en el arca acaba vendiéndose.

Imperia empezaba a dar muestras de impaciencia.

—¿No cree usted que la señora tarda mucho en vestirse?

—Siempre es así cuando se viste de tristeza.

Apareció en aquel instante Miranda, ataviada con un austero traje de chaqueta gris, el pelo recogido en moño y unas gafas oscuras y desprovistas del menor adorno. Sostenía un pañuelito en las manos y llevaba zapato de tacón bajo. Con tal atuendo no podía sino exclamar:

—¡Imperia! ¡Estoy desesperada!

—¿Qué te pasa? ¿Has perdido alguna alhaja?

—Peor, peor. Las alhajas se reponen. La identidad de una mujer no es fácil de recomponer.

Calló unos instantes. Retorcía el pañuelito con las manos. Por fin, exclamó en un desgarro:

—Imperia... ¡no soy tortillera!

—¡Por todos los demonios! —gruñó la otra—. ¿Crees que puedes venir a amargarme el fin de semana con tus idioteces?

En aquella ocasión, Miranda no jugaba a ser Miranda Boronat. En su voz quebrada, casi inaudible, aparecía un deje de auténtica desesperación.

—¡Imperia! ¡Es que no soy tortillera!

—Pues ¿qué eres, si se puede saber?

—Nada. No soy de mujeres, ni tampoco de hombres. Ni de cautos pececitos ni de serenas tortugas. *Rien de rien. Je ne suis rien de tout.*

Y entonces, Miranda Boronat se echó a llorar. Patética por primera vez en su vida.

—No soy nada —gritaba—. ¡Ni siquiera tortillera vocacional! ¡No soy absolutamente nada, Imperia!

Parecía una niña despavorida. Le faltaban acaso los moñitos de Gretel, las trenzas doradas de Heidi y el camisón rosado de Wendy. Por lo demás, era la más despavorida entre todas las niñas que se negaron a crecer.

Imperia intentó calmarla, abrazándola contra su pecho.

—Martín me ha contado algo referente a cierta visita de tu psicoanalista oficial...

—¡Beba Botticelli! —exclamó Miranda con un grito de

indignación—. ¡Ojalá le atropellen los cuatro jinetes del Apocalipsis, uno detrás de otro! ¡Menuda bruja, Imperia! Yo siempre la consideré tan fabulosa, tan argentina, tan cosmopolita, y resulta que sólo era una vulgar choriza...

Intervino Martín, en tono didáctico:

—Si la señora me lo permite, yo empecé a intuir el choriceo de la señora psicoanalista cuando la convenció de que a la señora, que en este caso es usted, no le gustaba el jamón de pato porque le producía sensación de comerse al Pato Donald y esto la hacía sentirse antropófaga...

—¡Usted se calla, Martín! Doña Imperia quiere que le cuente yo personalmente toda la historia... —Y aferrándose a su amiga, lloriqueó-: ¿Verdad que lo estás deseando? ¿Verdad que te mueres por conocerla? ¿Verdad que no podrás dormir si no te la cuento?

Imperia exhaló un suspiro de resignación:

—Más bien lo asumo. Será mi obra buena de este fin de semana.

Miranda se incorporó ágilmente y, situándose en el centro del sofá, empezó a declamar:

—Ocurrió el día anterior a mi partida. Un delicioso domingo primaveral, creo recordar, con mucha lluvia y rayos y truenos y hasta granizo. Estaba yo probándome un conjunto monísimo, un dos piezas color arena, para las excursiones por el desierto, o sea que, más propio que el color arena, imposible; acto seguido, examinaba un *tailleur* aproximadamente castaño claro, para los paseos por la *corniche* del Nilo, que dicen que es sumamente *corniche*, y estaba a punto de probarme unos *gowns* divinos, que encargué a Gucci para las fiestas del barco, porque tú sabes que a bordo dan muchos *parties* y una mujer que se estime no puede presentarse marujona. De pamelas, no te digo lo que me llevaba. Y el indecoroso Sergio, que como todo el mundo sabe me desea vilmente, estaba guardando en la maleta las guías y folletos que tú me recomendaste y ya llegaba Martín con los antídotos que le había dado mi médico para las picaduras de escorpión y las mordeduras de cobra y todas esas cosas que, inevitablemente, pueden suceder en Egipto y entonces, en aquel preciso momento y no en otro...

... ERA LA TARDE DEL DOMINGO. Martín acababa de anunciar la visita de Beba Botticelli. Miranda se extrañó, por supuesto, y así se lo hizo notar a su mayordomo.

—¡Qué pintorescas son esas argentinas en todas sus cosas! Siempre rechazó todas mis invitaciones y, ahora, se presenta sin el detalle de una llamada previa. ¿Vio usted si estaba borracha?

—No todas las señoras beben.

—¿Qué quiere usted decir con esto, Martín?

—Nada más que lo que dije, señora. Pero si a la señora le extraña su visita, no quiero decirle cómo se extrañará cuando la vea. Luce una especie de poncho de pobre madre peruana y, debajo, algo parecido a unos bombachos. No es para contarlo, señora. Llega un momento en que a uno le falta vocabulario.

Cuando Beba Botticelli hizo su entrada, comprobó Miranda que Martín no había exagerado en absoluto. No sólo iba vestida de pobre madre peruana, con colgajos incluidos; es que, además, mantenía con asombrosa persistencia su mechón plateado, lo cual la convertía en una pobre madre peruana con pretensiones de burguesita porteña.

—Perdoná mi intromisión, Mirandilla, perdoná...—suplicaba, con trémulo acento.

—Perdonadísima —canturreó Miranda, en el punto más alto de su jovialidad—. Total, no tenía a nadie con quien hablar. Además, me irá bien practicar el argentino porque, yendo a un crucero por el Nilo, nunca se sabe... ¿Le apetece un drinkito o vamos derechitas al té?

Pero la otra iba directamente a su drama particular.

—Sos dulce perdonando mi intromisión. Ya no sé si serás tan dulce como para perdonar mi error...

Rompió en llanto. Era tal su desespero que Miranda vio en ella a una representante de todo el dolor de la América Latina y no pudo dejar de conmoverse:

—¡Botticelli, por Dios! ¡Una psicoanalista como usted deshecha en lágrimas! ¡Una argentina de pro, llorando en casa ajena!

—Querida, no es sólo Argentina quien llora por nosotras; también nosotras lloramos por las derribadas defensas de nuestro ego. También somos mujeres. Acaso mi error fue... olvidarlo. ¡Dios mío! Durante todos esos años... Hice el gil sin saberlo. —Y levantando la cabeza hacia Miranda, añadió—: Si vos encontrases a tu marido haciendo el amor con una perra, ¿cómo reaccionarías, che?

—¿La perra era Perla de Pougy o Cordelia Blanco?

—La perra era Blackie, nuestra dálmata.

—Nunca debió permitirlo. Un cruce entre una dálmata y un escritor venezolano debe de dar unos resultados extrañísimos.

Beba Botticelli se dejó caer en un sofá. Al abrirse el poncho, apareció una túnica andina color ceniza, pero ceniza sucia.

—Él tuvo que buscar su desahogo mental, tuvo que buscarlo, Miranda, porque yo no supe ser mujer. Y cuando una psicoanalista argentina no sabe ser mujer, se expone a que su escritor venezolano la engañe con lo primero que encuentra.

—¿Cómo llaman ustedes a esta aberración? Lo digo para anotarlo; de otro modo, no me acordaré para contarlo a mis ochenta mejores amigas.

La otra la miró con ofendida altivez:

—Querida, en psicoanálisis no existe el concepto de aberración.

—Pues si usted considera normal que su marido se lo monte con una perra dálmata, cuénteme cuando se entere de una aberración de verdad, porque ya debe de ser el fin del mundo.

—Antes de la dálmata hubo una dobermana y una doga.

—¡Cómo son los hombres! ¡Ponerle los cuernos a una pobre dálmata, además de a usted! De todas maneras, la culpa es toda de usted. No debió permitir que su marido convirtiese la perrera en un serrallo.

Una expresión de asombro se dibujó en el rostro de Beba Botticelli. Al instante, fue terror incontrolado.

—Por supuesto, vos no creerás que Nelson Alfonso de Winter, autor de ¿Llegaron de Marte los arquitectos de El Escorial?, que un pensador de semejante valía es un vulgar violador de canes. ¡Cómo te atrevés, maligna!

—Es lo que usted dijo.

—¿Eso dije?

—Eso mismo.

—¿Pude?

—No sé si pudo, pero lo dijo.

—Evidentemente, no hablaba en términos realistas. Estaba en mi subconsciente. Todo está en el subconsciente. Hasta los cuernos devienen subconscientes cuando pensábamos que estaban en la supraconciencia, ¿viste? Yo se los puse a Nelson Alfonso con mis fantasmas, Miranda. Yo pasé años engañándole con mi vieja. Lo supe aquel día que vos llegaste vestida de Evita Perón... Entonces calibré que, durante años, estuve acostándome con mamá y nunca con Nelson Alfonso de inter.

—¿Él lo sabía? ¿Era consciente de esa cosa tan rara que estaba usted haciendo con una argentina difunta?

—Los hombres nunca saben. Intuyen y, en la intuición, acaso sufren. Él sólo sabía que, durante quince años, nunca hicimos el amor. Eso a algunos maridos les duele, ¿viste? Pero más me dolió a mí el descubrir que, durante esta época, en mis sueños, estaba chupando la concha de mi amiguita Mirta.

—¿«Chupar» como «beber»?

—No, linda. En este caso, chupar como chupar.

—Es usted demasiado elevada para mí. No entiendo nada. Empieza con su madre, sigue con el calzonazos de su marido y, ahora, me sale con una amiga que tiene nombre de corista...

—Tuve avances con Mirta Bonheur Sarústegui. Para ser exactos: más que avances, tuve lesbianismos.

—¿Luego usted es...?

—Soy lesbiana, Miranda. Soy lesbiana de remate. Nunca conocí a nadie tan lesbiana como yo.

—Si usted me lo permite, yo lo soy mucho más.

—Es que vos no sos lesbiana, querida.

—Quise decir vocacional.

—Ni siquiera esto. Simplemente, no sos lesbiana.

—¡Le voy a dar a usted una hostia que saldrá por la puerta de servicio...!

Quiso amedrentrarla con un violento gesto de *cowboy*, pero no le salía. Beba Botticelli la insultó con una mirada displicente, como queriéndole decir: «¿Lo ves? Ni siquiera sós macha.»

Pero no quiso seguir hurgando en su decepción. Sólo era consciente de que estaba obligada a contarle las causas de la misma.

—Yo te hice portadora de mi problema. Lo que tantos años permaneció escondido en lo más profundo de mi ser, pasó a vos. Me estaba escondiendo mi lesbianismo y te lo iba transfiriendo a vos, ¿viste?

—Me han hecho muchas transferencias en mi vida; de dinero, de valores..., pero de tortillas, nunca.

—Diré, en mi descargo, que tu repugnancia al falo me autorizaba a suponer....

—Por favor, no me cargue el muerto. Al fin y al cabo, fue usted quien me inculcó lo de la repugnancia al falo.

—Cuando viniste a mi consulta, ya viajabas con el trauma.

—Yo nunca viajo con traumas. ¿Qué se ha creído? Soy una señora. No me seduce que me atrapen en una aduana por tráfico de traumas.

Beba Botticelli meditó unos segundos. Por fin, decidió cumplir con su deber, diciendo:

—Tu problema no es que seas lesbiana o no. Tu problema es que sos idiota.

Coqueteó Mirandilla, al afirmar:

—Una mujer tiene que fingir cierto grado de idiotez para ir por la vida...

—Es que vos no fingís, Miranda. Es que vos sos idiota... No es ni un complejo, ni un trauma, ni una paranoia, ni una fobia. Vos sos idiota de remate. Ahora mismo, con toda la inmensidad de mi problema y no me entendés... peor todavía: ni siquiera te molestás en entender... Carecés de la caridad de la comprensión. Tenés alma egoistona y sólo pensás en vos. Nunca supiste que, mientras descargabas tus problemas en mi diván, estabas arruinando mi hogar...

—Si acaso, señora, su hogar lo habrá arruinado esa dálmata que se acuesta con su marido. Y, además, le está a usted bien empleado. Así vigilará mejor el tipo de perras que se mete usted en casa.

—¡Nadie fue tan perra como vos! Nadie arrancó con tanta crueldad los secretos que yo había conseguido esconder, allá en lo más profundo de mi *alter ego*. Ese día que vos vinistes vestida de Evita Perón cayó la ruina sobre mi hogar. Ese día vi claramente que el horrendo crimen que marcó mi infancia...

Miranda aplaudió, entusiasmada:

—¿Además hay un crimen? ¡*How very interesting*, Mari Pili!

—¡Sólo en mi mente, boba! Pasé la vida imaginando que, cierta noche de reyes, mi viejo mató a mi vieja porque ella estaba haciendo la chorra en un bataclán. Por eso huí de Argentina. Para borrar esa imagen. Pero no me daba cuenta que la había ido transformando a lo largo de los años, ¿viste? Porque cuando Mirta Bonheur Sarústegui vino a hacerme compañía, aquella noche de Reyes, cuando acercó su linda conchita a mis labios, papá y mamá llevaban diez años muertos...

—Usted perdone, querida: ¿no cree que le convendría hacerse visitar por un buen psiquiatra?

—¡Callá de una vez, pavota! ¡El crimen imaginario era el

crimen moral que yo me esforzaba en reprimir! Y luego lo transformé, sí, lo cambié para no asumirme, para no reconocer que aquella noche, en los suaves bracitos de Mirta, yo encontraba cierta complacencia. Y, además, el tango, sí, el tango, que las dos escuchábamos, concha contra concha. ¿Vos conocés sin duda ese famoso tango llamado *Noche de Reyes*?

—Francamente, no. El único tango que recuerdo es aquel que dice: «Tango, tango, tango, tú no tienes nada, tango tres ovejas en una cabaña...»

—Vos sos idiota, definitivamente idiota, Miranda... ¿Te parece que mi drama es para hacerler chistecitos?

—Yo seré idiota pero usted es una choriza. Cuando acudí a su consultorio, me dijo: «Te voy a sacar lo que vos llevás dentro.» A los quince días de someterme a un psicoanálisis, odiaba a mi papaíto, a quien Dios tenga en la gloria. Al mes, detestaba a mamá. Antes del verano, maldecía a las dulces monjas que educaron mi infancia. Al llegar el otoño, estaba secretamente enamorada de mi amiga Imperia. El día de Nochevieja ya tomaba la palma de la ínclita santa Lucía por un símbolo fálico... ¡Y pensar que, cuando llegué por primera vez a su consultorio, yo sólo tenía vómitos!

—La culpa es tuya. Si tanto vomitabas, debiste consultar con un especialista del hígado antes de acudir a mí. Una enferma mental tiene que tener las cosas muy claras, che.

—¿Y ese horrendo dolor que me producía la penetración?

—Simplemente, tu marido debió usar vaselina.

—Que se pueda ser choriza y continuar con el consultorio abierto es algo que siempre habrá que imputar a los inconvenientes de la democracia. Por esto pienso yo que la democracia que se montan los demócratas no es la que conviene a los que no somos nada.

—Vos nunca te planteaste nada seriamente. Ser lesbiana es una cosa muy seria. Yo misma, desde que lo soy, me siento adalid más que adlátere, ¿viste? Yo soy divina, mientras vos no sos nada.

—Pues si usted es adalid, yo soy *ad libitum*. Las cartas sobre la mesa, Botticelli. Por todo el dinero que ha ganado a cuenta mía, ayúdeme. Usted ya ha descubierto que es lesbiana. ¿Quiere decirme de una vez qué hago yo, que no soy nada?

—Disfrutá tus vacaciones egipcias. Divertite. Gozá, mina, gozá.

—Imposible. Yo sólo me iba a Egipto para probar si podía hacer el amor con mi amiga Milagritos.

—¿La que tiene un enfisema pulmonar?

—Cierto. A causa del tabaco.

—No te convenía, querida. Te hubieras quedado viuda en cuatro días.

Miranda, tan contenida hasta aquel momento, soltó:

—¡Si no fuera yo una dama, qué de cosas le diría! La primera, cerda. La segunda, marrana. La tercera, puerca. Las otras, no las quiera usted saber...

—¡Insúltame si querés! ¡Sos una seca! ¡Sos una pata! En realidad te morís de envidia porque yo soy lesbiana total y vos no sos nada... ¡Nada! Ja, ja, ja. ¡Nada! Ja, ja, ja.

Y salió riendo diabólicamente, con el poncho abierto de par en par, a guisa de alas peruanas, como si se dispusiera a regresar a Majadahonda volando sobre los tejados de Madrid.

—¡Que se deja usted la escoba! —gritó Martín, siempre alerta, siempre eficaz, siempre en todo.

Pero Beba Botticelli continuaba gritando, desde el cielo, que Miranda Boronat no era entonces, no fue nunca, ni chicha ni limoná.

Regresó Miranda a su presente absoluto. Se limpiaba una lágrima solitaria, al tiempo que emitía una máxima definitiva, acorde con su código de valores:

—Y, desde luego, una mujer sofisticada nunca le habría llamado más allá de «asquerosa y cochina». ¿Estás de acuerdo?

—¡Estoy que ardo! —gritó Imperia—. Aclárame de una vez lo que te ocurre. Incluso en el elevado índice de tus rarezas, estás superando todas las marcas previsibles.

—Por no ser, ni siquiera soy idiota; pues, si lo fuese, no me daría cuenta de que no soy nada y, de darme cuenta, ni siquiera lo lamentaría. Pero lo noto, sí, lo noto y sufro el doble y no sabes lo que daría por ser realmente idiota. Lo cual, evidentemente, sigo sin ser...

Definitivamente hastiada, Imperia se incorporó para servirse el whisky que antes había rechazado. Martín la miró severamente, como riñéndola. En su mirada no encontró Imperia sólo reconvención: había una sabiduría completamente desaparecida en el mundo donde ellas se desarrollaban. En el mundo donde había conocido a Álvaro y para el cual le estuvo preparando.

—¿Puedo hacerle una pregunta, Martín?

—Por supuesto, doña Imperia. Las preguntas son para hacerlas. De otro modo, no serían preguntas.

—En relación a su novio. ¿Puede un hombre ser feliz con otro hombre y encima si este novio es carnicero?

—¡Pregunta compleja, voto a Bette Davis! Feliz no se puede ser ni con un novio carnicero ni con un oficial de lanceros bengalíes; pero si usted es feliz consigo misma, será usted feliz hasta sirviendo a las órdenes de doña Miranda Boronat. No sé si me ha entendido bien.

—Le he entendido perfectamente. Y agradezco su claridad.

—La claridad es virtud de los claros, señoras. Y ya que hablamos de claros, ponga un poco de claridad en la vida de la señora, porque en esta casa nos estamos convirtiendo todos en carne de frenopático.

—Tal vez encontraríamos una solución... —Y, procurando que no la oyese Miranda, propuso—: Ese apuesto criado, Sergio, ¿no sería un buen ejemplar para que la señora probase si vuelven a gustarle los caballeros?

—*Nothing to do, Conchaan.* La señora le odia porque se parece a Tony Curtis cuando tenía veinte años.

—Se parece mucho, en efecto. Y cuando una mujer odia por esta razón, es muy difícil convencerla de que le gustan los hombres.

—Yo le odio por motivos muy distintos, doña Imperia. No es de justicia que unos sean tan jóvenes y otros, ya ve, estamos en la edad de Lana Turner cuando empezó a hacer madres.

—Todos tenemos nuestra cruz, Martín.

—Todos, doña Imperia. Y el que no la tiene se la busca, como en el caso de la señora, que es una buscadora de cruces de mucho cuidado.

Repasaba Miranda su calvario privado, con la mirada fija en la pista de *paddle* y el pañuelo secando nuevas, indiscretas lágrimas. En su desvarío, pensó que, ya que no era nada, podía ser campeona de *paddle* con muy poco esfuerzo. ¡Pero había tantas en Madrid aquella temporada!

—¿Y si probases de regresar con tu marido? —aconsejó Imperia.

—Imposible. Él está con esa muchacha de diecinueve años a quien todo el mundo encuentra guapísima y que, en realidad, es horrenda. Pero tiene tres carreras universitarias y su padre es multimillonario y les regala a los dos una casa de dos mil metros cuadrados en La Moraleja. Mi ex marido es capaz de ser feliz con esa tipa.

—Es perfectamente capaz. Los hombres se contentan con cualquier cosa.

—En cambio yo soy mujer y, por lo tanto, o soy feliz siendo algo o no soy feliz siendo nada. Más claro el agua.

—Será el agua de las cloacas... —suspiró Imperia, definitivamente hastiada, incluso de sí misma—: Lo único que me interesa de esta conversación es lo que revela de los insondables misterios del alma humana. Tanto hablar de psicoanálisis y vuelves a lo que ya sabías. Yo no he necesitado gastar tanto dinero para saber lo que nunca quise saber de mí misma...

Miranda se volvió hacia su criado:

—Váyase, Martín: la señora va a contar algo que nunca quiso saber. Si ella tardó tantos años en decidirse, sería una indiscreción imperdonable que usted lo supiera de buenas a primeras.

Desapareció Martín, visiblemente ofendido.

—Contra lo que creía, debo volver atrás —recapacitó Imperia—. Contra todo lo que he creído estos años para esconderme. Luché por conseguir tantas cosas y nunca tuve ninguna que me acercase a aquel momento de mi vida, en que fui realmente yo misma...

—Eso es lo que me daría verdadero horror, porque cuando quieres ser tú misma descubres, como yo, que no eres nada. Que, por no ser, no eres ni idiota. De manera que antes que ser una misma mejor ser todas las demás, y en esto voy a ocuparme. En ser algo que no sea yo. ¿Comprendes?

—¿Y quién quieres ser?

—Después de varios rechazos he pensado que parecerme a la Virgen María me sentaría muy bien. Porque no fue mancillada por el contacto del hombre y, además, no tuvo tentaciones con mujeres. O sea que más tranquila no se puede vivir. Y, además, me compraré una paloma para que me dé conversación los días de Cuaresma.

—¡Otra virgen en mi vida! En fin, creo que sabré soportarlo. ¿Tienes champán francés en la nevera?

—¡Por supuesto! ¿Con quién te crees que estás tratando?

Apareció Martín, sin necesidad de ser llamado. Su afición a escuchar escondido tras las cortinas se revelaba, a veces, de extrema utilidad.

—Martín, esta amiga pobretona quiere champán francés.

—Está a punto, señora. ¿Descorcho?

—Descorche, Martín —dijo Imperia, tajante—. Y no es necesario que se marche. En la hora de la tristeza, no deben existir secretos. —Se volvió hacia Miranda, a quien dedicó alguna caricia—. Entre tú, que no puedes ser lesbiana, y yo, que sé lo que quiero ser pero no consigo tener a quien necesito para serlo, somos dos perfectas aspirantes al premio de mujeres frustradas para esta primavera.

—Esto se arregla con mucha facilidad —dijo Martín, sirviendo—. ¿No es primavera? Pues que se note.

—Es cierto —exclamó Miranda, levantándose en inesperada exaltación—. *It's springtime.* Es primavera en el aire, en los viveros, en las almas y en los grandes almacenes.

También Imperia se incorporó, para brindar:

—Seamos pendencieras, Miranda. Todo antes que no ser nada. Y eso seré si sucumbo a la tentación de recobrar a Álvaro. Sé que voy a pasarlo mal a partir de ahora. Sé que lo estoy pasando mal. Se prolongará, claro, se prolongará. ¿Quién dijo miedo? No hay que fijar un plazo al dolor. Que venga, que arrase, si lo desea. Tiene tantos derechos como la alegría. Pero ésta siempre triunfa, al final.

Y Miranda se sorprendió de que las mujeres duras fuesen, en el fondo, tan desvalidas.

—¡Seamos pendencieras! —exclamó, la copa en alto. Y tras sorber un poco de champán, preguntó a Imperia—: ¿Y eso de ser pendencieras, qué demonios significa, *sweetie*?

LAS QUE NO PERDONAN

EN LAS SEMANAS que siguieron, fueron más pendecieras que todas las damas de Madrid. Fueron corsarias de la noche y filibusteras del día. El horario de Imperia se alteró hasta que ya no hubo horario alguno. La complicidad con la acreditada locura de Miranda le permitió enfrentarse a las horas con absoluta seguridad de vencerlas. Decidió recuperar el ritmo de sus años jóvenes, el espíritu alocado de los sesenta, cuando todo era posible, cuando nada parecía negado. Estaba en el vértigo del momento, en el swing del instante, en la onda de la melodía y en la cresta de la ola. Recuperaba así, paso a paso, los eslabones de su antigua libertad.

Con la intención de dedicarse completamente a ser libre, desterró el hábito que había ocupado todas sus horas durante los últimos quince años. Rechazó la pasión por su trabajo. La anuló completamente, esperando que el descubrimiento del ocio la ayudaría a ser distinta.

Como primera providencia —la que consideraba indispensable— renunció a continuar ocupándose de la imagen de Álvaro Montalbán. De nada sirvieron las súplicas de Eme Ele, ni mucho menos las que llegaron, de manera extraoficial, desde el despacho de don Matías de Echagüe. El referido Montalbán —o Pérez, como ella volvía a llamarle —quedaba libre de construirse a sí mismo, a su antojo o al de quien cuidase de él, en adelante.

Cuando Eme Ele ya se consideraba sumido en las simas más profundas de la desesperación, Imperia le ayudó a batir nuevos récords, pidiendo lo que ella misma había reprochado a su amiga Lidia: dos meses de excedencia en la época más fuerte del trabajo, cuando se estaban ultimando las campañas del verano. Pero no tuvo el menor remordimiento. Si Lidia pudo permitírselo, llevada por la atracción de un pene negro, ella se lo permitiría por el desamor de un corazón descolorido.

Enfrentada al ocio, decidió vivirlo con lujo y esplendor, renovando completamente su vestuario. Siguió fiel a Saint-Laurent y Chanel, para complacencia de Cesáreo Pinchón, pero tuvo el antojo de probar algunas modernidades. Un viaje a Roma le ayudó a decidirse. Se equipó convenientemente en las tiendas de Via Frattini y Via Condotti. De regreso a la primavera madrileña, fue vista en la ópera luciendo una extravagancia de Valentino, tomó copas en Puerta de Hierro protegiéndose del sol con una elegante sombrilla de Kendi, deslumbró en el hipódromo con distintos ornamentos de Bulgari.

En cuanto a Miranda, no estrenó tanto pero disfrutó igual. Juntas, tomaron la noche al abordaje, después de dominar el día. Ninguna de sus amigas se extrañó. Aquella temporada, se había puesto de moda que las damas plantadas por novio, amante o marido quebrantasen todos los tabúes sociales, decidiéndose a salir solas o acompañadas por amigas, pero prescindiendo del inevitable acompañante masculino. Heridas de guerra, y algunas de gravedad, aquellas mujeres no deseaban reanudar el combate. No era lícito exigirles más. Sólo la dispersión podía restablecer la paz del alma.

Existía una buena lista de recursos para mujeres solas. Discretos *relais* en los puntos más encantadores de la geografía francesa, excelentes balnearios junto al lago Leman, campeonatos de bridge en la Riviera italiana o competiciones de canasta en Marrakech. Dos mujeres solas no tenían por qué aburrirse. Además, otras en condiciones parecidas estaban dispuestas a unirse a ellas para compartir planes semejantes. Las ochenta mejores amigas de Miranda no las dejaron solas; pero, a partir de un momento determinado, Imperia no consideró necesario que las acompañasen tanto.

A veces, tenía la impresión de estar cediendo a algo que siempre había temido. El espíritu de cofradía. La camarilla que, formada como último recurso, acaba por encontrar complacencia en su exclusividad y tiende a un aislamiento excesivo. La voluntad de pertenecer a un gueto y, desde él, cerrarse a todas las posibilidades. Como si las mujeres que habían quedado solas tuviesen que compartir un destino parecido al de la llamada tercera edad. Hoteles para ancianos y mujeres solas. Autocares para ancianos y mujeres solas. Vuelos para ancianos y mujeres solas.

Fue entonces, en compañía de otras solitarias, cuando Imperia comprendió que la soledad es terrible en cualquier condición social y a cualquier edad. Y que puede ser viciosa cuando se contempla tanto a sí misma.

Pero era demasiado pronto para ceder a aquella especie de remordimiento. Madrid representaba la quintaesencia de la actividad urbana y, en ella, el entretenimiento podía hallar un lugar primordial. Mucho se hablaba de la decadencia de la vida nocturna, del final de aquel movimiento de agitación que se dio en llamar «movida»; y esto era probablemente cierto, pero a ellas no las afectaba en absoluto. La muerte de algo que se mueve podía resultar dolorosa para los jóvenes, para los bohemios, para los sectores más dinámicos de una sociedad que vivía al margen de la suya. Pero dos mujeres solas, acomodadas, con gustos extremadamente sofisticados no necesitan de la inquietud constante, antes bien la rechazan. La diversión tiene que ser cómoda, segura, sin imprevistos. Sorpresas, sí, pero que no intranquilicen con la necesidad de ir más allá de sí mismas.

Corrían por las noches a gran velocidad, pero sin prisas. Bailaron sevillanas hasta la madrugada en los lugares donde el dinero y el poder alternan hasta fundirse. Les mostraron nuevos locales cuya decoración constituía una novedad, siempre tranquila. Cada noche podía ser motivo para alguna salida, y resultaba maravilloso cuando había que elegir entre varias invitaciones para una sola fecha. Cenas bajo cualquier motivo, algún estreno teatral, esos remedos de première cinematográfica al modo americano, quizá un concierto, una representación de ópera, reuniones privadas...

Imperia continuaba sintiéndose vacía, de fiesta en fiesta, de local en local, de mesa en mesa. Sin embargo, descubría que ya no le era posible detenerse pues, de hacerlo, cedería de nuevo a la tentación de contemplarse en el espejo y descubriría que los años no habían transcurrido en vano; que su efecto estaba allí, permanente, inalterable, presto a asesinar.

Por otro lado, intentaba convencerse de la independencia de sus sentimientos. Existía, sin duda, un fracaso personal —acaso generacional: estaba dispuesta a admitirlo— al que Alejandro se refería a menudo, pero su fracaso con Álvaro continuaba ocupando sus más recientes pesadillas y, siempre, sus miedos. Éstos eran completamente nuevos y, ya, acérrimos. Miedo de encontrar una foto suya en el periódico; pavor de encontrarle a la salida de algún teatro, de verle entrar en algún restaurante, acompañado de amigos comunes. Pero ni siquiera los miedos se presentaban bajo apariencias tan diáfanas; apariencias que no permitiesen el equívoco. Al mismo tiempo los miedos alternaban con la insensatez, porque en todos los lugares, en todos los periódicos, buscaba con ansiedad el rostro de Álvaro.

Comprendió que la ciudad continuaba mandando sobre sus recuerdos y, entonces, huyó de Madrid. Recurrió a sus amigos andaluces, sabiendo que Andalucía siempre implica un cargamento de sonrisas. Ella se decidió a devolverlas con creces. Aprovechó el buen estado de las pistas de esquí en los últimos días de Sierra Nevada. Más adelante, descansó en Sotogrande, con algunos amigos de la tweed set. Se la pudo ver en la feria de abril de Sevilla, en una carreta del Rocío, en algunas fiestas en los cortijos de Jerez; después se despertó en algún palacio de Sanlúcar, en la Cruz de Mayo de alguna casa principal, en Sevilla; y cuando ya la primavera estaba a punto de morir, ahogada por los avances del estío, decidió que había cumplido parte de sus propósitos, coleccionando un cargamento de sonrisas, pero no risas auténticas, salidas del corazón.

El corazón seguía huyendo y aunque no siempre estaba triste nunca estuvo contento.

Decidió peregrinar por distintas ciudades europeas; las más esnobs, aquellas donde amigos cultos o, cuanto menos, sofisticados podían proporcionarle veladas agradables, cenas en los mejores sitios, entradas para la mejor función, compras en las tiendas de mayor prestigio. Pero lo mejor, servido a destajo, se reveló, una vez más, enemigo de lo bueno, y sólo apto para ir creando insustanciales restituciones del paraíso perdido.

Regresó a Madrid, pero sólo para ocuparse de Reyes del Río. Necesitaba completar algunos proyectos para su próximo viaje a América. Enfrascada en su relación con Álvaro, no tuvo tiempo de averiguar en qué consistía exactamente aquel desplazamiento inesperado. Recordaba algo relacionado con el dichoso cambio de sexo del primo Eliseo, pero ni siquiera esta eventualidad justificaba que Reyes pasase seis meses ausente de España. Sacrificaba, además, los suculentos ingresos de las galas de verano. Era éste un aspecto de su carrera de folklórica que, a ella, no le incumbía en absoluto; pero, aún así, le intrigaba que no protestasen los de la casa discográfica y, muy especialmente, los representantes para actuaciones en el mercado interior. Con tantas galas anuladas, perderían unas comisiones tan suculentas como la propia gira.

A no ser que tuviesen preparada alguna campaña, más lucrativa, en algunos países de Latinoamerica.

Intrigada por tantas preguntas, decidió ponerse en contacto con Reyes cuanto antes. Conociéndola, no esperaba de ella una alegría loca, pero nada justificaba el apresuramiento con que la despachó en su primera llamada.

—Déjeme unos días, mi alma, que me van a caer encima los exámenes de junio y ando yo una miaja verde en algunas cosillas.

Pensó que sería una de sus bromas. ¿De qué podía examinarse una folklórica? ¿De voz? Reyes del Río la tenía en abundancia y de excelente calidad. Estaría ensayando un nuevo repertorio. Era difícil. Le quedaba por promocionar el de su último disco, que todavía no estaba en el mercado. Iba bien equipada con las nuevas canciones y, además, con el respaldo, siempre seguro, que significaban las del repertorio clásico.

Se impuso una meditación: sabía muy poco de aquella joven. Ni siquiera cuáles eran sus aficiones, cómo entretenía sus ratos de ocio, a qué aspiraba, más allá de su carrera. Sabía tan poco de ella como de su secretaria Merche Pili o de la asistenta Presentación. Pero éstas no solían sorprenderle con noticias tan inesperadas. ¡Exámenes en junio! Una extravagancia más. En realidad, la gente vulgar era muy extravagante. La gente vulgar se permitía incluso el lujo de ser esnob.

A los pocos días, pasó por Madrid la gran Vanine, con quien tenía pendiente una cena desde su último desfile en la discoteca Jolie. En la presente ocasión, le habían encargado otro montaje que debía superar a todos los anteriores en originalidad. Volvía con fuerza la moda de los años sesenta, en todas sus manifestaciones, y los representantes de alguna firma juvenil pretendían recrear el espíritu de aquella década famosa. Precisamente, aquellos años tan de Vanine. Los que la vieron reinar sobre las pasarelas del mundo.

Seguía reinando desde tronos muy distintos y su físico correspondía a aquel cambio. Era una máscara suntuosa, que renegaba de sus disfraces de anteayer. Después de pasar por todos los estadios de lo *décontracté*, había adoptado la máscara de un esnobismo cosmopolita que recordaba a la década inmediatamente anterior a la suya. Como muchas otras, recuperaba la oficialidad de los años cincuenta: la alta costura, la alta peluquería y la joya de precio. ¡Ella que, en su juventud, representó la imposición del prêt-à-porter, el apogeo de la falda Mary Quant y el look proletario como valor universal!

Se dieron cita en un restaurante de gran lujo. Atmósfera apropiada, comida excelente, la media luz imprescindible para no delatar alguna imperfección del rostro —esas imperfecciones que ni siquiera la mejor amiga debe conocer jamás—; todo, en fin, destinado al encuentro que nos hace sentir triunfadores en certeras conversaciones con los que también han sabido triunfar.

Mientras se quitaba los guantes de raso, comentó Vanine:

—Desengáñate: un Givenchy siempre será un Givenchy y un Balenciaga un mundo entero. Todo lo demás, sólo demuestra que de jóvenes fuimos muy alocadas.

—Fuimos magníficas —murmuró Imperia, casi sin darse cuenta—: ¿Por qué no reconocerlo de una vez, si todo lo que ha venido después sólo es una vulgar imitación de lo que hicimos?

Vanine se encogió de hombros.

—De acuerdo, amor. Fuimos magníficas.

—¡Y todo para llegar a esto! —exclamó Imperia, en tono decididamente pesimista.

—¿A qué, amor? —preguntó Vanine, sorprendida—. Estamos muy altas, ¿no? Tú, en lo tuyo, estás tope. Yo, con mi agencia, voy cumbre. Nos va muy bien de *career women*. ¡Quién nos lo iba a decir cuando éramos solamente modernillas!

El champán había llegado con la puntualidad que exige una mundana:

—Brindemos por los viejos tiempos, ya que te empeñas —declaró, levantando una de sus cejas apenas dibujada.

Imperia levantó la copa, sin darse cuenta de que, al levantarla, estaba cayendo en una trampa a la que siempre se negó. Viajaba vertiginosamente al fondo de su dorada juventud.

—¿Recuerdas los años de Chelsea? —comentaba, sin darse cuenta—. Todo significaba revolución, en aquellos días. En el vestir, en las costumbres, en el arte. Todo se movía. Aquel vértigo nos hizo, aquella velocidad nos formó. ¿Te acuerdas?

—Como todo el mundo —comentó Vanine, indiferente. Al cabo de una corta vacilación, añadió—: Pero no con dolor. Recuerdo que la década fue hermosa mientras duró. Pero se fue, ¿no es cierto? Acordarse tanto de ella puede resultar dañino.

Imperia consideró cómico que Vanine la tomase por una nostálgica. ¡A ella, entre todas las mujeres!

Para mayor sorpresa, se oyó insistir:

—¿Recuerdas el estreno de Hair?

—La de los hippies y el primer desnudo, ¿no? Claro que me acuerdo. Y también de los bondadosos cantos de Donovan. Y la piedrecita de Bob Dylan. Y del pobre Andy Warhol, creando magia a su alrededor. Y si ahora me hablas de los Beatles y el Vietnam, te arrojo el champán a la cara, mi amor.

Mirando a Vanine, a esa espléndida mujer que continuaba representando todo el espíritu de la modernidad, Imperia retrocedió hacia el momento temido.

Más de veinte años atrás, cuando el mundo se conmovía en las alucinaciones del sueño «pop».

La Vanine estilizada de hoy había sido, hasta aquel entonces, una tal Ursula de aspecto travieso, ojos desmedurados, faldicorta, flequillo hasta las cejas y enormes gafas opart. Representó como ninguna el culto al aspecto; un culto propio de la década prodigiosa. Siguió el típico itinerario de las de su gremio. La infancia en un olvidado villorrio de la Alta Baviera, la emigración a la capital, el obligado paso por París y, cuando la moda decretó que los fuegos de la década se desplazaban hacia otros centros más propicios, el trayecto mítico: Londres, Roma, Nueva York, San Francisco y, por fin, un simpático aterrizaje en la Barcelona de la gauche divine.

En los distintos tramos de aquel itinerario, Ursula fue perdiendo partes de sí misma para convertirse en aspectos. En Londres, cuando Chelsea era tan joven que asustó al siglo, tuvo la suerte de conocer a un fotógrafo que la convirtió en una especie de efebo asexuado; una réplica de la primera Mia Farrow, como la década estaba pidiendo a gritos. Al entrar en contacto con otros fotógrafos y varios modistos, empezó la transformación de la mujer en fetiche; la transformación consistió en reducir curvas, atenuar senos, y dejarla medio calva para favorecer la idea de la modelo futurista, el robot perfecto para exhibir vestidos de latón, medias de hierro, jerseys de escamas de pescado y gigantescos sombreros parecidos a la escafandra de un buzo, ideal para las noches de gala en el Studio.

Cuando una alemana originariamente pesada y maciza ha conseguido convertirse en un hueso, como la Twyggy o la Shrimpton, significa que el poder de la década es ilimitado. Los inventores de la imagen inventaron a Vanine, diseñándola a su antojo. Deslumbrada por la fama y los honorarios de las modelos a quienes consideraba sus maestras, recorrió el mundo convertida en una metamorfosis constante, porque tuvo que cambiar de estilo según iban decretando los antojos de la moda. Consiguió hacerse un nombre cuando Chelsea exigió a los modelos que pasaran los *prêt-à-porter* bailando el jerk en la pista, pintada a su vez con colores psicodélicos y removida por luces aerodinámicas. Cuando aquella moda terminó, la divinizaron a la altura de la mismísima Veruschka, disfrazándola con las armaduras de Courrège y Rabanne, recargándola hasta tal extremo que, en más de una ocasión, estuvo a punto de perder el equilibrio mientras desfilaba a ritmo de twist. Obedeciendo siempre a los giros vertiginosos de lo último, acabó pasando modelos de luto en Nueva York, al son del Dies Irae. En el Village, tuvo la fortuna de conocer a la crema de la intelectualidad, especialmente el grupo que circundaba a Andy Warhol; y si, antes, los diseñadores habían construido a un bellísimo monstruo partiendo de un físico demasiado teutón, el contacto con la dorada bohemia neoyorquina la convirtió en dama de altos vuelos y en sofisticada de salón.

Sus relaciones con algún ejecutivo de buen ver consiguieron mucho más que darle placer en la cama de un penthouse del East Side, con ventanales abiertos sobre el gran parque. La ayudaron a hacerse una formación empresarial, mientras aprendía las implacables matemáticas del mercado. Por contagio, se volvió negocianta.

Una de las leyes tácitas del mercado obedecía a las del Tiempo: la carrera de una modelo es corta, los caprichos de una década pasan muy deprisa y los años vuelan dejando en la cuneta a quien no supo invertir para el futuro. Mientras las más grandes de los años sesenta —una Donayle Luna, una Veruschka— caían rápidamente en el olvido, Vanine decidió madurar antes de tiempo. Convenía abandonar el barco antes de que el iceberg de una novedad más reciente acelerase el naufragio definitivo.

Se dejó ver por Cadaqués en la época de Imperia Raventós. Fue musa de algún grupo de artistas inquietos; practicó, después, el arte de la respetabilidad instalándose como querida de un burgués barcelonés, pero el especimen era sumamente aburrido y no consiguió sujetar a una mujer de aquel calibre. Pasó por distintas manos, cada una más divertida que la anterior: un arquitecto marxista, un novelista anarcoide y un geniecillo del teatro catalán que la hizo debutar en una especie de *happening* neoexistencialista, vestida de troglodita. Por fin, se encaprichó de un apuesto fotógrafo francés que le hizo un hijo. Vanine había madurado lo suficiente para comprender que lo único valioso de aquel machito era una melena leonina, que solía recogerse en coleta cuando escuchaban a los Rolling Stones. Sintiéndose estafada por motivos que nunca contó —¡pero son tan presumibles!—, Vanine envió al fotógrafo a casa de sus papás, en Normandie, y se quedó con el hijo. Hizo lesbianismo con una agresiva periodista italiana y, cuando las dos se mandaron a la porra, se dedicó a vivir holgadamente y a vagabundear con absoluta placidez por los itinerarios típicos: Ibiza, Mikonos, Marrakech y Hammammet, en Túnez. Todo ello con gran clase, gran estilo y precio muy elevado. Algunos la llamaron puta. Ella prefería «courtisane».

En aquel inagotable catálogo de experiencias, Imperia la recordaba como un soplo de aire fresco que se volvía huracán para sacudir las noches doradas de Cadaqués. Era un ímpetu que llegaba desde un mundo más libre, arrollando las tinieblas del franquismo; cuando se creía que existía un túnel secreto entre Cadaqués y Europa. Cuando todavía no se anunciaban los años del tedio y la consunción.

Cierto día, Vanine se detuvo. Era el momento de asentarse. Escogió Barcelona, donde fundó su reputada academia de modelos. Sus amigos más bohemios la acusaron de conformista. Ella se encogió de hombros, se hizo uno de los más recordados *liftings* de su generación y empezó a trabajar de firme. La década había terminado. Ella no. A ella le quedaban más décadas por vivir. Y cuando Imperia la reencontraba, en aquella cena de Madrid, ya llevaba más de veinte años en plena posesión de facultades y en plena facultad de esplendores.

Una magnífica superviviente que se presentaba ante ella con la madurez necesaria para encarnar, en adelante, el espíritu de los noventa. Pocos lo consiguieron. Pocos lograron sobrevivir a la década de su juventud medianamente mejorados. Los que consiguieron sobrevivir con dignidad, podían considerarse más que satisfechos.

Pero el secreto no está en sobrevivir. Ésta es una actividad que se encuentra entre las posibilidades de cualquiera. Es la condena de la especie. No implica voluntad. No es creativo. Nunca genial. Es el vegetar. La vulgaridad total. Por contrapartida, lo que importa es vivir, vivir intensamente, apurar hasta la última gota el líquido que los dioses desconocidos pusieron a disposición de los humanos.

Veinte años después de su muerte como modelo «pop», Vanine estaba ocupada vigilando el grado de pesadez de alguna salsa. Ya no seguía las drásticas dietas de otro tiempo, pero no quería dar triunfos al exceso de confianza. Tampoco se los concedía a sí misma, al incidir en temas personales:

—He aprendido a esquivar cualquier conversación sobre la felicidad. Se está convirtiendo en un vicio. Me temo que ni siquiera sea un tema necesario. Es una obsesión que se apodera de todas nosotras a partir de una determinada edad. Y lo único cierto es que resulta fatal para el cutis.

Imperia sonrió con satisfacción, porque encontraba a otra mujer sabia. Seguramente, la más adecuada para ayudarle a descubrir por qué había caído en el desencanto, como muchos de aquellos a quienes había despreciado por el mismo motivo.

—Los españoles os habéis acostumbrado a abusar del lenguaje de la prensa. Mujeres como nosotras, mujeres internacionales, saben que no pueden vivir así. ¿Quién no está desilusionado o desencantado, o como quieras llamarle, hoy en día? Si la desilusión es de tipo político, lo cual nunca me preocupó, debe de ser distinta según la realidad de cada país. Si es una y misma, es inherente a la condición humana. Entonces, lo único que podemos hacer es asumirla y jodernos... no sé si ésta es la palabra exacta.

Imperia sonrió ante sus dudas con el vocabulario. Veinte años en España y se permitía la pequeña coquetería de una duda. Quedaba gracioso en ella. Igual que la ingenuidad con que podía pronunciar los tacos más atroces, como si ignorase su significado.

—Siempre me tuve por internacional —protestó Imperia—. Mi lugar era ningún lugar y, al mismo tiempo, todos los lugares. Mis periódicos eran los de la ciudad que me hospedaba; mis informativos televisivos lo mismo. Me acostumbré, como tú, a mezclar desastres; luego, a relativizar el alcance de los mismos. Por más que lo he intentado, siempre que regreso a casa y hablo con mis compañeros de generación, la desilusión concierne a mis relaciones con este país.

—¿Desilusión, desencanto? Detesto las *grandes paroles*. Resultan ideales para los políticos y, desde luego, para los periodistas. ¡Van tan bien para hacer encuestas! Pero a nosotras, ¿en qué nos concierne? Son los años, Imperia, son los años. No sé yo de ninguna generación que, al llegar a los cuarenta, haya podido encantarse con algo que no fuese su propio espejismo...

E Imperia la observaba, ahora, reconcomida por una envidia natural. La miraba admirando, en ella, a una gran superviviente de la década que terminó con todos los sueños por haberlos encarnado de manera tan total. Sin embargo, por más que se escondiese tras una agradecida máscara de esnobismo, no conseguiría convencerla completamente. O sería que, en el fondo, sus sueños fueron tan mediocres que no merecían una continuidad.

Imperia la miró directamente a los ojos. No estaban cansados, ni siquiera desengañados. Por el contrario, aparecían llenos de cosas. Como los de ella misma tres años atrás. Como los de ella misma, antes de enamorarse de un patán.

Aquella evidencia de la vida que seguía palpitando en la madurez de Vanine, acababa de herirla profundamente. ¿Podía tolerarse? Una mujer que le estaba dando lecciones y, además, con todos los derechos para impartirlas. Sin duda habría tomado alguna anestesia cuyo nombre se negaba a revelar. Después de todo, incluso la superviviente más segura de sí misma y, también, la más propicia a las confidencias, tiene derecho a reservarse un as en la manga.

La cena con Vanine estaba resucitando demasiados espectros para que no resucitasen todos los demás. La cabalgata del recuerdo no se corta a voluntad. No es algo que puede utilizarse un momento para arrojarlo después, cuando a una ya no le sirve.

Y en aquel restaurante selecto, donde incluso los comensales parecían figuras de cera rescatadas de un museo del esnobismo, el recuerdo de un pasado más cercano reapareció de la manera más cruel. Reapareció lacerando. Y lo hacía con una presencia física que todavía podía herirla.

Álvaro Montalbán acababa de entrar en el comedor, formando pareja con la actriz Paloma Bodegón.

Le vio a lo lejos, vestido de esmoking y prodigiando exquisitas cortesías a aquella joven de escote demasiado atrevido. Excelentes maneras, las de Álvaro, para una petarda que se limitaba a estar buena. A no ser por este detalle, pasajero al fin y al cabo, no era aquélla una mujer preocupante. Se la sabía frivolona, exhibidora de conquistas, y, caso de ir a mayores, sólo interesada en ponerse y quitarse a los hombres con la rapidez de un rodaje televisivo. Podía servir a la bastedad sexual de Álvaro, pero, en revancha, también él podía ser rápido, olvidadizo y propenso a utilizar a las mujeres a guisa de kleenex.

Paloma Bodegón no era preocupante en la medida que no lo era el propio Montalbán.

Y aunque lo fueran ambos ¿qué podía importarle a ella?

Había decidido salvarse de los estragos de la pasión, y aquel encuentro con Álvaro sólo podía ser una pequeña piedra en su camino. Cuestión de sortearla. Pasar de él, como decía a veces su hijo Raúl, quien, a pesar de su excelente vocabulario, no había conseguido salvarse completamente de los vicios expresivos de su generación. Pasar de Álvaro, pues. Y, en el lenguaje de una generación anterior, la de Imperia, la de las mujeres progresistas que habían aprendido el taco como una forma de distinción, podía prescindir completamente, dedicándole un simple: Te puedes ir a la mierda.

También podía añadir una castiza: «Éste no es mi Álvaro, que me lo han cambiado.» Una vez más, el pueblo tendría razón. Pues aunque el recién llegado seguía siendo su Álvaro, era cierto que había experimentado un gran cambio. Y no para bien.

Estaba mucho más delgado. En tan poco tiempo, había perdido parte de su atrayente dinamismo. Caminaba arrastrando los pies, miraba a su alrededor con aspecto distraído y continuaba fumando sin parar. Además, se había quitado las gafas, por lo menos aquella noche, y el aspecto de seriedad de los últimos meses se convertía en un rictus de antipatía. Por más que intentase sonreír a su acompañante, aquel rictus le delataba.

Imperia no desperdició aquella oportunidad que el destino le brindaba. Intentó rebajarle más, y a toda costa. Pero el dolor, que llega a ser tantas cosas malas, nunca es deshonesto. Así pues, se vio obligada a reconocer: «Has perdido un poco, pero todavía eres el hombre más guapo del mundo.»

Sin embargo, había en aquel Álvaro un aspecto extrañamente perdido, un descontrol que se traducía en actitudes nerviosas que ya no eran las del palurdo a quien ella viese por primera vez, sino las propias de alguien que estaba atravesando un intenso conflicto interior. Acaso por ser tan intenso, ni siquiera se molestaba en disimularlo. Por el contrario: determinadas acciones lo acentuaban. Se dirigía al teléfono y regresaba más nervioso todavía. Repitió la maniobra en tres ocasiones y a cada una de ellas el nerviosismo iba en aumento.

Cuando, por fin, consiguió que el teléfono contestase a sus cuitas, la respuesta no fue en absoluto satisfactoria para él; pero acaso Imperia se hubiera sentido feliz, de escucharla.

—Por favor, doña Maleni, dígale que necesito verla a cualquier precio. ¿Cómo voy a creerme que no se puede poner? ¡Hace un mes que llamo a todas horas, doña Maleni! ¿No comprende que estoy en las últimas?

En efecto, aquella reacción desesperada no habría sido, para Imperia, una mala recompensa. Cuando menos la de contemplar como era derrotado aquel que, antes, la derrotó a ella.

Al verle regresar del teléfono, experimentó una serie de sentimientos contradictorios.

Sintió que todo lo bueno que ella había empezado a conseguir se estaba desmoronando. Y no era mujer amante de las ruinas ni sabía apreciar la grandeza de la decadencia. Detestaba la suya propia y detestaría la del hombre odiado.

Vanine la notó nerviosa. Mucho más que nerviosa: obsesionada. Todavía más: desequilibradísima. Tenía ella suficiente mundo para saber hasta donde llegan los problemas generacionales de una mujer y donde empiezan los que sólo el amor es capaz de provocar.

—Imagino que hay un hombre —sugirió, afirmando.

—Lo había. Mejor dicho: intento olvidarle a toda costa. Estoy en ello.

Pero Vanine continuaba impartiendo lecciones de madurez y seguridad.

—Estoy en grado de aconsejarte. Te llevo cinco años. Cumplí cincuenta en enero.

—No se notan en absoluto— declaró Imperia, con rotunda sinceridad.

—Pero están ahí. No vamos a engañarnos. Están ahí y lo único que una puede hacer es conseguir que no duelan demasiado. Porque una mujer, cuando conoce sus poderes, sabe que la mejor anestesia contra los años está en sí misma. Y si no la encuentras estás perdida. Hablando claro: tu problema es que te consideras mayor de lo que eres. Y para conjugar el miedo no se te ocurre nada mejor que comportarte como la niña que nunca creció. Mal asunto. Los Peterpanes femeninos no dejan de ser mariquitas travestidos. Y, además, menores de edad. Lo cual es ridículo.

No se le escapó a Vanine que tenía a sus espaldas al hombre de Imperia. En fin de cuentas ella ni siquiera disimulaba. Mientras estaban hablando, su mirada se perdía hacia el otro lado del salón. ¿A quién quería engañar? No tenía el menor deseo de dejar de mirarle. Tampoco intentaba dejar de sufrir.

Porque lo cierto es que la sola visión de Álvaro constituía una agonía para Imperia.

Le encontraba tan joven que estuvo a punto de gritar. Pero no terminaría en él su grito.

Aquella actriz de segunda, aquella exhibidora de senos,

aquella Bodegón todavía era más joven que el propio Álvaro. Joven como había sido Vanine. Como lo había sido ella misma. Pero tonta. Lo bastante tonta como para seducir a un tonto como Álvaro Montalbán. ¿Iba a ser, además, tan importante como para mortificarla a ella?

No podía soportar la idea de que la estaba hundiendo una segundona. Pero era el tipo de rival contra cuyas armas no había defensa posible. Tenía los años a su favor y disponía de la dorada mediocridad. La dote ideal.

Entonces, decidió Imperia que su cáliz estaba colmado. Aunque el contenido fuese champán francés.

—Perdóname, Vanine. Necesito irme ahora mismo. Es indispensable que me vaya.

—¿Te ocurre algo? —preguntó la otra, preocupada—. Sin duda has bebido demasiado. Te acompañaré.

Por toda respuesta, Imperia se levantó rápidamente y se apresuró a alcanzar la salida.

Todavía se volvió un momento para descubrir que Álvaro regresaba de su enésimo viaje al teléfono. Paloma Bodegón podía no ser su dama. Pero ésta existía en algún lugar y le condicionaba. Le estaba condicionando hasta el punto de colocarle mucho más allá de sí mismo. En un estado que, irónicamente, se parecía al de la propia Imperia.

Cuando Vanine llegó a su lado buscó, en el salón, al objeto de tantas cuitas. Se puso unas gafas diseño italiano para verle mejor. No ahorró un gemido de sorpresa. Seguro que le encontraba guapísimo.

—Maravilloso —exclamó—. En cambio ella, un horror. Sencillamente obscena. Digna del cine que se hace hoy. Hago bien en no ir.

—A veces, te complaces en desconcertarme —gruñó Imperia—. ¿Se puede saber qué pinta el cine en todo esto? Además, para cine el que estoy montando yo.

—Te preocupa más ella que él. Toda mujer sabe que, a partir de ahora, entra el amor propio.

—Pero duele igual que el amor *tout court*.

—Acaso más. Todo es cuestión de calcular su duración. Después, viene el odio. También durará. Y un buen día, al despertar, ni te acordarás. No es nada excepcional, créeme. Todas hemos pasado por trances parecidos.

—Pero yo no. Yo estaba vacunada. Y ahora estoy herida de muerte. ¡Ya ves tú de qué sirven las vacunas!

Le pidió que no la acompañara. En realidad, fue una orden terminante. Echó a andar, con paso resuelto. Incluso olvidó el chal en el coche de Vanine. Le daba igual. Sólo quería huir, pensando que paseaba.

Caminó por las callejas estrechas, en pendiente, hacia no sabía qué indecisas plazoletas. La primavera avanzaba rápidamente hacia el verano, pero algunas noches todavía podían ser frescas. No le importó sentirse inmersa en una de ellas. El olvido del chal favorecía aquella impresión y, al mismo tiempo, otorgaba a su imagen el tono ambiguo de un cadáver viviente.

Era cierto que había bebido demasiado o, si se prefiere, demasiado para lo poco que comía últimamente. Siempre oyó decir que era un síntoma de amores no correspondidos. La mujer que bebe sola, la descontrolada, ya no disponía de otras armas para luchar. Señal de que todo ha terminado. Sólo quedaba la idiotez de la bebida. Y ni siquiera para olvidar, como dice el melodrama. Simplemente, para sentirse ocupada en algo. Para desconocer el vacío total.

Decían los especialistas que cada día hay más mujeres que beben a solas. No es de extrañar.

¡Amores no correspondidos! Otro chiste ideal.

¿El amor? Era cierto que estuvo, antes, en su vida. Un amor idealizado, un amor que fracasó. Como los ideales que lo sustentaron. Como la esperanza de que ella y el amor estaban destinados a triunfar sobre las trampas del mundo real.

En aquella época invocada por Vanine había pensado que el amor de su marido duraría siempre. El amor se fue y ella no quiso abrir la puerta a ningún otro. Su itinerario sentimental se redujo a cuerpos, fue un viaje a través de los cuerpos; dentro, encima, debajo de ellos. Cuerpos que, en última instancia, tampoco la satisfacían... si debía calcular la satisfacción según el cuerpo, la presencia, el rostro aniñado de Álvaro Montalbán. ¡Esa imagen se estaba convirtiendo en una locura! Para combatirla, empezó a insultarle a grito pelado. No ahorró tacos. Y ni siquiera eran los habituales de las señoritas progresistas de aquel lejano Cadaqués. Eran, por contra, los del tono más bajo que lo indecoroso del dolor puede provocar. Pero siguió arrojando insultos a la noche; y alguna prostituta despistada pudo asombrarse de que una dama tan bien vestida estuviese en posesión de un vocabulario tan repugnante.

Así pueden ser las muy modernas.

Corría a pleno grito, en costanillas de bajadas cada vez más alucinantes. El mundo vacilaba ante sus ojos y ella continuaba corriendo, gritando, rompiendo a veces en risotadas clamorosas que ya sólo encontraban a su propio eco como respuesta.

En aquella nebulosa giratoria en que el mundo se había convertido, dio contra un contenedor de basuras y cayó al suelo. Algún vagabundo, acaso algún perro, lo habrían vaciado, dejando toda la calle sucia de porquería.

Recordó la frase preferida de Miranda:

—Mujeres somos y en polvo nos hemos de convertir.

Perfecto. No estaba entre el polvo, pero sí entre la inmundicia. Los magníficos brocados de su Moschino se mezclaban con latas vacías, restos de salsas putrefactas, envases de plástico que se aplastaban bajo el impacto de la caída. Y a su alrededor zumbaban las moscas verdes, innobles criaturas que se regodeaban cebándose en aquel miserable festín.

Hundió la cabeza entre un montón de verduras malolientes y rompió en un llanto desesperado. Después, perdió el sentido y, al precipitarse en la oscuridad total sólo percibió lejanas melodías que cantaban las glorias del amor.

Una de ellas llegaba de un pasado muy remoto. Era un fox que ganó en San Remo. Lo había bailado con su marido en algún club de la costa. Era cierto que eran muy jóvenes. Era cierto que estaban enamorados. Y en última instancia, no era falso que la memoria es una asquerosa manipuladora que no tiene perdón de Dios.

La recogieron antes que a las basuras, pero ya no puedo precisar quién la atendió, después, ni dónde fue atendida. Recordaría acaso que hubo un médico, otros más y que por fin la internaron en una clínica de reposo. Llegaron días de sueño total, horas de negación absoluta, superficies de la nada, apenas habitadas por mínimos parches de realidad, ocupados a su vez por la administración del suero, las píldoras, los zumos y los caldos. Al final de cada intervalo, de nuevo la inexistencia.

Así pasó una semana sometida a la cura del sueño.

Cuando empezaba a recobrarse descubrió al otro lado de la ventana los avances de la naturaleza, y también, sus extremos. El verano se estaba anticipando, como venía ocurriendo en los últimos años. Al otro lado de los cristales, los colores aparecían difusos, entrevistos desde detrás de una gasa, como en los días más ardientes del sol.

Se demostró que tenía muchas amistades. No cesaban de llegar ramos de flores, cajas de bombones, telegramas; como si la habitación de una clínica de lujo fuese el camerino de una folklórica en noche de gran gala.

Aquella invocación no era casual. Por alguna razón que no llegaba a comprender en el estado de sus relaciones, Reyes del Río llamaba varias veces al día, ya para interesarse por su salud, ya para pasarle a su madre, que la enloquecía con interminables consejos sobre los potingues que debía tomar para acceder a la paz del alma sin necesidad de pasar por manos de aquellos a quienes doña Maleni llamaba «médicos de la cabeza». A veces, se ponía Eliseo para entretenerla con algún chiste enternecido, picante pero lleno de aquella ternura especial, rayana en el absurdo, que suelen tener los chistes de mariquitas.

La folklórica reveló una tendencia al detalle, una afición al mimo que en otro tiempo la habrían fascinado por llegar de quienes llegaban. De todos modos, ahora no podía considerarlo. Sólo pensaba en dormir.

Cierta noche, Miranda Boronat se presentó a altas horas de la noche con la única intención de distraerla. Se impuso a la vigilancia de las monjas haciéndose pasar por hermana siamesa de una prima que Imperia tenía en Siam. Cuando consiguió quedarse a solas con ella, soltó una sarta de chismes más o menos picantes que, por suyos, hacían reír. Así fue como la enferma se encontró un poco divertida más por el reconocimiento de un tonillo familiar que por la gracia intrínseca de personajes y situaciones de la vida social eternamente parecidos entre sí.

Después, volvieron los sueños. Largos espacios de la nada. Profundos pozos de la nada. Interminables firmamentos de la negación.

Cuando se sobresaltaba, sólo era para interesarse por la llamada de Álvaro; pero la respuesta era siempre la misma: no hubo una sola llamada de aquel señor Montalbán. Y aunque su indiferencia le dolía, ella se empeñaba en conocerla para llegar a aborrecerle más. Pero el efecto era contrario a lo esperado: su dolencia empeoraba, porque se resistía a dejar de pensar en el objeto de todos sus pesares.

¿Por qué iba a hacerlo, en cualquier caso? Sólo con la omisión de ayuda al olvido, y esto era, sin duda, lo que el propio Álvaro quería conseguir. Era su cruel contribución a la vuelta a la normalidad. Y aunque en sus momentos de delirio Imperia arremetía violentamente contra él, culpándole de todo su drama, cuando recobraba el juicio comprendía que no podía acusarle de nada. Y recordaba la historia de aquel Diego que se suicidó por una actriz.

¡Diego, el que se le fue la mano en el gas durante un intento de suicidio y acabó suicidado de verdad! Recordaba Imperia que alguna de sus amigas culpó a la actriz acusándola de no tener corazón. Otra amiga la defendió: ¿qué podía hacer la chica si no estaba interesada por su enamorado? ¿Iba a ceder a un chantaje moral que la obligase a quererle por compasión? Su actitud era la más noble: no te puedo querer, haz lo que quieras, ya eres mayorcito. «Si el otro se suicidó era su problema.»

Era rigurosamente cierto. En las derrotas del amor, el problema siempre pertenece a la víctima. El verdugo no puede hacer más. Simplemente, no consigue amar. ¡Pobrecito, en realidad!

Llegaron más días indiferentes. Acabaron mezclándose los del pasado y los del presente. Aquéllos sólo atormentaban cuando se referían a Álvaro. Pero los días junto a él parecían muy lejanos. Todos los días parecían no haber existido. Y sólo cuando el recuerdo de los días empezó a regresar y los límites entre ellos se marcaron con timidez, comprendió Imperia que se estaba reponiendo. Pero ni siquiera esta posibilidad de regresar a la vida representaba un consuelo.

Temía la curación porque no ignoraba que equivalía al olvido. Y de momento la certeza del dolor era lo único que poseía.

Por fin le permitieron los médicos regresar a su casa. Aunque Raúl se ofreció a instalarse con ella por unos días, con sus libros y su cargamento de discos, Imperia comprendió una vez más que no era lícito interrumpir su felicidad, de manera que prefirió la compañía de otra infeliz; de Miranda Boronat, sí, la más improbable enfermera del mundo pero también la amiga que, en aquellos momentos, revelaba más puntos de contacto con lo que había sido.

Así transcurrieron los días y otra ola de calor insoportable se abatió sobre la ciudad, como un nuevo, nervioso anticipo del verano. Llegó, después, una semana tormentosa que sirvió para refrescar el ambiente y, cuando esto ocurrió, los días empezaron a perfilarse con la exactitud que siempre tuvieron.

Una exactitud que no servía para nada, porque los días tenían que transcurrir sin que ella los notase. Porque los días debían transcurrir sin la menor intervención por su parte.

Y ella los veía pasar con indiferencia, una indiferencia acaso mutua, porque tampoco los días tenían demasiado interés en verla renovada. Tendida entre un montón de almohadones, dejaba pasar películas por el videógrafo igual que pasaban los días sobre el mundo: lentamente, sin decir nada, por la simple obligación de llenar espacios que, de otro modo, estarían en manos de la desesperación.

Pero fue inevitable que los días pasaran, que el recuerdo la endureciese poco a poco y que ella y todas sus partes se planteasen la urgencia de la recuperación. Después de todo, una dolencia de amor es algo que cualquier enfermo puede pasar de pie.

Miranda Boronat era de la misma opinión, si bien transigía en el capricho de su amiga de languidecer en la cama sin tomarse el menor interés en nada ni por nadie. Cuando el médico decidió que le convenía empezar a recibir visitas, Miranda aplaudió alborozada. Entre otras cosas, porque empezaba a aburrirla aquella absurda profesión de enfermera.

Las órdenes del doctor y los deseos de Miranda coincidieron con una feliz circunstancia: Cesáreo Pinchón tenía algo que proponer a Imperia. Cuando pidió permiso para visitarla, Miranda se lo concedió de muy buen grado. Y, antes de permitirle pasar al dormitorio, le explicó la situación y, al mismo tiempo, se enteró del asunto que le traía. Al saber que era de carácter frívolo no pudo por menos que aplaudirlo. ¡Por fin regresaba la vida a aquella casa!

Imperia los recibió reclinada en los almohadones y con la mirada extraviada en algún punto de la pantalla del televisor, que en aquellos momentos proyectaba una vieja película de Fu-Man-Chú. Eliminó el sonido para poder escuchar cualquier banalidad que el visitante aceptase proponerle. En fin de cuentas, también ella empezaba a estar harta de su aislamiento.

Cesáreo Pinchón llegaba con la trompa llena de noticias. Las propias de su especialidad, por supuesto. La tetuda rockerilla Tata Naches se había presentado en la redacción dispuesta a vender la exclusiva de sus encuentros en Londres con un batería del grupo «Tu madre es más idiota que la hostia»; pero la chica pedía quince millones y la revista lo encontraba excesivo porque el jovencito no valía tanto. Se había producido una contraoferta. Diez millones si, en lugar de Totín Mir, Tata Naches aceptaba salir en Londres con Lenny González, guitarra del grupo «La coca ajena en la oreja del conejo». Tata Naches amplió la oferta, colocando a la esposa de

Lenny en un juzgado pidiendo la separación. La revista decía que podía llegar a los quince millones si la esposa tenía el Sida.

—¿No tienes nada mejor que contar? —preguntó Miranda, bostezando—. Lo de la venta de exclusivas es tan viejo como las canalladas que eres capaz de cometer si no te las venden.

—Hay algo mejor. Circula por las redacciones un reportaje de la Madre Teresa de Calcuta sorprendida en la ducha. Puede ser el escándalo del año, pero, al parecer, se están produciendo muchas presiones eclesiásticas para que no se publique.

—Hacen bien —comentó Miranda—: hay muchos enfermos del corazón. Y un desnudo integral de la reverenda podría provocar muchas víctimas.

—Es que ya no queda nadie a quien sacar desnudo —se quejaba Cesáreo Pinchón—. Recuerdo con nostalgia la época del destape, cuando lo de la transición. ¿Os acordáis?

Sonrió Imperia con tristeza al pensar que incluso lo que constituyó un impacto histórico reciente ya era una historia tan lejana. Algo que sólo podía regresar a cambio de un gran esfuerzo de la memoria.

—Fue una época altamente fructífera, porque todavía quedaba algún recato. Ninguna quería desnudarse; por lo tanto, la que se desnudaba era una novedad, una venta segura, un impacto que aseguraba grandes tiradas. Pronto empezaron a encontrar pretextos las que en un principio no querían. Si lo exigía el guión te enseñaban hasta las amígdalas. Si el decorado era una playa, una selva, una bañera, mostraban ahora una teta, luego dos y, después de mucho suplicar para sacarnos más dinero, llegaban al desnudo integral. Al final, acabaron desnudándose casi todas, menos las estrechas de siempre. Pero veo que lo que te estoy contando tampoco consigue distraerte...

—La miseria humana no me distrae, Cesáreo. Además, mientes como un bellaco. Las que nunca se desnudaron eran las importantes, las grandes, las que nunca lo necesitaron. Éstas han perdurado. En cambio las otras, las que sólo podían ofrecer su cuerpo, han sido completamente olvidadas. Sólo os acordáis de ellas quienes las explotabais.

Cesáreo Pinchón introdujo un cigarrillo Davidoff en su boquilla de oro.

—Estás hipercrítica. Aprovechemos tu humor para arremeter contra Montalbán. —Imperia delató un gesto de sorpresa—. ¿Te extraña que lo sepa? Miranda me lo ha contado todo.

Imperia arremetió violentamente contra su mejor amiga. Definitivamente, no podía confiarse en su discreción. Cabe decir, en su descargo, que nunca pretendió Miranda ser discreta. Amparada en tal excusa, dejó bien claro:

—No me censures. ¿Cómo pretendes esconder una cosa así a alguien que es cotilla por naturaleza? Además, con esta cara de muerta te lo hubiera notado igual. Pero no debes preocuparte: no publicará nada porque mis espías han averiguado que es de Villatorcida del Júcar, y, si esto se sabe, quedará arruinada su reputación internacional. Cesáreo, tesoro, cuchicuchi, ¿verdad que sabrás guardar silencio ante el peligro de que yo revele a todo el mundo tu bajísima extracción?

—*Toujours la rapporteusse!* —exclamó el cronista, resignado—: En fin, Imperia. No habrá caso de que me pregone esta viperina. ¿Cuándo he dicho yo una maldad contra ti? Siempre te he servido y continuaré haciéndolo. Estoy dispuesto a cambiar nuestro contrato verbal. Empezaré a destrozar a este Montalbán en mi próxima crónica. Puedo convertirme en tu némesis oficial a una señal tuya.

—No pienso darte este gusto. —dijo Imperia—. Cuando empiezo un trabajo, lo termino. Soñé a un Álvaro Montalbán grande. Lo quise así ante el mundo. Y yo no quedaré como una fracasada, ni ante el mundo ni ante Álvaro Montalbán.

Miranda se examinó las uñas. Estaba pensando. Momento histórico, que duró veinte segundos.

—Excusas de miedica —proclamó, al cabo—. Mira que te conozco, Imperia. Cuando hablas así es porque te queda alguna esperanza. Seguro que todavía confías en que vuelva.

—Miranda tiene razón. ¿Dónde están tus garras?

—Siguen donde siempre. Las sacaré cuando pueda herir a fondo. Pero tiene que ser algo que él no olvide nunca. Donde más pueda dolerle. Y todavía ignoro si, en toda su vida, le han dolido siquiera las muelas.

Miranda arregló los almohadones para que Imperia pudiese incorporarse con mayor comodidad.

—No hablemos más de este Álvaro, porque me está dando el alipori. Vamos a un *business* más apetecible —y fingiendo que tocaba unas castañuelas inexistentes, añadió—: Como sea que lo sé todo, y esto será siempre un hecho irremediable, también sé que Cesáreo viene a pedirte un favor de lo más divertido.

El cronista levantó el cigarrillo, afectando la postura de un anuncio de esmoquins de los años treinta.

—Hablo en nombre de los compañeros de la prensa del corazón. Como el cotarro está tan aburrido, hemos decidido montar unos premios para recompensar a los famosos que más han colaborado con nosotros. A los simpáticos, didons. Hemos decidido huir del tópico y darle al asunto un tono más culto, *une certaine qualité, tu me connais...*

—Lo tenéis difícil. Esta ciudad está llena de premios. Se recompensa a la más bella, al más gallardo, al empresario más eficaz, a la reina de la noche y hasta a los tarugos. Las discotecas están llenas de galardones que sólo sirven a su propia promoción....

—Es exactamente lo que comentábamos Miranda y yo. Se otorgan garbanzos de plata, cocidos de honor, limones y naranjas, alfileres de oro... Nosotros no podemos debutar con un plátano de diamantes.

—Os saldría demasiado caro.

—Para nada —intervino Miranda—. Los diamantes han bajado ostensiblemente. Hoy en día, el que no tiene diamantes es porque no quiere.

—Siguen siendo caros para el sueldo de un periodista —insistió Imperia.

Acto seguido, abandonó su postura de languidez. Cogiendo el cigarrillo que Miranda le ofrecía, se incorporó, decidida, hasta quedar sentada en la cama. Era obvio que el tema le divertía.

—Estoy pensando en una coartada de tipo cultural. ¡Ya lo tengo! ¿Por qué no buscáis alguna obra de prestigio acreditado y que, además, conozca todo el mundo? Un cuadro, por ejemplo.

Cesáreo Pinchón arqueó la ceja izquierda, en signo de interés.

—*Voilà l'excellence*! Un cuadro famoso para cada especialidad. O el retrato de alguien que resulte simpático.

Miranda se puso a aplaudir como una loca ante la idea que acababa de ocurrírsele.

—¡Ya lo tengo! ¿Cómo se llama aquella italiana que se ríe a mandíbula batiente? Una que se troncha y por eso la llaman como la llaman.

—Conociéndote, querrás decir la Gioconda.

—Uno muy antiguo. De vestuario del de antes. Ella es una gordísima.

La descripción era tan Boronat que seguía siendo inconfundible.

—Ése mismo. No es mala imagen para un premio dedicado a la simpatía. Precisamente Gioconda, en italiano, significa alegre. Podéis llamar a vuestros galardones los Premios Jovialidad. O Jocoso. O, en fin, buscad posibilidades en el diccionario de sinónimos.

—Gioconda es mejor. Nos da un tono más cosmopolita: ¡el Louvre patrocinando a la prensa del corazón! No habrá quién nos tosa. Y, desde un punto de vista plástico, puede quedar divino. Se la encargaremos a un escultor de esos que se privan por ser el perejil de todas las salsas. Sin ir más lejos, Romeo Cinabrio puede hacer una pieza medio vanguardista, medio clásica, que daría el pego. Que le dé un baño de oro y quedará muy fotogénica.

Imperia ya estaba inmersa en el divertimento.

—Además, como se especula sobre la posibilidad de que el modelo de Leonardo fuese un muchacho, también sirve para cuando se lo déis a un torero.

—Te alegrará saber que, en la primera convocatoria, se lo concedemos a Reyes del Río. Y no por compromiso hacia ti, créeme. Se ha producido por unanimidad total.

Imperia no acababa de creerle. Reyes del Río siempre se mostró muy cooperativa con los chicos de la prensa —a quienes llamaba «mis niños»— pero nunca fue una mujer simpática. Si acaso, lista. Pero lo mismo podía decir de sí misma. Sin mostrarse relamidamente simpática, había conseguido ganar batallas a los que sólo buscan simpatía en la mujer. Un caso parecido al de Reyes del Río. ¡Extraña relación!

Dos mujeres no simpáticas, que se habían mantenido unidas sin que mediara entre ambas la menor simpatía.

Rectificó: en algunos casos, se había producido una corriente mutua, una atracción, un fluido indefinible...

«Reyes del Río —pensaba Imperia—. Este nombre empieza a sonar con mucho brío. Nombre de hembra. ¡Menuda palabra! Hembra. ¿De dónde sale ahora? ¿Por qué me viene a la mente? Virgen, artista, burra, hembra... ¡Qué extraño capricho!»

Cesáreo y Miranda no repararon en el extravío que, de repente, desviaba su mirada. Estaban demasiado enfrascados en la organización de un acto que ya veían materializado ante sus ojos.

—¿Quién podría hacer el ofrecimiento? —preguntó Cesáreo— Todo el mundo ha presentado a alguien en los últimos años. Ya nadie es novedad en nada.

Imperia reaccionó a tiempo para proponer:

—Pienso en Rosa Marconi. Tiene prestigio y popularidad.

Además, puede conseguir que asista algún miembro del gobierno. Los tiene comiendo alpiste en la palma de la mano y ella come caviar en las suyas.

—¿Sabes lo que estoy pensando? —dijo Cesáreo, interrumpiéndola—. Sé que no apruebas mi trabajo, que detestas el tipo de periodismo que practico y, sin embargo, nunca te has negado a echarme una mano.

Imperia se estrechó con sus propios brazos. No estaba desprotegida. Acaso pensaba en ello, cuando dijo:

—Al cabo de los años, todos somos cómplices metidos en un mismo tren. Tenía razón Reyes del Río cuando dijo que ésta es la España de Rosa Marconi, Cesáreo Pinchón e Imperia Raventós. Faltaban los del dinero, pero te los llevaré a todos y España quedará casi completa. Las demás piezas del puzzle ya no dependen de nosotros.

—A cambio de tu ayuda, pídeme lo que quieras.

—No tengo nada que pedirte. Además, ¿vamos a pasarnos la vida intercambiando? En alguna ocasión apetece hacer un favor por el placer de hacerlo.

Entonces comprendió Cesáreo que había estado verdaderamente enferma. Y sintió pena por ella, pues era como contemplar a una pantera encarcelada.

Pero ella resurgió de la autocompasión para encenderse con el recuerdo de las brillantes promociones de otro tiempo.

—Me ocuparé personalmente de la fiesta —decidió—. Será un buen pretexto para celebrar la llegada del verano. ¿No es la época en que se van a Oriente las golondrinas?

—Esto es en invierno, mujer. ¡Si hasta lo sé yo que, por no ser, no soy ni tonta!

—Tienes razón. Regresan. ¡Qué bien! Madrid estará maravilloso este verano, si hasta las golondrinas se quedan en sus árboles.

EL VERANO ESTRENÓ ENCANTO y los salones del Suprême se vistieron de gala para recibir a los personajes que, durante seis meses, habían llenado la vida de Imperia Raventós. Y fue como un enorme carrusel de rostros conocidos que giró incansablemente sobre sí mismo y sólo se detuvo para que la crónica social registrase el esplendor de una apariencia y el lujo de un espejismo.

Conjugando amistades, influencias, pactos y complicidades, Imperia Raventós y Cesáreo Pinchón no se limitaban a reunir a la crema, antes bien, completaron el más esplendido pastel de cremas distintas que se había visto en la última temporada.

Además, las ochenta mejores amigas de Miranda Boronat colaboraron como si se tratase de una tómbola benéfica, práctica a la que seguían tan adictas como lo fueron sus abuelas. Y aunque era aquel un acto al que no se hubieran dignado acudir en otras circunstancias, porque estaba últimamente la prensa muy borde con las grandes damas, todas accedieron cuando Miranda les prometió que no habría gente de medio pelo: ni nuevos ricos, ni contrabandistas de drogas, ni chuletas de Marbella, ni toreros, ni cupletistas ni faranduleros. Pero las señoras de toda la vida se encontraron engañadas una vez más, porque a los organizadores les interesaba acumular el mayor número de nombres posible. Así, los de la prensa del corazón consiguieron reunir a aquellos famosos del cine, la radio o la T.V. que no pueden negarse a asistir a uno de esos actos por temor a que la prensa les castigue con un boicot cuando ellos pueden necesitar sus servicios para un estreno o la promoción de un nuevo programa.

A base de intrigas y pequeños chantajes, las distintas fuerzas reunidas para el acto cumplieron uno de los requisitos básicos de la gran fiesta madrileña: la mezcla, el batiburrillo, la opción a que, por una vez, se toquen todos los extremos, y hasta se magreen, si hace el caso.

La selecta arquitectura del Suprême marcó el apogeo de la supremacía. No fue necesario adornar el espacio con postizos extravagantes, como ocurrió en otras ocasiones. Bastó que una floristería descargase un cargamento de rosas blancas y rojas que fueron distribuidas en los enormes búcaros de terracota, garantía del perfecto pastiche neoclásico.

El tono lo marcaron los invitados, que iban llegando en desfile. Llegó entre las primeras la gran Vanine, siempre adicta a Givenchy y, en aquella ocasión, exaltada por uno de sus mejores modelos del periodo 1957. La acompañaban dos prestigiosos amigos de su etapa neoyorkina; a su derecha, el decorador Milton Lee Pampanin desplazado a España para arreglar el palacete de estilo moruno en las posesiones malagueñas de la millonaria Glorifying von der Truiten, quien avanzaba a la izquierda de Vanine, luciendo el más costoso amontonamiento de tules y pedrería jamás salido de los talleres de Dior.

No lucían más modestas algunas invitadas españolas: allí

se vio a una Merche Sonotón derrochando *paillettes;* a la distinguida Mer Cromina, estampada con tal rugido de colores que parecía llevar encima una tela *fauve;* a la impecable Chula de Bombonet, de amarillo rabioso con plumas de avestruz en el hombro; a la barcelonesa Mari Pau Badosín, inmejorable con un Pertegaz histórico, y así tantas otras, y en tan complejas y alucinantes gamas que los más de cincuenta fotógrafos reunidos tenían que salir constantemente a reponer carretes, tantos gastaban y tan bien aprovechados eran.

Llegaron, también, refuerzos de otros puntos del Occidente cristiano. Miranda Boronat se trajo de París a Charlotte Redin Rodon, apoyada en un bastón de empuñadura de oro por culpa de su jardinero que, al penetrarla entre las matas de las azaleas de su maravilloso jardín, le aplastó un tobillo con el pene; de un asilo de la Costa Azul, Cesáreo Pinchón importó a la legendaria Lady Montagu, vestida con el Balmain de su famoso incidente monegasco y cargada de arrugas que tenían el prestigio de las cinco mil fiestas a las que había asistido desde que la pusieron de largo, mucho antes de la primera guerra mundial; también llegaba, magnífica como siempre, Lucrecia de Sousa, rodeada de tres de sus siete retoños, hijos de embajadores distintos: la niña, con su inconfundible aspecto nórdico, el niño primogénito con cara de morito, y el benjamín, decididamente japonés. De Roma, aterrizó la princesa Ossobuco Mignozi Garlante, vestida con casaca rojo cardenal, para que le luciesen los amantes que había tenido en aquel pío gremio.

Y, entre muchos otros nombres, destacaba aquella peculiar rama de la aristocracia menos rancia y que cobra por prestar sus espléndidos físicos a cualquier fiesta de postín. Había algún noble teutón que estaba a un precio razonable y, además, se prestaba al regateo, y, por supuesto circulaba la rubia danesa Walkiria von Kimono, titular de tres marquesados cubanos que le fueron arrebatados por Fidel Castro para instalar sendas escuelas de rumberas leninistas.

No faltaron, por supuesto, algunos representantes del cuerpo diplomático, entre los cuales destacaba el embajador de Ruritania y su esposa —*née* Martínez—, y que llegaron acompañados por el presidente del club de admiradores de Jeanette MacDonald y Nelson Eddy en el exilio.

Caballeros de esmoking, damas endomingadas, fotógrafos, cámaras de la teuve pública, las autonómicas y las privadas, corresponsales de todas las revistas, iban y venían, giraban constantemente sobre sí mismos como si fuesen partes del gran carrusel a cuya grupa se hubiera montado Imperia Raventós para marearse, por fin, completamente.

La orquestina tuvo el acierto de tocar las melodías que habían acompañado a todas aquellas personas a lo largo de sus vidas. Melodías de tres generaciones, según el antojo del tiempo a cada instante. Ora sonaba una polka, después un madison, al punto un fox, más adelante el necesario vals, y en un momento determinado melodías del jazz band de los años veinte y acaso una habanera para los que se iban del mundo, podridos de nostalgia.

Tanta exquisitez contrastaba con los excesos exhibicionistas de la presunta actriz Paloma Bodegón, que no se cansaba de colocarse sobre las mesas con las piernas abiertas ni de adoptar caritas de retrasada mental para atraer la atención de los periodistas, mientras iba repitiendo «me caso, no me caso, quién sabrá si me caso».

Prescindían ostentosamente de su presencia los invitados más distinguidos y, en un momento determinado, los fotógrafos se cansaron de retratarla haciendo el mismo número, de modo que la actriz salió por la puerta de la cocina para entrar de nuevo por la principal, y atraerse, así, el interés de los otros fotógrafos, que acechaban la llegada de nuevos importantes. Pero la maniobra de la Bodegón fue captada por el numeroso público congregado a la entrada del Suprême, y muchos la trataron de petarda.

Aquella nutrida multitud aplaudía sin cesar a todo aquel a quien reconocía; y aún seguía aplaudiendo a los desconocidos, para no hacerles un feo. Y así obtuvo Martín, chófer de Miranda, el primer aplauso de su vida, pues algunas almas cándidas confundieron su uniforme de gala con el de alguna secta militar poco propagada. Pero se quedaron muy desilusionados cuando le vieron engrosar las filas de los mirones, junto a la secretarias Merche Pili, Marisa y Vanessa y hasta la asistenta Presentación que tampoco querían perderse el evento, del que tanto habían oído a sus respectivos jefes durante las semanas anteriores. Y también aparecían en primera fila, siempre peripuestas y gallardas, las reinas de la noche transexual: la Sayonara, la Chantecler, la Frufrú de Petipuan, la Shirley Temple, la Cinemascope —ínclita entre las demás, porque tenía una pantalla Miracle Mirros a guisa de chocho—, la Hildegórda tour d'Argent, la Ninón de Lenclos, y hasta la señora Ciriaca de Leganés, que acudió con el niño en brazos, por si conseguía alquilarlo para el festorro, como hiciera, en Navidad, en el Belén de la Castellana.

Reaccionaron con indiferencias las mariquitas de la calle ante la entrada de algunos intelectuales mundanos, de los que dan el tono a cualquier reunión que no quiera pasar por decidamente indocta.

Muchos más vítores recibieron las folklóricas de los años cincuenta, las del cinefotocolor y el gevacolor y la antorcha de los éxitos; agrupadas todas en la entrada porque continuaban tan avenidas como si todavía viviese don Cesáreo González, la Lola, la Paquita, la Maruja, y, casi pregonando violetas, Carmencita Sevilla. Y al verlas entrar, rumbosas, desafiantes, oliendo a alcanfor y a perfume de lujo, una mariquita de la peña «El baúl de la Piquer», entonó, emocionada, el conocido cantable: «La luna es una mujer.»

Y protestó el público por la poca generosidad de la canción, porque estaba claro que, aquella noche, la luna se había partido en cuatro.

Se apartaron todos para ceder el paso a un espectacular Rolls plateado y provisto de bar, televisión, pista de tenis y chófer malayo. Salieron entonces dos querubines ataviados a la usanza de Mallorca y extendieron una alfombra roja, rematada por una gigantesca S para que la pisara la inmortal Saritísima, quien descendió, por fin, más gallarda que nunca porque había dejado arrinconadas sus pelucas afro y se contentaba con la raya enmedio, lo cual, al decir de todos los presentes, la hacía parecer más soberana. Y alguna esposa de financiero tragó bilis al descubrir sobre el prodigioso escote de María Luján el mítico «babero» de esmeraldas, que no valía, sin embargo, lo que siempre valdrá su leyenda. Y hasta se dijo que en el bolso, envuelta en papel de periódico, llevaba la perla Peregrina, que le había prestado Liz Taylor por si un apuro.

También llegó, desafiando al aire y derrotándolo, la opípara Jurado, gobernadora de todas las insulsas, bandera andante, reinando con su melena impenitente y demostrando a los nuevayores que los trapos del señor Valentino, puestos sobre ella, adquirían raza. Y se disponía a abrirse paso entre los fotógrafos, aquella reina, cuando sonó sobre un coro celestial y fue descendiendo sobre el Suprême la Caballé, rodeada de angelitos que le componían las alas. Y aunque ella pidió que le arreglaran un poco la voz, no fue posible porque una voz como la suya no la tuvieron jamás aquellos ángeles. Pero lloraron toditos de emoción por haberle servido de chófer, y no bien la depositaron en el suelo, corrió a cumplimentarla la Jurado, maestra de ceremonias de lo grande. Se dijeron las dos cuatro lindezas y, abrazadas, hicieron entrada en el Suprême para sentar cátedra.

Fue entonces cuando se acentuó en mayor grado el alboroto, porque hacía su llegada triunfal Reyes del Río; no la mejor de todas, pero sí, aquella noche, la premiada.

Llevaba un rato discutiendo con su madre y su primo sobre cuestiones del próximo viaje a las Américas. Desde hacía rato no paraba de quejarse doña Maleni, mientras se ajustaba como podía una faja a punto de reventar.

—¿Pero qué le pasa ahora, madre? —exclamó Reyes, mientras mandaba sonrisas al público, que ya se apiñaba alrededor del coche.

—La maleta de este mariconazo que tienes por primo. ¿Le pongo ropa de hombre o de mujer? Porque se va de una manera y va a volver de otra.

Intervino Eliseo, en su propio interés:

—De mocito para ir, tía Maleni. La de mujer me la compro yo en Miami, que la tienen más exótica.

—Para la clínica, te pongo el camisón de tu santa madre. Y unas braguitas suyas, que también te harán falta. ¡Pobre hermana! Si levantara la cabeza y viera que su hijo, en lugar de Eliseo se va a llamar... ¿cómo dices que quieres llamarte, sobrino?

—Antinea de las Marismas. ¿Le gusta, tía?

—¿Antinea dices? ¡Si esto no es un nombre de cristiana! ¡Qué ducas más negras las mías, señor! ¡Qué ducas!

Reprodujeron los fotógrafos el instante inmortal en que doña Maleni se llevaba las manos a la cabeza mientras pisaba a la esposa de un director general, que la trató de ordinaria.

La miró por encima del hombro doña Maleni, considerando que la otra iba de trapillo mientras ella lucía el visón más costoso que, en un mes de julio, se ha visto en los madriles.

Y, por encima de todos, radiante Reyes del Río, emperadora de los anchos mundos. Divina, de rojo hasta los pies, con el escote y la espalda liberadas para que luciese su piel marmórea. Pelo hacia atrás y raya en medio, no en vano se había estudiado a la Montiel desde la escuela. Y, sin llegar al extremo del mítico «babero», le colgaban de las orejas dos rubíes del color del vestido; dos brasas que iban desprendiendo ardores según el parpadeo de los flashes.

De entre las filas del batallón transexual se destacó la cojita Shirley Temple, quien hizo entrega de un ramo de rosas a la artista, mientras le recitaba un verso que, según la Sayonara, había escrito para la ocasión don Rubén Darío.

Acunó Reyes entre sus brazos la ofrenda floral y, al ver que Lola Flores hablaba de bingos con su madre, le arrojó el ramo, gritando:

—¡A la más grande y la más guapa!

Y en verdad que estaba guapaza la Faraona, y vivaz como ella sola. Y en un rasgo de generosidad jerezana, devolvió el cumplido a la más joven, proclamando:

—¡Qué alma tienes, mi niña! Pero no vayas a pasarte. Que por suerte están vivas Juana Reina, Marifé y doña Concha. ¿Y qué decir de la Niña de la Puebla, y la de los peines, y Macarena...?

Y ya vieron todos que no habría quien la callase hasta que no hubiera leído toda la guía de teléfonos; pero se agradeció que, desde su magisterio, recordase que todavía andaba el genio suelto por los solares de España.

Reyes del Río, por ser la agasajada, no podía esperar al final del discurso, de modo que hizo su entrada en el Suprême entre Eliseo y su madre. Como era de esperar, se les fue añadiendo una nube de fotógrafos y su habitual corte de mariquitas sofisticados: que si el escultor Romeo Cinobria, autor de la Gioconda de Púrpura que se entregaba aquella noche; que si Pepito Gris, el colorista director de «Toca la pera, remera»; y, entre otros, el productor Pancho Favara, quien no cesaba de acosar a la estrella de la canción con proposiciones de debutar en el cine. Una de ellas consistía en la biografía filmada de Raquel Meller. En este punto, Reyes se permitió ser irónica:

—¿De Raquel Meller, dice? Propóngaselo usted a la Pantoja, que se acordará por edad.

Y mientras las más variadas mariquitas aventuraban la edad de la Pantoja en relación a la de Reyes del Río y la de ambas en relacion a la de la Lola de España y la de ésta con la dama de Elche, los componentes de otros colectivos seguían moviéndose con auténtico frenesí por todos los rincones de la fiesta. Y nadie tan activo como Ton y Son, cuyas caritas de huevo destacaban poderosamente entre idénticas chaquetas de moda gallega. No paraban de criticar los detalles en la imagen de ciertas damas que se tropezaban continuamente en su camino, y a alguna la pusieron tan verde que, de oírles Cesáreo Pinchón, las sacaba en titulares.

Por su parte, Inmaculada Ortuño se hallaba inmersa en una discusión sobre la caída de la publicidad televisiva en cuanto se impusiera la costumbre de pasar de un canal a otro por medio del *zapping*. La rodeaban algunos excelentes profesionales, que esgrimían cifras pavorosas sobre los ingresos anuales en el mundo de la publicidad.

Rosa Marconi se quejaba al director Pepito Gris de haberle puesto demasiados colores en su programa de entrevistas e insistía que un espacio serio no podía tener el mismo tratamiento que el concurso «Toca la pera, remera». Uve Eme, director del semanario *Luz* comentaba con Eme Ele el último desplazamiento de capital de cierto periódico a otro diario; y acto seguido pasaron a las recientes inversiones de la Liga de Ciegos Unidos y la Unión de Sordos, extrañándose de que, en ambos casos, todos los millones fueron para negocios audiovisuales. Y Eme Ele, que había ligado algún negocio de aquel tipo —y cobrado, por ello, un buen dinero—, se distraía intencionadamente de la conversación vigilando por un lado el comportamiento de su esposa Adela y, por el otro, guiñando el ojo a su entretenida Rocío, quien, además, no se privaba de agradecer a su paciente esposo cierto pedrusco valorado en varios millones. También aprovechaba para mostrárselo disimuladamente a su amante, por si acaso se decidía a regalarle otro.

Prescindía Adela de encabritarse por aquellos coqueteos tan notorios; y prescindía porque su hombre le importaba un comino pero también porque le interesaba en mayor grado conversar con el joven pintor cuya obra pensaba introducir en la colección privada del Banco, a cambio de una excelente comisión. Y en lo mismo andaba la esposa de Uve Eme, Sionsi Ruiz, la anticuaria, interesada en colocarle antigüedades a un directivo de club de fútbol; uno de esos ricos recientes que, faltos de pedegrí, intentan sustituirlo con porcelanas, mármoles, bandejas de plata y alguna que otra *chinoisserie*.

Silvina Manrique exhibía su más exuberante colección de abalorios tintineantes, collares, pulsera, broches, todos dorados sobre un traje de lunares blancos con fondo negro, muy extremado. Champán en mano —*bieu sûr*— intrigaba con la agente Olvido Castellón, sobre a qué director de suplemento literario convenía invitar para conseguirle una entrevista a cierto escritor portugués. Y a cada comentario emitía Silvina su risa de burbujas doradas, signo evidente de que estaba pasando de su contertulia y, en cambio, anotaba mil detalles de la fiesta en su cabecita de rubias fluctuaciones. Mientras, su gallardo esposo de sienes lunares, el actor Pepe Martón, sofisticado como ella e igual de altísimo, comentaba con algún crítico teatral los últimos montajes de Lope de Vega perpetrados en algún teatro nacional. No sabían si elogiar que *La serrana de la Vega* se pareciese tanto a Bertolt Brecht o bien execrar tan insólito parecido. Recomendó el crítico al actor que aplazase cualquier comentario hasta ver con sus propios ojos cómo un grupo experimental había convertido en musical tipo Broadway un texto de Azorín sobre Riofrío de Ávila.

Iba tomando notas Cesáreo Pinchón: «lunares blancos sobre fondo negro, algunos Lacroix, amarillo con amplio cuello blanco, la petarda de Miroslava Martínez lleva *stretch* para noche, gordísima Renata Monforte, algunos hombres huelen a Egoïste, arrugadísima la baronesa...»

Descendía la escalinata la aportación latinoamericana, representada por la impar Beba Botticelli, vestida con una raída levita a lo George Sand, y dando el brazo a la poetisa mexicana Sinfonía Macgregor, que iba de Pancho Villa y gruñía con voz de traca guadalupana:

—¡Pinche de onda me trae acá, rechula! ¡Muchos apretados están viendo mis ojitos; al fin, pa'lo que me sirve conocerlos! ¿Dónde estaban todas esas calzonudas cuando di mi famosa conferencia sobre Juana de Ibarbourou?

—No los insultés, que serás proscrita. Todos de gran caché, mina. Todos embarcados en el gran tren, ¿viste? Magnates por acá, magnates por allá. Oriente Exprés, che; Moulin Rouge, Belle Époque, Le Châtelet *Oh, la, la!*

Las seguía Nelson Alfonso de Winter dando el brazo al vidente Hugo Pitecantro Studebaker, quien acababa de pronosticar que la Virgen se aparecería en las islas Seychelles a mediados de agosto, lo cual hacía sospechar que el genial agorero habría cobrado un buen pastón de alguna agencia turística, porque, si bien se mira, a la Virgen María no se le ha perdido nada en las Seychelles.

Mientras los obispos decidían el caso, Hugo entablaba conversación con el ensayista venezolano, en quien acababa de descubrir un alma gemela ya que ambos creían que los perros eran reencarnaciones de los difuntos y, además, De Winter afirmaba que su perra dálmata era una reencarnacion de Madame Du Barry, para ser más exactos.

—Será una perra muy despendolada —decía Hugo Pitecantro, siempre atento a los fotógrafos.

Pero al instante se reservó cualquier comentario sobre la viciosa dálmata, porque acababa de divisar a una de sus clientes más exigentes, la Marquesa de San Cucufate, quien a su vez mostrábase sumamente interesada por el curioso ejemplar de primo de folklórica que le estaba presentando Miranda Boronat:

—Madame la Marquise, te presento a monsieur Eliseo du Fleuve, que se va a los USA a ponerse tetas y una vagina y volverá regio.

—Dirás regia, puesto que quedará mujerísima —sentenció la San Cucufate—. ¿Y dónde se opera usted, querido? ¿Está bien aconsejado? ¿Está en buenas manos?

—Inmejorables. Estoy en manos de un sargento de la base de Torrejón que me tiene hecha una reinona.

—¡Que criatura tan encantadora! —exclamó la marquesa, aplaudiendo—. Recuérdeme que celebre un té siamés en su honor. Tengo amigas que no han visto un hermafrodita en toda su vida.

Se acercó, Romy Peláez, enfundada en un chaquetón de lamé plateado. En esta ocasión, peluca cucurucho.

—¿Un hermafrodita, dices? Contad, contad. Pudiera interesarle a monseñor.

—¿Sigue delegando en ti? —preguntó Miranda, colgándosele del brazo.

—Siempre, mi amor. Y digo yo: acaso un hermafrodita pudiera aportar alguna novedad, por pequeña que sea. Porque dime tú: ¿quién puede contar en su carnet de baile con un hermafrodita, una sirena, un centauro y en fin, ese tipo de criaturas fantásticas que ya no se encuentran ni en los mejores catálogos de chulos yanquies?

Miranda, que estaba en todo, señaló a una dama de facciones masacradas:

—Para criatura fantástica ahí tienes a Cristinita. Mírala bien, que hoy parece una momia forrada con un poco de bacalao.

En efecto, andaba definitivamente desesperada Cristinita Calvo, cuyas heridas faciales ya habían cicatrizado pero sólo para más desesperarla, porque ahora se veía definitivamente que el doctor Flint se había equivocado dejándola con un ojo torcido y el otro descabellado. No era extraño que provocase la compasión de la duquesa del Florilé de Sanseacabó quien, al mismo tiempo, acaparaba la atención de los fotógrafos porque había salido reelegida la más elegante del año, por encima de Pulpita Betania y de la mismísima princesa Sofía de Jabugo Stronza. Además, lucía un suntuoso traje de satén amarillo con brocados rojos y contaba a todo el mundo que éste era el conjunto elegido para el baile del Instituto Hispánico, en Nueva York. Los colores de la patria y el orgullo de llevarlos y pregonarlos con elegancia suma.

Andaban por allí algunos ricachones de la morería, siempre buscando pactos. Paseaban los nuevos sultanes del petrodólar, multiplicado ahora en humildes pesetillas. Ostentaban lujosos atavíos propios para palacios europeos pero en la forma de caminar, casi escaldados, se notaban que echaban en falta sus clásicos ropajes del desierto. En cuanto a las esposas, iban tan sobrecargadas de tesoros que diríanse catálogos de venta a domicilio.

—La verdad es que esos califas, vestidos de frac, pierden la mar —comentaba Miranda Boronat a la marquesa del Florilé de Sanseacabó.

—¡Pues anda que ellas! Tan teñidas de rubio platino, las encuentro marujonas.

—Si acaso zoraidonas. Pero tú, vete burlando. Con lo que sus hijos se gastan en chupa-chups, ésas te compran a ti el castillo, el cortijo y la casa de Mallorca.

—Por ahí se acerca Zoraida Ben y Ben. ¡Qué enjoyada va! Acerquémonos, que igual le cae un rubí por el suelo y nos hacemos la noche.

—Más bien temo que nos ponga perdidas de petróleo. En cuanto al marido, siempre temo que lleve una metralleta escondida para vendérsela al primer embajador que encuentre.

El riquísimo Abdessamad Ben y Ben Kalurin intentaba llevar a don Matías de Echagüe al tema de ciertas concesiones petrolíferas, pero el caballero se detuvo para saludar a Imperia, que se encontraba conversando con Alejandro.

—Nos dejó usted —dijo don Matías con extraordinaria amabilidad—. Lo lamento sinceramente, aunque no tenga fuerza moral para reprochárselo. Sé que usted puso demasiado corazón en el *dossier* Montalbán.

Ella sonrió con tristeza, porque el tema regresaba pese a todos sus esfuerzos.

—Usted me preguntó un día cuáles eran mis armas secretas. A veces, don Matías, el arma secreta de una mujer consiste en saber huir a tiempo.

—De todos modos, me gustaría tener un aparte con usted. Como empresario y como rendido admirador de la inteligencia femenina, tengo el deber de convencerla para que vuelva.

Ella quiso eludir la violencia de una negativa tajante. Buscó ayuda a su alrededor. Alejandro continuaba de pie, junto a ella, víctima de otro tipo de violencia: la de no haber sido presentado al tercero que acababa de inmiscuirse entre los dos.

Imperia salvó la situación con un destello de *savoir faire*.

—Don Matías, quiero presentarle al padre de mi hijo.

Manos que se estrechan. Sonrisas a medias. Ligera inclinación por ambas parte. Detallitos.

—Su marido, entonces.

—De ningún modo —rió Imperia—. No estamos casados.

—Entiendo... —aventuró Don Matías, sin atreverse a la indiscreción.

—Es imposible que lo entienda, caballero —intervino Alejandro, divertido—. Imperia tuvo a nuestro hijo por un lado y yo le ho tenido por otro muy distinto. ¿Se lo estoy poniendo más claro?

—En absoluto. De todos modos, uno lee cosas tan originales en los últimos tiempos que estoy dispuesto a creerle si me dice que lo engendraron por Fax.

—Más bien por teléfono —comentó Imperia, recordando el día que llamó a Málaga para ofrecerle a Alejandro el regalo de su hijo.

Tosían los tres, incómodos, porque ninguno se atrevía a disolver el grupo y, sin embargo, ya no quedaba nada por decirse. Todavía improvisó Alejandro:

—En cualquier caso, tengo que decirle que su apellido me suena, don Matías.

—No es del todo imposible —dijo el otro, fardón—. En alguna ocasión he salido en *The Economist*.

—Nunca leo esas tonterías. Me estaba refiriendo a las novelas del Coyote. El padre del héroe tenía el mismo apellido que usted. Don César de Echagüe, se llamaba.

Al aprendiz de hijosdalgo no le gustó verse rebajado hasta la subcultura.

—Y un criado que tuvimos en los establos del hogar paterno se llamaba Alejandro. Los nombres clásicos, como los títulos nobiliarios, han decaído mucho últimamente.

Ante tamaño desprecio, Alejandro se volvió hacia otro lado; y llegó a tiempo de hacerlo con gran sentido de la oportunidad. En aquel preciso instante, Cesáreo Pinchón estaba acariciando los rizos de Raúl con notoria complacencia.

Alejandro estuvo a punto de arrancarle el bloc de las manos.

—¡Como te acerques a ese niño te arreo una patada en los huevos!

—*Mon Dieu, c'est toujours la violence du Sud.* —exclamó Cesareo Pinchón, ofendidísimo—. *Comme je la deteste, comme je la deteste!*

Raúl se volvió a Alejandro, fingiendo un aire de extrema dignidad.

—No se te puede llevar a ninguna parte, profesor... —Y dirigiéndose a su pretendiente—: *Excusez-le, Cesáreo. Il est, peut être, trop jaloux.*

—*En tout cas, je ne suis pas habitué... Quelle honte, mon petit chou, quelle honte!*

Y se largó, agitando los brazos, en busca de madamas enjoyadas a quienes continuar catalogando, a unas con admiración, a otras con acidez, a casi todas con candidatura directa al juzgado de guardia...

Continuaba Raúl reprendiendo a su amigo por su falta de elasticidad en coqueterías del gran mundo, pero en la reprimenda se divertía el niño más que observando cuanto ocurría a su alrededor. Porque en el fondo le gustaba mucho que Alejandro fuese tan natural y le halagaba profundamente su enojo cada vez que veía a cualquier moscón planeando sobre él. Y formaba toda una cadena de sentimientos mutuos, porque también Raúl se enardecía cuando cualquier señorona ponía cerco a Alejandro, sobre todo aquella noche que le presentaba particularmente guapo, con su esmoquin y sus gafas nuevas, de montura aún más gruesa que las otras. Virtudes todas que no dejaron de llamar la atención de dos señoras que ya se acercaban, sin disimular voluntad de cacería.

Vestía una de lamé dorado, de satén cobrizo la otra. Sus ojos, profusamente pintarrajeados, ensayaban las miradas propias de las mujeres fatales. Y no ignora el lector que se aproximaban favorablemente al prototipo, porque eran la imprudente Cordelia Blanco y la siempre certera Perla de Pougy.

Cordelia seguía manejando el *foulard* al ritmo de sus propias, encendidas cadencias.

—Tú eres el hijo de Imperia. Comparto diván con tu tía Miranda en la consulta del psiconalista. Sé bueno y preséntame a tu preceptor.

Perla de Pougy se adelantó a cualquier forma de protocolo.

—Permítame que me presente yo misma, profesor. Soy la ninfómana del grupo, y donde pongo el ojo instalo la papaya.

Y la imprudente Cordelia Blanco:

—¡Que apuesto es usted para ser de la enseñanza! Me va usted, me va. Yo soy toda cerebro, toda intelecto. Dígame: ¿nunca le masturbaron con un *foulard* de seda?

Raúl se interpuso, con muy mal humor:

—Cuidado, señoras, que tengo dos piernas.

—¿Y que tendra que ver, niño?

—Una para arrear un puntapié a la papaya de usted y otra a la de esta tía. O séase, que a largarse, que este profesor es propiedad privada....

Se fueron con el *foulard* a otra parte.

—¿Qué habrá querido decir? —preguntó Cordelia Blanco.

—Que se acuesta con él, hija. Ni más ni menos.

—¿A esa edad? Estoy alucinada. Será lo de la juventud que empuja.

—Conviene espabilarse. Cada día se hace más ardua la competencia. Fíjate en aquel camarero: está de infarto.

—¿Nos lo repartimos? Tú por abajo, yo por arriba y la que llegue antes al centro, paga el gasto.

Mientras el joven camarero se veía asediado por las dos bacantes, Alejandro intentaba ponerse serio para reprender a Raúl, que, lejos de intimidarse, iba picando de todas las bandejas a su alcance.

—Esas cosas no las dicen los efebos. Además, no está bien que te comas todos los canapés. Si sigues comiendo tanto, acabarás como aquella gorda...

—No es gorda, que es obesa.

Se acercaba Susanita Concorde, audazmente ataviada con pantalones de noche y un cuerpo de lentejuelas. Tantas llevaba, que parecía la bóveda celeste.

—¿Qué mira usted, señor? ¿Me encuentra gorda?

Alejandro se ruborizó de golpe. Temía haberla ofendido. Se apresuró a decir:

—No señora, no. Todo lo contrario.

—Pues soy la más gorda de España. Y no me lo discuta. Digan lo que digan los matasanos, continúo siendo la más gorda. Siempre seré la más gorda...

Raúl se apresuró a coger a su amigo y llevárselo lejos.

—Vámonos, que empieza con su rollo y es gordo como ella misma.

Cuando intentaban escapar de Susanita se vieron asediados por una dama con cara de rabino feo que observaba a Alejandro a través de un monóculo:

—¿No le habré visto yo por la sinagoga? —preguntó Miriam Cohen—. Adonai favorece encuentros que, a la larga, repercuten en pingües beneficios.

—No señora, yo tengo limpieza de sangre... —contestó Alejandro.

Disponíase Miriam Cohen a invitarle a una lectura privada del Talmud, cuando reapareció, desafiadora, Zoraida Ben y Ben, quien, por cierto, despertó el despecho de la hebrea al mover ostensiblemente dos enormes arracadas de oro y diamantes que representaban el yate Scherezade, que un gobierno del cercano Oriente regaló a su marido a cambio de unas pocas toneladas de lanzallamas. No se achicaba Miriam Cohen ante los excesos de una sarracena que pretendía desprestigiarla delante de un gentil; así pues, se apartó ligeramente la solapa de su casaca de lentejuelas para que apareciese, en todo su esplendor, un broche de abundantes quilates que representaba a la proba Ruth arrojando sus semillas, campo arriba, campo abajo.

Así descubrió Alejandro que en las noches del Madrid sofisticado convivían moros, judíos y cristianos como en una nueva Córdoba donde triunfaba la identidad del dinero y los espejismos de la gloria.

Dispuesta a ganar posiciones, Zoraida Ben y Ben le arreó un pulserazo en la mejilla, a guisa de caricia.

—Si usted ser andaluz, usted tener más sangre mora que cristiana. ¿Usted haber estado en alguna ocasión en mezquita millonaria de Costa del Sol? Usted venir en día de recitación y enterarse usted de lo que valer un peine...

Por más que huyesen de una charlatana caían inmediatamente en poder de otras. Su inexperiencia les convertía en presa fácil de damas aburridas o, lo que era peor, en oyentes desesperados de señoras demasiado locuaces. Porque en aquella sociedad donde acababan de aterrizar como dos marcianos, algunas señoras no tenían conversación, sino monólogos. Y, acaso para no correr el riesgo de ser interrumpidas, habían eliminado de su discurso los puntos y las comas, con lo cual podían estar hablando una hora seguida, como por otra parte era capaz de hacer el niño Raúl en sus momentos más inspirados.

Raúl se apresuró a empujar a su amigo lejos del grupo. Con más motivo todavía cuando descubrió que se acercaba Petrita, que según Miranda, siempre contaba desgracias.

—Corre, corre, que ésta es un pajaro de mal agüero...

Y cuando ya pudieron respirar tranquilos, a salvo de cotillas alarmistas, fue Raúl quien se dedicó a informar a su amigo, recordando el cotilleo de Miranda:

—Mira, la de allí, es Pulpita Betania... ¿Notas que lleva vestido años sesenta? Señal de que vuelve la moda. Ella nunca lleva nada que no vaya a volver, porque lo que recién volvió ya lo encuentra pasado...

—¿Y tú como sabes esas cosas?

—Porque soy un listillo. Todo lo que me cuentan queda

grabado aquí, en el coco. Soy como un vídeo. Cuando sea muy, muy mayor —vamos, tan mayor como tú—, pues veré todo lo que he ido grabando a lo largo de mi vida. Y me reiré mucho con cosas como las de hoy, porque lo cierto es que esto es un cachondeo, aunque a mamá le pirre o lo necesite para estar en el ajo.

Pirrada o no, Imperia se mantenía, insensible, en su actitud de observador y vigía, todo a un tiempo. Pero, en realidad, funcionaba mejor, aquella noche, como receptora de sensaciones, como borracha de ellas, embriagada del vértigo, el desconcierto que continuaban produciéndole hasta sumirla, por fin, en un pozo de abstracción.

La sacó del mundo abstracto un contacto agitado, un calor palpitante, como una garra imprevista, de tacto desconocido.

Era Reyes del Río, que la tomaba del brazo violentamente, pero temblando de ira.

—¡Por sus muertos, Mari Listi! ¡Quíteme de encima a ese pelmazo o planto en un santiamén toda esta juerga!

Al desviar la mirada hacia la escalinata, Imperia descubrió la figura de Álvaro Montalbán. El único que no había sido invitado.

No iba de gala. Ni siquiera iba aseado. Sin afeitar, mal peinado. Americana esport. Fatal el nudo de la corbata. Y fumando sin parar.

Imperia se volvió hacia la folklórica:

—¿Por qué tengo que librarte de él? ¿Por qué tengo que ser precisamente yo?

—Averígüelo, mi alma, que para eso nos lleva la imagen a los dos. O sea, que a ver si coloca la de cada uno en iglesias bien alejadas. Además, ¿no se acostó con él? Pues apechugue con sus rarezas.

¿Por qué le pareció percibir una ráfaga de celos en aquellas palabras? Extraña hembra. Genio insolente, pero también discordante. Pensó que sentía celos de un hombre a quien estaba rechazando al mismo tiempo.

Imperia no tuvo tiempo de formular más preguntas. Algunos miembros del comité organizador se llevaron a Reyes del Río hacia el estrado donde estaba a punto de empezar la entrega del premio, precedida por el ofrecimiento a cargo de Rosa Marconi.

Pero Imperia ya no reparaba en los premios, ni siquiera en Reyes del Río. Ya no reparaba en nada que no fuese aquel hombre demacrado, aquel hermoso proyecto de ruina que buscaba a su alrededor, con una ansiedad desconocida, como si hubiese perdido a lo más importante de su vida. Sólo podía tratarse de la mujer.

¡Maldita puerca, la que le había robado a aquel maldito!

Lo incómodo de la situación no excluía alguna ventaja. Aquella noche conocería a la mujer. Porque estaba allí, entre los dos, dominando el juego sin acaso presentirlo.

Pero no era la única preocupada por aquella situación. Don Matías de Echagüe le estaba dirigiendo miradas de auténtico terror.

Con inesperada agilidad, el caballero consiguió abrirse paso entre todos los cuerpos que se apiñaban alrededor del estrado de los premios.

—Ayúdeme a detenerle. Consiga que se marche antes de que empiece a hacer el ridículo.

¿Otro más? Primero Reyes del Río. Ahora don Matías. ¿Tanto poder tenía aquel desarrapado que todo el mundo se movilizaba para ayudarle o rechazarle?

Don Matías se expresó con voz angustiada. Una angustia sincera.

—No sé que le ocurre últimamente a este muchacho; pero, sea lo que sea, tiene que quedar resuelto esta misma noche. No puedo permitir que continúe en ese estado. Le quiero mucho y usted lo sabe. En él se encarnan todos mis sueños de continuidad.

—No me hable de sueños, don Matías. Ni siquiera usted, a quien considero un ser civilizado, tiene derecho a devolverme al infierno.

—No se engañe, Imperia. Basta con que aparezca Álvaro para que todo su ser se conmueva. Sigue usted en este infierno.

—Es posible. Pero saliendo a toda prisa, no entrando a tropezones...

—Antes le pedí que me ayudara... que nos ayudara. Ahora, se lo suplico.

Pero, ¿qué podía importarle a ella ese Álvaro? Ya no le llevaba. Ya era perfectamente dueño de sus destinos. Tanto de la voluntad de lucir como del arbitrio para presentarse hecho un desastre.

—No conviene que él nos vea juntos, Imperia ...

—Esté usted tranquilo. Ni siquiera va a verme. No es a mí a quien busca.

—Se equivoca —dijo don Matías, alejándose entre los demás invitados—: Estoy convencido de que ha venido a buscar consuelo en usted.

Y, de repente, Álvaro Montalban dejó de buscar. Sus ojos acababan de descubrirla. Una sonrisa se dibujó en aquel rostro enormemente desmejorado.

Imperia tuvo que reconocer que don Matías no se equivocaba. O, cuando menos, no completamente. Álvaro Montalbán se disponía a ponerse en sus manos, se disponía a recibir la caricia de sus garras. Y esta pequeña diferencia era, precisamente, la que le importaba a ella.

No hubo el menor disimulo por parte de ninguno de los dos. Ni falta hacía. Siguieron mirándose desde lejos, sin que nadie reparase en ellos. Todos estaban pendientes del discurso que acababa de empezar Rosa Marconi. Y aunque no lo estuviesen: lo que aquel cruce de miradas estaba sembrando en el ambiente sólo se comprendía desde el fondo del infortunio o desde dentro del odio. Ni siquiera la más cotilla entre las ochenta amigas de Miranda Boronat conseguiría intuir que estaba a punto de celebrarse un duelo a muerte.

Álvaro Montalbán se dirigía a su encuentro. Avanzaba a paso rápido, a ritmo de urgencia. Empezaba a llegar. Ya casi estaba a su lado. Pronto escucharía el sonido de sus palabras, el tono de su voz, después de tanto tiempo y con tantas cosas encima.

Antes de acogerle, se encontró asediada por las risitas gemelas de Ton y Son.

—Parece una alma en pena, Ton. ¡Después de lo que habíamos trabajado para ponerle *dandy!*

—Nunca debimos preocuparnos tanto, Son. Recuerda lo que les pasó a los asesores de imagen de Elvis. Le dejaron hecho un lucero y él acabó convertido en una vaca sarnosa.

—Pero un ejecutivo parece ofrecer más garantías que un rockero, Ton.

—No te puedes fiar ni de tu madre, Son.

Y cantaron los dos al unísono:

> *Quien da pan a yuppie ajeno*
> *pierde pan y pierde yuppie*
> *Tutua, tutua, tutua, ta!*

IMPERIA Y ÁLVARO SE MIRARON FIJAMENTE. Ella aceptó sonreír, aunque lo justo, como toda enigmática que se estime.

No necesitó preguntarle cómo le iban las cosas. ¿Qué le

importaban? Sólo sus cosas en relación a ella. Y éstas las sabía. Demasiado incluso.

Por pudor se negaba a mostrarse dulce; por lo mismo, no podía echarle en cara todo lo que había sufrido. Todo lo que podía sufrir, de rebajarse hasta la condescendencia.

Pese a su notorio nerviosismo, él mantenía parte de su autoridad.

—Acompáñame al bar —dijo—. Necesito hablar contigo. —Y, en tono lastimero, añadió—: Tienes motivos para negarte, pero te suplico que me escuches.

Salieron de la fiesta. El american bar estaba mucho más reposado. Algunos clientes del hotel tomaban copas. Japoneses, yanquis, franceses vestidos para la cena y esperando a su cita. Simple rutina de gran hotel internacional al caer las tardes.

Álvaro se hundió en una butaca. Respiraba agitadamente. Tenía los párpados hinchados. Sin afeitar, ojeroso con el nudo de la corbata mal ajustado, podía ofrecer la seductora imagen del fracaso romántico. Pero Imperia sabía que no era una imagen real. Recientemente, había leído en alguna publicación económica sus recientes éxitos empresariales. No le extrañó: Mientras ella estuvo ausente, Eme Ele habría empezado una campaña de promoción a fondo. ¿Qué podía dolerle a un hombre que, en apariencia, lo tenía todo a su favor?

—Imperia, tienes que ayudarme. Mi felicidad depende de ti. Mejor dicho: sólo tú tienes acceso al objeto de mi felicidad.

A ella le dió un vuelco el corazón. Aquellos ojos llorosos estaban buscando en el fondo de los suyos. No podía ser una búsqueda relacionada con la utilidad profesional. Unos ojos no miran así cuando están mandando; ojos así tienen la humildad de los suplicantes.

Imperia se puso en grado de conceder. Pero no sin condiciones. No sin tomarse la opción del reproche.

—Después de tanto tiempo, ¿qué podría hacer por ti, Álvaro?

—Hablarle a Reyes del Río en mi favor.

Ella necesitó recurrir a su sangre fría para no exhalar un grito de sorpresa.

—¿A Reyes del Río? ¿Qué podría pedirle en tu favor, Álvaro? ¿Un autógrafo? ¿Un disco dedicado?

Intentó reír. Fue en vano. Él estaba forzando el hieratismo.

—Que me quiera como la estoy queriendo yo. No puedo

vivir sin ella. No es maniobra de seductor ni nada que se le parezca. No puedo vivir sin Reyes. Así de sencillo.

Ella acusó el golpe escondiéndolo tras la madurez de una máscara. Nada en sus gestos la delató, nada en su expresión. No permitió que la copa de champán temblase en su mano. Cuidó igualmente el tono de su voz al comentar:

—De manera que era Reyes. ¡La otra mujer estaba a mi lado y yo no lo sabía! No es mala elección la tuya. Es bella, es joven, es famosa... es una folklórica, sí, pero puedes convertirla en una dama.

—Pero ella no me ha elegido. Sé que no le soy indiferente, pero de ahí no pasa. Y, entre todas las personas que conozco, sólo tú tienes acceso a su intimidad.

—Sabes que no le eres indiferente... —murmuró Imperia—. Claro que no, querido. ¿Cómo podrías serle indiferente?

Estuvo a punto de referirle la actitud de la folklórica momentos antes, cuando le vió aparecer en lo alto de la escalinata. Optó por callar. Una voz perversa le estaba aconsejando que debía guardar cartas en su propio favor.

Él le contó sus entrevistas con Reyes, sus desconcertantes conversaciones. Supo, así, que se habían visto. Supo que se cumplía el destino de todas las mujeres fuertes. Recordó que, en el amor de un hombre, la mujer tonta vence a la inteligente. El caso de muchas que se creyeron invulnerables por ser superiores. ¡Tantas! Y, ella, Imperia Raventós, convertida en una de aquellas ilusas. Una ilusa ilustrada. Nada más. Ella, en el caso de muchas.

—¿Habéis hecho el amor?

Por un momento, fue lo único capaz de interesarla. La ponderada virginidad de una folklórica de treinta años.

—Es intocable —gruñó Álvaro—. Y cuanto más lo es, más me enciende.

Imperia se limitó a permitirse un alivio comercial. No la había tocado. Hablando en plata: el virgo era de oro. Continuaba intacto. Por lo menos, el negocio estaba a salvo.

—Tú no sabes el infierno a que vive sometida. —gimoteó él—. Necesita a alguien que la redima a través del amor. Y todo me indica que yo soy su salvador.

—Me parece muy noble por tu parte. Resulta muy caballeroso.

—Ella misma lo dijo por televisión. ¡Se lo contó a todo el país sólo para que lo escuchase yo, su redentor! ¡Se estaba dirigiendo a mí, Imperia! ¡Sólo a mí!

Imperia no podía contener una risotada salvaje.

Estaba a punto de gritarle: «¡Imbécil! Esas respuestas tan románticas las escribí yo. Las saqué de entrevistas de las folklóricas de los años cincuenta. ¡Te has enamorado de la copla española, creyéndote que es una mujer! »

No conviene romper los sueños de los niños, aún cuando éstos se hayan portado mal. Es preferible dejarles en la ilusión de que sus hermanitos vienen de París. En este caso, era bueno dejar a aquel caballero soñador en la ilusión de que Reyes estaba esperándole para que le despertase de su sueño virginal.

Imperia fingió comprensión, afecto materno, protección sentimental. Fingió que deseaba ayudarle, que estaba a su lado, que era la perfecta celestina de aquella maravillosa historia de quereres bravíos.

En aquel instante, Álvaro tuvo un destello de generosidad:

—No sabes cómo me alivia tu comprensión. Pensé que pudiera hacerte daño. Pero mi necesidad era tan violenta que encontré preferible arriesgarme a tu desprecio.

Ella emitió una risotada de champán quebrado; la risa ideal de Silvina Manrique.

—Tesoro, lo primero que aprende una sofisticada es a retirarse sin perder el estilo. Por otra parte, lo mío no era amor. Era una *infatuation*, como dicen tus amigos yanquis.

—¿No era amor? —exclamó él, con expresión de desaliento—. Pues lo parecía. ¡Qué volubles sois las mujeres!

¡Encima, decepcionado! ¡Sería cabrón, el angelito!

Imperia seguía en la cumbre del disimulo. Nunca se le oyó un tono tan dulce como al pronunciar las frases que exige el tópico:

—Yo sólo deseo la felicidad de Reyes. ¿Cómo no voy a desear, además, la tuya? Pero me siento en la obligación de recordarte que la vida de un artista es muy dura.

—Estoy seguro de que ella dejaría el teatro por mí. Lo dijo por televisión. Fueron sus propias palabras. Se las comunicó a su público pero iban dirigidas a mí.

Imperia continuó sonriendo, satisfecha desde un punto de vista profesional. Y más lo estaría Rosa Marconi, de saber que una entrevista televisiva en hora punta podía hacer feliz a los públicos más inesperados. Y si incluso un Álvaro Montalbán podía picar, ¿quién tendría autoridad moral para criticar la credibilidad de las marujas?

En pleno disimulo, sintió la necesidad de arañarle hasta hacerle sangrar. Supo contenerse. Continuó sin delatarse. Ya se había rebajado en demasiadas ocasiones. Frialdad total cuando dijo:

—Mañana por la mañana tendrás noticias mías.

—¡Que sea ahora, Imperia! Háblale ahora. ¿No ves que no puedo dormir pensando en ella?

Imperia se colgó de su brazo, afectando un tono melifluo, una indiferencia propia de las mujeres que han vivido.

—Ahora no es el momento, *sweetheart*. Necesito planearlo. Debo encontrar el tono justo, la frase adecuada, una cierta capacidad de convicción. Ya me conoces: no me gusta improvisar. Ahora, vete. No es bueno que tu Reyes te vea así. Y tú no me decepciones. Tienes el temple necesario para esperar y desesperar, si viene a cuento. *Okay, kid?*

—*Okay, pal* —dijo él, con su mejor acento Wall Street. Lo cual no es mucho mérito, si bien se mira.

Ella le vio marchar. Cabizbajo, las manos en el bolsillo, el paso vacilante, la imagen viva de la derrota.

Sólo cuando desapareció entre los extranjeros que se intercambiaban saludos en el vestíbulo, comprendió Imperia que tenía ganas de llorar. Que podía romper en gritos completamente histéricos, de no encontrarse en público. O acaso otro extremo de consecuencias peores: al reprimir el llanto, su furia se condensaba en un amasijo de pasiones nefastas, que se iban acumulando para culminar en una voluntad destructiva, capaz de arrasar el mundo a su paso. Era la voluntad del crimen.

«Has venido a poner la venganza en mis manos, pobre estúpido. Nadie la tuvo tan fácil como yo, Álvaro Montalbán. Pones la cabeza en la bandeja antes de que yo la pida. Salomé tuvo que fatigarse bailando. Tú me lo haces más cómodo. Puedo empujarte lentamente, sin que sospeches de mí; puedo engañarte, porque me consideras amiga. Pero ¿cómo, cómo hundirte? Ahora es muy fácil. Estás muy bajo de defensas. Bastaría con ir empujando, un poco cada día. ¿En qué terreno, si no tienes otro interés que tus malditos negocios y el amor de esa pécora? ¿Arruinar tu carrera? Ya no podría. Has empezado a subir, has establecido controles. ¡Qué listo es mi niño! Y, además, ¿qué me importa tu carrera? Imperia Raventós no quiere ruinas a sus pies. ¿Qué mérito tendría? Te quiero en lo alto, pero solo. Te quiero poderoso y herido. Te quiero agonizando en la cumbre del poder. Cuanto más próspero seas, más sabrás lo que se sufre. Además, soy una pobre trabajadora; me conviene pensar en mi negocio. Sólo me queda Reyes. ¡En ella puedo ultrajarte, Álvaro! ¡En ella! Y, encima, salvo mi negocio. Esta sí es una jugada digna de Imperia Raventós. Que el mal sea rentable. Que no se limite a la satisfacción propia de una pérfida de ópera. Que trascienda más allá del escenario... La frase final la dirá Imperia Raventós, con el público puesto en pie. Y sin sangre. Ni una gota de sangre. Sólo con tu agonía, cabrón, con tu agonía...»

LLEGÓ CORRIENDO LUISÍN MAÑOSO, de la agencia «Parloteo».

—Apresúrate, linda. Están entregando los premios. Ahora le toca a Reyes del Río.

En efecto, Rosa Marconi estaba terminando su panacea en honor de las virtudes de la folklórica; tantas y tan probadas que ni siquiera fue necesario escuchar. Si el distinguido público lo hizo aquella noche, fue gracias a la espectacular dialéctica de la Marconi, a medio camino entre la contundencia de una mitinera y el soniquete de un pregonero de aldea.

Después de los aplausos de rigor, tomó la palabra Reyes del Río. No dedicó a la Marconi un agradecimiento perruno. Bastó un gesto elegante, una sonrisa escueta, un beso cortés. Doña Maleni comentó con precaución:

—¡Qué seca es esa hija mía! No sé como la premian por simpática. ¿A que lo ha conseguido usted, Mari Listi?

Imperia se encogió de hombros, seca también ella. Lo que debía conseguir, todavía no estaba escrito.

Allí estaba la enemiga. Bella, joven, misteriosa. Tanto como para fingir que despreciaba a los hombres mientras, seguramente, albergaba la esperanza de una boda provechosa con un excelente partido.

Tomó la palabra con cautela. Simpática, sí, que por eso la premiaban; servil, nunca, que para eso no existía premio demasiado alto. Actuaba con lo que Imperia consideró porte imperioso y voz imperial. Le gustaba que su nombre redundase en actitudes tan propicias. Hablaba, además, sin falsos dialectalismos, marcando cada palabra como si fuese una flamencona de Valladolid. Refinada, en fin, sin que nadie la hubiese ayudado. Por reflejo acaso. Por imitación, decidió Imperia. ¡Otra vampira en su vida! Otra que le hincó los colmillos para extraerle toda su ciencia. Si todos sus clientes seguían aquel ritmo no tardaría en quedarse sin trabajo. ¡Una pigmaliona en el paro! Más irónico no podía ser.

Reyes del Río se apartaba del discurso que ella había escrito. Pero esta vez no temía un mal desliz. Aquella flamenca sabía más de lo que aparentaba. Aquella flamenca sabía latín.

¡Pensamiento profético!

Reyes del Río acababa de agradecer su Gioconda de Oro con las palabras acostumbradas, pero sin las florituras al uso. Y diríase que estaba para retirarse del micrófono cuando, después de una corta pausa, proclamó:

—Este viaje que me dispongo a emprender también me tendrá alejada de mi arte durante un año —hubo gritos de sorpresa, otros de protesta y más flashes de los fotógrafos. La folklórica les calmó a todos con un gesto de suprema autoridad—: Pero no quiero dejaros hoy sin un recuerdo mío. Lo que va a ser mi arte a partir de ahora. Que puedan escribir mis niños de la prensa: «Reyes del Río acaba de cantar su último cuplé.»

—¡Qué detalle! —exclamó Sara Montiel, desde su eternidad—: En todo se le ve que es bien nacida esa principianta.

La orquestina estaba preparando sus instrumentos. En previsión, Lola Flores sacó del bolso unas castañuelas, por si la diva las necesitaba. Y es que, unos músicos tan modernos, tan especializados en Glenn Miller y Ray Conniff, no disponían de castañuelas ni de palillos. ¡Pobres colonizados!

Pero Reyes del Río se volvió hacia el director de orquesta y exclamó:

—Sin música esta vez. Una folklórica debe tener voz para cantar a palo seco, y aún sin micro.

—¡Así se habla, comadre! —exclamó Rocío Jurado, magnífica de gesto, e inigualable de voz-: ¡Por derecho y na' más, mi niña!

Reyes del Río intercambió sonrisas con sus compañeras y adictos. Acto seguido se puso en actitud de jarras y con voz de hembra de raza, recitó:

> *Phaselus ille quem videtis, hospites,*
> *ait fuisse navium celerrimus*
> *neque ullis natantis impentum trabis...*

—Pero ¿que está diciendo esta niña? —exclamó Maruja Díaz—. ¿Eso que pronuncia no es de misa?

—¿Será que se nos mete a monja, como la hija de don Juan Alba? —repuso, conmovida, Paquita Rico.

Murmullos de expectación, de desconcierto, de público atrapado por la sorpresa.

Y la folklórica seguía con sus latines, de manera que algunos financieros se maravillaron de cómo dominaba el esperanto.

—Pero, ¿qué estás diciendo tía Reyes? —preguntó Raúl, no menos asombrado que los invitados de tres generaciones.

Alejandro se echó a reír desaforadamente.

—¡Es Catulo! Por todos los dioses. Te juro que es Catulo... ¡Y qué bien pronuncia, la cabrona!

Al ver reír a Alejandro, Imperia le imitó. Tenía todos los motivos para hacerlo:

—¡Encima, la niña sabe latín! ¡Menuda afrenta! Una folklórica sabe latín, Álvaro Montalbán también sabía latín, tú eres experto en latinazos... ¡Osú! Resulta que todos saben el único idioma que olvidó Imperia Raventós...

La folklórica estuvo recitando durante diez minutos. Por primera vez en su carrera no obtuvo ni un solo aplauso. No porque su actuación hubiese desagradado. Simplemente, porque todo el mundo se había quedado de piedra. El menos impresionado necesitó dos whiskys para reaccionar.

Lejos de considerar su recital como un fracaso, Reyes del Río obsequió al distinguido público con otro discurso inesperado:

—También quiero comunicaros que hoy es un día grande para mí. Por un lado, recibo esta Gioconda que se me parece, porque yo, al igual que ella, cuando me río quedo un poco desustanciada. Pero a mí no podrán llamarme «Monalisa» porque, gracias a Dios, tengo las domingas muy desarrolladas...

Aquí aplaudieron todos porque, por fin, había dicho algo folklórico. Pero ella volvió a la seriedad para exhibir, de manera ostentosa, unos papeles que parecían documentos. Y Cesáreo Pinchón se aventuró a escribir que se trataba de un contrato para Jolibú.

—Brindo a mi público de siempre otro éxito mío, aunque de índole muy distinta a todos los que tuve hasta hoy. —Siguió diciendo Reyes—. En esta ocasión tan distinta quiero agradecer a los profesores de la Universidad a distancia que han tenido a bien concederme mi graduación en filología clásica, con un *cum laude* y todo, por una tesina que me ha salido de rechupete. ¡Osú! ¡Digo! ¡Ea!

Le pasó los papeles a Rosa Marconi quien, al comprobarlos, casi sufrió un desmayo. Si no llegó a tanto, sí es cierto que se quedó sin habla.

No así la folklórica:

—También quiero decir a mis niños de la prensa que, si ellos me han dado un galardón, yo les doy una exclusiva. Aquí mi primísimo, a quien todos conocéis —el joven efectuó una graciosa, cortesana reverencia—; digo que, aquí mi primo, se viene a América para realizar el empeño más digno a que puede aspirar un hombre: convertirse en mujer.

Y volviéndose gentilmente hacia el primísimo, preguntó:

—¿Cómo dices que te vas a llamar cuando tengas las tetas y la vagina?

—Antinea de las Marismas —contestó, ufanado, Eliseo.

—Pues que te oigan mis niños de la prensa. A ver si me lo promocionáis, vosotros, los avispados, que tiene ese barbián una voz como la de Antoñita Moreno en sus comienzos.

Protestaba Eliseo, por lo bajo:

—Que no, prima, que no; que yo quiero ser mujer de labrador. Que no quiero pasar los trajines del cuplerío. ¡Osú, qué angustia, virgen santa! ¡Osú, qué apuro!

Era inútil. El ejército de fotógrafos se había puesto en marcha. Se produjo una tormenta de *flashes* sobre Eliseo, quien intentaba buscar un refugio relativo tras la mole de su tía, mientras iba repitiendo: «Yo quiero ser mujer incógnita, y no una pregonada.»

La primera en reaccionar fue Rosa Marconi. Como buena profesional, pasó de la estupefacción al proyecto inmediato.

—Imperia: esto sí que nos daría un programa fenomenal. ¡Te juro que parábamos el país! La folklórica burra resulta que es licenciada, y al primo le hacen mujer. ¡Que podríamos parar al país, Imperia!

—Déjale que se pare solito, mi amor. Yo tengo que parar otras cosas. ¿Quién fue ese de la Biblia que detuvo el curso del sol?

—Ni me acuerdo. Desde que Ben-Hur se hizo cristiano no he vuelto a ver una película bíblica.

—Es que ya no estamos en edad. Pero sí lo estamos para detener lo que queramos.

A Rosa Marconi no se le escapó que su amiga estaba recobrando su capacidad para la intriga. La cabellera volvía a tener el ritmo perfectamente dirigido, los gestos aparecían estudiados, el tono de la voz planeadísimo.

Lo notó también Cesáreo Pinchón.

—Algo sucede, Marconi, porque ésa viene mandando.

—¿Quieres más de lo ocurrido? La folklórica se le ha escapado de las manos. Tanto, que la veo yo de maestrilla rural.

—Rarezas de artista. Yo siempre la imaginé palomita torcaz y ahora resulta ser Cristina Guzmán, profesora de idiomas...

Era cierto que Imperia acababa de recuperar sus mejores armas de intrigante. Avanzaba entre los invitados con su sonrisa más glacial y al mismo tiempo más ramificada. Sonrisa para todos y para nadie. Sonrisa que hizo presagiar tormentas a la madre de la folklórica:

—Doña Imperiala, no me lo tenga en cuenta, que yo he callado todo lo que he callado por bien de la niña y también de eso que ustedes, los entendidos, llaman imagen.

—Debería estar penado cambiar las biografías hasta tal punto —comentó Imperia, sin rencor.

—Es que la de esa niña no vendía, doña Imperiala. Usted misma se la habría cambiado. Seguro que en lugar del pulcro hogar de clase media que teníamos en Lepe, habría inventado, como yo, lo de los doce hermanos y el cuartucho en el barrio de la Esperanza de Sevilla... y la falta de un mendrugo que llevarse a la boca.

—O sea, que su marido no le pegaba a usted y a la niña.

—Todo lo contrario: era un santo que nos tenía muy regaladas. Y le inculcó a la niña eso de leer tanto, porque él era muy de Cervantes y, cuando se ponía cachondo, de don Camilo José Cela. Y ya ve usted qué cruz para una familia de artistas... ¿Va a reprocharme que hiciera lo mismo que hacen ustedes los asesores de imagen?

¿De qué imagen le estaba hablando aquella energúmena? Ni de la que ella inventó, en los lejanos orígenes de una petarda con ínfulas de virgen, ni de la que la propia Imperia quiso mejorar, cuando la pusieron a su cuidado. Imágenes de plástico ambas. Algo que no correspondía a la hembra. Algo carente de tronío.

¿Para qué desaprovecharla otra vez en un papel muy inferior a sus condiciones? El papel de la virgen detestada porque fijó sus ojos en ella un macho inconstante. La ingenua que despierta el odio acérrimo de la prepotente rival que resulta, sin embargo, derrotada. Melodrama barato. Y en los últimos tiempos, Reyes del Río se estaba revelando como una pieza de gran valor.

Aquella nueva Reyes del Río, hembra hermosa, astuta, capaz de engañar y de engañarla, era el arma que ella estaba necesitando. Era el cuchillo de obsidiana destinado a hundirse en el corazón de Álvaro Montalbán, no sin antes humillarle en lo más profundo de su virilidad. Artesanía de diosas madres. La que inspira y la que ejecuta. O inspiradoras las dos y, ambas, ejecutantes. Y por todo ello, reivindicadas en sus poderes más secretos.

Seguía con sus insensateces doña Maleni.

—Si le sirve de algo, le diré que sigue pura, impoluta y a prueba de toda mancha...

Pero Imperia prescindía completamente de ella. Llegaba el fuego en el vestido ondulante de la hembra. Llegaba, encendida, Reyes del Río, sosteniendo su premio con cierto cansancio. Y es que al escultor Romeo Cinabrio le dio por reproducir a una Mona Lisa en forma de pirámide dorada que, además, pesaba cinco kilos de un material parecido a la kriptonita.

Trató a doña Maleni con inusitado desprecio.

—No moleste, madre. Ésta y yo tenemos que hablar.

—Pues iré a vigilar a tu primo, no se le ocurra trabajarse a un guardia urbano y nos monte un cirio de los suyos.

Quedaron, por fin, enfrentadas las dos mujeres. Ojos negros contra ojos verdes. Poderío. Piedra dura. El basalto contra la esmeralda. La tierra contra el fuego. El volcán absoluto.

—Alguien debería ayudarte —dijo Imperia—. Esta Gioconda pesa más de la cuenta.

—Por mí, como si quiere tirarla por la ventana.

—Siempre sorprendente. A tu lado, la caja de Pandora sería de cerillas.

—Yo sorprendo y usted decepciona, mi alma... Si es usted como me figuro, me estaría felicitando por mis sobresalientes, no por esta ridiculez de premio que ni siquiera me cabe en la vitrina, tantos tengo del mismo estilo.

Imperia se permitió el lujo de la sinceridad.

—Te felicito de todo corazón por tus sobresalientes. No te negaré que me ha gustado la sorpresa.

—Pues ya era hora. Parece usted la muda de mi pueblo, que el día que habló fue para preguntar si se había acabado la primera guerra mundial.

—Álvaro me ha hablado de lo vuestro.

—Muy charlatán es ese niño. Le va a perder tanto palique. ¿Y qué le ha contado?

—Te lo diré en mi casa. Cuando esto haya terminado te quiero ver allí. Y sin tu madre.

—Es decir, sola.

—Completamente.

—¿Y si no voy?

—Claro que irás. Supongo que sigues muy necesitada.

—¿Y tendrá usted el remedio, sentrañas?

—En mis manos está, mi niña.

Continuó avanzando entre los invitados. Buscaba afanosamente a su compinche Alejandro. Difícil encontrarle en aquel carrusel que continuaba girando infatigablemente sobre sí mismo. Por fin consiguió localizarle: el desgraciado había caído en manos de Beba Botticelli. Intentaba convencerle de que necesitaba urgentemente un psicoanálisis, pues a juzgar por sus ideas no tocaba de pies en el suelo. Él se desternillaba de risa.

Imperia consiguió llevarle aparte. A bocajarro, le preguntó:

—¿Cuándo terminas tus clases?

—Ayer —dijo Alejandro.

—¿Cuándo puedes llevarte a Raúl a algún lugar lejos de aquí?

—Mañana.

—¿Para tres meses?

—Tres meses y un poco más.

—¿Le enseñarás los lugares de tus sueños?

—Grecia y la parte griega de Turquía. Raúl ya forma parte de ellos. Basta con que los habite.

—Gastad lo que queráis. Disponed de todo lo que he ganado con la educación de Álvaro Montalbán.

—Te devolveré a Raúl mejor educado.

—Con que me lo devuelvas bien soñado me conformo.

—No te preocupes. En esto, el niño va divinamente servido.

—Hazlo por los viejos tiempos.

—¿Por lo viejos tiempos, Imperia?

—Por los maravillosos viejos tiempos. Si existieron una vez, significa que pueden volver a repetirse. ¿Recuerdas cómo fueron? Todos estábamos muy vivos. Algo muy fuerte nos convulsionó en aquella época. Fue la originalidad, el riesgo, la pasión. Vamos a recuperarlo, filósofo. Vamos a vencer.

Alejandro la besó la mano con devoción. No siempre se hace así con una suegra, pero sí con las grandes damas. Acto seguido, salió disparado en busca de Raúl. Después de cuatro meses viviendo juntos, disponía por fin del regalo que en el primer momento no pudo hacerle. El detalle material que sólo una madre rica puede proporcionar.

Pero, sobre todo, el regalo del Tiempo, que aceptaba retroceder vertiginosamente para que los dos volviesen a sus orígenes en un viaje que pocos pueden pagar porque es el que palpita en lo más profundo del alma de los elegidos.

Salieron del Suprême, abriéndose paso entre la multitud de curiosos, sorteando automóviles, completamente entregados a una euforia que les desbordaba; una euforia que les impulsaba a saltar cogidos de la mano, sorteando transeúntes, pisoteando parterres, entonando a voz en grito viejas canciones de antiguos musicales americanos, persiguiéndose entre los árboles del Prado, reencontrándose y, finalmente, deteniéndose para retomar fuerzas con una horchata y seguir de nuevo, brincando y cantando hasta el final.

—¡A Grecia! —gritaban los dos—. ¡A Grecia!

Y, con aquella invocación, se despidieron del mundo real durante un tiempo.

CUANDO REYES DEL RÍO llegó al apartamento, Imperia le preparó con sumo placer un whisky doble. Disponía de datos suficientes para saber que no era flamenca de vino tinto.

Llegó soberbia, y más soberbia estuvo al mirarla, desafiante y un punto desabrida:

—¿Se puede saber para qué me ha hecho venir?

—Para verte —dijo Imperia.

—¿Pues no tiene usted mis vídeos?

—Para verte más de cerca y sin máscara. Algo me dice que tú la llevas durante todo el año.

—Para llevarla y convencer se necesita una inteligencia que yo no tengo. Usted lo sabe.

—Yo sé que tú sabes vender mejor de lo que yo podía imaginar.

—Sin cuchufletas, Imperia. ¿A qué viene todo eso?

—Haciéndote la burra, has conseguido embrujar a Álvaro Montalbán.

—No me juzgue tan banal. Yo sólo pretendo embrujar a mi público y a quien me interesa. El señor Montalbán, para que se entere, no entra en este apartado.

—Pues no se diría...

—Pues se ha de decir. Lo que me ofrece el señor Montalbán podría satisfacer a una marquesona, pero yo soy muy racial. Y, además, socialista de toda la vida... ¿o no se acuerda usted, sentrañas?

—No intentes tomarme el pelo. Esas palabras las puse yo en tu boca. Como casi todas.

—Pues ahora le hablaré con las mías. Ni quiero altares ni adoraciones, porque ya tengo las de mis fans. O sea que estoy muy bien como estoy, si no fuera por lo que usted sabe...

—Bien lo sé. Y tú bien sabes que el señor Montalbán tiene un pene de mucha consideración.

—Pues que se lo consideren los del catastro. ¿Penes a mí?

Está usted muy poco enterada de lo último. Un buen pene de goma hace prodigios. Y, además, que una no tiene que depender de un tío para encontrarle gusto a la vida. ¿O es que tampoco sabe usted eso?

Imperia se acercó más a su cuerpo. Los rostros casi se rozaban.

—¿Sigues tan necesitada?

—Pero no de Álvaro Montalbán. Eso lo sabe Dios.

Imperia no conseguía contener los nervios. Y, sin embargo, en aquella ocasión necesitaba estar más segura que nunca. Si vivió un instante que no permitía vacilaciones era aquél. Si hubo un instante apto para catapultarla al cielo o arrojarle de una vez a los infiernos, era aquél y no otro. Y la elección exigía el máximo control, la más absoluta determinación.

Su voz sonó dura, rotunda, al ordenar:

—Desnúdate.

Reyes del Río no se sorprendió. Diríase que estaba esperando aquella orden o que la hubiese ejecutado sin necesidad de que nadie la emitiese. Con pasmosa seguridad, bajó la cremallera de un solo golpe y el vestido cayó a sus pies.

Erguida como una escultura y, como ellas, inerte y fría, quedó expuesta a la admiración de Imperia. A su asombro. Por fin, a la rendición absoluta.

Finísima la ropa interior. Seda pura. Escaso volumen. Igual que pequeñas piezas adheridas a la curva de los senos, como leves conchas incorporadas a la superficie del pubis, depilado con exquisita delicadeza.

Una princesa oriental, una odalisca del serrallo más lujoso, una diosa madre que bajaba a los jardines del mundo irradiando majestad.

—No hueles a nardo, como querría el tópico —murmuró Imperia.

—¿A nardo yo? Eso para las folklóricas de antes. Ni a nardo ni a azahares. A Chanel, guapa. Como a ti te gusta. Y el nardo, si acaso, me lo pones tú donde me quepa.

La hermosa esperó el beso de Imperia. El cauteloso, tímido, incluso asustado beso de Imperia. Cuando lo tuvo, exclamó:

—A partir de ahora, yo voy a tu lado; y voy de reina. No como tú me deseas, sino como tú me mereces. ¿O todavía no te has enterado de que no es lo mismo?

Imperia cayó de rodillas ante el cuerpo erguido de la virgen morena. Percibía el pubis a la altura de sus labios. Bastaba un mínimo esfuerzo para llenarse de él. Lo besó lentamente. Sintió que en su propio cuerpo se estaba encendiendo una hoguera desconocida. Ardía en ella el deseo, la provocación y un miedo atroz hacia el abismo que se abría bajo sus pies.

—Estoy cansada —exclamó Imperia—. No puedo más.

—¿Cansada tú? De eso ni hablar. La mujer que me gusta es fuerte. ¿No te llamas Imperia? Pues levántate ya, so jodida. Y toma de una vez lo que nunca tomó nadie antes que tú.

Cogió las manos de Imperia y las acompañó en un largo recorrido por su cuerpo. Se producía en una dimensión que diríase interminable. Una dimensión donde cada elemento era descubierto sin posibilidad de valorarlo todavía. Sólo como una impactante revelación.

Las manos se maravillaban al percibir el contacto de una piel hasta ese instante desconocida. La piel, al unirse con la otra, temblaba ante la posibilidad de que le fuese hostil o, por alguna razón, desagradable. A los pocos segundos se erizaba con un placer desconocido, confirmada ya la absoluta correspondencia con la otra. Así reconocidas, ambas pieles se refregaban en una voluntad de identificarse y, por fin, en el mandato de quedar fundidas. Amparada por una autoridad que se le otorgaba de antemano, Imperia asaltaba con dulces besos aquella piel que acababa de hacer suya, mientras la hermosa se le entregaba, perdidas sus fuerzas, languideciendo cada uno de sus músculos, aprendiéndose el sabor de la boca, aprendiendo a atenazar con sus piernas el cuerpo deseado.

—Tú no has tocado nada así, Imperia. Dilo ya...

—Nunca toqué nada así... —musitaba Imperia, transportada en la cúspide del sueño.

—¿Cuántos hombres te han dado ese calor, esa suavidad?

—Nunca ningún hombre... —murmuraba ella, mientras sorbía lentamente la delicada tibieza de sus senos, mientras buscaba sus rotundos pezones para recorrerlos con la lengua hasta ahora reseca y que ahora palpitaba humedecida, como si los pezones de la bella destilasen ambrosía.

Toda su boca quedaba perfumada en aquel recorrido semejante a un viaje a lo desconocido. La única exploración todavía posible en un mundo donde todo estaba descubierto.

En aquella encrucijada de caminos que conducían al éxtasis o al rechazo, Imperia se oyó exclamar:

—Está ocurriendo algo... tan sorprendente...

—Está ocurriendo que te gusto... —murmuró Reyes.

—Es más que esto. Por primera vez, después de tantos años, ocurre algo insólito, inesperado. Algo que permite empezar de nuevo, reescribirlo todo paso a paso....

—Ahora sí —gritaba Reyes—. Ahora me tomas como Dios manda y me dejas llena de ti. ¡Te juro yo por lo más sagrado que no te has de arrepentir! ¿Qué más quieres, jodida, si te voy a convertir en la más adorada del mundo?

IMPERIA NO QUERÍA APARTARSE de aquel cuerpo, lo mantenía aferrado para asegurar su propiedad absoluta, algo que no se perdería al despertar, algo que estaba allí para adiestrarla hasta no dejar ni una sola asignatura en el aire...

«Es cierto que nunca hubo nada parecido. Es el abismo más hermoso que nunca conocí. ¿Es eso la anormalidad? ¡Qué dulce desafío! Me lanzo, hembra, me arrojo, vuelo hacia la anormalidad, con este beso que lo mata todo. Raúl, Alejandro, ¿dónde estáis? ¿Qué podríais decirme? La naturaleza vuelve a jugármela. Siempre se empeñó en tomarme el pelo; hoy mucho más, hoy me confunde del todo. Raúl, enséñame en qué consiste la transgresión, cómo se encuentra la paz en la transgresión, cómo se hace para pasar de un lado a otro de la naturaleza. ¿O acaso estuve en ambos bandos sin saberlo? ¿O estuve en uno al que me obstinaba en negar porque la naturaleza sólo es un chiste, la última burla del Dios en quien no creo? Ahora me burlo yo. Ahora es nuestro instante, el momento exacto para prescindir de cuanto he aprendido, el día de empezar, la hora de aprender; esa iniciación que me eleva, ese rito, esta epifanía. Te estoy edificando un altar, hembra, te adoraré cada día para que me ayudes a renacer, a renacer las dos, divinas las dos, como el sol sobre el mar, como dos soles... ¡qué coño! Nada de soles. Dos lunas.»

TRANSCURRIÓ LA NOCHE, poblada de plácidos edenes y rápidos, vertiginosos descensos hacia las profundidades del placer enloquecido. Transcurrió la noche en aquella excitación lunar, y, cuando el día estaba muy avanzado, las dos mujeres continuaron abrazadas, conversando sobre temas comunes, interesadas ambas en conquistar los terrenos de cada una que, hasta entonces, permanecieron lamentablemente desconocidos.

—¿Cuándo habías estado tú con otra mujer? —preguntó Imperia, con el mohín de los celos prematuros.

—Nunca. Ni con mujer ni con hombre. Pero una aprende muy de prisa de la necesidad. ¿No te lo decía siempre, sin que tú me entendieses?

—Es cierto. Yo no entendía nada. Una tiene que salir de sí misma para entender.

—¡Y mira que te he querido! ¡Mira que me ha tocado esperar y esperar para no traicionarme, siempre con el temor de un paso en falso! ¡Hasta que te has dado cuenta, so maldecida. Hasta que has visto que lo que te va a dar Reyes del Río no lo has tenido tú en toda tu vida...

Compartieron el cigarrillo, se pasaron el humo en el cálido intercambio del beso. E Imperia se echó a reír, sin malicia alguna, cuando exclamó Reyes, muy solemne:

—Te voy a querer como no te ha querido nadie. Porque me lo dijo una gitana delante de la Alhambra. Me dijo: vas a tener hembra que te hará madre sin seguir los caminos naturales...

—No hay camino más natural que ese que nos está llevando. No lo recorremos nosotros, es él quien nos lleva. Y nos lleva donde él quiere. Y nada hay más natural que ese delirio que me acomete cuando siento tus senos contra los míos.

—Eso tendría que saberlo ese don Álvaro.

—Y va a saberlo —dijo Imperia—. Estará muy nervioso esperando mi respuesta. Tenía que dársela esta mañana.

—¡Qué niño tan impaciente! —exclamó la hermosa. Pero no se reía. Por el contrario, en sus ojos verdes apareció una expresión de violento desprecio—. Te ha hecho mucho daño, ¿verdad?

Imperia afirmó con la cabeza.

—¿Y qué conservas de este sufrimiento?

—Odio. Un odio feroz.

—Pues esto hay que borrarlo, que tiene muy mal fario. Que sea un odio de las dos. Que sepa de qué vamos. ¿No es tan macho? Pues a ver cómo lo encaja.

Imperia estuvo a punto de gritar su entusiasmo. De todas sus intrigas, aquélla era la más clamorosa, la más inspirada. Era una destrucción que, por fin, no emprendía a solas. Era, por fin, un combate que emprendía acompañada. Garras unidas ¿quién podría vencerlas?

Mientras Reyes le encendía otro cigarrillo, descolgó el teléfono y pidió por Miranda Boronat. Era un buen elemento para incorporar a aquella historia. Era imprescindible para que todo Madrid supiera en qué habían terminado los humos de don Álvaro Pérez Montalbán. Que las ochenta mejores amigas de Miranda supieran en qué acaban los penes más aguerridos cuando las garras femeninas aprenden a acariciar donde les gusta.

—Miranda, ¿te importaría hacer una misión de espionaje?

—Todo lo contrario: me encanta. ¿De quién hay que averiguar la edad?

—Se trata de que me traigas a don Álvaro Montalbán. Estará esperando que alguien le avise. Ve y dile que en mi casa le espera Reyes del Río. Dile que se encontraba indispuesta y se ha quedado a dormir aquí.

—¿Y cuando llegue y no encuentre a Reyes del Río? No quiero imaginar la que puede formar. Piensa que es muy hombre.

—La encontrará. La tengo a mi lado. Para ser más exactos: acabo de hacer el amor con ella.

Miranda Boronat ni siquiera gritó. Ya era demasiado para sus ducas.

—¿Hacer el amor en el sentido de hacer el amor?

—En el sentido más amplio. ¿Tan difícil es de entender, mi vida?

—Yo no entiendo nada, Imperia. Yo soy una pobre mujer desconcertada que ya no sabe de qué va el mundo.

—Tú tráete a don Álvaro. No le cuentes nada. Va a ser una sorpresa. Te garantizo diversión. Creo recordar que te encantan las sorpresas.

—Me vuelven loca. Ya que no puedo ser tortillera, ni siquiera vocacional, pues seré celestina de tortilleras que saben cómo montárselo. *Moins donne une pierre!*

ENCERRADOS EN EL ASCENSOR PRIVADO de Imperia, Álvaro y Miranda tosían disimuladamente, evitando que sus miradas coincidiesen. Él por encontrarse violento. Ella porque temía que se le escapase una risita más violenta todavía.

Por fin, Álvaro se atrevió a romper el hielo.

—¿Está usted segura de que no es grave?

—Grave es todo, según cómo se mire; y grave es nada, según cómo se observe.

—¡No empiece con sus enigmas! Estoy muy nervioso. ¿No le han dicho qué tiene Reyes?

—Descuide, no es leucemia.

—¡Miranda, por Dios!

—Noté que tenía unos bultitos en los senos...

—¡Dios mío! ¡Cáncer de mama!

—A lo mejor eran los pezones. Las hay que los tienen muy desarrollados.

—¿No sabe usted distinguir entre unos pezones y un bulto maligno?

—A veces sí y a veces no. Es imposible que usted, por su lamentable falta de mundología, conozca a la distinguida Lolón Ribera, la que se lo monta con chinos de Hong-Kong. Pues mire, Lolón tiene unos pezones tan pequeñitos que un médico de aquellos lejanos mercados los confundió con quistes sebáceos. ¡Lo que pudimos reírnos todas!

—Con usted no se puede hablar. Es liante por naturaleza.

—Pues cállese. Yo, hablando conmigo misma, me basto y sobro. Por ejemplo: «¡Qué guapa estás hoy, Miranda»; «Gracias, Mirandilla: tú también estás *lovely*». Y así todo el rato.

—¿No cree usted que este ascensor tarda mucho en llegar al sexto piso?

—Habrá apretado usted mal el botón.

—Yo no he apretado nada. Creí que lo había hecho usted.

—Cuando voy con un caballero siempre espero que salga de él lo de apretar el botón.

—¡La madre que la parió! —exclamó Álvaro, fuera de sí.

Cuando por fin llegaron, Álvaro parecía definitivamente descentrado.

—No se moleste en llamar —dijo Miranda—. Tengo llave. Me la dio Imperia cuando me presté, abnegadamente, a hacer de enfermera. Yo no se la he devuelto porque así puedo venir cuando quiero y cotillear entre sus cosas. Pero usted no se chive, que los hombres lo cuentan todo. ¿Por qué son tan cotillas ustedes los hombres?

Por toda respuesta, Álvaro se precipitó en busca de Reyes del Río. Tuvo que guiarle Miranda hacia el dormitorio donde estaba la folklórica, completamente a solas, desnuda bajo las sábanas de seda. La cabellera caía en desorden sobre sus hombros, y los senos aparecían exultantes bajo la escasa cobertura de la sábana, que ella sostenía con cierto desaliño.

Saludó, la hermosa, con una sonrisa llena de optimismo.

—A los buenos días, don Álvaro. Mucho ha tardado usted en decidirse.

Él no pudo esconder una mirada de extrañeza.

—¿Qué hace usted en esta casa?

Reyes se incorporó sin dejar de cubrirse los senos.

—¿Se leyó al joven Rimbaud de mis entretelas?

—No puedo. Está en francés.

Rió ella.

—Le creía yo a usted con más idiomas. ¿Conque el inglés y basta? Pues ya tiene usted en qué emplear los próximos cinco años. Aprenda, aprenda, que le irá bien para labrarse un porvenir en la ONU.

Si Álvaro Montalbán siempre estuvo negado para la ironía no era aquél el momento más adecuado para empezar a graduarse.

—Reyes, no sé si se da usted cuenta que he venido preocupadísimo por su estado de salud.

—Se lo agradezco, saleroso. Siempre dije que tenía usted buen corazón.

Al macho le asomó un rubor en el hoyuelo.

—No sé si es conveniente que me reciba usted en la cama.

Miranda eligió un sillón *art deco* para instalarse cómodamente, con las piernas cruzadas y dejando bien claro que no pensaba marcharse por el momento.

—Yo me quedo aquí, con ustedes, para no estar sola en el salón. ¿Puedo, Reyes?

—Siéntate, niña, hoy damos función gratuita...

—¿A qué función se refiere? —preguntó Álvaro, cada vez más desconcertado.

—A que me encuentro perfectamente, don Álvaro. A que lo de la enfermedad era un pretexto para tenerle a mi vera. Porque lo cierto es que no he conseguido apartarle de mis sueños en las últimas semanas...

—Por favor, Reyes, no me diga esas cosas. No soy invulnerable. No soy de piedra.

—¿Pues iba a serlo yo, sentrañas? Cuando una mujer desea a un hombre, cuando ha estado esperando durante tanto tiempo, cuando le arden los centros de tanto desearle, esa mujer tiene derechos adquiridos. ¿No tendrá, además, cierto derecho a pedir?

—¡Sí, Reyes, sí! ¡Pida lo que quiera!

—Como sea que usted se hace tanto autobombo con las dimensiones de su, en fin, lo que usted llama «la gracia de Dios», pues pensaba yo si esa gracia es tan graciosa como asegura o es graciosilla y nada más...

—No hablará usted en serio...

—¿No iba a ser seria una súplica de esta envergadura? Muéstreme lo que le pido, Alvarito, y no tendrá que arrepentirse...

—Nunca pensé que me mostraría así ante usted... Nunca creí que me lo pidiera...

Álvaro empezó a desabrocharse ante la mirada aguda de Reyes del Río. Fingía ésta un interés rayano en el apasionamiento. Y sería aquella actitud la que impulsó al macho a convertirse en espectáculo, de manera total y prescindiendo de la presencia de Miranda. Lo cual resultó particularmente difícil, ya que ella continuaba en vena jocosa:

—¡Fíjate en el estampado de los calzoncillos! —exclamó, señalándolos ostensiblemente—: Parecen las cartas del póquer. ¿De qué marca son, don Álvaro?

—¿Y a usted qué leches le importa? —gritó él, sosteniéndose el miembro con pulso nervioso. Miró, entonces, a Reyes—: ¡No me haga continuar, Reyes! ¡Se lo suplico!

Reyes del Río fingió una sorpresa parecida al éxtasis:

—Quédese aquí, de pie, como si fuese una escultura... Perfecto. Me gusta admirar la belleza de un hombre exhibido sólo para mí...

—A mí me da mucho asco... —decía Miranda—. ¡Cosa tan fea!

Álvaro estuvo a punto de estrangularla. Cualquier broma sería mal recibida, porque nunca como en aquel momento necesitó sentirse tan seguro de sí mismo.

—Serrano mío... —musitó Reyes—. Creo entender que usted me ama con un amor heroico, supongo.

—Un amor de romancero, Reyes. Un amor calderoniano. Y ahora que lo sabe, ¿puedo subirme los pantalones?

—Ahora menos que antes. Si yo le pidiera, aquí, en esta habitación, una prueba fehaciente de su amor, algo gigantesco, digno de un titán...

—No hay nada que yo no hiciera por usted.

Reyes tomó una joya que había dejado sobre la mesita de noche.

—¿Se atravesaría usted el pene con el alfiler de este broche?

—¡Reyes!

—¿Ni aun siendo el broche mío? Claro, debí suponer que tendría miedo. Los hombres de hoy en día ya no dan pruebas de amor tan heroicas.

Álvaro sostenía el broche. El alfiler era alargado y grueso. Un alfiler de oro para uso de faquires de lujo.

—Lo que me pide me parece inhumano... —dijo él, angustiado—. Yo seré muy macho, pero lo que no soy es un bárbaro.

—Se trata de un vulgar sacrificio de sangre, Alvarito. ¿No le enorgullece depositarlo ante el altar de una virgen de cobre? Nada más pasional. ¿O será que no se atreve?

Álvaro se acercó el alfiler al pene. No las tenía todas consigo. Y ningún hombre hubiera podido reprochárselo.

Sudaba copiosamente. Las dos mujeres no apartaban los ojos de él. Cada una de sus acciones era estudiada detenidamente, ya para ser elogiada, ya para ser burlada.

—¡Yo no puedo ver la sangre! —exclamó Miranda, escondiendo los ojos tras las manos enguantadas.

Pese a las burlas de Reyes, Álvaro dejó caer el broche al suelo. Sintióse, de repente, derrotado.

—No es necesario que se esfuerce —exclamó Reyes—. No quiero dejar víctimas a mi paso. Me basta con tener a un hombre. Y usted lo es, qué duda cabe... aunque le falten arrestos.

—¡Reyes, por favor...! Está consiguiendo que me sienta avergonzado...

—Tiene usted motivos. Lo que ven mis ojos no es para presumir tanto. La verdad, sentrañas, le creía yo mejor equipado...

—¡No me provoque, bien mío! ¡No me provoque...!

—Tal vez yo pudiera contribuir en algo... ¿Ha visto usted a alguna folklórica completamente desnuda? Es la última novedad en el gran mundo... Además, usted merece una recompensa por todo lo que lleva mostrado.

Se apartó la sábana de un tirón, dejando al descubierto la divinidad de su cuerpo. Sus formas, perfectamente dibujadas, sus proporciones tan exactas, el tono marmóreo de su piel, todo dispuesto para ser poseído en un instante enloquecedor. Y todavía se incorporó, para que el hombre pudiese contemplarla a su placer. Así le gustaba a él que le contemplasen las mujeres. Desde abajo, como se adoraba a las estatuas en los templos antiguos. Desde la inferioridad.

Y, ahora, él se encontraba a la altura de un gusano y con los ojos levantados hacia una diosa.

Literalmente maravillado, intentó avanzar hacia ella. No podía hacerlo sin riesgo a tropezar con los pantalones.

—Nunca supuse que pudiera ser tan bella. ¡Qué perfección! ¡Qué prodigio!

—¡Parece un Cantinflas en plan exhibicionista! —proclamó Miranda, mondándose de risa.

En efecto, la figura que ofrecía Álvaro no podía ser más ridícula. Pero, por fin, pudo alcanzar las piernas de Reyes. Se aferró a ellas con frenesí.

—Detenga un momento su hombría, don Álvaro —dijo la hermosa, desternillada de risa—. Ese cuerpo no fue parido para sus manazas.

De pronto, se abrió la puerta del cuarto de baño y apareció Imperia. También estaba completamente desnuda, el pelo revuelto, la mirada encendida, a punto de lanzar llamas.

—A la buena de dios, Alvarito... ¿No te han enseñado que no es de buena educación acudir a los lechos donde no has sido invitado?

—Sólo en casos de *menage à trois* —intervino Miranda—. Y no siempre. Últimamente no se llevan porque roban mucho tiempo.

Imperia avanzó hacia Reyes y la tomó entre sus brazos.

—Cállate de una vez, Miranda. No distraigas al caballero... ni a nosotras... El tiempo es oro.

Álvaro las miraba atónito. Mientras Imperia besaba apasionadamente los senos de Reyes, ésta se dirigió hacia él con una mirada ya definitivamente despreciativa:

—Súbase los pantalones de una vez, Alvarito. Queda usted risible de esta guisa.

Acto seguido, la hermosa se arrodilló ante el cuerpo de Imperia, empezó a recorrerle el pubis con besos delicados.

Él las miraba con los ojos saltándose de las órbitas. El hoyuelo de la barbilla se había puesto como el fuego.

—Pero ¿qué hacen esas cerdas? ¿Qué es esto, Miranda?

—Esto es un bollo, idiota. Aquí y en el Monasterio de Piedra.

Toda la furia del macho resurgió en un bufido formidable, que le hizo tambalearse hasta una mesita vecina.

—¡Malditas perras! ¿A mí con burlas? ¡Ésas no me conocen!

Se precipitó sobre la cama, la mano en alto. Estaba a punto de aferrar a Imperia por la espalda cuando Reyes se le enfrentó violentamente y de un empujón le hizo perder el equilibrio.

—¡Las manos quietas, don Álvaro! Te atreves tú a tocar a esta hembra y yo te mato aquí mismo. ¿Qué te habías creído, mamarracho? Demasiado he tenido que aguantar mientras tú la disfrutabas. Pero ahora se han cambiado las tandas. A esos pechos sólo llego yo. Y esa vulva me la como a bocados y lo que saque te lo escupo a tu carita de imbécil... ¡Conque mira tú si puede ir lejos la coplera!

Álvaro no cejaba de arrojar imprecaciones que escondían su incapacidad para intervenir de manera más violenta. Imperia le miraba fijamente, regodeándose en su expresión de absoluta impotencia. Ni siquiera el furor conseguía esconderla; mucho menos borrarla.

Aquellas dos mujeres, salvajemente enlazadas, con sus melenas libremente revueltas y los ojos desbordantes de placer, hundieron definitivamente las resistencias del macho.

—Vete de una vez —dijo Imperia, abrazada al cuerpo de Reyes—. Ésta y yo tenemos que hacer proyectos...

Sin poder reprimir unas risitas, Miranda cogió a Álvaro por el brazo, acompañándole al salón. No fue difícil. Él se dejaba conducir dócilmente, como un sonámbulo.

—Yo que usted me largaría. Pueden darle con un consolador en la cabeza. Y son muy duros.

Álvaro quedó inerte junto a la puerta de la terraza. Intentó revestirse con su antigua actitud de petulancia, quiso agredir a aquellas mujer con un último ademán de bravura. Pero era incapaz de realizar acción alguna. Sólo sentía una asfixia que le estrangulaba progresivamente, dominando su respiración, ahogándole casi.

Se estaba culpando de algo parecido a una castración. Como si Reyes del Río hubiese ido más lejos que sus demandas de sacrificio, hasta clavar en su sexo un cuchillo de agonía, igual que en las canciones más doloridas. Sentíase avanzando por un calvario atroz, coronado de espinas, flagelado hasta la exasperación. De ambos lados del camino la gente se burlaba de él, acusándole de todas las ignominias que pueden provocar la vergüenza de un hombre.

Un hombre tan hombre como ese hombre.

Avanzó lentamente hacia la terraza. Las burlas continuaban resonando en sus oídos. Pero ya no sólo eran burlas de los demás. Era él mismo quien se zahería, buscando nuevos vocablos con los que denominar aquel sentimiento de impotencia.

Por primera vez en su vida, alguien había conseguido vencerle. Y contra lo que siempre pensó, la humillación máxima no llegaba por motivos profesionales. Se veía denigrado en lo más hondo de su honor, en lo más profundo de su propia estimación.

Y además podía oír las risotadas salvajes de las tres hembras, que llegaban desde la alcoba. No dejaban de bromear a su costa. Era una continua sarta de insultos, imprecaciones de desprecio, burlas obscenas que no cesaron hasta que oyeron aquel alarido.

Fue un alarido brutal. Un aullido devastador.

—¡Dios mío! —exclamó Reyes—. ¿Qué ha sido eso? ¿Quién ha gritado?

Corrió Miranda hacia el salón. El macho ya no se encontraba allí. Llegaban gritos de la calle, salían los vecinos a las otras terrazas y la puerta de la de Imperia estaba abierta de par en par.

Alguien había destrozado los geranios. Fueron pisoteados por alguien que se había subido por la barandilla. Y el asomarse Miranda descubrió sobre el asfalto un charco de sangre y un cuerpo sin vida.

Tuvo el instinto de arrojarse para ayudar al caído. Se dio cuenta de que ya era demasiado tarde. Sólo se le ocurrió gritar:

—¡Imperia! ¡Reyes! ¡Se ha estrellado contra el vil asfalto!

Las otras dos salieron, corriendo, anudándose sendas batas.

—No digas tonterías —exclamó Imperia—. ¿Cómo puede uno estrellarse contra el asfalto?

—Pues arrojándose por la terraza, chica.

Se asomaron las tres. Alrededor del cuerpo de Álvaro Montalbán íbase congregando una multitud expectante. Al momento empezaron a sonar sirenas. Los vecinos seguían en las elegantes terrazas intercambiando conjeturas. Entre el barullo sólo destacaba aquel cuerpo en medio de un baño de sangre.

—Ha quedado hecho unas migas canas... —sentenció Reyes sin demasiado sentimiento.

—Un sexto piso siempre es un sexto piso —dijo Imperia, encendiendo un cigarrillo—. Y un imbécil siempre es un imbécil aunque esté muerto. O sea que, de compasión, nada.

Regresaron las tres al salón. Miranda se había mareado. Avanzaba dando traspiés, respirando rápidamente.

—Con razón me dan asco los hombres. Es que no aguantan ni pizca. Y además que no tienen espera. Ya ves tú: éste desaparece del mapa antes de darse un tiempo para triunfar en sociedad. Lo encuentro imperdonable.

—Ni tiempo me ha dado de educarle —lamentó Imperia—. También es cierto que yo no le he dado tiempo a él de destruirme.

—Pobre bestia —dijo Reyes—. Era un cursi, un ignorante, un machista; pero tendría algún valor, digo yo.

Imperia la tomó por el hombro para devolverla a la alcoba.

—Tú arréglate, por si vienen fotógrafos. Que te vean mandando.

—Mandando las dos. Mano a mano. Reina tú y reina yo.

Miranda fue hacia el bar y, como de costumbre, empezó a derramar cubitos de hielo.

—Éste es el momento en que una mujer sofisticada necesita reponer fuerzas. ¿Os sirvo un uisquito?

—Bien cargado —dijo Imperia. Y, aferrando a Reyes por el talle, añadió—: Miranda, niña, no sabes lo que te perdías limitándote a ser lesbiana vocacional. Ser lesbiana en activo es lo mejor del mundo.

Reyes la aferró por la espalda, atrayéndola hacia sí.

—Contigo me voy a sentir la princesa de la cristiandad. ¿Y tú, Mari Listi? ¿Me vas a querer mucho?

—Dame tiempo. Ya te enterarás tú en Miami, por si te hubiera pasado por alto.

Los labios volvieron a juntarse. Miranda contemplaba, extasiada, la pasión de aquel beso entre mujeres. Antes de que tuviesen tiempo de ponerle fin, exclamó:

—¡Imperia! ¡Ya sé lo que soy! ¡Ya sé lo que me gusta! ¿Cómo se llama a esas que les gusta mirar?

—*Voyeurs*.

—Pues eso mismo. Lo de mirar me encanta. Los demás hacen el trabajo y una se lo pasa mejor porque abarca todo el panorama.

Imperia le dirigió una mirada llena de ternura:

—Nunca hay que desesperar. Por fin eres algo. Pero no te hagas ilusiones: no vamos a montarte una actuación cada noche.

—Ni falta. Un día que estábamos de confidencias, Romy Peláez me contó que, en cierta casa, alquilan señoritas que lo hacen todo delante de tus ojos, sin que tú tengas que cansarte. Una millonaria puede pagarse un numerito de ésos cada noche. Seré la más mirona de Madrid. ¡Lo que van a mirar estos ojos a partir de ahora! De todos modos, necesito hacer una llamada...

Descolgó el teléfono. Marcó el número de su modisto preferido.

—¿Me pone con Lucio? Ah, eres tú, cariño. Necesito un luto urgente. Una cosa veraniega. La falda, tubo. Tubísimo. Pamela, por supuesto. Yo me veo con guantes. Dicen que para entierros sofisticados vuelven los años cincuenta. Siempre me ha ido muy bien el tipo Audrey Hepburn. Si tuvieses un Givenghy viejo o un Balenciaga. Lúcete, niño. ¡Habrá mucha prensa! Piensa que lleva la imagen del entierro la estupenda Imperia Raventós.

Epílogo

¿CON QUIÉN ANDAN NUESTROS HIJOS?

Cautro personas no pudieron asistir al entierro de Álvaro Montalbán. Dos mujeres que habían tomado el avión con rumbo desconocido. Dos hombres que se hallaban recorriendo los caminos de Grecia con rumbos itinerantes.

Antes de instalarse en el piso de Miami, Imperia Raventós y Reyes del Río acompañaron a Eliseo primísimo, para que se convirtiera, por fin, en la señorita que estaba soñando ser. Pero no fue en Denver, Colorado, como presumían las reputadas transexuales de la Castellana, sino en una clínica del Brasil, donde el bondadoso doctor Cangaceiro las dejaba a todas más lindas que no los yanquis.

En cuanto a la pareja de amantes masculinos, aterrizaron en Atenas con malos presagios. La naturaleza, siempre guasona, descargó días sombríos sobre el Ática; tanto llovía que Alejandro prefirió aplazar su peregrinaje a Sunion para mejor ocasión.

Aquel aplazamiento no se produjo sin brindarles un florilegio de ocasiones todavía más propicias. En uno de los quioscos de la plaza Syndagma compraron el *Daily Athens* de aquel día y leyeron que en algunos puntos del Peloponeso el tiempo era radiante como debió de ser en las olimpíadas de los antiguos. Alquilaron un coche y Alejandro pudo conducir a su niño por los caminos que durante años ambicionó para sí mismo. Caminos recorridos por los mitos, fundamentados en el mito; caminos que Alejandro resucitaba con sus palabras, para asombro y constante fascinación de Raúl, enfrentado por fin a un mundo dominado por el ideal.

Así fue en la acrópolis de Corinto, que vieron bajo la luvia; también en los antipáticos solares de la ruda Esparta, de cuyo legado abominaba Alejandro, y en el teatro de Epidauro, donde asistieron a una representación de *Electra*. Pero el delirio imaginativo alcanzó su culminación cuando, en las ruinas de Olimpia, se figuraron bajo los rasgos de dos atletas enamorados que acabasen de ser coronados en dos competiciones distintas. Todo para que ni siquiera en aquellos mágicos eventos se produjese entre ellos una pizca de competitividad, ni un asomo de lucha.

Así, igualados en el mito, ascendieron por los retorcidos caminos que llevan hasta el hogar de Apolo; hasta Delfos, sí, donde decidieron pernoctar varios días. Visitaron pausadamente las ruinas de la ciudad sagrada y en el museo Raúl descubrió la estatua del filósofo que se parecía a Alejandro y éste pudo comprobar que, a pesar de lo mucho que comía Raúl, todavía le faltaban un par de kilos para estar rollizo y mofletudo como el divino Antinoo.

Por la noche, cenaron en una fonda popular, limpia de turistas. Raúl se atiborró de especialidades locales, batiendo una nueva marca de la glotonería en aquellos sacros solares. Después, tres jóvenes del pueblo improvisaron un *sirtaki* que les maravilló por el poderoso empaque de sus movimientos, por la fuerza y masculinidad que emanaba de cada gesto, la violencia en la absoluta entrega al ritmo, como si fuese la última derivación de una antigua danza guerrera.

Uno de los muchachos les invitó a compartir el baile. Alejandro se negó en redondo, pero Raúl no se hizo de rogar. Se unió al abrazo de los demás y en la unión fue un griego que seguía el ritmo de sus antepasados más próximos, pero con las ventajas de un niño bien que supo aprovechar a la perfección su paso por una academia de alto standing.

Y Alejandro reía gozosamente ante aquella ingenua exhibición. La celebraba con aplausos que, en realidad, recompensaban la alegría que el niño aportaba al mundo.

En pleno baile, Raúl se puso mosca al descubrir que uno de los camareros se inclinaba sobre Alejandro en actitud de confidencia. Cuando notó que el griego le señalaba, abandonó la danza y regresó a la mesa, sudoroso, jadeante, ansioso de cocacola. Satisfecha su sed, preguntó a bocajarro:

—¿A que ése te decía algo sobre mí?

—Si te lo cuento te envanecerás o, lo que es peor, te reirás.

—Pues si no me lo cuentas me acostaré con él para sonsacarle. Sufrirás más que el Orestes del otro día.

—Me ha preguntado si eras mi hijo.

633

—¡Anda, qué fuerte! ¡Con lo que te joroba que te pongan años!

—Al contrario, me los quitaba.

—¿Cómo echas tú las cuentas, profe?

—Porque te engendré a los veintidós. Añades los dieciséis tuyos y salen treinta y ocho. Es decir, que me salto once.

—¡Mira que llegas a ser complicado! Tantos cálculos descabellados para no reconocer en público que eres mi amante.

—Porque no me apetece que me denuncien por corruptor de menores. Pero también porque me siento muy orgulloso cuando te toman por mi hijo. Porque quiero que lo seas.

—Mucho me temo que esto sea una trampa típica de adulto neurótico. O serás más largo de lo que yo creía. ¿A que sí? Te lo estás montando para que nunca deje de ser algo tuyo. Tú ya tienes el amante asegurado. Podrías retenerme un tiempo, convirtiéndote en mi maestro; pero todo el mundo sabe que, al crecer, dejamos atrás a nuestros maestros. Podrías sentirte todavía más seguro convirtiéndote en mi padrino, pero también es cierto que pasamos de los padrinos cuando ya no necesitamos sus regalos. Por fin, te montas lo de la paternidad y, de esta manera, siempre seré algo tuyo y no tendré escapatoria posible.

Alejandro soltó una de sus risas llenas de mimos. Las que había descubierto viviendo con Raúl.

—Niño, ¿sabes que te estás volviendo muy inteligente?

—Natural. Viviendo con gente tan retorcida, uno acaba aprendiendo.

Se abrazaron entre las ruinas y aquella noche, después de una corta cena en el hotel, hicieron el amor y dejaron la ventana abierta de par en par para que algo de Delfos entrase en ellos durante el sueño y les poseyera. Porque era cierto que Apolo y todas sus musas estaban predispuestos en su favor y, desde lo alto de las opíparas cumbres, espiaban sus evoluciones con el placer de los verdaderos *voyeurs*. Los que decidieron regodearse en el placer de los mortales muchos siglos antes de que se hiciera mirona Miranda Boronat.

En un momento determinado de la madrugada, Alejandro se despertó solo en la cama. Por un instante tuvo un sobresalto, como si aquel viaje formase parte de un sueño, como si el mismo Raúl lo fuese o los años hubiesen pasado tan raudos que se lo hubieran llevado consigo.

Pero el niño estaba de pie junto a la ventana abierta a la noche que empezaba a retirar sus mantos solemnes.

—¿Qué te pasa? —preguntó dulcemente, besándole el cuello, pero sin obligarle a apartar la mirada de la visión que tanto le cautivaba.

Raúl señaló hacia la cumbre del Parnaso. Seguía escondida tras su corona de nubes, pero los primeros tonos del amanecer colocaban en las escarpadas laderas una niebla argentina que parecía empeñada en restituir al lugar toda su sagrada magnitud.

Y Alejandro pensó con ternura que, gracias a los escapes nocturnos de Raúl, siempre les tocaba saludar al amanecer juntos. Y que, teniéndole entre sus brazos, acariciado por aquella luz, cada amanecer era más hermoso que el anterior.

El niño se apoyó contra su pecho, como solía. Hablaba con lánguido acento, como surgiendo de una ensoñación:

—Todo lo que dices de esta tierra, lo que me has contado, y el ser tu hijo y tu amante, todo esto me produce una sensación muy extraña. Tengo ganas de llorar, como la primera vez que me besaste. Y tengo la sensación de haber estado aquí antes de ahora, cuando estos templos eran como tú me dijiste que debieron ser. Pero entonces ya estabas tú conmigo, eso lo sé, porque en todo lo que pienso siempre estabas tú. Y la verdad es que me hago un lío de aúpa, un lío tan gordo que ya no sé cómo expresarme...

—Pero si te expresas muy bien.

—Que no, profe, que no. Yo noto que no hablo igual que hace seis meses. Que digo cosas de bombero cuando intento parecer serio. Y tengo miedo de que te rías de mí, porque yo quiero que me veas como los chicos esos de los poemas griegos y, en cambio, siento que quedo de lo más ridículo. Tú lo tienes más fácil porque te llamas Alejandro, pero ya me dirás qué pinto yo diciendo esas cosas; yo, que me llamo Raúl, como en los tangos...

—Pues a partir de ahora te llamaré Eros...

Aunque Alejandro sintióse terriblemente cursi después de decirlo, Raúl no supo notarlo.

—¿Eros no se llama uno de esos que cantan?

—¡Jodo, niño, no lo estropees!

—Temo estropearlo todo a cada momento. ¿Ves lo que son las cosas? Tú tienes miedo de que te deje porque eres demasiado mayor; en cambio, yo tiemblo de que me dejes tú porque no estoy a la altura de las cosas maravillosas que me brindas.

—Podemos arreglarlo no dejándonos mientras los dos seamos como somos...

—Eso no —dijo el niño, riendo—. Porque tú mereces que

yo sea mucho mejor y yo merezco que seas mucho menos acomplejado. Entonces, tenemos la obligación de mejorarnos cada uno para estar siempre bien en esta historia que nunca terminará.

¿Cómo contarle que el amor pasa, que la pasión muere para que lleguen otras, para que transcurran otras destinadas, también, a terminar? ¿Cómo insinuarle siquiera que aquel amor maravilloso se volvería un día contra los dos para enfrentarles en un combate de fieras, donde uno sería la víctima y el otro el verdugo? Contarle, sí, que no había solución posible porque nunca la hubo antes para nadie; y que en el amor, como en los sueños, el tiempo siempre acaba imponiendo sus sentencias mortales...

No se lo contaría nunca. Estaba obligado a enseñarle muchas cosas, estaba dispuesto a revelarle muchos fervores, pero el infierno de la destrucción tendría que descubrirlo por sí mismo. Y cuando esto ocurriera, él estaría a su lado, para ayudarle y para ayudarse a sí mismo. Para dejarse asesinar por él, ya que su madurez lo exigiría, pero también para continuar queriéndole, la mano presta a dirigirle, la voz para aconsejarle; la experiencia para guiar, desde la sombra, sus caminos.

De momento, la sola presencia de aquel niño-hombre justificaba toda una vida. Nada podía compararse a la alegría con que recibía cada novedad de las que el viaje aportaba con frenética profusión; nada igualaba la energía con la que desvelaba una felicidad infinitamente más fuerte que todos los presagios de un infortunio futuro.

Ante la sublimidad del legado apolíneo, las risas del niño no parecían un sacrilegio, como suelen ser los abominables gritos de los turistas, sino el pequeño alivio que toda sublimidad requiere para acercarse al hombre. Gracias a las risas de Raúl, gracias a su ingenuidad, las antiguas sibilas, los viejos corifeos surgían de entre las montañas y se humanizaban para que él las comprendiese y, desde su comprensión, se las transmitiese a él, más humanizadas todavía. Era como si las musas acabasen de hacerse un *lifting* y el propio Apolo se decidiera a calzar zapatos deportivos para corretear sobre las nubes, modernizado, puesto al día; un poco pijeras, ¿por qué no decirlo?

Y Alejandro se embebía de los mitos humanizados y disfrutaba lo indecible contemplando al niño, sentado a la mesa de un bar de montaña, escribiendo postales con fruición, buscando la frase graciosa, la acertada descripción ambiental, como si se tratase de una creación poética. ¡Sólo un viajero novato pierde tanto tiempo intentando estampar sublimidades bajo un sello de correos!

—Mandaría una postal a mamá, pero desde que se ha hecho lesbiana cualquiera sabe dónde para.

—Donde esté Reyes del Río, como es natural.

—¡Pobre Reyes! Con lo que a mamá le gusta cambiar a los demás, igual la está entrenando para que debute como cantante de ópera. Con esta postal tengo un problema. ¿Cómo debo tratar a Eliseo?

—Como le has tratado siempre.

—Pero ahora es mujer.

—Pues trátale como mujer.

—¡Qué cosas tiene la vida! ¿También esto lo habían previsto tus griegos?

—No sé si habían previsto a una locaza como Eliseo; pero, desde luego, habían previsto al hermafrodita.

La terraza del bar colgaba sobre el valle, de manera que allá al fondo, a sus pies, aparecía el inmenso mar de olivos, con sus destellos plateados, parecido a una invasión de luciérnagas que, en pleno día, amenazaran con remontar el vuelo hacia el Parnaso, como una alegre plaga destinada a detenerse en las cumbres para una jocosa celebración de los sentidos. Los de Alejandro seguían alterados con la presencia de su niño. Y en aquel lugar, creado para que los hombres compartiesen las más excelentes disciplinas, quiso compartir hasta la última travesura. Incluso lo que su mente severa consideraba el «estúpido rito de ir rellenando postales inútiles».

—¿Quieres firmar una para tu tía Miranda, efebito? —preguntó eufórico.

Raúl se echó a reír cuando vio la postal.

—¡Qué bestia eres! ¡Mira que mandarle una necrópolis!

—Es el único funeral al que nunca podrá asistir...

—Voy a poner: «Aquí no nos alcanzan vuestras garras. Tu sobrino que es feliz. Eros.»

—¿Por qué lo de las garras? —preguntó Alejandro extrañado.

Raúl se encogió de hombros. Nunca habían hablado de aquel asunto. Ahora recapacitaba sobre él y se consideró más listillo que nunca.

—Porque durante el tiempo que pasé en Madrid me pareció que todo el mundo las tenía a punto. Y esas garras tenían uñas terribles. Todo el mundo se arañaba. Y cuando todos se habían arañado, continuaban tan felices, besándose y negociando como si nada.

—Y esto no nos gustaba, ¿verdad? —preguntó Alejandro, estrechándole la mano.

—Ni me gustaba, ni lo entendí, ni creo que consiga valorarlo nunca. Toda esa gente luchaba por cosas que, en el fondo, no merecen la pena.

—Luchaban con garras de astracán...

—¡Qué va! Mucho más sofisticado. Iban de visón, chico. Desde mi madre hasta la última de sus amigas.

Alejandro adoptó un aire irónico, en absoluto distante de la nostalgia.

—Cuando yo era niño, allá por los años cuarenta, los abrigos de garras de astracán eran un material muy apreciado por las señoras del ringorrango. Recuerdo que mis tías más elegantonas se morían de ganas por tener uno. Era aquél un tiempo muy triste, en un ambiente muy gris, donde apenas disponíamos de nada. Algún día leerás en los libros lo que fue esa época que llamamos la posguerra; pero tú no lo entenderás porque costará creer que existió algo tan absurdo. Después, esa España paupérrima que yo conocí se fue haciendo cada más vez más rica, la gente empezó a aspirar a más, y a todos nos dio un ataque de locura: llegó la avidez del dinero, el ansia por el poder, el imperio de las apariencias. Te contarán que ese día nos pusimos a la altura de Occidente, pero esto sólo significa que Occidente está tan mal como nosotros. Que empezamos a vivir en un mundo donde nada era real, donde todo era aparente. Pero ya éramos muy ricos, y entonces las garras de astracán se convirtieron en un material de segunda clase. Es probable que todas esas garras a las que aludes no fuesen más que esto. Algo que ni siquiera llega a alcanzar la grandeza que pretende. Pero acaso no sea exclusivo del ambiente que has conocido en Madrid. Acaso son las garras con las que intenta aferrarse desesperadamente a la vida lo poco que queda de la civilización occidental.

Cayó sobre Delfos una tempestad de verano y, en cada trueno que descendía del Parnaso con estruendo horrísono, creyó percibir Alejandro una advertencia de Apolo. Como si las voces del antiguo oráculo resucitasen para informarles de que algo terrible estaba a punto de desatarse sobre el mundo. Y al día siguiente los dos amantes abandonaron Delfos, no sin antes pasar por la encrucijada de los tres caminos, donde Edipo mató a Layo sin saber que era su padre.

Así, al amparo de los viejos mitos, embarcaron hacia Creta, donde el sol era ardiente en aquellos días y el aire era sofocante, como si a través del mar de Egipto llegase a la isla la arena quemada de sus desiertos divinos y el humo de las hogueras donde ardieron los libros de Alejandría.

Transcurrieron varios días de ocio total en un refugio que les había aconsejado Imperia, el Olunda Beach, en la parte más oriental de la isla. Vivieron en el lujo de un bungalow acariciado por el mar y se consagraron a todos los deportes que el lujo puede permitir. Pudieron costearse el divino lujo del olvido, hasta que una visita nocturna al vecino puerto de Haghios Nicolaos les recordó que la decadencia de Occidente no había querido preservar siquiera aquellas playas que fueron sus orígenes. Aquel encantador recinto que, en los años sesenta, era un tímido pueblo de pescadores apenas perturbado por las guitarras de los primeros hippies, se había convertido en un amasijo de boutiques, discotecas y bares donde el genio griego se vendía a precios tirados para un ejército de invasores cuya existencia nunca hubieran sospechado los valientes defensores de las Termópilas.

Regresaron a su bungalow y se negaron a salir durante varios días, en la absoluta, tremenda seguridad de que ya todos los paraísos habían caído, de que también sobre aquella Creta soñada habían cerrado sus poderosas garras los palanganeros del espíritu y los mercaderes de la verdad.

En su encierro, en su mar, en la privacidad absoluta, intentaron reencontrar a cada instante los maravillosos augurios que, desde un principio, habían bendecido su viaje. Fue de nuevo el aire risueño, la broma, el abrazo de los camaradas y, por las noches, la comunión de los amantes.

Llegó el día 2 de agosto. Una atmósfera extraña se respiraba entre los empleados del hotel. Algunos clientes cuchicheaban entre sí, cual conspiradores que fraguasen un plan de emergencia; incluso un matrimonio americano pedía a toda prisa la factura, alegando que deseaban encontrarse en Atenas cuanto antes. Pero ellos no hicieron caso, porque habían decidido cenar en Rethymon, al otro lado de la isla, y tenían muchos kilómetros por recorrer.

Cuando llegaron a Rethymon, la multitud que llenaba los pequeños restaurantes del puerto parecía presa de la misma inquietud que dominase a los clientes del hotel. Supieron entonces que en el Golfo Pérsico habían ocurrido cosas terribles y que allí mismo, en Creta, los barcos americanos se encontraban en estado de alerta.

Cenaron en silencio. Después, mientras atravesaban la isla para regresar a su bungalow, Raúl creyó atisbar al otro lado de la oscuridad multitud de lucecitas en las que quiso ver una flota en orden de ataque, aunque probablemente nada de esto era verdad. Y mientras su amigo conducía en silencio, él se emocionaba al comprobar que estaban atravesando las tierras donde vivieron Minos y Pasifae, donde Teseo luchó contra el Minotauro, donde Ariadna y Fedra crecerían felices, pizpiretas adolescentes totalmente ajenas a su destino mítico.

Pero aquella recreación que, en otro momento, le habría complacido veíase continuamente alterada por las agresiones del mundo moderno, conjugadas en términos de horterez. Pues, a medida que se acercaban a Olunda, iban apareciendo nuevos poblados turísticos, de construcción reciente, que revelaban todas las facetas de una civilización convertida en subproducto. Feísimos edificios de apartamentos, una carretera atestada de tiendas, discotecas, supermercados, restaurantes baratos, todo ello poblado por una multitud tosca y vulgar, escoria del estío; una humanidad soez que ultrajaba los prestigiosos solares del mito, escupiendo sobre ellos toda la fealdad de una noche de viernes en cualquier ciudad desarrollada.

En las aguas de la bahía, las luces continuaban centelleando, como si el conflicto del que tanto hablaba la televisión fuese inminente. Como si aquellas tintilaciones no fuesen ascuas de luz en manos de traviesas sirenas, sino antorchas de desolación que Marte robase de la forja de Vulcano para asolar la paz de las naciones.

Entonces Raúl sintió un miedo extraño, un terror que no podía explicar. Podían ser las estrellas, podía ser la presencia impalpable de tantos cadáveres ilustres, el peso de los milenios, la sensación de su propia fugacidad o la intuición de aquella violencia que se estaba desencadenando. Y al atravesar otro de aquellos paraísos estivales, consagrados al mal gusto, pensó si no estaría aterrorizado por la mediocridad del mundo en que le había tocado vivir.

Recordó que, en cierta ocasión, había hablado Alejandro con gran amargura de aquel mundo; recordó que observaba a Occidente como un barco que se fuese a pique, precipitándolos a t͏̵os en la caída. Y habló de otras razas, de otros alguna nueva espiritualidad. Aquel adolescente espertando a la vida sintió un repentino horror tremendo pavor al ocaso. Y en aquel coche que lo largo de la noche cretense percibió las voces

Así, al amparo de los viejos mitos, embarcaron hacia Creta, donde el sol era ardiente en aquellos días y el aire era sofocante, como si a través del mar de Egipto llegase a la isla la arena quemada de sus desiertos divinos y el humo de las hogueras donde ardieron los libros de Alejandría.

Transcurrieron varios días de ocio total en un refugio que les había aconsejado Imperia, el Olunda Beach, en la parte más oriental de la isla. Vivieron en el lujo de un bungalow acariciado por el mar y se consagraron a todos los deportes que el lujo puede permitir. Pudieron costearse el divino lujo del olvido, hasta que una visita nocturna al vecino puerto de Haghios Nicolaos les recordó que la decadencia de Occidente no había querido preservar siquiera aquellas playas que fueron sus orígenes. Aquel encantador recinto que, en los años sesenta, era un tímido pueblo de pescadores apenas perturbado por las guitarras de los primeros hippies, se había convertido en un amasijo de boutiques, discotecas y bares donde el genio griego se vendía a precios tirados para un ejército de invasores cuya existencia nunca hubieran sospechado los valientes defensores de las Termopilas.

Regresaron a su bungalow y se negaron a salir durante varios días, en la absoluta, tremenda seguridad de que ya todos los paraísos habían caído, de que también sobre aquella Creta soñada habían cerrado sus poderosas garras los palanganeros del espíritu y los mercaderes de la verdad.

En su encierro, en su mar, en la privacidad absoluta, intentaron reencontrar a cada instante los maravillosos augurios que, desde un principio, habían bendecido su viaje. Fue de nuevo el aire risueño, la broma, el abrazo de los camaradas y, por las noches, la comunión de los amantes.

Llegó el día 2 de agosto. Una atmósfera extraña se respiraba entre los empleados del hotel. Algunos clientes cuchicheaban entre sí, cual conspiradores que fraguasen un plan de emergencia; incluso un matrimonio americano pedía a toda prisa la factura, alegando que deseaban encontrarse en Atenas cuanto antes. Pero ellos no hicieron caso, porque habían decidido cenar en Rethymon, al otro lado de la isla, y tenían muchos kilómetros por recorrer.

Cuando llegaron a Rethymon, la multitud que llenaba los pequeños restaurantes del puerto parecía presa de la misma inquietud que dominase a los clientes del hotel. Supieron entonces que en el Golfo Pérsico habían ocurrido cosas terribles y que allí mismo, en Creta, los barcos americanos se encontraban en estado de alerta.

Cenaron en silencio. Después, mientras atravesaban la isla para regresar a su bungalow, Raúl creyó atisbar al otro lado de la oscuridad multitud de lucecitas en las que quiso ver una flota en orden de ataque, aunque probablemente nada de esto era verdad. Y mientras su amigo conducía en silencio, él se emocionaba al comprobar que estaban atravesando las tierras donde vivieron Minos y Pasifae, donde Teseo luchó contra el Minotauro, donde Ariadna y Fedra crecerían felices, pizpiretas adolescentes totalmente ajenas a su destino mítico.

Pero aquella recreación que, en otro momento, le habría complacido veíase continuamente alterada por las agresiones del mundo moderno, conjugadas en términos de horterez. Pues, a medida que se acercaban a Olunda, iban apareciendo nuevos poblados turísticos, de construcción reciente, que revelaban todas las facetas de una civilización convertida en subproducto. Feísimos edificios de apartamentos, una carretera atestada de tiendas, discotecas, supermercados, restaurantes baratos, todo ello poblado por una multitud tosca y vulgar, escoria del estío; una humanidad soez que ultrajaba los prestigiosos solares del mito, escupiendo sobre ellos toda la fealdad de una noche de viernes en cualquier ciudad desarrollada.

En las aguas de la bahía, las luces continuaban centelleando, como si el conflicto del que tanto hablaba la televisión fuese inminente. Como si aquellas tintilaciones no fuesen ascuas de luz en manos de traviesas sirenas, sino antorchas de desolación que Marte robase de la forja de Vulcano para asolar la paz de las naciones.

Entonces Raúl sintió un miedo extraño, un terror que no podía explicar. Podían ser las estrellas, podía ser la presencia impalpable de tantos cadáveres ilustres, el peso de los milenios, la sensación de su propia fugacidad o la intuición de aquella violencia que se estaba desencadenando. Y al atravesar otro de aquellos paraísos estivales, consagrados al mal gusto, pensó si no estaría aterrorizado por la mediocridad del mundo en que le había tocado vivir.

Recordó que, en cierta ocasión, había hablado Alejandro con gran amargura de aquel mundo; recordó que observaba a Occidente como un barco que se fuese a pique, precipitándolos a todos en la caída. Y habló de otras razas, de otros mundos, de alguna nueva espiritualidad. Aquel adolescente que estaba despertando a la vida sintió un repentino horror a la caída, un tremendo pavor al ocaso. Y en aquel coche que les llevaba a lo largo de la noche cretense percibió las voces de la catástrofe y se aferró al brazo de su amigo con ganas de llorar.

Pero aquella noche permanecieron sentados en el porche de su bungalow, con la mirada perdida en el mar, taladrado por luces que acaso eran, ya, las de la guerra. Y cuando abandonaron Creta disponían de bastantes datos para suponer que el mundo se había vuelto loco.

Durante todo el viaje, en todos los lugares que visitaban, tenía Raúl la impresión de que el mundo entero estaba lleno de garras que esperaban estrangularle, impidiéndole crecer. Garras mediocres, que convertían al mundo en un desesperado suicida, por cuanto las abatía sobre sí mismo, constantemente y sin piedad.

Hasta que una tarde llegaron, por fin, a Sunion.

Mientras Alejandro conducía por las sinuosas carreteras de la ruta del mar, Raúl contemplaba sin demasiado entusiasmo el crepúsculo que se estaba formando sobre el horizonte. Llevaban un mes y medio en Grecia y en muchos lugares —islas, playas o montañas— habían contemplado espectáculos maravillosos, creados por la luz en sus infinitas mutaciones. El impacto de Sunion ya no constituía una novedad.

—Siempre me cuentas que tu ilusión era visitar estas ruinas. Llevamos vistas cosas mucho más importantes y tú sigues con la perra... —comentó Raúl en su desinterés.

Su comentario no afectó a la intensa emoción que guiaba a Alejandro hacia el lugar soñado, cualquiera que éste hubiese sido.

—Es posible que en todos los lugares que hemos visitado hubiese algo de Sunion, y estoy seguro de que todos nos servirán a los dos. Pero yo sigo con la perra, en efecto, porque es la visión que recibí cuando era un muchacho como tú y creía en la vida.

A lo lejos aparecían, por fin, las ruinas del templo de Poseidón. Y Alejandro recibió aquella primera, todavía lejana impresión como una nueva muestra de los caprichos del amor.

Aquella luz que desprendía el crepúsculo bañaba las columnas con las mismas tonalidades que, en cierto amanecer, adquirió el cuerpecillo del amado. ¡La luz de Sunion y la luz que siguió a su primera noche de amor eran la misma luz! Y, en la distancia, las columnas soñadas tenían la esbeltez del cuerpo de Raúl y también su poder y el indeciso color del tiempo que le aguardaba.

Nunca asumió Alejandro con tanta intensidad su papel de

amante y su papel de padre; nunca Raúl sintióse tan feliz ni tan protegido, tan amante de su padre y tan hijo de su amante.

Avanzaban, cogidos de la mano, ya en el éxtasis absoluto de la imaginación. Ascendían lentamente hacia las columnas que coronaban el promontorio; caminaban siguiendo la lenta melodía de un peregrinaje que, partiendo de los sueños de uno, ya les pertenecía a los dos. Y en aquella ascensión lenta, pausada, ritual, sintió Alejandro que Sunion le cegaba y que aquel niño se convertía para siempre en su lazarillo; el que estaba obligado a guiarle por un mundo dominado por la luz.

Ascendía así Raúl, como Antígona guiando los pasos del soberano ciego, y al llegar a lo alto del promontorio la naturaleza le arrojó el bautizo más sublime que un adolescente puede recibir. Sobre la plácida armonía del mar de los mitos, el sol iniciaba una retirada majestuosa; el sol se disponía a refugiarse tras el horizonte, trazando sobre las aguas una estela de luz sobrenatural. De pronto, la multitud calló. Era tal la fuerza de aquel prodigio que incluso la gigantesca ignominia del turismo universal cedió un espacio al respeto absoluto. Como si el sentido último de alguna religión perdida se hubiese reencarnado desde la memoria del Tiempo.

Y entonces Raúl comprendió lo que el sueño de Sunion significaba para Alejandro.

No eran sólo las columnas, no era sólo el templo; ni siquiera los últimos restos gloriosos de una historia perdida. Era la conjunción de la naturaleza con el empeño del hombre por comprenderla; por unirse a ella creando, hombre y naturaleza, un empeño sobrenatural.

Porque allí la naturaleza y el hombre fraguaron un pacto. Y desde entonces el hombre y la naturaleza se arrodillaron para recibir diariamente el beso de Dios.

Fue entonces cuando Raúl estrechó con renovada fuerza la mano de su padre y preguntó:

—¿Era esto lo que esperabas?

—Era esto, y eras tú en esto —dijo Alejandro.

—Gracias, entonces, por todo lo que me das.

—Míralo bien, hijo mío, porque este legado que me dejaron los antiguos es lo único que podré dejarte a ti. Es nuestro pedazo de eternidad. Pase lo que pase en el futuro, cuando nuestro amor sólo sea un recuerdo en tu vida, piensa que aquí, por un momento, fuimos inmortales. Y aun cuando este mundo que nos rodea se derrumbe por completo y sobre sus ruinas se levanten otros mundos que ni siquiera nos recordarán, este instante se repetirá. Éste y no otro era mi sueño desde que vi esas ruinas por primera vez. Avanzar de la mano de mi hijo eterno hacia el origen de las cosas por las que, a veces, consigo amar a la humanidad. Éstas fueron nuestras columnas, éste nuestro cielo, éste nuestro mar, y aquí nacieron las ideas que en un tiempo nos hicieron grandes. Todo aquí es eterno como los diosecillos que se te parecen y que, al parecerse a ti, me hacen sentir, también, un dios. Si así eres tú y así me siento yo, que muera el siglo de una vez. Regresemos al origen sin mirar lo que dejamos atrás. Desde el fondo de ese origen, desde lo más profundo de aquel tiempo en que fuimos verdaderamente grandes, todos nuestros dioses nos protegen de las garras de astracán.

Mar Egeo, agosto de 1990.
Ventalló, Emporion, primavera de 1991.

Índice